LE PALAIS DES MILLE VENTS

DE LA MÊME AUTRICE

Le Lotus rose

La Vallée du Lotus rose, L'Archipel, 2018, Archipoche, 2019.
La Cité du Lotus rose, L'Archipel, 2019, Archipoche, 2020.
L'Héritière du Lotus rose, L'Archipel, 2020, Archipoche, 2021.

Le Palais des mille vents

L'Héritage des steppes, L'Archipel, 2021, Archipoche, 2022.

KATE McALISTAIR

LE PALAIS DES MILLE VENTS

Les Nuits de Saint-Pétersbourg

**

l'Archipel

Notre catalogue est consultable à l'adresse suivante :
www.editionsarchipel.com

Éditions de l'Archipel
92, avenue de France
75013 Paris

ISBN 978-2-8098-4463-4

Partie I

L'enfant dans la neige

Région de Saint-Pétersbourg
du 23 novembre au 9 décembre 1848[1]

1. Toutes les dates du roman sont mentionnées selon le calendrier grégorien.

1

Dans la nuit brune éclaircie par la neige, le Grand Palais impérial de Peterhof brillait de milliers de bougies. En période hivernale, il était rare que le tsar Nicolas Ier décide d'y organiser une réception, car les lieux étaient surtout agréables en été, lorsque les fontaines étaient en eau et les jardins verdoyants, mais pour le piège qu'il avait décidé de tendre, il avait préféré écouter les conseils du chef de sa police secrète. Ce dernier avait estimé que leur action avait plus de chance de passer inaperçue au cours d'un bal donné à la campagne plutôt que dans le centre-ville de Saint-Pétersbourg.

À ceci près que les deux prisonniers avaient réussi à s'échapper.

Agacé par l'incompétence de ses gens, Nicolas arpentait la mezzanine du premier étage, juste au-dessus de la salle de bal dont les vastes dimensions étaient accentuées par des miroirs qui reflétaient la profusion de lumière. Il scrutait à ses pieds les invités triés sur le volet qui bavardaient et riaient, aussi rutilants que des diamants. Dans l'espace central consacré à la danse, des couples tournoyaient sur les airs entraînants proposés par l'orchestre qui logeait à demeure au palais. La plupart des hommes étaient en frac noir ou en uniforme, mais on remarquait également un ours et un maharaja des Indes, un Viking avec un casque à cornes et un cupidon en toge romaine, car le bal était costumé.

De leur côté, les femmes s'étaient métamorphosées en charmantes nymphes des bois, en fées Mélusine ou en princesses des mille et une nuits. La plupart des minois se cachaient avec coquetterie sous des masques extravagants ornés de plumes et de perles inspirés du célèbre carnaval de Venise.

Distrait par une demoiselle au beau décolleté, Nicolas ne remarqua pas le couple qui se faufilait de groupe en groupe.

Serrés l'un contre l'autre, ces jeunes gens réclamèrent leurs toques et manteaux au vestiaire puis se glissèrent avec une hâte nerveuse dans le hall Chesmensky.

Sans accorder le moindre regard aux murs ornés des célèbres scènes de bataille que la Grande Catherine avait fait réaliser pour commémorer la victoire de son peuple sur les Turcs, ils se jetèrent avec le même empressement dans la salle du Trône. Là, ils traversèrent les lieux séculaires sans s'intéresser le moins du monde au trône de cérémonie à moulures dorées et coussins de velours rouge qui datait pourtant du XVIIIe siècle.

Très vite, ils débouchèrent dans la salle d'audience, puis passèrent dans le cabinet chinois qui la flanquait. L'allure soutenue, ils ne s'attardèrent guère plus devant les remarquables armoires laquées ou les jolies lanternes chinoises, préférant se glisser sans plus attendre dans le large vestibule dallé de marbre noir et blanc qui les avait accueillis quelques heures auparavant.

Là, sous une haute voûte peinte d'un char de l'Aurore et face à l'escalier d'apparat en chêne qui menait à l'étage en trois paliers, l'homme entraîna sa compagne vers les portes-fenêtres occultées par des tentures.

De l'autre côté des vitres, la nuit leur parut un gouffre hostile. Hésitant, l'homme arracha son masque et fit face à la jeune femme en s'efforçant de lui sourire.

« Maura, mon amour, serais-tu d'accord pour faire une promenade romantique dans la neige ? »

Il était beau et élégant dans ses vêtements confectionnés par les meilleurs tailleurs de Londres, mais les traits de son visage étaient tendus et sa voix trahissait la gravité du moment.

Elle ne s'y trompa pas et, ôtant à son tour son masque, le laissa tomber par terre comme s'il la brûlait.

Maura était d'une beauté rare, à la fois voluptueuse et sculpturale. Son teint pâle criblé de taches de son faisait un écrin merveilleux à ses yeux d'un bleu céruléen, tandis que son opulente chevelure rousse s'échappait en boucles indociles d'une épaisse toque de fourrure.

« Avons-nous le choix ? » murmura-t-elle d'une voix tremblante en baissant les yeux.

John Ashton la prit par les épaules pour l'attirer à lui. Il l'embrassa avec une tendresse infinie. Ils s'étaient mariés quelques années auparavant, mais demeuraient très amoureux l'un de l'autre.

« Comment a-t-il pu oser faire une chose pareille ? s'exclama-t-elle soudain en serrant farouchement le paquet enveloppé d'une épaisse fourrure de renard qu'elle tenait contre elle. Comment ose-t-il mettre notre vie en jeu ?

— Courage, mon amour. Nous avons flairé le piège à temps, nous allons réussir à nous échapper. Ton père est loin d'avoir gagné la partie. »

Il se voulait rassurant, mais Maura avait les nerfs à vif. Elle sursauta violemment en entendant une cavalcade à l'étage. John la saisit par la main, confirmant l'urgence. Ils écartèrent ensemble un rideau et ouvrirent une des portes-fenêtres. Aussitôt, une bise chargée de flocons de neige s'engouffra à l'intérieur, si violente qu'elle leur coupa la respiration. Les tentures claquèrent. Dans les bras de la jeune femme, le petit paquet enveloppé de fourrure s'agita en pleurnichant. Elle se pencha vers le nez minuscule que la rage d'être réveillé fronçait et le couvrit de mille baisers.

« Chut, chut, mon petit William, souffla-t-elle. Chut, mon tout-petit. »

L'enfant, un nourrisson de quelques jours à peine, fut rassuré par la présence de sa mère, car il se rendormit immédiatement. John serra plus fort sa femme et son enfant contre lui.

« Notre fils est un brave », dit-il avec fierté.

Elle ne répondit rien. Elle continuait d'écouter, tendue comme une biche aux abois. La cavalcade se rapprochait, investissant les escaliers. Elle espérait que ce tumulte n'était pas pour eux, mais son instinct lui soufflait le contraire. Depuis qu'elle avait épousé John sans demander le consentement de son père, ce dernier les poursuivait de sa haine. Aujourd'hui, il avait donné à sa rancune une dimension supplémentaire en assurant au tsar qu'ils étaient des espions anglais.

« Se rend-il compte qu'il vient de nous condamner au peloton d'exécution ? marmonna-t-elle entre ses dents serrées. Qu'il brûle en enfer ! »

Elle franchit le seuil en premier pour s'enfoncer dans la nuit glacée. La terrasse était déneigée, mais le dallage de pierre demeurait glissant. Les épaules courbées pour se protéger du vent, ils coururent le long de la façade blanche et ocre, si impressionnante lorsqu'on la contemplait des jardins du bas. Vue d'ici, elle formait surtout une esplanade étroite et peu élevée, longue, très longue. Maura, qui serrait son fils contre son cœur, n'en voyait pas le bout. Elle avait accouché quelques jours auparavant et n'avait pas encore récupéré toute sa forme physique.

À bout de souffle, ils firent une halte dans l'embrasure d'une porte le temps de reprendre haleine. John enveloppa son épouse dans ses bras en enfouissant son visage dans ses cheveux.

« Peut-être aurions-nous dû lui annoncer qu'il est grand-père… commença-t-il sans vraiment y croire, cela aurait pu l'adoucir. »

Maura secoua négativement la tête. Elle savait que cela n'aurait rien changé. Son père était un être cruel dépourvu de mansuétude, qui plaçait sa conception de l'honneur au-dessus de toute chose. L'unique but de son existence était de se venger des Anglais qui l'avaient un jour dépossédé de tout. Pour cela, il était prêt à vendre père et mère, à plus forte raison son unique progéniture pour laquelle il n'avait jamais éprouvé aucun amour, d'abord parce qu'elle était née fille alors qu'il attendait un héritier, mais aussi et surtout parce qu'elle avait osé épouser un membre de la Chambre des lords, un de ces Anglais que lui, l'Irlandais de souche, haïssait depuis tant d'années.

D'un geste convulsif, elle tâta dans la poche de sa jupe le point de départ de toute cette histoire. Comment croire qu'il ne s'agissait que d'un carnet de voyage dans lequel elle avait consigné de simples anecdotes concernant son périple en Russie ?

Au fil des jours, elle y avait décrit les paysages, la faune et la flore, certaines coutumes et même quelques recettes locales qui l'avaient impressionnée. Sa seule erreur avait été d'y raconter l'histoire de Chali Gaur[1], une princesse kirghize contrainte de se marier à treize ans pour concrétiser une alliance entre deux peuples guerriers.

1. Voir le premier tome du *Palais des mille vents, L'héritage des steppes*, chez le même éditeur.

Le destin de la jeune femme l'avait émue, car elle était la descendante du célèbre Gengis Khan. Elle amenait en dot un *süld*[1] ayant appartenu à son lointain ancêtre, que les grandes puissances internationales avaient tout de suite commencé à se disputer. Les Russes le convoitaient pour justifier la colonisation des terres au-delà de leur frontière sud, tandis que les Britanniques en avaient besoin pour protéger l'Inde de la voracité slave.

Pour un néophyte, une telle rivalité semblait insignifiante, mais elle générait depuis des années son lot de chamailleries diplomatiques[2], d'escarmouches sans fin entre tribus plus ou moins alliées et de négociations retorses avec des chefs de guerre nomades qui adoraient couper des têtes. Le père de Maura y avait donc très vite vu l'opportunité de damner le pion aux Britanniques qu'il haïssait.

Quelques jours auparavant, il avait envoyé son aide-de-camp réclamer à sa fille le fameux carnet. Elle avait refusé, furieuse qu'il ne souhaite même pas avoir de ses nouvelles. Il s'était alors vengé en prétendant aux Russes que son mari, John Ashton, n'était pas un simple botaniste, mais un espion au service de Sa Majesté britannique.

« Je le hais, siffla-t-elle, l'estomac noué.

— Essaie de ne pas y penser », répondit John en la saisissant par la taille pour reprendre leur fuite dans la bise glacée.

Bientôt, ils aperçurent dans le brouillard les coupoles dorées de l'église impériale. Au bout de l'esplanade, les calèches et les troïkas des invités du bal étaient parquées près des soubassements qui les protégeaient de la bise. La plupart des cochers s'étaient réfugiés dans la chapelle pour prier à la lueur des icônes, mais quelques autres patientaient à l'extérieur en buvant de la vodka près d'un *mangal*[3].

Brogov, le conducteur engagé par l'ambassade britannique pour leur servir de guide, les repéra immédiatement. Saisissant les chevaux par leurs brides, il tira la *kibitka*[4] à leur rencontre

1. Bannière mongole en crins de cheval.
2. Ces rivalités furent nommées « le Grand Jeu ».
3. « Brasero », en russe. Sorte de plateau rempli de braises posé sur un trépied.
4. En Russie, la troïka est un véhicule traîné par trois chevaux attelés de front. Une *kibitka* est une troïka couverte.

en leur faisant signe de se hâter : dans leur dos, des hommes venaient de jaillir du palais et couraient vers eux en criant.

John aida Maura à grimper dans la nacelle avant de l'enfouir sous un monceau de couvertures. Il rejoignit ensuite le cocher sur son siège avant.

« Vite ! » intima-t-il, tandis que Brogov lançait les chevaux au galop.

Quelques coups de feu trouèrent la nuit, mais la *kibitka* était déjà hors d'atteinte. Néanmoins, le répit risquait d'être bref. D'ici quelques minutes, les cosaques du tsar auraient sellé leurs chevaux et se lanceraient à leur poursuite.

« Revenir Saint-Pétersbourg ? » hurla Brogov dans son mauvais anglais, tandis que leur traîneau déboulait à pleine vitesse sur la route principale qui longeait le golfe de Finlande.

John inspira un grand coup. Revenir à Saint-Pétersbourg était l'option la plus logique : avec un peu de chance, ils pourraient se réfugier à l'ambassade britannique s'ils parvenaient à éviter toutes les patrouilles lancées à leurs trousses. Sauf qu'il s'agissait également du chemin le plus évident, celui sur lequel se concentreraient toutes les poursuites.

« Vite ! le pressa le cocher car la route bifurquait un peu plus loin, c'est moment pour faire demi-tour !

— Non, décida John sur un coup de poker. Nous n'allons pas à Saint-Pétersbourg. Au contraire, prenez la route vers Tallinn. »

Tallinn[1] était une ville russe au bout du golfe de Finlande. Dédiée à la pêche et au commerce local, elle avait perdu son importance au fur et à mesure que Saint-Pétersbourg se développait. Dans son port discret, John espérait trouver un navire en partance pour la Finlande ou la Suède. Il avait de quoi payer le voyage.

Son cocher dut trouver l'idée intéressante, car il gloussa avec enthousiasme tout en agitant de plus belle son fouet au-dessus des chevaux. Cependant, leur joie fut de courte durée : la route qu'ils suivaient était peu empruntée, et donc mal balisée. Elle serpentait au milieu d'une forêt de plus en plus épaisse parsemée de roches grises. Très vite, les lumières de

1. Actuellement en Estonie.

Peterhof disparurent dans leur dos et, bientôt, la seule clarté qu'ils purent distinguer fut l'éclat blanchâtre de la mer de la Baltique apparaissant parfois entre les fûts des bouleaux.

Des hurlements de loups traversèrent soudain le silence ouaté de la neige. Ils comprirent qu'ils étaient en train de s'enfoncer dans une immensité sauvage d'où ne pourrait venir aucun secours.

Cela ne les inquiéta pas tout de suite. Ils étaient persuadés d'avoir semé leurs ennemis. Puis un galop tumultueux les rattrapa peu à peu.

Les cosaques avaient retrouvé leur piste et la poursuite venait de s'engager.

2

Brogov excita les chevaux. L'aube était encore loin, aucune lueur ne venait pâlir le ciel. Au contraire, l'obscurité était profonde, mais le cocher connaissait son attelage et filait bon train. Ils reprirent de l'avance, ce qui les rassura un instant. Puis la route s'insinua dans un passage particulièrement rocheux, où Brogov refusa de ralentir. Il pensait profiter de l'obstacle pour conforter son avance et, peut-être, parvenir à semer leurs poursuivants au milieu des bois.

Quelques minutes plus tard, ils déboulèrent à pleine vitesse dans une clairière où des congères s'étaient accumulées. Ils patinèrent dans la poudreuse, cernés par des falaises. John regarda autour de lui en sachant instinctivement qu'ils faisaient ici une cible évidente.

Un coup de feu lui donna raison. Brogov s'effondra sur son siège. John tenta de saisir les rênes, mais le cheval de tête venait de prendre le mors aux dents. Galopant comme un dément, il entraîna ses congénères vers le prochain virage.

Le traîneau perdit l'équilibre. Versant sur le côté, il heurta des rochers et s'y fracassa comme une coque de noix.

John fut éjecté de son siège. Il tomba tel un pantin désarticulé, se reçut sur une pierre qui vrilla sa cuisse d'une douleur fulgurante. Il comprit tout de suite que son fémur était brisé. À demi inconscient, il tenta de ramper dans la neige pour se mettre à l'abri, mais des cavaliers surgirent d'un bois de bouleaux pour l'encercler.

Il ne les regarda pas. Il avait compris que son sort était scellé, mais il continua tout de même à avancer tant bien que mal dans la neige, les dents serrées par la douleur qui le traversait. Il n'avait plus qu'une idée en tête, rejoindre Maura, sa merveilleuse Maura, pour lui tenir la main et plonger éternellement dans son beau regard bleu.

Une balle tirée dans sa nuque pulvérisa son dernier rêve.

À quelques mètres de distance, la déflagration tira Maura de son évanouissement. Elle se réveilla dans la nacelle d'osier de la *kibitka* accidentée. L'amoncellement des fourrures avait amorti le choc. Son fils pleurait, effrayé mais indemne. Elle ne vit pas leurs ennemis, mais devina leur présence. Ils se déplaçaient en ombres noires comme des loups sur la neige.

Cherchant à protéger son enfant, elle l'enfouit plus profondément dans les couvertures pour étouffer ses cris. Elle ne cessait de penser aux deux coups de feu qu'elle avait entendus. La poitrine oppressée, elle savait ce que cela signifiait. Le cocher était mort. Ainsi que John.

Mon amour.

Prise d'un vertige effroyable, elle crut tomber dans un puits profond. Dorénavant, elle serait seule avec le petit William. Elle pensa à fuir, puis comprit que cela n'avait aucun sens : elle était cernée. De toute façon, il serait impossible de distancer des cosaques à cheval. Au mieux, elle parviendrait peut-être à survivre en restant sur place, cachée, immobile, silencieuse.

Avec des gestes lents et prudents, elle continua à ramener sur l'enfant d'autres couvertures. Le petit avait-il compris la gravité de l'instant ? Il se taisait, les yeux grands ouverts tournés vers elle. Elle le recouvrit autant qu'elle put, encore et encore.

Soudain, une affreuse tête barbue s'encadra dans l'ouverture de la nacelle, la faisant sursauter. Une main brune aux ongles sales pointa vers elle un pistolet. Elle pensa à John. Elle pensa au petit William qu'elle ne verrait pas grandir. Elle se dit que c'était injuste, qu'elle était jeune, qu'elle aurait dû avoir la vie devant elle. Elle mourut avant d'entendre la déflagration.

Cette ultime détonation claqua dans la nuit, achevant de terrifier l'attelage accidenté. L'un des chevaux s'était brisé le dos dans sa chute. Il était en train d'agoniser, mais ses deux compagnons étaient indemnes. Fous de panique, ils se jetaient contre leurs liens en ruant et en hennissant d'effroi. À chaque martèlement de leurs sabots, la neige se creusait jusqu'à ramener un humus noir dont les effluves pourrissants se répandaient alentour.

Voyant le cheval qui se mourait, l'un des assaillants dégaina un couteau et mit fin à ses souffrances en l'égorgeant. L'odeur du sang monta dans l'air, chaude et ferreuse. Les autres chevaux de l'attelage la sentirent et s'affolèrent plus encore. Ils se démenèrent avec une force si désespérée que l'homme n'eut qu'à tendre sa lame pour trancher leurs harnachements. Brutalement libérées, les nobles bêtes se jetèrent en avant comme poursuivies par le diable. Elles disparurent dans la nuit.

Les trois hommes ne s'en préoccupèrent pas plus. Se penchant sur les corps du cocher et de l'Anglais, ils fouillèrent leurs vêtements avec soin. Au bout d'un moment, ils se redressèrent bredouilles, furieux de ne pas avoir trouvé ce qu'ils cherchaient.

Le galop de l'attelage en fuite s'était estompé dans le lointain. Dans la clairière cernée de rochers, le silence de l'aube avait peu à peu repris le dessus. Maintenant, on n'entendait d'autres bruits que la pesanteur des bottes, le crissement de la glace sous les pas, ainsi que le piétinement des montures attachées à quelques bouleaux.

Les cosaques finirent par abandonner leurs victimes pour s'intéresser aux bagages dont les contenus s'étaient répandus alentour. Avec leurs démarches de cavaliers plus habitués aux selles qu'à la terre ferme, ils chaloupèrent dans la neige d'un objet à l'autre, examinant avec la même attention les livres tombés des malles en cuir et les diverses fanfreluches.

Soudain, l'un d'eux se mit à rire. Il venait de ramasser avec la pointe de son sabre un sous-vêtement de femme aux formes suggestives, qu'il leva comme un trophée.

Son chef, un sergent à la carrure de lutteur dont les moustaches tombaient de chaque côté d'une bouche fendue par une cicatrice, n'apprécia pas cette plaisanterie douteuse. Il rappela son sbire à l'ordre d'un coup de cravache furibond qui déchira son lobe d'oreille en projetant quelques gouttes de sang dans la neige.

« Arrête de perdre du temps, *tupitsa*[1] ! gronda-t-il en repoussant avec rage le sous-fifre. Trouve plutôt ce que nous sommes venus chercher, que nous puissions repartir au plus vite ! »

Ils continuèrent à arpenter la neige et à sonder les ronces, mais leur fouille minutieuse n'amena qu'une seule évidence : impossible de mettre la main sur ce qu'on leur avait demandé

1. « Crétin », en russe.

de récupérer. Parmi les vêtements en tas, les chaussures sur mesure et ce joli nécessaire de toilette en écaille de tortue, visiblement luxueux, qu'ils regardèrent un instant en se demandant combien de roubles ils pourraient en obtenir s'ils décidaient de le vendre dans une échoppe à Saint-Pétersbourg, il n'y avait rien ici qui ressemblât de près ou de loin à un cahier de notes manuscrites ou à un carnet rempli de dessins.

Au bout du compte, le sergent se redressa avec humeur. L'opération n'avait servi à rien, il était inutile d'insister.

« Vous autres, nettoyez-moi ça ! aboya-t-il. Et arrangez-vous pour faire croire à un accident. »

Les ordres qu'on lui avait donnés étaient clairs : personne ne devait se douter qu'un éminent savant britannique et sa jeune épouse venaient d'être assassinés au nom du tsar de toutes les Russies.

Ils s'activèrent dans la grisaille d'une nuit que l'aube commençait à éclaircir. Chaque chose se nimbait d'une même couleur pâle : le sol, le ciel, les écorces des bouleaux.

« Il neige à nouveau, s'exclama l'un des hommes en levant le nez vers les flocons qui commençaient à tournoyer dans la bise. Une tempête va bientôt tout balayer.

Le sergent le rabroua d'un ton rogue.

— N'as-tu pas compris mes ordres ? La neige ne peut suffire. Il ne doit rester aucune preuve de notre passage.

Le troisième homme évita de se mêler à leur dispute. Depuis un moment, il écoutait les bruits de la forêt.

— N'entendez-vous pas ? s'exclama-t-il lorsqu'il fut sûr de son fait.

Tous se turent. De lointains hurlements ponctuaient effectivement le silence.

— Des loups », commenta le sergent en plissant les yeux avec un brusque intérêt.

L'hiver avait démarré de manière précoce cette année. Dès le début d'octobre, une épaisse couche de neige s'était étendue sur la campagne, recouvrant les champs, les futaies et toute la taïga. La plupart des arbres étaient encore en feuille et ce poids supplémentaire avait brisé les branches ou ployé de jeunes troncs. Dans les bois figés par ce froid prématuré, les proies s'étaient raréfiées et les loups, affamés, s'étaient rapprochés des faubourgs de Saint-Pétersbourg.

« Ces loups-là appellent à la chasse, reprit le troisième homme tandis que des clameurs se faisaient écho au fin fond de la forêt de bouleaux.

— Ils ont senti l'odeur du sang, confirma son camarade. Ils viennent par ici. »

De fait, les hurlements qui, quelques minutes auparavant, avaient paru si lointains, étaient bel et bien en train de se rapprocher. Bientôt, il fut possible de distinguer les différents individus qui se répondaient.

« Ha ha, des loups ! reprit le sergent en lissant ses moustaches d'un air satisfait. Dieu sera toujours du côté des Cosaques[1] ! »

Comme tous les Russes habitués à vivre dans les bois, il savait. Dans peu de temps, les loups surgiraient dans la clairière et, opportunistes comme n'importe quel prédateur en période de disette, se jetteraient sur les divers cadavres pour les dévorer. Ils avaleraient les muscles, les tendons et la plupart des os. Lorsqu'ils auraient fini, il ne resterait plus rien ici, en tout cas rien qui puisse faire dire à quelqu'un que ces gens n'étaient pas morts dans un accident de traîneau.

« C'est bon, dit-il en donnant cette fois-ci l'ordre de se mettre en selle. Nous pouvons partir. Les loups vont tout nettoyer. »

Il talonna son cheval pour prendre la tête du groupe. L'homme qu'il avait cravaché ne montra pas le même empressement. Au contraire, il retint sa monture d'un air soucieux, car il venait de se rendre compte qu'il avait perdu sa boucle d'oreille, un croissant de lune en argent avec une petite croix au milieu.

S'autorisant un dernier tour dans la clairière, il ne l'aperçut nulle part, haussa les épaules d'un air fataliste et finit par rattraper ses compagnons sans rien leur dire.

---

1. À savoir : lorsqu'il s'agit du peuple, on écrit avec une majuscule « les Cosaques ». Lorsqu'il s'agit du soldat, on écrit « un cosaque » avec une minuscule.

3

Un ciel gris comme un couvercle. Un ciel mou et floconneux, qui s'était épanché en neige drue tout au long de la nuit. En fin de compte, un ciel qui ressemblait au cœur d'Iéléna Vatchenko, lui aussi gris, glacé. Hanté.

La jeune femme ne pleurait plus. Elle avait sangloté sans interruption jusqu'à ce qu'elle n'ait plus de larmes et que même sa poitrine, bandée pour contenir la montée de lait, devienne sèche comme une terre abandonnée.

Presque comateuse, elle avait fini par s'écrouler, les yeux enfoncés dans leurs orbites par un chagrin qui semblait avoir aspiré sa vie jusqu'à la moelle. L'aube pâle était venue sans prévenir, trop tôt ou trop tard, elle n'était pas parvenue à le déterminer. Finalement, elle s'était levée du lit qui l'ensevelissait avec l'impression de s'extraire d'un cercueil.

Son premier mouvement avait été de se rendre près de Viktor, l'aîné des jumeaux, celui qui était encore en vie, mais par quelque obscure superstition, elle avait craint de lui apporter le mauvais sort. La respiration coupée, elle s'était alors jetée hors de la nurserie sans même oser le regarder.

Elle avait fui la chambre, l'étage, la vaste demeure aussi silencieuse qu'un cimetière. Tant pis si la neige l'engloutissait. Tout, plutôt que de rester là, avec la vision d'un corps minuscule et immobile, au visage bleu, qui ne respirait plus.

Trébuchant au-delà du perron, elle s'enfonçait maintenant dans un magma blanc hérissé de bosquets noirs et décharnés. Ses bottines fourrées enfilées à la hâte dessinaient derrière elles des petits cercles bleus comme des glaciers. Un curieux fil d'Ariane qui semblait vouloir l'attirer dans un labyrinthe plutôt que de l'en sortir.

Dans son dos, le palais était figé dans les congères, avec sa forme haute et carrée qui suintait d'austérité. Fuyant plus avant, elle s'enfonça dans le jardin taillé à la française en ne prêtant aucune attention aux topiaires pourtant entretenus avec soin, ni même à la fontaine aux angelots que d'habitude elle aimait tant. Elle ne voyait qu'une main pâle tendue vers un petit corps immobile. Sa propre main devant le petit corps de son enfant.

Comment oublier chacune de ces terribles secondes ?

Elle l'avait touché. Oui, elle l'avait palpé, caressé, en voulant se persuader qu'il n'était qu'endormi. Son geste avait été celui d'une mère incrédule qui tentait encore de le protéger alors qu'il était trop tard. Sa gorge s'était serrée à en avoir la nausée. Son corps avait compris en premier.

Un choc. Une démence.

Oui, à cette seconde-là, elle était devenue à moitié folle.

Paniquée, elle continua à avancer au hasard. On l'appela à plusieurs reprises, on cria, on courut derrière elle, elle ne s'en rendit pas compte. Elle n'était plus dans le monde réel. Elle était morte en même temps que son fils.

« Je vous en prie, *barynia*[1], implora Nina, sa femme de chambre, en la rattrapant pour lui jeter un épais manteau de fourrure sur les épaules. Je vous en prie, revenez vous mettre au chaud. »

Avec sa poigne de solide paysanne, elle la força à enfiler la pelisse avant de la boutonner jusqu'au col.

« Venez, *barynia*, il faut rentrer. Que va dire le maître ? »

Iéléna ne l'entendit même pas. Elle pensait à ce dieu qui lui avait pris son enfant alors que, quelques jours auparavant, il lui avait permis de le tenir contre elle, adorable petit miracle avec ses ongles de nacre rose et ses yeux grands ouverts sur le vaste monde.

Pourquoi un dieu de miséricorde osait-il se permettre une telle cruauté ?

Reprise de sanglots, elle échappa aux mains de Nina pour s'élancer dans l'allée principale empesée de statues. Plus elle s'éloignait, plus le jardin lui paraissait écrasé par l'hiver. Le monde était devenu un mausolée. Elle gémit.

1. Dame propriétaire d'une terre ou épouse d'un seigneur, dans la Russie des tsars. Féminin de « barine ».

Lors de la dernière tétée, son petit Alekseï avait été si vivant. Il avait bu si goulûment, avec ses menottes accrochées aux tresses de Youlia, la plantureuse nourrice qu'elle avait elle-même choisie pour son air de bonne santé, ses seins ronds prometteurs de bon lait, ses gestes calmes, rassurants, accueillants comme un berceau.

Voilà. Toutes ces attentions n'avaient pas suffi. Son fils à peine né s'était déjà éteint. Y avait-il un sens à tout cela ? Et Viktor, l'enfant qui lui restait, allait-il lui aussi disparaître ?

Si cela devait arriver, je mourrais avec eux, songea-t-elle âprement.

La démarche chancelante, elle buta contre le mur donnant sur les communs. Une lampe à pétrole allumée pour la nuit brillait encore au porche des écuries. Sa lueur se faufilait à l'intérieur du bâtiment, révélant les litières fumantes dans les stalles, le souffle des chevaux, la vapeur qui montait de leurs corps. L'air avait une odeur rassurante de paille et de bêtes.

Un jeune garçon âgé de neuf ou dix ans balayait la cour. Lorsqu'il la vit, il se précipita vers elle en sortant le nez de sa *touloupe*[1]. Sa frimousse était malicieuse, couronnée de cheveux qui pointaient en épis blonds hors de sa chapka. Il était si maigrichon qu'il avait noué une corde de chanvre autour de sa taille pour mieux ajuster son vêtement trop large. En revanche, son beau regard bleu pétillait d'intelligence.

Iéléna se rappela qu'il se nommait Nicolaï et qu'il était le fils unique de Pavel Zokov, l'homme de confiance de son époux. Comme il était d'usage chez les enfants de moujiks[2], il servait ses maîtres depuis qu'il était en âge de tenir un outil.

« Voulez-vous que je selle Prizrak[3], *barynia* ? » lui demanda-t-il après avoir posé son balai contre un mur pour la saluer avec déférence.

Elle sursauta. Elle n'y avait pas pensé de prime abord, mais oui, ce petit futé avait raison, voilà ce qu'elle devait faire pour éviter de demeurer prostrée à broyer du noir : piquer un bon

1. Veste en peau de mouton retournée portée par les paysans russes.
2. Dans la Russie impériale, homme de la campagne, paysan.
3. « Fantôme », en russe.

galop, aller plus vite que le vent, hurler, hurler jusqu'à s'abîmer la voix.

« Oui », lui répondit-elle en se tordant les mains avec fièvre.

L'enfant hésita. Il la connaissait bien. Il admirait sa prestance et sa noblesse, mais là, il remarquait surtout son air hagard, son teint trop pâle et ses gros cernes bleus. Était-elle dans son état normal ? Avec une maturité supérieure à son jeune âge, il l'emmena à la sellerie le temps de préparer son étalon. Il valait mieux qu'elle attende au chaud.

Elle regarda autour d'elle comme si elle découvrait l'endroit pour la première fois. Une profusion de harnais, de licols et de brides étaient suspendus à une poutre haute. Des selles fraîchement nettoyées étaient entreposées sur de larges rondins appuyés contre le mur. L'air tiédi sentait bon le cuir, la cire et la résine : dans le poêle à bois, une bûche craquait en envoyant des étincelles vers le plafond.

L'enfant saisit son habituelle selle d'amazone, elle l'arrêta d'un geste.

« Non, dit-elle dans un souffle. Je vais prendre une selle d'homme. Je ne suis pas en tenue pour monter en amazone aujourd'hui. »

La jupe d'intérieur en cretonne qu'elle portait était plus destinée à se pelotonner confortablement dans un sofa qu'à chevaucher dans la neige, mais cela ne la fit pas changer d'avis. Elle avait besoin de vitesse, de crier sa rage, sa douleur, son impuissance sans que personne ne l'entende. Elle irait au bord de la mer, elle jetterait son cheval dans les vagues et là, au milieu des mouettes...

L'enfant la héla de la cour. Il tenait un superbe étalon blanc par la bride, Prizrak, qu'il avait brossé et sellé. Pour l'aider à s'y hisser, il lui présenta ses mains jointes comme il avait vu son père le faire si souvent. Elle prit appui sans réfléchir. Elle n'était pas très lourde, mais il n'était qu'un enfant. Son poids le fit vaciller. Il serra les dents pour ne pas laisser échapper de plainte et bomba le torse. Pour lui, c'était une fierté d'être son chevalier servant.

Iéléna aurait pu en rire, mais elle ne se rendit compte de rien. Elle était tellement engluée dans son chagrin qu'une fois assise à califourchon elle ne remarqua pas que ses jupons recouvraient à peine la longueur de ses jambes.

Prizrak dansa sur place. Malgré la froidure, il appréciait de sortir de son box. Elle ne l'avait pas monté depuis plusieurs mois à cause de sa grossesse, mais elle retrouva d'emblée son assiette de bonne cavalière. À chaque mouvement, son épaisse pelisse flottait derrière elle comme une aile élégante. L'enfant la trouva encore plus belle que les autres jours, peut-être à cause de son air tragique qui la rendait fragile alors qu'elle était d'habitude si noble, si forte.

Elle allait s'éloigner lorsqu'il courut derrière elle pour lui tendre un fouet. Elle voulut refuser, elle ne frappait pas les chevaux, mais le petiot la dévisagea gravement :

« Ce n'est pas pour le cheval, chuchota-t-il. C'est pour vous protéger des loups. »

Sur le moment, Iéléna haussa les épaules. Depuis qu'elle avait quitté le centre de Saint-Pétersbourg après son mariage pour s'installer au palais Vatchenko, tout le monde lui affirmait que, certains hivers, lorsque le gel était si fort qu'il fendait les pierres, des loups venaient rôder jusque dans le parc, tellement affamés qu'ils approchaient des habitations. Pour s'en défaire, les moujiks devaient installer des pièges ou organiser des battues.

Elle n'avait jamais cru à ces contes. Comment aurait-elle pu y croire, alors que le domaine de son époux n'était qu'à une vingtaine de verstes[1] de la somptueuse capitale de la Sainte Russie ? La demeure ancestrale des princes Vatchenko était peut-être une vieille bâtisse tapie dans une campagne boisée, au sud de la baie de la Neva[2], mais elle n'était tout de même pas construite au fin fond de la taïga. Au contraire, elle était entourée par de nombreux villages disséminés sur une route qui menait au port de Tallinn. Elle avait d'ailleurs un voisin prestigieux : l'immense palais impérial de Peterhof, construit par Pierre le Grand, le célèbre fondateur de Saint-Pétersbourg. L'actuel tsar de toutes les Russies, Nicolas Ier, y organisait des fêtes mirifiques, protégé par des centaines de soldats. En

1. Unité de mesure de distance en Russie impériale.
2. Partie la plus orientale de la baie de Finlande, où se trouve l'estuaire de la Neva, la rivière qui traverse Saint-Pétersbourg.

été, l'endroit était suffisamment sauvage pour y apercevoir au crépuscule des cerfs en train de se prélasser sur les pelouses ou des renards folâtrer entre les fougères, mais des loups… ?

« Attendez, *barynia*, la retint encore le jeune Nicolaï. Je dois aussi chercher vos barzoïs.

— C'est inutile, coupa-t-elle en talonnant l'étalon, mais l'enfant s'élança tout de même vers le chenil en criant par-dessus son épaule :

— Cette nuit, mon père et moi, nous avons entendu des coups de feu. Sans doute de simples braconniers, mais il vaut mieux que les chiens vous accompagnent. De toute façon, les ordres du barine sont clairs : pas de promenade sans chiens ! Si je n'obéis pas, je recevrai du knout[1] ! »

Le gamin exagérait, Vassili n'avait jamais fait donner du knout à quiconque, certainement pas à un enfant pour un prétexte aussi futile, mais Iéléna n'eut pas l'énergie de protester. Après tout, les chiens pouvaient bien l'accompagner, elle les aimait beaucoup, ces superbes lévriers qui semblaient encore plus aristocratiques que leur propriétaire, avec leur fine tête racée et leur allure élégante qui explosait d'énergie dès qu'ils se mettaient à courir.

Elle les regarda jaillir de leur enclos, semblables à des flèches. Leur fourrure immaculée se confondait avec le blanc de la neige, mais la rapidité de leur mouvement les faisait ressembler à un nuage avançant sur un glacier ou à une vague couronnée d'écume s'élevant au-dessus de la mer.

Elle ne les attendit pas. Ils la rattraperaient aisément. Les *psovaïaborzaïas*[2] faisaient partie des chiens les plus rapides au monde. Issus de croisements entre des loups, des lévriers orientaux et des laïkas, une race de chiens nordiques russes, ils avaient été créés pour la chasse à la course.

Ces trois-là lui appartenaient. Dès le premier jour de son installation au domaine, son époux Vassili les lui avait mis dans les bras alors qu'ils n'étaient que des chiots patauds à l'étrange museau allongé et aux grands yeux étonnés. Leur toison était

1. En Russie, fouet constitué de plusieurs lanières et, par extension, châtiment donné avec ledit fouet.

2. Nom russe des lévriers barzoïs, signifiant « rapide à poils longs ».

ondulée comme la chevelure d'un ange, et si douce. Elle les avait baptisés elle-même : Oblako le Nuage, pour désigner le mâle qui était aussi le plus grand ; Nezhnyy la Douce, la plus petite, blanche avec des taches couleur de sable ; enfin Tsaplya l'Aigrette, la troisième, l'aérienne, la plus véloce.

Sans surprise, cette dernière fut la première à se jeter sur ses bottines pour lui faire la fête. Iéléna se pencha pour la caresser, mais très vite son chagrin revint la submerger et ses yeux s'embuèrent de larmes. Elle lança Prizrak au galop. Mieux valait bouger, s'étourdir de vitesse en traversant les bois jusqu'à la mer, tout oublier dans le mouvement de son cheval, du vent et de la vague, pour éviter de sombrer.

Les lévriers la suivirent en humant l'air mouillé de neige. Ils trottaient au même rythme que l'étalon, lui aussi blanc comme un fantôme. Vassili le lui avait offert lorsqu'elle lui avait annoncé qu'elle était enceinte. C'était bien le geste d'un éleveur de chevaux que de croire qu'une femme aurait plus de plaisir avec un cheval qu'avec un collier de diamants ! Elle en avait tellement ri, tandis qu'il l'embrassait sur les joues, sur les paupières, sur le front, sur les lèvres, et qu'elle lui confiait avec une moue d'enfant gâtée que toutes ses amies avaient reçu un collier ou un bracelet.

« À quoi te serviraient des bijoux, *moya lyubov'*[1], alors que tu peux avoir ça ! »

Sans façon, il l'avait jetée en croupe et était monté derrière elle comme un cosaque, en l'enlaçant entre ses bras forts. L'étalon avait aussitôt allongé la foulée et elle, elle avait été émerveillée. Vassili la connaissait mieux qu'elle-même. À quoi bon des diamants, puisqu'elle avait dorénavant ce grand fantôme blanc aussi rapide que le vent !

Par la suite, il lui avait appris que l'étalon venait d'Ukraine. Qu'il était de race Strelets, d'origine orientale, plus grand qu'un pur-sang arabe. Il lui avait montré sa ligne de corps parfaite, son encolure royale, sa queue déployée comme un panache, la légèreté de son pas, l'intelligence de son regard. Elle venait tous les jours lui amener un quignon de pain noir ou une vieille pomme.

1. « Mon amour », en russe.

Excepté aujourd'hui, où elle avait les mains vides.

Reprise de sanglots, elle talonna de plus belle l'étalon. Il s'élança vers l'est, vers la partie la plus sauvage de la propriété.

Le domaine des princes Vatchenko s'étendait sur plus de trois cents hectares. Enfoui dans une forêt qui mélangeait les épicéas aux bouleaux, il butait au nord sur une plage de sable ocre où venaient s'alanguir les vagues de la Baltique. À cet endroit, les jours de grand beau temps, le regard parvenait à filer au ras des vagues grises, emporté par les vols des mouettes jusqu'à l'île de Kotline. Se tournant ensuite vers l'est, on découvrait un horizon féerique de façades blanches surmontées de dômes dorés et de flèches argentées : la cité impériale de Saint-Pétersbourg.

Iéléna déboucha sur la plage dans une envolée de mouettes et lança l'étalon au grand galop, penchée sur l'encolure blanche pour mieux épouser le mouvement de sa monture. Les crins fouettaient ses joues. Le vent cristallisait ses larmes, donnait à ses lèvres un goût de sel. La course gonflait ses jupons. Elle respirait avec difficultés un air dense, chargé d'embruns, condensé de glace. Au-dessus de sa tête, les nuages étaient lourds. Ils donnaient à la mer une couleur de plomb. De gros flocons d'écume amenés par les vagues accouraient du large pour échouer sur une plage blanchie de neige où les sabots creusaient une piste de sable ocre.

Les barzoïs la coursèrent, croyant à un jeu. Ils flirtaient avec le bord de mer, sautant allègrement au-dessus des paquets de goémons.

Soudain, ils ralentirent pour humer l'air. Oblako donna de la voix le premier, en véritable chef de meute. C'était un jappement sec, qui finit en grondement. Un signal de chasse. Avec le même ensemble, les trois lévriers obliquèrent vers le bois.

Iéléna tenta en vain de les retenir ; leur race avait été créée pour la chasse. Ils filaient sur une piste, sans doute celle d'un lapin ou d'un renard. En quelques secondes, ils disparurent entre les écorces noires et blanches des bouleaux.

La jeune femme se lança à leur poursuite, mais son cheval s'empêtra très vite dans un entrelacs de ronces et de fougères roussies par le froid qui ralentit son allure. L'endroit devint sombre et sinistre. Iéléna ne voyait les barzoïs nulle part. Elle entendait cependant leurs aboiements excités résonner entre les arbres. Elle les appela à plusieurs reprises sans obtenir de réponse.

Un chemin largement tracé filait en ligne droite dans le sous-bois. Elle y jeta sa monture. Plus elle s'enfonçait dans les bois, plus Prizrak devenait nerveux. Il écoutait les hurlements des chiens et frémissait d'inquiétude. Iéléna finit par partager sa crainte. Elle regarda autour d'elle à la recherche d'elle ne savait quel danger. Il n'y avait d'autre bruit que celui des chiens. La neige étouffait tout, même le ressac pourtant proche.

Après quelques centaines de mètres, le chemin se perdit au milieu de gros rochers gris. L'atmosphère devint encore plus angoissante. L'étalon, les oreilles rejetées vers l'arrière, s'agita de plus belle en dardant autour de lui un regard blanc de peur.

À cet instant, Iéléna sentit une violente odeur de fauve. Les aboiements des chiens résonnaient avec excitation. Elle se demanda ce qu'ils avaient débusqué ? Un cerf ? Un sanglier ?

Elle força l'étalon à faire quelques pas supplémentaires pour contourner les rochers. Pris de panique, il trébuchait dans les congères en secouant la tête comme pour se débarrasser du mors qui le contraignait.

« Calme-toi, lui dit-elle en tapotant son encolure. Calme-toi. »

Elle se tut brusquement. Elle venait d'inspirer un air imbibé d'un relent fade, froid, ferreux, qui lui donna la chair de poule. Prizrak fut pris de terreur. Il se cabra. Elle dut s'accrocher à sa crinière pour ne pas être désarçonnée.

Au même instant, elle découvrit avec effroi l'affreux spectacle qui ensanglantait la neige devant elle.

4

D'un regard circulaire, Iéléna se força à embrasser l'horrible scène. Devant elle, sur une circonférence de plusieurs mètres, la neige avait été brassée, secouée et maculée de taches sanglantes qui juraient avec le reste du paysage, si blanc, si noir.

Il lui fallut un certain temps pour comprendre qu'elle était devant les débris d'une troïka, éparpillés au milieu d'un virage. Ou plutôt de ce qu'il restait d'une *kibitka*, un de ces traîneaux de voyage tirés par des chevaux, une sorte de wagon en bois surmonté d'un toit en osier rembourré de paille, inconfortable au possible.

L'accident avait été si violent que les patins de fer s'étaient détachés de la nacelle. Des malles de cuir avaient brisé leurs attaches pour rouler à plusieurs mètres. Là, elles avaient rencontré un rocher sur lequel elles s'étaient éventrées comme des pastèques trop mûres. Maintenant, leur contenu se déversait sur la neige en un pêle-mêle navrant. On apercevait des livres et des chaussures de femme, mais aussi du linge, des robes de soie et un très beau châle à franges qui dessinait dans la neige un étonnant bouquet de roses écarlates.

Abasourdie, Iéléna voulut approcher, mais son cheval refusa d'avancer. Ne parvenant pas à lui faire entendre raison, elle se laissa finalement glisser de sa selle pour continuer à pied.

Tout de suite, elle s'enfonça dans une neige épaisse, les jambes entravées par ses jupons. Il aurait mieux valu retourner au palais pour chercher du secours, mais elle ne parvenait pas à s'imaginer revenir dans la nurserie, féliciter Youlia de son bon lait, caresser le front du petit Viktor comme si de rien n'était, alors que son frère…

Avec un hoquet désespéré, elle reprit sa marche. Tant qu'à expier, autant le faire en se rendant utile auprès de ces gens accidentés, quitte à le faire en se noyant jusqu'aux genoux dans la poudreuse sèche qui menaçait de l'ensevelir à chaque pas.

Après plusieurs mètres de peine et de transpiration, une nouvelle odeur vint la saisir à la gorge. Mal à l'aise, elle reprit son souffle. Ce relent était le même que celui qui l'écœurait lors des chasses organisées par Vassili, lorsque le gibier poursuivi depuis des heures était enfin acculé et achevé. C'était un mélange de sang encore tiède, de viande crue aux exhalaisons aigres, de tripes répandues et de fourrure mouillée, qui stagnait dans le sous-bois comme une chape nauséabonde au-dessus d'une minéralité de glace.

Elle releva son col de fourrure pour lutter contre sa nausée. L'odeur forte venait d'un cheval à demi enseveli sous la neige. Il baignait dans une énorme flaque de sang congelé. Ses compagnons d'attelage avaient réussi à rompre leurs harnais et à fuir, mais lui, blessé à mort, n'était pas parvenu à se détacher. Son immense corps brun avait roulé sur le côté, tellement entravé dans ses liens qu'il paraissait avoir été crucifié sur les débris du traîneau.

Iéléna avança avec un regain de prudence. Elle se tenait maintenant au centre d'une clairière surplombée par des rochers. La neige assourdissait tous les bruits, même ceux de ses pas. On percevait néanmoins un tintement sinistre, celui des grelots accrochés à la *douga*[1] qui continuaient à s'agiter comme si le traîneau était encore en mouvement. Il s'agissait sans doute de l'œuvre du vent, mais ce son avait quelque chose de si tragique qu'il la mettait mal à l'aise.

Les aboiements des barzoïs résonnaient dans le lointain. Ils avaient filé à la poursuite d'une proie quelconque, un chien viverrin ou un renard, peut-être même un wolvérène[2] attiré par l'odeur du sang. Tout en continuant d'avancer, elle s'efforça de repérer leurs silhouettes blanches parmi celles des bouleaux fantomatiques. Elle faillit buter sur un autre corps.

Cette fois-ci, il ne s'agissait pas d'un animal, mais d'un homme. Il était étendu à plat ventre, les bras en croix, dans

1. Arc de bois flexible, courbé au-dessus du cheval et fixé à la jonction du collier et des brancards pour garder un écartement constant entre ces derniers et éviter que l'animal ne soit blessé. Traditionnellement, on y fixe une cloche ou des grelots.
2. Ancien nom du glouton, un animal carnivore qui vit dans la taïga et la toundra.

une neige qui le recouvrait presque entièrement. Ses vêtements étaient ceux d'un cocher de louage : épais caftan bleu de qualité ordinaire, bottes grossières et bonnet de fourrure élimée. Son visage gisait face au sol dans une mare de sang. Il était mort, il ne pouvait y avoir de doute.

Iéléna n'avait jamais fait preuve de sensiblerie. Bien qu'elle ait passé la majeure partie de sa vie à Saint-Pétersbourg, dans la luxueuse demeure de quatre étages que possédait son père sur la Perspective Nevski, elle appréciait de vivre à la campagne, sans doute parce qu'elle était originaire d'une région du Caucase appelée Tchétchénie, où les habitants avaient une réputation de sauvagerie. Dès son installation dans le palais Vatchenko, elle avait mis un point d'honneur à participer à tout ce qui constituait la vie de son mari : les chevaux, les barzoïs et la chasse. Avec le parfait instinct d'une femme amoureuse, elle dressait et nourrissait elle-même ses chiens, montait des chevaux difficiles et avait appris à manier les armes à feu. Elle s'était imposée dans toutes les chasses, dans toutes les randonnées et même dans les sorties en mer. Pour l'homme de sa vie, pour être digne de son amour, elle s'était coulée dans ce monde masculin avec la facilité d'une main dans un gant.

En cet instant pourtant, elle ne se reconnaissait plus. Jamais elle ne s'était sentie aussi seule, aussi perdue et désemparée. Pire, elle avait peur. Tellement peur qu'elle en tremblait.

Que se passait-il ? Pourquoi la mort s'installait-elle dans sa vie ? Pourquoi Dieu, qu'on disait miséricordieux, lui envoyait-il cette épreuve supplémentaire ? Ne voyait-il pas qu'elle souffrait déjà suffisamment de la perte de son enfant ? Alors, pourquoi ce massacre ?

Car il y avait un autre cadavre gisant dans une mare de sang, sans doute un membre de l'aristocratie s'il fallait en juger la somptueuse *chouba*[1] qu'il portait sur une redingote d'hiver en gros drap anglais à revers de cuir blond. Il était étendu là, une jambe repliée sous lui, un bras étendu au-dessus de sa tête. On aurait pu croire qu'il dormait si son visage n'avait été dévoré par les bêtes sauvages au point de ne plus être qu'un amas de plaies noirâtres.

1. Manteau russe en fourrure.

La poitrine oppressée, elle recula en jetant autour d'elle un regard effaré. Que faisait-elle ici ? Ne valait-il pas mieux retourner au palais pour demander de l'aide ?

Le souffle court, elle revint vers son cheval. Elle n'avait plus aucune force dans les jambes et trébuchait à chaque pas. Au-dessus d'elle planait le cauchemar qu'elle tentait de fuir, un enfant aux lèvres bleues et au front de glace, son fils retrouvé mort dans son berceau. Elle se signa à plusieurs reprises pour conjurer cette vision tout en murmurant une prière fervente. En réponse, les barzoïs revinrent. Soulagée, elle les appela, mais ils l'ignorèrent pour se précipiter vers le cheval mort. Elle crut qu'ils voulaient s'en repaître et, horrifiée, s'efforça de les en dissuader en criant de toutes ses forces.

Ils n'obéirent pas, alors elle courut auprès de son étalon pour s'emparer du fouet accroché à la selle. Elle le fit claquer au-dessus des chiens, qui courbèrent l'échine mais continuèrent leur raffut. Plus elle s'approchait d'eux, plus elle avait l'impression de pénétrer dans une tempête de grognements. Sur la *douga*, les grelots tintaient follement. Cela la terrorisa, car il n'y avait aucun vent.

Elle cria de plus belle, mais les lévriers continuèrent leur ballet sans se soucier de son fouet. Ils sautaient en tous sens avec une férocité incompréhensible. Elle comprit soudain qu'ils encerclaient un animal plus gros, plus lourd, qui se défendait âprement à coups de crocs.

Un loup, comprit-elle avec sidération, et elle recula avec effroi.

Ainsi, les racontars disaient vrai. Dès que l'hiver blanchissait la mer Baltique, des loups venaient rôder autour du palais Vatchenko, à moins de vingt verstes de Saint-Pétersbourg !

Or, ces loups-là ne semblaient pas avoir peur de l'homme. Bien que celui-ci ait fatalement flairé sa présence, il n'avait pas fui. Il avait continué au contraire d'arracher à la carcasse du cheval de gros morceaux d'une viande durcie par le froid. Iéléna comprit soudain que les grelots qui tintaient n'étaient pas agités par le vent, mais par les formidables mâchoires qui secouaient la carcasse à chaque bouchée.

Elle comprit également que, dès le début, les barzoïs avaient senti les loups. Ils en avaient poursuivi quelques-uns, puis étaient revenus pour la défendre. Maintenant, ils encerclaient le seul fauve encore présent. Plus souples et plus agiles que leur adversaire, ils étaient galvanisés par leur nombre supérieur. Sans répit, ils le harcelaient tout en échappant à ses morsures avec beaucoup d'adresse.

Au bout de quelques minutes terribles, ils parvinrent à l'immobiliser en le maintenant entre leurs crocs féroces, l'écartelant presque. Iéléna en profita pour reculer pas à pas. Ses jupes mouillées l'empêtraient, elle les releva d'une main tremblante tandis qu'elle continuait à brandir son fouet devant elle. Son arme était dérisoire. Elle regrettait de ne pas avoir obéi à Vassili qui insistait pour qu'elle emporte à chaque fois un fusil.

Ce n'est qu'une fois revenue à son cheval qu'elle crut entendre un autre bruit. Il lui parut si surprenant qu'elle en trébucha.

Elle s'immobilisa pour mieux tendre l'oreille, essayant de distinguer quelque chose de précis au milieu du tintamarre fait par les chiens. Le son avait été si ténu qu'elle doutait de sa réalité.

Pourtant, bien vite, elle l'entendit à nouveau. Retenant son souffle, elle se dit que cela ressemblait au cri d'un nouveau-né.

« Alekseï », balbutia-t-elle éperdue, déjà persuadée qu'il s'agissait de son fils disparu revenu par elle ne savait quel miracle d'entre les morts.

Prête à le défendre de tout, elle se précipita vers la *kibitka* accidentée.

5

Iéléna se hâta, bouleversée par les cris minuscules. Le vent avait accumulé de la neige sur un matelas de vieilles fougères desséchées, dans un repli du terrain. Elle s'y débattit un instant, la respiration haletante, tellement tendue vers les vagissements qu'elle n'avait plus conscience de ce qu'elle faisait.

« Mon Dieu, ne cessait-elle de balbutier, en manquant s'effondrer à chaque pas. Mon Dieu, ne me le reprenez pas une seconde fois ! »

Avec des gestes maladroits qui trahissaient toute son angoisse, elle parvint enfin à s'extraire du champ de fougères. Les plaintes venaient bel et bien du traîneau accidenté. À force de les entendre, elle ne respirait plus, ou plutôt, elle respirait trop, au bord du malaise. Elle avait chaud, elle avait froid, elle avait l'impression de vivre un cauchemar sans fin. Elle craignait à nouveau d'arriver trop tard, comme pour son fils.

« Mon Dieu, je vous en prie ! chuchota-t-elle de plus belle, dans une prière fervente. Je vous en prie, aidez-moi à le sauver ! »

L'accident avait brisé la *kibitka* en deux. La partie avant reposait de guingois en travers d'un fossé. L'arrière était encastré dans une congère. Seule la nacelle en osier semblait intacte sur son plancher de bois, avec son toit qui protégeait l'intérieur du vent et de la neige.

Il fut difficile de s'en approcher : il fallait longer en équilibre un maigre replat. Au fond, une mince couche de glace recouvrait un ruisseau. L'eau paraissait peu profonde, mais Iéléna préféra avancer avec précaution. Si jamais elle tombait, et que la glace se rompait, ses vêtements seraient trempés et elle risquait de geler sur place.

Enfin, elle parvint à se pencher sur les couvertures accumulées dans la nacelle. Les pleurs du bébé s'en échappaient, vibrants de colère. Oubliant toute prudence, elle plongea les mains dans les fourrures, mais sa fébrilité déséquilibra la *kibitka*. Instinctivement, elle se raccrocha au traîneau qui bascula sous ce poids supplémentaire. Craignant alors qu'il ne sombre au fond du ruisseau, elle fournit un effort si violent pour infléchir sa course qu'elle en eut les mains écorchées. Heureusement, l'effort fut payant. Au lieu de verser dans le fossé, le reste du véhicule termina sa course dans un ramassis de branches mortes qui amortit sa chute et l'immobilisa définitivement.

Iéléna se redressa, endolorie, puis laissa échapper un cri. Un bras venait de s'échapper des fourrures. Un bras blanc, mince et fragile, dénudé jusqu'au coude. Un bras de femme morte.

« Mon Dieu ! » s'exclama-t-elle, horrifiée.

Elle allait s'en approcher lorsqu'une énorme bête grise se hissa d'un bond sur la nacelle, lui coupant le chemin. Un loup la toisait avec férocité. Au fur et à mesure qu'il avançait sur la nacelle, son poids faisait ployer l'osier avec des grincements sinistres.

Elle hurla de toutes ses forces pour l'effrayer, mais il n'en tint pas compte. Il était si affamé qu'il ne craignait plus les hommes. Retroussant les babines, il avança vers elle en grondant.

Terrorisée, Iéléna croisa son terrible regard jaune. Ses crocs impressionnants se détachaient sur sa langue rouge, écarlate comme celle d'un démon. Sa mâchoire était si proche qu'elle pouvait sentir à pleines narines son relent de fauve.

« Va-t'en ! » hurla-t-elle en secouant le fouet qu'elle avait toujours à la main.

La lanière claqua à peine. Iéléna tremblait tellement qu'elle ne parvenait plus à la manier. Le loup se ramassa pour bondir. Ses grondements effrayants emplissaient le silence de la forêt. La jeune femme fut prise de panique. La bête allait l'attaquer. La mordre. La dépecer vivante !

Elle voulut fuir, puis se souvint des recommandations que Vassili lui avait un jour faites : devant un prédateur, ne jamais s'enfuir pour ne pas ressembler à une proie. Au contraire, il valait mieux essayer de se grandir, lever les bras, crier et parler pour que la bête sache qu'elle avait affaire à un être humain. Généralement, les animaux avaient peur de ces derniers.

S'armant de courage, elle brandit à nouveau le fouet. Touché au museau, le loup dégringola de son perchoir en hurlant de douleur. Il tomba de l'autre côté du traîneau dans une neige épaisse qui entrava ses mouvements. Iéléna en profita pour le cingler de toutes ses forces.

Cette fois, l'animal ne grondait plus. Il ne pensait qu'à échapper au cuir brûlant qui mordait son échine. D'abord aplati au sol comme n'importe quel chien soumis, il parvint brusquement à sauter sur le côté et à s'enfuir, poursuivi par les lévriers.

Durant cet intermède, le nourrisson s'était mis à hurler à pleins poumons. Iéléna se pencha à sa recherche. Elle découvrit en premier le corps de la femme et ne put retenir un mouvement de recul. La malheureuse paraissait assoupie. Sa longue chevelure rousse se répandait sur ses épaules en une magnifique lumière d'incendie qui donnait à la matinée blanche de neige un embrasement saisissant. Séparée en deux ruisseaux de lave incandescente, cette manne révélait un visage exsangue aussi pâle que le paysage alentour, où les yeux déjà voilés par la mort conservaient une étonnante couleur de ciel d'été.

La mort n'était jamais un beau spectacle, mais là, avec ce pauvre bras qui pendait tout mince et tout blanc vers le sol, et l'autre qui retenait une très belle étole en renard, Iéléna ressentit pitié et compassion. La pauvre avait été si jeune, si belle...

Les pleurs redoublèrent, la rappelant à la réalité. Ils venaient de la fourrure que la morte serrait sur sa poitrine. Iéléna tendit la main et mit au jour un minuscule minois qui braillait de toutes ses forces.

Le petit cessa aussitôt de crier. Il avait perçu sa présence. Dodelinant de la tête, il la chercha du regard. Iéléna le fixa, le cœur chaviré d'émotion : le nourrisson lui souriait comme à un ange.

« *O milostivyy bog*[1] », balbutia-t-elle en remarquant qu'il avait le même âge que son fils trop tôt disparu, et les mêmes boucles blondes.

Ce ne pouvait être un hasard. Cet enfant était là pour elle, pour combler ce vide qui, depuis la nuit dernière, l'empêchait de respirer.

1. « Ô dieu miséricordieux ! » en russe.

Un signe des cieux.

Ne résistant pas plus longtemps, elle l'arracha à sa mère morte et s'enfuit comme une voleuse poursuivie par le diable. Elle était en larmes, mais elle serrait le petit avec force contre sa poitrine, décidée à le protéger de tout dorénavant.

Il gigotait avec une telle vie ! Elle baissa le nez pour respirer à pleins poumons son doux parfum de bébé. À cet instant, ses seins pourtant contenus par des bandelettes s'alourdirent, gonflés par une montée de lait. En quelques secondes, ils devinrent durs et douloureux, jusqu'à ce qu'un trop-plein se répande dans ses vêtements, soulageant sa tension.

Le tout-petit perçut l'odeur chaude du lait et chercha un mamelon avec impatience. Iéléna, en le voyant s'agiter de la sorte, la vie chevillée au corps, ne put résister plus longtemps. Elle se laissa tomber à genoux dans la neige, écarta son manteau et déboutonna son corsage.

Aucune femme de sa condition sociale n'avait jamais pensé à allaiter elle-même ses enfants. Dès leur naissance, les nourrissons étaient confiés à une nourrice qui les alimentait au détriment du sien. À la naissance des jumeaux, Iéléna avait suivi ce modèle sans réfléchir. Elle s'était laissé porter par l'usage, par son mari qui veillait sur tout, par sa mère et sa grand-mère qui, avant elle, avaient tracé cette route, et même par les domestiques qui étaient les premiers à veiller à ce que les traditions soient respectées.

Mais là, en cet instant, tout était différent. Elle n'était pas dans ses appartements, choyée par ses femmes de chambre, mais seule dans les bois, dans la neige et le froid, à avoir entre les bras la responsabilité d'un fils miraculeusement revenu à la vie, qui risquait de mourir si elle ne faisait pas tout pour le sauver.

Face à un tel enjeu, qu'importait la bienséance ou les habitudes ? Elle ne gaspillerait pas cette seconde chance.

Avec un geste déterminé, elle arracha la bande de tissu qui meurtrissait sa peau et libéra sa poitrine. Elle ignorait comment s'y prendre, mais le tout-petit semblait être plus savant qu'elle à ce sujet. Avec un naturel désarmant, sa bouche trouva un mamelon et entreprit de le téter avec ardeur.

Les yeux mi-clos, Iéléna s'abandonna dans la neige avec un ravissement qu'elle n'avait jamais connu. Plus le petit tétait et plus le lait coulait, soulageant ses seins tendus. Les lévriers étaient revenus. Ils vinrent lui lécher le visage, séchant ses larmes, puis s'étendirent contre elle, la réchauffant de leurs corps.

Elle ne s'en rendit pas compte. Elle n'avait conscience que d'un seul être, un tout petit enfant accroché à son sein, dont elle percevait la respiration tiède glisser sur sa peau tandis que sa bouche aspirait la vie qu'elle était heureuse de lui donner.

6

Lorsque le petit fut rassasié, Iéléna se rajusta au plus vite. Elle sentait maintenant la morsure du froid à travers ses vêtements humides et dut battre de la semelle pour aider son sang à circuler dans ses jambes.

Son cheval l'attendait, les naseaux frémissants, le pas nerveux. La présence des loups l'avait terrorisé mais, par miracle, il n'avait pas réussi à rompre ses liens. Il fut soulagé de la voir revenir et la salua d'un bref hennissement.

Après avoir calé le nourrisson dans son châle, bien au chaud sous son manteau, elle guida l'étalon vers la plage. Le sable gelé crissait sous les sabots. Au large, un bateau de pêche ramenait son filet, les voiles couronnées de goélands. Le cri des oiseaux se mêlait au hululement des cornes de brume. Le ciel était si bas qu'un épais brouillard s'étirait sur la houle, se confondant avec la mer. On ne voyait plus les dômes de Saint-Pétersbourg, ni l'île de Kotline.

Après la forêt d'épicéas, Iéléna dirigea Prizrak vers les champs enneigés. Des moujiks vinrent à leur rencontre. Ils la cherchaient depuis des heures, depuis que Nina, sa femme de chambre, avait donné l'alerte en ne la voyant pas revenir.

Ils furent heureux de la savoir saine et sauve et l'escortèrent jusqu'au palais. Elle hésita à leur parler du traîneau accidenté et des corps étendus dans la forêt, puis préféra se taire. Mieux valait le dire à Vassili en premier. Lui seul était capable de prendre la décision qu'elle espérait.

Elle lui raconterait tout en détail lorsqu'elle serait dans ses bras. Elle trouverait les bons mots. Elle lui promettrait qu'ils seraient à nouveau heureux. Qu'ils oublieraient les épreuves et les chagrins trop récents. Qu'ils auraient une grande et belle famille avec tous les héritiers qu'il était en droit d'espérer.

Oui, elle lui dirait tout cela, et il l'écouterait en sachant quoi faire. Il savait toujours comment réagir dans n'importe quelle situation.

En attendant, elle n'avait qu'une hâte, retrouver son petit Viktor et lui annoncer qu'elle lui ramenait son frère. Elle pourrait alors les prendre tous les deux contre elle et leur donner la tétée. Elle regrettait d'avoir suivi les usages, elle aurait dû les allaiter dès leur naissance, peut-être serait-elle parvenue à sauver son petit Alekseï. Mais il n'était pas trop tard, elle allait rattraper le temps perdu. Elle ne laisserait personne approcher de ses fils, hormis peut-être la nourrice, pour être certaine que ses petits aient du lait en suffisance. Elle assumerait son rôle de mère jusqu'au bout. Ces enfants étaient la chair de sa chair. Elle leur avait donné la vie dans le sang et la douleur. S'en occuper était son droit et son devoir.

Dès qu'elle arriva en vue du perron d'honneur dont les marches solennelles étaient encadrées par deux lions de marbre, un valet en livrée se précipita à sa rencontre, mais le jeune Nicolaï devait la guetter, car il fut le premier à attraper l'étalon par le licol. Les barzoïs bondirent joyeusement autour de lui. Il avait l'habitude de s'en occuper et sut les calmer d'un geste assuré en leur ordonnant de se coucher à ses pieds.

Iéléna fut impressionnée par sa maturité. Il était encore si jeune, il lui avait pourtant été d'un grand secours. Sans lui, elle n'aurait eu ni fouet ni lévriers pour se défendre contre les loups. Dieu seul savait ce qui aurait pu se passer…

Tandis que le gamin tenait l'étalon par la bride pour lui permettre de descendre avec facilité, elle étudia son visage un peu trop maigre aux oreilles trop grandes, encadré de cheveux hérissés comme des chaumes. Ses yeux étaient limpides et francs. Ses joues avaient le rouge des pommes de fin d'été, ces petites pommes sucrées si parfumées, mais qui ne se conservent pas. Sans lui, jamais elle n'aurait eu l'idée de partir à cheval et jamais elle n'aurait trouvé le bébé.

Elle lui devait cette seconde chance.

« Nicolaï, l'appela-t-elle doucement.

— Oui, *barynia* ? »

Il s'approcha respectueusement, en ôtant sa chapka. Elle tendit la main, lui caressa le front. Il fronça les sourcils. Il n'avait pas l'habitude de cette sorte de tendresse, mais il ne broncha pas, car elle était la princesse Iéléna Vatchenko et lui juste un moujik.

« Tu es béni des dieux, lui dit-elle avec des étoiles au fond des yeux. Tu es un véritable porte-bonheur sur lequel la main céleste s'est étendue. Je vais te garder près de moi, tu seras l'ange gardien de mes fils. Qu'en dirais-tu ? Cela te plairait-il ? Tu ne travaillerais plus aux écuries ni au chenil. Tu vivrais avec mes deux enfants, dans une belle chambre bien chauffée, tu participerais à leurs leçons et à leurs jeux. Tu les protégerais de ta force, de ta santé, de ta vivacité. Vois-tu, c'est tout ce que je te demande, mon petit Nicolaï, les surveiller pour éviter qu'il ne leur arrive malheur. Pourrais-tu t'en acquitter pour me faire plaisir ? »

Le garçon n'avait que neuf ans. Il baissa les yeux, ne sachant quoi penser de cette étrange proposition. Était-ce bien ? Était-ce mal ? Il n'aurait su le dire, mais il était né pour obéir aux maîtres et, à tout hasard, lança un grand sourire à la princesse blonde qui était déjà en train de gravir le perron. Depuis qu'il avait fait sa connaissance, il n'avait qu'une seule envie, lui faire plaisir, non parce que c'était dans l'ordre des choses, puisqu'il était fils de moujik et elle une princesse du Caucase et de Russie, mais parce qu'il était subjugué par sa grâce et sa beauté.

En fait, il l'avait admirée depuis son premier jour de fiançailles puis, à son mariage, et maintenant chaque jour de la vie, car elle était pour lui comme ces personnages de contes de fées dont il entendait les récits les soirs de fêtes au village. Assis près de la vieille qui racontait des histoires au coin du feu, il fermait les yeux pour mieux évoquer la princesse à la grenouille, Vassilissa face à Baba Yaga ou l'oiselle de feu, et ces héroïnes-là avaient toujours le visage de *sa* princesse Iéléna, qui montait et chassait comme un homme, et qu'il admirait éperdument.

La voyant sourire, il sourit de plus belle. Il ignorait que, même à neuf ans, on peut tomber amoureux. Il ignorait aussi qu'un destin pouvait basculer à cause d'un simple sourire.

« C'est donc entendu, lui jeta-t-elle de loin, ne t'inquiète de rien, j'en parlerai à ton père. Je m'occupe de tout. »

Elle franchit la porte d'entrée et se retrouva dans l'immense vestibule. Aussitôt, sa femme de chambre lui tomba presque dans les bras en poussant des cris d'orfraie devant ses vêtements trempés et déchirés. Ces exclamations montèrent dans l'aigu lorsque Nina découvrit sous le manteau le nourrisson emmailloté.

« Ô *barynia*, mais que ramenez-vous là ? Qu'est-ce donc que cela... ? »

Iéléna jeta un coup d'œil aux autres serviteurs accourus et qui, eux aussi, dardaient vers elle des regards empreints de stupeur et de curiosité. Elle répondit avec humeur :

« Cesse donc de jacasser et viens m'aider, je vais me changer. »

Personne n'osa s'interposer, sauf Ferdinand, le majordome d'origine française, qui la retint le temps de l'informer que sa longue absence avait rendu le prince Vassili fou d'inquiétude.

« Il vous a attendue, madame, lâcha-t-il du bout des lèvres de cet air pincé qu'il arborait en toutes circonstances et qui semblait indiquer que, quoi qu'on fasse, il s'agissait toujours d'un crime de lèse-majesté.

— Eh bien, dites-lui que je suis de retour, souffla-t-elle avec irritation en se précipitant vers l'étage.

— C'est que, madame, continua le premier domestique du palais, Son Excellence est parti à Saint-Pétersbourg pour régler une affaire urgente avec le comte Mouraski. Il a pris le départ immédiatement après la cérémonie, qu'il a retardée autant que possible en espérant vous y voir... »

Elle sursauta. Il évoquait l'inhumation dans le caveau familial du tout petit corps, à laquelle elle n'avait pas réussi à assister ce matin. Refusant d'en entendre davantage, elle s'élança dans les escaliers en ordonnant sèchement :

« Vous m'enverrez Son Excellence dès qu'il sera de retour, je dois lui parler. »

Une belle lumière tombait de la verrière sous plafond, enjolivant de mille reflets la rampe d'acajou garnie d'angelots ventrus. Elle gravit chaque marche en essayant de se persuader qu'elle montait vers le paradis. Les épreuves étaient finies. Tout allait bien se passer. Tout allait rentrer dans l'ordre.

Elle inspira un grand coup.

« Vous sentez-vous bien, *barynia* ? s'inquiéta Nina, qui la suivait de près. Je ne comprends pas ce qui se passe. Ne voulez-vous pas me dire où vous étiez ? Et dans quel état vous revenez ! Que vous est-il arrivé ? Regardez votre jupe comme elle est déchirée ! Êtes-vous tombée ? Mon Dieu, êtes-vous blessée ? Et vos mains, comme elles sont glacées, ajouta-t-elle en lui effleurant les doigts, je vais tout de suite donner des ordres pour qu'on prépare un *bania*[1] afin d'éviter que vous n'attrapiez la mort !

— Fais à ta guise, répliqua Iéléna en se dirigeant maintenant vers la nurserie, mais surtout arrête de tourner autour de moi à m'en donner le vertige ! »

Au moment où elle franchit le seuil de la nurserie, elle sentit que quelque chose avait changé et elle s'arrêta, le cœur serré. En silence, elle détailla le papier peint recouvert d'oiseaux et de papillons, les rideaux roses qui teintaient d'un doux reflet chaleureux la sombre clarté d'hiver, le pare-feu devant l'âtre, les tableaux qu'elle avait elle-même choisis, qui illustraient ses contes russes préférés : l'oiseau bleu, la renarde, la femme-oiselle, le prince vaillant, le tsarévitch-faucon, le poisson aux nageoires d'or… Tout était à sa place, et pourtant…

Soudain prise de colère, elle entra en grondant entre ses dents serrées :

« Où est le lit de mon fils cadet ? Qu'en avez-vous fait, sotte nourrice ?

L'opulente Youlia, qui s'était précipitée pour la saluer d'une révérence, se figea de stupéfaction.

— Mais, *barynia*, balbutia-t-elle en n'y comprenant plus rien, ne vous rappelez-vous pas ce qui s'est passé ? Votre fils… ce pauvre mignon… ce tout-petit… Son Excellence nous a tous emmenés ce matin à la cérémonie et… j'ai pensé… j'ai cru bien faire…

Iéléna perdit le contrôle d'elle-même.

— Tais-toi ! hurla-t-elle en levant le fouet qu'elle tenait encore à la main. Crois-tu donc que je t'ai engagée pour penser ? »

1. Bain de vapeur russe traditionnel, à l'époque appelé « bania noir », car la fumée qui se dégage du poêle reste à l'intérieur pour bien exterminer tous les germes et microbes qui s'y trouvent.

La nourrice tomba à genoux en se protégeant le visage derrière son coude, et ce geste de peur remplit Iéléna de honte. Elle recula en s'efforçant de retrouver la maîtrise d'elle-même. Elle n'avait jamais levé la main sur un domestique et n'allait pas commencer aujourd'hui. Elle n'était pas comme ses pairs qui aimaient terroriser leurs gens en usant de punitions corporelles, soi-disant pour leur apprendre à rester à leur place. Elle avait toujours réussi à exiger de ses serviteurs le meilleur d'eux-mêmes en leur témoignant bonté et justice.

Comment avait-elle pu se montrer aussi blessante et aussi violente ? Youlia n'était pas une mauvaise fille. Elle était juste une paysanne sans éducation qui avait agi de la façon la plus pragmatique possible. Iéléna l'avait d'ailleurs choisie pour cela, pour s'occuper de ses fils avec l'instinct d'un parfait petit animal nourricier.

« Youlia, tout va bien, dit-elle finalement d'un ton plus doux, en laissant Nina lui ôter son manteau mouillé. Je suis fatiguée… tellement fatiguée… Tiens, prends le petit Alekseï et mets-le à côté de son frère dans le même berceau. »

La jeune nourrice fixa avec effroi le nourrisson blond qu'elle lui tendait, puis recula en se signant à plusieurs reprises. Le petit ressemblait tellement à celui qui venait de mourir qu'il ne pouvait s'agir que de son fantôme.

« Calme-toi, soupira Iéléna. Calmez-vous toutes les deux, ajouta-t-elle en remarquant que Nina la dévisageait avec le même regard halluciné. Ne comprenez-vous pas que j'ai réussi à le sauver ? Sans moi, il serait mort de froid, dévoré par les loups. C'est un véritable miracle. »

Elle posa elle-même l'enfant dans le berceau à côté du petit Viktor, puis elle demanda qu'on lui défasse ses jupes empesées de glaçons, ses bottines crottées et ses bas de laine détrempés. Elle n'était pas dupe, elle savait que ses deux domestiques la prenaient pour une folle, et sans doute avaient-elles raison, mais qu'importait, elle était la princesse Iéléna Vatchenko. Ses désirs étaient des ordres.

Elle laissa Nina lui frictionner les pieds avec un onguent au camphre, puis se glissa dans une épaisse robe de chambre en satin de Chine doublée de chinchilla. Sa femme de chambre remarqua tout de suite que sous sa chemise de laine, elle ne portait rien.

« Mais pourquoi avez-vous défait les bandelettes en toile de lin qui devaient contenir votre montée de lait ? remarqua-t-elle avec un ton que la désapprobation rendait pointu. Laissez-moi faire, je vais vous les remettre.

— Non, répliqua Iéléna. Je n'accepterai plus jamais une de ces bandelettes. Je vais nourrir moi-même mes fils. »

Les deux domestiques la regardèrent en se récriant d'horreur. De concert, elles prétendirent que c'était impossible, que si elle persistait dans ce choix, elle deviendrait difforme et laide et que le prince la répudierait. Youlia, surtout, se montrait la plus vindicative, car elle craignait de perdre son emploi. Elle était heureuse ici, gavée à volonté d'une bonne nourriture saine, à dormir dans une belle pièce aux murs tendus de soie, avec pour unique travail celui de dorloter un nourrisson tandis que ses sœurs trimaient aux champs ou dans l'étable, à récurer le lisier ou arracher des navets.

« Ça suffit ! les interrompit Iéléna en haussant le ton. J'ai pris ma décision, je ne reviendrai pas dessus.

— Tout de même, balbutia la nourrice en dernier recours, que va dire Son Excellence ?

— Que veux-tu qu'il dise ? répliqua Iéléna avec humeur. L'important n'est-il pas que ses fils puissent grandir au mieux ? N'aie aucune crainte, ma *nyanya*[1], je n'ai pas l'intention de te renvoyer. Tiens, aide donc Nina à trouver mon châle de cachemire, celui qui a des roses rouges. Et va demander à un valet de mettre une bûche supplémentaire dans l'âtre. Il ne faut pas que nos petits princes aient froid lorsque je les allaiterai. »

Cette fois-ci, elles obéirent promptement et Iéléna en profita pour se pencher au-dessus du berceau. Les deux anges dormaient avec des sourires de bienheureux. Elle leur fredonna un refrain qui parlait de princesses et de jeunes garçons courageux tout en les regardant avec bonheur.

Viktor avait été l'aîné des jumeaux. Dès la naissance, il avait été un peu plus petit que son cadet, et cette différence s'était maintenant accentuée. Son visage était également plus carré

1. « Nounou », en russe.

avec des mâchoires fortes et un front auréolé de boucles brunes et épaisses. Attendrie, Iéléna ne put se retenir de caresser sa joue d'ambre, admirant tout à la fois son teint resplendissant de bonne santé, son petit corps trapu et ses os larges et robustes. Bien qu'endormi, il avait pris conscience de ne plus être seul. Il s'était même rapproché au point de poser sa menotte sur l'épaule voisine et de coller son visage contre l'autre, pour respirer le même air que lui.

Enlacés de la sorte, ils étaient si beaux l'un et l'autre, le brun et le blond, qu'Iéléna en pleura de bonheur.

« Mes chers amours, chuchota-t-elle avec ferveur en s'adressant par la même occasion à ce dieu qu'elle avait tant haï et que, maintenant, elle glorifiait mille fois, je suis tellement heureuse de savoir que vous serez à jamais un frère l'un pour l'autre, réunis dans mon amour et dans celui de votre père. Notre famille est belle et moi, je vais vous aimer. Oui, comme je vais vous aimer tous les deux. »

7

Il était à peine quinze heures, mais la nuit s'annonçait déjà dans la vaste demeure silencieuse. Un valet était venu alimenter le feu qui, depuis, ronronnait avec force. Une jeune bonne l'avait suivi pour allumer les chandelles. Dans la nurserie, tout était calme et calfeutré. Les jumeaux dormaient. À travers l'interstice du double-rideau qu'on avait tiré pour maintenir la chaleur à l'intérieur, Iéléna observait le crépuscule bleuté qui s'intensifierait jusqu'à devenir d'encre. Elle frissonna. Elle attendait Vassili. On lui avait dit qu'il était parti à Saint-Pétersbourg pour régler quelques affaires urgentes. Ce n'était pas loin, sauf qu'il tardait à rentrer. Plus l'obscurité s'intensifiait, plus elle se rongeait les sangs. Elle pensait aux loups qui l'avaient attaquée, aux cadavres qu'elle avait vus. La route venant de Saint-Pétersbourg était-elle vraiment sûre ?

Avec l'arrivée de la nuit, sa peur s'accrut et son excitation d'avoir arraché un nouveau-né à une mort certaine retomba. En moins de vingt-quatre heures, elle avait appris que la mort pouvait frapper à tout moment. Pouvait-elle encore croire en la vie ? Chaque bruit la faisait sursauter.

« Je vous en prie, *barynia*, lui souffla Nina en s'approchant d'elle, ne soyez pas inquiète. Son Excellence sait se défendre. Et puis, il a emmené Daniil et Pavel Zokov avec lui, ainsi que Gerton, qui est habile au fusil. »

Iéléna abandonna la fenêtre pour se tourner vers sa femme de chambre. La jeune paysanne la connaissait mieux que personne. Avec ses mots simples et sa gentillesse naturelle, elle essayait de la réconforter.

Pour lui faire plaisir, elle s'efforça de sourire.

« Tu as raison, dit-elle en redressant la tête, mais va tout de même chercher une icône. Tu la mettras ici, sur cette commode, et tu allumeras une bougie pour l'éclairer. »

Nina s'exécuta et elles prièrent longuement. La nuit s'intensifia et le palais sembla se recroqueviller dans un étrange silence calfeutré par la neige. L'heure de la tétée arriva. Youlia, qui était en train de tresser des couronnes de Noël pour décorer la nurserie, sentit ses seins se gonfler de lait et se leva mécaniquement, mais Iéléna la devança en s'installant à sa place dans un vaste fauteuil à oreillettes. Le dos confortablement calé par des coussins, elle défit son corsage devant les deux domestiques médusées.

« *Barynia*, chuchota Nina, consternée, que voulez-vous faire ?

— Donnez-moi les petits », ordonna Iéléna sans sembler l'avoir entendue.

Youlia les lui amena en traînant des pieds. Iéléna n'y prêta aucune attention. Elle avait pris sa décision. Elle s'occuperait elle-même des nourrissons. Tout en les serrant contre son sein, elle les recouvrit de son châle pour qu'ils n'aient pas froid. Le silence revint, uniquement troublé par l'adorable bruit de succion des nouveau-nés. Elle soupira de plénitude.

Lorsqu'ils furent repus, Youlia les changea puis voulut les remettre dans le berceau, mais Iéléna refusa. La nuit s'était installée, ravivant les affreux souvenirs de la veille. Craignant de devoir à nouveau les affronter, elle voulait garder près d'elle les deux petits. Elle se disait qu'ainsi elle saurait les protéger de tout.

Nina lui coula un regard inquiet.

« Son Excellence sera bientôt de retour, dit-elle pour la rassurer, tout en rangeant du linge dans l'armoire. Il me semble avoir entendu un bruit de grelots. »

Ce n'était pourtant que le vent qui jouait dans les mélèzes.

Le temps continua à s'étirer, rythmé par l'horloge lente et immuable. Iéléna dut s'assoupir, car elle se réveilla soudain en sursaut. Cette fois-ci, elle ne rêvait pas. Le pas sec et rapide de Vassili remontait le corridor, tandis que sa voix haute et claire donnait un ordre à son valet.

Elle soupira de soulagement. Enfin, il était de retour. Elle fut heureuse comme une gamine de l'entendre frapper à sa porte. Ils s'étaient séparés à l'aube, fâchés et meurtris, après qu'il lui eut annoncé qu'il s'occuperait de l'inhumation dans la matinée. Elle avait été choquée de l'entendre parler ainsi. Pour elle, c'était trop tôt. Trop dur. Comment pouvait-il songer à enfermer son tout-petit sous une dalle de pierre alors que son corps n'était même pas froid ?

Elle s'était enfuie dans le jardin, en larmes, refusant d'affronter plus longtemps cette horrible réalité. Il l'avait laissée partir sans rien dire, sans rien faire. Sur le moment, elle en avait été furieuse. Maintenant, elle voulait juste se nicher dans ses bras. Sentir sa force. Son amour. Sa vie.

Il entra en amenant une odeur de sous-bois. Aussitôt, la pièce parut rétrécir. Vassili Vatchenko était grand, très grand même, une véritable force de la nature avec des épaules larges, un torse séduisant et, en cet instant, des cuisses tellement moulées dans une culotte de cheval taillée à l'anglaise que c'en était presque indécent. Le cœur battant, Iéléna leva les yeux pour rencontrer son visage glabre aux pommettes hautes. Elle s'attarda sur le creux émouvant de ses joues et le relief puissant de ses mâchoires qui donnaient à sa physionomie une force qui contrebalançait une certaine forme de sensualité. Jamais elle n'avait vu d'homme plus beau, avec sa longue chevelure dense et sombre qui retombait en boucles folles sur son front, son nez droit, son teint mat d'homme habitué au grand air et sa bouche charnue et douce, si douce lorsqu'elle se posait sur elle. Le petit Viktor lui ressemblait énormément.

« Vassili », murmura-t-elle avec ferveur, parce qu'elle était une fois de plus subjuguée par sa stature qui lui remuait les sens.

D'un claquement de doigts autoritaire, il fit sortir Nina et Youlia qui s'empressèrent d'obéir, et ils restèrent seuls l'un en face de l'autre. Il avait une manière assurée de se déplacer, quoique silencieuse et assez semblable à celle qu'il avait pour approcher en forêt le farouche gibier qu'il aimait chasser.

Un tigre, pensa-t-elle, *oui, un tigre de Sibérie*, et elle se souvint avec émotion de leur première rencontre.

Elle était sur les terres du comte Zarkov. Elle participait à une chasse au sanglier qu'elle suivait en grand équipage aux côtés de son père. L'automne colorait les sous-bois d'une magnifique flamboyance. Chaque détour de sentier était d'une beauté à couper le souffle. Quelques retardataires les avaient rejoints en milieu de matinée. Parmi eux, le prince Vassili Vatchenko. Il chevauchait un alezan aux membres élégants et portait un uniforme de hussard. À cette époque, il faisait encore partie de la garde impériale, où il était lieutenant-colonel.

Elle était immédiatement tombée amoureuse.

Comment aurait-il pu en être autrement ? Il caracolait en cavalier émérite, le dos droit, les épaules larges, le regard impérieux. Toutes les femmes n'avaient d'yeux que pour lui. À aucun moment elle n'avait imaginé qu'il la distinguerait. Elle n'avait que quinze ans et lui déjà vingt-cinq. Pourtant, tout de suite, il était venu la complimenter sur sa façon de monter. Elle avait rougi et n'avait su quoi répondre. Il n'avait rien ajouté mais, le lendemain, il avait demandé à son père l'autorisation de lui faire la cour. Il apportait en cadeau trois douzaines de roses jaunes suffusées de rouge et une curieuse selle d'origine arabe, ornée de glands et de pompons. Les roses étaient pour sa mère, la selle pour elle. Elle avait été heureuse de ce choix même si son père ne lui avait jamais donné l'autorisation d'user de cet étonnant présent, car on ne pouvait s'y asseoir en amazone. Malgré tout, elle l'avait fait mettre dans sa chambre pour pouvoir la contempler chaque jour et, parfois, s'y installer en cachette, les jambes écartées, les joues rosies de pensées qui n'étaient pas très sages.

« Vassili, mon bel amour, chuchota-t-elle avec passion.

Il s'approcha en la mangeant du regard.

— Iéléna, *moya lyubov', moya ptichka*[1], lui dit-il de sa belle voix caressante à la fois ferme et tendre, dès que je vous vois, je suis ensorcelé et n'ai qu'une envie, tomber dans vos bras, mais d'abord, dites-moi ce qu'il se passe ici ? Après être revenu de Saint-Pétersbourg, où j'ai traité quelques affaires urgentes, les

1. « Mon amour, mon oiseau », en russe.

domestiques m'ont littéralement sauté dessus. J'avoue n'avoir rien compris à ce qu'ils me racontaient. N'avez-vous rien à me dire, ma belle fleur des neiges ? »

Il attrapa un coussin et se laissa tomber à genoux près d'elle. Elle lui sut gré de ne pas évoquer leur différend du matin, ni le fait qu'il l'ait sans doute vainement attendue près du mausolée familial en compagnie d'un tout petit cercueil.

« Je suis désolée pour la cérémonie, commença-t-elle d'une voix qui se brisa aussitôt. Je sais que j'ai été odieuse et lâche, je vous ai laissé seul alors que nous aurions dû... côte à côte...

Il se pencha pour lui embrasser le front.

— Allons, allons, *moya dorogaia*[1], vous savez que je suis là pour être votre force lorsque celle-ci vous fait défaut. Vous sentez-vous un peu mieux, tout de même ?

— Oui », assura-t-elle.

Il la détailla avec attention. Elle avait les traits tirés, mais elle demeurait cette délicieuse beauté blonde qui avait su l'émouvoir la première fois qu'il l'avait vue. Tout de suite, il avait été attiré par son physique fin et fragile qui la faisait ressembler à une porcelaine précieuse, puis il avait découvert l'assurance qu'elle pouvait déployer pour obtenir gain de cause et ce contraste avait achevé de le séduire.

Dès le début de leur mariage, elle avait tenu à demeurer à ses côtés en toutes circonstances. Il en avait ri, amusé, ému, jusqu'à ce qu'elle montre très vite qu'elle était capable de suivre une battue durant toute une journée ou de marcher sans s'arrêter sur de longues distances. Il l'avait donc laissée l'accompagner partout : dans ses chasses, bien sûr, mais aussi dans les champs lorsqu'il surveillait l'ensemencement ou les moissons, dans les bois de coupe lorsqu'il décidait des arbres à abattre et même dans les mines d'ambre qu'il possédait dans des collines plus au sud. Elle était une cavalière émérite qui savait maîtriser les chevaux les plus fougueux. Et puis, ultime chance qui les avait rapprochés, elle s'était prise de tendresse pour les barzoïs, son autre passion, et rien que pour cela, il avait fondu d'amour.

1. « Ma chérie », en russe.

Ce soir, cependant, force était de constater qu'elle demeurait pâle et à bout de forces. Évidemment, ce n'était pas une surprise. Outre le deuil affreux qu'elle était en train de vivre, elle avait eu une délivrance difficile. Lui-même en avait été choqué. Il entendait encore les râles déchirants qu'elle avait poussés à chaque contraction et, bouleversé par sa souffrance, avait juré de ne plus jamais lui faire d'autres enfants. Tant pis si des deux héritiers qu'il avait eus, l'un d'eux s'était éteint prématurément.

« Je vous vois si lasse, *moya lyubov'*, reprit-il doucement, ne faudrait-il pas vous reposer ? Ces dernières heures ont été si rudes. »

Lui aussi avait du chagrin, mais peut-être acceptait-il la sentence plus facilement qu'elle ? La sagesse populaire prétendait que les enfants avant leurs deux ans étaient fragiles. Et que parfois, même les mères…

La gorge nouée d'inquiétude, il souffla :

« Que pourrais-je vous dire pour vous inciter à prendre du repos ?

— Je vais bien, je vous assure. Je désirerais juste vous parler un peu. »

D'un geste lent et délicat, elle repoussa le châle de cachemire qui la recouvrait pour révéler les nourrissons endormis contre sa poitrine.

Voyant cela, Vassili se releva d'un bond, ahuri.

« Iéléna ! D'où vient cet enfant ? Qu'est-ce que cela signifie ? »

La scène lui paraissait si consternante que, sur le moment, il ne sut ce qui le troubla le plus, entre la voir s'afficher le corsage mal ajusté comme une fille de rien ou constater que, malgré le drame de la nuit passée, il y avait toujours dans cette nurserie *deux* nouveau-nés bien vivants.

« Iéléna, répéta-t-il, stupéfié. Qui t'a apporté cet enfant ?

— C'est un miracle, lui dit-elle en levant ses yeux magnifiques vers lui. C'est moi qui, en traversant le Styx, l'ai ramené des Enfers.

— Bien, répliqua-t-il d'un ton sévère en se mettant à marcher de long en large. Effectivement, tu as raison, nous devons parler, là, tout de suite. »

Il s'adressait à elle comme à une enfant ou une simple d'esprit, il en était bien conscient et le regrettait, mais ce matin il l'avait vue sombrer dans une telle douleur qu'il avait cru qu'elle en deviendrait folle. Il en était resté si choqué, si terrifié même que, maintenant encore, il craignait de lui assener un choc qui lui ferait définitivement perdre l'esprit.

« Iéléna, reprit-il doucement, je t'en prie, ne me mens pas...

— Je ne te mens pas, je l'ai sauvé des loups et de la neige. »

Il l'observa et la trouva étrangement calme. Émouvante également, avec son teint si blanc qu'il en paraissait diaphane et sa bouche ronde et rose que tordait un vague sourire d'émotion. Vraiment, elle n'avait plus rien de commun avec la misérable créature échevelée qu'il avait dû ceinturer ce matin pour qu'elle cesse de hurler.

« *O Gospodi*[1] *!* » chuchota-t-il par-devers lui en détaillant le nourrisson inconnu qu'elle serrait dans ses bras avec la même douceur que leur propre fils.

Ce poupon n'avait rien d'extraordinaire. Comme n'importe quel enfant de cet âge, il était très petit, la peau trop rose et trop ridée, les mains trop grandes par rapport au reste du corps. En revanche, il était blond comme l'avait été leur petit Alekseï. Et il souriait en dormant, la moue adorable.

Le cœur battant, il comprit pourquoi elle le tenait dans ses bras et, devinant où elle voulait en venir parce que lui-même venait d'avoir exactement la même pensée, il ne sut que répéter :

« Iéléna, mon amour, es-tu certaine que cette idée ne soit pas saugrenue ?

— Oui. »

Elle était encore à vif, avec des larmes perlant trop facilement à ses cils, mais elle était également emplie d'une telle confiance et d'un tel espoir qu'il ne pouvait qu'en être touché. Il se dit qu'il était chanceux d'être aimé d'une telle femme et que cela valait la peine de se battre pour défendre un tel bonheur.

Lui prenant la main, il la porta à ses lèvres pour embrasser le bout de ses doigts en une caresse de papillon.

1. « Mon Dieu ! » en russe.

« Ma chérie, mon amour, souffla-t-il, vaincu. Je suis prêt à écouter ce dont tu veux me parler. Que faut-il que je fasse pour te rendre à nouveau heureuse ? »

Elle le lui dit.

8

Il était tard, mais Vassili s'habilla tout de même pour sortir dans le froid. Il avait dîné seul, car Iéléna n'avait pas voulu se rendre dans l'austère salle à manger, préférant rester dans la nurserie près des tout-petits. Il l'avait laissée faire. Il avait besoin de réfléchir calmement à la situation. Après une assiette de *kalia*[1] et quelques blinis frits fourrés de harengs à la crème suivis d'une bonne portion de chou farci, il avait finalement décidé de se rendre à l'instant sur le lieu de l'accident. Il aurait pu attendre le lendemain, mais il n'avait pas sommeil. Il avait besoin de décider ce qu'il devait faire.

Après avoir avalé un dernier verre de vodka coupé de lait chaud, il renvoya tous les domestiques dans leurs quartiers, y compris Daniil, son valet personnel. Revenu seul dans ses appartements, il se vêtit d'une superposition de vêtements chauds sous une épaisse pelisse en peau d'ours, puis enfila des bottes fourrées. Maintenant, il était prêt à affronter les températures glaciales de la nuit.

Il emporta une lampe à huile. Il était tard, le falotier[2] avait déjà mouché toutes les bougies ; le palais était plongé dans l'obscurité. En passant devant la nurserie, il eut envie d'embrasser Iéléna. Il entra tout doucement et la trouva endormie. Les traits de son visage semblaient enfin apaisés. Rassuré, il déposa un tendre bécot sur son front avant d'aller jeter un coup d'œil aux nourrissons.

Les poupons dormaient dans le même berceau, bien au chaud sous leurs couvertures. Leurs respirations étaient profondes et régulières. D'une manière attendrissante, ils s'étaient

---

1. Soupe à base de cornichon, d'orge perlé et, à Saint-Pétersbourg, de rognons de veau, aussi appelée *rassolnik*.
2. Ici, domestique chargé d'allumer et d'éteindre les feux.

serrés l'un contre l'autre et le petit Viktor avait même posé sa main sur l'épaule de son jeune voisin. On aurait dit des frères et, les voyant ainsi, Vassili oublia ses derniers doutes. Iéléna avait raison. Il était possible d'avoir à nouveau deux fils. À lui d'évaluer les risques ou les inconvénients que cela risquait de soulever.

Il s'éloigna d'un pas décidé, traversa les communs, sortit dans la cour par la porte de service qui n'était jamais verrouillée et se dirigea vers les écuries. Dans le calme de la nuit, les sons résonnaient, aimables et familiers : souffles des chevaux dans leurs stalles, cliquetis des brides, martèlements des sabots dans la paille, mastication des mâchoires. Il contourna les carrières qui servaient à entraîner les cavaliers à la belle saison et prit un sentier partiellement déneigé qui menait à un bois. Tout du long, un ruisseau glougloutait, invisible car pris sous la glace. La lumière de la lampe donnait aux troncs noirs une forme fantasmagorique. Au bout de quelques minutes, il atteignit un pont de planches. Sur l'autre rive, une isba avait été construite en bon sapin.

La bicoque n'était ni très grande ni très haute, mais était joliment finie avec des animaux sculptés au-dessus de la porte et des festons ajourés aux fenêtres. À cette heure-ci, les volets étaient clos. Cependant, une lueur rougeoyante filtrait encore au travers des lattes disjointes.

Il n'eut pas besoin de frapper à l'huis. Pavel Zokov ouvrit tout de suite la porte, sans doute averti par les chiens qui vivaient avec lui.

« J'ai besoin de toi », lui dit-il simplement.

L'homme à l'apparence rustre était son confident et son meilleur ami. Ils avaient grandi ensemble comme deux frères, le moujik veillant jour et nuit sur le petit prince. Cette vie commune leur avait permis de développer des rapports de confiance autrement plus étroits que ceux que Vassili éprouvait pour la plupart des membres de sa famille, en particulier pour son frère cadet, plus jeune de dix ans, qui était né sur le tard d'une mère qui lui passait tous ses caprices.

« Je vous attendais, barine », répondit Pavel en enfilant sa *touloupe* sans poser de questions.

Il s'effaça pour faire entrer Vassili dans une pièce unique éclairée par un poêle à bois. La lumière qui filtrait des volets venait de là, de ce reste de braises. L'ameublement était simple et rustique, une table de bois brut, des chaises à peine sculptées, des pots de terre cuite sur une étagère. On était à mille lieues du confort luxueux du palais Vatchenko, mais Pavel avait toujours tenu à vivre de cette manière-là, à l'orée du bois en bordure du ruisseau, près des poules qu'il élevait et du potager qu'il sarclait. C'était ici qu'il avait enseigné à son fils les secrets de la nature, les plantes qui soignent et les autres, la cueillette des baies, la pêche et la chasse.

« Je nous prépare un sac, puis nous irons lire les traces dans la neige, annonça Pavel de sa manière laconique.

— Comment sais-tu que c'est ce que je voulais faire ? » questionna Vassili.

Le garde-chasse coula à son maître un regard amusé. Il avait des paupières tombantes qui révélaient une lointaine ascendance sibérienne et qui se plissaient lorsqu'il trouvait la situation drôle, comme en cet instant.

« Barine, mon fils m'a tout raconté. »

Vassili hocha la tête. De tous ses moujiks, Pavel Zokov était le plus malin même s'il ne payait pas de mine avec son corps maigre à l'apparence ascétique, sa petite taille et sa poitrine étroite. Son visage trop ridé par les intempéries le marquait au-delà de son âge, car en fin de compte, il n'avait que huit ans de plus que Vassili.

Été comme hiver, il portait une longue barbe noire assortie à des cheveux tombant sur ses épaules, à peine peignés. Il avait aussi la manie d'arborer un de ces bonnets en fourrure de castor que les paysans appelaient *ouchanka*, dont les bords pouvaient se rabattre sur les oreilles. Lorsque ce couvre-chef devenait au fil des ans trop crasseux ou mangé aux mites, son propriétaire partait dans les marais piéger deux castors. Il ramenait leurs peaux à une vieille femme du village. La première servait à coudre un bonnet neuf. La seconde était le salaire de la couturière.

Dans les hameaux alentour, on chuchotait qu'il était un peu sorcier, sans doute parce qu'il vivait à l'écart de tout village et qu'il savait soigner les animaux et les gens avec des herbes dont lui seul connaissait les vertus. Les paysans le respectaient parce qu'il avait la confiance du prince, dont il était le garde-chasse et le maître de chenil, mais aussi et surtout parce que sous ses ordres gravitaient une bonne vingtaine de maîtres piqueux, une quarantaine de valets de chenil et trois centaines de barzoïs et de chiens courants. Sa tâche était d'organiser les chasses, y compris les grandes battues d'automne, et de décider des appariements entre reproducteurs. Il vérifiait personnellement chaque portée. Tous les chiens du domaine étaient un jour ou l'autre passés entre ses mains, soit dans les premières heures de leur vie, soit lors de leur dressage. Sa réputation d'excellence rayonnait jusqu'à Moscou et l'on tentait régulièrement de le racheter à son maître. Mais Vassili Vatchenko n'était pas de ces aristocrates qui considéraient la vente de leurs moujiks comme une pratique courante. Au contraire, il avait l'âme médiévale et avait toujours estimé que son devoir était d'accorder aide et protection à ceux qui travaillaient chez lui.

Pavel Zokov avait eu un fils d'une femme décédée en couches. Ce petit, il l'avait élevé comme un chiot orphelin, en le nourrissant grâce à une corne de bovin creusée et munie d'une tétine de cuir. Les femmes du village avaient voulu s'en occuper, ce n'était pas le travail d'un homme, disaient-elles, que de nourrir et torcher un môme, mais il n'avait jamais accepté.

Aujourd'hui, le gosse avait neuf ans. Il était petit pour son âge, mais en bonne santé et plutôt futé. Son père l'emmenait partout et ce soir, dès qu'il l'appela, il dégringola à toute vitesse l'échelle qui descendait des combles, où il avait son couchage, pour accourir en enfonçant sur sa tête une vieille chapka.

« Va nous seller trois chevaux », lui ordonna Pavel.

Le gamin partit comme une flèche, heureux de comprendre qu'il serait de l'aventure. Pendant ce temps, son père s'empara de l'antique fusil à silex dont il ne se séparait jamais, passa par-dessus son manteau une cartouchière remplie de poudre puis sortit pour aller jusqu'au chenil.

Vassili le suivit sans mot dire. Une fois près des enclos, le garde-chasse ouvrit une porte et choisit trois barzoïs qu'il mit en laisse.

« Ce sont les trois qui accompagnaient la *barynia* ce matin, expliqua-t-il au prince Vassili. Je les ai mis ici, à l'écart des autres, car ils ont rencontré des loups, c'est sûr et certain. Voyez ces morsures.

— Vraiment ? s'étonna Vassili en se penchant pour observer les plaies que lui montrait Pavel. Des loups si tôt en saison ? Je ne me souviens pas en avoir déjà vu avant les fêtes de Noël...

— La neige est là, barine. Cela suffit pour que le gibier se terre et que le loup ait faim.

— Il est vraiment heureux que ma femme ait emmené ces chiens avec elle ce matin. Que se serait-il passé si ça n'avait pas été le cas ? Bravo à ton fils, car elle m'a dit que c'est lui qui en avait eu l'idée.

Le jeune interpellé les avait rejoints et écoutait de toutes ses oreilles. Il se redressa, le regard brillant.

— Vous m'aviez recommandé de ne jamais la laisser partir sans ses chiens, Votre Excellence. Je n'ai fait que vous obéir.

Vassili lui donna une tape amicale sur l'épaule.

— Tu as bien fait, mon petit. Sois béni pour ton initiative, tu lui as certainement sauvé la vie. »

Il récompensa le gamin en lui lançant une pièce, que Nicolaï attrapa au vol en remerciant mille fois.

Ils se mirent en selle. L'enfant et son père prirent chacun une torche. Vassili s'empara d'un des pieux durcis au feu que les valets d'écurie rangeaient contre le mur pour s'en servir dès qu'une bête féroce rôdait près des écuries.

« Les loups trouveront à qui parler, si d'aventure nous en rencontrons », rugit-il d'un air résolu.

Pavel prit la tête. Son fils fermait la marche en tenant les barzoïs en laisse. Dans la nuit blanchie par la neige, l'haleine des hommes et des bêtes s'élevait en nuages de vapeur.

Au sortir de la cour, le garde-chasse héla son fils :

« Dis-moi, *syn*[1], sais-tu quelle direction a prise la *barynia* ce matin ? »

Le gamin tendit sans hésiter le bras vers le nord. Une piste fouaillait encore la neige dans cette direction, à travers les champs labourés.

---

1. « Fils », en russe.

« Elle est partie vers la Baltique ! »

En dépit de la nuit, il fut aisé de suivre les traces qui couraient droit jusqu'à la mer. Sur la plage, Pavel eut un instant d'hésitation, car la marée avait tout effacé au cours de la journée, mais il était un pisteur hors pair et il repéra bien vite le passage qui s'enfonçait dans les dunes avant de bifurquer vers un bois de bouleaux. Là, ils débouchèrent sur une vieille route mal entretenue.

« Il y a bien longtemps, ce chemin permettait d'aller du palais impérial de Peterhof jusqu'au palais d'Oranienbaum, expliqua-t-il au prince, qui n'avait aucun souvenir de cet endroit délaissé. Après le décès du grand-duc Michel, il n'a plus été utilisé. Tous les voyageurs préfèrent passer sur la route plus au sud, qui va de village en village à l'intérieur des terres et permet de se ravitailler facilement. Ici, il n'y a rien que la forêt. »

Le domaine Vatchenko s'étendait entre les deux palais impériaux qui se trouvaient chacun à plusieurs dizaines de verstes. Cette partie-là était la plus éloignée et la plus sauvage. Couverte de bois et de landes, elle était même lugubre.

« Vois-tu quelque chose ? » demanda Vassili, mais Pavel garda le silence, car il n'y avait rien à répondre.

Ils patrouillèrent longuement entre des fougères roussies et de grosses pierres grises, jusqu'à ce que le garde-chasse pointe brusquement sa torche pour montrer dans la lumière les restes d'un traîneau accidenté. Il s'agissait d'une *kibitka* que le choc avait rompue en deux. Des malles avaient versé dans la neige et un cheval mort gisait encore dans son harnais, à demi dévoré par les loups. En approchant du cadavre, ils virent des yeux briller dans le noir, ceux de petits renards qui s'éloignèrent furtivement au fur et à mesure qu'ils approchèrent avec leurs chiens.

Plus loin, ils découvrirent d'autres corps, ceux d'humains cette fois-ci. Un sanglier s'éloigna en protestant vigoureusement.

« C'est bien ainsi qu'Iléna m'a décrit la scène », remarqua Vassili avec un regard circulaire.

Pavel examina le sol avec attention. Il savait interpréter n'importe quelles traces. Très vite, il donna une première version de l'histoire.

« Voyez, barine, les barzoïs se sont battus ici avec des loups. Rien d'étonnant à cela, les loups se repaissent toujours de viande facile. Ils sont venus, attirés par le sang et le cheval mort. Les chiens les ont poursuivis et les ont tués.

— Et ces hommes ? demanda Vassili en descendant de cheval pour s'approcher des corps étendus dans la neige. De quoi sont-ils morts ? Des loups ou de l'accident ?

Pavel se pencha sur l'une des dépouilles en grimaçant.

— Pour sûr, barine, ni de l'accident de traîneau, ni d'une morsure de loup. Regardez !

Il désigna la blessure qui étoilait le front. Vassili se redressa, soucieux.

— Tu as raison, dit-il à son homme de confiance. Ce trou a été fait par une balle.

— L'autre a été abattu d'une balle en pleine nuque, commenta Pavel en tendant la main vers le second corps. Tirée dans son dos.

— On dirait une exécution, pas vrai ?

Pavel cracha dans la neige pour donner plus de poids à ce qu'il voulait dire.

— Oui, barine, c'est effectivement un beau travail d'assassin. »

9

Le jeune Nicolaï regardait ses deux aînés étudier les traces dans la neige. Lui continuait à tenir les lévriers en laisse, sagement assis sur son cheval, tout en levant bien haut sa torche pour éclairer au maximum les environs et ainsi faciliter la tâche de son père.

« Tu peux maintenant lâcher les chiens, lui ordonna ce dernier. S'il y a des loups, ils les flaireront et nous protégeront. »

Nicolaï se laissa glisser de sa selle pour obéir. À cet endroit, la neige s'était accumulée entre de gros rochers gris, il s'y enfonça jusqu'aux genoux.

« *Sobaki, davaïté*[1] ! » dit-il aux chiens en leur ôtant leurs liens.

Excités par les odeurs qu'ils sentaient, celles du sang, mais aussi celles des loups et de tous les autres animaux qui s'étaient récemment approchés des cadavres, les barzoïs bondirent au-dessus des congères. Presque aussitôt, leurs aboiements intempestifs débusquèrent une martre à la queue rousse qui leur échappa en grimpant au sommet d'un arbre. Là, la jolie créature les nargua un moment en se balançant sur la cime comme sur une balançoire.

Nicolaï observa la scène quelques instants, amusé, puis les chiens se calmèrent et il put se rapprocher de son père et du prince Vassili.

Comme eux, il se pencha sur les corps étendus dans la neige. Le vent qui soufflait de la Baltique lui mordait les joues. Il noua plus serré son écharpe de laine rouge.

Regarder des morts ne l'impressionna pas. Il était fils de chasseur et même s'il n'avait que neuf ans, il en avait vu d'autres. Il se souvenait très bien qu'à cinq ans il avait accompagné son

1. « Allez, les chiens », en russe.

père à la veillée mortuaire du vieux prince Vatchenko. Le silence de la pièce obscure l'avait marqué, ainsi que les chuchotis de la famille, le raclement des pas sur les dalles de marbre et le grésillement des hautes chandelles de cire blanche. La tête pâle du vieillard décédé reposait sur un oreiller brodé. Il s'en était approché pour observer de plus près la peau à l'aspect cireux, les cheveux trop bien coiffés, les vêtements soigneusement lissés. Une odeur désagréable montait lentement dans l'air, que les femmes essayaient d'assainir en brûlant des feuilles de sauge dans de petites coupelles. Au matin, des pleureuses professionnelles étaient venues pour accompagner le cercueil jusqu'au caveau de la famille. Durant la procession, elles avaient pleuré et gémi en tirant sur leurs cheveux et en se griffant les joues. Après l'inhumation, elles avaient été grassement payées. Elles étaient reparties en riant de leur bonne fortune.

Deux ans plus tard, une épidémie de fièvre typhoïde avait fait des ravages parmi les moujiks des villages environnants. Pour éviter la contagion, le prince Vassili avait fait brûler tous les corps. Des jours durant, des tombereaux étaient venus ramasser les cadavres pour les verser dans de vastes brasiers. Des fumées noires et grasses s'étaient élevées, rabattant leur puanteur vers les habitations trop proches. Ces relents étaient si effroyables qu'il fallait se pincer le nez pour y échapper.

Ces morts étendus dans la neige n'étaient donc pas très impressionnants, même si leur présence mettait le prince Vatchenko dans une colère noire.

« Je n'arrive pas à y croire, pestait-il justement. Lorsque Iléna m'a décrit la scène, j'ai pensé à un accident, pas à un assassinat ! Te rends-tu compte, Pavel, ces gens ont été tués sur mes terres, près de ma maison, à côté de ma famille ! »

Il marchait de long en large, mais Pavel Zokov voulait étudier les empreintes qui marquaient la neige et lui fit signe de demeurer à l'écart. Il était le meilleur pisteur du domaine, capable de déchiffrer une scène à partir d'une empreinte partielle ou d'un simple brin d'herbe arraché. Son fils le suivit pas à pas en espérant un jour égaler son savoir.

« Toi aussi, petit, lui dit son père en remarquant sa présence. Éloigne-toi avec les chiens. Ils vont brouiller toutes les pistes. »

Nicolaï afficha sa déception, mais ne songea pas à discuter l'autorité paternelle. Il siffla les lévriers qui accoururent aussitôt. Pour leur faire contourner la scène du drame, il leur jeta des bâtons qu'ils ramenaient en gambadant joyeusement. Après quelques mètres, ils butèrent contre le cheval mort, dont le corps était encore prisonnier de ses harnais.

La pauvre bête n'était pas un spectacle réjouissant à regarder. Elle avait l'abdomen entièrement dévoré par les loups et les membres arrière rongés jusqu'à l'os. Nicolaï préféra s'éloigner.

Près d'un rocher gris, il trébucha sur la dépouille d'un loup à demi recouverte de neige. Le fauve avait la gueule entrouverte. L'enfant voyait nettement ses crocs d'une taille impressionnante. Il toucha le corps immobile d'une semelle bravache, frissonnant de peur à l'idée que la bête puisse se lever pour l'attaquer, mais elle était bel et bien morte. Ses pattes étaient raidies par le froid.

Les chiens crurent à un jeu et se jetèrent sur ces restes pour se les disputer. Nicolaï les laissa faire. Il venait de repérer la nacelle d'osier de la *kibitka* enfoncée dans la neige. Avec curiosité, il s'en approcha et pointa la torche vers l'intérieur, ce qui le fit aussitôt reculer. Un troisième corps reposait là, sur un amoncellement de couvertures.

Une femme, le visage ensanglanté.

S'humectant les lèvres, il revint pour l'observer de plus près. En fin de compte, tout ce rouge n'était pas du sang, mais des cheveux qui s'échappaient d'une toque de fourrure comme une rivière écarlate. Jamais il n'avait vu une telle couleur. Émerveillé, il tendit la main pour toucher cette belle soie floche, mais le mouvement enfonça le traîneau plus profondément dans la neige. Les couvertures qui recouvraient le corps glissèrent, révélant un objet qui s'y cachait et qui tomba dans la neige.

Nicolaï était fils de moujik. Il savait allumer un feu en toutes circonstances, chasser et pêcher, éviscérer du gibier, le débiter en quartiers, fumer ou saler la viande, cultiver un potager, conserver les récoltes durant l'hiver, piéger des animaux et tanner leur fourrure, s'occuper de la basse-cour, des chevaux et des chiens, et même dresser les barzoïs pour qu'ils deviennent de bons chasseurs de loups, mais il n'avait jamais eu besoin d'apprendre à lire et à écrire. Son destin était d'ores et déjà tracé. Un jour, il prendrait la relève de son père auprès du prince Vassili et c'est lui qui apparierait les lévriers pour créer des portées encore meilleures. Il serait leur chef de meute et ne s'en plaignait pas, bien au contraire, car il s'estimait chanceux par rapport aux autres enfants qui, dès leurs quatre ou cinq ans, devaient aider leurs parents dans les champs.

Pour toutes ces raisons, il ignorait la nature exacte de ce qu'il venait de ramasser. Cela ressemblait à un livre, mais ce n'en était pas un. Plutôt un carnet semblable à ceux que le prince Vassili utilisait pour faire ses comptes. Lorsqu'il le secoua pour en chasser la neige, les pages s'écartèrent. Le spectacle le laissa bouche bée, oublieux de tout ce qui l'entourait.

L'intérieur était constitué d'un beau papier blanc entièrement recouvert d'une écriture à l'encre bleu ciel, ferme et régulière, qui ressemblait à ces arabesques faites par les pas des oiseaux dans la neige. À cela s'ajoutaient des images.

Il y en avait sur chaque page, grandes et magnifiques. Elles ne ressemblaient à rien de ce que l'enfant connaissait, ni aux motifs naïfs qui imitaient des tulipes ou des marguerites et qu'on peignait sur les meubles ou les volets pour les décorer, ni aux précieuses icônes exposées dans les églises orthodoxes.

En fait, chaque dessin était différent des autres. Certains étaient tracés au trait comme des gravures sur écorce. D'autres étaient rehaussés par de magnifiques couleurs qui se superposaient avec une transparence irréelle. Tous étaient riches de détails fabuleux.

Parmi eux, il y avait quelques paysages familiers : les dunes au bord de la mer, les bateaux dans le golfe de Finlande, les jardins du palais impérial de Peterhof, quelques monuments à Saint-Pétersbourg…

D'autres montraient des montagnes si hautes que leurs sommets se perdaient dans les nuages ou des torrents tumultueux au milieu de fleurs merveilleuses. Sans oublier ces animaux étranges qui avaient deux bosses au milieu du dos, ou ce tigre de Sibérie en train de bondir sur une gazelle, ou même ces nomades aux yeux bridés environnés d'aigles et de loups, qui brandissaient d'étranges bannières qui s'agitaient dans le vent.

Pour Nicolaï, qui ne possédait rien de plus précieux qu'un couteau au manche taillé dans un os, ce carnet était un véritable trésor. Il n'avait pas l'intention de le voler, il n'avait jamais été un voleur et son père lui aurait décroché la tête des épaules s'il l'avait surpris à convoiter quelque chose qui ne lui appartenait pas, mais lorsque le prince Vassili vint vers lui pour regarder à son tour dans la *kibitka*, il eut le réflexe idiot de cacher le carnet sous son manteau.

À partir de là, tout fut trop tard. Affolé, il se rendit compte qu'il ne pouvait plus montrer ce carnet ni à son maître, ni à son père, sans avouer ce geste malheureux.

Heureusement, le prince n'avait rien remarqué. Il observait la femme morte étendue dans ses fourrures. Il la trouvait très jeune et très belle.

« Quel gâchis, dit-il d'une voix à la fois triste et dure, l'enfant qu'Iéléna a trouvé est certainement le sien. La malheureuse… Les assassins l'ont tuée sans aucune hésitation. De quelle sorte d'hommes s'agit-il donc là ? Je n'ose imaginer ce qui se serait passé si mon épouse était venue ici alors qu'ils étaient occupés à tous les massacrer… ajouta-t-il en serrant les poings de colère.

— Le tout-petit a eu beaucoup de chance, répondit Pavel avec son bon sens coutumier. Il était vraisemblablement endormi contre sa mère, dans toutes ces fourrures qui le maintenaient au chaud et étouffaient ses cris. Ils ne l'auront pas remarqué.

— Mon brave Pavel, sais-tu donc comment cela s'est passé ?

Le garde-chasse opina. Nicolaï se rapprocha pour tendre une oreille curieuse.

— Celui-là, barine, lança le garde-chasse en allant vers le premier corps, c'est le cocher. Il a été abattu en premier. Les chevaux qu'il conduisait se sont emballés. Emporté par une trop grande vitesse, le traîneau a versé dans ce tournant en se fracassant contre ces rochers. Le passager, cet homme-ci, a été éjecté et blessé dans sa chute. Voyez l'angle de sa jambe. Elle s'est brisée au niveau du fémur. Il a tenté d'échapper à ses ennemis lorsqu'ils se sont approchés, mais blessé de la sorte, il n'a pas été capable d'aller bien loin. Ceux qui le traquaient l'ont achevé d'une balle dans la nuque. La femme a été abattue en dernier, ici, dans la *kibitka*.

— Ces gens avaient-ils donc des ennemis ? interrogea le prince Vassili tandis que le jeune Nicolaï regardait autour de lui en se demandant si ces meurtriers pouvaient encore être cachés dans les environs, là, entre les troncs des bouleaux. Ces derniers étaient-ils nombreux ?

— J'en ai compté trois. Tous à cheval.

— Peut-être quelques moujiks enfuis de chez eux, qui seraient devenus des brigands de grands chemins ? réfléchit le prince à voix haute. L'hiver fait sortir de leurs tanières toutes sortes de loups...

— Non, il ne s'agissait pas de paysans, rétorqua Pavel en ramassant quelque chose dans la neige, qu'il fit rouler dans sa paume. Les anneaux de cette sorte ne sont portés que par le peuple cosaque », affirma-t-il en montrant un petit anneau d'oreille en argent qui avait la forme d'un croissant de lune avec une croix au milieu.

Le jeune Nicolaï fut troublé par cette révélation. Jusqu'à présent, on lui avait toujours dit que les cosaques étaient l'élite des guerriers. Lorsque le tsar séjournait à Peterhof, ces derniers assuraient sa protection. Il en profitait pour aller les observer à l'entraînement. Il le faisait en cachette, car personne n'avait le droit de pénétrer sur les terres impériales, pas même un enfant. Couché à l'orée d'un bois tapissé de ronces dans un fossé qu'il était le seul à connaître, il épiait durant des heures ces soldats hors du commun à l'exercice. Avec des hurlements sauvages, ils chevauchaient leurs montures à la seule force de leurs cuisses et jouaient de l'arc, du pieu ou du sabre pour massacrer à tour de bras des mannequins rembourrés de crin.

Avant d'être un corps d'armée dévoué au tsar, les Cosaques étaient un peuple de farouches combattants issus à l'origine de l'antique Russie. Au cours des siècles, ils avaient subi une importante influence orientale qu'on retrouvait jusque dans leurs vêtements : chemises sans col et larges pantalons bouffants et colorés, retenus à la taille par une ceinture de soie enroulée à la manière des Mongols. Armés de fusils et d'épées courbes, ils avaient la poitrine barrée par des cartouchières remplies de poudre. Leur air naturellement féroce était accentué par de larges moustaches tombantes et un crâne rasé surmonté d'une unique mèche de cheveux qu'ils appelaient la *tchoub*, qui était destinée à les protéger des tentations du diable.

« Arrête de rêver, lui dit soudain son père, et éclaire-moi pendant que je fouille les poches de ces gens.

À côté d'eux, le prince Vassili s'impatientait.

— Trouves-tu quelque chose, Pavel ? Cet homme n'avait-il donc aucun papier d'identité sur lui ?

— Ceux qui l'ont tué l'ont déjà fouillé, grommela Pavel en retournant des poches vides, mais attendez, barine, il reste encore une chance. Ils n'ont pas forcément pensé à tout... »

Avec un air malin, il ôta les bottes du cadavre, mit la main à l'intérieur et trouva effectivement au fond, en guise de semelles, une belle épaisseur de papiers soigneusement pliés qu'il tendit aussitôt à son maître, car il ne savait pas plus lire que son fils.

Le prince Vassili les parcourut rapidement à la lumière de la torche, l'œil brillant mais le front brusquement assombri.

« Cet homme est un lord anglais, dit-il après quelques minutes. Il se nomme John Fraser-Ashton. C'est un botaniste à la renommée internationale venu de Londres pour un voyage d'études dans les steppes mongoles. J'ignore pourquoi il a été exécuté par des cosaques du tsar. Ses papiers semblent en règle, ainsi que toutes les autorisations de voyage...

Pavel hocha la tête.

— Dans ce drame, il y a une lumière : la *barynia* a trouvé l'enfant. Sans elle, ce petit serait mort de froid ou dévoré par une bête sauvage.

Vassili ne put retenir un soupir angoissé.

— Je sais, mais maintenant, elle est persuadée que Dieu lui-même l'a guidée pour qu'elle le retrouve et qu'elle lui sauve la vie. Elle pense qu'il est la réincarnation de notre fils trop tôt disparu. Je ne sais vraiment pas quoi lui répondre.

Pavel vint poser en ami, en frère, une main chaleureuse sur son bras.

— Barine, si cet enfant fait du bien à la princesse, il vaut mieux le lui laisser. Une femme à qui on prend un petit, parfois, ça peut la rendre folle.

Vassili inspira un grand coup.

— Oui, c'est vrai. Depuis qu'elle a ramené cet enfant, elle semble apaisée. Si j'essaie de le lui prendre, je sais qu'elle ne le supportera pas. Je ne peux pas lui faire ça.

— Dans ce cas, barine, il n'y a qu'une solution. Cet enfant est un orphelin. Ses parents sont morts dans des circonstances mystérieuses, personne ne viendra le réclamer car personne ne peut savoir s'il est vivant ou non. Donnez-lui la place de votre fils décédé. Nul n'en saura jamais rien et votre épouse aura à nouveau deux enfants.

— Je suis venu ici en pleine nuit pour cette unique raison, répondit Vassili d'une voix sourde. Iéléna m'a demandé de donner à ce nourrisson une seconde chance. Il sera heureux, choyé, il ne manquera de rien et nous apportera en retour une nouvelle joie de vivre. Crois-tu que ce soit possible, mon ami ? Crois-tu que ce serait un péché, que de garder cet enfant avec nous ?

À ces mots, Pavel Zokov ôta son bonnet en castor pour se gratter la tête.

— Je crois que faire le bien n'est jamais un péché, barine. En revanche, il faudra que personne n'apprenne jamais d'où il vient, ni qui il est réellement. Après tout, les assassins pourraient avoir envie de finir leur travail, quelle qu'en soit leur raison. »

10

Pour garder le secret sur l'enfant, Vassili et Pavel tombèrent d'accord : il fallait faire disparaître toutes les preuves de son existence, aussi bien les corps de ses parents que les restes de la *kibitka* et tous les bagages. Il commençait à neiger. Le jeune prince pensa que leur tâche en serait facilitée, mais le garde-chasse le détrompa avec son bon sens coutumier :

« La neige finit toujours par fondre, révélant alors tous les secrets de l'hiver.

— Que proposes-tu ?

— D'être beaucoup plus définitif.

— Très bien », répondit Vassili, car il avait en Pavel Zokov une confiance aveugle.

Du plus loin qu'il s'en souvenait, cet homme avec ses manières rustres de paysan, sa façon de lever la tête pour toujours paraître écouter le ciel, les étoiles, le soleil, cet homme avec son âme presque païenne de chasseur et de pisteur qui croit aux animaux de la forêt avant de croire aux anges dans les églises, cet homme-là n'existait que pour lui. Un jour, son père l'avait choisi et façonné pour en faire son compagnon, son gardien, son presque frère. Depuis, il était à ses côtés avec sa simplicité d'homme au cœur aussi fidèle que celui des chiens qu'il élevait.

Ensemble, ils se mirent à la tâche. Ils brûlèrent les débris du traîneau et tous les bagages, puis équarrirent à la hache le cadavre du cheval, qu'ils dispersèrent dans la forêt pour qu'ils soient dévorés par les bêtes sauvages. La neige recouvrirait les cendres et les os, les rendant à la terre durant l'hiver. Quant aux trois corps, il fut décidé de les amener au pope[1] du village qui organiserait leurs funérailles comme s'ils étaient de simples villageois.

1. Prêtre orthodoxe.

Il restait cependant un dernier détail à régler, que Vassili mit en avant lorsqu'il posa sa main sur l'épaule du petit Nicolaï. Ce dernier les avait aidés autant que possible. Il avait donc tout vu et tout entendu.

« Pavel, mon ami, crois-tu que chacun d'entre nous parviendra à conserver ce secret quelles que soient les circonstances de sa vie ?

Le garde-chasse fixa la main du prince qui appuyait sur l'épaule de son fils de manière significative, puis redressa la tête avec calme et fierté.

— Nicolaï n'a que neuf ans, barine, c'est vrai qu'il est jeune, mais il sait où va notre fidélité. Il ne parlera pas.

Vassili garda quelques minutes de silence, puis se pencha brusquement vers l'enfant.

— Dis-moi, petit, ton père a-t-il raison de croire que tu sais garder un secret ? Parlerais-tu, si je te tordais maintenant le bras ?

Le petit coula un regard inquiet à son père, qui l'encouragea d'un regard, puis osa regarder le prince droit dans les yeux.

— Mon père a toujours raison, lança-t-il avec la confiance sans limites d'un fils pour son père.

— Fasse Dieu que mes propres fils me regardent un jour avec ce même regard ! s'exclama Vassili en éclatant de rire, et Pavel sourit en redressant la tête avec orgueil.

— Il n'y a aucune inquiétude à avoir, barine, mon fils travaillera bientôt pour la *barynia*. Elle lui a proposé un nouvel emploi aujourd'hui.

— Oh, vraiment ? Je l'ignorais. Quelle sorte d'emploi ?

— Le même que celui qui m'a mis à votre service, barine, lorsque votre père m'a choisi pour veiller sur vous. »

Près de lui, l'enfant baissa le nez pour regarder la pointe de ses bottes. Il n'était pas certain que la proposition lui plaise, il n'aimait que la forêt et les bêtes, les chiens et les chevaux, mais il savait aussi que jamais il ne désobéirait à son père, ni au prince et à son épouse.

Le prince fut heureux de la nouvelle. Il donna à Pavel une grande accolade.

« Très bien, faisons ainsi mon ami, et bienvenue à ton fils dans ma maison. »

Le garde-chasse le remercia avec effusion. Pour son fils, c'était une chance admirable. Son nouvel emploi lui permettrait de partager les jeux des petits princes, d'être nourri avec suffisance et peut-être même de recevoir de l'instruction. Il pourrait alors s'élever dans la hiérarchie sociale, devenir un intendant compétent ou exercer auprès de ses jeunes maîtres un poste de confiance.

Nicolaï, de son côté, ne savait pas trop quoi penser de cette décision. Devait-il se réjouir ou non ? Il allait devoir quitter sa chère forêt, le chenil et les écuries pour s'occuper des petits princes, et le regrettait confusément. Il craignait également de ne pas être à la hauteur de la tâche. Saurait-il les protéger comme on semblait l'attendre de lui ? Et que se passerait-il si, un jour, il échouait à les préserver de la dureté de la vie ?

Tandis que ses aînés mettaient un point final à ce qu'ils avaient commencé, il essaya de se rassurer. Avec de si petits enfants, son travail ne serait pas très différent de celui qu'il effectuait auprès des chiots et des poulains. À cet âge-là, ne suffisait-il pas de les nourrir, de les laisser dormir et, surtout, de les aimer de tout son cœur ?

Maintenant, une tempête de neige s'était levée et un blizzard glacial giflait de plus en plus leurs visages, masquant définitivement toute trace du drame qui s'était déroulé ici. Pavel jeta un regard circulaire et estima qu'ils avaient bien travaillé. Soulagé, Vassili se redressa, les membres gourds, mais le cœur heureux. Il pensait à Iéléna, à ce sourire qu'elle lui avait timidement offert lorsqu'il l'avait vue serrer sur sa poitrine les deux nouveau-nés. Il ne doutait pas d'avoir pris la bonne décision. Il le faisait par amour, pour qu'elle soit à nouveau heureuse, mais aussi pour que son fils Viktor garde à ses côtés un frère qui n'aurait jamais dû le quitter.

Évidemment, il ne savait rien de cet enfant étranger, mais qui connaît un enfant lorsqu'il vient de naître ? Était-il important qu'il soit ou non de son sang ? Ce petit ne serait pas l'aîné. Un jour, le domaine et le titre appartiendraient au seul Viktor, tandis que son cadet entrerait dans une école militaire pour devenir un officier du tsar. Il n'hériterait rien, mais après avoir fait ses classes préparatoires, il serait un officier de l'empire et pourrait prétendre à un mariage prestigieux avec une jeune fille fortunée. Son avenir était assuré.

Jouissant de son statut de prince qui lui permettait de décider ce que bon lui semblait, Vassili regarda le feu qu'ils avaient allumé durant quelques instants supplémentaires. Il ne partirait qu'une fois les dernières braises éteintes et tout réduit en cendres. Il ne fallait prendre aucun risque.

Pendant ce temps, Pavel hissa les corps en travers des selles. Ils les amèneraient chez Pior Odoev, le pope du village, avant de rentrer au palais.

Enfin, ils purent quitter la clairière. La tempête hurlait. Le vent soufflait si fort que l'empreinte de leurs pas disparaissait dès qu'ils la traçaient.

« C'est une bonne chose, déclara Pavel Zokov avec satisfaction en regardant en arrière. Ce fichu temps cachera tout ce qui reste de ce couple d'étrangers. Que le ciel les ait maintenant en sa sainte garde ! »

Le pope Pior Odoev vivait dans un cabanon à côté de l'église, en face du cimetière. Grand gaillard aux épaules larges et à la longue barbe couleur d'acier, il semblait plus taillé pour fendre du bois que pour dire des prières. Été comme hiver, il portait une longue robe noire d'où sortaient des bottes usées et arborait sur ses longs cheveux mal peignés un *kamilavka*[1] évasé vers le haut, qu'il recouvrait d'un voile noir les jours de culte.

Vassili cogna contre sa porte jusqu'à ce qu'il vienne ouvrir, l'air ensommeillé et une chandelle à la main. Reconnaissant son prince, il l'accueillit avec chaleur et, malgré l'heure incongrue, les installa tous à sa table de bois brut, dans la pénombre de sa cabane. Le jeune Nicolaï dormait debout. Il lui fit boire en premier un bol de lait chaud et l'enveloppa dans une épaisse couverture avant de l'étendre sur le banc. Ce faisant, il ne posa aucune question. Il avait l'habitude d'être discret, mais dès que l'enfant fut endormi près du feu qu'il avait relancé dans le poêle à bois, il amena à ses visiteurs de la vodka, puis s'assit avec eux pour écouter leur récit.

Vassili raconta tout sans rien cacher. Pior Odoev était son confesseur et savait à quel point la perte d'un de ses fils avait

1. Couvre-chef cylindrique russe, pour les prêtres orthodoxes.

ébranlé la santé nerveuse de sa femme. Comprenant très vite ce que le prince attendait de lui, le pope emmena les deux hommes dans la sacristie pour qu'ils puissent y déposer les corps. En hiver, il était impossible d'enterrer les défunts, car la terre gelée ne se laissait pas creuser. Les morts étaient alors entreposés dans des cercueils placés sous un avant-toit de l'église, sur une mezzanine extérieure qui permettait de les conserver jusqu'au dégel.

Comme l'assassinat avait été perpétré par des cosaques, Vassili était persuadé qu'il n'y aurait pas d'enquête officielle, mais il fit tout de même dévêtir les victimes pour leur passer de vieilles hardes de paysans, au cas où quelqu'un exigerait que les cercueils soient ouverts. Les vêtements d'origine furent brûlés dans le poêle à bois.

Lorsque tout fut fait, l'aube approchait. Vassili commençait à sentir la fatigue, mais avant de retourner au palais, il éprouva le besoin de se recueillir dans l'église.

Le bâtiment était simple, avec sur le toit des tuiles en bois de tremble qui, avec les années, se patinaient en une belle couleur brillante, si caractéristique des édifices religieux russes. L'intérieur était peu éclairé, et pas du tout chauffé. En été, la température y était agréable, mais en hiver, il faisait souvent si froid que de la buée s'échappait des bouches en prière.

Vassili se dirigea vers la collection d'icônes pour s'arrêter devant son image favorite, celle d'une Vierge à l'Enfant. Cette madone était comme toutes les autres sertie de pierres précieuses et vêtue d'un véritable tissu de soie broché d'or et de rubis, avec une auréole qui brillait comme un soleil. Son visage empreint de piété exprimait une telle douceur qu'il y voyait une ressemblance avec celui d'Iéléna, si beau, si pur.

Il pria avec ferveur, les yeux mi-clos. Il remerciait Dieu qui, dans sa grande mansuétude, avait permis à sa femme de retrouver la raison en lui offrant un enfant en seconde chance.

« Ne soyez pas inquiet, ô Seigneur, balbutia-t-il tel un preux chevalier investi d'une mission formidable, je jure de l'élever comme la chair de ma chair, de l'aimer, de le choyer et de le chérir. Ce secret sera bien gardé. Je ferai tout ce qu'il faut pour qu'il le soit. »

Il comprit à cet instant que quelque chose de supplémentaire devait être fait. Se signant, il sortit de l'église et appela Pavel.

« Pars devant, mon ami, réveille tous les domestiques et rassemble-les sur le perron d'honneur. Je veux qu'ils attendent mon arrivée dans le froid et la tempête. »

Pavel hocha la tête. Son maître n'était pas cruel. Chaque fois qu'il avait fait preuve de sévérité, cela avait été à bon escient, pour punir un voleur ou un escroc. Depuis qu'il avait hérité du domaine, il le gérait avec le sens de la justice et beaucoup d'humanité, conscient de la responsabilité et du devoir qui lui incombait. Chaque année, il ne prenait sa part sur les récoltes qu'après avoir veillé à ce que ses moujiks mangent à leur faim, qu'ils soient convenablement vêtus et établis dans des logements salubres. Il tenait également à ce que les couples ne soient jamais séparés et leurs enfants jamais vendus. Enfin, et parce qu'il croyait que chaque travail méritait récompense, il offrait autant que possible de belles fêtes et de véritables festins lors des naissances et des mariages.

Aujourd'hui cependant, tous deux savaient que les circonstances exigeaient une autorité sans faille. Le moment était grave. Tout le monde devait se rappeler que sur ses terres et sur ses gens, le prince avait droit de vie ou de mort.

Pavel partit donc en avant, accompagné de son fils. Le petiot dormait à moitié sur son cheval, mettant pourtant un point d'honneur à tenir les barzoïs en laisse. Vassili lui sourit. Ce gamin était d'une bonne trempe, courageux et volontaire. Iéléna avait fait un bon choix.

Le prince régla quelques détails avec le pope, puis se mit en selle. Lorsqu'il arriva en vue du palais, l'aube inondait la campagne d'une lueur grise. Pavel avait scrupuleusement obéi à ses ordres : tous les domestiques étaient dehors. Ils s'alignaient en haie d'honneur dans la tempête, blancs de neige et battant la semelle sur le sol gelé pour essayer de se réchauffer. La plupart portaient encore leurs vêtements de nuit sous leurs manteaux enfilés à la hâte. Certains n'avaient même pas de souliers.

Vassili en fut confus, il n'aimait pas ce genre d'autoritarisme cruel, mais il fallait que ses gens comprennent qu'en cas de manquement il serait sans pitié.

Se tenant bien droit sur son cheval, il approcha grand et superbe dans une peau d'ours qu'il avait lui-même tué. Saisis par la solennité du moment et par l'expression martiale de son visage, tous se prosternèrent spontanément devant lui dans le plus grand silence.

La tempête avait redoublé, la neige tourbillonnait, on n'y voyait pas à dix pas, mais il fallut encore attendre le pope. Enfin, l'officiant les rejoignit dans une carriole tirée par un âne. Il avait décroché de l'iconoclaste[1] quelques icônes sacrées, qu'il avait emballées dans des couvertures pour les protéger de la neige et des cahots.

S'arrêtant devant le perron, il planta à la hâte un auvent de toile sous lequel il aligna les images saintes. Tous les yeux se portèrent vers les précieuses reliques et les lèvres bleuies de froid se mirent à psalmodier des prières.

Dans les flocons qui tombaient dru, Vassili lui-même se mit à prier du haut de son destrier. Sa silhouette était terrible et formidable, personne n'osait bouger. La bise fouettait les visages tendus qui s'abritaient dans les châles ou au fond des cols.

Le pope alluma un encensoir, qu'il agita d'avant en arrière vers les quatre points cardinaux tout en bénissant l'assemblée. Tous avaient la nuque ployée, mais il reconnaissait chacun d'entre eux, car il les voyait régulièrement dans son église. Il était là pour les soutenir à tout moment de leur vie, y compris les plus difficiles.

« Commençons », déclara le prince Vassili.

Pior le rejoignit à côté de son cheval. Il tenait devant lui la belle icône de la Vierge à l'Enfant. Sa barbe et ses sourcils étaient piquetés de neige, mais il ne sentait pas le froid. Il était entièrement tourné vers sa foi. Lorsqu'il commença à réciter ses prières, sa voix fut entrecoupée par les sifflements du vent, qui s'engouffrait dans sa bouche, mais cela ne le découragea pas. Il était là pour que l'ordre ancestral soit confirmé.

Lorsqu'il se tut, Vassili leva la main et Pavel, lui obéissant, donna une bourrade à l'un des domestiques qui se tenaient

1. Cloison qui, dans une église orthodoxe, cache les célébrants aux regards de l'assemblée pour présenter à leur place des icônes. Cette cloison aussi appelée « mur de la foi » est considérée comme une porte vers le monde divin.

près de lui. Le poussant jusque devant le prêtre et leur maître à cheval, il le força à s'agenouiller dans la neige.

Vassili baissa les yeux et reconnut Daniil, son valet de chambre. Le jeune homme levait vers lui un visage bleui de froid, mais confiant. Tandis que le pope approchait la précieuse icône de ses lèvres, Vassili haussa la voix :

« Toi, Daniil, mon fidèle serviteur, apprête-toi à jurer devant Dieu et la Sainte Vierge à l'Enfant. Jure devant la Sainte Trinité qui te regarde du haut des cieux que jamais tu ne révéleras à quiconque, même sous la torture la plus abjecte, les événements qui viennent de se produire sur ces terres et dans ce palais. Jure, ou sois maudit jusqu'à la fin des temps ! »

Le jeune domestique jura avec solennité, et après lui tous les autres. Ce fut long, car il y avait là quatre-vingt-sept personnes. Le palais Vatchenko menait grand train et employait une vaste domesticité, proprette et soignée, à la santé florissante. On pouvait donc compter par ordre d'importance un intendant, le majordome français et le concierge, les valets de pied et les femmes de chambre, la nourrice, le cuisinier et ses aides, les femmes de ménage et les frotteurs de parquet, les blanchisseuses, lingères et repasseuses. Sans oublier les deux cochers, les jardiniers pour l'agrément et le potager, les valets d'écurie et toutes ces petites aides qui, du matin au soir, cherchaient de l'eau, montaient dans les chambres le bois et le charbon, descendaient les ordures, allumaient les feux, fermaient les volets et vidaient les pots de chambre.

En dernier, Pavel Zokov amena son fils Nicolaï et, après l'avoir jeté à genoux dans la neige face à leur maître, le fit jurer en même temps que lui. Ensuite, tout fut fini et Vassili renvoya tout le monde à l'intérieur pour qu'ils puissent enfin se réchauffer.

« Allons maintenant nous reposer, dit-il à Pavel une fois que ce dernier eut aidé le pope à remballer les icônes. Et n'oublie pas de m'envoyer ton fils au cours de l'après-midi.

Le garde-chasse hocha la tête.

— Nicolaï viendra, barine.

— C'est bien », répondit Vassili en grimpant à son tour les marches du perron.

Après la rudesse de cette nuit blanche, lui aussi était gelé jusqu'à l'os et n'avait plus qu'une hâte, s'installer devant un bon feu pour se réchauffer. Il laissa dans le vestibule sa pelisse mouillée à une servante accourue et se déchaussa en s'aidant du tire-botte en fonte scellé au sol qui reproduisait les armoiries de la famille Vatchenko : deux cavales[1] d'argent cabrées, les mêmes que sur le blason accroché au mur, au-dessus de la porte d'entrée.

Daniil l'attendait avec une paire de *valenkis*[2] en laine d'agneau et une épaisse robe de chambre doublée de belette de Sibérie. Il s'y enfouit en grommelant de plaisir.

Iéléna guettait à l'étage, dans la pénombre du couloir, aussi pâle qu'un fantôme. Il renvoya Daniil d'un geste et resta seul face à elle.

« C'est fait », lui annonça-t-il d'un ton ferme.

Elle se jeta contre sa poitrine, les yeux brillants de joie. Il l'enserra de toutes ses forces. Elle portait une robe d'intérieur sans crinoline en taffetas de soie rebrodé et sur les épaules un châle à franges qu'il reconnut aussitôt, car il le lui avait offert pour leurs fiançailles.

« Je vous ai vu par la fenêtre, vous étiez dans la tempête… dit-elle en levant vers lui ses yeux pâles. Vous étiez si beau, devant tous nos gens. »

Il sourit, amusé du compliment. Il la retrouvait telle qu'elle avait toujours été avant le drame, chaude et ardente entre ses mains, la taille ployée, la bouche aventureuse. Il l'embrassa avec passion. Ses baisers avaient un goût de bonbons à la violette.

« *Moya lyubov', moya dorogaya, moya tsvetok, moya serdtse*[3]… » souffla-t-il en enfouissant ses mains dans la soie de ses cheveux.

Elle rejeta la tête vers l'arrière pour offrir tout son visage à ses baisers. Sa chevelure avait, dans le petit matin blanc, la même couleur pâle et douce que la lune au-dessus de la mer en été, lorsque le soleil tutoyait la terre sans parvenir à se coucher.

« Ma belle dame blanche des nuits blanches de Saint-Pétersbourg, chuchota-t-il contre sa tempe, en la serrant si fort qu'il la souleva de terre.

1. Jument, en héraldique.
2. Chaussures traditionnelles russes en feutre, utilisées normalement pour l'extérieur en hiver car elles préservent admirablement la chaleur.
3. « Mon amour, ma chérie, ma fleur, mon cœur… », en russe.

Elle se laissa faire, les yeux mi-clos. Elle ne cessait de balbutier :

— Merci, merci, merci.

— Merci de quoi, mon amour ? N'est-il pas normal que je prenne soin de mon épouse et de nos enfants ? »

Nos enfants.

Le mot était venu presque sans hésitation. Elle baissa la tête, submergée par des émotions contradictoires.

« J'ai peur, avoua-t-elle en s'accrochant à son épaule. Je n'arrive pas à m'empêcher d'avoir peur. Avions-nous le droit de faire ce que nous avons fait ?

Il s'aperçut qu'elle pleurait, essuya les larmes sur ses joues.

— Je suis prince de l'empire et proche parent du tsar. Ma volonté exprime celle de Dieu. Nos gens ont juré sur la Sainte Icône. Ils nous seront fidèles. Avons-nous fait autre chose que de nous occuper d'un enfant dans le besoin ?

— Mais s'il avait une famille ? Si quelqu'un venait nous le réclamer ?

— Nous sommes maintenant sa seule famille, répondit-il avec force. C'est ce que vous vouliez et c'est ce que j'ai fait.

Elle parut enfin se détendre et passa tendrement ses bras autour de son cou.

— Je vous aime », dit-elle en l'embrassant avec passion.

Il ferma les yeux, heureux comme jamais de ce baiser-là, l'enleva dans ses bras et l'emmena dans ses appartements.

11

Iéléna était étendue dans les bras de Vassili. Le jeune homme lui faisait la liste de ce qui avait été fait pour protéger ce qui, dorénavant, serait leur secret. Elle l'écoutait, bouche bée, étonnée de son courage, de son intelligence. Il avait pensé à tout. Elle le vénérait.

Plus tard, ils firent l'amour avec beaucoup de tendresse. C'était la première fois depuis la naissance des jumeaux. Ils s'embrassèrent et se caressèrent longuement. Ils avaient le sentiment de se redécouvrir et c'était bon, si bon.

Puis Vassili sombra dans un sommeil profond. La nuit avait été longue et blanche.

Iéléna le veilla quelque temps, son corps lové contre le sien si chaud, le visage tourné vers son épaule nue qu'elle ne cessait d'embrasser à petits baisers attendris. Elle n'était pas encore guérie de l'immense douleur qu'elle ressentait, et sans doute ne le serait-elle jamais, mais elle savait qu'elle avait maintenant un but qui lui permettait d'aller de l'avant.

Un jour blanchâtre filtrait à travers les doubles rideaux. Des bruits familiers montaient du rez-de-chaussée : les pas feutrés des domestiques, les coups de balais donnés dans le vestibule, le petit rire étouffé d'une femme de chambre. De l'extérieur venaient la cognée d'une hache en train de fendre du bois de chauffage, les caquètements des poules qu'on nourrissait dans la basse-cour, les hennissements de quelques chevaux à l'exercice ainsi que les aboiements des barzoïs dans le chenil, impatients d'aller à la chasse.

Le monde semblait avoir retrouvé sa place. Elle continua à regarder son beau prince endormi. Elle aimait tant le voir reposer à côté d'elle, avec la force de son grand corps alangui dans cette vulnérabilité que seul lui donnait le sommeil.

Comme elle l'aimait son officier hussard, son prince russe de Saint-Pétersbourg, son homme.

La journée d'hier avait été si dure et si longue qu'il n'avait pas pris le temps de se raser et un début de barbe ombrait ses mâchoires d'une rudesse qui rendait sa bouche encore plus douce. Elle l'embrassa légèrement, veillant à ne pas le réveiller, puis se glissa hors du lit. Peu de temps auparavant, il l'avait entièrement dévêtue. Malgré le bon feu qui ronflait avec force dans la cheminée, elle eut froid et ne put retenir un frisson. Pourtant, avec une audace qui la fit rougir, elle tenait à se souvenir de la sensualité de la nuit et avança nue jusqu'aux rideaux. Là, elle rougit de plus belle en imaginant Vassili se réveiller et la voir ainsi, si dévergondée.

Le feu aux joues, elle imagina qu'il venait poser ses grandes mains brunes sur ses épaules, tandis qu'elle regardait la neige qui collait aux carreaux. Dehors, les flocons tombaient encore, épars sur le ciel gris, mais la tempête semblait s'être calmée. Une vague de désir monta dans son ventre, presque douloureuse. Elle croisa les bras sur sa poitrine alourdie et sourit. Quelle étrange sensation, que d'être épouse et mère à la fois !

Avec ses seins qui se gonflaient de lait, elle comprit qu'il était temps de rejoindre les tout-petits dans la nurserie. Elle attrapa l'épaisse robe de chambre de Vassili pour s'y enfouir avec délice. Elle pourrait ainsi emporter avec elle un peu de lui, son parfum qui imprégnait la soie et la fourrure, moitié eau de Cologne et moitié cuir, dont elle raffolait.

Drapée comme une reine barbare dans ce vêtement trop grand pour elle, elle se dirigea vers la porte en enjambant tous les affaires qu'il avait jetées pêle-mêle sur le tapis de Perse. Ce faisant, elle tomba soudain en arrêt devant sa veste à parements de cuir. Une épaisse liasse de lettres et de feuillets s'échappait de la poche intérieure. Elle devina tout de suite qu'il s'agissait des papiers qu'il avait trouvés sur les corps des Anglais.

Sur le moment, elle ne sut quoi en penser. Elle coula un regard hésitant à Vassili toujours endormi, puis céda à la curiosité. Il y avait là quelques factures insignifiantes, des laissez-passer à l'apparence officielle, deux passeports internationaux pour des citoyens anglais, plusieurs lettres de recommandation au profit d'un botaniste de la Royal Society londonienne, dont une adressée au tsar en personne. La plupart de ces documents étaient rédigés en anglais, sauf un.

Elle l'étudia de plus près. Il s'agissait d'un acte de naissance arraché à un registre, établi au nom de William James Morgan Ashton, né le 10 novembre 1848 à Saint-Pétersbourg. L'enfant était le fils de lord John Fraser-Ashton, de nationalité anglaise, et de lady Maura Fleming, son épouse irlandaise.

« William James Morgan, répéta Iéléna en sentant un poids s'installer sur son estomac. Le petit s'appelle William James Morgan. »

Subitement, elle regretta d'avoir ramassé ces papiers et de les avoir lus. Elle aurait préféré ne rien savoir. Jusqu'à présent, elle avait eu le sentiment de sauver un enfant, de lui donner une seconde chance, d'être légitime pour se l'approprier, pour en faire son fils, mais maintenant, elle avait l'impression de l'avoir volé.

La bouche sèche, elle tenta de se rassurer. Qu'importaient ces noms ? Le jeune William James Morgan n'était-il pas mort en même temps que ses parents ? Qui connaissait son existence, en dehors du pope qui avait établi l'acte de naissance ? Qui se soucierait de savoir s'il était encore en vie, quelque part en Russie ? Et puis, avait-il seulement une autre famille que ses deux parents ? Vassili avait juré qu'il avait détruit tous les indices compromettants.

Elle se mit à trembler. C'était faux. Il n'avait pas tout détruit, puisqu'elle tenait entre les mains cet acte de naissance. Brusquement furieuse, elle se dirigea vers la cheminée pour y jeter la liasse de papiers, mais à l'instant où elle allait le faire, une main dure attrapa son poignet.

Sursautant, elle leva les yeux pour rencontrer ceux de Vassili.

« Iéléna, ce n'est pas une bonne idée, lui dit-il aussitôt, la voix calme.

— Je ne suis pas d'accord, protesta-t-elle. Comment pouvez-vous dire cela ? Nous devons nous débarrasser de tout ce qui concerne de près ou de loin cet enfant. Ces documents doivent être détruits, insista-t-elle d'un ton âpre, en se débattant pour essayer de libérer son bras.

Mais Vassili la tenait fermement. Il lui reprit les documents.

— Je vous ai promis que je m'occupais de tout, ma chérie. Je vous assure, tout va bien se passer.

— Je vous le redis, il faut détruire ces papiers ! s'écria-t-elle d'une voix qui menaçait de tourner à l'hystérie. Ils sont la preuve…

Il la coupa, paisible mais inflexible.

— Non, Iéléna. Des papiers de cette importance ne doivent pas être détruits. Un jour, il nous faudra peut-être les produire pour prouver notre bonne foi. Nous avons décidé de nous occuper de cet enfant, mais n'oublions pas que des cosaques ont assassiné ses parents. Vous le savez aussi bien que moi, les cosaques sont soumis au tsar. J'ignore ce que cet assassinat signifie pour mon cousin, mais je juge préférable de garder ces papiers, au cas où. Je vais les mettre au coffre, dans mon bureau. Venez avec moi, mon amour, vous verrez ainsi que je ne vous mens pas. »

Elle se rendit à ses arguments et ils se vêtirent en silence avant d'aller dans l'aile ouest. Vassili avait aménagé son lieu de travail dans une ancienne bibliothèque. Dès l'entrée, on remarquait les hautes étagères qui tapissaient les murs jusqu'aux lambris de chêne sous plafond. Sur ces rayonnages étaient rangés d'innombrables volumes, certains très anciens avec des couvertures patinées, d'autres plus récents ornés d'arabesques à l'or fin.

Cette impressionnante collection regroupait des romans russes et français, et même quelques britanniques, mais surtout des encyclopédies d'art et d'histoire, et des manuels de géographie. Elle avait été rassemblée par la mère de Vassili, la princesse Anna, qui avait été une femme érudite passionnée par les sciences de la terre.

Vassili ressemblait surtout à son père, qui n'avait vécu que pour la chasse, les chiens et les chevaux, mais il avait toujours apprécié cette pièce chaleureuse où, certains soirs, il avait l'impression de sentir encore le parfum de sa mère, un doux mélange de miel et d'orange qui faisait remonter maints souvenirs. Au décès de son père, au lieu de reprendre l'austère cagibi dans lequel le vieux prince mettait à jour ses livres de comptes en fumant des cigares, il avait préféré s'installer dans l'antre de sa mère, qu'il jugeait plus lumineux. De fait, la pièce était flanquée d'une tour dont les fenêtres béaient largement sur la campagne, offrant à la vue la sérénité d'un merveilleux paysage.

En cette saison, les carreaux étaient étoilés de givre, mais on devinait tout de même au travers de cette buée pâle une vaste étendue enneigée qui courait jusqu'à une forêt de mélèzes. Plus loin s'agitait la Baltique sur laquelle erraient des mouettes et des nuages gris.

« Enfant, j'aimais m'étendre sur le divan oriental que ma mère a fait installer ici, sous la fenêtre principale, avait-il confié à Iéléna lorsqu'il lui avait fait visiter les lieux, lors de leurs fiançailles. Confortablement calé dans des coussins de soie qui fleuraient bon l'encens ou le benjoin, je m'efforçais de lire en français ou en anglais des romans tels que *L'Enfant maudit* de Balzac ou *Oliver Twist* de Dickens, que mon précepteur m'imposait. Mais la plupart du temps, je passais mon temps à admirer le vaste paysage. D'ici, on voit très bien les cerfs qui, tôt le matin ou tard le soir, s'aventurent dans les champs labourés pour grignoter les jeunes pousses de pissenlit. »

Aujourd'hui, il n'y avait aucun cerf. La tempête les avait forcés à se réfugier dans les halliers, mais Vassili put tout de même montrer à sa jeune épouse un couple de faisans qui picoraient les baies d'un buisson-ardent tout près de la fenêtre.

Elle l'écouta à peine. Elle se tenait silencieuse et butée, le visage pâle, les lèvres décolorées. Lorsqu'il lui prit la main, il la sentit glacée. Avisant le grand samovar qui était allumé en permanence, il lui servit une tasse de thé odorant qu'il sucra comme elle l'aimait, avec un peu de confiture de framboise.

« Me faites-vous confiance, ma chérie ? lui demanda-t-il à brûle-pourpoint en lui tendant la tasse.

Elle sursauta, le regard perdu, mais acquiesça tout de même.

— Oui. Vous savez bien que oui, puisque je vous aime.

— Dans ce cas, buvez pour vous réchauffer, puis observez bien mes gestes. »

Elle but son breuvage à petites gorgées prudentes, tandis qu'il choisissait dans une armoire un petit coffret de velours rouge. Il l'ouvrit à l'aide d'une clé. Il était vide et il put y ranger tous les documents qu'il avait apportés.

« Je vous l'ai dit, mon amour, personne ne saura jamais que ces papiers existent. C'est un secret que nous partagerons, vous et moi. Un serment de fidélité, en somme. Voyez, je mets ces feuillets dans ce coffret, ce coffret dans mon coffre-fort, et la clé qui ferme ce dernier ici.

Il lui montra une boîte à musique qui jouait une bagatelle de Beethoven lorsqu'on soulevait son couvercle. À l'intérieur, un bouton-poussoir permettait d'actionner un tiroir secret.

— Tout de même, insista-t-elle. Ces papiers ne sont-ils pas la preuve de ce que nous avons fait ? Ne serait-il pas plus prudent de les détruire ?

— Nous pourrions le croire, concéda Vassili en lui prenant la main pour lui embrasser le bout des doigts. Mais ces documents sont aussi la preuve que nous n'avons cherché qu'à faire le bien. Faites-moi confiance, ma chérie. Cet enfant est maintenant le nôtre. Personne ne nous l'enlèvera.

Elle voulut le croire. Elle ne désirait qu'une seule chose, oublier la mort, reprendre la vie où ils l'avaient laissée, juste avant que le malheur ne vienne tout saccager.

— Me le promettez-vous ? interrogea-t-elle finalement d'une voix douce et fervente qui ressemblait à une prière.

— Je vous le promets, mon amour, cet enfant est désormais à nous. Vous souvenez-vous, nous avions choisi de l'appeler Alekseï ?

— Oui, je m'en souviens. Nous l'avons appelé Alekseï Vassilivitch Vatchenko. »

Il la prit dans ses bras et la serra passionnément contre son cœur. Par ce geste, il voulait sceller autant leur amour que ce secret qu'ils partageaient à présent.

12

Une énorme tempête était en train de s'abattre sur Saint-Pétersbourg. Une de ces tempêtes glaciales qui descendaient du nord, bien au-delà de la mer Baltique, pour s'infiltrer le long des canaux et des rues en déposant leurs congères et leurs couches de glace. Elle venait du pôle après avoir traversé les terres de Finlande où elle s'était gonflée de neige. Maintenant, elle enfouissait la Venise russe dans le rugissement de son blizzard tranchant comme une lame de couteau.

Il était tard, et peu de passants demeuraient à l'extérieur, à plus forte raison ici, sur cette partie de l'île de Vassilievski qui comportait peu de résidences au milieu de nombreux bâtiments officiels.

Les trois cosaques hâtèrent le pas. Ils avaient laissé leurs montures dans la caserne où ils logeaient et même s'ils détestaient aller à pied, il fallait reconnaître que les intempéries leur rendaient service. Au moins, ils pouvaient déambuler sans se faire remarquer, le visage enfoui dans leur *bachlyk*[1], ce qui était préférable pour rencontrer leur commanditaire en toute discrétion.

Jusqu'à présent, les rendez-vous précédents s'étaient tenus dans le cimetière allemand situé près de celui de Smolensk, qui était suffisamment à l'écart des foules pour permettre des discussions loin de toutes oreilles indiscrètes. Cependant, ce soir, le colonel Pridvorny, de la police secrète du tsar, avait changé ce protocole en demandant à les rencontrer sur les quais de l'Université, en bordure de la Neva, sans doute à cause de la tempête qui rendait tout déplacement difficile.

1. Capuchon de laine avec deux pans pouvant s'enrouler en écharpe. Répandu parmi les peuples cosaques, il se porte sur la toque.

Il était convenu qu'ils se retrouveraient sur les marches qui descendaient près de l'eau, entre les deux sphinx d'origine égyptienne que l'Académie des beaux-arts avait achetés à un vendeur anglais voilà une dizaine d'années. À cet endroit désormais nommé quai des Sphinx, les statues venues d'Alexandrie avaient été installées près du muséum sur une portion de quai construite en dur, où elles siégeaient face à l'île de l'Amirauté et à la statue équestre de Pierre Ier. Elles avaient plus de trois mille ans, mais les assassins n'y prêtèrent aucune attention. Ils venaient d'apercevoir deux silhouettes en manteaux noirs qui patientaient au bord de l'eau.

Ces deux hommes se tenaient raides et immobiles, en apparence indifférents aux bourrasques qui les heurtaient pourtant de plein fouet. Autour d'eux, la neige tombait drue, noyant les contours des bâtiments, mais les lumières de la ville parvenaient tout de même à révéler le flot sombre de la Neva, qui charriait d'énormes blocs de glace.

Lorsque les cosaques approchèrent d'eux, ils se retournèrent pour leur faire face, sans doute avertis de leur présence grâce à leur instinct de soldats. Il était évident qu'il s'agissait de militaires de carrière, car ils se tenaient côte à côte presque au garde-à-vous, l'un et l'autre figés dans un maintien rigide et une attitude glaciale.

Le premier, que les cosaques connaissaient bien, était le baron Anton Pridvorny, colonel à la Chancellerie, le très craint service secret du tsar. Il était leur officier de liaison, celui qui donnait les ordres. Tout ce qui avait été fait durant les dernières vingt-quatre heures l'avait été en son nom, pour le compte du tsar Nicolas Ier. C'était lui qui avait exigé de les rencontrer ce soir, pour écouter leur rapport.

L'autre homme n'était pas connu des cosaques. Ils l'observèrent avec curiosité. Il s'agissait visiblement d'un étranger, même s'il était vêtu comme un Russe d'un épais manteau de fourrure. Plus âgé que le colonel Pridvorny, il était aussi plus grand et plus large d'épaules, avec le physique athlétique d'un Hercule. Son regard bleu n'inspirait aucune sympathie. Il était froid, calculateur et irrémédiablement dur, et les trois assassins le respectèrent d'instinct, devinant qu'il était de leur trempe, capable de tuer de sang-froid hommes, femmes et enfants si les circonstances l'exigeaient.

Peut-être auraient-ils dû s'en méfier plus, car dans les secondes suivantes, ce fut lui qui les trahit. Tandis qu'ils descendaient les marches pour venir à leur rencontre, il saisit dans chaque main un pistolet qu'il cachait jusqu'à présent dans les plis de son manteau et profita des rafales hurlantes pour les décharger vers les poitrines des deux cosaques sans grade.

Leur sergent fut surpris, mais réussit à dégainer son sabre. L'étranger se jeta sur lui. Ils luttèrent un instant, deux colosses prêts à tout, mais le cosaque comprit vite qu'il avait trouvé son maître. Soudain acculé contre le socle d'une des statues, il sentit une lame froide entailler sa gorge.

Anton Pridvorny se précipita vers eux en éructant de mécontentement.

« Êtes-vous fou, colonel Fleming ? hurla-t-il en anglais, tout en coulant vers les cadavres un regard contrarié. Dois-je vous rappeler que vous êtes ici en terre russe, et non dans votre empire britannique ?

— Et moi, siffla son interlocuteur sans cesser de surveiller son prisonnier d'un œil glacial, dois-je vous rappeler que je suis irlandais, et non britannique ? Les Anglais sont mes ennemis de la même façon qu'ils sont les vôtres. N'est-ce pas pour cela que vous avez parlé de moi à votre souverain ?

— Si fait, grommela le policier, mais vous auriez pu avoir la correction de m'avertir de votre… de votre… initiative. Je vais devoir en référer au tsar. De plus, qu'allons-nous faire de celui-ci ? ajouta-t-il en désignant le sergent d'un coup de menton contrarié.

L'officier irlandais eut une grimace cynique. D'une main faussement joviale, il tapota la joue du cosaque comme si ce dernier était son ami.

— Eh bien, pour commencer, mon cher Pridvorny, vous allez lui dire qu'il aura la vie sauve s'il répond parfaitement à toutes nos questions. »

Le cosaque ne fut pas dupe. Dès les premiers mots que lui jeta Pridvorny, il comprit qu'il n'avait pas le choix. Il acquiesça du regard. Aussitôt, la pression de la lame fut moins forte sur sa gorge. La peau avait cependant été entaillée et un filet de sang coulait dans ses vêtements.

« Voici la première question, traduisit le colonel Pridvorny. Avez-vous réussi à rattraper les fuyards comme nous vous l'avions ordonné ?

— *Da*[1], acquiesça le cosaque.

— Très bien. Seconde question : qu'en avez-vous fait ? Où sont-ils maintenant ?

Le prisonnier continua à répondre avec la même docilité.

— Nous avons obéi aux ordres que nous avions reçus. Nous les avons interrogés puis éliminés.

Pridvorny s'insurgea aussitôt :

— Que dis-tu, imbécile ? Je vous avais dit de tuer l'homme, mais qu'avez-vous fait de la femme ?

— Nous les avons éliminés tous les deux, répéta le cosaque sans sourciller. Vos ordres étaient de ne laisser aucun témoin capable de nous identifier. *We killed them all* », ajouta-t-il dans un anglais râpeux à l'attention de l'Irlandais.

Fleming cilla, le visage soudain marqué par une colère sans nom. Le regard rétréci, il attrapa le prisonnier par la nuque et l'attira si près de lui que leurs fronts se cognèrent.

« Pridvorny, traduisez ceci : avez-vous trouvé ce que vous deviez chercher ? Avez-vous trouvé le carnet ?

Le cosaque s'humecta les lèvres. Il venait de lire dans les yeux de son adversaire qu'il ne survivrait pas à l'interrogatoire. Il releva tout de même la tête avec fierté.

— Ils n'avaient pas le carnet sur eux.

— Impossible ! rugit Pridvorny, tandis que Fleming reprenait d'une voix insidieuse :

— En êtes-vous certain ?

— Sûr et certain, barine, répondit le cosaque après avoir entendu la traduction. Conformément aux ordres, nous les avons faits prisonniers. Nous les avons fouillés. Nous les avons interrogés. Nous n'avons rien trouvé. Ils n'avaient aucun carnet

1. « Oui », en russe.

dans leurs bagages, rien que des livres de botanique et des vêtements de rechange. Je suis formel, aucun carnet. J'ai supervisé les fouilles moi-même.

— Avez-vous également fouillé la jeune femme ? gronda Fleming.

Le regard du cosaque glissa sur le côté, empli d'incertitude.

— *Da*, bafouilla-t-il.

Fleming se redressa avec rage.

— Tu mens ! Vous n'avez pas fouillé la femme. C'est regrettable, car le carnet lui appartenait. Pridvorny, ordonnez à votre imbécile de cosaque de nous conduire sur les lieux de leur crime.

Cette fois-ci, Pridvorny refusa.

— Fleming, nous sommes en pleine tempête. Dans ce blizzard, nous ne ferions pas trois verstes avant de mourir gelés. Croyez-vous donc encore être dans vos déserts indiens ou dans ces steppes chinoises aux températures caniculaires ? La Russie est proche de l'Arctique. Même votre empereur Napoléon Bonaparte y a perdu sa grande armée !

Fleming riposta avec une colère froide.

— Que n'eussiez-vous accepté de traiter avec lui et de l'aider à envahir les Indes ! À l'heure actuelle, vous auriez abattu l'Empire britannique et vous seriez au faîte de l'Europe au lieu de quoi, vous et moi, nous sommes réduits à intriguer dans l'ombre pour redistribuer les cartes du monde ! Essayez au moins de savoir où vos cosaques ont dissimulé les corps. Nous nous y rendrons dès que la tempête sera finie.

Pridvorny le rassura très vite sur ce point. Le couple fugitif avait été rattrapé au sortir de Peterhof, sur les terres du prince Vatchenko.

— Son Excellence est le cousin au quatrième degré du tsar. Il nous aidera. Nous lui rendrons visite dès que possible.

— Bien, siffla Fleming en laissant sa colère reprendre le dessus. Nous n'avons donc plus besoin de cet homme, qui devient à coup sûr un témoin gênant…

Se tournant vers le sergent, il lui cracha au visage :

— La femme que tu as tuée, je la haïssais et je l'avais reniée, mais c'était ma fille. Tu entends, ordure ? Cette femme que vous avez tuée, elle m'avait trahi en épousant un Anglais, mais elle était tout de même mon unique enfant ! »

Il voulut poignarder le cosaque en plein cœur, mais ce dernier avait la survie chevillée au corps. Avec une souplesse d'anguille, il se laissa tomber sur le côté, roula dans la neige puis s'élança sur le quai en courant comme un fou. Fleming allait s'élancer à sa poursuite, mais Pridvorny le retint.

« C'est inutile, Fleming, il est déjà loin.

— Je croyais que vous ne vouliez pas de témoin ! siffla l'Irlandais.

— Ne vous inquiétez pas, je chargerai mes hommes de s'en occuper. Ils le retrouveront vite en train de cuver de la vodka dans l'un ou l'autre bouge. »

Fleming recouvra difficilement la maîtrise de ses nerfs. La mort de sa fille l'affectait plus qu'il ne voulait le reconnaître. Il n'avait jamais eu beaucoup de sentiments pour elle, elle n'était qu'une fille après tout. Il l'avait même maudite lorsqu'elle était partie avec ce lord anglais en trahissant ses convictions les plus profondes, sa religion, sa race. Et lorsqu'il avait exigé ce carnet dans lequel elle notait toutes ses impressions de voyage, dans lequel il savait trouver les informations nécessaires au but qu'il poursuivait, il était devenu fou de rage qu'elle ose le lui refuser.

Il s'était donc vengé. Il avait accusé le mari d'être un espion anglais. Pridvorny avait donné des ordres pour qu'on l'élimine. Sauf que sa fille en était morte.

« C'est bon, dit-il finalement d'une voix sèche, occupons-nous de ces deux-là. »

Pridvorny lui jeta un long regard évaluateur, puis obtempéra. Ils vérifièrent que les quais étaient déserts, avant de balancer l'un après l'autre les corps dans la Neva.

« Vous auriez dû me prévenir qu'il s'agissait de votre fille, finit par lâcher le policier russe.

— Taisez-vous, gronda Fleming. Elle n'était plus ma fille depuis son mariage avec cet Anglais.

— Tout de même… insista Pridvorny, gêné, mais Fleming gronda :

— Taisez-vous, vous dis-je. Cela ne change rien à notre affaire. Nous devons tout faire pour récupérer ce carnet. »

Ils restèrent silencieux dans le blizzard et la neige, à regarder les corps s'éloigner au milieu des flots sombres encombrés de glaçons, jusqu'à ce qu'ils s'enfoncent dans les remous pour disparaître à jamais de la surface de la terre.

13

Lors d'un bal à la cour impériale de Russie, la danse n'était pas l'unique plaisir. Le premier était de se montrer et, pour cela, des sommes folles étaient engagées pour se parer d'étoffes somptueuses ou de bijoux extraordinaires. On se pavanait en échangeant des potins, on jouait aux cartes, on évoquait les derniers progrès technologiques, on discutait de commerce et de politique. Les ambassadeurs se rencontraient. Les industriels négociaient des contrats. Les savants et les artistes courtisaient leurs mécènes.

Bien sûr, la musique demeurait un divertissement primordial. On mettait un point d'honneur à inviter les meilleurs chanteurs d'opéra, qui se produisaient sur une scène installée au milieu des convives. L'impératrice Alexandra, férue de bonnes œuvres, avait lancé la mode des bals-loterie, dont les sommes récoltées étaient reversées aux pauvres. On avait donc une excuse toute trouvée pour dépenser follement.

En hiver, le palais impérial de Peterhof était généralement boudé. On lui préférait le palais d'Hiver, qui était, avec la gigantesque salle Nikolaïev chargée de dorures, la demeure principale des tsars depuis plusieurs générations. Cette année, cependant, le tsar Nicolas Ier avait des affaires à régler qui nécessitaient de la discrétion et il pensa, non sans raison, qu'organiser des fêtes dans le Grand Palais qui déployait ses deux cent soixante-huit mètres face au golfe de Finlande lui permettrait plus de liberté de mouvement que dans ses demeures de Saint-Pétersbourg.

Bien sûr, en cette saison, les fontaines dans le parc n'étaient pas activées, mais les jardins sous la neige n'en demeuraient pas moins impressionnants, de même que les salles d'apparat décorées de stucs et de plafonds polychromes, sans oublier les murs tapissés à l'or fin et les cabinets chinois. Les fleurs venaient des orangeries du tsar. On avait décoré les rampes des escaliers de guirlandes qui embaumaient toutes les pièces et posé sur les consoles des bouquets extravagants.

Les colonels Anton Pridvorny et Edouard Fleming n'étaient pas du nombre des invités. Lorsqu'ils se présentèrent avec leur lettre de convocation, on les dirigea vers une porte de service peu usitée, dans une aile du palais faiblement illuminée. Un valet muni d'une épée et portant une torche les prit en charge pour les conduire dans un dédale de couloirs secrets chichement éclairés. Au bout de ce très long trajet à pied, ils furent introduits dans une antichambre de taille étroite où on les pria de patienter. Il n'y avait aucun meuble leur permettant de s'asseoir.

Ils attendirent longtemps, au bas mot plusieurs heures, jusqu'à ce qu'un deuxième valet apparaisse par une porte masquée par une tapisserie, dont ils n'avaient pas soupçonné l'existence. Cette fois-ci, on les guida dans un luxueux bureau tapissé de panneaux de soie sur lesquels étaient peints des oiseaux de paradis. Ils patientèrent encore, avec pour seul compagnon un drageoir rempli de fruits secs qui ne leur était sans doute pas destiné et une bonne cinquantaine de portraits accrochés sur les murs.

Enfin, la porte s'ouvrit sur un troisième valet, suivi du tsar en personne.

Nicolas Ier était un homme longiligne, la taille bien prise dans un grand uniforme à épaulettes et cordon de soie bleue. Son col droit lui maintenait la tête haute en permanence. Il n'avait pourtant pas besoin de cet artifice, car il était un homme de caractère empli d'orgueil et doté d'un appétit guerrier qui le poussait à faire le gendarme sur les terres allant de l'Europe à l'Asie.

Avec l'âge, ses joues s'étaient arrondies et son front dégarni, mais il portait encore avec superbe des moustaches à crocs et des favoris qui accentuaient la ligne de son menton volontaire, au point de le rendre vindicatif.

« Messieurs, lança-t-il d'emblée, j'espère que vous m'amenez une bonne nouvelle, car j'ai abandonné un jeu possiblement gagnant à la table de l'ambassadeur de Perse pour vous rencontrer à l'instant.

Anton Pridvorny se plia en deux avec une mine de circonstance. Ils n'avaient pas vraiment de bonnes nouvelles.

— C'est que, Votre Majesté impériale...

— J'en étais sûr, coupa le tsar en usant d'un regard étincelant qui cloua le policier sur place. Depuis le début, vous me faites perdre mon temps. »

Pridvorny sembla se ratatiner sur place, mais Edouard Fleming n'était pas homme à se laisser marcher sur les pieds, y compris par un autocrate. Durant toute sa carrière militaire, il avait traité avec des souverains imbus d'eux-mêmes. Le premier avait été l'empereur Napoléon Bonaparte en personne, qui avait récompensé sa haine des Anglais en lui donnant le commandement du régiment irlandais avec lequel il imaginait envahir l'Angleterre.

Après la chute de l'Empereur et le démantèlement de ses armées, Fleming avait fait comme des dizaines d'autres officiers qui ne savaient rien faire d'autre que la guerre : il avait quitté une Europe en paix pour offrir ses services aux irascibles potentats d'Asie centrale.

Au cours de ces années passées sur des terres aussi lointaines que barbares, l'officier irlandais avait appris une chose : savoir se battre était une monnaie universellement appréciée. Cela tombait bien, se battre était ce qu'il savait faire le mieux.

Fort de cette certitude, il avança d'un pas.

« Votre Altesse impériale, permettez-moi de vous parler avec franchise, commença-t-il, ce qui lui valut de la part du tsar une mimique l'incitant à continuer. Je sais que l'histoire dont je vous ai fait part semble digne d'un conte des mille et une nuits. Je ne doute pas qu'elle paraisse abracadabrante à quiconque accepte de l'écouter. Je vous certifie néanmoins la véracité de tout ce que je vous ai rapporté et je vous le redis solennellement : posséder la bannière du Loup Bleu serait un atout non négligeable pour un empire qui souhaite élargir ses frontières. »

Il finit sa phrase en claquant des talons comme un militaire allemand, car il s'était renseigné et avait appris que le tsar de toutes les Russies était sensible à la discipline chez ses subalternes.

Le résultat parut à la hauteur de ses attentes : Nicolas Ier s'arrêta devant lui en se tripotant la moustache.

« Colonel Fleming, un empire fort ne peut se concevoir sans de vastes territoires, dit-il en révélant ainsi ses rêves les plus secrets, qui étaient d'être un Napoléon de l'Orient, voire un nouveau Gengis Khan devant lequel les royaumes asiatiques déclareraient allégeance. Je vous accorde huit minutes pour me convaincre de la réelle importance de cette bannière.

Fleming eut conscience de vivre sa dernière chance, mais cela ne lui fit pas peur, il avait dans sa main des éléments qui jouaient en sa faveur.

— Votre Majesté impériale, vous avez des ambitions territoriales pour votre empire. Moi, je viens justement vous parler d'un artefact qui pourrait les réaliser. La bannière du Loup Bleu est ce qu'on appelle un *süld.* Il s'agit d'une sorte d'étendard mongol qui n'a rien de précieux en soi, car il est fabriqué à partir de crins de chevaux teints en bleu et simplement cerclé de laiton. En revanche, pour les peuples nomades des steppes, sa symbolique est énorme, car il s'agit de l'héritage direct de Gengis Khan.

D'un bref coup d'œil, il vérifia qu'il avait toute l'attention du tsar, puis continua :

— La première fois que j'ai entendu parler de cette bannière, j'étais au service de Ranjit Singh, l'empereur sikh du Pendjab. J'étais en poste à Lahore en tant que chef de la police lorsqu'il a décidé de marier son petit-fils avec une princesse kirghize, descendante de Gengis Khan. En signe d'alliance et de paix, elle apportait en dot ce Loup Bleu, ce *süld* légué à sa tribu par son lointain ancêtre. Or, les légendes évoquant cet artefact prétendent toutes que celui qui possédera cette bannière à l'effigie du Loup Bleu serait l'héritier spirituel du khan. Grâce à elle, il deviendra un chef de guerre capable de rallier sous son allégeance toutes les tribus d'Asie centrale et orientale.

— Fariboles, s'exclama Nicolas Ier. Je vous ai déjà fait remarquer qu'il ne peut s'agir que d'une superstition propre à ces peuples primitifs et barbares.

Néanmoins, son agacement s'amollissait, car l'idée qu'on lui soumettait répondait si bien à sa propre ambition qu'elle ne pouvait que lui paraître séduisante.

Fleming le devina. Il reprit avec une assurance accrue.

— L'important n'est pas ce que nous croyons, Votre Majesté impériale, mais ce que les autres croient. Or, les peuples mongols croient au pouvoir de ce *süld.* Quant aux Britanniques, je peux vous certifier en tant qu'officier de l'armée des Indes qu'ils s'y intéressent au plus haut point. Ils ont compris que l'empire colonial qui détiendra ce Loup Bleu aura l'ascendant sur tous les roitelets des steppes. Si vous voulez être le premier à posséder un avantage territorial sur l'Empire britannique, l'Empire ottoman et même jusqu'en Chine, vous devez vous emparer de cet artefact en premier.

— Vous m'avez déjà expliqué cela la dernière fois que nous nous sommes vus, colonel Fleming, se plaignit le tsar en faisant les cent pas d'une manière irritée. Qu'y a-t-il de neuf depuis ? Vous nous avez désigné des espions anglais que nous devions interroger, mais ces derniers ont réussi à s'échapper. À supposer que cette histoire possède un centième de crédibilité, les Britanniques ont d'ores et déjà une longueur d'avance sur nous !

— C'est vrai, Votre Majesté impériale, concéda Fleming avec une fausse humilité, car il savait d'expérience que donner raison à un potentat permettait souvent de s'en faire un allié. Ces espions ont réussi à s'échapper, mais vos cosaques les ont retrouvés et éliminés avant qu'ils puissent transmettre leurs précieuses informations à leurs supérieurs. Techniquement parlant, nous sommes donc à égalité avec l'Empire britannique.

— Mais ces informations que vous prétendez notées dans un carnet de dessins, mon chef de la police ne vient-il pas de me dire que vous ne les avez toujours pas ?

— Encore une fois, c'est exact, reconnut Fleming. Mais sachez que les Britanniques non plus.

— Dans ce cas, où est ce carnet ? s'écria Nicolas Ier. Qui l'a en sa possession ?

Fleming coula un regard interrogatif vers Pridvorny, qui déglutit mais acquiesça d'un battement de paupières.

Il continua donc.

— Votre Majesté impériale, nous voudrions avoir l'autorisation de demander une audience au prince Vassili Vatchenko.

Nicolas Ier le toisa sans aménité.

— Ignorez-vous que le prince Vassili Vatchenko est mon cousin au quatrième degré ? C'est un homme droit, intègre, qui a un très grand sens de l'honneur. J'ai pour lui la plus grande estime. Que lui voulez-vous ?

— Tout simplement son aide, Votre Majesté impériale. Vos cosaques ont poursuivi les espions jusqu'à son domaine, où ils les ont rattrapés. Nous voudrions pouvoir fouiller le lieu de… de l'accident. Nous sommes persuadés que le carnet y est encore.

Le tsar de toutes les Russies réfléchit un instant. Visiblement, il répugnait à mêler son parent à cette histoire.

— Je ne tiens pas à ce qu'un lien soit établi entre moi et cette affaire, répondit-il finalement. Mes opposants feraient les gorges chaudes s'ils apprenaient que mes cosaques ont éliminé sans aucune forme de procès des espions britanniques. Cela pourrait même tourner en incident diplomatique.

— Si vous permettez, Votre Majesté impériale, j'ai une idée pour contourner ce problème, riposta Fleming avec le sourire d'un loup.

— Que proposez-vous ?

— Supposons que je sois un père éploré à la recherche de sa fille disparue lors de la tempête de neige ? J'imagine que personne ne me refuserait son aide pour tenter de la retrouver ?

Cette fois-ci, le visage austère de Nicolas Ier s'illumina d'un grand sourire.

— Voilà une excellente idée, colonel Fleming ! Je vous écris immédiatement une lettre de recommandation pour mon cousin, qui vous apportera tout le soutien nécessaire, je n'en doute pas une seule seconde. C'est un homme qui possède un très grand sens moral et une profonde humanité. »

Edouard Fleming accepta avec empressement. Finalement, la disparition de sa fille allait peut-être lui permettre de parvenir à ses fins.

14

Le blizzard descendu de Finlande bloqua le domaine Vatchenko dans une tempête de neige ininterrompue qui dura plus d'une semaine. Lorsque ce vent glacial s'arrêta enfin, un épais manteau blanc recouvrait le parc et la campagne environnante en nivelant tous les reliefs. Près des mangeoires qu'Iéléna avait fait installer aux fenêtres, qu'elle alimentait elle-même en grains, les oiseaux gonflaient tellement leurs plumes à la recherche d'un peu de chaleur qu'ils ressemblaient à des boules de Noël accrochées aux branches.

Les jardiniers déneigèrent le perron d'honneur et les principales allées, créant dans le jardin français une sorte de labyrinthe géant où Vassili l'emmenait en promenade lorsque les petits Viktor et Alekseï lui laissaient un peu de répit. Depuis qu'elle s'occupait elle-même des nourrissons, il s'émerveillait de la voir s'épanouir de jour en jour. Accrochée à sa main pour ne pas glisser, elle riait comme une adolescente, les joues rosies par le froid, le regard brillant.

Vassili la contemplait, le cœur battant. Comment ne pas être amoureux de sa vivacité retrouvée et de sa beauté pâle et rose qui était la quintessence de ce que les Russes appelaient « sang au lait[1] » ?

De son côté, Pavel Zokov avait tenu parole. Son fils s'était présenté le bonnet à la main, la mine intimidée, mais décidé à prouver qu'il était digne de confiance. Iéléna en avait fait son page personnel, mais l'enfant avait vite compris que l'essentiel de son rôle serait de veiller jour et nuit sur les deux petits princes. Avec une foi quasi superstitieuse, la *barynia* espérait qu'il serait leur ange protecteur capable de déjouer toutes les frasques du Malin.

1. Teint de lait et joues de sang.

L'enfant de neuf ans craignit de ne pas être à la hauteur, jusqu'à ce qu'on le présente aux nouveau-nés. Là, devant les petits corps ronds, les menottes minuscules et les bouches en forme de cœur qui lui rappelaient les chiots dont il avait l'habitude de s'occuper, son adoration fut telle que tout devint une évidence.

D'ailleurs, son nouveau rôle était facile. Les poupons passaient le plus clair de leur temps à dormir côté à côte dans un unique berceau, leurs mains entrelacées, leurs visages tournés l'un vers l'autre. Ils n'étaient jamais seuls, car surveillés en permanence par leur mère et leur nourrice Youlia. Le petit Viktor était brun et costaud tandis qu'Alekseï était blond et plus mince. Iéléna s'amusait de ces différences, répétant à l'envi que le premier était la copie conforme de Vassili et le second la sienne. Cela semblait si vrai que personne ne pouvait en douter.

Le couple décida de faire la présentation des petits à la Saint-Nicolas. Ce saint était le préféré des Russes. Avec empressement, Iéléna demanda au pope d'organiser une messe en son honneur, puis lança des invitations pour un thé avec goûter. Dès lors, le palais Vatchenko devint une ruche remplie d'abeilles s'activant en tous sens. Partout, les domestiques récuraient les dalles de marbre, lustraient les vieux parquets de chêne, polissaient et ciraient les meubles, ou dépoussiéraient les bibelots accumulés par des générations princières.

Tout le monde était très excité par l'événement : Iéléna avait demandé à la très belle comtesse Katharina Palovina Tchenkov, cousine de Vassili par le côté maternel et maîtresse en titre du tsarévitch Alexandre, de les honorer de sa présence. Elle voulait lui demander d'être la marraine des petits.

Le jeune Nicolaï n'avait jamais vécu une telle effervescence et ne savait plus où se réfugier. D'habitude, lorsque les jumeaux dormaient, la princesse Iéléna lui apprenait à jouer aux échecs pour éviter qu'il s'ennuie, mais là, elle était prise en permanence par toutes les questions qu'il fallait régler. Il aurait bien aimé aller dehors, comme il en avait l'habitude avant, mais il était vêtu d'habits neufs, et il n'osa pas.

Pour passer le temps, il s'amusa un instant avec l'ara bleu de la princesse. L'oiseau avait un caractère irascible mais acceptait toujours de faire quelques pitreries en échange d'un morceau de pomme. Il était né au Brésil, puis avait passé la majeure partie de sa vie à bord d'un navire, où il avait appris à jurer comme un matelot, avant d'être acheté par le prince Vassili qui l'avait offert à sa jeune épouse. Lorsqu'il daignait parler, son vocabulaire était tellement émaillé de « toutes voiles dehors » et autres « sacs de nœuds » qu'on l'avait baptisé Naglyy[1].

Youlia, la nourrice des jumeaux, le détestait car elle avait peur de ses battements d'ailes intempestifs et de sa voix éraillée. Elle profita de l'absence de la princesse pour clore le jeu en étendant un drap sur la cage.

Nicolaï, vexé, partit explorer le palais. Celui-ci était si vaste qu'il n'avait pas encore réussi à en prendre toute la mesure. Il avait néanmoins compris qu'il faisait partie des rares domestiques autorisés à loger à l'étage des maîtres. Comme Youlia, il dormait sur une paillasse près du berceau, tandis que Nina, la femme de chambre d'Iéléna, et Daniil, le valet du prince Vassili, demeuraient à disposition de leurs maîtres dans des chambrettes contiguës aux suites princières. Le reste du personnel de maison se partageait le dernier étage, tandis que les valets de ferme et d'écurie logeaient dans les communs ou sur leurs lieux de travail.

Les pièces du rez-de-chaussée étaient réservées aux réceptions et c'était là que les femmes de chambre s'activaient. Elles étaient si nombreuses et tellement affairées que personne ne fit attention à lui. Il put s'y faufiler sans problème.

Tout de suite, il écarquilla les yeux. Il n'avait jamais rien vu d'aussi beau, même à l'étage des maîtres. Il se promena d'une pièce à l'autre en admirant des objets magnifiques. Il y avait là des meubles en bois précieux qui sentaient bon la cire fraîche, des sofas recouverts de soie sauvage et des tapis si épais qu'on avait l'impression de s'y enfoncer lorsqu'on y marchait. Il y avait aussi d'amusants paravents peints de fleurs et d'oiseaux, un piano, des vases presque aussi grands que lui où il aurait pu se cacher et une multitude de frivolités raffinées dont il ne parvenait pas à comprendre l'utilité.

1. « Insolent », en russe.

Tout de même, il finit par gêner les femmes de chambre et on le chassa à coups de plumeaux et de balais. Il se réfugia dans une pièce qu'on appelait le Salon Bleu, qui servait d'antichambre aux visiteurs. Comparé à la salle à manger et à la salle de bal, elle était de dimension modeste, mais Nicolaï apprécia d'y être au calme.

Depuis qu'il s'était installé au palais, il n'avait pas eu un instant à lui, même si, paradoxalement, il s'ennuyait beaucoup. Les petits princes étaient trop jeunes pour être ses compagnons de jeu. Et puis, la compagnie de son père lui manquait, ainsi que celle des chiens, de même que leurs promenades dans les bois. Il avait souvent l'impression d'être prisonnier.

Plein de soupirs, il s'approcha d'une fenêtre qui donnait au-dessus du perron et appuya son front contre la vitre pailletée de givre. Des oiseaux voletaient autour des mangeoires en se chamaillant. Leurs couleurs vives faisaient un joli contraste avec la neige immaculée. Cela lui rappela le carnet qu'il avait ramassé quelques jours auparavant et qu'il gardait sur lui en permanence, par crainte que quelqu'un le trouve et l'accuse de vol. Pris par l'envie de le feuilleter à nouveau, il vérifia que personne ne l'observait, puis le sortit de sa poche.

Les dessins qu'il contenait étaient si beaux, si vivants ; il était impossible de s'en lasser. Nicolaï appréciait particulièrement le portrait de la vieille laitière, dont les cheveux gris étaient recouverts d'un fichu de laine, ou encore celui du jeune berger qui tenait affectueusement son chien par le cou. Il admirait également les superbes paysages aux couleurs rutilantes : forêts sombres, montagnes aux sommets enneigés, prairies immenses aux verts ondoyants.

D'autres images l'intriguaient. En particulier, celle d'une sorte de bannière qui flottait dans le vent. L'objet ressemblait à un drapeau fait de bois et de métal. Au bout d'une hampe étaient suspendues des queues de chevaux teintes en bleu. Encore au-dessus, de curieux symboles se superposaient : une lune, un soleil, une silhouette de loup colorée de bleu.

Nicolaï aurait bien voulu montrer ce dessin à son père pour qu'il lui explique de quoi il s'agissait, mais c'était impossible. Si ce dernier se rendait compte qu'il avait gardé ce carnet au lieu de le confier à leur maître, il entrerait dans une telle colère qu'il lui briserait sans doute son fouet sur le dos.

Continuant à feuilleter les pages, l'enfant tomba en arrêt devant un cosaque dont le regard criant de réalisme paraissait vouloir le juger. Cela l'embarrassa. Il aurait bien voulu rendre le carnet, mais comment ne pas passer pour un voleur ?

Empli de culpabilité, il regarda par la fenêtre et crut mourir de peur. Le cosaque venait de se matérialiser devant le perron ! Même *bourka*[1] qui flottait dans son dos comme les ailes d'un corbeau, mêmes *gazyrnitsy*[2] sur sa poitrine, mêmes poignards croisés et même sabre recourbé, sauf que celui-ci était à cheval et qu'il escortait une troïka marquée du sceau impérial, sans doute celle d'un invité venu en avance.

Voyant cet équipage s'immobiliser devant les marches, Nicolaï recula pour éviter d'être vu et remit le carnet dans sa poche.

Dehors, les laquais se précipitèrent pour ouvrir les portières. Deux hommes mirent pied à terre. Le premier était vêtu de noir, avec une chapka de voyage qu'il ôta pour enfiler un chapeau haut de forme plus élégant. Le second était drapé dans un épais manteau de zibeline sous lequel on devinait un uniforme en drap rouge.

Les voyant monter les marches pour entrer dans le vestibule, Nicolaï comprit un peu tard qu'on allait les mener dans le Salon Bleu en attendant d'être reçus par le prince Vatchenko. Si on l'y trouvait, il serait puni et peut-être même renvoyé, ce qui couvrirait son père de honte.

Il s'élança aussitôt vers la porte, mais un bref coup d'œil par l'entrebâillement lui confirma que c'était trop tard, il était pris au piège. Les deux hommes étaient déjà accueillis par Ferdinand, le majordome français, tandis que deux soubrettes leur proposaient de les débarrasser de leurs manteaux. Ils refusèrent en prétextant qu'ils ne resteraient pas longtemps.

« Voici ma carte, dit l'homme en noir en tendant un bristol au majordome. Faites vite, nous sommes pressés.

1. Cape caucasienne pour homme fabriquée à base de feutre.
2. Cartouchières.

Il prenait Ferdinand de haut, mais ce dernier n'était jamais impressionné de rien. Il s'inclina avec sa morgue habituelle.

— Messieurs, veuillez mc suivre. Je vais prévenir Son Excellence de votre présence. »

Nicolaï recula, pris de panique. Il avisa une desserte recouverte d'une nappe qui juponnait jusqu'au sol, y vit son unique chance de ne pas être découvert et se glissa en dessous avec l'agilité d'une couleuvre.

Au même instant, les deux visiteurs furent introduits dans la pièce. Un valet les accompagna le temps d'allumer un feu dans la cheminée, puis repartit en fermant la porte derrière lui. Dans sa cachette, Nicolaï osait à peine respirer. Son cœur battait si fort qu'il craignait qu'on ne l'entende.

Les deux hommes approchèrent de l'âtre pour tendre leurs mains vers la chaleur des flammes. Nicolaï écarta précautionneusement les pans de la nappe pour les observer.

Celui qui portait une casaque rouge affichait un grand calme, mais son compagnon semblait nerveux. Depuis qu'ils étaient entrés dans la pièce, il ne cessait de se gratter la joue et de tirer sur le col de sa chemise.

« Cessez de vous agiter ainsi, lui conseilla le premier dans un russe au fort accent étranger. Vous allez finir par attirer l'attention alors que la situation est très simple.

L'homme en noir ne parut pas apprécier son ton condescendant.

— Une situation simple, dites-vous ? cracha-t-il immédiatement. Vous rendez-vous compte que nous sommes ici chez un parent du tsar ? Le moindre faux pas et...

L'homme en rouge l'interrompit avec agacement.

— Vous oubliez que nous avons une recommandation du tsar en personne. Même si le prince Vatchenko venait à comprendre que les personnes que nous recherchons ont été assassinées, n'oubliez jamais que les meurtriers sont des cosaques qui ont agi sous *vos* ordres !

— Ne parlez pas si fort, bredouilla l'homme en noir, en regardant autour de lui avec la crainte que quelqu'un n'écoute leur conversation. Mes cosaques n'ont rien à se reprocher ! Conformément à vos suggestions, ils ont arrêté l'homme que vous nous avez désigné comme espion et ont fouillé ses bagages. Ils n'ont pas trouvé le carnet que vous vouliez. Que pouvaient-ils faire de plus ?

Son interlocuteur siffla entre ses mâchoires contractées.

— Éventuellement l'emprisonner pour pouvoir l'interroger, quitte à le torturer s'il persistait dans son silence ? Tout, plutôt que de le tuer sans avoir obtenu ce qu'on cherchait !

— Les espions s'étaient enfuis ! Mes cosaques n'ont pas eu le choix, vous les avez entendus comme moi, ils ont dû improviser. »

Caché sous la desserte, Nicolaï était terrifié par ce qu'il venait d'entendre. Ces hommes venaient tout simplement d'avouer qu'ils étaient des assassins ! De plus, ils ne cessaient d'évoquer un mystérieux carnet qu'ils espéraient trouver. Pouvait-il s'agir du carnet à dessins qu'il avait lui-même ramassé ?

Tremblant de peur, il se recroquevilla un peu plus sous la nappe. Si ces hommes le découvraient, il ne donnait pas cher de sa peau.

Dès qu'ils partiront, je me débarrasserai du carnet, se promit-il la peur au ventre.

À cet instant, la porte s'ouvrit et Ferdinand annonça le prince Vassili qui entra, imposant et superbe dans une tenue de chasse aussi confortable qu'élégante. Farfor[1], son barzoï préféré, le suivait pas à pas.

Tout de suite, le chien flaira Nicolaï, qui l'avait élevé lorsqu'il n'était qu'un chiot. Il avança vers la desserte en remuant amicalement la queue.

L'enfant se crut découvert et faillit crier d'angoisse, mais le prince pensa que son lévrier s'intéressait aux biscuits sur une assiette. Le rappelant à l'ordre d'un claquement de doigts, il le ramena contre sa cuisse, puis fit face aux visiteurs.

« Eh bien, messieurs, demanda-t-il d'un air hautain, me direz-vous le but de votre visite ? Faites vite, je vous prie, je m'apprêtais à aller chasser. »

1. « Porcelaine », en russe.

15

Lorsque Ferdinand vint prévenir Vassili que deux policiers comptaient le rencontrer, le prince devina tout de suite que cette visite avait un rapport avec le couple d'Anglais assassinés. Il ne pouvait en être autrement. Il n'y avait jamais de coïncidences.

Haussant un sourcil contrarié, il se dirigea vers le Salon Bleu en se préparant mentalement à rencontrer les enquêteurs.

« Messieurs ? interrogea-t-il dès qu'il fut en présence des visiteurs.

L'homme en noir se courba avec obséquiosité.

— Votre Excellence, nous sommes désolés de vous déranger de si bonne heure, mais croyez bien que l'affaire qui nous amène est d'importance et ne souffre aucun délai. Je suis le colonel Anton Pridvorny, officier de la chancellerie du tsar et…

— Je sais qui vous êtes, coupa Vassili en accordant un bref regard à la face rougeaude encadrée de favoris noirs qui le saluait. Je me souviens fort bien de vous, colonel Pridvorny, nous nous sommes rencontrés l'été dernier, lors d'une réception champêtre à Peterhof. Vous étiez l'un des officiers chargés de la sécurité personnelle de mon cousin, le tsar. »

En quelques mots, il venait de préciser qu'il était un proche de Nicolas Ier et qu'il n'avait que faire de la visite inopinée d'un simple agent de police, fût-il colonel.

Pridvorny rougit sous le camouflet et Vassili fut assez content de lui. Il connaissait bien le personnage, ils étaient du même âge et avaient étudié ensemble dans la même académie militaire sans jamais parvenir à devenir des amis. Anton Pridvorny avait tout de suite montré une ambition trop démesurée pour être agréable à fréquenter, mais il était vrai qu'il n'était que fils de baron, avec une toute petite fortune.

Vassili se tourna vers le second visiteur, qui lui parut d'emblée plus intéressant. L'uniforme qu'il portait le désignait comme un colonel de l'armée britannique des Indes. Peut-être âgé d'une quarantaine d'années, il avait la taille haute et un torse large qui témoignaient de son goût pour la vie athlétique. Sa chevelure dense le couronnait comme la crinière d'un vieux lion. Elle était assortie à une barbe taillée au carré qui mêlait le roux à l'acier. Encadré de cette façon, le visage comme façonné à la serpe paraissait encore plus dur, surtout lorsqu'on remarquait les vieilles cicatrices qui le couturaient.

Voilà un soldat qui ne rechigne pas à porter des coups, quitte à en prendre lui-même, songea le prince russe en le toisant avec attention. *J'ignore ce qu'un Britannique vient faire chez moi, mais des deux, je gage qu'il est l'adversaire le plus dangereux.*

Pridvorny s'empressa de faire les présentations.

« Votre Excellence, voici le colonel Edouard Fleming, un de mes homologues venu de Grande-Bretagne. Il est officier dans l'armée des Indes et attaché auprès du cabinet de sir Hamilton, l'ambassadeur britannique, en tant que consultant pour les affaires orientales.

— Hum hum, commenta Vassili sur le ton de quelqu'un qui trouvait la visite amusante, mais ne voyait pas en quoi elle le concernait. Je m'apprêtais à sortir, l'heure est parfaite pour aller tirer le lièvre. Voulez-vous m'accompagner ?

Il avait décidé de jouer les aristocrates oisifs totalement détachés des affaires de l'État. Pridvorny se courba plus encore.

— Votre Excellence, permettez-moi d'insister. Nous ne serons pas longs.

— Pourquoi ne pas nous entretenir en arpentant les champs ? proposa Vassili. Mon garde-chasse vous trouvera sans problème un fusil.

— Non, non, Votre Excellence, ne vous donnez pas cette peine, nous ne faisons que passer. En fait, notre présence n'a rien d'officiel, même si nous sommes mandatés par le tsar lui-même, qui m'a prié de vous remettre la lettre que voici.

Il tendit une enveloppe munie d'un sceau, que Vassili décacheta avec nonchalance.

— Oh, je vois que vous êtes chaudement recommandé, colonel Pridvorny. Cela m'incite à insister, êtes-vous certain de ne pas vouloir m'accompagner ? La lumière est encore bonne, nous pourrions probablement tirer deux ou trois capucins… Un militaire comme vous ne peut qu'être un bon tireur, n'est-ce pas ?

Pridvorny ne vit dans cette réponse rien de sibyllin, mais Edouard Fleming se redressa, l'attention soudain alertée. Le prince Vatchenko ne parlait-il que de lièvres ou faisait-il une allusion discrète à autre chose ? Un récent drame, par exemple ?

— Et si nous en venions au fait ? s'exclama-t-il dans son russe teinté d'accent britannique. Votre Excellence, je vous prie de regarder ceci.

Il tendit à Vassili un minuscule portrait sorti d'une poche intérieure, qui était assez semblable à une miniature perse. On y voyait le visage d'une jeune fille peint sous forme de médaille, serti par un entrelacs rehaussé à la feuille d'or.

— Ma fille Maura, mon unique enfant, reprit l'officier britannique d'une voix qu'il tentait d'attendrir, mais qui demeurait râpeuse. Je suis à sa recherche. Elle a disparu il y a treize jours alors qu'elle venait de quitter le palais de Peterhof avec mon gendre, après que ce dernier eut été reçu par le tsar en tant qu'éminent botaniste. Ils devaient se rendre chez des amis à Harmaala, mais je viens d'apprendre qu'ils n'y sont jamais parvenus. Je crains que la tempête ne les ait surpris alors qu'ils traversaient votre domaine par la vieille route, prince Vatchenko. Regardez-la bien. Peut-être son visage vous dit-il quelque chose ? »

Vassili se pencha sur la très belle demoiselle à la chevelure rousse et aux yeux d'azur qui posait pour le peintre avec beaucoup d'assurance. Aucun doute n'était permis, il s'agissait bien de l'inconnue dont il avait retrouvé le corps dans la nacelle de la *kibitka*. Embarrassé, il hésita sur la conduite à tenir. Si cet homme était bien le père de cette malheureuse jeune femme, il serait charitable de lui indiquer l'endroit où son corps et celui de son mari avaient été entreposés et, surtout, de révéler que leur enfant avait survécu au drame et qu'il était bien au chaud à l'étage, dans la nurserie.

Sauf qu'il ne pouvait faire cela. Depuis qu'Iéléna avait accueilli le nouveau-né, allant jusqu'à l'appeler Alekseï comme leur fils décédé qu'il remplaçait si opportunément, elle réussissait à surmonter son deuil. Elle était à nouveau heureuse, enjouée, pleine d'entrain et de vie, et terriblement amoureuse. Devait-il risquer de briser ce fragile équilibre ?

Il décida que non.

Plutôt brûler en enfer que de révéler une vérité qui détruirait à coup sûr la santé mentale de sa femme. D'autant plus que les hommes qu'il avait en face de lui ne lui plaisaient pas. Pridvorny était un policier surtout connu pour œuvrer dans les bas-fonds de Saint-Pétersbourg. Quant à cet Edouard Fleming, son comparse, il semblait avoir en lui quelque chose de dur, de dangereux, qui n'incitait pas à lui faire confiance.

Vassili connaissait ce genre d'homme expatrié, pour qui les frontières d'un pays étaient des murs dont il fallait s'évader. Il en avait rencontré lorsqu'il était hussard pour le tsar. Il s'agissait toujours de mercenaires pour qui la vie d'autrui n'était qu'une marchandise à monnayer. Celui-ci disait peut-être la vérité sur sa fille, mais une chose était certaine, il ne semblait guère ébranlé par son deuil.

Le mieux était de s'en débarrasser au plus vite.

« Je n'ai jamais vu cette personne, répondit-il finalement d'un ton circonstancié. Je crains d'ailleurs qu'après treize jours de tempête il n'y ait malheureusement aucun espoir de la retrouver encore vivante.

— J'insiste, Votre Excellence, êtes-vous certain de ne l'avoir jamais vue ?

Vassili était prince de naissance. Peu de personnes pouvaient se targuer d'être mieux nées que lui. Il n'avait donc pas l'habitude qu'on mette sa parole en doute.

— Monsieur, je me répète, répliqua-t-il d'un ton sec. Je ne connais pas votre fille. Si je l'avais rencontrée, je n'aurais jamais oublié un tel visage, une telle chevelure ! Je comprends votre chagrin, ajouta-t-il d'une voix adoucie. Je ne trouve pas de mots pour vous exprimer mon affliction face à une telle tragédie. Un parent ne devrait jamais avoir à vivre la perte d'un enfant. Je suis moi-même père de jumeaux depuis peu. Mes fils ne font encore que vagir, pourtant j'en suis déjà fou… Je n'ose imaginer ce que je ressentirais si je devais soudain les perdre.

Mais Fleming ne parut pas dupe. Avec l'air d'un limier qui sent un os, il surenchérit.

— Êtes-vous certain que personne n'ait rien évoqué devant vous ? Vos gens, vos paysans, vos pêcheurs ou vos chasseurs ne vous ont-ils pas ramené des blessés à soigner, des morts à enterrer ? N'avez-vous pas remarqué chez certains de vos villageois des affaires qu'ils ne devraient pas posséder, un châle de soie, des bottines de cuir, des livres à la tranche dorée ou même un carnet de voyage orné de notes et de dessins ?

— Monsieur, mes moujiks ne sont pas des voleurs !

Ils se dévisagèrent comme s'ils croisaient le fer, jusqu'à ce que le Britannique rompe la confrontation en faisant mine de s'excuser.

— Bien entendu, Votre Excellence, je me fais mal comprendre. Mon intention n'est pas d'accuser quiconque de quoi que ce soit. Je vous exposais juste les faits tels que je les conçois. Ne pourrions-nous pas en apprendre davantage si vous acceptiez de faire circuler ce portrait parmi vos domestiques et vos paysans ? Peut-être l'un d'entre eux a-t-il tout de même vu quelque chose ?

— Je vais le faire, bien entendu. Tout comme je vais demander à mon garde-chasse d'organiser des recherches. Je vous promets que d'ici une heure une cinquantaine d'hommes arpenteront la campagne. S'il y a quelque chose à trouver, ils le trouveront.

— Je vous remercie, Votre Excellence. Je me doute qu'après tant de jours ma fille n'est plus en vie, mais j'aimerais au moins récupérer son corps pour lui offrir une sépulture décente. Ainsi que certains de ses effets personnels, qui sont autant de souvenirs chers à mon cœur. Voyez-vous, ma fille aimait dessiner. Elle possédait un carnet de dessins remarquable, empli des scènes qu'elle avait vues lors de ses récents voyages… Ces dessins étaient si beaux, si criants de réalisme. Pourriez-vous en parler à vos hommes, s'il vous plaît ? »

Il s'efforçait de toucher une corde sensible en mettant en avant ses sentiments de père, mais Vassili était plus que jamais convaincu qu'il mentait. Ce colonel de l'armée des Indes n'était pas venu pour sa fille, pour laquelle il ne semblait d'ailleurs pas ressentir beaucoup d'affection. Non, il poursuivait un autre but. Probablement une sombre histoire d'espionnage comme tendait à le prouver la présence de Pridvorny.

« Vous savez, messieurs, dit-il aimablement en cherchant à les entraîner hors du Salon Bleu, il était inutile de vous recommander de mon cousin. Nous autres, Russes, avons le sens aigu du devoir et de l'hospitalité. Comme je vous l'ai promis, je vais donner des ordres pour lancer les recherches. Tenez, pourquoi ne viendriez-vous pas avec moi, que je vous présente à Pavel Zokov, mon garde-chasse. Je ne connais aucun autre homme capable de relever une piste comme lui. Il vous conduira sur la vieille route et vous aidera à organiser les recherches. Il connaît mes terres dans les moindres recoins. »

Il les emmena en leur racontant diverses anecdotes de chasse. Caché sous la desserte, le jeune Nicolaï n'en pouvait plus d'attendre. Écoutant leurs pas décroître dans le vestibule, il soupira de soulagement. Il avait tellement craint d'être découvert que sa bouche en était devenue aussi sèche que du papier.

Remuant ses jambes ankylosées par la trop longue attente, il n'osa pas immédiatement sortir de sa cachette. Il craignait encore d'être découvert et de recevoir la correction de sa vie.

Au bout de plusieurs minutes, il s'enhardit enfin à soulever la nappe et à se glisser au-dehors. Ensuite, il fila dans le couloir puis, galopant à toute vitesse, se rua jusqu'aux communs où il attrapa un manteau et une chapka accrochés à une patère.

À l'extérieur, il courut dans la neige à perdre haleine jusqu'au bois de noisetiers qui délimitait le potager. Plus loin, le bosquet devenait une belle chênaie. Un geai cria au-dessus de sa tête. Il continua sans s'arrêter. Il savait où il voulait aller. Il avait largement eu le temps de réfléchir.

Après le bois, il traversa deux canaux gelés qui, en été, servaient à l'irrigation, puis longea une rivière que le gel avait figée. Là, il prit un chemin perpendiculaire qui s'enfonçait dans un hallier.

Il trottina jusqu'au milieu d'une clairière qu'il était le seul à connaître, où poussait un vieux cèdre au fût craquelé. Un jour, il avait découvert à cinq mètres au-dessus du sol une fissure que seul un enfant aventureux pouvait remarquer. Pour l'atteindre, il fallait se suspendre avec agilité aux branches basses, se balancer pour prendre de la hauteur en s'écorchant les mains sur l'écorce rugueuse, puis s'installer à califourchon sur une fourche, les pieds dans le vide, la joue collée contre le tronc.

Assis de cette manière, on remarquait une fente invisible d'en bas, qui s'élargissait en un trou creusé à l'origine par un pic-vert. Lorsque le nid avait été abandonné, un loir l'avait repris. La saison suivante, le loir avait été chassé par une chouette lapone.

Depuis, ce nid était vide.

Le regard éperdu, Nicolaï vérifia qu'il n'y avait personne à la ronde, puis sortit de sa poche le merveilleux carnet de dessins. Il le feuilleta en regrettant de devoir s'en séparer, mais il était conscient de ne pas avoir le choix. Des hommes étaient prêts à tout pour le récupérer. Ils avaient déjà assassiné trois personnes. Il aurait été idiot de le garder.

Repris par la peur, il referma le carnet et, se penchant contre le tronc, tendit la main jusqu'au fond de la fissure. Le trou était rempli de glands. Sans doute s'agissait-il de la réserve d'un écureuil.

L'intérieur était propre et sec, à l'abri de la neige et de la pluie. Il enveloppa le carnet dans son cache-nez puis le laissa tomber au fond. Il l'enfonça même de la main pour être sûr qu'on ne le voie pas de l'extérieur.

Lorsque ce fut fait, il dégringola de l'arbre et repartit en courant jusqu'au palais, persuadé qu'il n'entendrait plus jamais parler de ce carnet.

Il ignorait qu'il se trompait.

16

La très belle comtesse Katharina Palovina Tchenkov descendit de son traîneau en souriant. Elle rejeta d'un geste élégant la pelisse qui la recouvrait, qu'une de ses dames de compagnie s'empressa d'attraper au vol. Elle apparut alors triomphante dans la lumière glacée de l'après-midi, vêtue d'un manteau à brandebourgs sous lequel on devinait une robe rouge à la coupe simple quoique luxueusement soulignée d'une bordure en vison.

Katharina était jeune et très aimable. Elle attirait toutes les sympathies, même lorsqu'on ignorait qu'elle était la maîtresse en titre du tsarévitch Alexandre, futur héritier du tsar Nicolas Ier. Néanmoins, la plupart des personnes qu'elle rencontrait connaissaient cette situation et même lorsqu'elle était invitée chez un prince de sang comme l'était son cousin Vassili Vatchenko, cette particularité faisait d'elle un hôte de marque.

Face au perron, la neige avait été abondamment recouverte de paille pour éviter toute mauvaise glissade, mais Ferdinand, le majordome français, mettait un point d'honneur à veiller personnellement sur chaque arrivant. Avec une profonde courbette et cette étrange aristocratie que l'on ne retrouvait que chez certains domestiques habitués à côtoyer les plus grands de ce monde, il offrit galamment son poing ganté de blanc, que Katharina accepta avec sa grâce coutumière.

Tandis qu'il la guidait vers le perron, la jeune femme croisa deux hommes qui en descendaient. Le premier portait une tenue noire avec haut-de-forme, commune chez les policiers de la Chancellerie du tsar. Le second était en uniforme de la Compagnie des Indes anglaises. Ils la saluèrent en hommes du monde, ce à quoi elle répondit d'un hochement de tête courtois, tel qu'il lui avait été appris dans le prestigieux Institut Smolny[1].

Ces hommes s'éloignèrent. Elle les suivit du regard. Elle ne les connaissait pas personnellement, mais était inquiète de voir un membre de la police sortir de chez son cousin. Tout en se promettant de se renseigner à ce sujet, elle fit face à Vassili qui, justement, venait à sa rencontre en personne, son fidèle lévrier barzoï sur les talons.

« Comme vous êtes songeuse, ma cousine ! » lui lança-t-il gaiement, avant de s'incliner sur sa main en lui souhaitant la bienvenue.

Elle sourit en retour et ils s'embrassèrent affectueusement. Ils étaient très proches, car ils avaient grandi ensemble avant qu'elle ne soit confiée à l'école Smolny et que lui ne parte pour une académie militaire. Pour Vassili, elle était cette petite sœur qu'il n'avait jamais eue et dont il était particulièrement fier.

Remerciant Ferdinand de s'être occupé d'elle en personne, il prit le relais en lui offrant son bras pour la conduire vers le palais, mais au lieu de le suivre, elle préféra l'entraîner vers les volières de fer forgé qui ornaient la terrasse, où elle savait qu'il élevait des faisans.

« Voyons, cousine Katharina, lui dit-il en riant. En cette saison, nos oiseaux ne restent pas dehors. Nous les rentrons dans leurs quartiers d'hiver, car dans une cage aussi exiguë nous les retrouverions gelés au matin ! Seriez-vous devenue une demoiselle des villes, pour avoir oublié cela ?

Elle rit avec lui, d'un joli rire de tourterelle qui venait du fond de la gorge et savait si bien séduire les hommes.

— Suis-je sotte ! répondit-elle en continuant tout de même à l'attirer vers le jardin. Durant un moment, j'ai cru que j'étais à nouveau cette petite fille venue vous rendre visite et à qui vous étiez fier de montrer tous vos élevages. Ah, comme on respire agréablement ici ! L'air a quelque chose de vicié à Saint-Pétersbourg, les rues sont malodorantes au possible, et les relents du port nous importunent si souvent, sans compter ces industries nouvelles… Oh ! Mais que vois-je ? Vous avez

1. Institut de Saint-Pétersbourg qui était dédié à l'éducation des jeunes filles nobles, créé à l'image des Demoiselles de Saint-Cyr en France par Mme de Maintenon.

un labyrinthe ! Je vous en prie, cousin Vassili, ajouta-t-elle en s'appuyant plus lourdement sur son bras, emmenez-moi faire un tour dans votre labyrinthe ! »

Vassili haussa un sourcil circonspect. Il connaissait bien sa cousine, qui était une citadine convaincue et n'aimait tant rien que Saint-Pétersbourg, ses galeries marchandes et ses beaux monuments, aussi ce caprice l'intriguait. En même temps, il remarqua que ses dames de compagnie hésitaient à la suivre dans les congères de peur d'abîmer leurs jolies chaussures brodées et il comprit qu'elle tenait à lui parler en toute discrétion. Il obéit donc à son désir en l'amenant vers le labyrinthe, où ils restèrent à la vue de tous, mais loin des oreilles indiscrètes.

« Que tenez-vous tant à me dire qui ne puisse l'être dans mon salon ? demanda-t-il à voix basse. Avez-vous des soucis à la cour impériale ?

— Moi ? releva-t-elle d'un air mutin, grands dieux non ! Vous, en revanche…

— Je vous demande pardon ? s'exclama-t-il très surpris. Que voulez-vous dire ?

Elle joua un instant avec la branche d'un arbre recouvert de neige afin que celle-ci tombe sur eux, puis épousseta le manteau de son cousin avec un air maternel.

— Mon cher Vassili, avez-vous oublié à quel point la cour est prodigue en intrigues ? Vous y avez vécu lorsque vous étiez hussard du tsar, il n'y a pas si longtemps, vous devriez vous en rappeler…

— Cette période est pour moi révolue.

Elle soupira.

— Ah, je le sais bien, et croyez-moi, parfois je vous envie… Marcher sans songer à se retourner pour surveiller ses arrières est un luxe que je ne connais plus depuis longtemps. À la cour, voyez-vous, on ne vous sourit que pour vous réclamer une faveur ou pour vous poignarder dans le dos.

Vassili ne répondit pas. Il attendait la suite. Elle continua donc :

— Cessons de tergiverser et dites-moi qui sont ces deux hommes qui viennent de sortir de chez vous ?

— Oh, ce n'est que ça ! sourit-il avec soulagement. Aucune importance, Katharina. Ces personnes n'étaient que de passage.

— Je vous en prie, Vassili, ne me prenez pas pour une dinde. Celui en noir est un officier de la Chancellerie, qui est la police secrète du tsar. Le second est un officier anglais. C'est une étrange visite, pour un hobereau de la campagne, n'est-ce pas ? Une visite d'autant plus étrange que le tsar a reçu il y a quelques semaines, lors d'une entrevue secrète, deux hommes dont on m'a rapporté une description similaire. Que vous veut notre impérial cousin ?

Vassili la dévisagea en esquissant un demi-sourire.

— Non seulement je m'étonne que vous soyez au courant des entrevues secrètes de notre tsar, mais surtout je ne vois pas en quoi ces dernières me concerneraient !

— L'Anglais est un agent double.

— D'accord, je veux bien vous accorder le crédit de cette information. Et ?

— Vous savez que je ne crois pas aux coïncidences. Êtes-vous sûr de ne pas vouloir me dire ce que ces hommes attendaient de vous ?

Vassili éclata d'un rire un peu forcé.

— Rien de particulier, belle curieuse ! Que voulez-vous que ces hommes espèrent d'un campagnard comme moi ? L'officier britannique est à la recherche de sa fille et de son gendre qui ont disparu lors de la dernière tempête, d'après lui quelque part sur mes terres. Le policier l'accompagnait pour le soutenir dans ses démarches. Il avait d'ailleurs une lettre de recommandation que notre tsar a pris la peine de m'écrire.

— Oh, quelle étrange histoire... Mais est-ce vraiment tout ? Êtes-vous sûr que ces hommes ne cherchaient pas autre chose ?

— Je ne vois pas quoi, Katharina, lénifia Vassili qui, pour d'évidentes raisons personnelles, n'avait pas envie que sa fouineuse de petite cousine mette le nez dans cette affaire. Nous parlons de gens perdus dans une tempête, pas de secret d'État !

— Je n'en suis pas certaine, releva-t-elle sans tenir compte de son ironie. D'ordinaire, on ne dérange pas le tsar pour obtenir son aide dans la recherche de personnes disparues, même s'il s'agit de ressortissants britanniques... En revanche, ce serait justifié dans le cadre d'une mission menée par nos services de renseignements.

— Allons, Katharina, que me chantez-vous là ? Nous sommes en train de parler de deux touristes anglais...

— Donc, pour vous, mon cher cousin, il n'y aurait aucun lien avec le fait que le tsar ait récemment fait arrêter un couple britannique par ses cosaques ? Un couple qui, d'ailleurs, aurait réussi à s'évader de Peterhof lors d'une soirée costumée ? Voyez-vous, je sais de source sûre que l'homme était un éminent botaniste de la Royal Society de Londres, mais qu'il était surtout en possession d'informations stratégiques sur les Khanats[1] des steppes orientales. Même si vous vivez à la campagne, vous savez que notre tsar tient à poursuivre son expansion territoriale vers le sud. Il rêve d'un accès à l'océan Indien, qui lui ouvrirait la route des épices. Ce qui inquiète les Britanniques, qui estiment à raison que notre pays deviendrait trop proche de leur précieux territoire des Indes. Pour nous comme pour eux, pactiser avec les Khans d'Asie centrale représente un atout important.

Son cousin la dévisagea avec stupeur.

— Katharina, je ne vous connaissais pas cette science pour la politique internationale ! Néanmoins, je crois que vous vous laissez emporter par votre imagination...

La belle comtesse le coupa avec fermeté.

— Vraiment, c'est ce que vous croyez ? En tant qu'ancien soldat, vous n'avez donc pas entendu parler du "Grand Jeu", cette rivalité diplomatique qui existe depuis de nombreuses années entre notre nation et l'Empire britannique ? Ignorez-vous également que nos explorateurs parcourent inlassablement les massifs montagneux de l'Asie orientale à la recherche de cols qui permettraient de faire passer d'importantes troupes armées du nord vers le sud ? Ces régions sont politiquement instables. Elles sont gouvernées par des cités caravanières et des clans nomades qui se font une guerre acharnée car dans ces contrées désertiques, les seules richesses viennent des cités voisines que vous pillez. Dans ce pugilat permanent, notre tsar estime avoir une carte à jouer. De même l'Empire britannique.

— Comment pouvez-vous imaginer que je sois au courant de quoi que ce soit ? s'exclama Vassili en haussant les épaules

1. Royaume dirigé par un Khan, de l'Asie centrale à l'Asie orientale.

avec indifférence. Depuis que je vis en retrait de la cour de Saint-Pétersbourg, je ne participe plus à la vie politique. Je suis d'ailleurs très surpris que vous, ma chère petite cousine, vous éprouviez une quelconque passion pour toutes ces agitations militaires ! Vous prenez-vous donc pour une espionne ?

Elle laissa entendre un rire cristallin.

— Bien sûr que non, Vassili ! Mais je vis à la cour et je dois constamment m'y défendre de tout. Ma meilleure méthode est de tout savoir, autant que faire se peut.

— Je crois que vous jouez un jeu dangereux, Katharina.

— Pas plus que le vôtre, cousin, qui avez sans doute mis les pieds dans quelque chose qui vous dépasse.

— Bien sûr que non, Katharina. Dois-je vous le redire, je ne suis qu'un campagnard qui passe son temps à chasser, pêcher et faire l'amour à sa femme !

Elle le dévisagea un instant avec attention, puis elle sourit en s'appuyant affectueusement sur son bras.

— Le pire est que je vous crois, Vassili. J'espère qu'on vous croira aussi en haut lieu, si cela s'avérait nécessaire…

— Ne croit-on pas toujours la vérité ?

— Peut-être, oui », confirma-t-elle sans vraiment en être persuadée.

Elle vivait depuis si longtemps à la cour impériale qu'elle avait perdu nombre d'illusions. Le tsarévitch l'avait remarquée alors qu'elle n'avait que quinze ans. Elle était alors une oie blanche encore logée à l'Institut Smolny. Très vite tombée amoureuse, elle s'était jetée à corps perdu dans une liaison passionnée qui l'avait rendue adulte plus vite que prévu. Depuis, elle n'avait cessé de se battre pour défendre cet amour-là, ce qui était difficile, car Alexandre aimait les femmes, toutes les femmes, pourvu qu'elles soient jeunes et belles, y compris la sienne, Maria Alexandrovna, dont il avait le mauvais goût d'être amoureux et à qui il ne cessait de faire des enfants.

Les deux cousins revinrent bras dessus bras dessous vers le perron en échangeant mille banalités. Katharina rapportait des potins de Saint-Pétersbourg. Vassili répondait par des plaisanteries qui la faisaient rire, mais leur récente conversation lui pesait sur l'estomac. Il ne cessait de penser à ce Britannique, cet Edouard Fleming qui prétendait chercher sa fille, mais qui, à aucun moment, n'avait fait preuve d'une quelconque émotion. Pouvait-il être un espion, comme semblait le croire sa cousine ?

« Je suis une sotte, n'est-ce pas ? lui dit soudain cette dernière en remarquant sa distraction. Je vous ai fait perdre toute votre sérénité alors que nous devrions nous réjouir de fêter pour la première fois la Saint-Nicolas avec vos jeunes fils.

Il embrassa avec courtoisie sa main gantée.

— Katharina, ma joie d'avoir deux héritiers ne peut être entamée par quoi que ce soit. Rien n'est plus magnifique que ces tout petits enfants, sauf le sourire de ma femme lorsqu'elle les contemple avec tout son amour ! Je suis heureux, ma cousine, tellement heureux.

— Dans ce cas, vite, allons voir ces deux merveilles ! »

Au palais, on accueillit la jeune comtesse selon les règles de l'hospitalité russe avec du pain et du sel qu'une jeune domestique lui offrit en bienvenue. Alertée par le son de sa voix, Iéléna vint à sa rencontre d'un pas vif : les deux jeunes femmes s'adoraient.

Elles s'embrassèrent avec effusion.

« J'ai tellement hâte d'admirer vos petits anges, lança la comtesse avec une joie sincère.

Iéléna, les joues rouges de bonheur, lui prit spontanément la main.

— Venez, ma chère amie, venez vite que je vous les montre dans leur berceau. Vous allez fondre de tendresse, j'en suis certaine. Ils sont si forts. Ils sont si beaux. On ne peut que les aimer… »

17

À l'étage, dans la nurserie, un berceau de parade avait été installé pour la présentation des nourrissons. Il avait été confectionné sur commande auprès d'un grand ébéniste, qui avait réalisé là une véritable œuvre d'art. La balancelle était en loupe de frêne et d'amboise, un bois exotique également appelé sang-de-dragon. Cerclée de bronze ciselé, elle était accrochée à un montant en col de cygne qui supportait une voilette. Chaque morceau de bois était finement sculpté avec des motifs floraux et des silhouettes de petits animaux. On pouvait ainsi reconnaître des lapins et des faisans, mais aussi l'emblème des princes Vatchenko, des lévriers barzoïs qui folâtraient parmi des marguerites.

Heureuse de pouvoir montrer ce chef-d'œuvre à Katharina, Iéléna entraîna son amie à l'intérieur de la pièce, puis se figea en retenant un cri dans ses mains. Près du berceau, une silhouette vêtue de brun était courbée au-dessus des chérubins, aussi grande et sinistre qu'un ange malfaisant.

« Vladislav ! articula-t-elle d'une voix blanche. Depuis quand êtes-vous ici ?

— Moi aussi, je suis ravi de vous voir, ma chère belle-sœur ! » ricana l'intrus.

C'était un jeune homme d'environ vingt-deux ans, qui aurait pu être d'une extrême beauté si son goût immodéré pour le vice ne marquait chaque trait de son visage. Ses joues empâtées par l'excès d'alcool étaient traversées par des favoris noirs qui accentuaient l'éclat cynique de son regard. Ses lèvres qui, à son âge, auraient dû être fraîches et charnues, étaient malheureusement corrompues par un pli désagréable qui tordait leurs commissures. Quant au sourire, il révélait dans sa suffisance autant sa nature sournoise et outrancière que des dents tachées par le tabac.

Vladislav Vatchenko était le cadet de la famille et ressemblait à un mauvais décalque de son frère aîné. Comme lui, il était grand et bien bâti, mais d'un aspect plus maigre et moins athlétique. Son teint pâle était celui d'un noctambule qui ignore que le soleil existe. Devant sa mise élégante quoique assez voyante, on comprenait très vite que c'était un être oisif, avide de plaisirs faciles et pervers, et qu'il menait grand train, bien au-dessus de ses moyens. Son unique volonté était de proclamer qu'il appartenait à une riche famille princière proche du tsar. Il ne lésinait donc sur aucun artifice, quitte à exhiber avec ostentation divers colifichets précieux, dont une épingle à cravate en or, une montre à gousset ornée de diamants et une canne à pommeau d'ambre.

Son passe-temps favori était de dépenser de la manière la plus extravagante possible la généreuse pension allouée par son aîné, de préférence avec de mauvais garçons liés à un monde interlope. Vassili ne cessait de rembourser ses dettes ou de le sortir de faux pas qui non seulement risquaient d'entacher l'honneur de la famille, mais mettaient également sa vie en danger.

Iéléna ne parvenait pas à l'apprécier. Dès le début, il avait fait preuve à son égard d'une hostilité qu'elle n'arrivait pas à comprendre. Le voyant maintenant tendre la main pour toucher la joue d'un des bambins, elle céda à une peur irraisonnée et se précipita pour prendre les deux petits dans ses bras.

« Youlia ! Youlia ! cria-t-elle, énervée. Je vous avais interdit de laisser approcher quiconque du berceau !

La nourrice accourut, la mine ahurie.

— Mais, *barynia*, chuchota-t-elle en la débarrassant des petits, c'est le frère de Son Excellence !

— J'avais dit personne ! Il fallait m'envoyer chercher !

Vladislav Vatchenko déplia sa longue carcasse en les observant d'un air narquois.

— Oh là là, belle-sœurette, ne me regardez pas comme si j'avais voulu étouffer ces marmots dans leurs couvertures, remarqua-t-il en gloussant. Même si, je dois bien l'avouer, cette idée m'a paru tentante un instant ! Que voulez-vous, à vous voir si fluette, je ne pensais pas que vous seriez une si bonne poule pondeuse et que vos entrailles trop fécondes me relégueraient si vite en dernière place dans l'ordre de succession ! »

Outrée, Iéléna le gifla de toutes ses forces. Il la gifla en retour, rouge de colère. La comtesse Katharina, qui avait assisté médusée à cet échange, voulut s'interposer, mais Vassili, arrivant à l'instant, fut le plus prompt. Saisissant son cadet par le col, il le souleva presque de terre pour l'entraîner hors de la pièce.

« Katharina, pourriez-vous vous occuper d'Iéléna pendant que je remets cet insolent à sa place ?

— Je vais bien, je vais bien, s'écria son épouse. Je vous en prie, ne faites rien que vous pourriez regretter plus tard ! Il m'a à peine touchée.

Ce n'était pas vrai. On voyait nettement la marque des cinq doigts sur sa joue.

— Ma chérie, je vais définitivement régler cette affaire, répondit Vassili d'un ton trop calme qui, pour ceux qui le connaissaient, ne présageait rien de bon.

Son cadet le devina et tenta de se débattre.

— Ce n'était qu'une plaisanterie ! protesta-t-il avec lâcheté.

Mais son aîné le tenait fermement.

— Je ne considère pas que dire à une jeune mère qu'on envisage d'étouffer ses enfants soit une plaisanterie. Pas plus, d'ailleurs, que la gifle que vous lui avez administrée, espèce de freluquet ! »

Il traîna son frère dans son bureau-bibliothèque, où il l'assit de force dans un fauteuil après avoir fermé la porte à clé.

Vladislav n'en menait pas large, mais son acrimonie demeurait si forte qu'elle eut tout de même raison de sa couardise. Dès que son aîné le libéra, il cracha :

« Alors ? Qu'allez-vous me faire ? Me corriger avec un knout ? »

Vassili soupira. Depuis que son frère était en âge de marcher, il avait toujours fait preuve d'un tempérament envieux et capricieux. Couvé par une mère âgée qui le noyait sous les jouets et les sucreries tout en cédant à chacune de ses exigences par facilité, il avait grandi dans l'aigreur et la jalousie, avide de tout ce qu'il ne possédait pas.

Il fallait que cela change.

« Vladislav, je pense au contraire qu'il est temps de te faire grandir. Un proverbe français dit que les voyages forment la jeunesse. Voici donc l'idée que j'ai eue, ajouta-t-il en sortant des feuillets d'un tiroir pour les tendre à son frère.

Méfiant, le cadet hésita à les prendre.

— De quoi s'agit-il ?

— D'un billet première classe sur un navire en partance pour la Suède, puis pour l'Angleterre.

— Vous m'exilez !

— Vas-tu m'écouter, à la fin ? Non, je t'offre un tour d'Europe, le même que j'ai eu lorsque j'avais ton âge. Au cours de ce voyage, j'ai beaucoup appris et je me suis beaucoup amusé. Lorsque je suis revenu en Russie, j'avais mûri. Je fais donc un pari sur l'avenir, te concernant. J'espère que ce voyage te fera grandir et t'apportera la maturité qui te manque encore.

La proposition amena un moment de silence, le temps que Vladislav étudie les billets qu'il avait entre les mains.

— Êtes-vous en train de me dire que vous m'offrez un voyage ?

— Oui. Londres. Paris. Lisbonne. Madrid. Rome. Vienne… Voici des adresses de logement, et voici des lettres de change qui te permettront d'assurer ton train de vie pendant ton périple.

— Je vois que vous n'avez pas été pingre, sifflota Vladislav, une lueur dans les yeux.

— Tu y as droit. Tu es d'une famille princière.

— Donc, vous avez tellement peur pour vos mouflets que vous préférez m'envoyer ailleurs à prix d'or !

Vassili le toisa en se félicitant d'avoir mis entre eux la largeur de son bureau. Cette énième provocation lui donnait la furieuse envie d'étrangler son cadet sur place.

S'exhortant à la patience, il gronda tout de même :

— Ton comportement est depuis longtemps inacceptable. Non seulement tu as frappé une femme, mais tu as frappé MA femme. Pour un tel manquement, je serais en droit de te défier en duel.

— Pourquoi ne le faites-vous pas ?

— Parce que tu mourrais, petit sot !

— Vous me voyez constamment comme un être faible et inutile.

— C'est ce que tu as toujours été, Vladislav. Mais j'espère que ce voyage te permettra de grandir, de comprendre ton rôle dans notre famille, d'y trouver ta vraie place.

— Une fois de plus, vous parlez de VOTRE famille, riposta le jeune homme avec la même aigreur, mais d'accord, j'accepte. Ce n'est pas tous les jours qu'on a l'occasion de dépenser une telle somme.

— Très bien. Nous discuterons ultérieurement des dispositions à prendre. Pour l'heure, disparais de ma vue. »

Iéléna guettait la fin de l'entretien en massacrant un mouchoir. Lorsque Vladislav se fut enfin éclipsé, elle se hâta de rejoindre son époux.

Il se tenait devant la baie vitrée, à regarder sans le voir le paysage enneigé. Elle vint vers lui. Il entendit ses pas, devina dans sa démarche à quel point elle était tendue, inquiète, y décela l'écho de ses propres sentiments. Se retournant, il lui offrit sa main, qu'elle agrippa comme une bouée de sauvetage.

« Pardon, dit-elle en levant vers lui ses yeux de la même couleur que la glace au dégel. Pardon. Pardon. Pardon.

Il la prit contre lui, l'enveloppa de ses bras puissants pour la protéger de tout, même de son extrême sensibilité.

— Allons, ce n'est pas de votre faute, ma chérie. Mon frère a tout fait pour vous provoquer. Il a toujours été jaloux de tout ce que je possède, de tout ce qui arrive de bien dans ma vie.

— Je le sais, je n'aurais pas dû lui répondre.

— Croyez-moi, je le connais bien, cela n'aurait rien changé. Il aurait continué jusqu'à ce que quelqu'un craque. Moi, il m'a donné une furieuse envie de lui tirer une balle dans la tête.

— Mon Dieu, ne parlez pas ainsi, il s'agit tout de même de votre frère ! Depuis le décès de votre mère, il a tant de mal à rester seul.

— Il est surtout malheureux à l'idée de ne plus être mon héritier direct ! coupa Vassili d'un ton âpre. Mais rassurez-vous, ma chérie, je crois avoir trouvé une solution pour améliorer nos relations.

Il expliqua l'idée qu'il avait eue. Comprenant que Vladislav s'éloignerait d'eux durant de longs mois, peut-être même durant des années, elle poussa un grand soupir de soulagement.

— Vous savez… je ne vous en ai jamais parlé… je n'osais pas, je craignais de me faire de mauvaises idées, mais… croyez-vous que… pour notre fils retrouvé mort dans son berceau… il soit possible que… ?

Vassili comprit ce qu'elle sous-entendait et la serra plus fort.

— Non, ma chérie. Non, bien sûr que non. Vladislav est capable de beaucoup se vanter, mais de là à… non ! Je n'y crois pas un seul instant. »

Elle appuya sa tête contre son épaule et ferma les yeux. Il lui embrassa la racine des cheveux. Il avait menti pour la rassurer, mais au fond de lui, il partageait le même doute.

Vladislav n'était pas un être en qui il pouvait placer sa confiance.

18

Dans toutes les villes du monde existaient des endroits dédiés à la débauche. Saint-Pétersbourg ne faisait pas exception à la règle, même si les maisons closes étaient un phénomène récemment importé d'Europe occidentale. Disséminés dans n'importe quel quartier, pourvu qu'ils soient loin d'une église, ces établissements se reconnaissaient à leurs fenêtres occultées par des rideaux le jour et par des volets la nuit. Une série de chaises alignées en devanture, gravées de prénoms suggestifs, exposaient des petits chiens en peluche dont la position, cul devant ou cul derrière, indiquait si leur propriétaire était libre ou non.

Edouard Fleming renifla avec dédain devant l'un de ces porches illuminés de rouge. Il n'avait accepté de se laisser entraîner par Pridvorny dans un tel lieu de perdition qu'à la condition de ne pas avoir à le regretter. Bien que militaire de carrière, et habitué à l'amour qu'on qualifiait d'hygiénique, il n'en demeurait pas moins peu féru de ces endroits où les hommes se retrouvaient après la fermeture des restaurants pour boire des vins hors de prix et jouer à des jeux de hasard en se vautrant dans la luxure. Il n'avait jamais été dupe de ces effluves d'encens qui se disputaient au musc sous des lustres tapageurs, comme si la vulgarité tentait de s'acheter une bonne conduite en donnant à ces temples du sexe un air d'église.

Fleming avait vécu une bonne partie de son existence en Asie où il avait découvert les raffinements orientaux. La chair trop dénudée vautrée sans élégance sur des sofas de soie ne l'émoustillait pas. Il lui préférait l'élégance mystérieuse des étoffes exotiques telles qu'il les avait côtoyées à Lahore, lorsque la sensualité monnayée était une porte menant à la spiritualité. Au pied des remparts de la « ville de boue[1] », les prosti-

1. Surnom donné à Lahore, dont les antiques remparts sont construits en terre.

tuées s'appelaient des bayadères et, en prêtresses dévouées à de multiples divinités, dansaient dans leurs voiles transparents à la lueur des torches qui révélaient et occultaient tour à tour leurs courbes parfaites. Maîtresses du corps des hommes, elles recevaient dans des alcôves parfumées de jasmin et de santal qui prédisposaient les sens à l'union cosmique, tandis que les plus cultivées étaient chargées d'éduquer les jeunes princes du royaume par leurs connaissances en théâtre, danse, musique et littérature poétique.

Empli de nostalgie, Fleming fut tout de même rassuré de constater que l'établissement dans lequel son acolyte l'entraînait n'était pas un bouge de seconde zone. Au contraire, il s'agissait d'un hôtel particulier réservé à une clientèle huppée, qui employait des prostituées à billet[1] régulièrement soumises à des examens médicaux. Dès l'entrée, des valets en livrée accueillaient les visiteurs sur une débauche de tapis rouges. Ils offraient une coupe de champagne français puis incitaient ces messieurs à gravir l'escalier vers une promesse de septième ciel. Au premier étage, joliment appuyée à une balustrade dorée dans une pose langoureuse, l'hôtesse de maison guettait le chaland, ravissante dans une robe décolletée qui permettait d'admirer, mais pas de toucher.

Les habitués étaient salués en rois du monde, les nouveaux venus enveloppés d'un regard de velours scrutateur qui supputait par avance leur potentiel pécuniaire. Un sourire fardé de carmin tombait ensuite comme un couperet : soit on vous admettait à goûter aux délices de l'endroit, soit un cerbère de la taille d'un géant vous ramenait en silence dans la rue et vous sommait de ne jamais revenir.

Le colonel Anton Pridvorny était un familier des lieux, non par fortune ni même par habitude, mais parce qu'il était un officier de la Chancellerie du tsar. Toutes les patronnes de bordel, même celles qui travaillaient dans le haut de gamme, avaient la nécessité d'être au mieux avec la police secrète, qui les protégeait en échange de l'une ou l'autre information.

1. Les femmes enregistrées comme prostituées par le Comité médico-policier russe étaient privées de leur carte d'identité et recevaient en échange un « billet ». Elles subissaient des examens médicaux obligatoires et étaient « rattachées » à une maison close précise.

Après quelques roubles promptement enfouis dans le généreux décolleté, les deux hommes apprirent que le frère cadet du prince Vassili Vatchenko était effectivement en train de passer sa soirée dans ces lieux. Une piécette supplémentaire rapporta qu'il avait d'abord entrepris une Caucasienne aux fesses pointues avant de s'installer dans le fumoir pour jouer aux cartes en tétant un cigare.

On le leur désigna au travers d'un œilleton caché au milieu d'un tableau. Fleming le reconnut de suite : il ressemblait beaucoup à son frère, en plus jeune et plus maigre.

« Daignera-t-il seulement nous écouter ? interrogea-t-il d'un air sceptique, car il avait l'habitude de pratiquer ce genre de personnage, veule et sournois, qui même avec un jeu gagnant ne pouvait s'empêcher de mentir.

— Je le connais personnellement, répéta Pridvorny, nous avons fréquenté la même académie militaire même si nous n'étions pas dans la même promotion, car il est beaucoup plus jeune. Nous avons souvent été ensemble à des soirées privées, vous savez, ce genre de soirée où aucune mère ne risque de vous mettre le grappin dessus à propos de l'une de ses filles. »

Fleming ne répondit rien. Pridvorny lui avait fait part de son idée après qu'ils furent rentrés bredouilles du domaine Vatchenko. Durant plusieurs jours, ils avaient arpenté la campagne en tous sens à la recherche du jeune couple d'Anglais ou de leur troïka accidentée. Une cinquantaine de moujiks supervisés par le garde-chasse personnel du prince les avaient aidés, mais rien n'avait été trouvé, pas même un bagage abandonné. Leur véhicule ou leurs corps semblaient tout simplement s'être volatilisés après la tempête de neige.

« Vatchenko est au courant de quelque chose, en avait déduit Fleming.

— Que voulez-vous qu'il sache ? s'était étonné Pridvorny, mais l'Irlandais n'en avait pas démordu.

— Je l'ignore, mais il sait où sont les corps, j'en suis certain.

— Pourquoi aurait-il fait cela ?

— Peut-être parce qu'il a remarqué qu'ils avaient été assassinés ? riposta Fleming, qui n'était pas d'humeur à subir les indigences de son complice. Nous en revenons toujours au même point, l'idiotie de vos cosaques !

Pridvorny avait eu son idée à ce moment-là. Évidemment une idée de dernière chance, qu'il tentait une fois de plus d'étayer par quelques arguments imparables :

— Le cadet des Vatchenko est criblé de dettes, assura-t-il une fois de plus. Si nous lui parlons argent, il nous écoutera. Je sais qu'il déteste son frère pour la simple raison que ce dernier est son aîné et qu'il a hérité du titre et de la quasi-totalité du patrimoine à la mort de leur père. Vladislav Vatchenko bénéficie d'une rente généreuse héritée de sa mère, qui lui assure un train de vie confortable, mais les roubles lui brûlent les doigts. Il flambe au jeu, aux courses, aux femmes, avec une indécence presque admirable. D'après mes renseignements, il a trempé à plusieurs reprises dans des affaires louches, y compris d'ordre politique. Son frère a le sens de la famille et finit toujours par éponger ses dettes, mais leurs rapports sont à couteaux tirés. Il a récemment insulté sa belle-sœur devant témoins, tout simplement parce qu'en donnant naissance à des jumeaux, elle avait ruiné ses espoirs d'héritage. Si nous l'aidons à supplanter son aîné, il nous mangera dans la main.

— Vraiment ? insista Fleming, et jusqu'où croyez-vous qu'il serait prêt à aller pour obtenir cela ?

— Jusqu'au bout, j'en suis certain. »

Fleming détailla plus longuement le jeune homme qu'ils s'apprêtaient à corrompre. Vladislav Vatchenko était en train de distribuer le jeu. Il avait dans les mains une aisance qui prouvait une longue pratique des cartes et un regard chafouin qui enregistrait les moindres tics de ses adversaires. Il était doué, car il remporta la mise à plusieurs reprises, mais il n'avait pas la gagne modeste. Au contraire, il se rengorgeait tant que les autres joueurs ne cessaient de lui couler des regards haineux.

« Très bien, décida Fleming, allons lui parler. »

Quelques minutes plus tard, Vladislav Vatchenko les écouta avec intérêt, mais finit par décliner leur offre.

« Messieurs, je suis flatté que vous m'ayez approché. Je crains cependant de ne pouvoir vous satisfaire. Je m'apprête à partir pour l'Europe. Mon très cher frère vient de m'offrir une tournée dans les plus grandes capitales. Or, vous le savez certainement, on ne mord pas la main qui vous paie. Cependant, ajouta-t-il avec un sourire cynique, votre idée me plaît… Je vous contacterai à mon retour. Si votre proposition est toujours d'actualité à ce moment-là, j'y réfléchirai de manière plus concrète. Je suis certain que nous arriverons à travailler ensemble. N'avons-nous pas tous à y gagner ? »

Fleming fut furieux de ce nouveau contretemps, mais Pridvorny eut la pensée philosophique du jour :

« Nous n'avons peut-être pas mis la main sur ce fameux carnet à dessins, mais nos ennemis non plus. Match nul, donc. »

Match nul.

Fleming, les mâchoires contractées par la colère, accéléra le pas pour éviter de lui passer son épée au travers du corps. En tant de militaire, il considérait toujours les statu quo comme une défaite.

Partie II

Le traître

Saint-Pétersbourg
du 8 juillet 1853 à septembre 1856

19

Vassili attendait l'arrivée à quai d'un navire. Il était venu seul au port de Kronstadt, sur l'île portuaire de Kotline, pour accueillir aujourd'hui son frère Vladislav qui revenait de son tour d'Europe. Il n'avait pas informé Iéléna de la raison de son déplacement. Il n'était pas parvenu à lui en parler, tant le contenu de la lettre pliée dans sa poche de poitrine lui semblait indécent.

Des marins vinrent lui annoncer un steamer, dont l'approche fut rapidement confirmée par de hauts panaches de fumée qui s'élevaient dans le ciel de porcelaine. Durant ce dernier temps d'attente, Vassili relut une fois de plus l'écriture anguleuse reçue d'Allemagne trois semaines auparavant :

« Vassili, mon frère,

Je vous écris aujourd'hui pour vous annoncer la date de mon retour en Russie par le pyroscaphe[1] *Tatiana*, qui prendra le départ le samedi 2 juillet de Travemünde, le port de Lübeck en Allemagne, pour arriver sous cent trente heures à Kronstadt, sur l'île de Kotline.

Je puis d'ores et déjà vous dire que vous aviez raison, les voyages forment la jeunesse. Ils rendent plus grand et plus fort, à tout le moins ils ont ouvert les yeux de l'enfant naïf que j'étais.

J'ai bien réfléchi à ma situation. À notre situation en tant que fratrie. Je ne puis revenir à Saint-Pétersbourg avec le souvenir du mépris que me dédiait notre père, matérialisé par le testament honteux qu'il a laissé. Dans une famille aimante, je veux bien entendre que le droit d'aînesse ne soit qu'un usage juridique qui facilite la cession d'un titre. Vous avez le droit d'aînesse, je ne puis donc revendiquer le titre de prince dans

1. Navire à vapeur.

l'état actuel des choses. J'accepte donc de vous le laisser, mais en échange, il me semble juste et nécessaire de nous occuper conjointement de l'héritage de notre père. Je ne suis plus le sot immature que j'étais. J'ai vécu, j'ai appris, je me suis formé à différentes tâches qui pourront nous être utiles dans la gestion commune de nos biens.

Je reviendrai donc au domaine familial sitôt mon débarquement, où je logerai à partir de cette date. J'entends profiter de la moitié de tout, en particulier des revenus des terres agricoles, des rentes des biens immobiliers et du rendement des diverses mines et exploitations, dont celles d'ambre de la Baltique, évidemment.

J'accepte en échange d'occuper le poste qu'il vous plaira de me donner, sachant que je suis dorénavant prêt à me dévouer pour faire fructifier nos biens.

Votre frère cadet,

Vladislav Vatchenko »

Comme à chaque fois, Vassili leva des yeux sidérés et s'absorba dans le paysage de l'île-ville de Kotline sans vraiment le voir. Kronstadt en était l'unique cité et servait à la fois de port principal et de forteresse de défense. Elle abritait le siège de l'amirauté russe ainsi que le commandement de la flotte de la Baltique tout en accueillant les voyageurs venus de Finlande, du Danemark et d'Allemagne, voire de France et d'Angleterre, sur les récents steamers à vapeur qui assuraient de rapides traversées. Dans la rade, de nombreux vaisseaux étaient à l'ancre à bonne distance les uns des autres pour éviter l'éventuelle propagation des incendies. Bercés par la houle, ils étaient immenses et majestueux, avec leurs mâts dressés, leurs voiles au repos et leurs volets à canons qui longeaient leurs belles coques pansues capables de transporter hommes et cargaisons. En cette fin d'après-midi, une belle lumière dorée tombait d'un ciel sans nuage comme au travers d'un éclat d'ambre. Le silence était celui de la mer, empli de la rumeur du ressac et des cris des goélands qui planaient au-dessus des cinq forts répartis en arc de défense vers le sud. Dans la forteresse principale, les soldats paradaient devant les couleurs de l'empire, tandis que leurs camarades montaient la garde près des impressionnantes batteries de canons lustrées comme des bibelots. Tout transpirait la guerre, vers laquelle marchait la Russie. Dans la ville sainte de Jérusalem placée sous l'arbitrage de l'Empire ottoman, des orthodoxes avaient été pris à partie par des catholiques lors des fêtes de Pâques. Le tsar Nicolas Ier y avait vu un parfait prétexte pour consolider sa volonté d'expansion au détriment des Turcs.

Vassili soupira. Cette guerre était sans doute la vraie raison du retour de son frère. Depuis plus de cinq ans, ce dernier avait vécu loin d'eux, en apparence heureux et occupé à mille choses. Certes, il n'avait pas cessé toutes ses frasques, qu'accompagnait souvent une demande de remboursement de dettes ou de crédit supplémentaire par lettre de change, mais elles lui parvenaient étouffées par la distance comme de mauvaises rumeurs auxquelles il était facile de ne pas prêter attention. Malheureusement, cette dernière lettre venait de lui ouvrir les yeux. Non seulement le pari qu'il avait fait sur l'avenir était perdu, mais le ton épistolaire qu'employait son frère était devenu encore plus déterminé, plus exigeant, plus solide aussi.

Le jeune voyageur revenait de son lointain périple avec une humeur qui paraissait plus batailleuse que jamais.

Vassili soupira derechef. Il n'avait pas encore arrêté sa décision, qui dépendrait de l'attitude de son frère, mais il était certain d'une chose : il ne changerait pas l'ordre établi. Il ne permettrait pas la division du patrimoine familial, que sa famille avait fait fructifier depuis que Pierre le Grand avait décidé d'établir ici sa capitale, dans ce qui n'avait été au départ qu'un marais insalubre soumis aux maladies et au brouillard. La détermination de ses aïeuls avait aidé ce monarque visionnaire à assainir les multiples bras de la Neva. Ils avaient contribué à bâtir une civilisation éclairée et florissante. En leur mémoire, il était impossible de souscrire à l'exigence de Vladislav.

S'entendant héler, il sursauta. Emporté par ses pensées sombres, il n'avait pas prêté attention à l'arrivée du bateau à vapeur dont, maintenant, les voyageurs débarquaient. En quelques instants, il se retrouva face à son cadet, qui le toisait avec une expression plus arrogante que jamais.

« Je n'arrive pas à y croire, s'exclama ce dernier d'une haute voix sonore. Mon frère qui vient me chercher en personne ! Voyons, cela n'était pas nécessairc, j'aurais accepté qu'un simple domestique...

— Ça suffit, gronda Vassili. J'ai reçu ta lettre et nous devons discuter.

— En plein vent ? continua le cadet avec insolence tout en feignant de frissonner dans la brise qui venait du large. Pourquoi ne pas discuter à la maison ? »

Vassili le dévisagea sans répondre. Son frère avait indéniablement mûri, même s'il demeurait aussi maigre que dans ses plus jeunes années, avec son visage osseux au teint maladif et ses épais cernes sombres autour des yeux.

« Allons plutôt dans un *traktir*[1] », ordonna-t-il finalement, car il n'avait pas l'intention de ramener son cadet au palais.

Ils quittèrent les darses pour couper en diagonale à travers un parc charmant en cette saison, au milieu duquel était érigée la statue du fondateur de Saint-Pétersbourg, Pierre le Grand. Oxydée de vert-de-gris, elle avait été conçue par un sculpteur français et montrait à tous un empereur en pied, contemplatif mais satisfait.

Les deux frères marchaient sans s'adresser la parole, et Vassili trouva cette situation à la fois triste et ridicule. Pourquoi ne parvenaient-ils pas à s'entendre ? Entre eux, tout aurait dû être simple : il était l'aîné, Vladislav son cadet. Il n'y avait pas à revenir là-dessus.

L'auberge était une longère en briques chaulées, trouée de fenêtres à la forme simple égayées par des géraniums. Une fois la porte et les tentures qui l'isolaient franchies, les frères Vatchenko entrèrent dans une vaste pièce aux murs nus, dont le plafond bas était décoré de solives en chêne et de lambris plus clairs. Malgré les vitres ouvertes, l'air était saturé de fumées, celles qui venaient de la cuisine, rondes et grasses, mais aussi celles des marins et des militaires qui fumaient en partageant une pinte ou une assiette de soupe à la betterave.

1. « Restaurant, auberge », en russe.

Ils s'assirent et commandèrent du *kvas*[1]. D'une manière diplomatique, et peut-être aussi pour donner une chance à son frère d'élaborer une nouvelle stratégie, Vassili commença par s'enquérir de son voyage, de ce qu'il avait vu ou visité, du pays qu'il avait préféré, entre l'Italie, la France et l'Angleterre, mais Vladislav ne lui répondit pas. Au contraire, il se contenta d'arborer un sourire arrogant, qui finit par user la patience de son aîné.

« Très bien, parlons donc de cette lettre.

— C'est effectivement la seule conversation qui me semble digne d'intérêt.

— Elle sera alors très courte, *radnoy*[2], car elle consistera simplement à te rappeler une leçon de droit familial : pour éviter que les biens d'une famille soient divisés au cours des générations, et qu'ils perdent ainsi de leur valeur, ils iront à l'aîné des héritiers, qui en assurera seul la gestion. Ces biens se transmettront donc d'aîné en aîné, telle est la loi.

— Je connais la loi, mais ce n'est pas ce que je veux.

Vassili but une gorgée de *kvas* en s'efforçant de garder son calme.

— Si c'est ce que tu souhaites, je te trouverai une activité de gestion à ta mesure, nous pourrons en reparler ultérieurement, mais je ne souscrirai à aucune forme de division du patrimoine, quelle qu'elle soit. Si tu as besoin d'argent, nous pouvons discuter d'un nouveau montant à t'allouer. Il est normal que ton train de vie corresponde à ton rang. De plus, rien ne t'empêche de faire fructifier le capital que tu parviendras à économiser et créer de cette manière une nouvelle dynastie.

— Ce n'est pas ce que je veux. J'exige la moitié de tout !

Vassili se leva en éclatant de rire.

— Décidément, tu n'as pas changé. Tu es toujours aussi gamin, têtu et capricieux. C'est dommage, car j'étais prêt à te tendre la main, mais je te le redis de manière claire et nette : je ne scinderai pas le patrimoine familial en deux.

---

1. Boisson populaire, fermentée et pétillante.
2. Signifie « mon cher » en russe, dans le sens de famille, de lignée. Très couramment utilisé pour s'adresser à un proche.

Vladislav se leva à son tour, les mâchoires contractées. Ses yeux sombres, qu'il avait hérités de leur mère, lançaient des éclairs.

— Évidemment, tu veux tout garder ! s'écria-t-il.

— *Slaboumnyy*[1] ! Je t'ai dit que j'étais prêt à...

— Je ne veux pas de ton aumône ! siffla Vladislav. Je veux la moitié des biens qui appartenaient à notre père, et les gérer à mon seul profit. Cela me semble juste et honnête.

— Non.

— Dans ce cas...

La menace resta en suspens. Vassili se pencha vers son frère, le visage durci.

— Que veux-tu dire ? »

Le cadet recula. Face à son frère, et bien qu'au cours des dernières années il ait mûri, il demeurait un pleutre, préférant refuser tout face-à-face trop musclé dans lequel il savait ne pas faire le poids. Pourtant, il était également empli d'une telle hargne, d'un tel défi, qu'il osa siffler entre ses dents serrées :

« Continue donc de faire à ta guise, *rodnoy brat*[2], mais ne t'étonne plus de mon comportement vis-à-vis des tiens ! »

C'était la première fois qu'il tutoyait son aîné. C'était aussi la première fois qu'il se permettait de le défier de manière aussi claire, presque d'homme à homme.

Vassili le toisa, démangé par l'envie de le prendre par la cravate et de le gifler à tout-va, comme un enfant exaspérant. Puis il éprouva de la pitié : Vladislav avait toujours été le petit dernier qui lorgnât sur ses jouets sans avoir le droit d'y toucher.

« Je vais te laisser réfléchir à cette conversation et revenir à de meilleures dispositions, dit-il finalement. Dès que tu te sentiras prêt, tu pourras nous rendre visite au palais Vatchenko. Nous discuterons alors concrètement de ton avenir. En attendant, et tant que tu resteras campé sur tes exigences irréalistes, je te prie de rester loin de moi et des miens. Mon banquier contactera le tien. Ce sera dorénavant notre seul moyen de communication. »

1. « Imbécile », en russe.
2. « Frère (de sang) », en russe.

Il s'éloigna sans se retourner. Vladislav, le teint encore plus pâle que d'habitude, le suivit tout du long d'un regard haineux.

« Et moi, articula-t-il d'une voix inaudible, je jure que je prendrai bientôt ta place. »

20

En cette radieuse journée de 1er mai 1854, Iéléna Vatchenko s'empara d'un bâton enrubanné de rose et visa avec soin le *gorodki*[1] distant des treize mètres réglementaires. Ses amies cessèrent un moment de parler et de rire pour lui permettre de se concentrer. Le projectile, lancé avec adresse, atteignit son but en faisant tomber les cylindres de bois qui formaient symboliquement une ville. Aussitôt, des applaudissements saluèrent la performance et une belle brune piquante repoussa sa capeline pour embrasser à pleine bouche la jeune femme triomphante.

« Vous avez gagné, ma chère cousine ! lui lança la comtesse Katharina avec une sincère admiration, en claquant cette fois une bise sonore sur chacune de ses joues. Toutes mes félicitations, vous visez comme un véritable hussard de Sa Majesté impériale ! Je comprends mieux pourquoi mon cousin vous emmène constamment à la chasse.

— Oh, rougit Iéléna, je ne vais à la chasse que pour le plaisir de la promenade. Je n'aime pas tirer sur le gibier.

— Bah, ma cousine, vous avez bien raison, les hommes excellent si bien dans les basses besognes qu'il vaut mieux les leur laisser... s'exclama la comtesse d'un ton qui trahissait une certaine désillusion. Que diriez-vous de prendre un rafraîchissement ? ajouta-t-elle en glissant son bras sous celui de sa parente et amie. Le temps est vraiment splendide, mais il fait déjà si chaud... »

Iéléna réprima un sourire en appelant un des valets chargés du service. Elle avait toujours aimé le franc-parler de la cousine

1. Littéralement « petite ville » et par extension, nom d'un jeu populaire russe qui consiste à déséquilibrer des figures formées par des cylindres en bois, appelées « villes », avec un lancer de bâton.

de Vassili qui, malgré son éducation dans le rigide Institut Smolny, ne mâchait pas ses mots.

Elles se firent servir, puis s'écartèrent du jeu bras dessus bras dessous pour siroter leur verre de *kvas* bien frais à l'ombre d'un cèdre du Liban. Les branches ajourées dessinaient une farandole de lumière sur leurs deux visages.

« Les festivités de l'arbre de mai sont à mes yeux la fête la plus charmante de l'année, reprit Katharina d'un ton enjoué après avoir vidé son verre. Vous ne pouvez pas savoir comme je suis heureuse de ce séjour à la campagne.

— Vous plaisantez, s'amusa Iéléna, comment pourriez-vous vous languir de la campagne, puisque vous séjournez si souvent à Peterhof, qui n'est qu'à quelques verstes de notre domaine !

— C'est que, ma chère, la vie à Peterhof est vraiment très éloignée de tout ce qui fait votre jolie campagne. De grands jardins ne suffisent pas toujours à rendre la vie agréable. À la cour impériale, l'étiquette est si pesante, si éloignée de ce que vous avez réussi à construire ici, dans le palais de mon cousin Vassili, ajouta-t-elle dans un murmure tremblé. Je me souviens d'une époque où cette demeure était sinistre, avec ses hauts murs rigides et son bâtiment central identique à celui d'un fort militaire. Regardez autour de vous, ma belle amie, en quelques années, vous y avez créé un paradis ! »

D'un geste plein d'emphase, elle désigna d'abord le jardin français et son labyrinthe parfaitement ciselé, puis la tonnelle de roses anglaises où les tables du buffet champêtre avaient été dressées dans une envolée de nappes blanches. Enfin, elle montra la façade de pierres grises qui aurait naturellement dû être triste et austère, mais qui en cette saison se parait d'une merveilleuse glycine en fleur dont le parfum entêtant mettait le cœur en joie.

« Vous m'accordez un mérite que je n'ai pas, répondit Iéléna.

La comtesse lui caressa doucement la main.

— Je vous assure que non, chère cousine. Vous avez fait ici des miracles, dont le premier est d'avoir réussi à apprivoiser mon cousin qui, dès que vous paraissez, parvient à se montrer presque civilisé !

Cette fois-ci, Iéléna éclata franchement de rire. Elle était flattée du compliment, mais aussi et surtout heureuse.

— Oh, je vous promets qu'il chasse toujours autant ! Tenez, en cet instant, il mène ses amis à la poursuite de je ne sais quel quadrupède que nos cuisiniers devront rôtir pour le festin de ce soir. Croyez-moi, ses centres d'intérêt sont toujours ceux d'un adolescent : les chiens et les chevaux, rien de plus.

Elle continuait à rire, avec toute la tendresse d'une grande amoureuse, et la comtesse lui sourit.

— Votre trait de génie est d'être cette Diane chasseresse qui l'accompagne dans tous ses périples. Je regrette tellement de ne pas être comme vous, de ne pas être parvenue à m'imposer… ajouta-t-elle avec une voix qui se brisa soudain. Mes affaires en auraient été bien plus heureuses ! »

Elle était toujours la maîtresse officielle du fils héritier du tsar Nicolas Ier, le grand-duc *tsesarevitch*[1] Alexandre Nicolaïevitch de Russie, un amant des plus volages. Non seulement il la trompait avec toutes celles qu'il désirait, ce qui lui arrivait souvent, mais il avait également la mauvaise habitude de retourner dans le lit de son épouse pour lui faire des enfants.

Katharina savait être dure, mais aujourd'hui, face à la douceur qui baignait le palais Vatchenko, elle ne pouvait s'empêcher de se sentir fatiguée.

« Allons, mon amie, lui dit Iéléna en la prenant avec affection par les épaules. Est-ce à vous que je vais apprendre que les bourdons butinent beaucoup, mais reviennent toujours à leur fleur préférée ? Tout le monde sait qu'il vous adore.

— Certes, il me revient toujours, marmonna la belle comtesse, pourquoi ne puis-je m'en contenter ?

— Peut-être parce que vous êtes amoureuse ? répondit Iéléna avec l'élan de sa jeunesse. Venez, promenons-nous un peu dans le parc avant de revenir près des autres. Il vaut mieux laisser à vos yeux le temps de sécher leurs larmes.

Katharina soupira tout en se tamponnant le visage d'un mouchoir parfumé à la fleur d'oranger.

— Vous avez sans doute raison, mais comment se défendre d'aimer ? Je vous en prie, cessons là cette conversation déprimante, je m'en voudrais de gâcher votre fête de mai. Tenez,

1. Fils héritier d'un tsar, tous les autres descendants mâles en ligne directe étant appelés *tsarevitch*.

emmenez-moi plutôt voir mes filleuls. Ces deux petits sont si beaux, je ne m'en lasse pas... Quel âge ont-ils maintenant ?

— Ils ont cinq ans, bientôt six.

— Comme le temps passe vite ! Déjà des petits hommes.

— Ce sont surtout des chenapans, soupira Iéléna avec une tendresse indulgente. Lorsqu'il s'agit d'inventer une sottise, ils ont tous les deux une imagination débordante... Tenez, si jamais vous vous ennuyez dans la vie, faites-vous donc faire un enfant, ou mieux encore, deux en même temps !

— Vous n'y pensez pas ! s'offusqua Katharina en explosant de rire. Il en a déjà six et si j'en crois sa façon d'aller frapper à la porte de la grande-duchesse, je pense qu'un septième sera bientôt en route. Où voulez-vous que je mette les miens dans cette vie-là ? »

Riant et devisant, elles suivirent l'allée de gravier qui se dirigeait vers l'étang. Iéléna marchait en écoutant d'une oreille distraite son amie rapporter quelques anecdotes de la cour impériale. Elle savourait la quiétude du moment et songeait par avance à la surprise que Vassili lui avait concoctée. Avec une mine empreinte de secret, il lui avait demandé de porter ce soir une de ses imposantes toilettes traditionnelles caucasiennes, une robe de velours brodé d'or aux longues manches de mousseline qui masquaient les mains et la coiffe traditionnelle dont le voile formait comme des ailes de cygne. Pour lui faire plaisir, elle avait demandé à Nina de préparer la robe qu'elle portait lorsqu'il était venu lui demander sa main, sept années auparavant. Malgré les années écoulées et sa grossesse, elle parvenait encore à entrer dedans. Il avait suffi de refaire l'ourlet, qui s'était décousu, et de rafraîchir les voiles blancs.

« Vous ne prêtez nulle attention à mon bavardage, l'accusa soudain Katharina avec amusement. Si j'en juge votre visage transfiguré, je gage que vous pensez à votre beau prince slave. J'aime tellement vous savoir heureuse et comblée, mon amie. Vassili a toujours été mon cousin préféré. Vous allez si bien ensemble, tenez, lorsqu'on vous regarde, on retrouve foi en l'humanité ! »

Iéléna sourit sans répondre. L'instant était doux, le ciel commençait à prendre lentement une couleur parme qui annonçait un beau coucher de soleil. Les jardiniers avaient accroché dans tous les arbres du parc des lampions de papier tandis que des paysannes étaient venues les unes après les autres nouer sur des branches de petites poupées de paille destinées à attirer la chance sur les récoltes à venir.

L'année russe était rythmée par les moissons et les fêtes religieuses, mais les festivités de l'arbre de mai demeuraient un rite païen qui célébrait le passage du printemps et marquait le début de la prochaine saison agricole. Pour satisfaire à la tradition, un grand poteau décoré d'une couronne en feuilles de bouleau avait été dressé dans la cour du château. Ce soir, les moujiks danseraient autour. Le plus hardi des paysans ou le plus agile des valets de chambre tenteraient de se hisser sur le mât pour arracher quelques brins à la couronne et les ramener en trophée à l'élue de son cœur.

Il y aurait du bruit, des chants, des cris et beaucoup de boissons. Les plus jeunes se déguiseraient en lutins pour éloigner le mauvais esprit, les plus âgés porteraient au bout de longs bâtons des boules de foin enflammées destinées à effrayer les démons et les soldats que Vassili avait invités déchargeraient leurs pistolets vers le ciel, pour mêler les rites slaves à une tradition empruntée aux nuits de Walpurgis allemandes.

Iéléna eut une moue réjouie. La fête serait comme toujours cocasse, il fallait bien cela pour effrayer les sorcières et toutes les forces malignes rassemblées pour le sabbat !

S'appuyant plus fort au bras de son amie, elle emmena cette dernière vers la rive, où elles virent tout de suite deux farfadets couronnés de lierre qui couraient et sautaient en moulinant les roseaux de leurs petites épées de bois. Les jumeaux étaient comme d'habitude accompagnés de Nicolaï, le fils du garde-chasse, chargé de les surveiller discrètement tout en participant à leurs jeux.

Iéléna ralentit le pas pour mieux détailler la scène. Elle s'était toujours félicitée d'avoir mis Nicolaï au service de ses fils. Avec le temps, l'enfant malingre à la tignasse raide était devenu un bel adolescent à la force tranquille. Il s'était beaucoup attaché aux garçons, mais comment aurait-il pu en être autrement ? songea la jeune femme en contemplant avec fierté ses deux anges.

Même en demeurant objective, ce qu'une mère aimante ne pouvait être, il n'existait pas d'enfants plus beaux, plus vivants, plus polissons. L'un et l'autre avaient une santé de fer, de bonnes joues replètes et un appétit d'ogre. Impossible de ne pas fondre d'amour devant leurs frimousses attendrissantes et leurs boucles de chérubin longues aux épaules. Même si celles de Viktor étaient brunes et celles d'Alekseï blondes comme les blés, il existait entre eux une telle ressemblance physique que personne n'avait jamais douté qu'ils soient frères.

D'ailleurs, ils s'entendaient à merveille, toujours fourrés ensemble pour partager leurs jeux et leurs bêtises. Y compris la nuit, puisque Youlia les trouvait régulièrement endormis dans le même lit !

Iéléna eut une bouffée d'amour qui gonfla son cœur. Comme elle était heureuse ! Comme elle aimait Vassili et ces deux petits !

« Je vous envie tellement, lui glissa Katharina en lui embrassant la tempe. Vous avez là une bien belle famille…

Les bambins venaient de remarquer leur présence. Sans doute lassés de pourfendre des monstres imaginaires, ils se précipitèrent vers elles en hurlant à qui mieux mieux.

— Maman ! Marraine !

Les deux jeunes femmes n'eurent qu'à tendre les bras pour les recevoir contre elles.

— Doucement, doucement, s'exclama Iéléna pour tenter de calmer leur ardeur, ne faites pas les sauvages, vous allez salir votre belle marraine !

— Mais non, s'exclama Katharina en les embrassant de plus belle, tant pis pour ma toilette, pour une fois que je peux les mignoter autant que je le souhaite ! Comme ils ont grandi, comme ils sont beaux ! »

Ils retournèrent tous ensemble au château, en admirant les libellules et les escargots. Le crépuscule s'installait, il était temps de se changer pour le bal. Youlia vint s'occuper des garçons pour les débarbouiller et les vêtir comme de vrais princes. Exceptionnellement, les bambins auraient le droit d'assister au début de la soirée. Ils étaient surexcités, mais moins par la danse que par le grand mât auquel un homme était justement en train de se hisser.

« Quand serons-nous suffisamment grands pour y grimper ? quémanda Alekseï, les yeux ronds levés vers la couronne enrubannée.

— Oui maman, dites-nous quand nous pourrons monter là-haut ? renchérit Viktor, qui singeait son frère en tout.

— Quand vous serez aussi grands que moi ! leur répondit une voix grave et masculine qui tomba du mât.

L'homme se laissa glisser et sauta lestement aux pieds des enfants.

— Papa ! » s'écrièrent ces derniers.

Vassili eut juste le temps d'embrasser Iéléna dans le cou avant de recevoir contre lui les deux petits monstres qui grimpèrent le long de ses cuisses comme des chats sauvages.

Il les chargea sur chacune de ses épaules comme s'ils n'étaient que des sacs, tourna sur lui-même jusqu'à ce qu'ils se mettent à piailler de plaisir, puis les reposa au sol en leur donnant une tape sur les fesses.

« Maintenant, filez vite avec Youlia, sinon vous ne serez pas prêts !

Tandis que les gamins s'éloignaient, fermement tenus par leur nourrice, Iéléna s'appuya mollement au bras de son époux.

— Et nous ? Ne croyez-vous pas que nous devrions les imiter ? La nuit tombe déjà...

L'espace de quelques secondes, Vassili la regarda gravement, si gravement que son regard parut s'emplir de douleur, puis il sembla se ressaisir et, se penchant, lui frôla les lèvres à la vue de tous.

— Vous avez raison, mon amour, chuchota-t-il dans un souffle brûlant, allez vite passer vos atours de princesse caucasienne. Ce soir, je vous promets une soirée inoubliable. »

Iéléna n'était pas d'origine russe. Son père était un important chef de l'ethnie des Ossètes qui s'était installé à Saint-Pétersbourg dès le début de la guerre du Caucase. Anobli par le tsar, il s'était intégré à la haute société russe grâce au négoce du caviar, qui l'avait considérablement enrichi. Lorsque Vassili, sept années auparavant, était venu lui demander la main de sa fille, il en avait été bouffi d'orgueil – vous pensez, un prince apparenté au tsar ! – mais il avait tout de même tenu à ce que les traditions de son peuple soient respectées.

Iléna y songea beaucoup lorsque, une fois prête, elle apparut à l'heure du bal en haut du grand escalier. Conformément aux désirs de Vassili, elle avait revêtu sa toilette en velours noir ornée de rehauts d'or qui fit sensation parmi les invités de la haute société russe. Le corsage était ajusté, mais porté sans corset. De la même façon, la jupe était évasée, mais sans crinoline. Quant aux manches, elles étaient taillées à partir du coude dans une mousseline si longue qu'on ne voyait pas les mains. Enfin, un béguin du même velours que la robe avait été posé sur ses cheveux impeccablement tressés. Il ancrait un voile arachnéen qui descendait jusqu'aux reins.

« Vous êtes sublime, lui jeta Katharina qui n'avait pourtant rien à lui envier dans une tenue de grand soir qui révélait ses épaules rondes, dont la peau crémeuse était mise en valeur par un collier de saphirs aux reflets d'eau profonde. J'avais oublié que la majesté de vos robes caucasiennes vous donne une silhouette de princesse de conte de fées. Ce noir illumine votre teint de nacre. Vous êtes la plus blonde de toutes et pourtant, vous avez plus de couleurs que nous ! »

Iéléna la remercia avec chaleur. Elle portait rarement une robe de son peuple, qu'elle jugeait démodée, mais elle avait tenu à faire plaisir à Vassili. De toute façon, l'idée n'était pas mauvaise, car ce choix ne passait pas inaperçu : tous les convives la suivaient des yeux tandis qu'elle descendait majestueusement l'escalier d'honneur. D'abord gênée, elle se mordilla la lèvre, mais lorsque l'orchestre entama une valse, elle oublia tout : Vassili venait à sa rencontre en fendant littéralement la foule, escorté par ses majestueux barzoïs.

Elle en eut le souffle coupé, incapable de se lasser de sa beauté de statue. Pour elle, il avait revêtu un uniforme cosaque, plus exactement une *tsouqqa*[1] caucasienne semblable à celle qu'il avait mise sept années auparavant lorsqu'il était venu demander sa main à son père.

Ce manteau d'apparat était long au genou, orné sur la poitrine par les habituelles rangées de *gazyrnitsy*. Galonné d'or,

1. La *tsouqqa* est le nom donné par les Ossètes au manteau traditionnel caucasien, la *tcherkeska*. Ce manteau d'apparat a été adopté par les cosaques, et plus particulièrement par la garde impériale.

il mettait en valeur ses épaules larges et sa haute silhouette sportive.

Iéléna le trouva irrésistiblement séduisant, avec ses bottes noires cirées au miroir et le poignard retenu par une chaînette à sa ceinture. Le cœur battant, elle le regarda approcher. Cet instant était si beau… Pourtant, il ne souriait pas. Au contraire, son visage exprimait une gravité presque douloureuse qui l'interpella. Sans trop savoir pourquoi, un mauvais pressentiment vint soudain lui chatouiller le creux de l'estomac, mais elle n'eut pas le temps d'y réfléchir plus longtemps. L'orchestre venait d'entamer un air rapide rythmé par la voix d'un chanteur accompagné d'un *doli*[1]. Bouleversée d'émotion, elle reconnut une danse de *lezginka*[2].

Avec cérémonie, Vassili s'inclina devant elle. Il avait retrouvé son sourire à pleines dents, amusé de la surprise qu'il lui faisait. Elle le suivit jusqu'au milieu du bal, tandis que les invités s'écartaient pour former un cercle autour d'eux. Certains avaient compris et marquaient déjà la mesure en tapant dans leurs mains. Les autres regardèrent, émerveillés.

Danser la *lezginka* était spectaculaire. Sept années auparavant, Vassili avait dû prendre des leçons et faire preuve d'une parfaite condition physique pour effectuer cette danse lors de leurs fiançailles. À l'époque, elle était déjà amoureuse de lui, mais lorsqu'elle le vit produire cet effort uniquement pour lui plaire, elle avait été définitivement conquise.

Aujourd'hui, elle trouvait exaltant qu'il décide de réitérer cet exploit physique pour fêter leur première rencontre. Avec cette danse, l'homme était symboliquement un aigle et la femme un cygne. Les deux partenaires devaient se tenir à distance l'un de l'autre, le dos bien droit, la tête haute, ne jamais se toucher ni même s'effleurer. La femme évoluait les yeux baissés, en arrondissant les bras avec la même grâce qu'un cygne. Ses petits pas cachés sous la longueur de sa robe donnaient l'impression qu'elle flottait sur l'eau. Pendant ce temps, l'homme s'éloignait puis revenait, l'enveloppait de ses bras étendus comme des ailes sans jamais la toucher, puis bondissait et virevoltait avec des

1. Instrument de musique à percussion pratiqué avec les mains, sorte de tambour.
2. Danse traditionnelle du Caucase ; allez voir, c'est magnifique !

prouesses d'athlète. Il devait montrer tout à la fois son adresse et sa force, pour la rassurer et la protéger.

Sans cesse, et durant toute la durée de la musique, Vassili joua son rôle d'aigle à la perfection. Il était athlétique, il tourbillonnait avec une adresse admirable. Comme un farfadet aux allures de géant, il multipliait les acrobaties, la tête bien haute, le sourire charmeur, le regard brûlant posé sur le joli cygne qui s'efforçait de demeurer indifférent à ses mille voltiges, mais dont le cœur battait à tout rompre, irrémédiablement amoureux.

Ils dansèrent ainsi à plusieurs reprises et, à chaque fois, Iéléna sentait un désir fou l'envahir, qui s'intensifiait au rythme de la musique.

Enfin, la soirée toucha à sa fin et le dernier invité prit congé. Restés seuls avec l'orchestre, les deux amoureux tourbillonnèrent une dernière fois, puis Vassili enleva son épouse dans ses bras et monta les escaliers quatre à quatre pour l'emmener dans ses appartements.

21

Le soleil avait brillé toute la journée mais, dès la tombée de la nuit et malgré la chaleur de la fête, une certaine fraîcheur s'était insinuée dans l'ancien palais de vieilles pierres. Daniil, le jeune valet, s'était efforcé d'y pallier en allumant un bon feu dans la chambre à coucher de son maître et en vérifiant que le samovar était bien allumé. Vassili sentit dès le couloir la bonne tiédeur parfumée de résine et y emporta Iéléna en l'embrassant passionnément.

Avec des mains caressantes, il ôta le béguin et les voiles, dégrafa le corsage et dénoua les liens qui maintenaient la robe. L'épais velours brodé d'or tomba au sol dans un bruissement de soie. Iéléna se retrouva en chemise et ne put retenir un frisson tant l'air lui parut glacé. Vassili s'en aperçut et la souleva pour la déposer devant l'âtre, étendue sur une peau d'ours. Les flammes dansaient en lueurs ondulantes, révélant dans un contraste sublime la blancheur de sa peau et l'obscurité de la fourrure.

« Mon merveilleux amour, chuchota-t-il à pleine bouche contre son épaule nue.

Il défit de ses doigts cajoleurs la fine chemise de lin et ce qui restait de sous-vêtements, caressa la rondeur d'un sein qui était naturellement venu se nicher dans sa main comme un oisillon dans un nid, puis arpenta avec délices le ventre palpitant.

— Sais-tu seulement à quel point je t'aime, je t'aime, je t'aime…

— Non, répondit Iéléna en repoussant à son tour sa *tsouqqa* puis sa tunique jusqu'à trouver sa peau nue, douce et élastique, sous laquelle elle sentait rouler le moindre de ses muscles. Il faut encore me le dire sans t'arrêter, sinon je n'en saurai jamais rien… »

Elle riait, jusqu'à ce qu'ils soient entièrement dénudés l'un et l'autre. À cet instant, Vassili recula le temps de défaire sa coiffure. On avait tressé ses longs cheveux pâles en un chignon complexe dont il prit plaisir à ôter les épingles une à une, jusqu'à ce que le fragile édifice s'écroule en boucles de lumière qui auréolaient le visage de son aimée d'une clarté splendide. Elle le laissa faire un temps, les yeux mi-clos pour tenter de contenir son désir, mais très vite, elle n'y tint plus et tenta de l'attirer vers elle, en elle.

Il résista par jeu, parce qu'il était doux de prolonger ce moment divin et que rien ne pouvait le rendre plus heureux que de la dévisager avec passion au point d'oublier tout le reste.

« Tu es si belle », chuchota-t-il, la voix rauque de cette évidence dont il ne se lassait pas.

Ils firent l'amour avec une lenteur merveilleuse. Leur passion partagée exacerbait leurs sensations et leur désir, il leur suffisait de se laisser porter par leurs caresses jusqu'à ce que le plaisir les cueille comme une vague.

Plus tard, il vint l'envelopper dans une épaisse robe de chambre en soie de Chine ornée de fleurs de lotus et de grues en train de danser que réchauffait une doublure en vison. Il expliqua qu'il s'agissait d'un *uchikake*, un manteau traditionnel qui venait du lointain Japon, ce pays au-delà de la Chine et de la Corée. Il l'avait fait venir d'au-delà la mer pour le lui offrir en présent d'anniversaire de mariage. Et parce qu'il savait qu'elle était frileuse, il l'avait fait doubler de fourrure pour qu'il puisse toujours la réchauffer, quelles que soient les circonstances.

Son ton était étrangement grave et elle ne comprit pas ce qu'il voulait dire. Mais tandis qu'il ajustait les pans soyeux contre son cou, elle remarqua que son visage avait repris cette dureté inquiétante qu'elle lui avait déjà vue plus tôt dans la soirée, et son mauvais pressentiment revint la hanter.

« Vassili… chuchota-t-elle, éperdue. Vassili, que se passe-t-il ? »

Il contracta les mâchoires et son regard flamboya, tandis qu'il la serrait farouchement contre lui. Puis, lorsque leurs cœurs s'accordèrent pour battre à l'unisson, il l'embrassa à petits baisers lents avant de l'aider à se mettre debout.

« Viens, je dois te montrer quelque chose. »

Il se rhabilla d'une culotte et d'une chemise qu'il négligea de boutonner, et demeura pieds nus sur le parquet. Après avoir allumé un chandelier qu'il tint à bout de bras, il la prit par la main et l'entraîna dans le couloir.

À cette heure-ci, le palais était obscur et silencieux. Tous les domestiques dormaient. Seule une ombre blanche avança à leur rencontre, Farfor, son barzoï préféré qu'il aimait garder près de lui.

Ainsi escortés, ils traversèrent l'étage avant de descendre au rez-de-chaussée pour se rendre dans le bureau. Là, Vassili se dirigea vers le nouveau coffre-fort dont il avait récemment fait l'acquisition. Il s'agissait d'un meuble imposant en bois et métal de la marque anglaise Chubb. On le prétendait capable de résister à un incendie et à toute intrusion grâce à deux serrures et à un code à quatre lettres.

Sortant son trousseau de clés, Vassili désigna celles qui étaient nécessaires à l'ouverture et expliqua avec soin le fonctionnement du mécanisme. Puis, il demanda à Iéléna d'ouvrir et de fermer la porte blindée à plusieurs reprises, jusqu'à ce qu'il soit certain qu'elle ait mémorisé le protocole. Lorsqu'elle fut sûre de ses gestes, il saisit sur l'étagère du coffre une belle boîte ornée de ferrures, qu'il ouvrit avec une troisième clé.

« J'ai fait établir tous les actes de propriété à ton nom, dit-il finalement d'un ton qu'elle trouva affreusement grave.

— Je ne comprends pas… souffla-t-elle en levant vers lui ses yeux éperdus.

Quelque chose était en train de se passer.

Quelque chose de terrible qu'elle aurait voulu refuser.

— Chut, lui dit-il en lui prenant le visage entre les mains, pour caresser ses joues de ses pouces. Laisse-moi parler jusqu'au bout, avant que j'en perde le courage. Regarde, voici mon testament. Il a été fait devant notaire pour éviter toute contestation, et a été scellé d'un sceau de cire. Voici ensuite tous les papiers relatifs aux actes de propriété concernant le palais, les terres agricoles, les forêts, la rivière, les différents villages et leurs âmes[1] et même les chevaux et les chiens. Sans oublier les

1. Les âmes, ce sont les paysans qui peuplent le domaine d'un seigneur russe. Ces moujiks sont des serfs, héritage d'un passé féodal qui perdure encore au XIXe siècle. Ce servage ne sera aboli qu'au premier trimestre de l'année 1861 par le tsar Alexandre II.

mines et les différents négoces, ainsi que nos investissements à l'étranger.

Tandis qu'il énumérait toutes ses possessions, elle sentit un frisson glacé l'envahir de la tête aux pieds. Elle aurait voulu l'interrompre, mais il la regardait avec tant de gravité qu'elle n'osa pas ouvrir la bouche.

— S'il devait m'arriver quelque chose, continua-t-il d'une voix qui se cassa d'émotion, sache que tu es mon unique héritière. Tu seras ici chez toi jusqu'à ce que Viktor soit en âge de tout hériter et, même à cet instant, tu demeureras la principale propriétaire. Je t'ai expressément désignée pour éviter que nos biens aillent à Vladislav, mon frère cadet, qui les dilapiderait sans vergogne et vous laisserait dans le besoin. Tu sais à quel point mon frère rêve de s'emparer du titre et du domaine. Ne lui en laisse jamais l'occasion, cela appartient à notre seul fils. J'insiste à ce propos, car bien que Vladislav soit ma famille la plus proche, tu sais à quel point il est noceur et buveur. J'espérais qu'en mûrissant il changerait, mais il est resté un être sans vergogne et sans honneur, quelqu'un qui ne bâtira jamais rien, qui au contraire ne vivra que pour détruire. Il n'est pas tourné vers le bien. Tu dois te méfier de lui. Ne le rencontre pas. Ne lui cède en rien. Jamais.

— Vassili, tu me fais peur.

Il la dévisagea, la mine terrible.

— Je le sais, et j'en suis désolé. Je te demande d'être courageuse, je n'ai pas encore fini. Écoute-moi bien attentivement, il faudra te souvenir de tout. Tu sais que j'ai gardé tous les papiers qui concernent notre petit Alekseï. J'ai préféré ne pas les détruire, pour les raisons que je t'ai exposées il y a cinq ans. Cependant, lorsque ces documents seront entre tes mains, je te laisserai seule juge pour décider ce que tu voudras en faire. Je me suis organisé pour que cet enfant soit pleinement notre fils, ces papiers sont l'unique preuve qu'Alekseï n'est pas issu de notre chair. Chut, mon amour, je t'en prie, ne dis rien, laisse-moi parler. Voilà, il est probable qu'il ait encore de la famille. Un homme est venu me voir peu de temps après l'accident. Il était à la recherche de sa fille et de son gendre. Il m'a montré le portrait d'une femme rousse.

C'était la femme trouvée dans la neige, la mère de notre tout-petit Alekseï, je n'ai aucun doute à ce sujet. Cet homme était accompagné du colonel Anton Pridvorny, de la police secrète du tsar, qui prétendait l'aider dans ses démarches. Il était bien plus intéressé par des documents que son gendre et sa fille étaient censés transporter que par leur disparition. En particulier, il ne cessait d'évoquer un carnet de dessins dont je n'ai jamais trouvé trace. Pour lui, il n'y avait rien de plus important.

— Mais qui est cet homme ? demanda Iéléna d'une voix blanche. Ne voulait-il pas revoir son petit-fils ?

— Cet homme était un Britannique, un officier de l'armée des Indes nommé Edouard Fleming. Il ne paraissait pas très proche de sa fille et ne parlait pas de son petit-fils. J'en ai déduit qu'il ignorait tout de sa naissance. Alors j'ai décidé de me taire, autant sur l'accident de troïka que sur les corps que nous avons trouvés. Je n'ai pas non plus évoqué le petit qui, au moment de cette discussion, dormait dans notre nurserie.

— Vassili, coupa Iéléna en grelottant, pourquoi me dis-tu tout cela aujourd'hui ?

— Il faut que tu saches, pour pouvoir prendre les bonnes décisions si nécessaire.

— Je croyais que cette nuit devait être une fête mémorable, que nous devions fêter notre amour, la joie dans notre vie, toi et moi ensemble pour l'éternité, or tu ne cesses de m'affoler avec ces vieux souvenirs…

Il la dévisagea avec beaucoup d'émotion.

— Oui, c'est ce que je t'ai dit, je voulais vivre une fête mémorable, pour me souvenir à jamais de toi, de ton corps, de l'expression de ton visage tandis que je te fais l'amour…

— Je ne comprends pas ! s'écria-t-elle avec une recrudescence de panique. Es-tu en train de me dire que tu vas partir ? Que tu vas me quitter ?

Il la prit dans ses bras, la serra de toutes ses forces contre son torse. Elle était si petite à côté de lui que sa joue se posait tout naturellement sur son cœur. Il sentit ses larmes rouler sur sa peau, caressa ses cheveux pâles en soupirant de chagrin.

— Il faut que tu sois courageuse. J'ai reçu un ordre de mission. Je pars pour la guerre en Crimée.

Elle ne fut pas certaine d'avoir bien entendu, mais il dut tout de même la soutenir, car elle n'avait soudain plus aucune force dans les jambes.

— La guerre de Crimée ? bafouilla-t-elle.

— Oui.

— Vassili, non !

Il lui releva le visage, pour plonger dans son magnifique regard aussi clair que de la glace. Il l'embrassa sur la joue, le nez, le menton, le front. Sa peau avait un goût de sel. Sa bouche était un océan dans lequel il aurait voulu se noyer éternellement.

— Mon amour, je ne peux me soustraire à un tel ordre. La ville de Sébastopol est assiégée. Nos forces militaires sont engagées depuis trop longtemps. Les Français et les Britanniques menacent de gagner, il faut des troupes fraîches, de nouveaux officiers, or j'étais hussard du tsar...

Il essayait de la convaincre de quelque chose à laquelle il était le premier à ne pas croire. Elle continua à secouer la tête, l'expression hagarde, le regard perdu.

— Non pas toi, non pas toi... répéta-t-elle sans s'arrêter.

— Ma chérie, regarde-moi. Il faudra prendre soin de nos fils et te méfier de mon frère. Ne le laisse pas t'approcher. Je reviendrai, jura-t-il.

Un grattement à la porte la jeta contre lui avec un cri d'angoisse. Pavel Zokov se profila dans l'ombre, son bonnet à la main. Il était habillé en cosaque, un fusil en bandoulière, une épée sur le côté.

— Les chevaux sont prêts, annonça-t-il. C'est l'heure.

Vassili hocha la tête.

— Je viens, dit-il doucement. Iéléna, mon amour, mon adorable, ma fée des glaces, je t'aime.

— Non !

Elle s'accrocha à lui de toutes ses forces. Il l'embrassa longuement, puis défit le nœud de ses bras, de ses jambes.

— Je t'écrirai », promit-il, avant de la laisser sur place, seule, au milieu de la pièce.

Elle sursauta violemment lorsqu'il referma la porte derrière lui, puis s'écroula sur un divan en entendant ses pas décroître dans les escaliers.

Son univers venait de basculer. Il partait faire la guerre.

Elle éclata en sanglots convulsifs.

22

Combien de temps Iéléna resta-t-elle anéantie, à sangloter ? À un moment, elle eut froid dans cette vaste bibliothèque, à moins que son inconscient n'ait entendu le bruit des chevaux traversant la cour pour s'éloigner définitivement dans la nuit.

Prise de panique, elle se précipita vers l'une des fenêtres, celle qui donnait sur les communs et au-delà, sur les écuries. L'aube était encore loin. Dans l'obscurité, elle devinait à peine la forme des bâtiments. Enfin, elle aperçut le petit alignement de torches qui s'éloignait à travers la campagne. Trois petites torches de rien du tout. Celles de Vassili et de ses deux serviteurs.

Voilà, c'était tout ce qui lui restait de ce moment, trois points minuscules qui allaient bientôt se perdre dans l'horizon...

Elle serra les dents. Cette nuit, elle avait aimé son époux de tout son cœur, elle avait été heureuse dans ses bras jusqu'à crier de plaisir, elle lui avait ouvert son corps et son âme, mais elle regrettait tout de même une chose : ne pas avoir su à l'avance ce qui l'attendait. Elle se disait que si Vassili l'avait prévenue de son départ, elle aurait pu donner à leur amour une intensité encore plus grande et faire de leur passion un trésor d'autant plus précieux qu'elle en connaissait la fragilité.

Maintenant, elle balançait entre la colère et le chagrin et, incapable d'en supporter davantage, elle s'élança vers la porte. Elle courut dans le corridor jusqu'à parvenir à l'entrée de service où elle savait qu'elle trouverait des bottes de cavalier. Elle referma le mieux qu'elle put le vaste peignoir de soie et de vison, arracha à une patère un grand châle avec des franges dans lequel elle se drapa. Bien sûr, elle aurait pu monter dans sa chambre pour mettre une tenue plus respectable, mais elle craignait que Nina ne se réveille et ne la retienne. Et puis, franchement, quelle importance ? Dehors, la nuit était si noire. Qui ferait attention à la bienséance, alors que son amour partait à la guerre ?

Dans les écuries, elle avança en catimini pour ne pas attirer l'attention des valets qui dormaient dans les stalles avec les chevaux. Les barzoïs qu'on laissait libres pour monter la garde contre d'éventuels maraudeurs, hommes ou loups, la reconnurent et vinrent lui souhaiter la bienvenue. Elle les caressa brièvement puis sortit son étalon de son box. Elle ne perdit pas de temps à le seller. Elle se hissa à cru comme une simple bohémienne. Sa robe de chambre laissait ses jambes nues, mais elle n'y accorda aucune importance. Son seul objectif était de rattraper Vassili avant qu'il ne soit trop tard.

Elle sortit de la cour puis se lança au galop. Les torches avaient disparu dans le lointain, mais la troupe avait pris la route de Saint-Pétersbourg. Une fois en ville, les futurs soldats embarqueraient dans le train pour Moscou, dont la ligne avait récemment été inaugurée. Leur voyage se poursuivrait ensuite en convoi militaire durant des semaines, jusqu'à la Crimée en bordure de la mer Noire.

Iéléna avait suivi comme tout le monde le déroulé du conflit en écoutant les hommes en discuter ou en lisant parfois un article dans la presse. La guerre avait débuté à Jérusalem par une énième querelle entre des catholiques et des orthodoxes. L'Empire ottoman avait tenté d'arbitrer, mais le tsar Nicolas Ier y avait vu un prétexte pour augmenter ses conquêtes territoriales. Il s'était posé comme défenseur des orthodoxes et en avait profité pour défier l'Empire ottoman. Les Français et les Anglais s'en étaient mêlés. Un ultimatum plus tard, le conflit s'était installé et les victoires alternaient d'un camp à l'autre sans que personne n'y trouve son compte. Profitant de la zizanie, les Tatars s'étaient soulevés contre les colons russes partout dans le Caucase. La guerre avait alors pris une telle importance qu'il avait fallu envoyer des troupes supplémentaires pour défendre le port de Sébastopol contre la marine britannique.

« Mais pourquoi toi, Vassili ? hurla douloureusement Iéléna dans le vent de la course. Pourquoi toi ? »

Comme de nombreux héritiers russes, il avait fait ses classes militaires avant d'être promu officier, mais n'avait jamais brigué une carrière chez les hussards, bien au contraire. Dès que le tsar l'avait libéré de ses obligations, il n'avait eu d'autre volonté que de s'occuper de son domaine et de sa famille.

« Pourquoi ? » se révolta-t-elle de plus belle, si fort que l'étalon en prit ombrage et accéléra l'allure.

Elle ne le ralentit pas. Elle voulait revoir Vassili une fois encore. Elle n'espérait pas le faire changer d'avis. Qui pouvait aller à l'encontre d'un ordre du tsar sans risquer un exil en Sibérie ? Mais elle avait besoin de tomber une dernière fois dans ses bras, de le serrer à en crever, de le palper, de le caresser, de sentir ses mains sur son corps, sa bouche sur la sienne, son souffle mêlé au sien. Elle voulait se coller à lui, pour éprouver sa chaleur invincible, la dureté de ses muscles, la force de son corps.

Se persuader de sa vie éternelle.

Elle força encore l'allure et Prizrak répondit aisément. Il était bien né et avait été correctement entraîné. Quant à elle, elle était suffisamment bonne cavalière pour ne pas être gênée par la monte à cru, qu'elle avait pratiquée dans sa prime enfance lorsqu'elle vivait comme une sauvageonne dans les montagnes du Caucase où elle était née.

Enfin, elle repéra la lumière des torches devant elle. Vassili et ses hommes avaient entendu le galop de son cheval et l'attendaient. Quelques instants plus tard, elle aperçut leurs silhouettes éclairées par des lueurs orangées. Elle reconnut tout de suite son visage parmi ceux des autres. Il se tenait immobile, les traits figés et durs, avec des yeux terribles qui brillaient dans le noir. N'y tenant plus, elle se laissa glisser de l'étalon et courut à sa rencontre.

Avec le même élan, il sauta de selle, se débarrassa de sa torche en la jetant à son valet, puis s'élança vers elle. Il était grave, sans doute fâché. Son premier mouvement fut de la prendre par les épaules pour la secouer avec une rage impuissante, en lui hurlant qu'elle n'aurait pas dû venir, qu'ils s'étaient déjà fait leurs adieux, qu'ils n'avaient plus rien à se dire.

Pour toute réponse, elle continua à le dévisager. Elle ne voulait qu'une chose, qu'il la touche, qu'il pose ses mains encore et encore sur son corps, qu'il la regarde éternellement avec ces yeux brûlants de passion. Eux seuls disaient l'unique vérité qu'elle voulait entendre : elle avait eu raison de venir.

Ils ne pouvaient se quitter ainsi.

Sa colère passée, il finit par la prendre dans ses bras pour la serrer à en mourir. Elle s'accrocha à lui en balbutiant mille mots d'amour sans parvenir à s'arrêter.

« Je ne veux pas, je ne veux pas, je ne veux pas.

— Je n'ai pas le choix. C'est un ordre du tsar.

— Mais pourquoi ferait-il cela ? Ne t'avait-il pas en haute estime ? Ne t'appréciait-il pas ? N'es-tu pas son cousin ?

— Si, justement.

— Non ! Ne crois pas cela ! Quelqu'un qui aime n'envoie pas l'autre à la guerre !

— Qui peut le dire ? cracha-t-il avec amertume.

Ce fut à son tour de le secouer.

— Je t'en prie, partons. Quittons la Russie. Pourquoi obéir à cet ordre-là ?

— Iéléna, je suis russe.

— Nous pouvons fuir en Europe ! Nous pouvons partir aujourd'hui même !

Il se redressa avec orgueil, secouant la tête.

— Iéléna, mon amour, je refuse de compromettre l'héritage que je laisserai à Viktor. Nous ne pouvons rien y faire, c'est ainsi.

— Mais…

— S'il te plaît, ne dis plus rien, ma belle princesse du Caucase. Laisse-moi te regarder tout mon soûl. Tu vas y arriver, je le sais. Tu as en toi une force que j'ai toujours admirée…

— Vassili. »

Il la caressa par l'échancrure de son vêtement, se serra contre elle pour lui faire comprendre la douleur de son désir. Il respirait son parfum dans son cou, son parfum dans ses cheveux. Il se réchauffait de sa peau douce, du velours de son ventre, du doux renflement de sa poitrine. Par pudeur, les deux serviteurs s'étaient éloignés pour leur laisser un peu d'intimité, mais ils ne s'en étaient même pas aperçus. Ils n'avaient qu'une seule envie, se tenir, se toucher, s'embrasser.

Cependant, le temps passait et il fallut s'arracher l'un à l'autre.

« Promets-moi de te méfier de mon frère, répéta-t-il en l'écartant de lui. Fais également attention au colonel Pridvorny. Ces deux-là se fréquentent, je le sais, je les ai vus ensemble à plusieurs reprises.

— Ne serait-ce pas lui qui aurait tout fait pour t'envoyer à la guerre ? Tu sais à quel point le tsar aime ses bons mots et ses pitreries. Il aurait pu se laisser convaincre par je ne sais quel prétexte…

— C'est possible, mon amour… admit-il.

— Moi, j'en suis certaine ! s'écria-t-elle avec rage. Ton frère Vladislav a toujours rêvé de spolier ton héritage. Il n'a jamais accepté que tu sois l'aîné et lui le cadet.

— Tu sais bien que je lui verse une rente substantielle et qu'il n'est en rien spolié de l'argent familial.

— Il en veut plus. Il a toujours été ainsi depuis que je le connais. Un gamin capricieux et jaloux, un être cruel qui aime frapper les chevaux et les serviteurs. Souviens-toi de ce jour, lorsqu'il est venu voir nos fils. N'a-t-il pas été odieux ? As-tu oublié la gifle qu'il m'a donnée ? Et sa haine envers toi, lorsque tu lui as interdit de revenir au palais ?

— Ce n'est pas lui qui a signé l'ordre de mission.

— Mais il a pu en être l'instigateur, continua-t-elle. Tu fermes les yeux parce qu'il est ton frère, mais c'est un être malfaisant. Je vais aller à la cour. Je vais parler à Nicolas. S'il le faut, je le supplierai en tombant à genoux !

— C'est inutile, ma belle sensitive, il est trop tard. Nous devons faire preuve de courage. Demeure droite et fière. Garde la tête haute. Nous nous reverrons, je te le promets. »

Il l'embrassa une dernière fois, avec une telle rage, une telle dureté passionnée qu'elle en resta sans souffle ni force, tout amollie. Alors il fit un pas en arrière, puis un autre. Il ne la quittait pas du regard, ému de la voir à peine vêtue, avec sa robe de chambre qui s'entrouvrait sur sa poitrine haletante et ses cuisses chaussées de cuissardes, avec son écharpe qui glissait sur ses cheveux désordonnés en encadrant son beau visage que le chagrin pâlissait davantage encore.

« Je t'aime, répéta-t-il pour la centième fois. Je t'aime. Je t'aime. »

Il se remit en selle et lança sans attendre son cheval dans un galop furieux. Malgré le roulement des sabots, il l'entendit longtemps crier, l'appeler, sangloter, mais il ne se retourna pas une seule fois.

S'il l'avait fait, il serait revenu vers elle, or c'était impossible.

23

Il ne restait que la tête, les pattes et les côtes. Iéléna se pencha, triste et désolée. Le poulain avait été dévoré à partir de l'abdomen, on voyait nettement sur le pourtour de la plaie les lambeaux de peau violemment arrachés et les tendons cisaillés. L'estomac avait été abandonné plus loin dans l'herbe, comme un gros ballon sanguinolent.

« *Medved*[1], dit un paysan en tendant la main vers une empreinte partielle qui écrasait complètement la terre d'une taupinière. Cet ours est un délicat. Il n'aime pas manger les viscères.

— Il peut se permettre de gaspiller, commenta le jeune Nicolaï avec son bon sens coutumier. Il utilise nos poulains comme garde-manger. »

Iéléna se redressa en tapotant avec colère son fouet contre sa botte. C'était vrai. Depuis la fin de l'été, sept poulains avaient déjà été dévorés, ainsi qu'une douzaine de moutons et une bonne vache laitière dont on n'avait retrouvé que la tête et les sabots au fond d'un ravin cinq jours auparavant. L'ours l'avait traînée sur plus de huit cents mètres avant de l'enterrer dans la forêt et de se nourrir de son cadavre plusieurs nuits durant.

« C'est un viandard, *barynia*, commenta un autre moujik. D'habitude, les ours mangent surtout des végétaux et des insectes, mais celui-ci aime tuer. En cette saison, nous les chassons de nos champs d'avoine, car ils adorent les épis mûrs, mais là, c'est autre chose.

Il se tut, impuissant, en triturant le bonnet de laine qu'il avait enlevé par respect devant elle.

1. « Celui qui connaît le miel », en russe. Terme avec lequel on désignait l'ours en Russie, car l'animal était si effrayant et si puissant que, par superstition, on évitait de l'appeler par son nom *ber* (russe ancien).

La jeune femme réfléchit à voix haute.

— Il devrait bientôt entrer en hivernage.

— Pas avant novembre ou décembre.

Encore une vérité qui n'arrangeait personne. De toute façon, un ours ne dormait pas d'un sommeil catatonique comme un loir, mais pouvait se réveiller et sortir de sa tanière s'il y avait un redoux, ou s'il avait tout simplement envie d'une friandise. Comme s'occuper d'une vache, par exemple…

— Il faudrait le traquer et le tuer, suggéra le premier paysan, qui était le chef du village.

— Oui, approuva Iéléna. Je suis bien évidemment d'accord. Faites cela.

Un silence pesant s'installa, durant lequel on entendit avec force le bourdonnement des mouches posées sur le cadavre. Il y en avait tellement que, de loin, on ne voyait qu'une masse noire et vrombissante.

— Quel est le problème ? demanda aussitôt Iéléna, devinant un souci.

— C'est que, *barynia*, nous sommes en pleine moisson de seigle. La météo est incertaine, nous n'avons pas de temps à gaspiller, nous risquerions de perdre toute la récolte. Nous nous entraidons d'un village à l'autre, mais nous n'avons pas suffisamment de bras en cette saison.

— Quelle est la solution, dans ce cas ?

— D'habitude, le prince Vassili partait lui-même à la chasse.

— Ah », dit Iéléna en s'assombrissant.

Vassili était parti à la guerre depuis quatre mois et six jours. Elle n'avait encore reçu aucune nouvelle et ignorait même s'il avait réussi à rejoindre les troupes de la Russie sur les rives de la mer Noire. Elle ne voulait pas y penser. Dès qu'elle le faisait, elle était saisie d'un froid que rien ne parvenait à réchauffer, pas même une bonne flambée dans la cheminée, ni même ses deux fils serrés sur son cœur.

Elle était seule.

Bien sûr, il avait fallu faire face. S'occuper du domaine. Discuter avec les métayers et tous les responsables. Négocier les achats de matériels et les ventes des surplus de récolte. Surveiller les stocks, organiser la lutte contre les nuisibles et penser à toutes ces tâches nécessaires à la survie de tous.

Et maintenant *ça*.

Elle coula le regard d'un moujik à l'autre, étudiant leurs visages. Vassili avait toujours été fier d'eux. Avant d'être sa propriété, ils étaient sa famille. Courageux et dévoués, ils étaient pour la plupart bien plus nobles par le cœur que certains nobles qu'elle connaissait, qui s'étaient détournés d'elle dès qu'ils avaient pensé que Vassili était en disgrâce. Si ces braves gens affirmaient qu'il fallait d'abord s'occuper des récoltes, elle les croyait. Elle savait qu'avec du grain gâté, personne ne survivrait à la famine cet hiver.

« Très bien, dit-elle en inspirant un grand coup, consciente de ses responsabilités. Je vais m'en occuper.

Ils se récrièrent tous. Ce n'était pas ce qu'ils avaient voulu dire. Débusquer un ours était une affaire d'hommes. Même pour des chasseurs aguerris, il était périlleux de s'en prendre à un *khozyainlesa*[1] mâle et adulte.

— Vous prendriez des risques inutiles, princesse Iéléna, lui dit le plus âgé. Je sais que vous tirez juste et que vous avez du courage, mais un ours… un ours… surtout un ours comme celui-là, qui ne pense qu'à la viande…

— S'il aime tellement la viande, il ne s'arrêtera pas cet hiver, répliqua-t-elle avec justesse. Dès qu'il aura faim, il entrera dans les bergeries et dans les écuries. Il massacrera les brebis, les vaches et les juments. Il pourrait même pénétrer dans une maison et s'en prendre aux enfants, aux femmes, aux grands-mères. Vous l'avez dit vous-mêmes, il faut que quelqu'un s'en occupe. Avez-vous une autre idée ? »

Ils l'écoutaient en hochant la tête, la mine sombre. Ils savaient qu'elle avait raison, mais ils ne pouvaient accepter qu'elle parte à la chasse même si, en l'absence de son époux, elle avait d'ores et déjà pris sa place pour réguler les populations de cerfs, de chevreuils et de sangliers qui ravageaient les récoltes. Elle avait un sacré bon coup de fusil. Néanmoins, abattre une biche à cinquante mètres n'était pas la même chose que tirer sur un ours.

De toute façon, que connaissait-elle au pistage, et surtout, que connaissait-elle des « maîtres de la forêt » ? Un gros mâle

1. « Maître de la forêt », en russe.

pouvait peser jusqu'à sept cents kilos. Lorsqu'il se dressait sur ses pattes arrière, il mesurait parfois plus de trois mètres de haut. Et s'il lui prenait l'envie de charger, il pouvait se déplacer aussi vite qu'un cheval au galop. Dans les villages, tout le monde avait déjà entendu une histoire d'ours qui avait attaqué un chasseur, un paysan, un ramasseur de champignons. Certains de ces hommes s'en étaient tirés avec des blessures atroces, mais la plupart étaient morts.

« Il y aurait bien Youri, qui met des pièges dans la forêt et ne fait rien d'autre... proposa l'un des moujiks en se grattant la tête.

Les autres se récrièrent aussitôt :

— Youri, ce bon à rien ! Il boit tellement de vodka qu'un ours serait capable de le prendre pour une outre et de s'asseoir sur son ventre pour lécher l'alcool qui sortirait par ses lèvres !

— Ça suffit, déclara-t-elle finalement pour interrompre leur dispute. J'irai demain.

— Je viendrai avec vous, *barynia*, lui dit le jeune Nicolaï. Mon père m'a appris à suivre une piste. Je vous serai utile.

Elle hésita. L'adolescent n'avait que quinze ans. Son rôle était de surveiller les jumeaux, pas de devenir son garde-chasse. En même temps, elle n'avait personne d'autre sous la main. Et puis, il avait raison, il avait été à bonne école, à trotter sur les traces de son père dès qu'il avait été en âge de gambader.

— Les chiens m'obéissent, ajouta-t-il l'air de rien, parce qu'il avait senti qu'elle hésitait.

Cela aussi était vrai. Au chenil, il n'avait pas son pareil pour amadouer les barzoïs. Il le faisait sans un cri, avec des gestes calmes et sûrs. Pour donner certains ordres, il n'avait même pas besoin de parler.

— D'accord, accepta-t-elle finalement, mais les autres moujiks se récrièrent tous ensemble.

— Nicolaï n'est qu'un enfant ! Cela n'est pas suffisant !

Elle les fit taire en levant la main.

— Je sais que chacun d'entre vous est prêt à chasser l'ours à ma place, mais vous l'avez dit vous-mêmes, les récoltes n'attendent pas. Je vais m'occuper de cet ours pendant que vous vous occuperez des champs. Chacun son rôle. Si je ne parviens pas à le tuer d'ici la fin des moissons, nous organiserons une grande battue. En attendant, emballez-moi les restes de ce poulain. Cela pourra me servir d'appât. »

Elle s'éloigna la tête haute, mais elle avait la peur au ventre. Elle avait déjà participé à des traques à l'ours ; en Russie, c'était institutionnel. Sauf qu'elle l'avait toujours fait de loin, car Vassili ne l'autorisait à approcher qu'une fois la bête abattue.

La mine sombre, elle repartit vers le palais. Si les moissons n'avaient pas été aussi avancées, elle aurait pu demander qu'on fabrique des pièges. Il suffisait d'une fosse garnie de pieux ou même d'un de ces rondins placé au-dessus d'un appât pour, la plupart du temps, tuer un ours qui s'approchait trop des habitations. Mais les moujiks, occupés aux champs, n'avaient pas le temps de construire un tel arsenal. Elle n'avait pas le choix : elle allait devoir le traquer au fusil.

« *Barynia*, lui expliqua Nicolaï sur le chemin de retour, vous devez savoir qu'on ne vise pas un ours à la tête. Mon père m'a averti, le crâne d'un ours brun est en forme de cône et constitué d'os épais. En tirant sur la tête, la balle va glisser sur cet os et ne faire aucun dégât. Il faut viser le cœur, au niveau de l'omoplate.

— Et si l'ours est de face ?

— S'il est debout, c'est parfait.

— Et s'il n'est pas debout ? ne put-elle s'empêcher d'insister.

— Dans ce cas, lui répondit l'adolescent avec sa franchise habituelle, il sera en train de nous charger et ce ne sera pas bon du tout. »

Pas bon du tout, répéta Iéléna *in petto*, pas certaine d'apprécier cette dernière remarque.

Cette nuit-là, elle ne parvint pas à dormir. Depuis le départ de Vassili, elle passait la plus grande partie de la nuit à se tourner et retourner dans des draps désespérément froids alors qu'on était en été, mais là, ce fut pire que tout. Immobile dans son lit comme au fond d'un mausolée, elle comptait et recomptait tous les bruits : l'armoire qui grinçait, la chouette qui hululait, un chien dans le chenil qui aboyait, un cheval qui tapait du sabot dans les écuries…

Elle s'extirpa des couvertures vers quatre heures du matin, incapable d'en supporter davantage. Dans la chambre qui était contiguë à celle des jumeaux, Nicolaï avait l'oreille légère et dut l'entendre, car il se leva également. Il la rejoignit auprès des garçonnets qui dormaient profondément.

Viktor et Alekseï allaient sur leurs six ans, mais ils avaient gardé cette habitude de dormir dans le même lit, tête contre tête, bras enchevêtrés. Sur l'oreiller, leurs belles boucles se mélangeaient, blondes et brunes, comme deux écheveaux de soie tressés.

Iéléna les embrassa, puis s'éloigna pour se préparer. Avant de partir en forêt, tous les participants d'une chasse à l'ours devaient respecter quelques traditions, en particulier celle d'aller au *bania*[1]. L'ours avait un odorat très développé. Pour éviter qu'il ne repère les chasseurs, il fallait que ces derniers effacent autant que possible leurs odeurs corporelles.

Participant à cette même logique, Nicolaï avait pris soin de placer la veille les vêtements qu'ils porteraient dans un sac rempli de branches de pin, d'armoise et d'épinette pour donner au tissu l'odeur de la forêt. Ensemble, ils avaient également choisi des fusils de marque française, des Lefaucheux à broches d'un calibre de 20 qu'Iéléna n'avait pas l'habitude de manier, mais qui étaient indispensables pour arrêter un ours en train de charger.

Une dernière fois, ils nettoyèrent les armes et vérifièrent leur bon fonctionnement avec soin. Puis Nicolaï se saisit d'une *rogatina*, une lance spéciale dont la lame en forme de feuille de laurier était bien plus large et longue que celle des lances ordinaires. Cette arme ne servait qu'à la chasse à l'ours et au gros gibier car elle était munie d'une petite traverse qui permettait de la fixer dans le corps d'un animal et ainsi de le maintenir à distance.

Juste avant le départ, l'adolescent sélectionna la meute qui allait les accompagner. Il choisit les trois barzoïs qui appartenaient à la princesse, et qui seraient chargés de la protéger, puis trois couples de laïkas[2]. Ces chiens de type Spitz étaient spécialisés dans la traque du gros gibier. Ils pisteraient l'ours, le débusqueraient et l'immobiliseraient jusqu'à ce qu'il puisse être abattu.

1. Les bains russes.
2. Race de chien dont le nom signifie « aboyeur ».

Lorsqu'ils furent prêts, un vieux valet de ferme se présenta avec une mule, une vieille pétoire à silex qui datait peut-être du siècle dernier et des vêtements propres. Ce dernier point révélait plus que les autres son envie de les accompagner.

« *Barynia*, dit-il en préambule, je ne suis plus guère utile dans les champs, on me dit trop vieux, mais j'ai l'habitude de la chasse à l'ours. »

Iéléna le reconnut. Il vivait chez l'un de ses métayers, où il s'occupait du poulailler et de trois rangs de choux. Elle l'étudia longuement, soupesant le pour et le contre sans parvenir à se décider. Il était âgé, mais il était surtout boiteux avec des mains déformées par les rhumatismes.

Nicolaï remarqua son embarras. Se penchant vers elle, car il la dépassait maintenant d'une bonne tête, il lui chuchota qu'une troisième personne leur serait utile, même vieille et impotente, car les chiens étaient accouplés par trois. Or, il avait choisi d'en emmener neuf.

« Très bien, décida-t-elle en se rangeant à son avis. Mais il restera toujours à l'arrière, question de sécurité. »

Le vieil homme la remercia avec effusion comme si elle lui faisait l'aumône un dimanche à la sortie de l'église.

Ils prirent la piste à partir de l'endroit où le poulain avait été dévoré. Les chiens humèrent tout de suite l'odeur du fauve. Il était revenu dans le pré au cours de la nuit et, furieux de ne pas avoir trouvé les restes de sa proie, il avait labouré la terre pour déraciner des bulbes sur une bonne vingtaine de mètres. Puis il avait déplacé des roches pour se goinfrer de fourmis et était reparti vers le sud, vers les immenses taïgas qui bordaient le domaine, là où seuls osaient s'aventurer les bûcherons, les charbonniers et les marchands de fourrure.

Encouragés par Nicolaï, les laïkas s'élancèrent à ses trousses. Ces chiens étaient rapides et silencieux, ils avaient l'habitude de galoper durant des heures. Il suffisait de les laisser faire, puis d'attendre les aboiements qu'ils lanceraient lorsqu'ils auraient acculé la bête.

Délaissant les champs où les paysans commençaient à travailler, la meute s'enfonça très vite dans un bois de conifères. Plus tard, dans une clairière, les chiens tournèrent avec excitation autour de fèces fraîches tandis que le vieil homme découvrait sur plusieurs résineux les marques de griffures récentes. Parmi les fougères, une odeur forte et animale se mêlait à celle de la sève.

Après quelques verstes sans incident, ils traversèrent à gué une rivière peu profonde, avancèrent dans des collines sauvages recouvertes de pierres éclatées et de bois sombres. Une neige précoce s'accrochait à l'ubac et Iéléna, à cet endroit, tomba en arrêt devant un large sillon qui creusait le tapis blanc en ligne droite. Médusée par la taille des empreintes et la largeur du passage, elle descendit de cheval en tenant devant elle son fusil. Les pas énormes étaient distants d'au moins quarante centimètres. À côté, ses propres traces lui parurent ridiculement petites. Pour la première fois, elle prit la mesure de l'animal qu'elle traquait et en eut les tripes nouées.

« Il est gros, très gros », commenta le vieil homme d'un ton qui ne la rassura pas.

Elle lui jeta un regard noir. Elle aurait préféré qu'il se taise.

Au bout de quelques heures supplémentaires, leur troupe déboucha sur une pente abrupte faite de rochers accumulés où il était impossible d'emmener les chevaux. Iéléna envisagea un moment de contourner l'obstacle, mais le vieil homme l'en dissuada. Il tendit une main vers le fond de la ravine, d'où montaient maintenant les aboiements furieux des laïkas.

« Les chiens l'ont acculé, expliqua-t-il. Il est là, dans la végétation dense. Regardez, on repère facilement les chiens car ils ont un pelage noir et blanc. »

C'était vrai, on voyait distinctement les chiens faire face à une monstrueuse souche d'arbre. Abasourdie, Iéléna mit quelques secondes à comprendre qu'en fait de tronc, il s'agissait de l'ours. Un frisson d'excitation la parcourut. Si elle avait été plus près, elle aurait pu lui loger une balle dans le cœur.

« Il est occupé et nous sommes sous le vent, précisa Nicolaï qui avait dû penser la même chose. C'est bien, il ne nous a pas repérés. Nous allons nous rapprocher. »

Pour ses quinze ans, il avait une maturité extraordinaire. Elle acquiesça et ils descendirent de leurs chevaux pour les attacher à des branches. Le vieil homme fut désigné d'office pour demeurer à leur côté. Ils vérifièrent une dernière fois leurs fusils, s'étonnant tout de même du manège des lévriers. Les barzoïs étaient si nerveux qu'ils obéissaient à peine aux ordres. La queue basse, ils ne cessaient de gronder en tirant sur leur laisse. Pourtant, ils ne cherchaient pas à rejoindre les laïkas. Au contraire, ils semblaient vouloir s'en éloigner.

« Tant pis, décida Iéléna. S'ils ont peur, laissons-les avec les chevaux, ils risqueraient de nous gêner. »

Nicolaï prit la tête, sa lance à la main. Iéléna le suivit, la respiration oppressée. Voir ses courageux lévriers ne penser qu'à fuir l'inquiétait tellement qu'elle en avait perdu toute salive. Elle serra plus fort son Lefaucheux, prête à tirer.

Bientôt, ils arrivèrent au fond de la ravine et s'immobilisèrent, gênés par les futaies trop sombres, trop denses, qui semblaient les prendre au piège. Au-dessus d'eux, près des chevaux, les barzoïs semblaient devenus fous. Ils hurlaient et sautaient en tous sens, leurs élans brisés par les liens qui les retenaient. L'un d'eux réussit pourtant à briser sa laisse. Mais au lieu de disparaître dans les bois, il dévala les rochers dans leur direction.

Nicolaï comprit à cet instant-là, mais ce fut trop tard. Sur sa gauche, un fracas de végétation brisée retentit, puis une montagne brune émergea en rugissant.

Le jeune garçon comprit qu'ils avaient été bernés. Dans ce ravin, il y avait deux ours. Celui qu'ils pistaient depuis le matin était un vieux rusé. S'apercevant qu'il était poursuivi, il avait réussi à mélanger sa piste avec celle d'une bête plus jeune, inexpérimentée, que les chiens avaient traquée par facilité.

Ce vieil ours aurait pu en profiter pour s'éloigner, mais il était demeuré tapi en attendant la confrontation.

C'était un tueur qui, maintenant, les chargeait au galop.

Avec courage, le barzoï se jeta en avant. Un revers de patte l'éventra sans pitié. Prise de panique, Iéléna tira au jugé une première balle. Le recul lui explosa l'épaule malgré le rembourrage de sa veste de chasse.

En face, le projectile atteignit la mâchoire de la bête et ricocha sur son crâne. L'ours rugit avec une puissance qui ébranla les tympans de la jeune femme. Profitant de la fumée, elle recula pour ajuster un second tir. Ses bottes se prirent dans les ronces et elle tomba lourdement sur le sol avec un cri de douleur. Elle avait réussi à ne pas lâcher son fusil, mais l'ours était trop proche. Elle se dit qu'elle allait mourir.

À quelques pas, Nicolaï jaugea la scène puis s'élança en poussant un hurlement terrible. Il enfonça sa lance dans le ventre de l'ours. La bête gronda, hurla, déchira l'air de ses griffes, mais Nicolaï se cramponnait de toutes ses forces à son arme, conscient que s'il la lâchait, plus rien n'empêcherait l'ours de le massacrer.

Ils luttèrent ainsi durant de longues secondes, dans un raffut monstrueux. L'ours rugissait et soufflait, fouaillé par une douleur qui lui déchirait les tripes. Nicolaï hurlait et ahanait, secoué comme un fétu de paille par les mouvements dantesques du fauve.

Au prix d'un effort terrible, Iéléna parvint à s'agenouiller au milieu des ronces. Elle s'efforçait de ne rien écouter du combat terrible qui se jouait devant elle. Il fallait se concentrer sur le tir, mais au fond d'elle, elle était saisie d'une terreur abjecte. Ses mains tremblaient. Sa poitrine la brûlait à chacune de ses respirations.

Brusquement, l'ours arracha la *rogatina* d'un coup de patte qui propulsa Nicolaï à trois mètres. L'adolescent roula au sol, sonné et couvert de sang.

Iéléna ne put retenir un cri. Déjà l'ours revenait. Elle le mit en joue. Son angle de visée n'était pas bon, elle dut se décaler en rampant à moitié, tira à l'instinct sans prendre le temps de bien caler son fusil dans l'épaule. Le recul fut encore plus effroyable que la première fois et lui défonça les côtes. La fumée l'enveloppa à nouveau. Elle ne voyait plus l'ours, mais elle l'entendait s'agiter. Son énorme souffle montait, approchait… Elle avait raté son tir pour la seconde fois. Elle vivait ses derniers instants. Prise de désespoir, elle pensa à Vassili qu'elle ne reverrait plus jamais et à ses deux fils qui grandiraient sans elle.

Cette idée la remplit de révolte. Apercevant la *rogatina* que Nicolaï avait lâchée dans les fougères à seulement quelques mètres d'elle, elle bondit avec une énergie de désespérée. Elle s'en empara et fit face à l'ours à l'instant où il se jetait sur elle.

Hurlant de peur et de fureur, elle planta la lance dans la gorge de la bête, l'arracha avec une violente torsion, puis recommença dans une giclée de sang.

Elle frappa ainsi à plusieurs reprises en sanglotant de rage et d'effroi. Elle ne voyait rien, n'entendait plus rien. Elle n'avait plus aucune conscience de ce qui se passait.

Soudain, sa lance se bloqua. Un homme avait saisi la hampe et la retenait. Elle résista, pleine de rage. Elle ne voulait rien lâcher. Il fallait tuer cet ours.

Alors le vieil homme la regarda droit dans les yeux.

« Il est mort, *barynia*. Ce *Medved* est mort. La balle l'a tué en plein cœur. »

Elle ne comprit pas. Elle était à bout de forces. Elle tomba assise sur la terre froide et humide. L'ours gisait effectivement devant elle, énorme, plus haut qu'un rocher. Il était immobile et couvert de sang. Elle ne parvenait pas à y croire. Elle recula comme s'il pouvait encore la saisir avec ses griffes ou ses mâchoires. Elle claquait des dents sans pouvoir se contrôler.

Le vieil homme posa ses mains sur les siennes et lui prit doucement la lance.

« Il est mort », répéta-t-il.

Elle hocha la tête, maintenant hébétée. Regarda autour d'elle sans comprendre. Tout était fini. Puis elle vit Nicolaï étendu dans les fougères, ensanglanté de la tête aux pieds, et elle se précipita vers lui avec désespoir, en gémissant à chaque pas car elle avait deux côtes brisées.

Une blessure atroce lacérait la gorge du jeune garçon, mais il respirait encore. Dans le silence de la forêt, Iéléna se raccrocha à cela seul, cette respiration qui, par quelque miracle inconcevable, marquait un rythme qui refusait de faiblir.

« Il vivra, lui assura le vieil homme en répondant à la question muette qu'elle n'osait pas lui poser. La plaie est profonde mais n'a pas touché l'artère. »

Dès leur retour au palais, Iéléna fit venir le médecin personnel de Vassili, qui confirma les dires du vieil homme, pourvu que les blessures ne s'infectent pas. Avec les animaux sauvages, une simple morsure pouvait s'avérer mortelle si elle se gangrénait.

Iéléna s'occupa elle-même du jeune garçon. Ne lui avait-il pas sauvé la vie en se jetant au-devant de l'ours avant tant de courage ?

Les premières heures furent terribles. Nicolaï eut une forte fièvre et délira plusieurs jours de suite. Il fallut l'attacher dans le lit pour l'empêcher de trop s'agiter.

Iléna demeura à son chevet nuit et jour. Dès que les pansements étaient souillés, elle nettoyait elle-même les plaies, les désinfectait à l'eau bouillie puis les pansait avec le plus grand soin. Viktor et Alekseï venaient régulièrement lui rendre visite et déposaient sur la table de chevet les trésors qu'ils avaient ramassés à son intention : petit caillou brillant, pelote de hibou, nid abandonné…

Enfin, Nicolaï revint à lui et le médecin confirma qu'il était sauvé. La fièvre était tombée et les plaies cicatrisaient bien.

En revanche, il ne parvenait plus à parler.

Iléna pleura comme jamais. Son combat avec l'ours avait rendu l'adolescent muet.

24

Être parvenue à vaincre l'ours mit Iéléna sur un piédestal. Ses moujiks l'avaient toujours respectée en tant de princesse et épouse de leur prince, mais là, ce respect devint une dévotion attribuée à titre personnel. Tous la regardaient maintenant avec une vénération digne d'une divinité chasseresse, Diane ou Artémis, Mielikki[1] la Finnoise ou Skadi[2] la Nordique, mais surtout Mokoch, qui était l'une des rares déesses slaves ayant survécu au christianisme dans les campagnes.

Son exploit arriva aux oreilles du tsar, peut-être par l'entremise de la comtesse Katharina qui, en apprenant les détails de cette chasse, s'était montrée aussi irritée qu'admirative.

« Avez-vous pensé au sort de vos fils si vous étiez morte ? » s'était-elle écriée dès son arrivée en la serrant dans ses bras, ce qui avait fait gémir Iéléna de douleur malgré les pansements qui maintenaient ses côtes.

Katharina n'était pas venue les mains vides. Elle apportait un mot de félicitation de Nicolas Ier, assorti d'une coûteuse *rogatina* d'apparat en or sertie de diamants qu'il avait spécialement fait fabriquer par ses orfèvres pour récompenser son courage. L'objet était superbe, mais Iéléna ne savait qu'en faire. Qu'importait que Nicolas lui offre tous les présents du monde, elle lui en voudrait toujours d'avoir exigé le départ de Vassili pour la guerre.

« Franchement, ne pourrait-il pas le faire revenir ? demanda-t-elle un jour à sa cousine, qui soupira pesamment.

— Que croyez-vous que je lui demande à chaque fois que je le vois ?

— Mais pourquoi refuse-t-il ?

1. Déesse des forêts et de la chasse en Finlande.
2. Divinité nordique associée à la chasse et à l'hiver.

— Nicolas refuse tout passe-droit aux membres de sa famille.

— Un passe-droit ? Alors qu'il a envoyé Vassili en Crimée de manière si injuste ! Il s'agit tout de même de son cousin, avec une famille à charge. De plus, Vassili n'a jamais été militaire de carrière. Que faut-il à Nicolas ? J'en viens à croire qu'il le hait…

— Bien sûr que non ! Il me certifie qu'il n'était pas au courant. »

Mais Iéléna, depuis qu'elle avait tué l'ours, ne décolérait pas. Elle n'en pouvait plus de l'absence de son époux, son prince, son amour, son amant. Chaque jour s'étirait sans fin et sans joie, et les nuits étaient pires. Il était si difficile, le soir, de se glisser dans des draps que rien ne parvenait à réchauffer pour passer des heures étendue dans le noir sans dormir, à pleurer une angoisse qui ne s'apaisait pas.

Les jours étaient plus faciles, car il fallait veiller sur le domaine. Iéléna s'y jetait à corps perdu. Elle se levait très tôt, supervisait les comptes, calculait les recettes et les dépenses, donnait des ordres pour ensemencer les champs ou développer les élevages, vérifiait les revenus agricoles et ceux des mines, maternait les moujiks et tous les domestiques, et profitait de chaque instant libre pour se consacrer à ses fils.

Les jumeaux la considéraient comme une héroïne de contes de fées. À sept ans, ils étaient devenus de beaux garçons bien bâtis à l'excellente santé. Viktor était le plus petit mais aussi le plus large d'épaules. Il était doté d'une telle force physique qu'à côté de lui Alekseï, pourtant plus grand et plus mince, paraissait presque délicat.

Ce dernier compensait son apparente faiblesse par une endurance sans faille et une rapidité à toute épreuve. Il avait une intelligence vive et une imagination débordante qui en faisait le meneur dans leurs jeux. Il possédait également une empathie naturelle qui le poussait à constamment protéger son frère.

Les deux enfants adoraient leur père et étaient fiers de le savoir à la guerre. Comme n'importe quels garçons de cet âge, ils aimaient les jeux brutaux qui leur permettaient de se mesurer. Iéléna ne leur interdisait rien, car ils étaient les héritiers d'un vaste patrimoine qu'ils devaient apprendre à défendre, mais elle détestait les voir agiter leurs petites épées de bois et leurs faux pistolets. Lorsqu'ils l'appelaient du fond du jardin en bramant à tue-tête : « Maman, maman, regarde comme je viens de bien le tuer » et que l'un d'eux jouait le mort, étendu dans l'herbe avec les bras en croix, elle devait se retenir pour ne pas hurler comme une folle.

Elle prenait sur elle, se mordait la lèvre et s'efforçait de sourire, car elle ne voulait pas en faire ni des pleutres, ni des sots. Il était néanmoins difficile d'oublier que la mort rôdait constamment autour de la vie, comme une ombre accompagnant chaque pas sous le soleil.

Ce fut cette peur qui la décida à prendre une décision importante. Puisqu'il était impossible de lutter contre la violence, il fallait faire enseigner à ses fils toutes les techniques de combat. Elle leur avait déjà donné un précepteur chargé de les nourrir intellectuellement, qui les initiait à la lecture et aux mathématiques. Elle décida donc d'engager un maître d'armes pour aguerrir leurs corps débordant d'énergie, qu'elle choisit d'origine hongroise, car il était de notoriété publique que les Hongrois étaient le fin du fin pour le maniement du sabre, y compris à cheval. Elle permit également à Nicolaï de suivre les mêmes cours. Elle lui devait bien ça après lui avoir sauvé la vie de manière si courageuse.

Le jeune garçon s'était remis de ses blessures aussi bien que possible, même s'il gardait la marque de l'ours en travers du cou et de la poitrine, et dans sa tête l'incapacité de parler. Iéléna en était vraiment désolée. Elle n'avait pas ménagé ses efforts pour tenter de le guérir, l'emmenant à plusieurs reprises à Saint-Pétersbourg pour consulter des spécialistes réputés. Aucun d'eux n'avait réussi à trouver une quelconque raison physique à cette aphasie puisque les griffes de la bête n'avaient touché ni la langue, ni les cordes vocales.

Nicolaï en avait pris son parti. Il continuait à s'occuper des jumeaux qu'il adorait, se montrant à leur égard encore plus protecteur qu'avant. Il avait même inventé un langage des mains et du corps que le trio était seul à comprendre, ce qui accentuait leur complicité.

À chaque fin de journée, Iéléna prenait plaisir à regarder les garçons à l'entraînement. Elle aimait constater leurs progrès et se réjouissait de leur parfaite entente. Plus Viktor et Alekseï grandissaient, plus ils étaient inséparables, à tel point que les domestiques les désignaient sous une même entité, les *dvoynyashki*, ce qui signifiait « les jumeaux ».

En l'absence de leur père, Iéléna avait reporté tout son amour sur eux. Parfois, elle éprouvait le besoin de les couvrir de tant de baisers qu'ils ruaient comme de jeunes chevaux avides de liberté, en s'essuyant les joues de leurs manches.

« Ah non maman, nous ne sommes plus des bébés ! » protestaient-ils en chœur, jusqu'à ce qu'elle ouvre les bras pour les laisser partir.

Elle les regardait alors s'échapper, heureuse de les savoir grands et forts. Elle se souvenait à peine du jour terrible où elle avait sauvé un nourrisson des loups. Dans son cœur, Alekseï avait la même importance que Viktor. Il aurait été impossible de l'en arracher.

Le premier hiver sans Vassili fut triste et routinier. Iéléna refusa de donner la moindre fête. Comment l'aurait-elle pu alors que son homme rampait loin d'elle, dans le sang et la fange ? Seule la comtesse Katharina eut l'autorisation de venir la voir. La jeune femme était toujours la maîtresse d'Alexandre Nicolaïevitch de Russie, l'héritier du tsar. À la cour, elle ouvrait grand les yeux et les oreilles pour rapporter toutes les informations concernant la Crimée.

Malheureusement, les nouvelles du front n'étaient pas bonnes. L'armée russe avait été mise en déroute lors de la bataille de l'Alma. Iéléna s'enfonçait dans le cauchemar : quelque part entre la mer Caspienne et la mer Noire, Vassili se battait pour survivre. Peut-être même était-il enfermé dans cette Sébastopol qu'on disait assiégée par les Britanniques, à souffrir du froid, de la faim, de la peur…

Au mois de février, une lettre lui parvint enfin, remise par un courrier spécial du tsar. Sa joie fut de courte durée : le pli avait été écrit quatre mois auparavant !

Elle parcourut la missive en peinant à contenir son angoisse : et si, à l'instant où elle lisait ces lignes écrites de la main de l'homme qu'elle aimait, ce dernier était déjà mort ? La guerre ne rendait-elle pas possible l'absurde et l'horreur ?

Prise d'effroi, elle fit seller son cheval et se rendit au bord de la mer, où elle hurla toute sa peur jusqu'à s'en casser la voix.

En mars, le tsar mourut d'une pneumonie après avoir appris une nouvelle défaite de son armée. Tout le monde pensa que ce décès signerait la fin de la guerre. Hélas, son fils Alexandre continua sur la même lancée dès qu'il fut couronné.

Une seconde lettre arriva fin octobre. Elle était datée du 6 septembre et racontait une série d'horreurs, mais Iéléna ne cessait de la relire car elle était ponctuée de dizaine de « je t'aime ».

Il fallait bien continuer à vivre. En décembre, elle décida d'organiser un grand bazar de la charité pour respecter la coutume russe qui voulait que chaque enfant du domaine reçoive un cadeau. Elle espérait que ce second Noël passé loin de Vassili le lui ramène enfin, aussi entreprit-elle de faire décorer le palais avec des guirlandes et des branches de houx. Enfin, elle demanda à quelques valets de ferme d'aller en forêt choisir un grand sapin.

Cette idée avait été apportée par Alexandra, l'impératrice douairière. Née princesse prussienne, la souveraine était nostalgique des arbres illuminés de bougies de son enfance et avait réussi à faire adopter ce folklore allemand à tous les courtisans.

Au palais Vatchenko, on y souscrivait en décorant le sapin la veille de Noël. Cela se faisait en cachette des enfants, pour profiter de leurs grands yeux émerveillés lorsqu'ils découvraient le lendemain l'arbre qui brillait comme un diamant. Pour permettre aux domestiques d'emballer en cachette des noix dans du papier doré et de fabriquer des petits jouets de bois à suspendre, Iéléna emmena ses fils patiner sur l'étang gelé tout l'après-midi.

Nicolaï les accompagna en portant les patins. Iéléna le regardait marcher devant eux en se disant qu'il avait encore grandi et forci. Les leçons de lutte lui réussissaient. En quelques mois, il était devenu un jeune géant d'un mètre quatre-vingt-six parfaitement à l'aise avec son corps. Elle en fut heureuse. N'était-il pas un peu son œuvre ?

La journée était belle et froide. La neige craquait sous leurs pas. Sur la rive d'en face, un pêcheur avait fait un trou pour attraper du poisson qu'on servirait sans doute le soir même à la table du réveillon de Noël. Les garçons chantaient à tue-tête, insouciants de tout. Pour la première fois depuis que Vassili était parti, Iéléna se sentit pleine d'espoir.

Ils patinèrent longtemps en dessinant des arabesques sur une glace si transparente qu'on pouvait apercevoir des goujons réfugiés dans des algues vertes. Lorsqu'ils prirent le chemin du retour, les joues colorées par le froid, ils rencontrèrent les enfants venus des villages environnants pour chanter Jésus dans la cour du château. Tous agitaient une belle étoile en papier d'argent accrochée au bout d'une perche.

Iéléna fit distribuer un goûter de brioches et de mandarines. À la nuit tombée, les plus jeunes bambins furent remplacés par des adolescents déguisés en démons avec des masques et des chiffons. Ceux-là effrayaient pour rire les domestiques et les villageois qui les accompagnaient. Ils inauguraient les *Sviatki*, ces festivités d'origine païenne qui dureraient au moins deux semaines et qui rappelaient que Dieu, trop heureux de la naissance de son fils, avait cru que les démons pourraient redevenir bons s'il leur ouvrait les portes des enfers.

Iéléna regarda les jeunes gens sauter et crier en frappant aux volets en sursautant. Un mauvais pressentiment l'assaillait et, le cœur glacé, elle tapa dans les mains pour qu'on distribue avec diligence les friandises qui devaient conjurer le mauvais sort.

Enfin, il fut temps d'aller à la messe. Accompagnée de ses fils et de Nicolaï, mais aussi de leur nourrice Youlia et de sa fidèle Nina, elle s'installa dans une troïka munie d'un brasero, tandis que tous les autres domestiques s'entassaient pêle-mêle dans des charrettes ou des luges parfois tirées par des chiens. On glissa silencieusement en procession jusqu'à la petite église en bois de tremble où le pope Pior Odoev les accueillit en les bénissant. À l'intérieur, il y avait tant de bougies allumées que la chapelle ressemblait à un puits de lumière.

La messe fut calme et douce. Iéléna écoutait distraitement le pope tout en couvant ses fils avec fierté. Ils étaient si beaux l'un et l'autre, le brun et le blond, avec leurs longues boucles qui leur donnaient un air d'ange.

Soudain, la porte de l'église s'ouvrit à toute volée, laissant un souffle d'air chargé de flocons entrer. On crut à une blague de jeunes gens, comme il était de coutume d'en faire durant les *Sviatki*, mais la porte demeura ouverte et les fidèles commencèrent à se retourner pour comprendre ce qu'il se passait.

« Maman, maman, regarde », lui dit Viktor en lui secouant la main.

À son tour, elle jeta un œil par-dessus son épaule. Un mendiant venait vers eux, vêtu de haillons et de peaux de bêtes. Malgré la distance, il dégageait une puanteur effroyable. Il était courbé sous le poids d'une sorte de coffre fabriqué avec de vilaines planches en bois qu'il traînait derrière lui.

Iéléna se leva, les mains subitement glacées. Le coffre avançait en grinçant et en tressautant, atroce. Elle fit quelques pas hésitants. Elle était devenue aussi pâle qu'une morte. Les jumeaux la suivirent avec le même réflexe que des poussins collés à leur mère. Pour les garder avec elle, elle attrapa leurs mains. Les pauvrets n'avaient rien compris, mais elle oui. Elle était si oppressée qu'elle ne pouvait plus respirer correctement et se demandait comment elle parvenait à avancer sans s'écrouler là, foudroyée sur place par l'horreur.

« Maman ? » chuchota Alekseï, parce qu'il était toujours le premier à sentir les choses.

Elle serra plus fort sa main dans la sienne, sans se rendre compte qu'elle lui faisait mal. Il ne protesta pas, se contentant de serrer les dents.

La foule commença à s'agiter tandis que le mendiant continuait à approcher. Quelques hommes sortirent des rangs, entourèrent l'intrus mais n'osèrent pas l'aborder. Des femmes vinrent à leur tour, Nina en tête, pour se tenir aux côtés de leur maîtresse.

Iéléna le remarqua à peine. Elle avait juste envie de hurler, non, non, non, mais aucun son ne sortait de sa bouche.

Enfin, le mendiant se sentit suffisamment près pour lever les yeux vers elle. Une faiblesse le saisit. Il tomba à genoux, les bras suppliants.

« *Barynia*, bafouilla-t-il d'une voix si basse qu'elle fut à peine audible. C'est moi, c'est votre Pavel. »

Dans l'église, un murmure surpris se propagea de l'un à l'autre, couvert par un cri terrible. Le jeune Nicolaï venait de reconnaître son père et se précipitait pour le prendre dans ses bras. Le serrant contre lui, il l'étouffa de ses hurlements et de ses pleurs, jusqu'à tomber avec lui à genoux sur le plancher.

Durant toute la scène, Iéléna ne parvint qu'à se taire. Elle continuait à fixer le vieil homme qui se tenait devant elle : il était méconnaissable. Le malheureux avait pris dix ans. Parti un an auparavant dans la force de l'âge, il revenait en vieillard souffreteux. Malgré ses haillons qui alourdissaient sa silhouette, on devinait sa maigreur, la faiblesse de ses muscles, la raideur de ses membres. Ses cheveux mal lavés tombaient le long de ses joues, elles-mêmes mangées par une barbe crasseuse. Son visage était émacié, couvert de plaies et de croûtes. Ses orbites étaient creuses, son cou décharné. Tandis qu'il ôtait son sempiternel bonnet en peau de castor pour saluer Iéléna avec respect, elle ne put retenir une nausée, car il avait une oreille noire et gelée.

Avec un effort terrible, elle réussit à se ressaisir et même à lui parler. Usant d'elle ne sut quelle force de caractère, elle parvint à demeurer calme alors qu'à l'intérieur de son corps tout n'était que bouillonnement sauvage.

« Pavel, mon ami, où as-tu laissé mon mari ? »

Courbant le buste pour éviter maintenant de la regarder, le misérable garde-chasse laissa tomber au sol son bonnet et, tendant une main décharnée, couverte d'engelures, désigna en tremblant les planches mal clouées qu'il traînait derrière lui.

« Je suis désolé, *barynia*. Je n'ai pas pu le laisser derrière moi. »

Iéléna voulut avancer d'un pas supplémentaire, mais le monde alentour devint un gouffre noir dans lequel elle s'enfonça.

Elle tomba à genoux.

Son esprit venait de comprendre ce que son cœur avait senti tout de suite : ces planches disjointes ne formaient pas un coffre, mais un cercueil.

« Non ! » cria-t-elle, et elle perdit connaissance.

25

Le cortège funèbre s'étirait sous le ciel bas et lourd comme un serpent obscur ondulant dans la neige. En tête venait le tombereau habillé de noir, puis les troïkas et les calèches qui emportaient la famille et les nombreux membres de l'aristocratie de Saint-Pétersbourg. Bien qu'Iéléna ait tenu à ce que la cérémonie se déroule dans une relative intimité, elle n'avait pu refuser la présence de certaines personnes, car son époux Vassili Vatchenko était un prince de l'Empire russe, membre de la famille impériale au quatrième degré.

Les obsèques avaient lieu après les célébrations de la nouvelle année. La veille, le tsar Alexandre avait fait donner une messe dans la cathédrale Saint-Pierre-et-Saint-Paul de Saint-Pétersbourg, ce qui était un immense honneur. Aujourd'hui, une cérémonie plus sobre avait été organisée dans la petite église en bois de tremble où officiait le pope Pior Odoev. Maintenant, tout le monde se dirigeait vers la crypte familiale où aurait lieu l'inhumation.

Il faisait terriblement froid, un de ces temps glaciaires descendus de Finlande et peut-être même du cercle polaire. La plupart des gens étaient frileusement enveloppés dans des fourrures, les mains dans des manchons ou tendues vers des braseros que leurs valets avaient disposés à leurs pieds. Seuls quelques-uns allaient à cheval, pour la plupart des militaires, officiers de la cavalerie ou anciens camarades d'école, ainsi que quelques hussards venus rendre un dernier hommage à l'un des leurs.

En arrière-garde suivaient les charrettes de quelques commerçants bien en vue qui tenaient à témoigner de leur soutien en s'affichant avec leurs épouses. Venaient ensuite les véhicules des paysans les plus fortunés, le métayer, l'intendant, divers contremaîtres, que talonnait une cohorte pâle et silencieuse, les épaules courbées, les yeux rivés au sol.

Les moujiks s'étaient tous déplacés, tétanisés par la perte de leur maître. Serrés les uns contre les autres, autant pour se rassurer que pour se réchauffer, ils avançaient avec une peine sincère et l'angoisse du lendemain.

Qu'allait-il se passer pour eux maintenant ? Resteraient-ils ici, sur les terres du domaine Vatchenko, sous la tutelle de la *barynia* en attendant que les petits princes soient suffisamment grands pour reprendre l'exploitation ? Ou seraient-ils vendus, dispersés à l'autre bout de la Russie, éloignés de leurs familles et de leurs habitudes ?

L'intendant les avait rassurés. Rien ne changerait. Mais pouvait-on en être sûr ?

Iéléna se promit de leur parler dès que possible. Elle se tenait avec ses fils dans la troïka de tête, accompagnée de Pavel Zokov que son fils Nicolaï soutenait. Le garde-chasse n'était pas encore remis de ses blessures, et sans doute ne le serait-il jamais, car sa souffrance venait plus de l'âme que du corps. Il avait perdu une oreille, deux doigts et trois orteils au cours de l'invraisemblable périple qui l'avait ramené de Crimée. Malgré les soins dont on l'avait entouré, il demeurait maigre à faire peur, avec un teint gris et des membres squelettiques. Lorsqu'il marchait, il était voûté comme s'il traînait encore derrière lui l'horrible boîte qui lui avait permis de ramener le corps de son maître.

Quand Iéléna lui avait demandé si Vassili avait souffert, il l'avait regardée dans les yeux et lui avait soutenu que non, que le prince était mort sur le coup, sans avoir le temps de comprendre ce qu'il lui arrivait. Elle en avait été soulagée, et lui, il avait hoché la tête, rassuré de lui apporter au moins cet apaisement-là.

En réalité, il avait été incapable de lui avouer que son maître avait été décapité par un tir d'obus et que sa tête avait roulé dans l'herbe à vingt mètres du reste du corps, avec des yeux qui clignaient de surprise. Daniil, le jeune valet, en avait été tellement choqué qu'il en avait perdu la raison. Maintenant, le pauvre gars était enfermé dans un hospice, ligoté en permanence à sa paillasse pour éviter qu'il ne se fracasse le crâne contre les murs.

La procession contourna d'abord l'étang gelé, puis atteignit la crypte des princes Vatchenko. Le mausolée avait été construit dans la continuité architecturale du palais : épais, massif, carré, sans fioritures à l'exception d'un ange dressé au sommet d'une flèche, doré à la feuille d'or.

L'intérieur avait la même sobriété. Une coupole traversée par un œil-de-bœuf répandait une lumière grise, diffuse, qui éclairait parcimonieusement les tombeaux en marbre blanc ornés des armoiries de la famille.

Les artisans avaient bien travaillé. Le sarcophage de Vassili était superbe, avec un couvercle orné d'une croix sur globe et une frise de lévriers se battant contre des loups sur le pourtour. En prévision de la cérémonie, une coupe en argent remplie de terre avait été posée sur un trépied, pour que les participants puissent jeter sur le cercueil une poignée bénie.

Iéléna se posta près du sarcophage ouvert. La gorge serrée, elle songea qu'elle se tenait debout pour la dernière fois au côté de son mari. Luttant pour retenir ses larmes, elle s'efforça de se tenir bien droite, les épaules raides, le visage voilé par un tulle noir. Viktor et Alekseï avaient glissé leurs mains dans les siennes. Elle les sentait chaudes et vivantes. Si vivantes. Ils étaient l'avenir. Baissant les yeux pour les regarder, elle s'émut de les trouver pâles et pourtant si courageux. Ils avaient adoré leur père, qui était leur dieu. Qui allait maintenant leur apprendre à devenir des hommes ?

Prise de chagrin, elle inspira un grand coup pour tenter de chasser le sanglot qu'elle sentait venir. Elle n'avait pas le droit de se montrer faible. Pas devant ces centaines de personnes vivant sur le domaine qui comptaient sur elle.

Son amie Katharina lui lança un regard d'encouragement. La belle comtesse avait pu échapper aux obligations de la cour pour venir la soutenir et Iéléna lui en était extrêmement reconnaissante. Dans sa robe de dentelle noire, elle se tenait sur sa droite, à la tête des oncles, des tantes, des cousins et des cousines qui se serraient dans la crypte étroite.

Une fois le cercueil placé dans son tombeau, le défilé des condoléances commença. Tous s'approchèrent les uns après les autres pour prendre un peu de terre et la jeter sur le cercueil. Avant de s'éloigner, ils embrassaient Iéléna. Ils en profitaient pour lui balbutier des mots censés la réconforter, qu'elle entendait à peine tant elle était murée dans son chagrin. Chaque poignée jetée s'enfonçait dans son cœur comme un clou sur la croix. Elle ne parvenait pas à penser à autre chose qu'au corps de Vassili que, peu à peu, on enfonçait dans l'oubli.

« Ma chère belle-sœur, je vous présente toutes mes condoléances.

Le ton claironnant la fit aussitôt ciller. Levant la tête, elle reconnut à travers le noir de sa voilette la haute et maigre stature du frère cadet de Vassili. Debout avec une fausse ostentation dans des vêtements trop luxueux, il la toisait sans prendre la peine de masquer une animosité jubilatoire.

— Vladislav Vatchenko », dit-elle du bout des lèvres, en le saluant d'un bref mouvement de la tête.

Aujourd'hui plus que n'importe quel autre jour, elle ne pouvait apprécier la présence de ce jeune homme à la jalousie maladive qui avait constamment cherché querelle à son frère aîné. Depuis qu'elle le connaissait, il s'était tellement montré aigri de ne pas être né en premier qu'il n'avait eu de cesse de convoiter un héritage qui ne lui appartenait pas, considérant depuis des années que Vassili était son rival.

Elle n'avait pas non plus oublié la gifle qu'il lui avait donnée lorsqu'il avait appris la naissance des jumeaux, ni le scandale qu'il avait fait à son retour d'Europe, alors que son voyage avait été payé par Vassili en signe de réconciliation.

Le voyant ainsi devant elle, tellement empli de jubilation, elle eut la soudaine certitude qu'il n'était pas étranger à la mort de son frère. Elle ignorait comment il avait réussi à convaincre le tsar de l'envoyer faire la guerre en Crimée, mais il était bel et bien arrivé à ses fins. Elle aurait voulu lui cracher sa haine au visage, le griffer, lui arracher les viscères, sauf qu'il se penchait en cet instant vers les jumeaux en leur ébouriffant les cheveux d'un geste faussement aimable, et qu'elle n'osa pas provoquer de scandale.

L'air de rien, elle éloigna les garçons de leur oncle en les plaçant derrière elle. Vladislav remarqua ce geste. Il se redressa avec une expression méchante qui donna à la jeune femme un frisson d'inquiétude. Comment deux frères pouvaient-ils être à ce point différents ? Comment était-il possible que là où Vassili avait affiché une prestance naturelle et un charme fou doublé d'une profonde humanité, son cadet n'offrait qu'un visage mièvre aux traits mous, où des favoris noirs marquaient les joues sans parvenir à leur donner du caractère ? Tout en lui était pleutre et acide, de ses épais sourcils jusqu'à ses yeux globuleux.

« Soyez assurée, chère belle-sœur, que nous parlerons bientôt de l'éducation que je veux donner à ces enfants.

— Ce sont mes fils, remarqua-t-elle sèchement. Je suis leur tutrice. Vous n'avez aucun droit sur eux.

— Vous oubliez que je suis leur oncle et le dernier homme de la famille, ma chère. Il faudra de la poigne pour les sortir enfin de vos jupes.

Elle faillit se jeter sur lui pour lui arracher les yeux, mais Katharina, qui veillait sur elle, la retint par le bras.

— Voyons, ce n'est ni le lieu ni le moment pour discuter de ce sujet, intervint-elle d'un ton froid.

Vladislav s'inclina avec ironie.

— Vous avez raison, chère cousine Katharina. Je reprendrai cette conversation avec ma belle-sœur plus tard, lorsque nous serons revenus au palais. »

Il s'éloigna enfin, mais Iéléna ne parvenait pas à se calmer. Elle tremblait de tous ses membres, à tel point que Katharina dut la prendre par la taille pour la soutenir.

« Allons, allons, souffla-t-elle. Tranquillisez-vous, mon amie, tout va bien se passer.

— N'avez-vous pas compris qu'il veut me prendre mes enfants ?

— Si fait, mais pourquoi le pourrait-il ? Je suis certaine que Vassili a dû vous laisser des papiers, un testament, des ordres de propriété. N'est-ce pas ?

Iéléna se souvint du coffre-fort qu'elle avait dû apprendre à ouvrir et à fermer.

— Bien entendu, mais…

— Soyez forte, Iéléna, la rassura la comtesse. Vladislav ne peut rien contre vous, j'en suis certaine. Venez, la cérémonie s'achève. Demain matin, je vous amènerai mon homme de loi.

Il épluchera le testament et saura vous conseiller en fonction. Vous savez que vous pouvez compter sur moi.

— Je le sais », chuchota Iéléna avec reconnaissance.

Après les obsèques, un repas était prévu en mémoire du défunt. Les domestiques avaient dressé la table dans l'une des plus grandes salles à manger. À la place d'honneur qu'aurait occupée Vassili de son vivant trônait maintenant son portrait dans un cadre, adjoint d'un verre de vodka et d'un morceau de pain de seigle.

Iéléna passa devant en fermant à demi les yeux, pour croire encore un petit peu que son amour était parmi eux, qu'il pouvait la prendre dans ses bras, la serrer sur son cœur, l'embrasser à lui couper le souffle.

Le menu était simple et peu varié, comme l'exigeait la coutume. On servit des plats de poissons accompagnés de soupe aux champignons et de *kutya*, ce riz cuit avec des raisins secs sans sel ni sucre et qu'on avalait en silence en buvant de la vodka.

Personne ne trinquait, cela aurait été du dernier mauvais goût, mais de temps en temps un invité prononçait un vœu laconique, qu'il terminait par une formule traditionnelle :

« Pour la paix de son âme.

— En mémoire éternelle.

— Que la terre lui soit un duvet. »

À chaque fois, Iéléna trempait ses lèvres dans l'alcool sans parvenir à retenir ses larmes, qui coulaient en silence sur ses joues, glissaient le long de son cou, tombaient dans son assiette. À un moment, les jumeaux se levèrent pour se jeter dans ses bras en pleurant et elle les serra farouchement contre elle. Ils étaient tout ce qu'il lui restait de Vassili, même ce petit Alekseï qui n'était pourtant pas de son sang.

« Mes chéris, chuchota-t-elle dans leurs boucles d'ange, les brunes et les blondes qui se mêlaient sur ses vêtements en une belle soie floche. Mes grands amours…

De sa place à table, Vladislav Vatchenko la toisa méchamment.

— À l'avenir, articula-t-il avec mépris, il faudra que ce genre de comportement change. Ma chère belle-sœur, vous élevez ces jeunes hommes comme des fillettes. Il est temps que je reprenne leur éducation en main !

Iéléna pâlit de rage, mais la comtesse Katharina fut une fois de plus la plus rapide. Se tournant vers son cousin, elle le lança avec habileté sur un autre sujet de conversation.

— J'ai récemment appris que vous étiez ce qu'on appelle un expert en chevaux de course. Accepteriez-vous, mon cher cousin, de me donner un avis concernant un des miens ? Tenez, nous pourrions dès à présent nous rendre aux écuries. J'imagine que Vassili, de sa place dans le ciel, ne nous en voudra pas d'écourter ce repas, lui qui vouait à ces nobles animaux une admiration sans bornes... »

Elle se leva pour tendre au jeune homme une main gracieuse, tandis que les femmes passaient au salon et les hommes au fumoir.

Vladislav Vatchenko hésita. Il n'était pas dupe de l'intérêt de la comtesse, mais il ne pouvait se dérober, car tous les regards s'étaient portés vers eux. D'un geste brusque, il vida son verre de vodka, le jeta de loin dans la cheminée, puis accepta de guider sa cousine vers l'extérieur.

Après avoir passé toque et manteau, Katharina l'arrêta au milieu de la cour.

« En fait, cousin, je n'ai que faire de votre avis de parieur aux courses, lui dit-elle d'un ton sec qui n'attendait pas de réplique. Je tenais juste à vous signifier qu'il était temps pour vous de prendre congé.

Vladislav Vatchenko n'était pas homme à recevoir un ordre d'une femme, fût-elle la maîtresse du tsar. Il se haussa au-dessus d'elle dans une attitude menaçante.

— Je suis ici chez moi.

— Je ne crois pas, non, reprit-elle calmement en achevant de mettre ses gants. En réalité, vous êtes ici chez votre frère, et par conséquent chez son épouse et leurs deux fils. »

Dans sa colère face à son évident mépris, il oublia tout sens commun et leva le bras. Sans doute l'aurait-il frappée si un chien n'avait soudain surgi des écuries en grondant férocement. Un adolescent le suivait, la mine sévère. Nicolaï Zokov.

Vladislav était un pleutre. Il aimait brutaliser les faibles, armé d'un knout ou d'une badine, mais face à un barzoï qui montrait les crocs, il n'avait aucun courage. Reculant dans la neige en trébuchant, il apostropha l'adolescent qui le regardait avec dédain.

« Toi, le nigaud ! Vas-tu retenir ce chien ?

Pour toute réponse, le lévrier aboya de plus belle et Katharina profita de l'avantage.

— Obéissez-moi, Vladislav. Partez avant de provoquer un scandale dans lequel vous n'avez rien à gagner.

Il rumina sa rage, mais le barzoï était maintenant si près qu'il craignait de se faire mordre.

— Très bien, je vous obéis, cousine, mais sachez que je reviendrai dès demain et je vous promets bien des changements dans cette demeure ! À commencer par ces chiens.

— Nous verrons, affirma-t-elle calmement, tandis qu'il réclamait à grands cris sa troïka. Vous n'êtes pas encore le maître du château.

— Et vous, ma chère, vous n'êtes pas impératrice et ne le serez jamais ! » lui jeta-t-il par la portière de son traîneau.

Elle tiqua, mais fut tout de même amusée de voir que le chien avait décidé de poursuivre la troïka jusqu'au milieu des champs, en aboyant méchamment.

« Merci, Nicolaï, dit-elle au garçon qui se tenait à côté d'elle, tu es décidément l'ange gardien de ce domaine. Puisses-tu vivre cent ans ! »

26

Le lendemain, dans la bibliothèque qui avait été la pièce préférée de Vassili, Iéléna se pencha vers l'âtre en se souvenant qu'elle avait eu exactement le même geste sept années auparavant. Bouleversée, elle regarda les flammes qui couraient sur les bûches. Le bois craquait, des gerbes d'étincelles s'élançaient vers le gouffre noir de la cheminée. La main qu'elle tendait vers les flammes était dorée par cette lumière mouvante.

Une fois de plus, elle songea aux papiers qui témoignaient de la véritable identité de son petit Alekseï. Maintenant que Vassili n'était plus, et que son beau-frère la menaçait, ne devait-elle pas préserver à tout prix leur secret en les brûlant ?

« Non, *barynia*, chuchota Pavel Zokov en boitillant vers elle. Il ne faut pas faire cela.

Elle sursauta. Leva les yeux vers le vieil homme qui se penchait vers elle, consciente de rougir comme prise en faute devant la sagacité de son regard.

— Pourquoi, Pavel ? demanda-t-elle simplement.

Il répondit avec autant de fermeté que de douceur, et la même patience empreinte de naturel et de simplicité qu'il utilisait pour s'adresser aux chiens qu'il dressait.

— Rappelez-vous, *barynia*. Cette nuit-là, j'étais là. »

Comment oublier qu'il avait aidé Vassili à faire disparaître la quasi-totalité des preuves ? Grâce à lui, les corps des Anglais avaient été enterrés dans des tombes anonymes et leurs bagages brûlés. De leurs vies trop tôt broyées, de ce passé sanglant, il ne restait en témoignage que ces quelques papiers.

Elle redressa lentement son buste en serrant la liasse contre sa poitrine. Elle avait froid. Depuis longtemps, aucun feu ne parvenait plus à la réchauffer. Un hiver éternel s'était insinué dans son cœur avec la mort de Vassili, lui dévorant l'âme et le corps. Maintenant, il ne lui restait que ses enfants à aimer. Et à préserver.

« Pavel, tu es celui en qui j'ai le plus confiance, dit-elle après un moment de réflexion. Si jamais il devait m'arriver quelque chose, je veux que tu viennes ici, dans cette pièce, et que tu prennes tous ces documents dans le coffre-fort. Il faudra les amener d'urgence à la comtesse Katharina. À elle seule, tu m'entends ?

— *Barynia !...* » se récria-t-il, mais elle passa son bras sous le sien comme s'il était un membre éminent de sa famille, et non un moujik.

De fait, en toute honnêteté, c'était bien ce qu'il était.

Il avait accompagné Vassili tout au long de sa vie, de la même façon que son fils Nicolaï accompagnait Viktor et Alekseï aujourd'hui. Il avait veillé sur son maître, l'avait conseillé, protégé jusqu'à la dernière heure en bravant le climat, l'éloignement, la guerre, sa propre mort. Son corps portait encore les traces de sa fidélité qui ne s'effaceraient jamais : son oreille gelée était tombée et il avait fallu lui amputer des doigts et des orteils. Assurément, il ne se remettrait jamais de l'atroce voyage qu'il avait accompli durant des semaines pour ramener chez lui les restes de son prince.

« Un jour, tu m'as appris que lorsque tu construisais un piège pour attraper un animal nuisible, tu réfléchissais toujours à ce qui pouvait lui permettre de se libérer, reprit-elle doucement. Tu as ensuite ajouté que l'inverse était également vrai : pour ne jamais tomber dans un piège, il faut toujours se ménager une porte de sortie.

— *Barynia*, je ne suis qu'un paysan sans instruction...

— C'est très important pour moi, Pavel. Ne me fais pas défaut.

— Non, bien sûr que non. »

Il ne pouvait refuser, c'était à la fois un honneur et un fardeau. Il en eut une telle conscience que deux larmes se frayèrent un chemin sur ses joues hâves encore marquées par toutes les privations qu'il avait subies.

Iéléna feignit de ne rien remarquer. Elle ne voulait pas faire injure à sa fierté.

Plus tard dans la matinée, un bruit de grelots attira Iéléna à la fenêtre. Elle se recoiffa machinalement et ajusta au mieux l'épais châle qui lui couvrait les épaules. La comtesse Katharina s'annonça en compagnie de son homme de loi.

Iechenko Zakony avait le physique de son emploi d'une manière presque caricaturale : il était petit et rabougri, avec un teint d'endive surmonté de binocles pince-nez qu'il ne quittait jamais. Néanmoins, sa réputation était grande auprès de l'aristocratie russe, car il faisait autorité dans son domaine.

Après avoir écouté son verdict, Iéléna attendit la venue de Vladislav Vatchenko avec un peu plus de sérénité. D'après l'homme de loi, Vassili avait fait le nécessaire pour la préserver de tout. Dans un testament contresigné par quatre témoins, dont l'éminent comte Mouraski, il lui léguait l'entièreté de sa fortune : le palais et le domaine, les terres agricoles afférentes, les villages et leurs âmes, ainsi que toutes les possessions en Russie ou ailleurs dans le monde, qu'il s'agisse de bois, de mines ou d'autres fariboles plus exotiques. Fait notable, il l'avait également désignée comme l'unique tutrice de leurs deux fils, Viktor et Alekseï. Même à leur majorité, elle continuerait d'être la détentrice des biens familiaux, et demeurerait libre d'en faire ce que bon lui semblerait.

« Dans le droit russe, expliqua complaisamment le juriste à un Vladislav Vatchenko qu'Iéléna n'avait pas prié de s'asseoir et qui devenait à chaque mot un peu plus rouge de colère, le testament fait loi. Non seulement Sa Haute Noblesse la princesse Iéléna ici présente demeure la propriétaire de ses biens propres, amenés par dot, mais elle est également l'unique héritière de tous les biens qui appartenaient à Son Excellence le prince Vassili Vatchenko, votre frère aîné, son époux. De surcroît, elle est la tutrice pleine et entière des princes Viktor et Alekseï Vatchenko. Toutes ces dispositions demeureront valables au-delà de la majorité des enfants, et même en cas de remariage. »

Tout était clair, il n'y avait pas à pinailler. Vladislav resta un moment à souffler comme un phoque, le teint carminé, les yeux exorbités, puis il tourna brusquement les talons en omettant de les saluer. Au passage, il bouscula le domestique qui entrait en amenant le thé avant de se ruer dans sa troïka qui attendait dans la cour.

Il était à peine parti que la comtesse Katharina, qui avait assisté à l'entretien, laissa libre cours à son hilarité.

« Comme il est drôle de voir repartir ce triste sire en chien honteux, avec la queue entre les jambes ! Quelle joie de vous savoir définitivement débarrassée de lui.

— Êtes-vous certaine de cela, Katharina ? souffla Iéléna qui n'osait y croire.

— Bien entendu, ma chérie ! Et ne me regardez pas avec vos grands yeux choqués par mon langage, un tel personnage ne mérite de notre part que de la vulgarité. Cela me remplit de honte, de savoir qu'il est mon cousin ! Heureusement, vous voilà tranquille pour le reste de vos jours. »

Iéléna s'approcha de la fenêtre tandis que la comtesse remerciait l'homme de loi. L'hiver était particulièrement rude cette année, blanc et glacé sous un ciel aussi laiteux que l'épaisse couche de neige qui nivelait les volumes du parc. Même la forêt de sapins aux cimes blanchies de givre s'inscrivait dans le paysage d'une manière délavée.

Elle frissonna. Elle avait vu Vladislav Vatchenko à l'œuvre et ne parvenait pas à compter les fois où Vassili avait dû éponger ses dettes ou étouffer un scandale. Le jeune homme n'avait aucune honnêteté, aucun scrupule, aucun honneur.

Elle y pensa jusqu'au soir, au point de garder les jumeaux avec elle dans son lit de toute façon trop grand, trop froid. Après que Nina eut bassiné les draps, elle leur raconta l'histoire de la princesse-grenouille, qui était leur conte préféré. Ils s'endormirent comme des anges dans les bras l'un de l'autre, leurs boucles brunes et blondes emmêlées. Pour continuer à les regarder tout son soûl, elle refusa que sa femme de chambre mouche la chandelle en sortant.

Le vaste palais était silencieux. Elle ne parvint pas à s'endormir. Elle avait donné son congé à la majorité des domestiques, qui s'étaient retirés à la fin de leur service. Malgré la présence des enfants étendus contre elle, le lit demeurait de glace. Elle savait qu'il ne se réchaufferait plus jamais. Vassili ne reviendrait pas.

Étouffant de chagrin, elle n'y tint plus et se leva pour marcher de long en large. Son cœur s'emballait, ses membres étaient frigorifiés. Au fil de son angoisse, elle craignait que Dieu ne veuille lui reprendre les jumeaux de la même façon qu'il lui avait pris Vassili et cela faillit la faire hurler comme une bête blessée.

Elle parvint cependant à se maîtriser. Surtout ne pas réveiller les garçons. Continuer à veiller sur eux de toutes ses forces, avec son cœur empli d'amour à en mourir.

Elle s'apprêtait à se recoucher lorsqu'un bruit ténu attira son attention. Un léger ronflement venait de l'autre côté de la porte. Saisissant un tisonnier, elle entrebâilla le battant et tomba en arrêt devant Nicolaï étendu en chien de fusil à même le parquet. Il dormait en montant la garde dans le couloir plutôt que d'être dans sa chambre.

Attendrie par sa présence si fidèle, elle s'apprêta à le réveiller pour le renvoyer dans son lit lorsqu'il ouvrit les yeux. Il l'observa à travers la pénombre, mais il ne paraissait pas la voir. Au contraire, il semblait écouter, tous les sens aux aguets.

Au bout de quelques secondes, il lui demanda par geste :

Avez-vous entendu ?

Elle voulut répondre que non, elle n'avait rien entendu, mais il la bâillonna de sa main tiède, la forçant comme lui à écouter le silence du palais endormi. Un frottement venait effectivement des grands escaliers. Quelqu'un montait à l'étage. Un domestique, sans doute.

Nicolaï secoua la tête. Elle comprit aussitôt qu'il ne pouvait s'agir d'un domestique, puisqu'elle leur avait donné congé. Un frisson d'angoisse courut le long de son dos.

« Un intrus », souffla-t-elle.

L'adolescent la fit taire d'un doigt sur ses lèvres avant de se fondre dans l'obscurité avec l'aisance d'une couleuvre. Elle aurait aimé le rappeler, mais le bruit dans les escaliers semblait se rapprocher. Prise de panique, elle faillit se mettre à crier pour que quelqu'un l'entende, puis comprit que ce serait inutile. Nina dormait tout près, mais la femme de chambre n'était pas de taille à les défendre contre un voleur ou un assassin. Quant aux autres domestiques, ils logeaient tous dans les communs à l'autre bout du palais. Trop loin pour entendre ses cris.

S'ingéniant au silence, elle ferma la porte de sa chambre à double tour puis se précipita dans l'appartement attenant, qui avait été celui de Vassili. Elle revint avec un coffret dont elle força la serrure à l'aide d'un coupe-papier. À l'intérieur, joliment couchés sur du velours, deux pistolets de duel à amorce de chez Lepage se faisaient face, tête-bêche. Tous les hommes de l'aristocratie possédaient leurs propres pistolets de duel. Vassili n'avait pas fait exception à la règle. Elle avait toujours trouvé cela incroyablement cynique, mais là, elle en fut heureuse.

« Maman ? chuchota Alekseï en s'asseyant dans le lit tout en se frottant les yeux. Que fais-tu ? Que se passe-t-il ?

— Chut ! lui intima-t-elle. Cache-toi sous les couvertures avec ton frère. »

Tandis qu'il obéissait, elle chargea l'arme le plus rapidement possible : d'abord la poudre, d'une valeur d'un dé à coudre, puis une petite bourre d'étoupe, puis la balle et une seconde bourre d'étoupe. Elle tassa le tout avec une baguette, ouvrit le chien et plaça une amorce en laiton. Elle tremblait, mais elle avait l'habitude du maniement des armes et parvint à charger le Lepage en moins d'une minute.

Lorsqu'elle fut prête, elle se sentit mieux. Elle était bonne au tir, elle avait réussi à tuer un ours, elle saurait se défendre. Mais elle commit l'erreur d'aller contre la porte pour écouter ce qui se passait dans le couloir. Brusquement, cette dernière fut ouverte d'un coup de pied et le battant la heurta à la tempe.

Le choc la fit tomber à la renverse. Elle lâcha le pistolet qui glissa sur le parquet à l'autre bout de la pièce. Un homme pénétra dans la chambre. Il était long et maigre. Dans la lueur de la chandelle, elle reconnut immédiatement ses traits ombrés de favoris noirs.

« Vladislav ! hurla-t-elle. Sortez immédiatement de chez moi ! »

Il ne pipa mot, se contentant de marcher vers elle d'un pas implacable. Il était vêtu de vêtements simples, presque grossiers, et de chaussons de cuir qui rendaient ses pas silencieux. Comme un cambrioleur. Elle se releva en gémissant de douleur. Dans sa chute, elle s'était foulé la cheville et peinait à se déplacer.

Dans le lit, les jumeaux étaient maintenant bien réveillés.

« Oncle Vladislav ! s'exclama Viktor, éberlué, en se frottant les yeux, que faites-vous ici ?

Il voulut s'élancer, mais son frère le retint tandis que leur oncle ramassait le pistolet et les mettait en joue.

— Vous deux, ordonna-t-il en désignant une armoire. Entrez ici.

— Non ! répliqua Alekseï en se dressant avec courage, mais Iéléna s'élança, prise de panique.

— Mes trésors, je vous en prie, obéissez !

— Allez, les trésors, éructa Vladislav en riant grassement, obéissez à maman et bouchez-vous les oreilles. Ce qui va suivre n'est pas de votre âge ! »

À cet instant, la femme de chambre ouvrit la porte qui communiquait avec sa propre chambre. Le vacarme l'avait tirée du sommeil et, la mine ensommeillée, elle venait aux nouvelles.

« Va-t'en ! » cria Iéléna.

Mais la pauvre Nina n'eut le temps de rien. Vladislav Vatchenko la frappa violemment au visage. Sonnée, elle s'affala au sol pour ne plus bouger.

Iéléna ne put en supporter davantage. Se ruant sur son beau-frère, elle le gifla de toutes ses forces, mais il lui attrapa les poignets.

« Que voulez-vous ? glapit-elle en se débattant.

— L'ignorez-vous vraiment, belle-sœur ? » ricana-t-il en lui déchirant sa chemise de haut en bas avant de la jeter sur le lit pour se vautrer sur elle. C'est pourtant simple, puisque vous voilà l'unique héritière des lieux, je n'ai d'autre solution que de vous épouser !

— Jamais ! gronda-t-elle comme une chatte en furie, mais il la gifla et elle retomba en arrière, la bouche pleine de sang.

— Ma chère petite mijaurée, je vais vous faire l'amour jusqu'à ce que vous soyez enceinte, et pour éviter le scandale, je vous garantis que vous serez bien heureuse de m'épouser !

— Jamais », balbutia-t-elle, à demi inconsciente.

Dans la violence de leur combat, ils avaient oublié les deux enfants terrorisés qui les fixaient. Viktor s'était caché sous une commode, mais Alekseï avait réussi à s'emparer du coffret qui contenait le second pistolet de duel. Il n'avait que sept ans, mais il avait appris à charger une arme sous les directives de son professeur hongrois. Il s'y attela avec rage et panique.

Sur le lit, Iéléna était écrasée sous le poids de son agresseur au point d'en avoir la respiration coupée. Tout en lui maintenant les poignets, il lui écartait les cuisses à la force de ses genoux. Elle rua et essaya de le mordre ou de le griffer, tant et si bien qu'elle parvint à glisser sur le tapis. Aussitôt, elle s'efforça de ramper vers le couloir, mais Vladislav la rattrapait déjà. D'un bond, il la saisit par les cheveux et la secoua. Elle crut qu'il allait lui arracher la tête et pensa que tout était perdu.

Le petit Alekseï était parvenu à charger le Lepage. Voyant sa mère en si mauvaise posture, il s'efforça dans l'élan d'armer le chien. L'entreprise était ardue pour un aussi petit bonhomme. Il fallait obtenir un double clic en manipulant un ressort vraiment dur et, par crainte d'un accident, son professeur ne l'avait jamais autorisé à le faire. Il hésita, mais avait-il le choix ? Devant lui, sa mère recevait coup sur coup.

En pleurs, il coinça l'arme contre lui, le canon orienté vers l'avant, car il devait s'y prendre à deux mains pour parvenir à bouger le chien. Soudain, le coup s'enclencha de lui-même. La détonation fut assourdissante. Il tomba à la renverse tandis que le pistolet lui échappait des mains. Ses oreilles bourdonnèrent. Une fumée noire le fit tousser.

Puis le son revint et il entendit son oncle hurler. Par miracle, la balle l'avait touché à l'épaule, lui fracassant l'os. Vladislav Vatchenko titubait de douleur au milieu du brouillard lorsqu'un lévrier blanc comme un fantôme bondit brusquement vers lui.

L'animal s'accrocha à sa joue en le faisant tomber en arrière. Durant de longues secondes, ils luttèrent au corps-à-corps, l'homme s'efforçant de repousser le chien qui s'acharnait sur son visage en lacérant sa chair dans une giclure de sang. Lorsque Nicolaï déboula dans la chambre, il dut faire claquer son fouet à plusieurs reprises avant que le chien accepte de lâcher sa proie et revienne à ses pieds.

Tandis que Vladislav Vatchenko se tordait de douleur sur le parquet, la joue arrachée, Iéléna réussit à se mettre debout. Ivre de rage, elle s'empara du fouet de Nicolaï et le fit claquer sur son beau-frère sans aucune pitié.

« Sortez immédiatement de chez moi, Vladislav Vatchenko ! hurla-t-elle en ponctuant chaque mot d'un coup de fouet. Sortez, avant que je ne vous tue de mes propres mains ! »

Des valets d'écurie, que Nicolaï avait alertés, arrivèrent à cet instant avec des piques et des fourches. Se précipitant sur l'intrus, ils le saisirent de force et le traînèrent derrière eux.

Vladislav braillait et hurlait de souffrance en tenant à peine debout, mais eux non plus n'eurent aucune clémence. Le jetant dans la neige, ils le forcèrent à courir en le harcelant et en se moquant de lui. Aveuglé par son propre sang, il trouva tout de même la force de se tourner vers Nicolaï qui les avait suivis, pour le dévisager avec haine :

« Toi, le moujik, tu ne perds rien pour attendre ! articula-t-il dans une grimace rendue encore plus atroce par sa joue arrachée. Tu regretteras bientôt de t'être interposé entre moi et ta putain de maîtresse ! J'en fais le serment ! »

27

Tandis que les valets chassaient Vladislav Vatchenko de la propriété, Nicolaï rappela son chien, puis revint auprès de la princesse Iéléna et des enfants. Le lévrier sur les talons, il gravit les marches quatre à quatre avant de s'encadrer dans la porte de la chambre. À l'intérieur des appartements princiers régnait un désordre indescriptible. De nombreux domestiques, alertés par le coup de feu, se pressaient maintenant autour de la princesse. Certains allumaient des myriades de chandelles pour chasser les moindres recoins d'ombre. D'autres balayaient les débris et nettoyaient tout ce qui avait lieu de l'être. Jorir, le valet principal, était agenouillé devant l'âtre pour alimenter le feu avec du petit bois et quelques bonnes bûches.

Nicolaï fut tout de suite furieux de ce remue-ménage. Où étaient-ils tous pendant que leur maîtresse se faisait agresser ? Que se serait-il passé si, poussé par il ne savait quel instinct, il n'avait pas dormi sur le pas de sa porte et rien entendu ? Avec agacement, il entra en les bousculant méchamment pour leur faire comprendre cela, mais ils le regardèrent avec des yeux stupides.

Un tumulte dans l'escalier le ramena dans le couloir. D'autres valets venaient aux nouvelles. Son père s'était joint à eux, appuyé sur une canne pour contenir sa claudication. Tandis qu'il montait les marches une à une avec beaucoup de peine, il chercha son fils d'un regard inquiet.

Nicolaï le rassura d'un signe de tête, puis revint dans l'appartement de la princesse. Les femmes s'affairaient auprès de Nina, qui était gravement blessée. L'une de ses pommettes avait éclaté et son nez était cassé. Elle gémissait sans comprendre ce qui venait de se passer, tandis que Rosyn, une des femmes de chambre, nettoyait ses plaies avec un linge trempé dans de l'eau de Cologne. Ce parfum de violette se mêlait de manière désagréable à un relent de sang et de poudre à fusil.

L'adolescent renifla, brusquement envahi de culpabilité. Au moment du danger, avait-il fait le bon choix ? N'aurait-il pas dû rester sur place pour défendre la princesse et sa femme de chambre plutôt que de courir jusqu'au chenil pour rameuter chien et valets ? Avait-il été lâche en se comportant finalement comme un enfant, alors qu'il était presque un homme ?

Honteux, il chercha Iéléna du regard. Qu'avait-elle pensé de lui, tandis qu'elle se battait seule contre son beau-frère ? L'avait-elle considéré comme un pleutre ? Peut-être le détestait-elle ?

Il frémit à cette pensée.

Elle ne le regardait même pas. Au contraire, elle restait là sans bouger, prostrée dans l'agitation ambiante, avec son corps raidi, ses épaules affaissées et ses pieds posés nus sur le tapis d'Orient, tout petits et si émouvants. Maintenant que son beau-frère ne représentait plus un danger, elle paraissait vidée, usée. Une des servantes lui avait passé une épaisse robe de chambre et posé sur ses épaules un châle en cachemire, mais cela ne suffisait pas à la réchauffer. Elle continuait de trembler de la tête aux pieds.

Nicolaï s'approcha d'elle lentement. Il connaissait les réactions de ce genre. Les biches avaient les mêmes lorsque, lors d'une chasse, elles étaient trop longtemps coursées par la meute et finissaient par s'effondrer, à bout de forces et d'envie de vivre. Comme elles, Iéléna était en état de choc et ne désirait plus rien. Il fallait la rassurer, et pour commencer, la réchauffer.

Arrachant une couverture du lit, il l'enveloppa à l'intérieur. Elle se laissa faire avec moins de réaction qu'une poupée. Son visage était dénué d'expression. Son regard fixait le vide d'une manière effrayante. Il en fut mortifié. Depuis que le prince Vassili était parti à la guerre, elle était méconnaissable. Elle si forte, si volontaire, s'étiolait de jour en jour comme une fleur en train de se faner, avec en point d'orgue le drame terrible qu'ils avaient tous vécu le soir de Noël. Évidemment, il comprenait son chagrin, mais la voir perdre le goût de tout, jusqu'à l'envie de manger, le désolait. Il aurait tant voulu pouvoir la protéger de ses souffrances.

À cet instant, il comprit qu'il avait peur pour elle. Comment allait-elle se remettre de ce drame maintenant que son époux n'était plus là ? Que deviendrait-elle lorsqu'elle comprendrait que son beau-frère était son pire ennemi ?

J'aurais dû laisser le chien l'égorger, songea l'adolescent en serrant les poings avec ressentiment. *Le problème aurait été réglé.*

Heureusement, Vladislav était grièvement blessé. Avec un peu de chance, il ne survivrait pas à ses blessures et, quand bien même, mettrait des semaines à s'en remettre. Dans tous les cas, il resterait défiguré à vie. Mais Nicolaï, chasseur depuis sa plus tendre enfance, savait ce que tous les chasseurs savent : un animal blessé était toujours plus dangereux qu'un autre.

Vladislav Vatchenko n'en resterait pas là. Il en était certain.

Refoulant ses pensées moroses, il chercha les jumeaux des yeux. Dieu merci, eux au moins n'avaient rien ! Leur nourrice Youlia les avait pris en charge, ce qui, dans son langage à elle, signifiait les serrer avec force sur son vaste giron en les laissant à peine respirer.

Les observant avec affection, il sentit soudain ses cheveux se dresser sur sa tête : le petit Alekseï tenait encore à la main le pistolet Lepage avec lequel il avait fait feu sur son oncle. Dans le chaos ambiant, personne n'avait songé à le lui enlever, pas même sa nourrice.

S'avançant vers le garçon avec une démarche aussi calme que possible, il s'agenouilla à sa hauteur. Le petiot leva le nez pour le regarder. Il respirait par à-coups, les narines dilatées, les tempes baignées de sueur. Il était visiblement choqué, mais tenait à faire face, la tête haute.

Quel courageux petit bonhomme, songea Nicolaï en lui souriant avec fierté. *Il n'a que sept ans, mais c'est déjà un homme.*

Avec une main douce et prudente, il desserra gentiment les doigts enfantins qui se crispaient sur la crosse en bois de noyer et réussit à prendre l'arme. Heureusement, elle n'était plus chargée. Il la remit dans son coffret, dont il ferma le couvercle. Youlia se rendit brutalement compte de ce qui venait de se passer et fondit en larmes. Nicolaï la réconforta en lui serrant l'épaule. Il savait qu'il aurait fallu leur parler à tous les trois, les calmer en usant d'une voix lénifiante, les rassurer comme on rassure un chiot ou un poulain en leur disant que tout allait bien, qu'on admirait leur courage, leur détermination, leur présence d'esprit. Sauf qu'il était incapable de parler de la sorte...

Révolté par cette vérité, il secoua la tête d'un air navré. Autour de lui, le ballet des domestiques continuait malgré l'heure tardive. Les femmes de chambre venaient d'amener des seaux et des brosses pour récurer le parquet taché de sang. À les voir, rien d'autre n'avait d'importance, hormis sauver ce précieux plancher.

Il renifla, agacé. Personne ne semblait comprendre qu'en cet instant la princesse et les enfants avaient surtout besoin de chaleur humaine. Était-il donc le seul à vouloir s'occuper d'eux ? À tenter de les rassurer, de les protéger ?

« Emmène-les ailleurs, lui chuchota son père qui s'était approché de lui sans qu'il le remarque et qui, comme d'habitude, semblait lire dans ses pensées. Emmène-les ailleurs au moins pour cette nuit, qu'ils soient à l'abri de tout. »

Il acquiesça, soulagé de voir qu'il n'était pas le seul à avoir du bon sens. Fort de cette recommandation, il invita donc Youlia à le suivre avec les jumeaux. Il n'avait aucune autorité officielle sur elle, mais elle fut heureuse de lui obéir. Il n'était peut-être qu'un adolescent de seize ans, mais au sein de la domesticité, il avait un statut à part qui le rendait particulièrement proche de leurs maîtres. Et puis, son physique s'était beaucoup étoffé ces derniers temps. Il était devenu grand et fort, un véritable géant blond au visage avenant et à la carrure d'athlète. Sans oublier qu'il était un héros aux yeux de tous depuis qu'il avait sauvé la vie de la princesse Iéléna au cours de la chasse à l'ours, un exploit qu'il venait de réitérer ce soir en la sauvant de son agresseur.

Suivi par la nourrice, il revint vers Iéléna qui continuait à grelotter sur son tapis sans que personne ne songe à s'occuper d'elle. Il s'inclina avec respect et lui demanda par signes de l'accompagner. Elle ne parut pas comprendre. Il ne fut même pas sûr qu'elle ait remarqué sa présence. Du coup, il osa la prendre par les épaules pour l'entraîner avec lui.

C'était la première fois qu'il la touchait et cela le troubla, car il n'était qu'un moujik et elle une princesse russe, mais comment se faire comprendre autrement lorsqu'on n'avait plus la parole ?

Elle tenta de résister.

« Je veux rester avec ma chère Nina », balbutia-t-elle en levant vers lui un regard anxieux, perdu.

Il hocha la tête, il comprenait, lui aussi était inquiet pour la jeune femme de chambre, mais il continua tout de même à l'entraîner. Iéléna était à bout de forces et sa cheville la faisait souffrir. Elle finit par le suivre en chancelant. Il dut passer son bras autour de sa taille pour mieux la soutenir. Il osait à peine respirer tant son geste lui paraissait fou. Il sentait le poids de son corps, la tiédeur de ses vêtements. Elle ne prêtait pourtant aucune attention à cette proximité. Elle pensait à autre chose.

« Où sont mes fils ? demanda-t-elle dans un brusque sursaut.

Il lui désigna Youlia qui les suivait, et cela suffit à la rassurer. Les yeux mi-clos, elle s'appuya plus fort à lui.

— Où allons-nous ? lui demanda-t-elle encore.

Il désigna le couloir et les autres chambres où elle pourrait se réfugier en attendant que la sienne soit nettoyée, mais elle secoua la tête.

— Non, non, je ne veux pas rester au palais. Pas cette nuit. Emmène-moi loin. Aussi loin que possible. »

Il hésita, finit par la guider vers le grand escalier. Au milieu des marches, elle trébucha, alors il la prit dans ses bras pour avancer plus facilement. Dans son dos, Youlia eut un hoquet de surprise, mais il n'en tint pas compte. Iéléna se laissait faire et cela seul comptait. Elle avait passé un bras autour de son cou. Elle était si légère qu'il la remarquait à peine.

Dehors, la neige éclaircissait une nuit emplie d'étoiles. Il faisait froid, un froid sec, immobile, finalement pas si désagréable que ça après l'air vicié de la chambre, empli de poudre et de remugles de sang. Ils s'imprégnèrent avec délice des parfums de la forêt, ceux des résineux et de la minéralité de la glace.

Ils pataugèrent dans la neige au-delà du potager, en longeant un ruisseau gelé. Après un petit pont de planches, Nicolaï ouvrit la porte de l'isba qui appartenait à son père. Ils pénétrèrent dans l'obscurité du cabanon après avoir tapé du pied pour décrotter leurs bottes.

Iéléna prit place sur une chaise tandis qu'il enveloppait tout le monde dans des couvertures sorties d'un vieux coffre. Lorsque ce fut fait, il tomba à genoux devant l'âtre pour lancer un feu. Tout était prêt, il suffisait d'allumer un brandon pour enflammer le petit bois et des bûches bien sèches, puis de souffler sur les braises jusqu'à ce que les flammes s'élèvent, hautes et claires.

L'isba n'avait pas été occupée depuis que son père était parti pour la guerre de Crimée et ne risquait pas de l'être de sitôt. Lorsque Pavel était revenu, il était en si mauvaise santé, avec ses membres gelés, que la princesse Iéléna avait préféré le garder auprès d'elle pour lui dispenser plus commodément les soins nécessaires. Malgré la mauvaise nouvelle qu'il apportait, elle avait été extrêmement touchée de le voir risquer sa vie pour lui ramener les restes de son époux. Nicolaï l'en avait bénie.

« Merci », dit-elle soudain avec un tel à-propos qu'il en sursauta.

Elle parlait du feu qui dansait avec une force grandissante et qui, déjà, réchauffait la pièce. Peut-être aussi de l'avoir amenée ici, ou même de l'aide qu'il lui avait apportée au cours de la soirée. La nuit était si confuse qu'il ne savait plus comment interpréter ses gestes et ses silences, alors qu'il avait toujours cru la connaître mieux qu'elle-même, tant il avait passé de temps au cours de son enfance à l'observer, à l'admirer, à l'aimer.

Elle tendit ses mains pâles vers les flammes en regardant autour d'elle comme si elle paraissait découvrir l'endroit pour la première fois et sans doute était-ce le cas. Seul le prince avait eu l'habitude de venir ici, autrefois, pour discuter avec son père.

Pensèrent-ils à la même chose au même moment ? Il n'en fut pas sûr, mais ils eurent tous les deux une soudaine tristesse dans le regard. Elle se détourna avec pudeur. Lui resta là, debout, ne sachant quoi faire. S'il avait pu parler, il lui aurait dit des mots qui l'auraient peut-être consolée, mais il était muet.

Un long moment, il la dévisagea sans se rendre compte à quel point son attitude pouvait paraître inconvenante. Youlia lui fit les gros yeux, mais il ne la vit pas. Il détaillait les lueurs du foyer qui coloraient les joues d'Iéléna, les flammèches dorées qui dansaient dans ses yeux. Elle avait cessé de trembler, mais son visage demeurait triste, tellement triste. Il aurait voulu lui rendre son sourire. Soudain inspiré, il chercha du thé sur les étagères. Quelque chose de chaud ferait du bien à tout le monde, mais il ne trouva qu'une vieille bouteille de vodka entamée. Tant pis, il en verserait une rasade dans de l'eau bouillante. Ce serait mieux que rien.

Les jumeaux étaient exténués. Après quelques gorgées, ils s'endormirent dans les bras de leur nourrice et cette dernière les imita très vite en piquant du nez vers leurs cheveux mélangés. Le feu avait réchauffé la petite pièce. La lueur des flammes dansait sur les murs de bois et se reflétait sur des bocaux vides ou sur la collection de sabres et de couteaux accrochés au mur. De l'autre côté des vitres, la nuit ressemblait à un gouffre bleu marine. Nicolaï se leva pour fermer les volets. Il voulait éviter que la chaleur ne s'échappe à l'extérieur, mais Iéléna le retint en lui attrapant la manche.

« Non, laisse, ordonna-t-elle après avoir deviné son intention. Je veux regarder dehors. On n'aura qu'à mettre une bûche supplémentaire dès que nous aurons froid. »

Drapée dans son épaisse couverture, elle se leva et marcha jusqu'à appuyer son front contre la vitre. La neige courait au-delà du pont, montait à l'assaut d'une colline. En été, ces pentes étaient couvertes de champs opulents, mais cette nuit, au cœur de l'hiver, le ciel sombre formait un couvercle au-dessus d'une vallée immaculée.

La couverture glissa et Nicolaï la lui remit sur les épaules. Elle le remercia d'un hochement de tête. À nouveau, il regretta de ne pouvoir lui parler.

La gorge serrée, il se tint à côté d'elle pour regarder à son tour au loin, vers l'horizon au-delà de la colline. Ce soir, il n'y avait pas de lune, mais la nuit demeurait claire. Il comprit soudain pourquoi : une extraordinaire lumière venait de jaillir au-dessus de la crête, trouant l'obscurité de lueurs magiques.

« Oh, s'exclama Iéléna avec la surprise d'un enfant. Regarde, une aurore boréale ! »

L'étrange clarté ressemblait au mouvement soyeux d'une gigantesque étoffe tombant des cieux. À dominante verte, elle était colorée de rose à sa base et violette à son sommet tout en chatoyant de bleu au rythme d'un cœur géant.

Ils regardèrent avec émerveillement ces nuées vertes et bleues qui ondulaient lentement dans la nuit froide, en vagues teintées d'écume rose.

Cette lumière singulière semblait chuter des cieux en un feu d'artifice stupéfiant. D'est en ouest, elle formait une cascade multicolore avant de devenir une draperie de soie orientale glissant mollement de l'épaule d'une merveilleuse déesse. Quelques instants plus tard, elle se métamorphosa en fleur géante, puis en cyclone tourbillonnant lentement, magnifique de beauté. Les couleurs montaient, descendaient, éclataient en mille échardes d'émeraude précieuse, reflets d'une mer tropicale inattendue éclairée par des coraux mystérieux.

« Le monde est beau, chuchota soudain Iéléna. Si beau alors que je suis si triste.

Elle tourna la tête pour le dévisager. Elle demeurait calme, mais ses joues ruisselaient de larmes.

— La dernière fois que j'ai admiré une aurore boréale, j'étais avec Vassili, reprit-elle d'une voix rauque. Nous nous tenions par les épaules pour nous réchauffer, mais aussi pour nous embrasser. Il me chuchotait des mots d'un ton si bas que je ne les comprenais pas, mais je devinais leur douceur, j'écoutais leur musique, j'étais si heureuse d'être dans ses bras. Comment vais-je faire maintenant pour seulement parvenir à vivre ? Comment être une veuve ? Comment supporter cette solitude ? »

Sans réfléchir, il tendit les mains pour essuyer ses larmes. Elle s'écroula dans ses bras en sanglotant. Il ne sut que faire. Elle avait besoin de lui, il le sentait, il le devinait et, d'une certaine façon, il en était fier, mais il ne pouvait pas la tenir contre lui. Il n'avait pas le droit d'être aussi proche, pas au point de respirer le parfum de ses cheveux, de sentir la chaleur de son corps contre le sien, sa respiration dans son cou, l'humidité de ses larmes sur sa peau.

Pas au point d'en être troublé…

Les sens en déroute, il tenta de reculer. Il fallait fuir, mais elle s'accrocha convulsivement à lui comme si elle était en train de se noyer et qu'il était la bouée jetée d'un bateau pour la sauver.

Affolé, il raidit les épaules pour laisser passer la tempête. Il n'était pas sot. Il savait qu'elle avait juste besoin de pleurer sur l'épaule de quelqu'un et qu'il n'y avait personne d'autre que lui. Leur brusque proximité ne prêtait à aucune ambiguïté ni à aucune conséquence, pourvu qu'il sache rester à sa place de moujik.

Au bout d'un moment, il parvint à retrouver son calme et regarda à nouveau la belle aurore boréale qui illuminait la nuit de mille couleurs merveilleuses. Iéléna s'était rassise, à bout de forces et de tension nerveuse. Elle finit par s'endormir dans ses bras. Il l'étendit sur un banc, la recouvrit de couvertures et, tirant une chaise à proximité, s'y installa pour mieux la veiller.

S'approchant, le lévrier barzoï vint lui lécher les mains. Nicolaï le caressa longuement, jusqu'à ce que le chien se couche à ses pieds, son museau étendu sur ses pattes croisées, son beau regard brun fidèlement posé sur sa maîtresse endormie.

Lui aussi avait décidé de la veiller.

Rassuré, Nicolaï put enfin fermer les yeux.

28

Edouard Fleming et Anton Pridvorny s'immobilisèrent côte à côte, puis regardèrent la haute maison bourgeoise qui étalait une façade de seulement neuf fenêtres face à la Neva, sur le bourgeois quai des Anglais. La demeure était petite, mais propre et cossue au milieu des divers commerces, face aux barques amarrées. Elle était peinte d'un vert olive discret, ourlé d'enjolivures blanches. Le premier étage était celui des propriétaires, avec un balcon qui courait tout du long, délimité à chaque extrémité par une statue d'inspiration grecque. Au-dessus, une enfilade de colonnes blanches rythmait le second étage, qui était en location et servait de gentilhommière à l'homme qui les avait priés de venir.

Sur les indications d'un concierge au visage rond et aux paupières mongoles, ils montèrent un large escalier de chêne bien ciré, dont le centre était garni d'un tapis de feutre vert fixé par des attaches en laiton. La porte à laquelle ils frappèrent à l'aide du pommeau de leurs cannes était épaisse, joliment sculptée et ornée d'un marteau à tête de lion qui lui donnait une certaine ostentation un peu vaniteuse.

Dès le premier coup, un serviteur en livrée galonnée vint ouvrir. Il avait un visage grossier et de larges moustaches brunes qui retombaient de chaque côté de ses lèvres minces. Sans attendre, il les mena à une véranda dont le superbe plafond de verre permettait de voir les nuages courir dans le ciel. Pour le reste, il s'agissait d'une pièce aménagée en petit salon cossu. De nombreux braseros y assuraient une chaleur presque tropicale, assez étouffante. Fleming tira légèrement sur son nœud de cravate pour respirer plus à son aise. Dans un angle près d'un petit piano blanc, une alcôve était meublée de fauteuils XVIIIe siècle assez typiques de ceux que les nobles russes admiraient en Europe. Une personne s'y tenait assise à contre-jour.

Très vite, les deux visiteurs remarquèrent que leur hôte était installé sur un de ces sièges à roulettes destinés aux impotents. Ils reniflèrent au même instant une forte odeur de médicaments et de potions diverses qui masquait à peine un relent de chair corrompue.

Edouard Fleming eut un soupir dédaigneux. Il connaissait ces miasmes caractéristiques des hôpitaux de campagne où l'on entassait les blessés ramenés des champs de bataille. Sortant un mouchoir imprégné d'eau de Cologne de sa poche, il le mit avec ostentation sur ses narines. Il avait toujours été cette sorte d'homme arrogant et imbu de lui-même qui n'admettait aucune forme de défaite, y compris dans la blessure. Du plus lointain qu'il s'en souvenait, il ne ressentait aucune indulgence pour les faiblesses humaines, qu'il s'agisse des siennes ou de celles d'éventuels mutilés de guerre, qu'il avait toujours lorgnés avec le mépris dû aux perdants.

Il fut donc particulièrement mal à l'aise lorsque la silhouette fit pivoter son fauteuil pour leur faire face et que la pâle lumière d'hiver tombant de la verrière révéla en sus un visage masqué de cuir.

Pridvorny lui-même en fut déstabilisé :

« Monsieur, commença-t-il en pinçant le nez d'un air mécontent, persuadé qu'il s'agissait d'une mauvaise plaisanterie, nous avons rendez-vous avec...

Le valet le coupa très vite pour faire les présentations d'usage.

— Colonel Pridvorny, voici Son Excellence Vladislav Vatchenko, qui vous a aimablement prié de venir le rencontrer aujourd'hui. C'est avec lui que vous avez rendez-vous.

— Ah... bien... » ânonna le chef de la police secrète du tsar en accusant le coup.

Il n'en revenait pas. Quoi ? Cet homme maigre et infirme, au corps tordu avec une épaule plus basse que l'autre et ce visage masqué où seuls les yeux semblaient être vivants, était le cadet des frères Vatchenko, son ancien compagnon de beuverie qu'il avait toujours qualifié de « dandy » ? Bien sûr, il avait entendu parler du malencontreux « accident » qui avait frappé le jeune homme quelques mois auparavant, puisque ses agents lui avaient rapporté l'anecdote, mais il fallait bien avouer qu'en l'apprenant il n'avait pas pris la juste mesure de ce que cela impliquait.

Se reprenant, il s'exclama d'un ton aussi cordial que possible :

« Vladislav Vatchenko ! Mon cher ami, je suis tellement heureux de voir que vous vous remettez au mieux de votre malheureux souci de santé.

— Au mieux ? ricana d'emblée le masque d'une voix de crécelle. Dois-je réellement apprécier cette remarque ? Vos hommes ne vous ont-ils pas informé que cela fait neuf mois que je me traîne de médecin en médecin, que mon corps demeure faible et contrefait à la suite d'une septicémie dont j'ai réchappé de justesse, sans parler de mon visage qui... qui...

Sa voix perdit de sa force, puis se ressaisit avec une recrudescence de hargne :

— Avez-vous réellement ignoré que depuis neuf mois je vis en paria caché dans ce trou, uniquement occupé à me rétablir, tandis que vous et tous mes anciens camarades me tournez le dos ? Est-ce de cela que vous vous réjouissez... ?

— Mon ami... répondit le policier d'un air prudent, car il ne tenait pas à s'aliéner un aristocrate qui était apparenté au tsar et dont il avait été proche, je vous avoue humblement que je n'avais pas saisi la gravité de votre état... On m'a rapporté que vous avez reçu une balle dans l'épaule de manière accidentelle, alors que vous étiez en train d'apprendre à vos jeunes neveux l'usage d'une arme à feu...

L'infirme marqua un temps de silence, comme s'il ruminait la réponse à donner, avant de lancer d'un ton sarcastique :

— On vous a bien renseigné, Pridvorny, c'est effectivement ce qu'il s'est passé. Je n'ai pas l'habitude des enfants. J'ai présumé de leur force physique et le coup est malencontreusement parti. Ce n'était pas grand-chose, une balle dans la clavicule, mais la plaie a provoqué une mauvaise infection qui a eu raison de ma santé. Abrégeons néanmoins, monsieur, car je n'ai pas envie de m'étendre sur le sujet. Je remonte la pente et je ne vous ai pas fait venir pour me plaindre, mais pour parler affaires. J'ai une proposition à vous faire. Puis-je vous offrir du thé ou du vin de pain[1] ? » interrogea-t-il sans sembler se soucier de leur avis, car il commanda à son valet une bouteille de vodka comme s'ils étaient à la taverne[2].

Il était encore tôt, pas même dix heures, mais il avait visiblement besoin d'un verre. Dès qu'on le regardait avec plus d'attention, il se révélait encore plus difforme. Son grand corps s'était avachi, sa peau était jaune et fripée, et ses mains accrochées comme des serres aux accoudoirs de sa chaise témoignaient d'une maigreur maladive.

Les deux officiers acceptèrent de le suivre dans le petit salon près du piano. Ils s'installèrent dans des fauteuils en face de sa chaise à roulettes tandis que le domestique amenait une bouteille et des verres qu'il servit avec quelques *zakouska*[3]. Continuant à garder le silence, ils sirotèrent leur alcool en se dévisageant en chiens de faïence, attendant que leur hôte leur dévoile ce qu'il avait en tête.

La matinée était douce. Le soleil entrait à flots d'une fenêtre aux rideaux tirés qui donnait sur le quai grouillant de monde. Les cuisinières des maisons bourgeoises achetaient des légumes et du poisson frais, suivies par de jeunes garçons délurés qui portaient leurs cabas. Des marins attendaient le déchargement de leur fret. Les commerçants hélaient les chalands, qui s'attardaient plus volontiers sur de joyeuses terrasses où ils buvaient de grandes chopes de *kvas* en riant.

Vladislav Vatchenko prit le temps de faire tournoyer une rasade d'alcool dans son verre. Il avait gardé son masque et buvait à petites lampées par une fente qui marquait sa bouche. Les deux visiteurs le détaillaient en se demandant à quoi pouvait ressembler son visage.

Après quelques gorgées, il redressa le buste et, se tournant vers Fleming, s'adressa à lui avec ironie.

« Vous qui êtes anglais, colonel, savez-vous que la vodka, pour devenir aussi claire que de l'eau, doit être filtrée par du charbon de bois ?

1. La dénomination vodka, qui signifie « petite eau », n'existe que depuis le début du XXe siècle. Auparavant, cet alcool était appelé par les Russes « vin chaud » ou « vin de pain ».
2. À cette époque, et jusqu'à la fin du XIXe siècle, on ne trouve de la vodka que dans les tavernes.
3. Hors-d'œuvre variés, en russe.

Edouard Fleming le toisa en retour, non sans agacement. Il était toujours irrité d'être pris pour un Anglais, même s'il en portait l'uniforme.

— Hum, hum, monsieur, nous avez-vous fait venir pour discourir des caractéristiques de votre boisson nationale ? Dans ce cas, il serait préférable que je prenne congé, je n'ai pas de temps à perdre avec des commérages de bonnes femmes. Je pars demain en mission diplomatique auprès du sultan de Samarcande. Si vous avez quelque chose d'important à me dire, je vous écoute. Sinon, je vous laisse en compagnie de Pridvorny, notre ami commun.

— Toujours aussi direct, riposta Vladislav avec un petit rire de gorge qui finit en quinte de toux. C'est justement ce qui me plaît chez vous, colonel Fleming. Voyez-vous, je ne suis plus cet adolescent attardé que vous avez rencontré il y a huit ans. Au cours des dernières années et, disons-le franchement, au cours de ma très longue convalescence, j'ai eu le loisir de réfléchir à mes priorités. Je me suis alors souvenu de la proposition que vous m'aviez faite à l'époque et dont, sur le moment, je n'avais pas saisi l'avantage.

Fleming se détendit ; la conversation prenait enfin un tour sérieux.

— Et donc ? demanda-t-il.

— Et donc, je me suis interrogé sur le pourquoi de votre accointance avec le colonel Pridvorny, qui est un officier au service du tsar, alors que vous êtes un officier de la Compagnie des Indes britanniques.

— Et ?

— Je me suis renseigné et, maintenant, vos motivations me paraissent plus claires… Vous êtes certes un officier britannique, mais vous êtes avant tout un Irlandais.

— L'Irlande appartient à l'Empire britannique, s'amusa Fleming, le visage néanmoins tourné avec attention vers son interlocuteur.

— Certes, riposta Vladislav avec sa condescendance habituelle, mais durant votre jeunesse, vous avez dirigé un bataillon irlandais pour le compte de l'empereur Napoléon Bonaparte qui n'était pas exactement un ami de l'Angleterre. De plus, à sa chute, vous avez préféré partir en Orient plutôt que de retourner dans votre pays sous tutelle anglaise. Vous vous êtes fait mercenaire pour le compte de petits despotes locaux. Vous avez ainsi été chef de la police à Lahore et, à ce titre, vous avez maintenu l'ordre en vous fiant à votre maxime personnelle : "Un voyou en rédemption est toujours un voyou mort." Par la suite, vous êtes entré au service de l'armée des Indes et depuis vous œuvrez pour le Foreign Office en tant que consultant. Vous donnez à l'ambassadeur britannique vos avis sur les frontières d'Asie centrale, car on dit que vous êtes un expert des tribus nomades et des différents peuples des steppes. C'est d'ailleurs à ce titre que vous partez pour Samarcande demain. Or, c'est justement à ce sujet que je m'interroge...

— Vous vous interrogez ? s'étonna Fleming. Et à quel propos, je vous prie ?

— Eh bien, c'est fort simple : pourquoi un farouche Irlandais qui voue une haine féroce aux Anglais après avoir été spolié de son titre et de ses biens durant sa jeunesse accepterait-il de travailler pour eux ? Et pourquoi ce même homme fréquenterait-il certains Russes parmi les plus influents, dont le colonel Pridvorny, qui est le chef de la police secrète du tsar ? Pour moi, la réponse est soudain devenue très claire.

Fleming garda le silence, attendant une suite que Vladislav se hâta de lui donner non sans satisfaction.

— Il y a huit ans, vous étiez venu me voir, non pour m'aider à réaliser mes ambitions personnelles, comme naïvement je l'avais cru, mais parce que vous vouliez obtenir de moi quelque chose qui vous tenait à cœur. Or, j'ai appris depuis au moins une chose : un service n'est jamais gratuit. Toutes les faveurs en appellent d'autres en retour, n'est-ce pas ?

— Et donc ?

— Pour moi, les années écoulées ne changent rien à l'affaire. Je peux à nouveau vous être utile. D'autant plus que nous sommes semblables, vous et moi.

— Semblables ? Vraiment ? ricana Fleming en regardant de manière désobligeante la chaise roulante.

— Oui, semblables, riposta Vladislav en levant une main osseuse. Nous avons tous deux été spoliés dans notre jeunesse. Et nous sommes prêts à tout faire pour obtenir ce que nous voulons, n'est-ce pas ? Croyez-vous que j'ignore que vous êtes un agent double ?

Fleming eut un rire sec, mais Vladislav n'en fut pas déstabilisé. Il continua :

— Je sais que vous rencontrez le tsar lors d'entrevues secrètes, mais je crois pouvoir affirmer sans beaucoup me tromper que votre fidélité ne va qu'à une seule personne, vous-même, tout comme vous ne servez jamais qu'un seul but, le vôtre. Nous pouvons travailler ensemble. Nous nous ressemblons.

Le colonel Pridvorny choisit ce moment pour intervenir d'un ton grincheux.

— Vous évoquez une histoire ancienne, mon ami. L'offre que nous voulions vous faire date de près de huit ans. Depuis, nous sommes passés à autre chose, nous œuvrons dans d'autres domaines.

L'infirme continua comme s'il n'avait rien entendu.

— Mon ambition n'a pas changé : je veux récupérer les biens qui appartiennent à ma famille. Mon frère est mort, le domaine et le titre de prince m'appartiennent. Une fois en leur possession, je serai en mesure de vous donner ce que vous cherchez.

— Un testament atteste pourtant le contraire, continua Pridvorny sur sa lancée.

Cette fois-ci, le regard de Vladislav se voila de rage.

— De quel côté êtes-vous, Pridvorny ? Vous savez comme moi que la loi russe est curieusement faite. Pourquoi n'accorder aucune importance aux femmes, sauf lorsqu'elles deviennent veuves ? N'est-ce pas stupide ?

— De toute façon, je ne vois pas en quoi vous auriez besoin de nous…

— Vous ne posez pas la bonne question ! Demandez-vous plutôt en quoi je pourrais vous être utile ! Je me souviens très bien qu'à l'époque, colonel Fleming, vous recherchiez une femme dont vous prétendiez qu'elle était votre fille. Cette personne avait mystérieusement disparu sur des terres qui appartenaient à mon frère. Malgré les recherches que vous avez entreprises, vous n'avez jamais retrouvé ni son corps, ni ses bagages, ni même la troïka où elle avait pris place. Sans parler de ce petit carnet à dessins que vous m'aviez demandé de retrouver pour vous…

Fleming se sentit prêt à négocier. Les années avaient passé, comme le disait Pridvorny, mais lui avait conservé son rêve d'antan. S'il demeurait la moindre chance de récupérer le carnet, il voulait la saisir. Cependant, il ne laisserait pas un infirme mener la danse.

— Comme vient de vous le confirmer mon ami Pridvorny, déclara-t-il, nous parlons d'un accord qui aurait dû se faire il y a huit ans. Déjà à l'époque, il aurait été difficile de trouver quoi que ce soit, tant il semblerait qu'un mystère entoure ces événements, mais aujourd'hui, cela ne peut qu'être une mission impossible.

— Il existe cependant une chance, n'est-ce pas ? Si mon frère a quelque chose à voir avec cette histoire, comme vous semblez le penser, je suis persuadé qu'en fouillant dans son bureau ou dans son coffre, je trouverai des choses qui pourraient vous intéresser. Peut-être même arriverai-je à récupérer ce carnet qui vous intéresse tant.

— Et comment comptez-vous procéder ?

Vladislav Vatchenko feignit de s'absorber dans la transparence de son verre.

— Je ne laisserai pas mon patrimoine familial aux mains d'une arriviste caucasienne, fût-elle princesse de naissance. Je vais donc lui reprendre mon bien, par n'importe quelle méthode. Une fois que cela sera fait, je fouillerai chaque centimètre carré du palais Vatchenko, du parc et même des bois. S'il y a quelque chose à trouver, croyez-moi, je le trouverai.

— Je ne vois pas comment vous pourriez contester le testament de votre frère… insista Pridvorny, qui sentait là le nœud du problème.

Vladislav eut son rire de crécelle.

— Certes. Mais toute vie conduit à la mort, n'est-ce pas ? Elle finira bien par mourir…

Le sous-entendu était clair, mais ni Pridvorny ni Fleming ne s'en émurent. Le premier n'avait jamais rechigné à pratiquer la torture pour parvenir à ses fins, le second avait commis les pires exactions dans le même but.

— Je reviens à ma question initiale, pourquoi avez-vous besoin de nous ?

— S'il arrive malheur à ma belle-sœur, je veux, en dépit de tout testament, devenir le tuteur légal de mes neveux. Pour des hommes aussi déterminés que vous, qui avez l'oreille du tsar, je gage qu'il ne s'agit pas là d'un tour de passe-passe insurmontable !

Fleming se leva. Il regardait la chaise roulante, les accoudoirs de cuir rembourrés, la couverture pliée sur les jambes amaigries qui ne parvenaient plus à tenir debout cette longue carcasse que les blessures avaient voûtée, mais aussi le regard brûlant d'une haine tenace qui traversait le masque. Il eut un sourire condescendant.

— Je vous en prie, Votre Excellence, amusez-vous donc, puisque cela vous fait plaisir. Si jamais vous réussissez, je veux bien m'intéresser à nouveau à ce carnet. Qui sait, le destin parle peut-être par votre bouche ? En attendant, je vous salue bien. »

Partie III

Les Nuits Blanches

Saint-Pétersbourg
de juin 1858 à décembre 1859

29

La chienne lécha la main de Nicolaï. Cette langue tiède sur ses doigts était à la fois une marque d'affection et de confiance, un amour aveugle et l'assurance de sa fidélité. En retour, le jeune homme caressa la tête élégante avec beaucoup de gentillesse. Il ne pouvait rien faire de plus pour soulager la pauvre bête. La levrette n'avait pas le choix, il fallait se soumettre à la nature, laisser le temps passer, accepter que le corps travaille dans la peine et la douleur. C'était le lot de toutes les femelles sur cette terre, attendre la délivrance qui seule serait capable de soulager.

Heureusement, ce moment approchait. Les contractions s'accéléraient. Encore un peu de patience, puis la douleur disparaîtrait, et ce serait l'apaisement.

La chienne gémit et son amour déborda sur la main de son maître en petits coups de langue rose attendrissants. En même temps, elle leva vers lui son beau regard brun empli de loyauté. Nicolaï la cajola de plus belle. Il aimait les animaux pour cela, pour cette facilité à donner leur affection sans rien attendre en échange, hormis l'aumône d'un regard ou d'une brève caresse.

Les relations entre humains lui avaient toujours paru plus complexes. Plus codifiées, aussi. Et tellement empreintes d'interdits qu'il était souvent difficile de les comprendre ou de les supporter.

Se penchant vers la jeune bête, il embrassa le fin museau racé levé vers lui. La levrette avait un pelage pâle et clair qui lui avait valu le nom de Printsessa[1], car sa robe avait une couleur presque identique à celle des cheveux d'Iéléna Vatchenko, propriétaire de la meute.

1. « Princesse », en russe.

Ce n'était pas lui qui avait choisi ce nom, il n'aurait jamais osé faire une telle suggestion, mais il reconnaissait que ça lui allait bien. En réalité, c'était le petit prince Alekseï qui, voyant cette fourrure d'une étonnante couleur blonde, s'était écrié qu'elle ressemblait à la chevelure de sa mère. Iéléna avait éclaté de rire. C'était la première fois qu'elle riait ainsi depuis la perte de son époux. Tout naturellement, la chienne avait été baptisée Printsessa, en souvenir de ce moment.

Était-ce pour cette raison que Nicolaï lui était particulièrement attaché, à cette jolie princesse presque aussi belle que celle qu'il aimait secrètement depuis tant d'années ? De tous les chiens du chenil, elle était sa préférée, parce qu'elle était douce et fidèle, obéissante et courageuse, mais aussi parce que, chaque fois qu'il la voyait, il ne pouvait s'empêcher de penser à Iéléna.

Depuis l'horrible nuit de janvier 1856, il ne parvenait pas à oublier le trouble qu'il avait ressenti lorsqu'il l'avait emmenée dans l'isba de son père et qu'ils avaient vu, côte à côte, les aurores boréales. Il l'avait fait pour qu'elle ne pense plus à l'ignominieuse agression de Vladislav Vatchenko et peut-être avait-il réussi… Lui, en revanche, ne s'en relevait pas indemne. Dans cette nuit à la fois si dure et si belle, sous les couleurs chatoyantes du ciel qui chantaient un formidable hymne à la vie, il avait brusquement compris qu'il était amoureux fou de la jeune femme.

Il l'avait aimée dès ses neuf ans, comme on tombe dans un étang ou comme on entre en religion et, depuis, il ne parvenait plus à vivre. Les amours d'enfance ne sont pas moins importantes ni moins fortes que celles des adultes. Au contraire, elles s'ancrent plus durablement dans le corps et dans l'esprit, et deviennent une obsession.

Lui était littéralement tombé en amour, sans trop savoir pourquoi. Était-ce à cause de sa grâce étonnante, de sa beauté à la fois si pâle et si lumineuse, de sa nature un peu fée ? À moins que ce ne soit parce qu'elle montait à cheval comme une déesse chasseresse, qu'elle savait se faire aimer des animaux et des hommes ou qu'elle avait une manière ensorcelante de regarder le monde avec ses yeux bleus de glace, si beaux et si doux ? Il n'aurait su le dire. Quel chien sait pourquoi il aime son maître ?

Lorsqu'il s'en était rendu compte, il avait été horrifié, effrayé, et il avait lutté. Qui était-il pour l'aimer ? Il n'était qu'un simple moujik, un esclave, tandis qu'elle était un membre de l'aristocratie au sommet de l'échelle sociale. Leur différence était de l'ordre de la poussière sous la lumière d'une étoile lointaine.

Il avait tenté de rétablir le bon ordre des choses en s'intéressant à des filles, des paysannes délurées et même de charmantes soubrettes. Au début, il avait craint qu'être muet serait un obstacle insurmontable, mais elles s'étaient toutes jetées à sa tête, prêtes à faire n'importe quoi pourvu qu'il les remarque. Elles lui chuchotaient qu'elles le trouvaient séduisant. Peut-être était-ce vrai, même s'il avait très vite compris qu'elles étaient surtout attirées par son importance dans l'organisation domestique du palais et par son statut social, meilleur que celui d'un simple moujik. Depuis longtemps, il faisait partie du personnel le plus proche de la princesse, au même titre que son père, que Nina la femme de chambre et que Youlia qui était restée au service de la princesse pour continuer à s'occuper des jumeaux qu'elle adorait. Il avait eu la chance de recevoir une bonne éducation. Il savait lire et écrire, se battre à l'épée et au pistolet, et n'avait jamais manqué de rien. En échange, sa tâche était simple : veiller sur les deux petits princes comme un grand frère affectueux.

Devenir proche de leur mère s'était fait dans le même élan, sans doute parce qu'ils se côtoyaient depuis son jeune âge. Au fur et à mesure qu'il grandissait, plus particulièrement après qu'il l'eut sauvée de son terrible beau-frère, elle lui avait demandé de l'assister dans ses tournées sur ses terres, dans les champs ou dans les diverses exploitations qu'elle gérait. Elle avait besoin d'un cocher attitré, or il s'y connaissait en chevaux. Elle appréciait également son calme et, par la force des choses, le fait qu'il se taise. Avec lui, elle n'avait pas besoin de jouer la comédie de la femme forte et heureuse. Elle pouvait se permettre d'être elle-même.

D'une certaine façon, ils ne se quittaient pas. Elle exigeait qu'il l'accompagne où qu'elle aille, en particulier à la chasse, car il avait de l'expérience avec les chiens et était un excellent pisteur. De plus, comme il était devenu un très beau gaillard d'une mètre quatre-vingt-dix avec des épaules larges et un corps musculeux, sa seule présence évitait qu'elle se fasse intimider ou gruger lors de ses négociations commerciales. Il était également capable de la protéger au cours de leurs nombreux déplacements. Une fois, il avait mis en déroute quatre brigands qui voulaient les voler.

Le jeune homme était fier de veiller sur elle. Il le faisait de tout son cœur et de toute son âme. Il n'attendait rien d'autre de la vie, uniquement être son écuyer dévoué, son garde du corps et son ange gardien. Il espérait tant demeurer l'ombre de son ombre que le soir, lorsqu'il regagnait la solitude de sa chambre, il se laissait en premier tomber à genoux devant l'icône de la Sainte Vierge pour prier avec ferveur.

Il priait pour demeurer à jamais son serviteur, mais aussi pour qu'elle ne se rende jamais compte de l'amour qu'il ressentait pour elle. Si elle venait à l'apprendre, elle ne pourrait qu'en être offensée et risquerait alors de se séparer de lui en le vendant à un autre propriétaire.

Elle en avait le droit. Il n'était qu'un esclave avec moins de valeur qu'un pur-sang.

Cette idée le déprima, mais la chienne gémit à nouveau, le ramenant à la réalité. Dans un flot d'eau sanguinolente, un premier chiot roula dans la paille en se tortillant. Nicolaï eut une grimace de joie. C'était une petite chose blanche et rose, avec des pattes si fines qu'elles ressemblaient à des brindilles et une queue qui aurait pu être celle d'un rat. Cet être minuscule vagit en tournant sa tête aveugle de droite à gauche, avant de ramper vers la mamelle.

« Oooh ! Qu'il est beau ! » s'exclamèrent en chœur les jumeaux Viktor et Alekseï, leur bouche arrondie de la même façon.

Ils venaient de finir leur leçon d'escrime et, prévenus par le valet que Nicolaï leur avait dépêché, s'étaient précipités au chenil au bon moment, juste à temps pour voir le miracle de cette première naissance.

Le jeune homme leur sourit. Les deux garçons avaient encore les joues échauffées par l'entraînement et des mèches de cheveux collées par la sueur sur leur front et leurs tempes, mais leurs yeux brillaient de joie.

Ce n'était pas leur première mise-bas. Lorsque leur père était encore vivant, il les avait mis en présence de lévriers bien avant de leur apprendre à marcher. Vassili Vatchenko avait tenu à ce que jamais ses fils n'aient peur d'un chien. C'était d'ailleurs en souvenir de cet instant que leur mère avait décidé de développer l'élevage des *psovoi borzoi*. Depuis, l'initiative avait pris une belle ampleur. La plupart des nobles russes voulaient posséder une meute ou, au minimum un *svora*[1], et cet engouement était en train de se propager chez les visiteurs étrangers. Ainsi, quelques spécimens étaient déjà partis en Europe pour être testés en Angleterre lors de chasses au renard. Les prix s'envolaient.

Iéléna en profitait même si elle n'était pas motivée par l'argent. Elle avait suffisamment de revenus fonciers pour vivre dans le luxe. En fait, son unique désir était de perpétuer le travail de son mari au-delà de sa mort. Guidée par Pavel Zokov et, depuis peu, par son fils Nicolaï qui avait visiblement un don pour les appariements judicieux, des naissances de qualité se multipliaient. La mise-bas de Printsessa, une reproductrice prometteuse, était l'événement du printemps. Avec sa belle fourrure pâle aussi blonde qu'une lune en hiver, son allure aristocratique et son cœur débordant de courage, elle était tout simplement exceptionnelle.

Dans son nid de paille, la chienne salua la naissance de son premier-né en le léchant avec application. Le minuscule chiot n'avait qu'une idée en tête, trouver une mamelle et s'y accrocher. Un second nouveau-né tomba dans les chaumes. Nicolaï se redressa, rassuré : tout se passait bien. La chienne était jeune et saine, les petits bien constitués et forts. Ils faisaient déjà preuve d'une extraordinaire volonté de vie. Même à ce stade, si petits et si menus, avec leurs membres trop grêles qui, plus tard, en feraient de formidables coursiers, ils étaient adorables. Sans parler de leurs robes magnifiques, blanches comme de la neige, blanches comme des lis ou des fleurs de pommiers, blanches comme les cygnes sur l'étang.

1. En pratique, le mot *svora* désigne aussi bien le couple ou le trio de chiens que la longue lanière de cuir qui les retient lors des chasses.

Heureux, Nicolaï prit les jumeaux par les épaules et leur ébouriffa les cheveux avec affection. Les garçons rirent avec lui. Ils étaient contents. Ils aimaient les chiens, les chevaux, la forêt, la liberté, toutes ces choses qui leur permettaient de rester proches de leur père trop tôt disparu. Pour l'imiter, ils s'intéressaient à la meute, aux mâles qu'on sélectionnait pour monter des femelles, aux petits qui naissaient en portant les espoirs de croisements avisés.

Nicolaï les devina fiers de cette naissance, qui inaugurait une belle lignée. Si son instinct ne le trompait pas, cette portée donnerait des lévriers plus grands, plus forts, mais toujours aussi rapides. Sans parler du poil uniformément crème qu'il espérait, parce que les chiens clairs étaient ses préférés, si beaux dans la neige en hiver ou dans le vert des prés au printemps.

« Regarde, maman vient aussi les voir », s'écria soudain Viktor en se levant pour courir vers sa mère qui arrivait par la cour en compagnie de Nina, sa femme de chambre.

Alekseï s'élança à sa suite et, très vite, la jeune femme serra contre elle ses deux fils surexcités qui braillaient à tue-tête pour vanter les mérites de leur belle Printsessa. Elle se mit à rire, pleine d'indulgence, tandis que Nina essayait de canaliser ce beau monde en s'exclamant :

« Faites attention, messieurs, il ne faut pas salir la belle robe de votre mère !

— C'est vrai qu'elle est belle, cette robe, renchérit Alekseï en enfouissant son nez dans une manche débordant de dentelles parfumée à la poudre d'iris. Miam, miam, comme vous sentez bon, maman ! On dirait un gâteau de Pâques. »

La comparaison était amusante et Iéléna rit de plus belle. Nicolaï vint la saluer à son tour, attiré par son rire comme un papillon de nuit par la lumière. Ce matin, elle était si belle et si gaie dans une robe à grand panier qu'il ne lui connaissait pas encore que sa gorge se serra d'émotion. Elle semblait heureuse. Allait-elle enfin reprendre goût à la vie ? Bien que trois années pleines et entières se soient écoulées depuis la disparition tragique du prince Vassili, elle n'était toujours pas parvenue à s'en remettre. Devant les enfants, elle s'efforçait d'être joyeuse et pleine d'allant, mais lorsqu'elle croyait que personne ne la regardait, son sourire fondait comme neige au soleil et son beau regard bleu glacier devenait triste, si triste que Nicolaï en avait le cœur fendu.

Aujourd'hui, néanmoins, elle paraissait un peu changée, en tout cas suffisamment pour qu'il la détaille avec attention. Elle ne portait pas une de ses tenues habituelles inspirées des paysannes qu'elle côtoyait dans son quotidien, qu'elle jugeait mieux adaptées à la vie qu'elle s'était choisie, mais une très belle robe de soie neuve, avec des dentelles et des rubans, et un grand panier qui accentuait la finesse de sa taille.

Il s'inclina devant elle avec son respect habituel. Elle l'accueillit d'un beau rire argentin :

« Eh bien, mon petit Nicolaï, cette Printsessa vous accapare-t-elle tellement que vous avez oublié que j'étais attendue à Saint-Pétersbourg cet après-midi ? Je vais finir par croire que cette chienne est la véritable princesse de ce domaine ! Plus personne ne m'obéit. »

Elle se moquait avec gentillesse, mais il retint surtout le vouvoiement qu'elle avait choisi d'instaurer depuis qu'il avait fêté ses dix-huit ans. Il détestait cette façon de faire qui mettait entre eux une distance supplémentaire, même s'il comprenait qu'il n'était plus un enfant et que les choses paraissaient plus convenables ainsi.

Les oreilles écarlates, il déglutit. Elle s'aperçut de son trouble et reprit doucement, en lui souriant de plus belle.

« Nicolaï, ne vous méprenez pas, je ne vous gronde pas, je comprends tout à fait vos priorités. Croyez bien que j'apprécie que vous vous occupiez si bien de mes barzoïs. Si vous le souhaitez, vous pouvez rester ici avec Printsessa pour surveiller le reste de la mise-bas. Je vais demander à un autre cocher de me… »

Non ! coupa-t-il d'un signe véhément, *je me prépare immédiatement !*

Sans attendre sa réponse, il s'élança vers le puits au milieu de la cour tout en ôtant sa tunique souillée, plongea la tête dans un seau d'eau et se débarbouilla avec empressement.

Iéléna le suivit des yeux, amusée qu'il se hâte comme un gamin impatient, mais lorsqu'elle le vit à demi nu, avec l'eau qui ruisselait sur son torse bronzé, musclé, ce torse carré tellement adulte, elle resta un moment soufflée. Qu'était devenu l'enfant malingre aux cheveux en épis ? À la place se dressait un beau jeune homme des plus virils qu'elle reconnaissait à peine.

Croisant le regard de sa femme de chambre qui avait suivi la même scène, elle se sentit gênée sans trop savoir pourquoi et détourna la tête.

Mais Nina murmura, les joues rosies :

« Il semblerait que notre petit Nicolaï ait bien grandi. »

Baissant les yeux, Iéléna fut sauvée de l'embarras par Viktor qui venait de saisir l'un des chiots nouveau-nés et le lui brandissait sous le nez. L'enthousiasme de son fils lui parut contagieux. Elle n'eut pas besoin de se forcer beaucoup pour fondre littéralement devant le petit être maigrelet aux longues pattes grêles qui bientôt deviendrait une créature magnifique.

« Il est superbe, dit-elle avec chaleur, et Viktor sourit, aux anges.

— Ce sont les plus beaux de tous, n'est-ce pas, maman ?

— C'est évident », répondit-elle en coulant un regard vers Nicolaï, soulagée de voir qu'il avait trouvé une chemise propre dieu seul savait où et que, debout au milieu de la cour en véritable maître de maison, il donnait des ordres pour qu'on attelle au plus vite la troïka.

Les valets d'écurie coururent dans tous les sens pour le satisfaire. Trois chevaux furent amenés, qu'on brossa soigneusement avant d'orner leurs crinières de rubans bleus. Elle se dit qu'elle avait le temps de retourner à la maison pour boire une tasse de thé, mais elle ne bougea pas, préférant demeurer avec les enfants, quitte à épousseter de temps à autre la paille qui s'accrochait à son ourlet. Après tout, du thé, elle en boirait tout l'après-midi. Son amie Katharina l'attendait pour inaugurer son premier salon littéraire. Elle lui avait promis de venir. C'était la première invitation officielle qu'elle acceptait d'honorer depuis… depuis… Elle buta sur le mot et soudain toute envie de mondanités la quitta, mais il était trop tard pour reculer : la voiture était prête, Nicolaï venait de le lui annoncer.

Prise d'un vertige, elle s'appuya d'une main contre le mur. Avec son habituelle acuité, le petit Alekseï lui jeta un regard perspicace avant de glisser sa main dans la sienne.

« Ne vous inquiétez pas, maman, lui assura-t-il avec sa façon de jouer à l'homme de la famille alors qu'il était encore trop jeune pour cela. Moi et Viktor, nous allons nous occuper de Printsessa et tout se passera bien. Regardez, elle soigne déjà fort bien ses petits. Il y en a huit…

— Neuf ! cria Viktor avec un large sourire sur le visage. Alekseï a raison, nous allons bien nous occuper d'eux. Partez sans crainte, maman !

— Oui, nous vous promettons que Printsessa sera la meilleure maman du monde, après vous, bien sûr, petite maman chérie ! surenchérit Alekseï en lui caressant la main.

Iéléna rit pour cacher son émotion. Elle ressentait tant d'amour pour ces deux-là qu'elle ne pouvait pas les décevoir.

— D'accord, leur dit-elle, je vous fais confiance, occupez-vous bien de ces petits. Ah, Nicolaï, ajouta-t-elle en se tournant vers le jeune homme qui l'attendait, une dernière chose : j'ai promis à la comtesse Katharina d'amener quelques chiots. Pouvez-vous en choisir plusieurs qui sont déjà sevrés et les mettre dans un grand panier ? Faites vite, je ne voudrais pas être en retard. »

Il obéit sans discuter. Le monde était revenu à sa place. Elle aurait dû s'en réjouir, mais au contraire, elle ne sut pas pourquoi, cela l'agaça.

30

« Ah, ma chérie ! s'exclama la belle brune piquante en dévalant l'escalier monumental les mains tendues pour attraper celles de sa visiteuse, je suis si heureuse de vous voir ! Jusqu'au bout j'ai craint que vous décidiez de ne pas venir. »

Iéléna cessa d'admirer la belle façade de pierres roses de la demeure située en bordure de la rivière Fontanka, à l'angle de la Perspective Nevski, pour offrir ses mains à Katharina Tchenkov. Les deux jeunes femmes s'abandonnèrent avec élan dans les bras l'une de l'autre pour une embrassade affectueuse. Les années s'écoulaient sans entamer leur belle amitié. La comtesse, malgré son emploi du temps à la cour et les caprices du tsar dont elle était toujours la maîtresse en dépit de nombreuses incartades, avait tout fait pour soutenir Iéléna durant son deuil. À nouveau, elles apprécièrent de se revoir tout en regrettant de ne pouvoir le faire aussi souvent qu'elles le souhaitaient.

« Je vous avais promis de venir, protesta Iéléna pour la forme, afin de taire la culpabilité qu'elle ressentait à l'idée d'avoir songé, un instant, effectivement, à se décommander. Je suis très curieuse de rencontrer votre cercle d'amis intellectuels. »

Là encore, elle mentait. En réalité, elle avait tellement peur d'être confrontée aux regards d'inconnus qu'elle en tremblait. Elle n'était pas à l'aise avec cette idée d'abandonner le deuil, de revenir dans le monde, d'être à nouveau jolie et séduisante comme si elle était de la viande mise sur le marché. Elle craignait d'entamer une conversation et peut-être aussi de plaire, alors que Vassili, son amour, ne pourrait plus jamais rire, aimer.

« Allons, allons, ma chérie, lui dit Katharina en plongeant dans son beau regard bleu qui s'embuait de larmes, je vous conjure de quitter cet air éploré et de mettre un joli sourire sur vos lèvres ! Nous ne sommes pas dans l'antre du diable et il ne vous arrivera rien que vous ne souhaitiez. Je vais tout simplement vous présenter quelques illustres écrivains qui m'ont fait l'honneur d'accepter mon invitation. Ils nous liront des extraits de leurs textes et déclameront leurs poèmes. Nous les écouterons, participerons à leurs débats, nous nous effaroucherons de leurs disputes, car évidemment, il y aura des disputes sur des sujets aussi fous que la géographie, la philosophie, l'art littéraire et même la politique...

— Pour être franche, je n'ai envie de participer à rien, coupa Iéléna en se tamponnant les yeux d'un mouchoir de dentelle.

— Ne vous inquiétez pas, je m'occupe de tout. Je suis trop heureuse d'avoir réussi à vous attirer hors de votre palais ! Vous allez voir comment une citadine est capable de s'amuser ! »

Après l'avoir entraînée dans la demeure, qui était d'un magnifique style rococo, la comtesse la mena à l'étage dans un boudoir tapissé de soie mauve. Les murs étaient ornés de plusieurs portraits aux couleurs délicates réalisés par Philippe van Loo[1]. S'asseyant à sa coiffeuse, elle feignit de vérifier les boucles de sa coiffure. Iéléna fureta à droite à gauche, soulevant des flacons, respirant des parfums, mais la tête ailleurs.

« Franchement, Katharina, je n'ai pas envie de participer à des réunions politiques.

— Êtes-vous sotte ! gloussa la comtesse en lui jetant une œillade moqueuse par miroir interposé, que voulez-vous qu'il nous arrive chez moi, dans mon palais de Nezatcho ?...

— Oh, vous, il ne vous arrivera sans doute rien, vous êtes la maîtresse d'Alexandre, riposta Iéléna assez crûment, mais moi, je préfère qu'il ne me remarque pas. Je dois avant tout songer à l'avenir de mes fils. Sauf que depuis que Vassili a été envoyé en Crimée, je ne peux m'empêcher de les détester, lui et son père. Je sais qu'il le sait. J'imagine qu'il me tolère, pourvu que je reste discrète dans ma campagne. Mais imaginez qu'il apprenne que je suis mêlée de près ou de loin à une quelconque subversion...

1. Peintre français du XVIIIe siècle, né en Italie. Il est le neveu de Carl van Loo.

— Tout de suite les grands mots, ma chère ! Je n'organise pas des complots politiques, je me contente de réunir des intelligences qui parlent de tout, y compris de l'avenir politique de notre pays. Alexandre est tout à fait au courant. D'ailleurs, ma chère, je vous assure qu'il vous pardonnerait tout. Je peux vous l'affirmer, car il me l'a dit. Il aime tellement les jolies femmes et vous, vous êtes si charmante.

— Il devrait pourtant retenir que je suis surtout en colère… continua Iéléna, que le ton léger de Katharina échauffait. La mort d'un homme n'est-elle donc rien à ses yeux ? Et aux vôtres ?

— Nous en avons parlé mille fois, ma chérie. Je ne cherche pas à défendre Alexandre, mais il m'a juré qu'il n'était pour rien dans le malheureux incident qui a touché notre famille, pas plus que son père, d'ailleurs. Il semblerait que l'ordre de partir à la guerre que Vassili avait reçu serait une erreur administrative.

— Je sais, soupira Iéléna, les yeux à nouveau embués. C'est la version qui m'a été annoncée. Mais n'est-ce pas pire encore, que de mourir pour une erreur administrative ?

Katharina se leva et vint la prendre contre elle pour lui embrasser la tempe.

— Je vous en prie, ma chérie. Il faut oublier maintenant. Cela fait trois ans. Vous êtes jeune et belle, la vie n'est pas finie pour vous.

— Je n'attends plus rien de la vie, que d'assurer l'avenir de mes enfants. J'aimais mon mari. Je pensais que vous au moins, qui savez ce qu'est d'aimer en vain, vous me comprendriez !

Les mots touchèrent la comtesse, dont le visage se ferma. Elle respira un moment pesamment, les narines dilatées, puis elle laissa son regard glisser vers le portrait en pied du tsar qui ornait le dessus de la cheminée, dans le salon attenant dont elle venait d'ouvrir la porte.

— Justement, *moya podrouga*[1], je sais, et c'est ce qui m'autorise à vous donner un conseil judicieux. Ne vous morfondez pas. Vos fils ont besoin de vie autour d'eux. Pourquoi ne prendriez-vous pas une occupation ? Tenez, faites comme moi,

1. « Mon amie », en russe.

recevez, donnez salon. Vous serez obligée de vous pomponner pour avoir figure humaine, même lorsque vous ne le souhaitez pas et, quoi que vous puissiez en penser, cela vous donnera une meilleure estime de vous.

— Je ne veux pas être belle pour un autre que Vassili ! protesta Iéléna, qui, décidément, piaffait comme une jument refusant le mors. Je ne peux être heureuse alors que lui… lui…

— Cessez de dire des bêtises, coupa Katharina avec impatience. Vous vous devez dorénavant à vos fils. Ils sont encore jeunes, mais que penseront-ils lorsqu'ils auront douze ans, quinze ans, vingt ans ? Allez-vous demeurer ainsi jusqu'à ce qu'ils se détournent de vous, dégoûtés de vous voir vieille avant l'heure ? Pour l'instant, ils vous admirent. Plus tard, ils seront fiers et reconnaissants de vous savoir gaie et heureuse. Ne voulez-vous pas leur offrir cela ?

Iéléna fondit en larmes.

— Vous dites cela comme si je ne faisais pas tout pour eux !

Aussitôt, Katharina la prit par la main et lui caressa le poignet.

— Je sais, ma chère amie, c'est pour cela que je vous bouscule. Ne m'en veuillez pas, je désire le meilleur pour vous et les vôtres. Refusez d'inspirer de la pitié à vos fils. Ils pourraient un jour vous le reprocher. Pour l'instant, ils sont encore jeunes. Avoir réussi à abattre un ours suffit à faire de vous leur héroïne, mais ce ne sera pas le cas éternellement.

— Je me… consacre… au domaine, je… fais fructifier leur… héritage, hoqueta la jeune mère bouleversée. N'est-ce donc… pas suffisant ? Faut-il encore… que je me fasse violence pour accepter… des hommages qui me révulsent ? Je ne pense… pas qu'ils désirent me voir… me remarier… Leur père… leur père était tout… pour eux…

— Non, bien sûr que non. Mais vous voir heureuse, si. Tenez, je trouve votre idée d'élevage de barzoïs très intéressante. Si vous réussissez à construire cela, vous pourrez leur transmettre cette passion qui vous vient de Vassili. Vous en aurez du contentement. Allons maintenant, ajouta-t-elle en l'incitant à la suivre au salon. Nous sommes attendues et il faut que je vous présente mes invités.

Iéléna n'eut d'autre choix que de la suivre, mais sa moue renfrognée révélait clairement son état d'esprit.

— Était-ce pour cela que vous vouliez que j'amène quelques chiots ? Ils attendent à l'office en compagnie de Nicolaï.

— Je ne vous ai pas menti, je compte en acquérir. C'est la mode actuelle, que de se pavaner avec un ou deux barzoïs en laisse. Leur élégance sied aux dames.

— Ce sont aussi de grands chasseurs et…

— Oh, rassurez-vous, ma chère amie, je tiens aussi à ce que vous les montriez à ces messieurs, qui parlent peut-être littérature sur le devant, mais ne rechignent pas à courser le cerf ou le loup dès qu'ils en ont l'occasion ! Vos barzoïs sont les plus beaux que je connaisse, ils ne peuvent que leur plaire. Je suis certaine qu'ils vont se les disputer. Après cela, vous pourrez inonder la cour impériale… On dit que l'impératrice en est folle. Ce serait amusant de lui en vendre quelques-uns, non ? D'ailleurs, j'ai fait venir le comte Mouraski, qui était déjà en affaire avec votre époux à ce sujet. Vous devez le connaître, il est le grand officier de chasse du tsar. Il veut des chiens supplémentaires pour amener du sang frais à sa meute. Quand je lui ai parlé des vôtres, il a été fort surpris d'apprendre que vous continuiez l'élevage initié par Vassili. Le sujet l'a séduit. Il espère voir vos champions… D'ailleurs, voyez ma chère, il vous a déjà repérée, le voici qui vient vers nous. »

Elle offrit un grand sourire au bel homme âgé qu'une quarantaine d'années qui s'approchait effectivement d'elles, le visage avenant. Le comte Mouraski était de taille moyenne, avec un corps droit qui le faisait paraître plus grand qu'il n'était, et une mise soignée. Bien que vêtu sans ostentation, on devinait son amour des belles choses grâce à des étoffes de qualité et des détails de prix, en particulier une épingle à cravate très finement ouvragée, terminée par un rubis gros comme un ongle du pouce, qui envoyait des éclats rouges à chacun de ses mouvements.

« Comtesse Katharina Tchenkov, déclama-t-il dès qu'il fut en face de son hôtesse, vous êtes une fleur merveilleuse, l'une de celles qui rendent pâles ces quelques roses que je vous dédie.

D'un geste élégant, il désigna son valet qui le suivait et qui tenait dans les bras un énorme bouquet de roses cramoisies. Katharina éclata d'un rire mutin.

— Et vous, comte Mouraski, vous êtes un vil flatteur ! Ces roses sont très belles, je vous en remercie. Vous souvenez-vous de la princesse Iéléna Vatchenko, une de mes très chères amies ?

À l'invite, le comte posa son regard sur Iéléna, lui offrant un sourire franc et chaleureux.

— Bien entendu. Qui pourrait oublier la délicieuse épouse de ce malheureux Vassili ? Madame…

Il la salua en s'inclinant galamment sur sa main. Iéléna se raidit en essayant de faire bonne figure, mais entendre parler de Vassili lui avait une fois de plus mis le cœur en charpie. Quand cesserait-elle de sursauter à la seule évocation de son prénom ? Quand parviendrait-elle à s'habituer à son absence ?

— Je regrette de ne pas avoir de bouquet de roses à vous offrir, princesse, reprit le comte avec gentillesse, mais sans doute est-ce un signe du destin. Votre éclat les aurait fait se faner prématurément. »

Iéléna ne sut que répondre. Ce n'était sans doute que galanterie de salon, mais elle en avait perdu l'habitude et la tirade lui mit le rose aux joues. Mouraski, amusé, arrondit son bras pour qu'elle s'y appuie. Elle n'osa pas refuser, le laissant la conduire à un petit divan où il l'assit près d'un drageoir garni de confiserie. Tandis qu'il commandait à une soubrette une coupe de champagne, elle regarda autour d'elle. Elle connaissait ce salon orné d'une tapisserie à grandes feuilles exotiques, elle y était venue à maintes reprises. En revanche, les invités qui s'y étaient installés lui étaient tous inconnus. Elle fut effarée de constater qu'après trois ou quatre ans de solitude, on pouvait tout oublier de la vie mondaine, au point de ressembler à une nonne retirée dans une abbaye.

Katharina avait-elle raison ? Était-elle déjà une vieille femme ?

Retenant un soupir, elle plongea les lèvres dans le champagne. À sa droite, un homme à la barbe soigneusement taillée, mais au front un peu dégarni, discutait avec un personnage plus jeune au visage encadré d'un collier de barbe et de favoris. Ce dernier portait des besicles d'intellectuel et pérorait avec passion, le verbe haut.

« Voici Mikhaïl Katkov, qui est le rédacteur du *Messager russe*, et Nikolaï Dobrolioubov, le célèbre critique littéraire de la revue *Le Contemporain*, lui chuchota le comte Mouraski après avoir remarqué la direction de son regard. Sans doute avez-vous déjà été interpellée par son ton acerbe et son ironie qui ne pardonnent rien aux écrivains russes, surtout lorsque ces derniers n'ont pas la même couleur politique que lui ?

— Oh, je dois vivre trop isolée à la campagne pour ne pas m'être aperçue que la littérature avait actuellement décidé de se mêler de politique…

— Il ne s'agit là que de querelles d'ego, princesse Iéléna. De toute façon, les plus beaux textes ne pourront jamais rivaliser avec la beauté de la nature, qui pour moi incarne la vérité du monde. Je me souviens à quel point votre palais Vatchenko est délicieux. Il s'en dégage un charme indéniable. Je me rappelle en particulier cette très belle glycine qui colorait en mauve la façade au mois de mai, lorsque vous organisiez ces grandes parties de campagne dans vos vergers de pommiers. Tout comme je n'ai pas oublié la meute de mon ami Vassili, qui était assurément la meilleure de Saint-Pétersbourg, hormis peut-être celle de notre tsar. La comtesse Tchenkov m'a révélé que vous vous occupiez à nouveau de l'élevage de barzoïs de votre époux ?

— Oui, acquiesça-t-elle. Katharina m'a d'ailleurs demandé d'amener quelques chiots pour les montrer à ses invités.

— Quelle excellente idée ! Avez-vous toujours le même maître de chenil ? Un homme dans la force de l'âge, un excellent pisteur. Votre garde-chasse, je crois ?

— Vous devez parler de Pavel Zokov. Il travaille toujours pour moi. Je ne m'en séparerais pour rien au monde. Vassili assurait que cet homme était extrêmement doué pour améliorer la race et je veux bien le croire, d'autant plus que son fils, Nicolaï, suit avec efficacité ses traces. C'est un jeune homme très prometteur, qui possède un véritable don avec les bêtes. Nos chiens allient élégance et efficacité. Ils sont très rapides, mais plus encore capables d'un courage qui ne peut que provoquer l'admiration.

— Lorsque vous parlez de vos gens et de vos chiens, on sent votre passion. Je serais ravi de voir les chiots que vous avez sélectionnés. J'imagine que vous les avez laissés à l'office. Nous pourrions...

— Je vais plutôt demander à Katharina de les faire venir, hasarda Iéléna, qui n'avait nulle envie de se lever pour suivre le comte quelque part dans la demeure.

Mouraski était un homme d'honneur. Il comprit ses réticences et inclina la tête.

— Bien entendu. »

Quelques minutes plus tard, Nicolaï, aidé d'un valet de chambre, amenait la caisse où dormaient quatre chiots blancs tachetés de blond. Les convives se regroupèrent autour en poussant des exclamations attendries. Parmi eux, Fédor Dostoïevski se faisait remarquer par son tempérament sombre et son épouse lumineuse qu'il couvait littéralement du regard comme s'il craignait de la voir s'envoler. Tout en caressant les chiots, il avoua à son voisin qui l'interrogeait sur ses écrits qu'il était en train de rédiger ses mémoires. Il avait été arrêté par la police pour un motif de sédition, avait échappé à une exécution capitale par il ne savait quel miracle puis avait finalement été déporté en Sibérie. La guerre de Crimée l'avait en quelque sorte sauvé : gracié par Alexandre après quatre ans de souffrances, il avait retrouvé son grade de sous-lieutenant. Malgré tout, depuis la fin du conflit, il songeait surtout à se ranger de l'armée pour se consacrer à l'écriture.

Iéléna l'écoutait parler, le ventre noué. La guerre n'amenait pas le même destin à tous les hommes. Certains y avaient vu leur chance. Mais pas Vassili.

« Voulez-vous un peu de thé ? lui suggéra un jeune homme qui portait l'uniforme des courriers du tsar.

Il avait lui aussi vécu les affres de la guerre, plus particulièrement dans le Caucase, ce qui incita Iéléna à accepter sa tasse de thé, car elle était née dans cette contrée et souhaitait l'entendre parler des lieux de son enfance.

— J'ai relaté mon expérience dans un texte, lui dit-il en remarquant qu'elle l'écoutait avec attention, ce qui le fit se rengorger. Mon nom est Tolstoï. Léon Tolstoï. Je suis convaincu que l'expérience forge l'écrit. Comment décrire un combat au sabre sans l'avoir vécu ?

— À tout le moins, l'expérience nourrit l'imagination, lui répondit un homme plus âgé qu'Iéléna reconnut comme étant le célèbre Ivan Tourgueniev. Je sais bien qu'il faut que jeunesse se passe, mais je reste persuadé qu'il vaut mieux consacrer son énergie à écrire plutôt qu'à se battre. Léon, vos textes sont splendides. Bien plus que vos coups d'épée. Ce sont eux qui passeront à la postérité.

La comtesse Katharina s'immisça dans la conversation :

— En tant que femme qui abhorre la violence, je ne peux que vous approuver, mon cher Ivan. Mais dites-moi, j'ai récemment appris que vous allez bientôt retourner à Paris ?

— On vous a bien informée, comtesse. J'espère rencontrer des écrivains français que j'admire sans réserve, en particulier Prosper Mérimée et Alexandre Dumas.

— Ahhh, Dumas. Quel homme ! s'exclama Léon Tolstoï avec admiration. Une véritable force de la nature.

— Et une force de la littérature ! » confirma son mentor.

Iéléna les écoutait tout en caressant distraitement un des chiots. Elle ignorait qu'avec ce petit animal dans les bras, elle offrait à tous une image à la fois belle et attendrissante qui réveillait l'admiration en chacun d'eux. Deux hommes y furent plus sensibles que les autres. Ils n'étaient pourtant pas des écrivains, ni même des artistes. Il s'agissait de Nicolaï, qui n'avait d'yeux que pour sa maîtresse, et du comte Mouraski, subjugué par sa pâle beauté mélancolique.

Se penchant à son oreille, ce dernier lui murmura :

« Les chiens vous aiment, madame. Les chiens ne se trompent jamais sur l'âme humaine.

— Oh ! s'étonna-t-elle en arrondissant un sourcil. Ne croyez-vous pas que ces chiots-là me connaissent surtout parce que je les nourris ?

— Ne me dites pas que vous nourrissez vous-même vos chiens ? s'exclama le comte, l'œil séduit.

— Je le fais le plus souvent possible. C'est une chose que m'avait enseignée mon époux et que je tiens à perpétuer.

Le comte devina sa tristesse. Il voulut la réconforter.

— Je suis tellement désolé du drame qui l'a emporté. Il est terrible de périr à la guerre lorsqu'on croit avoir la vie devant soi, mais périr à cause d'un boulet tiré par son propre camp, c'est encore plus difficile. »

Sur le moment, Iéléna ne comprit pas ce qu'il voulait dire et ne répondit rien, mais durant l'après-midi, la phrase s'insinua en elle et ne cessa de la travailler. Lorsque Katharina proposa d'emmener tout le monde au jardin pour admirer une plante rare que l'ambassadeur de Turquie avait offerte au tsar en signe de réconciliation après le traité de paix qu'ils avaient signé, elle s'arrangea pour retenir le comte à l'arrière.

« Que vouliez-vous dire lorsque vous m'avez affirmé que mon époux a été tué par son propre camp ? lui demanda-t-elle d'une voix tremblée.

Mouraski comprit qu'il avait parlé trop vite.

— Je n'aurais pas dû m'exprimer de la sorte, vous êtes encore en deuil. Je vous présente mes excuses.

— Je vous en prie, répondez-moi. Je ne suis pas une chose en porcelaine qui risque de se briser au premier coup de vent. Vous en avez trop dit ou pas assez.

— Eh bien, je pensais que vous étiez au courant.

Le comte était sur la sellette, mais elle continua d'insister. Elle voulait, elle devait savoir. Elle sentait qu'il s'agissait de quelque chose d'important.

— De quoi devrais-je être au courant, monsieur ?

— Vassili n'a pas été tué par un boulet anglais, mais par l'un des nôtres.

— Je ne comprends toujours pas, dit-elle d'une voix blanche.

— Eh bien, comme vous le savez, il était sur le front de Sébastopol, dans la ville assiégée. Les Anglais bombardaient nos forces sans arrêt, je le sais, j'y étais. Nos ennemis avaient fait construire une voie de chemin de fer qui leur permettait d'acheminer aisément leurs munitions. La pluie d'obus semblait ininterrompue.

— Et ?

— Un boulet qui venait de l'arrière a mortellement atteint Vassili. Le tsar a ordonné une enquête, mais rien n'a pu être déterminé avec précision. Il s'agissait d'une erreur, d'un atroce coup du destin. Voilà.

— Mais ce boulet, il a bien été tiré par quelqu'un ?

Iéléna en avait la gorge sèche, tant elle avait le sentiment de comprendre enfin ce qui s'était passé.

— Certes, madame, l'obus a été tiré par un canonnier.

— Ne vous moquez pas ! Ce canonnier aura bien reçu un ordre ! Qui l'aura donné ?

— Voilà bien le mystère. Nous l'ignorons. L'enquête n'a pas permis de le déterminer.

— Vous l'ignorez... répéta-t-elle. Vous l'ignorez... »

Or cette réponse était trop difficile à supporter pour ses pauvres nerfs. Prise d'un malaise, elle vacilla et dut s'appuyer à l'accoudoir.

Elle venait de comprendre que Vassili n'avait pas été tué à la guerre, mais qu'il avait été assassiné.

31

« Nicolaï, je t'en conjure, il faut me dire ce que ton père t'a raconté à propos de la mort de mon mari. »

Le jeune homme était assis sur le siège du cocher, d'où il menait l'attelage. Surpris par la question et le tutoiement à nouveau d'actualité, il se retourna pour dévisager la princesse assise à l'arrière de la troïka. Il était tard et la fraîcheur du soir montait, humide à cause de la mer toute proche et des différentes rivières qui traversaient Saint-Pétersbourg. La jeune femme paraissait frêle et frigorifiée dans l'épais châle fleuri qui recouvrait ses épaules, mais ne semblait pas le remarquer tant elle était perdue dans ses pensées.

Elle ne le regardait pas. Elle était tournée sur le côté, vers le parc fleuri qu'ils étaient en train de traverser. Elle n'avait pas voulu rester plus longtemps chez son amie la comtesse Katharina, malgré l'offre d'y loger pour la nuit. Elle avait argué qu'elle se sentait suffisamment bien pour rentrer chez elle et que, surtout, elle ne voulait pas inquiéter ses fils qui devaient attendre son retour avec impatience.

En réalité, elle s'était sentie incapable de demeurer sur place alors qu'elle venait d'apprendre les circonstances exactes de la mort de Vassili. Elle ne cessait de penser à son fidèle Pavel Zokov, qui avait été le compagnon de Vassili durant la guerre. Le pauvre homme avait vu le boulet frapper son maître. Elle devait lui parler le plus rapidement possible. Elle voulait connaître la vérité.

« Vraiment, mon petit Nicolaï, ne sais-tu rien à ce sujet ? insista-t-elle nerveusement en massacrant un mouchoir de fine batiste. Ton père ne m'aura rien dit parce qu'il voulait me protéger, mais à toi, peut-être… ? »

Le jeune homme lui offrit un visage désolé. Non, il ne savait rien. De toute façon, comment aurait-il pu lui raconter quoi que ce soit, il était muet ! Sur le moment, il fut attristé qu'elle n'en tienne pas compte, puis il comprit qu'elle était encore choquée par les révélations du comte Mouraski. En venant dans le salon pour présenter les chiots aux invités, il avait entendu leur conversation et en avait été horrifié. Des informations aussi macabres ne pouvaient que bouleverser. Il s'efforça de lui sourire pour la réconforter, mais elle ne le regardait pas.

Elle continuait à se pencher sur le côté pour laisser son regard filer le long de l'allée bordée de tilleuls qui débouchait sur la Perspective Nevski. La demeure de Katharina était construite à l'angle de cette grande avenue et de la rivière Fontanka, juste à côté d'un imposant palais impérial. Pour revenir au domaine des Vatchenko, il fallait sortir du centre-ville en longeant ce cours d'eau vers l'ouest, atteindre les faubourgs portuaires en bordure de la côte, puis traverser une jolie banlieue campagnarde jusqu'au palais impérial de Peterhof.

Nicolaï dut se concentrer sur la route à suivre. Il n'avait pas l'habitude de conduire parmi tant d'agitation. Avancer sur l'immense Perspective Nevski pavée de pierres d'ocre n'était pas une mince affaire. L'avenue avait beau être large, elle demeurait encombrée de jour comme de nuit. En dépit de l'heure tardive, tout n'y était encore que tumulte. En moins de cent mètres, il avait déjà croisé sans discontinuer les attelages armoriés de riches noctambules qui partaient pour une nuit de fête, ainsi que les calèches de quelques élégantes apprêtées pour ces mêmes excès nocturnes. Des diligences lourdes aux rideaux tirés côtoyaient des voitures de luxe importées de France, dorées comme les bulbes des églises, et des phaétons au toit rétractable, mais également tout un monde de livreurs en carrioles ou charrettes à bras. Des cavaliers de toutes sortes et de toutes confessions se faufilaient au milieu des véhicules : soldats en uniforme et boyards pressés, popes escortés de moines sortis de leurs monastères, belles amazones à grands chapeaux, voyageurs de France, d'Italie, d'Angleterre qui flânaient devant les somptueuses façades jolies comme des gâteaux à la crème dans des jardins verdoyants. Sans oublier une plèbe multicolore de petits marchands de journaux se faufilant entre les chevaux au mépris du danger pour agiter leurs feuilles de chou sous le nez des passants, de charmantes marchandes d'allumettes et de bouquets, de cireurs de chaussures et de vendeurs de beignets criant à tue-tête pour haranguer le chaland :

« *Chistaya obuv'*[1] !

— *Goryachiye ponchiki, goryachiye ponchiki*[2] ! »

Nicolaï allait s'engager sur la digue qui longeait la rivière, juste après avoir contourné le majestueux palais Belosselski-Belozerski, lorsque Iéléna l'interpella :

« Prends plutôt le pont Anitchkov et reste sur la Perspective Nevski, en direction de l'amirauté. Je n'ai pas envie de rentrer tout de suite. J'ai besoin de réfléchir. »

Il l'interrogea du regard, mais elle s'était à nouveau détournée et il n'eut d'autre choix que de lui obéir. Il engagea donc les chevaux sur les trois arches qui enjambaient la rivière. La manœuvre était délicate, le flot était continu et il craignait que son attelage se fasse coincer contre les parapets de pierre ajourée. Le pont avait été rénové quelques années auparavant. Des tourelles fortifiées avaient été remplacées par de monumentales statues de chevaux. Sans trop savoir pourquoi, il trouva que c'était bien mieux ainsi.

Une fois la Fontanka franchie, il suffisait de conduire tout droit. Nicolaï lança les chevaux au trot pour longer le palais que la Grande Catherine avait offert à son favori Grigori Potemkine. Le tsar Alexandre Ier venait d'y apporter d'importantes modifications. En particulier, il avait fait rajouter un édifice néoclassique qui s'accordait mal avec le style baroque du reste du bâtiment. Heureusement, un alignement de grands arbres masquait la façade disgracieuse.

De l'autre côté du canal, la vue se dégagea jusqu'à l'immense cathédrale Notre-Dame de Kazan, dont la forme d'hémicycle de style néoclassique culminait à soixante-seize mètres. Dans la ville, seuls les édifices religieux avaient le droit de tutoyer le ciel. Le précédent tsar, Nicolas Ier, avait instauré une loi interdisant la construction de bâtiments plus hauts que la résidence impériale, car personne ne devait vivre au-dessus des tsars. Ce

1. « Chaussures propres ! », en russe.
2. « Beignets chauds, beignets chauds ! », en russe.

caprice architectural était connu dans le monde entier sous le nom de « ligne céleste de Saint-Pétersbourg ».

En passant devant la cathédrale, Nicolaï se demanda s'il n'aurait pas été judicieux de s'y arrêter pour prier afin de retrouver la paix de l'âme et du cœur, mais Iéléna, devinant peut-être ce qu'il pensait, lui ordonna sèchement de continuer.

Les chevaux filèrent vers la rivière Moïka en longeant l'imposant palais Stroganov au baroque tardif. Nicolaï aperçut bientôt sur sa gauche la façade principale de l'amirauté, dont le porche était orné de nymphes sculptées. À droite s'élevait l'Ermitage avec son palais d'Hiver au bord de la Neva, qui abritait de somptueuses collections d'art. Durant son règne, Nicolas Ier n'avait pas eu que des idées de despote. Il avait aussi fait construire une entrée séparée pour permettre au public de venir admirer les œuvres que les tsars collectionnaient, en particulier celles que Joséphine de Beauharnais avait rassemblées durant les guerres napoléoniennes, et qu'il lui avait rachetées.

Dans le crépuscule, la ville s'illuminait peu à peu. Les cours d'eau paraissaient s'assombrir plus vite que le ciel, qui demeurait clair, d'une très belle opalescence pastel. La saison des merveilleuses nuits blanches commençait le 27 mai, date anniversaire de la création de Saint-Pétersbourg. Tous les habitants connaissaient la légende du tsar Pierre le Grand visitant une île dans le delta de la Neva. Après avoir contemplé le paysage, il avait pris une pelle à un soldat, découpé deux morceaux de pelouse, les avait superposés en croix et s'était exclamé : « Que la cité soit ici ! » À cet instant, un aigle était apparu dans le ciel. Pierre Ier avait fait planter un portail symbolique sur lequel l'oiseau était venu se poser. Le prenant sur son bras, le tsar était passé sous ce portail et avait pris possession des terres qui allaient devenir Saint-Pétersbourg.

En écho à cette légende, un spectacle de fauconnerie était en train de se dérouler sur la digue de l'amirauté. La foule était si dense que Nicolaï devait se frayer un chemin au pas parmi un foisonnement de pièces de théâtre spontanées, de danses folkloriques et de cracheurs de feu, de montreurs d'ours échappés de cirques, de marchands de sucreries et de boissons.

Iéléna était si silencieuse qu'il la crut endormie, mais un rapide coup d'œil par-dessus son épaule lui apprit que non.

Adossée à la banquette, elle regardait la foule sans rien voir. Son visage exprimait tant de tristesse qu'il en eut le cœur serré. Il ne pouvait la laisser se noyer dans sa détresse, à imaginer il ne savait quelle image macabre. Sa première idée fut de la ramener coûte que coûte au palais Vatchenko, tant pis pour ses éventuelles protestations, puis il aperçut le pont du Palais avec ses gros piliers de pierre rose qui enjambaient la Reka Neva. L'édifice menait à l'île de Vassilievski, qui elle-même donnait sur la mer.

Aussitôt, un souffle venu du large lui caressa le visage, imbibé d'iode et du parfum des algues, des poissons et des coquillages. Cela le rasséréna ; parfois, il suffisait de respirer à pleins poumons l'air de la mer pour se sentir mieux. Et puis, ce pont illuminé, dont la chaussée mobile se soulevait parfois pour laisser passer un voilier, était si beau dans le soir…

Il y poussa les chevaux dans une débauche de lumières. Sur l'autre rive, les quartiers résidentiels où vivaient en majorité des Français brillaient comme des diamants éclairés de l'intérieur. Le bleu baroque du Kunstkamera prenait des tonalités turquoise, comme une maison de poupée géante.

Il rangea la troïka sur un espace dédié, où de jeunes garçons proposaient de surveiller l'équipage contre un peu de monnaie.

« Que fais-tu, Nicolaï ? » lui dit Iéléna d'un ton sec.

Il lui montra la mer et lui expliqua par signe qu'il voulait s'en approcher.

Elle hésita.

Elle tremblait de froid, mais ne s'en apercevait pas. Il ôta sa *zipun*[1], la prit par la main pour l'inciter à descendre et lui mit la veste encore tiède de sa chaleur sur les épaules. Elle ouvrit la bouche pour protester. Il la regarda droit dans les yeux, ferma le premier bouton en la défiant de l'en empêcher. Elle hocha la tête et le suivit. Il avait raison. Elle était glacée. Et puis marcher lui ferait du bien. Après, il serait toujours temps de rentrer à la maison.

Une corne de brume annonça la levée du pont. Poussés par la foule, ils s'approchèrent des quais pour regarder les navires

1. Veste pour l'extérieur, sorte de caftan sans col avec des coutures bordées de cordelettes colorées.

qui remontaient le cours de la Neva. Nicolaï lui offrit son bras pour qu'elle puisse s'y appuyer. Un instant, elle se demanda si elle risquait d'être vue par une de ses connaissances, puis elle jugea que ce n'était pas important. Il était son cocher, son laquais, son homme de confiance. Il était normal qu'il la soutienne.

Ils marchèrent sur cette île perdue entre le ciel et la mer, uniquement occupés à regarder les bateaux, à respirer l'odeur de la marée, du sel et du goudron. Ils avançaient dans un crépuscule doux qui refusait de céder à la noirceur. Sous ces latitudes, en cette saison, tout demeurait clair, car le soleil ne parvenait pas tout à fait à se coucher. Le monde baignait alors dans une lumière pâle, irréelle, qui semblait capable d'adoucir tous les bleus de l'âme.

D'autres couples déambulaient dans d'aimables chuchotis. L'île était le rendez-vous de nombreux amoureux qui avançaient sur le front de mer dans le balancement des jupes de soie. Elle en était troublée. C'était la première fois qu'elle pensait à Nicolaï comme à un être de chair et de sang, un homme. Jusqu'à présent, il avait été son ange, à peine plus qu'un enfant sans sexe ni identité qui n'existait que pour la guider, la rassurer, la réconforter. Ce soir encore, n'était-ce pas pour cela qu'il se tenait à ses côtés avec sa blondeur d'angelot, sa haute taille de géant et ses épaules si larges qu'elles étaient capables de tout supporter ?

En fait, il était là pour elle et cela seul importait, car il avait toujours été son roc, sa montagne, même lorsqu'il n'avait que neuf ans et qu'il la toisait avec toute l'innocence du monde au travers de sa frange mal coupée.

Avec une brusque inspiration de défi, elle s'appuya de tout son poids à son bras. Il fut surpris, mais elle devina son sourire. Un geste dans la nuit claire. Une ombre douce dans sa vie. Elle commença à lui parler. Elle avait tant de choses à dire, qui sortaient de manière volubile sans qu'elle ait envie de rien retenir. Elle se rendait compte qu'elle avait besoin de se confier à quelqu'un qui ne la jugerait pas, qui ne l'abreuverait pas de conseils, qui demeurerait là, silencieux et immobile, uniquement attentif à son confort et à sa protection.

Pour cela, Nicolaï n'était-il pas le mieux placé ? Ne l'avait-il pas sauvée à maintes reprises ? N'avait-il pas vécu là, depuis le début dans son ombre, pour veiller sur elle dès que l'adversité menaçait ?

Elle pouvait s'appuyer sur lui. S'ancrer à sa solide carrure qui jamais ne vacillait. Se reposer d'avoir à tenir le domaine à bout de bras, de le défendre contre les vautours et les profiteurs, de discuter sans arrêt du prix du blé et du seigle, de chicaner les fournisseurs et, surtout, de devoir se battre comme un homme au sujet de tout, simplement pour ne pas se laisser marcher dessus parce qu'elle était une femme.

Elle ne l'avait pas toujours bien compris, mais ce soir elle se rendait compte qu'il était son meilleur soutien. Elle s'appuya plus fort sur lui.

D'un même pas, ils passèrent lentement devant les colonnes rostrales du palais de la Bourse, dans lesquelles des fragments de navires vaincus avaient été enchâssés. Même dans la nuit pâle, on devinait la couleur rouge de leurs fûts sur leur socle de grès rose. En soi, ce monument était très laid, mais il représentait un symbole hérité de l'Antiquité, celui de commémorer une victoire navale ou une campagne maritime triomphante.

« À chaque guerre, songea-t-elle à voix haute, il y a du sang et des larmes, puis ce temps s'achève, les hommes élèvent des statues pour garder en mémoire les victoires, tandis que les femmes continuent seules à se souvenir du sang et des larmes. »

Nicolaï l'écoutait, le visage tourné vers le vent du large lourd d'embruns. Elle fit de même et, au fur et à mesure qu'elle inspirait, elle sentit son corps s'apaiser, ses muscles se détendre, son âme s'alléger. Le chagrin, la tension des dernières années, s'atténuaient. Nicolaï était un sorcier. Elle lui fut reconnaissante de l'avoir amenée ici. La mer était un berceau qui atténuait toutes les peines. Plus tard, elle interrogerait Pavel jusqu'à obtenir des réponses à ses questions. En attendant, elle voulait juste oublier. Tout oublier.

Ils s'arrêtèrent au bout de la terre. De l'autre côté de la baie, on apercevait la forteresse Pierre-et-Paul sur la petite île aux Lièvres. À cette distance, on devinait à peine les remparts au-dessus de la houle grise et la flèche de la cathédrale où étaient enterrés tous les empereurs russes depuis Pierre le Grand. Le bastion d'origine avait été construit durant la Grande Guerre du Nord contre les Suédois, des siècles auparavant. Au fil du temps, sa fonction militaire était devenue symbolique, mais son activité carcérale s'était accrue.

Iéléna se souvint de l'écrivain Dostoïevski racontant qu'il y avait été emprisonné avant d'être finalement déporté en Sibérie. Cela lui fut étrange, de regarder ces quelques pierres qui n'avaient soudainement plus le même sens…

Elle s'assit sur un muret. À ses pieds, des vagues venaient se briser contre la jetée. Nicolaï la dévisageait. Elle l'observa à son tour. Il avait mûri. Une ombre de barbe blonde colorait sa mâchoire, lui donnant l'air d'un géant viking. Comme il avait grandi ! Il la dépassait de plus d'une tête. Et comme il avait forci ! S'il avait tendu les bras pour l'attirer à lui, elle aurait pu se nicher tout entière contre son vaste torse, comme dans le nid d'un oiseau, à l'abri de tout.

À son tour, il s'assit sur le mur de pierres sèches. Maintenant, il regardait la mer, les cheveux ébouriffés par le vent. Son profil se découpait en ligne parfaite sur le ciel blanc. Elle s'appuya à nouveau contre lui. Tout naturellement, il l'enveloppa de son bras. Elle ferma les yeux.

Il était doux de pouvoir à nouveau se reposer sur un corps jeune, ferme et solide. Elle en avait assez de toujours paraître forte, sous prétexte qu'elle était une *bojarin*[1], alors qu'elle n'aspirait qu'à se laisser guider. Ici, ce soir, elle pouvait se permettre d'être fragile. Ils n'étaient que des anonymes au milieu d'une foule.

Ployant la nuque, elle laissa son front se nicher contre le creux de son épaule. Ils étaient si proches l'un de l'autre qu'elle avait l'impression d'entendre battre son cœur. Elle respirait son parfum d'homme de la campagne, un agréable mélange de cuir, de foin, de laine. Sa chemise était douce contre sa joue. Il pencha la tête jusqu'à ce que sa bouche frôle la sienne. Sur le moment, elle n'en fut pas surprise. Il la caressa lentement, doucement, si doucement qu'elle en eut un vertige. Instinctivement, elle entrouvrit les lèvres comme si l'air venait à lui manquer au moment de se noyer. Elle avait tellement

1. « Seigneur », en russe. Ce terme désigne un membre de la caste des boyards, des nobles.

besoin d'amour ! Tellement besoin de sentir à nouveau un corps chaud et vigoureux contre le sien, qui l'enveloppait de sa force, qui la désirait avec passion et lui disait qu'elle était encore vivante !

Elle s'abandonna et le baiser la pénétra avec une lenteur presque chaste.

Katharina avait raison. Elle était jeune. Elle était vivante. Elle avait le droit d'être encore aimée.

Un coup de canon les fit sursauter. Tiré depuis le bastion de Naryshkine, il marquait le début et la fin de la journée. Il annonçait également le *den goroda*, le jour de la ville, l'anniversaire de la naissance de Saint-Pétersbourg. Autour d'eux, les gens applaudirent, et certains se mirent à danser dans le pâle soleil des nuits blanches.

Le charme était rompu. Elle s'écarta. Qu'avait-elle fait ? Que s'était-il passé ? Un peu sonnée, elle regarda Nicolaï, qui la regarda en retour, gêné, affolé. S'il avait eu plus de maturité, il l'aurait reprise dans ses bras, il l'aurait rassurée de sa force, il l'aurait embrassée jusqu'à faire fondre ses dernières craintes, mais il était trop jeune et, surtout, il était un moujik alors qu'elle était une princesse de Russie.

Avec désespoir, il ouvrit les bras pour la laisser partir. Elle s'élança dans la foule, rouge de confusion. Lorsqu'il revint à la troïka, elle l'attendait, assise à l'arrière, le châle jeté sur ses cheveux, le souffle court. Elle avait ôté la *zipun* qu'il lui avait prêtée pour la poser sur le siège du cocher. Il rougit. Ce simple geste révélait le monde qui les séparait.

Il remit son vêtement en n'osant plus la regarder. Il se disait qu'elle aurait eu le droit de le frapper avec son fouet, comme un chien désobéissant. Comme un loup.

« Ce n'est rien, dit-elle d'une voix basse. C'est ma faute. Je suis désolée, cela ne se reproduira plus. »

Peut-être aurait-il préféré des cris, sa colère et, oui, même des coups de fouet emplis de fureur plutôt que cette douceur absurde qui lui donnait juste envie de la reprendre contre lui et de l'embrasser jusqu'à la fin des temps.

La mort dans l'âme, il s'installa sur le siège du cocher, se retourna le temps de lui jeter un regard éperdu, qu'elle renvoya d'un terrible mouvement de la main.

« Nicolaï, mon bel ange blond, il faut tout oublier et rentrer à la maison maintenant. »

Voilà, tout était dit. Il n'avait pas le droit de l'aimer comme un homme aime une femme. Il avait été ridicule et fou d'avoir imaginé, un instant, que cela puisse être possible…

Pardon, dit-il d'un signe. Elle ne répondit pas. Ou plutôt, elle regarda ailleurs, vers l'horizon, vers ce soleil qui refusait de se coucher, laissant dans l'air une drôle de lumière, qui n'était ni le jour, ni la nuit.

« Rentrons à la maison », répéta-t-elle.

Il acquiesça, empli d'amertume.

32

Un fracas de branches brisées secoua la lisière de la forêt. Dans la lumière étrangement pâle d'une des dernières nuits blanches de la saison, les chevaux sursautèrent, mais ne bronchèrent pas. Ils étaient bien dressés et habitués à la chasse, qu'elle soit à courre ou à l'affût comme en ce moment.

La clameur des rabatteurs approchait. Sous un ciel envahi par l'étrange soleil noctambule, Iéléna tourna la tête et chercha Nicolaï du regard. Le jeune moujik se tenait sur un alezan aux crins tressés, à une distance respectueuse du groupe formé par les boyards que le comte Mouraski avait invités. Comme il avait la responsabilité du trio de barzoïs dont elle voulait faire la démonstration, il s'était judicieusement décalé pour faire face à un champ libre de tout obstacle. Dès que la proie sortirait des bois, il laisserait les lévriers s'élancer à sa poursuite à pleine vitesse.

Elle observa le jeune homme avec fierté. Une fois de plus, elle ne pouvait s'empêcher de le trouver beau avec ses cheveux blonds effilés par la brise, sa fine barbe courte qui auréolait son visage et sa stature de géant, puissante, large, solide, dont elle avait senti la force lorsqu'il l'avait prise contre lui pour l'embrasser. Un mois s'était écoulé. D'un même accord tacite, ils avaient continué à vivre comme si rien ne s'était produit, et cela aurait dû être le bon choix, mais elle ne parvenait pas à oublier sa bouche contre la sienne, douce, si douce.

Le baiser l'avait troublée plus que de raison, sans doute parce qu'il avait réveillé son corps d'une trop longue léthargie. Maintenant, elle frémissait d'un désir qui l'effrayait, car ce désir n'était pas pour son époux.

Oh Vassili, pensa-t-elle avec désespoir. *Tu es parti depuis si longtemps...*

Qu'était-elle en train de devenir ?

Plus le temps passait, plus elle peinait à se souvenir de lui, du poids de son corps sur le sien, du parfum de sa peau, de la dureté de sa barbe dans son cou, contre ses lèvres, sur ses seins. Depuis si longtemps déjà, elle n'entendait plus son pas dans les couloirs. Ni sa voix. Elle ne le voyait même plus danser la *lezginka* dans sa tenue de cosaque lorsque, le soir, derrière ses paupières closes, elle cherchait le sommeil dans son lit trop froid. À la place, elle voyait un être qui n'était ni brun ni blond, dont les traits semblaient se mêler à d'autres pour accentuer l'oubli.

Un simple baiser avait-il le pouvoir d'effacer l'amour de toute une vie ? Elle jugea que c'était impossible, qu'elle ne pouvait pas être amoureuse du jeune Nicolaï, qu'elle n'avait aimé que Vassili. Sauf que son corps avait aujourd'hui des exigences qu'elle ne comprenait pas. Assurément, il ne s'agissait pas d'un nouveau sentiment, juste la faute au temps qui passait en imposant de tout oublier, même la passion la plus forte.

Et puis, il était vrai qu'elle n'en pouvait plus de vivre ainsi, à demi morte. Elle avait tellement envie de poser sa tête sur une épaule accueillante ! Tellement envie de sentir des mains sur les siennes, et même sur sa taille, grandes et chaudes, grandes et caressantes. Tellement envie de se reposer sur quelqu'un de fort, de ne penser à rien d'important, surtout pas aux lendemains, de se laisser guider comme si elle était encore une enfant…

Oui, elle rêvait de cela autant que du désir qui montait dans son ventre lorsqu'elle regardait Nicolaï…

Le fracas de branches brisées se rapprocha, la faisant sursauter. Elle rougit, consciente qu'il valait mieux se concentrer sur la chasse plutôt que de rêvasser stupidement. Après tout, elle n'était ici que pour mettre en valeur ses chiens dont elle était si fière.

Reportant son attention sur eux, elle nota qu'ils étaient calmes et sages comme à l'entraînement. Avec une pose de statue, leur magnifique pelage blanc contrastant dans les hautes fougères vertes, ils guettaient les voix des chiens courants qui rabattaient leur proie dans leur direction. Bientôt, ils entreraient en scène, mais pour l'heure, ils patientaient avec élégance, si beaux et hiératiques qu'il était difficile d'imaginer leur férocité.

Ces trois-là étaient les premiers d'une nouvelle génération. Les barzoïs que Vassili lui avait offerts étaient maintenant à la retraite. Âgés de plus de dix ans, ils vivaient en nababs dans ses appartements, jouissant avec bonheur des tapis persans et des divans de soie. Pour assurer la démonstration demandée par le comte Mouraski, Nicolaï avait donc choisi des lévriers plus jeunes, de véritables graines de champion aux impressionnants talents de rapidité et de courage. Les trois mâles sélectionnés avaient un beau gabarit, une indéniable beauté aristocratique qui se retrouvait jusque dans leur profil et une toison soyeuse, finement ondulée. Vassili les aurait adorés !

Retenant un soupir, elle se félicita d'avoir relancé l'élevage. Aidée de Nicolaï et de son père, elle avait travaillé à améliorer une meute qu'elle jugeait trop consanguine. Pour cela, elle avait intégré une des races d'origine en faisant venir un couple de sloughis du nord de l'Afrique. Ce sang neuf, elle l'avait choisi à poil clair, pour demeurer dans les caractéristiques de robe blonde qu'elle affectionnait.

Les sloughis étaient des lévriers berbères qui existaient depuis des millénaires. Plus sauvages, ils avaient accentué l'instinct de chasse de la nouvelle génération. Les premiers résultats étaient prometteurs. Les trois barzoïs qu'elle observait étaient solides et capables d'une vitesse de pointe prodigieuse. S'ils confirmaient leurs promesses, elle tenterait d'ajouter dans leur lignée un apport de lévrier saluki feather[1], une race originaire de Perse, qui accentuerait peut-être leur mordant et amènerait à leur poil plus de densité.

Pensant au travail déjà accompli, elle eut une énorme bouffée de fierté. L'élevage prenait de l'ampleur et intéressait de plus en plus de passionnés. Les meutes de barzoïs plaisaient à l'aristocratie russe car ces chiens de courre réussissaient aussi bien à courser des loups que des ours et même des panthères des neiges s'il fallait en juger les différents récits rapportés par des voyageurs revenus des montagnes du sud de la Russie.

1. La variété est frangée de poils plus longs aux oreilles, aux pattes et à la queue, le reste étant plus court.

Croisant le regard de Nicolaï, elle hocha la tête, satisfaite. Les trois barzoïs sélectionnés avaient un comportement parfait : ils demcuraient immobiles, à l'écoute de leur maître. Lorsque le cerf bondit à pleine vitesse dans la plaine, éperdu, ils ne bougèrent pas. Ils avaient senti qu'il ne s'agissait pas du tigre de Sibérie que tous attendaient, mais d'un simple dix-cors.

Le cerf galopait, superbe, l'encolure déployée et ses bois encombrants rejetés vers l'arrière pour ne pas risquer d'accrocher la végétation. Normalement, les chasseurs auraient été ravis de le tirer, sauf qu'ils étaient venus pour un tigre et qu'une détonation aurait risqué de compromettre toute l'organisation de la soirée.

Le cerf s'éloigna et le silence revint, uniquement entrecoupé par les lointains hurlements des chiens. Le vacarme enflait, confirmant qu'un fauve avait été débusqué. Les chiens courants russes ne lâcheraient jamais leur proie. Ils étaient opiniâtres et vindicatifs. Sur les ordres de leurs piqueux, ils allaient traquer le fauve au plus profond de la taïga de conifères, de chênes et de bouleaux qui cerclait le lac Ladoga, à quelque cinquante verstes de Saint-Pétersbourg. Ils étaient les seuls à pouvoir le faire. Les barzoïs étaient trop rapides pour courir au milieu des taillis denses sans se blesser. À eux, il fallait un espace ouvert, voilà pourquoi on les avait postés ici, à la lisière de la forêt, et qu'on attendait l'arrivée du tigre.

« Bel animal ! » chuchota le comte Mouraski en suivant avec un regard empreint de regret le dix-cors qui s'échappait.

Ses amis lui intimèrent par geste l'ordre de se taire. Si le tigre était proche, il risquait de les entendre !

Mouraski rit sous cape, en coulant un regard de velours vers Iéléna, qui demeura de marbre. Il prétendait être intéressé par ses chiens, qu'il tenait à voir en conditions réelles, et sans doute était-ce vrai, mais depuis qu'il l'avait rencontrée chez Katharina, il s'était mis en tête de la courtiser. Il était veuf et songeait à se remarier. Dès le lendemain, il était venu en visite de courtoisie, accompagné d'un valet dont on ne voyait même plus le visage tant il avait de roses dans les bras.

Iéléna ne s'y attendait pas. Elle n'éprouvait rien pour cet homme au physique quelconque dont les seuls atouts étaient d'avoir une conversation agréable et d'appartenir à la même classe sociale. Heureusement, sa cour était discrète et ne semblait pas prêter à conséquence. Rien ne le rebutait, ni de la suivre dans les champs, quitte à salir ses belles chaussures italiennes, ni d'être rabroué parce qu'elle n'avait pas de temps à lui consacrer. Prodigue, il ne lésinait pas sur les présents : un jour des brassées de fleurs, un autre jour un bracelet d'ambre qui valait une fortune et même une jolie dague qu'il avait achetée à un marchand vénitien, qu'elle portait aujourd'hui à sa ceinture pour lui faire plaisir, sans imaginer un seul instant en avoir l'usage. De surcroît, il avait le bon goût de garder ses distances et n'avait pas encore osé lui réclamer un baiser. Au moins, lorsqu'il était là, elle pensait moins à Nicolaï. De toute façon, elle n'avait pas l'intention de se remarier. Son statut de veuve fortunée était le seul capable de lui offrir une certaine forme de liberté.

Soudain, les aboiements des chiens furent si proches qu'ils parurent venir de partout à la fois. Une énorme masse orange s'échappa de la taïga en bonds fabuleux. Les chevaux reculèrent en renâclant. Iéléna sentit sa respiration se bloquer.

Elle n'avait jamais vu de tigre de Sibérie, or l'animal était gigantesque. Entre la tête et la queue, il mesurait plus de quatre mètres de long. Apercevant les cavaliers, il obliqua pour s'enfoncer au milieu des fougères en accélérant l'allure. Nicolaï lâcha les chiens. Le trio s'élança à la poursuite du fauve. Tout de suite, ils gagnèrent sur lui. Mouraski lança un taïaut tonitruant avant d'éperonner son cheval, poursuivi par ses amis. Nicolaï avait déjà emboîté le pas aux barzoïs. Iéléna le suivit.

Ils galopèrent follement sur un terrain recouvert de hautes graminées. Le soleil nocturne dorait les épillets dont les ombres s'allongeaient démesurément. Sur l'étendue herbeuse, le tigre labourait un sillon, talonné par les trois barzoïs. Soudain, l'un des chiens disparut dans les herbes en hurlant d'effroi. Il venait de tomber dans un trou. Les cavaliers contournèrent la place sans s'arrêter. Iéléna, le ventre noué d'inquiétude, lança sa monture dans cette direction. Au loin, le tigre s'échappait vers des collines. Les deux lévriers qui restaient en course semblaient gagner du terrain. Mouraski hurla de plus belle, repris en chœur par les autres chasseurs. Iéléna pila près d'une fosse éventrée, sauta à terre et se précipita au bord pour chercher son barzoï du regard.

Des gémissements lui parvinrent.

« Metel'[1] ! » cria-t-elle en s'attendant au pire, car le chien était tombé dans un de ces pièges à ours creusés par les paysans, au fond duquel étaient placés des pieux destinés à empaler les animaux.

« Metel' ! » cria-t-elle de plus belle.

Le lévrier la reconnut et aboya. Clignant des yeux vers la pénombre, elle réussit à apercevoir une forme blanche qui faisait des allers-retours au fond du trou. Le chien ne semblait pas blessé. Soulagée, elle se jeta à plat ventre sans se soucier de sa belle robe d'amazone et tenta de l'attraper par le cou pour l'aider à remonter. Elle n'y parvint pas, la fosse était trop profonde. Elle ne réussissait même pas à le toucher alors qu'il se jetait vers elle en essayant de l'atteindre.

Sans hésiter, elle bascula les jambes dans le vide pour se laisser glisser le long de la paroi. Au fur et à mesure, elle s'accrocha aux racines tout en enfonçant les talons de ses bottes dans la terre noire. Enfin, elle parvint à saisir le barzoï par son collier.

Le chien avait compris. Il s'efforçait de l'aider, mais ses pattes ne parvenaient pas à s'accrocher dans la terre meuble qui s'effritait sous ses griffes. Iéléna lui parla pour le calmer. Elle craignait que, dans sa panique, il ne finisse par retomber sur un des pieux qui hérissaient le fond.

Au bout d'un moment, elle agrippa de toutes ses forces l'épais collier de cuir et la fourrure du cou. Elle tira, ahana, perdit prise, recommença. Une main joignit ses efforts aux siens. Elle sursauta, tourna la tête. Nicolaï l'avait rejointe. Elle ne l'avait pas entendu venir. Ensemble, ils parvinrent à tirer le lévrier vers le haut au fur et à mesure qu'ils grimpaient. À plusieurs reprises, ils glissèrent et durent recommencer, mais leur effort finit par payer. Au bout de longues minutes, ils purent enfin pousser le chien sur la terre ferme. Puis Nicolaï saisit Iéléna par la taille et lui permit à son tour de basculer sur l'herbe.

---

1. « Blizzard », en russe.

Ils rampèrent pour s'éloigner du trou, usant de leurs dernières forces, puis ils s'étendirent sur le dos en tentant de calmer leur respiration, tandis que le chien, miraculeusement indemne, leur léchait le visage. Le ciel au-dessus d'eux était un crépuscule permanent, avec ce soleil qui inondait de rouge et d'orange la prairie qui les enveloppait, les collines toutes proches et même, au travers d'un rideau de conifères, l'eau brillante comme du mercure du lac Ladoga.

Encore essoufflés, ils se regardèrent et, se voyant sales et couverts d'une affreuse terre noire, ils éclatèrent de rire. Les chasseurs avaient disparu au loin, ainsi que le tigre. Ils se rendirent compte qu'ils étaient seuls au monde avec leurs chevaux et un chien couché à leurs pieds, aussi sale qu'eux. Ils rirent à nouveau, puis Iéléna se redressa sur un coude, pour mieux détailler le visage de Nicolaï.

Il avait du foin dans les cheveux, un mince filet de sueur sur la tempe, mais un sourire à damner un saint, avec ses dents saines et si blanches, et ses belles lèvres au milieu de sa barbe blonde et rêche…

Tout doucement, presque prudemment comme s'il risquait de se transformer en prince crapaud, elle se pencha vers sa bouche jusqu'à l'effleurer de la sienne. Un instant encore, elle demeura en suspens, hésitante, puis elle l'embrassa en petites caresses légères.

Il la laissa faire longtemps, les yeux grands ouverts pour mieux la regarder, étonné, ému, jusqu'à ce que son désir d'elle devienne le plus fort. Alors, il l'emprisonna dans ses bras de pierre, roula sur l'herbe pour l'étendre sous lui et, penché au-dessus d'elle pour mieux jouir de sa fièvre, de sa passion, il lui donna un baiser d'homme exigeant et langoureux, profond et irrévérencieux, mais tendre et doux comme une source d'eau fraîche.

Elle s'y abreuva avec une soif folle, la bouche emplie de gémissements de désir.

33

Juste après la chasse, le comte Mouraski commanda à Iéléna six barzoïs. Il avait été fortement impressionné par leur vitesse et leur robustesse, ainsi que par leur courage lorsque le fauve, acculé au fond d'un ravin, s'était retourné pour leur faire face.

« Ma propre meute ne me semble pas aussi véloce », avait-il précisé en racontant avec force détails comment les deux lévriers de la jeune femme avaient harcelé le tigre jusqu'à ce que les chasseurs arrivent et épaulent leurs fusils.

« Je préférerais vous acheter votre maître de chenil plutôt que vos chiens, car cet homme accomplit un travail extraordinaire, mais j'imagine que vous ne tenez pas à vous défaire de ses talents ? »

Elle n'allait certainement pas se séparer ni de Pavel ni de Nicolaï, qu'elle considérait comme faisant partie de sa famille ! De toute façon, elle était fâchée avec le comte, car un de ses chiens avait été blessé lors de la confrontation avec le tigre. Grand seigneur, Mouraski avait proposé de la dédommager, mais ce n'était pas la valeur financière du barzoï qui lui importait. Elle était attachée à ses chiens et, sur le moment, elle n'avait pas supporté que le comte et ses amis fassent si peu cas de la vie, même s'il ne s'agissait que de celle d'un animal.

« Je ne suis vraiment pas certaine de vous vendre mes chiens ! avait-elle sifflé avec colère lorsque Nicolaï avait ramassé la pauvre bête ensanglantée pour la lui ramener. Savez-vous seulement le travail que cela représente, de dresser des barzoïs de cette manière ? Sans parler de l'amour que nous leur portons !

— Je comprends, avait répliqué le comte, marri de se faire tancer de la sorte et piétinant d'une jambe sur l'autre avec gêne. Avouez néanmoins que si vous aviez suivi la chasse d'un peu plus près, vous auriez pu rappeler vos chiens à temps et l'incident n'aurait certainement pas eu lieu ! »

Iéléna s'était figée, touchée par la remarque. Le comte était dans le vrai, même si cela lui coûtait de l'avouer. Lorsque son premier chien était tombé dans la fosse sans s'être blessé, elle aurait dû l'y laisser le temps de la chasse et revenir l'en sortir plus tard. Au lieu de cela, elle avait paniqué et Nicolaï, ne la voyant pas revenir, l'avait crue en difficulté. Il avait abandonné son poste pour aller la secourir. Et là, bien sûr, tout avait dérapé... Ils s'étaient embrassés avec une telle douceur que, maintenant encore, elle en demeurait voluptueuse.

« Vous avez raison, reprit-elle en adoucissant le ton. Je me suis laissé submerger par l'émotion. J'ai eu peur pour mon chien. Et puis, je peux bien vous l'avouer maintenant, je ne tenais pas à assister à la mise à mort de ce superbe tigre de Sibérie, ajouta-t-elle, les joues en feu. Je vous ai promis des chiens, je ne vais pas revenir sur ma parole, cela va de soi. Vous étiez l'ami le plus cher de Vassili, il aurait été heureux de voir nos meutes respectives se mélanger.

— Ne vous excusez pas de votre sensibilité, chère Iéléna. Elle est tout à fait légitime chez une femme ! Ce tigre vous aura impressionnée, je peux le comprendre, il s'agit d'une si belle pièce... »

Elle opina comme si elle agréait, tout en se remémorant le corps du fauve étendu sur l'herbe, avec son poitrail troué par les balles et la mollesse affligeante de son corps. Quoi qu'en dise le comte, le malheureux animal n'avait dans la mort rien de beau. Au contraire, il était comme ces araignées qui s'introduisent dans les maisons, qu'on trouve grandes et terribles, mais qui, une fois écrasées d'un coup de talon, sont tellement recroquevillées sur elles-mêmes qu'elles n'ont plus rien d'impressionnant.

Le beau tigre de Sibérie avait lui aussi rapetissé dans la mort, avec sa fourrure souillée de fluides, ses pattes étendues et sa grosse tête croûtée de sang. De prédateur superbe, il était devenu descente de lit. Elle trouvait cela pitoyable, même si, par diplomatie, elle ne pouvait le dire au comte qui ne cessait de se rengorger de son trophée.

Quelques jours plus tard, il vint en personne choisir les chiens qu'elle lui avait promis. Il sélectionna quatre mâles et deux femelles que ses valets emmenèrent dans de grands paniers. Tandis qu'en bonne hôtesse elle le raccompagnait jusqu'aux écuries où il avait laissé son cheval, il s'inclina sur sa main avec beaucoup de gentillesse. À sa tête, elle devina qu'il aurait bien voulu lui parler d'amour, mais qu'il n'osait pas affronter son regard bleu de glace.

Finalement, il parvint à lancer la conversation sur un sujet qui, il l'espérait, lui permettrait de traduire ce qu'il ressentait :

« Vous ne devriez pas rester seule dans une aussi vaste demeure, Iéléna.

Elle prit le parti d'en rire.

— Je ne suis pas seule, comte. Ne voyez-vous pas toutes les personnes qui m'entourent ? J'ai plus de cent domestiques !

— Je ne parle pas de vos serviteurs ou de vos moujiks, même si je sais qu'ils vous sont particulièrement attachés... Je... j'ai entendu des rumeurs qui m'inquiètent... Il semblerait qu'on vous veuille du mal...

La phrase lui noua le ventre, mais elle leva tout de même un nez empreint de curiosité.

— De quoi parlez-vous ? C'est absurde ! s'exclama-t-elle d'un ton qu'elle espéra enjoué. Qui pourrait m'en vouloir ? Je vis dans ma campagne loin de tout. Je ne m'occupe que de mes fils et du domaine dont ils hériteront un jour.

— Je n'aurais jamais dû vous parler du drame qui a coûté la vie à votre époux. Je vous ai troublée, je l'ai bien vu et je le regrette. Je sais que vous cherchez à vous renseigner sur les circonstances exactes de sa mort. Je vous en prie, ma chère Iéléna, évitez de trouver des problèmes là où il n'y en a pas. C'était la guerre, chaque mort était tellement absurde, ajouta-t-il en bafouillant car elle le toisait de son beau visage de marbre, il faut vraiment vous montrer plus prudente...

— Je ne comprends pas ce que vous insinuez.

— Dans ce cas, je vais vous le dire franchement : votre beau-frère ne vous porte pas dans son cœur ! »

Les mots firent mouche. Elle se figea sur place, paniquée d'entendre parler de Vladislav Vatchenko. Après son agression, elle avait tout fait pour oublier, mais à cet instant, elle se rendait compte qu'elle n'y était pas parvenue. Le simple fait d'évoquer son beau-frère ramenait en elle le souvenir immonde de ses yeux cruels et de sa bouche à l'haleine fétide. Elle était à nouveau clouée sur le lit par le poids de son corps, à se débattre vainement contre ses genoux qui cherchaient à lui écarter de force les cuisses.

Luttant contre une nausée, elle demanda d'une voix blanche :

« Pourquoi me parlez-vous de lui ? Le connaissez-vous donc ?

— Avez-vous oublié que j'étais l'ami d'enfance de votre époux ? J'ai vu naître ce petit Vladislav, qui était à l'époque un enfant chétif trop gâté par sa mère. Même tout petit, il avait en lui quelque chose qui nous rendait mal à l'aise...

— Depuis le décès de Vassili, je ne suis plus du tout en contact avec lui, confia-t-elle en espérant mettre un terme à cette conversation désagréable. Nous n'avons jamais été proches.

— Je crains de vous donner l'impression de me mêler de ce qui ne me regarde pas, mais...

— Mais vous ne partirez pas sans m'avoir confié ce qui vous préoccupe, n'est-ce pas ? reprit-elle, les épaules raidies par avance par le coup qui ne pouvait manquer de lui tomber dessus.

Il opina :

— Vladislav Vatchenko se remet lentement d'un grave accident qui l'a à moitié défiguré. Après une longue convalescence, il semble reprendre vie et fréquente une fois de plus les cercles de jeu. J'y vais moi-même de temps à autre, en tout bien tout honneur et... voilà, je l'ai entendu parler de vous à plusieurs reprises. Il avait tant de fiel dans la bouche que j'en ai été choqué. Je me devais de vous mettre en garde.

— Sans doute avez-vous mal compris, s'efforça-t-elle de sourire. Nous ne nous fréquentons guère, c'est un fait, mais nous sommes tout de même de la même famille !

Mouraski l'enveloppa d'un regard soucieux.

— Ne pourrait-ce justement s'agir de ce que Vladislav vous reproche ? Je le connais depuis longtemps. Il a toujours prétendu à qui veut l'entendre que vous lui avez volé son héritage.

— Êtes-vous en train de dire qu'il insinue que le testament laissé par Vassili est un faux ? s'empourpra-t-elle. Vous avez été le témoin de mon mari, vous savez qu'une telle ignominie ne peut qu'être mensongère !

— Rassurez-vous, je le sais plus que quiconque et n'accorde nulle foi à ces propos mensongers. Tout de même, son attitude m'a semblé suffisamment inquiétante pour que je préfère vous en parler. Promettez-moi de ne rien faire qui puisse vous mettre en danger.

— Que pourrais-je bien faire ? Et puis, mes domestiques veillent sur moi avec une immense fidélité.

— Vous savez qu'en cas de besoin vous pouvez compter sur moi. Je me tiens à votre entière disposition. Vous m'êtes très chère, Iéléna.

— Je le sais, lui dit-elle gentiment. Et je vous remercie d'être un ami aussi fidèle. »

Elle le congédia sans qu'il sache comment la faire changer d'avis, alors il se contenta de lui embrasser le bout des doigts pour lui faire ses adieux. Elle le regarda disparaître à cheval dans l'allée bordée de cèdres. Elle savait qu'elle ne le reverrait certainement plus, mais cela l'indifférait.

À son tour, elle s'éloigna. Elle ne cessait de penser à ce qu'il avait dit. Elle regrettait de ne pas avoir eu le courage de se débarrasser définitivement de son beau-frère lorsqu'elle en avait eu la possibilité.

Sans s'en rendre compte, ses pas la menèrent au chenil, où son regard chercha la silhouette familière de Nicolaï. Très vite, elle le vit. Il était en train de faire une démonstration de dressage à quelques jeunes valets de ferme qu'il formait. Elle s'immobilisa à bonne distance pour ne pas l'interrompre. Le chien lui obéissait au doigt et à l'œil, et jamais expression n'avait eu plus de sens. Par un enchaînement de gestes précis, le lévrier passait d'« assis » à « couché », allait à droite, à gauche, revenait au rappel, s'élançait après un leurre, revenait à nouveau au pied.

Elle observa longuement la séance de travail. Elle était comme ce lévrier qui s'abreuvait à la force de son maître. Elle aussi avait envie de lui plaire, de l'aimer, de respirer sa bonne odeur de foin et de cuir si simple et si douce, de sentir sa main sur son épaule, la chaleur de sa peau contre la sienne…

Un peu haletante, elle se renfonça dans l'ombre d'un bosquet de trembles. Qu'était-elle en train de faire ? N'était-elle pas en train de glisser sur une pente dangereuse ?

Elle s'éloigna et passa le reste de la journée à traîner sans parvenir à se concentrer sur l'une ou l'autre tâche. La peur était revenue. Chaque bruit la faisait sursauter, l'incitant à regarder par-dessus son épaule avec l'impression d'être épiée.

À la fin de l'après-midi, elle essaya de se changer les idées en assistant à la leçon d'escrime de ses fils. Elle adorait voir les garçons réaliser leurs mouvements d'attaque et de repli, pointe et contrepointe. Leur passe d'armes était comme une danse bien orchestrée dans laquelle ils excellaient l'un et l'autre. Alekseï était léger et virevoltant. Viktor avait la hargne et le poids d'un jeune taureau. Tandis qu'elle les observait avec attention, ses petits princes aux boucles blondes et brunes, si beaux et si vivants, elle comprit qu'ils étaient la seule chose qui comptait dans sa vie.

Ils finirent par remarquer sa présence et en furent tellement heureux qu'ils sautillèrent sur place. Leur instructeur hongrois, les oreilles rougissantes, les incita à rivaliser l'un contre l'autre pour faire la démonstration de leurs talents.

« Maman, regardez-moi ! s'exclama en premier Alekseï en se fendant sur la cuisse.

— Non ! C'est moi qu'il faut regarder ! renchérit Viktor.

— Plutôt moi !

— Juste moi ! »

Ils se chamaillèrent, et cela lui rendit un semblant de bonne humeur, au moins jusqu'à ce que la journée s'achève et que le soleil commence à flirter avec l'horizon pour une des dernières nuits blanches de l'année. Dans la lumière crépusculaire, les ombres s'allongèrent, démesurées, les prés se parèrent d'or, les bois de conifères prirent des teintes bleues et vertes.

Après le dîner, elle s'accorda un moment de solitude lorsque les garçons furent couchés. Elle était redevenue mélancolique et, pour y échapper, se rendit à la bibliothèque avec l'intention de travailler. Elle ne parvint pas à se concentrer. À la place, elle se promena d'un meuble à l'autre en caressant voluptueusement le bois comme s'il s'agissait d'un bras ou d'une cuisse.

Elle avait pourtant des comptes à revoir, des listes de fournitures à vérifier, des commandes de grains à établir pour préparer l'automne. Elle aurait aussi pu choisir un livre et s'installer sur la méridienne pour lire quelques pages, mais même cela, elle n'en eut pas le goût. Elle sentait son sang pulser à ses tempes. Une migraine menaçait. Elle appuya son front contre la vitre encore tiède du soleil de la journée. L'été était particulièrement chaud et sec. En ouvrant la fenêtre, elle respira le parfum du chèvrefeuille qui grimpait le long de la façade. Au loin, très loin au-delà des champs, elle vit quelques chevreuils avancer au milieu des chaumes fraîchement coupés.

Puis elle entendit des éclats de voix étouffés et, se penchant, elle aperçut quelques moujiks regroupés dans la cour. Au milieu se tenait la haute silhouette de Nicolaï, dont elle aurait reconnu l'allure et les cheveux blonds entre mille. Avec des gestes précis, il donnait ses ordres aux hommes qui monteraient la garde durant la nuit. Elle s'émerveilla de voir que, même muet, il parvenait à avoir autant d'ascendant sur eux.

Ils la virent à sa fenêtre et la saluèrent.

« *Barynia* », entendit-elle à plusieurs reprises et, en réponse, elle leur fit un petit signe amical.

Ils se dispersèrent, heureux qu'elle les ait vus. Ils étaient tous armés de fusils. Elle en fut rassurée. L'ombre détestable de Vladislav s'estompa un peu.

Nicolaï resta en dernier pour la fixer un moment à travers la lumière du soleil qui ne se couchait pas, puis il baissa soudain les yeux et se détourna. Lui aussi avait un fusil sur l'épaule. Elle fut tentée de l'appeler, mais cela aurait été stupide. Elle n'avait rien à lui dire, du moins rien qui pouvait être dit à la vue de tous. D'un geste un peu trop brusque, elle referma la fenêtre et s'en éloigna.

Jamais nuit ne lui parut si chaude, si lumineuse, si pleine d'attente. Des frissons lui parcouraient les épaules, des papillons virevoletaient dans son ventre, une envie embrasait ses cuisses, ses reins, ses seins, jusqu'à sa bouche avide. Elle se versa un peu d'eau, qu'elle but, puis tourna de long en large en se cognant aux meubles. Vers vingt-deux heures, Nina frappa à la porte pour lui demander si elle avait encore besoin de ses services. Elle la renvoya. Elle aurait dû monter dans sa chambre, se préparer pour la nuit, mais elle ne parvenait pas à s'y résoudre. Elle savait qu'elle n'arriverait pas à dormir. Elle ne cessait de penser à un certain baiser, et elle en avait le corps échauffé.

Au bout d'un moment, elle prit une encyclopédie qui lui tomba des mains, s'adossa voluptueusement à des coussins, ferma les yeux sur son désir qui montait, qui la submergeait... Elle essaya de se concentrer sur les bruits familiers. Le palais résonnait du grincement des boiseries qui travaillaient, des meubles qui craquaient. Un chat miaula quelque part dans les communs, certainement près de la cuisine. Peut-être réclamait-il un bol de lait ? L'horloge française en bronze doré posée sur une guérite égrenait les secondes, les minutes, les heures. Elle se leva pour aller se coucher. Au lieu de cela, elle sortit sur le perron, suivie par Nezhnyy, sa fidèle levrette. Sans parvenir à s'en empêcher, elle descendit les marches vers le jardin en respirant à pleins poumons la senteur balsamique des cèdres et des peupliers. Elle allait lentement pour permettre à la vieille femelle barzoï de la suivre aisément. L'air avait une tiédeur agréable. En longeant les écuries, elle caressa quelques chevaux qui passaient la tête au-dessus de leur portillon pour venir à sa rencontre. Tout était calme et serein, dans la bonne odeur de foin et la mastication des bêtes, mais elle continuait à avoir du vague à l'âme. Elle marcha jusqu'au chenil.

Dès qu'ils la sentirent, les chiens s'agitèrent. Reconnaissant son odeur, ils vinrent vers elle pour lui lécher le bout des doigts ou quémander une caresse. Elle les cajola longuement, heureuse de sentir sous ses doigts l'épaisseur de leurs fourrures, la douceur de leurs langues, la grâce de leurs fines têtes élégantes.

Elle allait repartir lorsque, soudain, il fut là. Elle ne l'avait pas entendu venir. Il était comme le vent dans les cheveux. Comme un rayon de soleil sur une joue au sortir de l'hiver. Comme l'eau d'un ruisseau qui coule entre les orteils. On ignorait tout de son existence, jusqu'à ce qu'on le sente nous toucher.

Elle se retourna, plongea dans le secret de ses yeux. Elle n'avait rien prémédité, mais, à cet instant-là, elle sut qu'elle irait jusqu'au bout de la nuit. Pour lui. Avec lui.

Avec beaucoup de légèreté, elle tendit la main pour lui effleurer le bras. Ce n'était pas une caresse, plutôt une question. Une promesse également.

Lorsqu'elle s'éloigna, elle sut qu'il la suivrait.

Dans leur dos, le palais était silencieux et endormi. Les domestiques avaient quitté leur service et sommeillaient depuis longtemps dans leurs chambres. Ceux qui montaient la garde le faisaient du côté de l'allée principale, loin du chenil où les chiens aboieraient si un intrus s'approchait. Ils étaient seuls.

Libres.

Le cœur fou, elle longea la petite rivière qui glougloutait entre des iris et des roseaux. Il la rattrapa à cet instant, lui prit la main et la força à le suivre.

Elle se laissa faire. Cela faisait trop longtemps qu'elle avait besoin de sentir la main d'un homme lui imposer une douce volonté.

Il la guida de l'autre côté du petit pont. Elle crut d'abord qu'il l'emmenait à l'isba de son père, qui ne servait plus guère à personne, mais il ne s'y arrêta pas. Au contraire, il l'entraîna plus loin de ce pas élastique d'homme habitué à marcher longtemps, qui la forçait presque à courir à côté de lui pour se maintenir à sa hauteur. Nezhnyy continua à les suivre, elle aussi folâtre dans cette extraordinaire nuit blanche, à s'attarder à droite, à gauche, pour renifler l'une ou l'autre fleur.

Ils atteignirent le bois planté d'épicéas de Sibérie. Les hauts fûts gris prenaient des reflets d'or dans les lueurs de la nuit blanche. Un sentier serpentait sur un tapis moelleux d'aiguilles et de pommes de pin. Ils débouchèrent dans une clairière qu'Iléna ne connaissait pas, au centre de laquelle poussait un vieux cèdre à l'écorce craquelée. Ils n'étaient qu'à quelques centaines de mètres du palais, mais elle se sentait loin de tout, dans un endroit où le temps n'avait pas le même cours.

Nicolaï s'immobilisa sous de hautes frondaisons qui, à chaque brise, distillaient dans l'air un fort parfum de résine. Il lui tournait le dos. Il n'osait plus la regarder. Pourtant, avec un geste ample et déterminé, il passa sa chemise de lin au-dessus de sa tête et l'étendit à ses pieds sur le tapis d'aiguilles.

Elle regarda son dos nu, ses épaules carrées, ses muscles qui ondulaient dans la clarté rasante du soleil arctique. Elle ne respirait plus. Ou plutôt, elle manquait d'air alors que son cœur battait comme un fou. Peut-être était-elle en train de mourir de désir ?

Enfin, il se retourna et, cette fois, elle eut un coup au ventre à le voir si beau, avec ses traits ombrés d'une barbe blonde, sa chevelure indisciplinée, son torse puissant contre lequel elle avait juste envie de se jeter.

Il ouvrit les bras. Elle se laissa tomber contre lui, leva la tête pour rencontrer son regard bleu brillant d'un amour si doux à contempler. Il ne bougeait toujours pas, alors elle entrouvrit les lèvres. Elle se haussa jusqu'à boire son souffle accéléré, se frotter contre l'âpreté de son menton, la rudesse de ses joues, le velours de ses lèvres. Elle aurait pu crier de plaisir, tant il était bon d'avoir à nouveau ces sensations de chair et de sang, cette merveilleuse ivresse d'amour.

Il la déshabilla avec une maladresse charmante. Il ignorait tout des chemises de dessous, des caracos de dentelles, des corsets qu'il fallait délacer, des nœuds à détacher, des boutons à ouvrir, de la chair qui apparaît lentement, exacerbant les désirs. Elle en était encore plus attendrie que de l'entendre respirer avec empressement.

À cet instant, elle comprit qu'elle ne vivait pas le même amour qu'avec Vassili. Elle en fut rassérénée, ce n'était pas faire injure à un mort que de laisser d'autres mains chaudes et vivantes la toucher. Ce n'était ni remplacer, ni recommencer, juste continuer le cours de sa vie de la même façon qu'une rivière traverse différents paysages avant de trouver la mer.

Vassili avait été son grand amour de jeunesse, la révélation de ses sens, une passion exigeante et tumultueuse. Aimer Nicolaï était au contraire une langueur merveilleuse et une douceur de chaque seconde. La plénitude de sa vie de femme.

Une dernière chemise tombant à ses pieds la laissa enfin entièrement nue. Avec un geste toujours aussi lent, il la prit dans ses bras et l'étendit sur sa chemise pour l'admirer dans la chaude clarté de la nuit blanche, mais au lieu de la caresser, il recula, le visage altéré. À quelque distance, Nezhnyy s'était mise à aboyer méchamment.

Ils se redressèrent, aux aguets. Y avait-il quelqu'un dans les bois ? Tandis qu'elle appelait sa chienne, qui n'obéit pas, Nicolaï se coula parmi les épicéas pour étudier les alentours. Il revint quelques instants plus tard. La levrette avait fini par se taire.

Un lapin, mima-t-il.

Elle acquiesça et lui tendit les mains, mais il n'osait plus l'approcher maintenant, il craignait de la toucher, il était redevenu un serviteur devant sa maîtresse, un moujik devant une princesse.

« Viens », dit-elle en l'attirant contre elle, et ce fut elle qui l'incita à se coucher sur son ventre et sur ses seins, à l'écraser de son poids d'homme pour mieux sentir le désir qu'il avait d'elle. Elle encore qui, plus tard, d'une main intimidée mais exigeante, le caressa jusqu'à ce qu'il entre en elle. Elle enfin, qui ondula du ventre et des hanches avec la délicatesse d'une musicienne jouant d'un instrument, pour lentement les amener l'un et l'autre vers le chant de la vie.

34

L'homme avait posé un seul collet, pour ne pas se faire repérer par les moujiks, mais il avait soigneusement choisi l'endroit : une grande clairière dans un sous-bois lumineux, recouverte d'une belle herbe encore verte même au cœur d'un été caniculaire. Cette place était située dans la partie la plus sauvage du parc, à plusieurs centaines de mètres du palais Vatchenko dont il était chargé de surveiller en secret les allées et venues.

La veille, il avait repéré une trouée régulièrement empruntée par du petit gibier, confirmée un peu plus loin par la présence d'une garenne. Il avait alors découvert ce petit sentier où les graminées étaient couchées à plat par le passage répété des lapins. Le plus difficile avait été d'enfoncer la baguette dans la terre sèche pour y accrocher le nœud coulant en laiton. Le reste n'avait été qu'une formalité : installer le collet à la verticale et le cacher avec quelques branches et un peu de foin.

L'homme pratiquait le braconnage depuis son enfance. Le secret de la réussite était de positionner le nœud coulant à une certaine hauteur pour que la tête du lapin soit naturellement piégée dans le collet. Le fil se resserrait ensuite au fur et à mesure que l'animal se débattait pour se libérer, jusqu'à ce qu'il finisse par mourir étranglé. Il ne restait plus qu'à relever le piège avant que la victime n'attire des prédateurs ou des charognards, et qu'il n'y ait plus rien à manger.

Vers le soir, il découvrit dans son piège un beau lapin mâle. Il en fut satisfait. Cette viande agrémenterait son ordinaire composé de pain noir et d'un fromage de voyage dur comme de la pierre. Après avoir accroché le lapin à sa ceinture, il repositionna le collet pour le lendemain. Il retourna ensuite à sa cachette favorite, une combe au fond de laquelle il pouvait faire du feu sans risquer qu'on aperçoive les flammes, ni du palais, ni du village le plus proche. Il pouvait s'y coucher à plat ventre sur les feuilles mortes tout en bénéficiant d'une vue panoramique sur l'allée bordée de cèdres qui menait au perron d'honneur, ainsi que sur l'arrière de la demeure où étaient placés les communs qui recevaient les fournisseurs. Il voyait ainsi tout ce qui se passait au palais et pouvait en référer régulièrement à son supérieur, le colonel Anton Pridvorny, qui l'avait chargé en personne de cette mission de surveillance.

Au début, il avait cru espionner comme d'habitude des dissidents ou des anarchistes, ce qu'avait corroboré la visite d'un écrivain revenu d'un exil politique en Sibérie, mais, depuis, il n'en était plus aussi sûr. En fait, il s'ennuyait. Depuis le début de sa planque, il ne se passait pas grand-chose. En dehors de quelques commerçants venus livrer leurs marchandises, personne n'approchait jamais du palais, sauf un boyard vraisemblablement amoureux de la châtelaine à en juger les énormes bouquets de roses que portait son valet.

Chaque jour, le quotidien était des plus ordinaires, au point de se demander pourquoi il était nécessaire d'en établir la surveillance. Assurément, il n'y avait là aucun mutin, aucun membre séditieux d'une société secrète, aucun anarchiste. Seulement une veuve avec ses enfants, deux garçons d'une dizaine d'années qui couraient toute la journée du chenil à l'écurie quand ils n'étaient pas avec leurs percepteurs. Cette veuve était une jeune femme blonde et mince dont l'élégance venait plus de son attitude que de ses vêtements fort simples. Elle était en permanence accompagnée de serviteurs, des domestiques à qui elle donnait des ordres ou des moujiks venus lui faire part de leurs doléances. Lorsqu'elle avait fini de les écouter, elle se rendait au chenil pour s'occuper elle-même de certains chiens. Parfois, dans l'aube encore fraîche, elle partait à la chasse avec quelques piqueux ou, plus simplement, un jeune homme à taille de géant qui relevait pour elle les pistes du gibier.

Tout en dépiautant son lapin, l'espion continua sa surveillance monotone nimbé de la lumière dorée du soleil qui ne parvenait pas à se coucher. Chaque soir, les domestiques du palais organisaient des tours de garde, armés de fusil. S'en approcher aurait été difficile, sauf qu'il était inutile de le faire :

la grosse demeure de pierre s'enfonçait toutes les nuits dans un sommeil si calme qu'il avait le temps de cuire son lapin, de le manger et de s'assoupir jusqu'à l'aube.

Aujourd'hui, cependant, le rituel immuable venait de changer. Un mouvement au milieu des fûts gris des épicéas attira son attention. Il eut juste le réflexe d'éteindre le feu en jetant sur les flammes une poignée de terre puis s'étendit à plat ventre derrière de hautes fougères. Deux silhouettes venaient de quitter le parc pour avancer dans les bois, droit dans sa direction. Un homme et une femme.

Il les reconnut aussitôt : la châtelaine blonde et mince et ce serviteur qui ne la quittait jamais, un jeune homme de grande taille aux épaules de lutteur. Ils paraissaient très proches l'un de l'autre, suffisamment pour se tenir par la main.

Pressentant une information croustillante à rapporter à son supérieur, le braconnier s'approcha comme une couleuvre rampant dans la végétation. Bientôt, il distingua deux corps en train de s'enlacer dans le crépuscule flamboyant. Entre deux baisers, l'homme et la femme s'effeuillèrent jusqu'à se retrouver nus.

L'espion s'installa avec un sourire de loup, la main déjà dans sa culotte. Un grondement sourd l'immobilisa.

Un chien se tenait dans son dos. Un barzoï d'un beau gabarit, solidement campé sur ses pattes, l'échine hérissée et les babines retroussées sur des crocs plus impressionnants que ne le laissait supposer l'élégante silhouette prête à bondir. Retenant sa respiration, il regretta de ne pas s'être plus méfié. Il avait pourtant remarqué que la princesse Vatchenko se déplaçait toujours avec un de ses chiens sur les talons.

« Tout doux », souffla-t-il en reculant pas à pas, une main levée pour détourner l'attention du chien tandis que de l'autre il dégainait son couteau.

Le chien aboya, puis passa à l'attaque. Il l'attendit avec un sang-froid de militaire habitué aux corps-à-corps. À l'instant du choc, il effaça l'épaule et, dans le même mouvement, plongea sa lame dans la gorge du lévrier. Le barzoï retomba en arrière, la tête presque décapitée. Il roula dans les feuilles mortes, l'agonie brève.

Cependant, son aboiement avait alerté le couple, qui s'était désuni. La femme appela son chien à plusieurs reprises, tandis que son compagnon fouillait les fougères à proximité. L'espion s'aplatit dans l'humus en serrant son couteau ensanglanté, prêt à dispenser la mort si cela s'avérait nécessaire. Les ordres reçus avaient été clairs : tout, plutôt que de se faire repérer.

Il eut de la chance, on ne le découvrit pas. Sans doute était-il trop loin, parfaitement caché par la combe dont on ne soupçonnait pas l'existence. Au bout de quelques instants, le couple revint s'enlacer. Rassuré, il demeura tapi au sol derrière son rideau d'herbes folles pour les observer tout son saoul, échauffé par leur étreinte. Il ne s'éloigna qu'après les avoir vus se raidir dans le plaisir, puis retomber mollement dans les bras l'un de l'autre en fermant les yeux.

Un cheval l'attendait à bonne distance, qu'il fit d'abord marcher au pas pour être certain que personne n'entende le claquement des sabots. Il suivit une sente qu'il avait lui-même tracée dans le fouillis de la végétation, au milieu des ronces, des framboisiers et des osmondes. Après quelques détours, il se dirigea vers l'est, vers sa caserne de Peterhof. En dépit des vêtements de paysan qu'il portait pour passer inaperçu, il appartenait au régiment cosaque.

À l'aube, il se présenta au domicile de son supérieur, s'entretint un moment avec un valet, puis, toujours obéissant aux instructions préétablies, se dirigea vers une taverne où il attendit qu'on le rejoigne en buvant du *kvas*.

Deux hommes vinrent au milieu de la matinée, à qui il fit son rapport. Son supérieur était accompagné d'un boyard élégamment vêtu, au bras raide et à la jambe boiteuse. Il portait un masque de cuir qui recouvrait tout le bas de son visage. Cela l'intrigua, mais il était payé pour ne pas poser de questions. Sans rien ajouter, il empocha la bourse, comprit qu'on n'avait plus besoin de lui et s'éloigna.

« Qu'allez-vous faire ? demanda Pridvorny en regardant Vladislav Vatchenko avec attention. Allez-vous révéler ce scandale ? »

Sans prendre la peine de lui répondre, l'infirme réclama au tavernier du papier et un encrier. Il griffonna un message, qu'il replia avec soin avant d'appeler son valet, un homme d'âge mûr au sourire en apparence avenant mais au regard de fouine.

Il le lui remit au creux de la paume, refermant les doigts dessus.

« Je t'avais ordonné d'être au mieux avec une nommée Youlia, qui est la nourrice de mes neveux, les petits princes Vatchenko, lui dit-il. Est-ce bien le cas ?

Le valet ricana.

— J'ai un don avec les femmes, elles me mangent toutes dans la main ! Celle-là plus qu'une autre…

— Parfait, reprit Vladislav Vatchenko. Arrange-toi pour la revoir au plus vite et lui conter suffisamment fleurette pour qu'elle donne ce billet à l'un des enfants, celui qui a des cheveux bruns et qui s'appelle Viktor. Des deux, ce gamin est celui qui a le moins de sang-froid. Il est malléable et instable émotionnellement. J'ai remarqué que sa jalousie le met rapidement en colère. Par contre, sois prudent. Ce billet ne doit tomber dans aucune autre main que celle de l'enfant. M'entends-tu bien ? Personne ne doit être au courant. Et demande à la nourrice de délivrer son message plutôt le soir, à l'heure du coucher. Je prévois une réaction explosive, ricana-t-il ensuite, en faisant un clin d'œil à Pridvorny. Ce ne sera peut-être pas un scandale, mais cela va provoquer quelques remous, j'en suis certain. J'imagine que, dans les prochains jours, nous nous amuserons beaucoup ! »

35

Iéléna vivait une sorte de rêve éveillé qui, elle en avait l'affreuse conscience, risquait de tourner brusquement en cauchemar. Dans son monde d'aristocrate russe, une princesse ne pouvait prétendre à une aventure sentimentale avec un moujik, un domestique ou n'importe quel être considéré comme un inférieur, a fortiori lorsqu'on était une parente du tsar. Seuls les hommes avaient le droit d'avoir les maîtresses qu'ils désiraient, qu'elles soient paysannes, ouvrières ou fillettes ramassées dans le caniveau.

Elle était donc lucide : si l'amour qu'elle ressentait pour Nicolaï venait à se savoir, ce serait considéré comme scandaleux, fou, inconcevable et tout simplement impossible. Les moujiks étaient des esclaves. La plupart des boyards les maltraitaient, les nourrissant à peine et les punissant de manière cruelle à la moindre incartade. Iéléna connaissait une duchesse qui faisait fouetter ses femmes de chambre pour un pli mal repassé ou pour un ruban mal noué. Un baron rencontré lors d'une soirée au palais d'Hiver s'était vanté devant elle d'avoir fait pendre une famille entière à cause d'une carpe pêchée par un enfant de huit ans dans un étang lui appartenant. Si sa vie sentimentale venait à être étalée sur la place publique, Iéléna ne doutait pas qu'elle serait aussitôt reniée par ses pairs, jugée et mise au ban de la société dans une honte indescriptible. Et ses fils seraient entraînés dans sa chute en perdant tout : titre, rang et fortune.

Devait-elle en prendre le risque ?

À l'aube de la première nuit, elle s'était longuement observée dans un miroir, essayant de voir si l'amour avait donné à son visage un éclat différent, un signe qui aurait pu la trahir, une ride supplémentaire, une rougeur sur les joues. Hormis sa lèvre trop gonflée à force d'avoir été embrassée, elle n'avait rien remarqué, mais elle avait continué à hésiter, trouvant toutes les raisons du monde pour ne pas persister dans cette voie.

Sur le moment, cette décision lui avait paru raisonnable, sauf qu'elle n'avait pas réussi à s'y tenir. Tout au long de la journée, un désir fou avait enflammé son corps, suffisamment en tout cas pour que le soir elle n'ait plus l'envie d'y résister.

Elle était allée dans la forêt, sur le même tapis d'aiguilles au milieu des fougères et, étendue sur son châle, elle avait attendu les yeux fermés que le vent devienne une caresse plus précise, qu'une main légère et douce se faufile sous ses vêtements, touche ses seins, son ventre, ses cuisses, et la conduise au plaisir.

Malgré le danger ou peut-être à cause de lui, elle était heureuse.

Nicolaï était son ange tombé du ciel. Bien qu'il soit beaucoup plus jeune qu'elle, il était un amant délicat et attentionné. Il n'avait pas réussi à lui faire oublier les étreintes passionnées de Vassili, son bel amour, mais il était tout de même parvenu à réveiller son corps endormi trop longtemps. Il l'avait rendue femme et désirable, lui révélant avec sa délicate tendresse faite de baisers et de caresses qu'elle n'était pas uniquement une mère et une exploitante de domaine agricole, mais aussi une grande amoureuse.

Dès leur première étreinte au milieu du ventre de la forêt qui les enveloppait comme une matrice, elle s'était mise à respirer avec une légèreté accrue. Un poids terrible s'était libéré de ses épaules, lui permettant de renouer avec cette liberté de petite fille qui ignore qu'un jour le joug social sera si fort qu'elle n'aura d'autre choix que de ployer.

Elle était à nouveau libre comme lorsqu'elle chevauchait dans les montagnes du Caucase. Elle n'avait plus lien ni attache, elle ne répondait plus à aucune attente autre que celle de parvenir au plaisir.

Surtout, il était doux et réconfortant de découvrir qu'elle n'était plus seule. Malgré les innombrables domestiques qui l'entouraient avec tant d'attention qu'elle les considérait comme ses plus fidèles amis, elle s'était enlisée dans la solitude trop longtemps. Elle l'avait connue tous les soirs dans son lit trop froid, mais aussi à Noël devant la joie des garçons ouvrant leurs cadeaux sans que leur père puisse se réjouir avec eux. Elle y pensait à Pâques, lorsqu'ils venaient lui montrer les œufs qu'ils avaient peints en lui souhaitant beaucoup de bonheur. Elle l'avait vécue avec amertume lorsqu'il avait fallu leur apprendre à monter à cheval, à taper de l'épée, à armer un pistolet. Et aussi lorsqu'elle les punissait, se haussant de toute sa petite taille pour tout de même imposer ses volontés, se faire respecter, alors qu'elle n'avait qu'une envie, leur ouvrir les bras, les serrer sur son cœur, les embrasser à en défaillir, pour que jamais ils ne connaissent rien de plus méchant ou d'absurde dans leur vie que cette punition qu'elle venait de leur donner.

Dans cette solitude-là, tout lui avait semblé réglé d'avance. Or voilà qu'un baiser lui apprenait que la raison pouvait céder devant la volonté du cœur et que quelqu'un d'autre pouvait compter. Quelqu'un qui la suivait comme un enfant, qui demeurait dans son ombre en silence, uniquement occupé à veiller sur elle, à lui rendre la vie plus gaie et plus facile, à la protéger de tout, des loups, des ours, des hommes, du diable, et même de ses pensées les plus noires.

Nicolaï, son jeune Nicolaï, qui avait grandi et mûri sans qu'elle s'en aperçoive. Qui était devenu cet homme fort et beau qui la soutenait en toutes circonstances, qui veillait à présent sur elle comme elle avait exigé un jour qu'il le fasse avec ses enfants.

Depuis, il n'avait jamais failli, même lors de cette terrible chasse à l'ours qui l'avait rendu muet après l'avoir presque tué. Sans jamais hésiter, il lui avait sauvé la vie à maintes reprises, en véritable envoyé de Dieu et peut-être que Vassili, du haut de l'Éden, les chérissait et les bénissait.

Peut-être était-il écrit dès le premier jour qu'ils se rejoindraient dans cette alcôve de fougères, leurs corps magnifiques étendus l'un contre l'autre pour s'aimer avec naturel et simplicité comme s'ils étaient dans le paradis originel ?

Oui, elle était heureuse et prête à prendre tous les risques pour le demeurer, mais une ombre persistait, un détail qui troublait son âme superstitieuse : Nezhnyy n'était pas revenue. La vieille chienne les avait suivis dans la forêt d'épicéas au premier jour, avait poussé un dernier aboiement, puis avait disparu.

Que s'était-il passé ? Avait-elle couru après un lapin et s'était-elle perdue ? Ou le drame était-il plus terrible ?

Partageant son inquiétude, Nicolaï avait battu les fougères autour du bois d'épicéas à maintes reprises. Il avait fini par trouver le corps de la levrette à demi caché sous des feuilles. La pauvre bête avait été égorgée. Après l'avoir soigneusement examinée, il l'avait enterrée sur place sans rien dire à Iéléna, pour ne pas l'attrister davantage. Mais l'acte lui avait paru suffisamment abominable pour qu'il tente de l'éclaircir.

Avec son talent de pisteur, il avait étudié alentour les moindres indices, les traces dans l'humus, les brindilles brisées, les feuilles écrasées. Puis il avait découvert de nouveaux éléments qu'il avait jugé nécessaire de montrer à Iéléna.

Elle le suivit dans les bois jusqu'à ce qu'il la fît se pencher sur les restes d'un lapin.

« Pourquoi me montres-tu cela ? s'étonna-t-elle en observant avec perplexité la tête décapitée et le lambeau de fourrure qui traînaient au milieu d'une clairière d'herbes hautes, à seulement quelques centaines de mètres du palais Vatchenko et de son jardin à la française. S'agit-il d'un ours qui risque de s'en prendre à nos chevaux ou à nos chiens ? Devons-nous le prendre en chasse ? »

Non, fit Nicolaï en touchant machinalement la cicatrice qui balafrait sa gorge.

Elle lui caressa la joue, désolée d'avoir ravivé un mauvais souvenir.

« Pardon. Tu as raison, ce n'est certainement pas un ours, plutôt un renard… À moins qu'il ne s'agisse de Nezhnyy. À force de batifoler dans la forêt, elle aura eu faim, voilà tout. Tu sais qu'elle aime courir après les lapins. »

Non, répéta Nicolaï en secouant la tête et, d'une main sûre, il désigna la coupure nette qui tranchait la peau de haut en bas et montrait qu'elle avait été enlevée comme ça, comme un manteau qu'on ouvre ou comme un fruit qu'on pèle.

Iéléna regarda mieux et comprit ce qu'il voulait dire. Dans les fermes, les lapins étaient toujours dépiautés de cette façon. C'était un truc d'éleveur ou de chasseur, pas celui d'un animal.

« Hum, hum, dit-elle. Il semblerait que nous ayons un braconnier sur nos terres. »

Elle ne voyait pas pourquoi Nicolaï y accordait de l'importance. Elle avait toujours autorisé ses moujiks à prélever sur le domaine ce dont ils avaient besoin pour vivre. Certains en avaient même fait leur métier. Ils chassaient pour les villageois trop occupés aux champs ou même pour fournir en gibier les cuisines de son palais.

« Ce n'est qu'un lapin, reprit-elle. Ce n'est pas grave. »

Sauf que Nicolaï continuait à la dévisager avec des sourcils tellement froncés qu'ils ne formaient plus qu'une seule barre au-dessus de ses yeux. Il avait l'air vraiment soucieux. Et même inquiet.

Elle soupira.

« Très bien, dis-moi ce que je ne comprends pas. Qu'est-ce qui ne va pas ? »

Il la prit par la main et l'entraîna plus avant dans la forêt. Il ne voulait pas lui parler de sa chienne égorgée, mais il fallait tout de même qu'il lui explique qu'il n'était pas tranquille. Il avait fouillé tous les fourrés, vérifié les berges des ruisseaux, scruté les endroits où la terre demeurait meuble malgré la sécheresse. Finalement, il avait découvert que quelqu'un vivait ici, à l'insu de tous. Il n'avait pas réussi à voir de qui il s'agissait, mais il avait trouvé nombre d'indices confirmant sa présence. Ce n'était pas un braconnier ordinaire. Ces derniers ne restaient jamais à la même place de peur de se faire prendre, tandis que celui-ci se cachait avec habileté dans une combe.

Tout de suite, Nicolaï avait pensé à Vladislav Vatchenko ou à un sbire que ce dernier aurait engagé. Il était persuadé qu'un mauvais coup était en train de se préparer et, pris de colère à cette idée, il regrettait de ne pas avoir tué son ennemi lorsqu'il en avait eu l'occasion. Vladislav était le diable. Comme une créature malfaisante, il était capable de renaître de ses cendres.

Sur sa lancée, Nicolaï guida Iéléna vers un sous-bois dense. Là, il la fit descendre dans un creux de terrain où ils furent vite à l'abri du vent dominant. Au fond, il lui montra des traces, en particulier le reste d'un feu qu'on avait dissimulé sous une giclée de terre. Un peu plus tôt, il avait fouillé parmi les charbons de bois et découvert des os de lapin parfaitement nettoyés de leur chair. Celui qui avait posé un collet avait mangé sa proie ici, terré dans ce trou pour n'être remarqué de personne.

Iéléna comprit tout de suite ce qu'il voulait lui expliquer. Un homme qui se cachait ici, si près du palais, alors qu'il avait à sa disposition des hectares et des hectares de forêt, ne pouvait le faire que dans un seul but : observer sans se faire repérer.

Soudain nerveuse, elle se redressa et regarda autour d'elle comme si le braconnier était encore dans les parages.

Le lieu avait été choisi avec soin. Dès qu'on remontait vers le sommet de la combe, on découvrait à travers les fûts gris des épicéas une vue panoramique sur l'ensemble du parc et sur la façade principale du palais. On pouvait ainsi observer avec facilité les moindres mouvements de ceux qui entraient et sortaient du domaine.

Elle frissonna en se demandant pourquoi, puis comprit qu'un seul homme pouvait avoir intérêt à commanditer un tel acte : Vladislav Vatchenko, son beau-frère. Récemment encore, sa chère amie Katharina l'avait d'ailleurs confortée dans cette théorie. À la cour impériale, la jeune femme avait l'habitude de laisser traîner ses oreilles pour être au courant de tout ce qu'il se passait. Méfiante au sujet de son cousin en dépit des graves blessures qui le handicapaient, elle l'avait fait surveiller par un de ses valets. Elle avait ainsi appris que le jeune homme avait failli mourir lorsque ses plaies s'étaient infectées, mais qu'il s'en était sorti après un calvaire de plusieurs mois. Depuis, on le disait infirme d'une épaule, la jambe boiteuse et le visage si affreusement mutilé qu'il préférait le cacher en permanence sous un masque de cuir. Ce qui ne l'empêchait pas de sortir à nouveau, de fréquenter les tables de jeux et les maisons closes et de dépenser son argent de la façon la plus futile possible.

Le croyant à l'agonie par sa faute, Iéléna ne s'en était pas suffisamment méfiée. La voix altérée, elle questionna Nicolaï :

« Penses-tu à la même personne que moi ? »

Depuis que le comte Mouraski lui avait fait ses terribles révélations, elle était persuadée que Vladislav était à l'origine de l'assassinat de Vassili. Elle ignorait comment il s'y était pris pour envoyer son frère aîné à la guerre, mais elle supposait qu'en payant grassement les bonnes personnes, tout était possible. Katharina ne cessait de lui répéter que la cour impériale était corrompue. Si un obus russe avait tué l'homme qu'elle aimait, ce ne pouvait être un hasard, mais un attentat particulièrement bien orchestré.

Elle avait longuement interrogé Pavel à ce sujet. Le vieil homme avait baissé le nez, mais n'avait rien nié. Au contraire, il avait confirmé les dires du comte Mouraski : son maître, le prince Vassili Vatchenko, était bel et bien mort dans des circonstances étranges. Après le drame, une enquête avait été diligentée car il était un parent du tsar, mais le temps était à la guerre. Une guerre atroce, avec des centaines de morts chaque jour, mitraillés par l'ennemi. Rien n'avait pu être prouvé.

Finalement, il avait été décidé en haut lieu de ne pas ébruiter l'affaire, qui risquait de scandaliser l'opinion publique, déjà hostile à cette guerre que l'Empire russe était en train de perdre. Des ordres avaient été donnés pour que Vassili soit enterré sur place, dans les ruines de Sébastopol. Pavel n'avait pu l'accepter. Incapable de laisser son prince reposer éternellement en cette terre étrangère, si horriblement labourée par les canons, il avait décidé de ramener son corps par ses propres moyens.

Ébranlée, Iéléna fixa les misérables restes du lapin.

« Cet homme ne s'arrêtera jamais, confia-t-elle à Nicolaï. J'ai de plus en plus peur pour mes fils. Ce monstre n'aura de cesse que lorsqu'il les aura évincés. Ce n'est pas l'argent qui l'intéresse. Je continue de payer la pension que Vassili avait décidé de lui octroyer. Cette somme conséquente, couplée à l'héritage qu'il a reçu au décès de sa mère, lui permet de vivre dans le luxe. Non, sa haine est son unique raison de vivre. Elle le pousse à dépouiller mes fils de leurs titres et de leur domaine. »

Nicolaï écoutait, les mâchoires contractées. Lui aussi était inquiet et en colère. Elle en fut encore plus effrayée.

« J'ai tellement peur », s'exclama-t-elle.

Comme à chaque fois, elle avait du mal à respirer. Nicolaï s'en aperçut et fit la seule chose qu'il pouvait faire à cet instant pour la rassurer : la prendre dans ses bras, la serrer fort contre son torse de jeune géant, lui embrasser le front, les joues, la racine des cheveux.

L'aimer, tout simplement.

36

Les jours suivants, ils n'allèrent plus dans les bois. À tort ou à raison, ils s'y sentaient épiés et craignaient d'être à la merci de n'importe quel regard. Depuis que Nicolaï lui avait montré les traces d'une présence humaine à proximité du palais, Iéléna vivait dans l'attente de quelque chose de terrible. Pourtant, l'été continuait, rien ne se produisait : le braconnier semblait s'être volatilisé.

Elle essaya de se rassurer : peut-être s'étaient-ils fourvoyés en imaginant l'intrus comme un envoyé de Vladislav Vatchenko ? Peut-être cet étranger n'était-il qu'un simple inconnu ayant vécu quelque temps dans leur forêt avant de définitivement s'en éloigner ? Peut-être même était-il l'un de ces cosaques à l'exercice qu'on apercevait parfois sur la grande route qui menait au palais de Peterhof ? Ces cavaliers ne vivaient pas comme les autres soldats du palais impérial. Ils avaient toujours un côté plus sauvage, plus rustique, qui tranchait avec les officiers du tsar qui fréquentaient les réceptions mondaines et les bals.

Malgré tout, l'inquiétude perdura, accentuée par l'absence de Nezhnyy. La chienne n'était pas revenue et Iéléna commençait à comprendre qu'elle ne la reverrait plus jamais. Cela l'attrista beaucoup. Elle avait tellement aimé cette levrette au caractère doux et affectueux qui était l'un des derniers barzoïs directement offerts par Vassili.

Pour ne pas l'inquiéter davantage, Nicolaï n'eut pas le cœur de lui révéler le vrai sort de la chienne. Iéléna était déjà si nerveuse, à sursauter au monde bruit en regardant constamment par-dessus son épaule. Et même si elle s'efforçait de sourire pour faire comme si la vie était belle, il voyait bien que la peur était revenue au fond de ses beaux yeux bleus.

Il s'en voulut. Il aurait mieux fait de se taire plutôt que de lui montrer ce qu'il avait trouvé. Pourquoi n'avait-il pas mené son enquête seul, ainsi qu'il en avait l'habitude ? Il n'arrivait même pas à la rassurer. Parfois, il croyait y parvenir lorsqu'elle s'abandonnait dans ses bras avec les paupières mi-closes, la bouche remplie de gémissements de plaisir qu'il mangeait sur ses lèvres avec passion. Pourtant, dès leur désir assouvi, elle redevenait soucieuse et insaisissable jusqu'à la prochaine caresse.

Leur liaison s'installa dans un quotidien écrasé par une implacable chaleur estivale. L'herbe sèche cassait comme du verre, les fruits se ratatinaient dans les arbres et sur les haies. Les oiseaux les plus sauvages venaient s'abreuver aux fontaines du jardin car la plupart des ruisseaux étaient asséchés. Certains matins, Iéléna voyait sur les berges de l'étang des hérons peu farouches qui pataugeaient dans la boue à la recherche de poissons en train de s'asphyxier par manque d'eau. Dans les pâturages, des chevreuils approchaient sans crainte des abreuvoirs à bestiaux.

De temps à autre, on entendait gronder un orage qui ne venait pas. Les paysans allaient consulter les anciens pour savoir quand la pluie tomberait. Ils revenaient avec des paroles sibyllines qu'ils ne comprenaient pas, mais qu'ils avaient apprises par cœur comme une prière un peu païenne, qu'ils ânonnaient à qui voulait bien les entendre.

Iéléna était partagée entre ses responsabilités, son inquiétude et son plaisir. Elle continuait à assurer le quotidien avec la même efficacité, mais elle répondait souvent avec distraction aux « maman, regarde comme je sais bien faire ! » que lui lançaient les jumeaux à l'entraînement, lorsque leur maître d'armes hongrois les félicitait pour un assaut particulièrement réussi.

Bien entendu, elle les adorait toujours autant, ses adorables petits loups, mais ces derniers la sentaient différente. Comme n'importe quel petit qui devine que sa mère lui échappe, ils multipliaient les occasions pour ne pas la quitter, attirer son attention, ne pas lui obéir. Pour un enfant avide d'amour, une mauvaise attention vaut mieux que pas d'attention du tout, aussi faisaient-ils tout pour qu'on les remarque, quitte à être punis.

Viktor, à ce jeu-là, était le plus terrible. Il était d'une jalousie maladive, comme s'il craignait d'être un jour abandonné, et peut-être était-ce ce qu'il pensait réellement depuis que son père avait été tué. Il s'accrochait aux jupes de sa mère comme s'il était encore un bébé, multipliait les demandes extravagantes et les caprices, et se montrait envieux même de son frère Alekseï, que pourtant il adorait.

Iéléna s'en rendit compte, mais elle était prise par tant de choses, entre sa crainte d'un mauvais coup orchestré par Vladislav, la sécheresse qui compromettait les cultures et l'amour qui redonnait vie à son corps, qu'elle n'y accorda pas une grande importance. Au contraire, plutôt que de lui ouvrir les bras, elle le rabrouait, s'agaçant de son caractère difficile. En réponse, l'enfant se fâchait plus encore, malheureux au point d'en devenir furieux.

Pour toutes ces raisons, elle n'avait qu'une seule hâte, se rendre chaque soir dans les écuries où l'attendait Nicolaï. L'air faussement affairé, elle passait devant les stalles luxueuses qui donnaient sur la cour, entrait à l'intérieur par le grand porche puis avançait entre des box jusqu'au manège d'entraînement. Tout en prenant garde à ne pas marcher dans les crottins qui ne seraient enlevés qu'au matin, lorsque les lads viendraient les balayer, elle rejoignait la partie arrière où étaient alignées des loges qui servaient aux chevaux ayant besoin de calme. La plupart y étaient en convalescence après une blessure, mais on y trouvait également ceux qui n'étaient pas bien apprivoisés, ceux qui s'effrayaient de tout, ainsi que les juments pleines ou parturientes, ou celles qui allaitaient des poulains trop jeunes pour aller dans les prés.

Elle y avait fait mettre deux demi-sang qu'elle avait récemment acquis pour qu'ils soient dressés en secret. Elle les destinait à ses fils, en présents d'anniversaire. Chaque soir, Nicolaï l'attendait devant leurs box en caressant leurs beaux chanfreins soyeux. Il supervisait leur débourrage. Bien qu'il soit encore jeune pour assumer toutes les responsabilités qu'elle lui confiait, il s'en tirait à chaque fois avec honneur. Il avait vraiment un don avec les animaux.

Elle le rejoignait avec une certaine retenue, n'osant pas encore se précipiter dans ses bras malgré sa très forte envie. Sans le regarder, elle flattait les naseaux qui venaient la respirer, offrait une pomme et une carotte, et prenait le temps de sentir son regard d'homme s'appesantir sur son visage, ses épaules, sa taille, jusqu'à ce qu'elle perçoive sa propre respiration s'accélérer et son désir croître.

Ils restaient ainsi immobiles durant de longues minutes, puis se décidant soudain, ils allaient ensemble dans la stalle d'à côté dont il avait chassé la pénombre avec une torche allumée fichée dans le mur. La lumière dansait dans des petits courants d'air, allongeant leurs ombres.

Une fois entrés dans cette alcôve, Nicolaï attrapait une couverture pliée sur une étagère et l'étendait devant lui, sur une meule de foin qui s'était un peu affaissée. Iéléna le regardait faire en silence, rougissante. Pour se donner une contenance, elle écoutait les mille bruits qui remplissaient la pénombre : le hullulement d'un hibou grand-duc, tout près, peut-être caché sur le toit ; la mélodie d'un rossignol qui s'échappait du buisson de noisetiers dont on apercevait les branches par une des fenêtres ; le raffut de deux chats qui se disputaient avec tant de hargne qu'ils se regardaient et éclataient soudain de rire.

À ce moment-là, ils retrouvaient leur formidable complicité et, plus proches que jamais, se précipitaient l'un vers l'autre pour s'enlacer étroitement. Ils restaient ainsi un long moment, leurs visages enfouis dans leurs cheveux, à respirer leurs parfums et à se goûter des lèvres. Puis, enfin, ils s'embrassaient, et c'était une apothéose émerveillée après la longue attente de la journée.

Iéléna oubliait tous ses soucis. Elle se découvrait heureuse et voyait à nouveau le monde plus beau qu'il n'était. Elle aimait tout, depuis le noir du soir aux ombres mouvantes sur les murs, le foin odorant qui les accueillait, les mains larges et belles qui la caressaient, les bras puissants qui l'enserraient, le corps immense qui la recouvrait.

Autour d'eux n'existaient rien d'autre que le bruit de mastication des chevaux, leur façon de s'ébrouer en agitant les mors et les brides dans un cliquetis de métal, le raclement furtif des sabots dans la sciure. Puis cela aussi, ils finissaient par ne plus l'entendre, et ils roulaient l'un sur l'autre, uniquement attentifs à leurs bouches qui exploraient la moindre partie de leurs corps.

Au fil des jours, l'impatience des premiers soirs se mua en une lenteur des plus sensuelles. Leur désir s'épanouissait, la nuit leur appartenait. Ils pouvaient enfin prendre leur temps, s'effeuiller vêtement après vêtement, elle noyée dans la dentelle de ses jupons, lui la ployant sous son torse nu entre ses bras forts comme des rondins de bois pour guetter dans ses yeux l'instant qui la ferait mendier, éperdue de désir : « Viens, maintenant ! »

Un soir, cependant, ils crurent entendre des pas précautionneux venir vers eux. Ils se figèrent pour écouter, mais la nuit demeurait paisible. Comme les chiens qui les accompagnaient ne jugèrent pas utile d'aboyer, ils recommencèrent à s'embrasser. Nicolaï faufila une main aventureuse à la recherche d'une chair douce enfouie sous les dentelles. À cet instant, une petite tornade aux boucles brunes se précipita vers eux en hurlant.

Tout de suite, l'enfant furieux les frappa de ses poings serrés. Tout en donnant des coups de pieds, il pleura et les invectiva.

« Viktor ! s'exclama Iéléna en se redressant stupéfaite.

Surpris, Nicolaï se détacha d'elle pour se lever, mais son geste décupla la rage de l'enfant qui, voyant soudain son visage éclairé par la torche, le reconnut.

— Toi ! s'écria-t-il. Espèce de traître !

Braillant de plus belle, il se précipita sur un fouet qu'il venait de voir rangé à une patère, s'en saisit et frappa de toutes ses forces celui qu'il avait toujours considéré comme son grand frère.

— Traître ! hurla-t-il de plus belle sans qu'Iéléna ne parvienne à lui faire entendre raison. Vaurien ! Racaille ! Voleur ! Je t'interdis de prendre la place de mon père ! Qui t'a autorisé à poser tes sales pattes de moujik sur ma mère ? Paysan pouilleux ! As-tu oublié que tu n'es qu'un serviteur ? Agenouille-toi pour recevoir ton châtiment. Je suis ton maître ! »

L'enfant frappa Nicolaï de plus belle, blanc de rage, les yeux emplis de larmes de colère. Le jeune homme en fut pétrifié. Il tomba à genoux en refusant de se défendre, convaincu que tout ce que disait l'enfant était vrai. Les épaules ployées, il reçut sans broncher un premier coup de fouet, puis un autre. Les lanières lui lacérèrent le torse, déchirèrent le reste de ses vêtements, balafrèrent son visage et ses mains.

« Non ! cria Iéléna horrifiée. Viktor, arrête immédiatement ! »

Mais l'enfant était comme possédé et ne lui obéissait plus. La repoussant avec une force décuplée, il continua à frapper Nicolaï jusqu'à ce que son frère Alekseï, à son tour apparu, se précipite pour l'arrêter.

Les jumeaux s'empoignèrent, luttèrent comme des fous l'un contre l'autre tandis que leur mère tentait de les séparer, paniquée par la scène qui se déroulait sous ses yeux. Elle appela Nicolaï à la rescousse, mais ce dernier, horrifié par la situation qu'il avait créée, n'osait plus bouger. À ses yeux, Viktor était le maître et il avait raison. Lui n'était qu'un moujik orgueilleux qui avait osé sortir de son rang. Comment ne pas se rendre compte qu'il avait manqué de respect à une princesse russe ! Il méritait d'être châtié.

Enfin, Alekseï, qui était le plus grand des deux, parvint à ceinturer son frère et, l'immobilisant de toute sa force nerveuse, réussit à le raisonner à défaut de le calmer. Viktor s'effondra en hoquetant. Des larmes ruisselèrent sur son petit visage bouleversé.

« Ne comprends-tu pas ? sanglota-t-il à l'adresse de son frère qui le serrait contre lui. Ne vois-tu pas que maman ne nous aime plus ? Regarde ce qu'elle est en train de nous faire ! Elle remplace papa par un vulgaire moujik, un serviteur, un moins-que-rien ! Bientôt, il nous donnera des ordres et nous, princes de sang, nous devrons lui obéir !

— Comment peux-tu croire une chose pareille ? Maman nous aime toujours ! Et Nicolaï également. As-tu oublié à quel point il est gentil avec elle, avec nous. Aurais-tu donc préféré qu'elle aime notre oncle Vladislav, qui osait la frapper et voulait nous enfermer dans une armoire ?

— Oui ! hurla Viktor brusquement, avec une recrudescence de colère qui le fit tempêter des pieds avec une mauvaise foi des plus blessantes. Oui, j'aurais préféré mille fois qu'il s'agisse de Vladislav ! Au moins, notre oncle est un noble, tandis que lui… lui… un simple moujik, un pauvre individu dont l'existence n'a aucune importance, un cancrelat qui a toujours vécu de notre charité ! Maman, à votre place, j'aurais eu envie de vomir ! » cracha-t-il en direction de sa mère qui, horrifiée par ses paroles, le gifla pour le faire taire.

Iéléna n'avait jamais frappé ses enfants, tout comme elle n'avait jamais autorisé qu'on leur donne des punitions corporelles, mais là, elle n'en pouvait plus d'entendre toutes ses méchancetés. Viktor n'avait que dix ans, il n'avait pas le droit de se mêler de sa vie.

« Ça suffit ! rugit-elle à bout de nerfs. Ton comportement est indigne d'un boyard ! »

Il ne l'écoutait pas. Il ne l'entendait même plus. Ceinturé par son frère, il avait recommencé à ruer comme un cheval sauvage. Au début, la gifle l'avait stupéfié, puis elle le mit hors de lui. Si Alekseï ne l'avait pas retenu, peut-être aurait-il osé frapper sa mère en retour.

Iéléna se tordit les mains de désespoir.

« Viktor !

— Vous le défendez encore ! vociféra de plus belle l'enfant qui ne s'appartenait plus. Vous l'avez toujours défendu. C'est lui que vous préférez, alors que c'est nous qui sommes vos enfants !

Il mélangeait tout, il était trop jeune pour comprendre. Elle se haussa au-dessus de lui pour crier plus fort que lui :

— Ça suffit ! Tu n'as pas le droit de dire une chose pareille ! Cesse immédiatement ce scandale, Viktor, et va dans ta chambre. Tu es consigné jusqu'à nouvel ordre ! »

Elle avait tellement forcé sur sa voix que cette dernière se cassa. Maintenant, elle était là à tousser frénétiquement, au point de manquer d'air.

Alekseï, qui remarquait toujours tout, en fut inquiet. Il secoua Viktor de plus belle, l'accusant :

« Regarde ce que tu as fait ! Maman est en train de s'étouffer !

Heureusement, la quinte de toux finit par se calmer et Iéléna, inspirant à plusieurs reprises, retrouva peu à peu la maîtrise de son souffle.

— Tout va bien, parvint-elle à articuler d'une voix qui demeurait néanmoins enrouée. Retournez vous coucher tous les… deux. Nous parlerons de cela… demain matin. En attendant, Viktor, je… t'invite à réfléchir à la conséquence de tes actes. Je peux… d'ores et déjà te le dire, tu… seras puni. »

Alekseï entraîna son frère en le tenant par les épaules. Viktor le suivit après avoir jeté avec humeur le fouet qu'il tenait encore à la main.

Lorsqu'ils furent suffisamment éloignés, Iéléna vint vers Nicolaï, qui était demeuré agenouillé dans la paille. Sa joue était entaillée d'une coupure. Ses épaules et son torse étaient marqués d'estafilades qui avaient l'air profondes. Viktor n'avait peut-être que dix ans, mais il avait frappé de toutes ses forces et Nicolaï n'avait à aucun moment cherché à se défendre.

« Mon... dieu... gémit-elle de sa voix qui manquait de souffle. Je suis... tellement désolée par... ce... qui vient de se passer... »

Le jeune homme la dévisagea douloureusement. Lui aussi était choqué. Il aimait avec sincérité les jumeaux dont il partageait la vie depuis si longtemps. Il les avait tenus dans ses bras, il les avait bercés, endormis, protégés, il leur avait raconté des histoires lorsqu'il avait encore l'usage de la parole. Au fur et à mesure qu'ils grandissaient, il leur avait appris à monter à cheval, à s'occuper des chiens, à chasser. Or, plus il réfléchissait à la situation, plus il prenait conscience que le jeune prince Viktor avait raison sur au moins un point : lui, Nicolaï Pavelovitch Zokov, n'était rien ni personne, tandis qu'Iéléna était une princesse de sang impérial.

Ils n'avaient pas le droit de s'aimer. S'ils continuaient à le faire, ils se mettraient en danger, eux et les enfants.

Les mâchoires serrées, il se leva et, s'emparant de sa tunique, voulut l'enfiler.

« Non, le retint Iéléna en lui effleurant le bras. Ne... mets pas... ta chemise sur tes plaies. Il faut d'abord... les désinfecter et les panser. »

Elle continuait à tousser, essoufflée, mais elle avait besoin de parler. Elle ne comprenait pas. Elle n'avait rien vu venir. Pour une mère, il est toujours difficile de constater que ses enfants sont devenus suffisamment grands pour échapper à son influence et ne plus penser comme elle.

« Qu'ai-je fait... de... mal avec... eux ? toussa-t-elle. Ne savent-ils pas combien je les aime ? Ne pourraient-ils pas accepter que j'aie, moi aussi, besoin de tendresse et d'amour ? Pourquoi Viktor me hait-il à ce point ? »

Elle respirait si mal qu'elle en avait les larmes aux yeux. Nicolaï résista à l'envie de la prendre contre lui pour la réconforter. Après ce qu'il venait de se passer, il n'avait plus le droit de le faire.

Le devina-t-elle ? Elle le toisa, les traits déformés par la douleur.

« Vas-tu me fuir toi aussi ? Qu'ai-je fait de mal ? N'est-ce pas à moi de décider de ma propre vie ? »

Il ne répondit pas. Il se trouvait lâche, mais pour la première fois, il était presque heureux d'être muet.

Dans la nuit qui suivit, Iéléna ne parvint pas à fermer l'œil. Dès les premières heures de l'aube, elle fit chercher Viktor pour le confronter à son comportement, mais l'enfant ne desserra pas les dents. Il continuait à la dévisager avec un mélange de chagrin et de mépris qui lui fit mal. Ne sachant plus quoi faire, elle le renvoya dans sa chambre avec l'ordre d'y rester enfermé.

Plus tard, Alekseï vint la trouver. Il voulait lui parler. La veille au soir, il avait vu Youlia donner une lettre à son frère, or cette lettre l'avait tout de suite changé. Lorsqu'il s'en était rendu compte, il avait tenté d'en savoir plus, mais son jumeau lui avait menti. C'était la première fois que cela se produisait, car ils avaient toujours été complices en tout.

« Il s'est levé quand il a cru que je dormais. Je l'ai suivi en cachette. Il allait aux écuries. J'ai d'abord pensé qu'il voulait voir les chevaux que vous nous avez achetés pour notre anniversaire. Il est pressé de savoir lequel sera le sien, le noir ou le bai…

— Vous êtes donc au courant ! s'exclama Iéléna, sidérée que sa surprise soit éventée. Mais qui vous l'a dit ?

L'enfant baissa la tête et ses boucles blondes tombèrent sur son front, cachant ses yeux.

— Bon, reprit Iéléna, revenons plutôt à cette histoire de lettre. Youlia ne m'en a pas parlé, c'est curieux. Sais-tu qui lui a donné cette enveloppe ? Elle ne sait pas écrire…

— Non, je l'ignore. Viktor l'a tout de suite cachée sous son oreiller. Youlia lui avait demandé de n'en parler à personne.

— Où est cette lettre maintenant ?

— Viktor doit l'avoir, à moins qu'il ne l'ait jetée.

— Ce que tu dis à propos de Youlia est très grave. En es-tu certain ?

— Je vous le promets, maman, je ne suis pas en train de mentir. J'ai vu Youlia donner cette lettre à Viktor.

— Très bien, acquiesça sa mère. Va rejoindre ton précepteur. Je vais parler à Youlia. »

Elle envoya Nina chercher la nourrice, qui vint presque aussitôt, un sourire un peu crispé sur son visage aux joues rondes. Après avoir fait la révérence d'usage, elle demeura à distance de sa maîtresse comme si elle craignait de trop approcher. Iéléna y vit la preuve de sa faute. Elle l'interpella tout de suite avec sévérité.

« J'ai appris que tu avais donné hier soir une lettre à mon fils Viktor sans m'en avoir parlé. Est-ce vrai ?

La nourrice déglutit d'un air coupable. Iéléna ne voulut pas lui laisser le temps d'inventer un mensonge. Elle reprit aussitôt, la voix sèche.

— Pourquoi l'avoir fait en secret ?

— C'est que, *barynia*, cette lettre était pour monsieur Viktor, pas pour vous, répondit la nourrice dans une remarque pleine de ruse.

— Et qu'y avait-il dans cette lettre ? De quoi parlait-elle ?

— Je l'ignore, *barynia*, je ne sais pas lire.

Iéléna retint une grimace agacée.

— Dis-moi qui te l'a donnée.

Cette fois-ci, les yeux de Youlia s'agitèrent de droite à gauche, avant de fixer le parquet avec gêne.

— En fait, c'est mon… c'est mon amoureux.

— Ton amoureux ? releva Iéléna, agacée. Alors que tu es mariée ?! Et comment s'appelle cet homme ?

— Zamenski… Il s'appelle Andrej Zamenski. C'est un cosaque du tsar.

Tout de suite, Iéléna fit un lien entre cet homme et le braconnier qui attrapait des lapins au collet.

— Un cosaque, dis-tu ? Et que voulait-il à mon fils ? Le connaît-il donc ?

— Je… je ne sais pas. J'ai pensé qu'il était un messager, qu'il apportait une lettre du tsar.

— Rien que ça ! hurla Iéléna, en perdant patience.

Elle n'avait jamais frappé aucun de ses domestiques, mais aujourd'hui, elle saisit Youlia par le devant de sa blouse et la secoua comme une folle.

— Va-t'en, stupide créature ! Disparais de ma vue. Je ne veux plus jamais avoir à faire avec toi.

— Mais…

— Ne me réponds pas, insolente. Sois contente que je ne te fasse pas donner du knout.

— Vous ne pouvez pas me chasser… s'écria Youlia, la voix blanche.

— Je peux tout, riposta Iéléna. J'ai tous les droits. Je suis la princesse Vatchenko, propriétaire de ce domaine. Tu aurais mieux fait de t'en souvenir à jamais ! »

Mais Youlia était tombée à genoux et s'agrippait au bas de sa robe. Nina, qui surveillait l'échange à quelques pas, se précipita aussitôt pour la repousser. Sous sa vindicte, la nourrice finit par reculer. Son visage était méconnaissable de peur et de colère.

« Vous ne devriez pas me chasser, *barynia*, osa-t-elle lancer avec l'aplomb de quelqu'un qui n'a plus rien à perdre. Vous oubliez qu'un jour, il y a longtemps, j'ai juré sur l'icône de la Sainte Vierge de garder un secret que vous ne voudriez pas que…

Elle ne finit pas sa phrase. Nina venait de la gifler de toutes ses forces.

— Pauvre sotte, hurla la femme de chambre, Dieu te regarde jour et nuit. Ose donc parler de quoi que ce soit à qui que ce soit, et c'est Lui qui te punira ! »

Cette fois, Youlia s'enfuit sans demander son reste et Iéléna, prise d'un vertige, tituba jusqu'à la fenêtre pour respirer de l'air frais.

Là, une violente quinte de toux la secoua. Sortant un mouchoir, elle expectora à l'intérieur à plusieurs reprises.

Quand la crise fut passée, elle vit avec horreur du sang maculer le fin tissu. Craignant que Nina s'en aperçoive, elle s'empressa de le cacher.

Les minutes suivantes, elle regarda par la fenêtre sans rien voir des prés asséchés et de la forêt lointaine. Elle était saisie d'une terreur primale, car elle venait de comprendre que sa toux n'avait rien d'anodin.

Au contraire, elle signifiait une seule chose : elle était gravement malade.

37

Youlia se réfugia dans la chambrette où elle avait passé les dix dernières années de sa vie. Elle regarda autour d'elle en admirant une fois de plus la tapisserie simple mais propre, le joli parquet de chêne, le lit confortable où elle avait pu dormir au chaud, dans le confort moelleux des couvertures de laine et des édredons de plumes.

La petite pièce avait longtemps été attenante à la nurserie, mais depuis que les jumeaux avaient grandi, cette dernière était devenue une salle de jeux remplie de jouets extraordinaires. Youlia en était constamment émerveillée. Dès que son service le lui permettait, elle allait admirer le minuscule manège enchanté qu'on remontait avec une manivelle pour qu'il tourne sur lui-même ou les chariots en bois attelés de bœufs garnis de son. Même le jeu d'échecs sculpté en ivoire de narval qui venait de Finlande l'ahurissait. Sans parler des deux chevaux à bascule garnis de petites selles en cuir brodé, sur lesquels les jumeaux avaient fait des courses exaltées.

Ses propres enfants n'avaient jamais eu des jouets aussi sophistiqués. Lorsqu'ils étaient petits, ils avaient dû se contenter d'agiter des bouts de bois en guise de hochet ou de s'amuser avec des galets ramassés dans la rivière. Plus tard, ces divertissements s'étaient avérés inutiles, car ils n'avaient plus de temps ou d'énergie à leur consacrer : il fallait travailler aux champs avec le père et leurs frères aînés.

Youlia n'était pas très futée, mais elle n'était pas naïve. Elle avait toujours su que son emploi de nourrice ne durerait pas. Une fois que les jumeaux avaient cessé de la téter, elle s'était attendue à être congédiée, mais la *barynia* l'avait tout de même gardée pour qu'elle continue de s'occuper d'eux au quotidien, en particulier à l'heure du bain ou des repas.

Elle en avait été heureuse, car elle appréciait le confort de sa chambre et la bonne nourriture qu'on lui servait. Maintenant qu'on la chassait, un de ses plus gros regrets était qu'elle n'aurait plus la chance de manger ce pain blanc qui fondait dans la bouche, ni cette viande tendre et succulente longuement mijotée dans des sauces au goût incroyable qu'on accompagnait de légumes délicats dont elle ne connaissait même pas le nom. Elle allait à nouveau devoir se nourrir de pain noir et de bortsch clairet où surnageait une simple betterave.

La perspective n'avait rien de réjouissant et, y pensant une fois de plus, elle se laissa tomber assise sur le lit en sanglotant de découragement. Elle trouvait injuste de devoir abandonner cette vie agréable simplement parce qu'elle avait donné au jeune Viktor une lettre écrite par son oncle. Comment aurait-elle pu imaginer que ce geste lui vaudrait un renvoi ? Bien sûr, elle n'avait jamais apprécié l'homme, et ce qu'il avait fait des années auparavant en s'introduisant dans la chambre de la princesse Iéléna avait été un vrai cauchemar, mais tout de même, n'était-il pas un de ses maîtres ? Jamais elle n'aurait osé lui dire non.

Reniflant bruyamment, elle entreprit de rassembler ses maigres possessions : un mouchoir que la *barynia* lui avait donné, si beau qu'elle ne l'utilisait jamais, un ruban de soie bleu un peu usé pour attacher ses cheveux le dimanche, une chemise de rechange propre et pliée, une jupe d'hiver en sus de celle d'été qu'elle portait sur elle et un petit gobelet d'étain que les jumeaux lui avaient un jour offert sans qu'elle puisse réellement en deviner la raison. Comme elle ne savait pas lire, les petits lui avaient expliqué que ces drôles de signes gravés sur le dessus signifiaient « Youlia ». Elle avait trouvé cette attention charmante et avait été très fière de boire chaque matin son lait frais dans ce gobelet marqué à son nom.

« Au moins, cela, je pourrai toujours le faire », grommela-t-elle avec colère, de plus en plus catastrophée par la situation.

Comment allait-elle s'en sortir ?

La bouche pleine de soupirs mouillés par ses larmes, elle se leva en tenant ses affaires coincées dans un baluchon et sortit de la chambrette en traînant des pieds. Dans le couloir, elle sursauta en s'entendant appeler. Se retournant, elle vit le jeune

Viktor courir vers elle. Laissant tomber son bagage, elle ouvrit les bras et le mignota dès qu'il se serra contre son vaste giron.

Ce petit et son frère, elle s'en rendait bien compte, elle leur était plus attachée qu'à ses propres enfants. Depuis leur naissance, elle les nourrissait, les soignait, les aimait. Elle en était fière comme si elle était leur mère, car ils étaient beaux et propres, le corps sain et fort, avec des joues bien rondes qui sentaient le savon et qui n'attendaient que ses baisers de tendresse.

Ses deux marmots à elle, elle ne les voyait que deux fois dans l'année et, à chaque fois, elle avait du mal à les reconnaître. Ils grandissaient, c'était vrai, mais ils étaient maigres et n'avaient rien d'attendrissant. Leurs joues étaient sales, leur nez morveux et leurs yeux trop grands avaient le sérieux de ceux qui savent que leur vie ne vaut pas la peine d'être vécue. En fait, ils ressemblaient à des paysans miniatures, avec les mêmes gestes économes que leur père qui, au fil des années, n'était pas resté ce beau gaillard qui l'avait attirée, mais était devenu un être usé, aux membres noués, aux cheveux dégarnis. Elle n'arrivait plus à les aimer.

« Je ne veux pas que tu partes, gémit Viktor en la serrant encore plus fort.

Elle dut lutter pour ne pas s'effondrer sur place.

— Vous savez que je ne peux pas rester, mon mignon, répondit-elle d'une voix faible.

— Je sais que maman t'a renvoyée à cause de la lettre que tu m'as donnée. C'est ma faute !

— Non, bien sûr que non, mon chéri, le consola-t-elle en le berçant. Ce n'est pas vous qui me renvoyez, mais votre mère…

— Je la déteste ! hurla Viktor.

— Tss, tss, il ne faut pas parler comme ça de votre maman », lui dit-elle pour faire bonne mesure, alors qu'au fond d'elle, elle jubilait de découvrir que le petit prince l'aimait plus que sa mère !

Elle lui sourit en lui caressant les cheveux. Il avait toujours été son préféré. Il était si mignon dans sa tenue de marin, avec ses boucles brunes qui tombaient sur son visage d'une manière attendrissante. Il n'avait que dix ans, mais comme on lui avait appris à ne pas pleurer et à agir comme un homme, il s'efforçait de paraître courageux en cachant son chagrin dans sa manche. Attendrie, elle le serra sur sa vaste poitrine, exactement comme il aimait se blottir.

« Faut pas pleurer, lui chuchota-t-elle avec son accent de paysanne. Faut pas pleurer, mon prince, vous n'avez plus besoin de votre Youlia, vous êtes un grand garçon maintenant.

— Mais je ne veux pas que tu partes ! » tempêta-t-il si fort que son frère, entendant son tintamarre, vint à son tour aux nouvelles.

Alekseï était un blondinet calme et intelligent. Des deux, il était celui qui comprenait tout le plus vite. Il remarqua d'emblée les larmes et le baluchon. S'approchant, il se haussa pour embrasser Youlia sur les deux joues.

« Tu vas nous manquer, *Nyanya*, dit-il avec sa maturité habituelle.

— Espèce de traître et de menteur, vociféra Viktor en lui donnant un coup de poing dans l'épaule. Tout ça est de ta faute !

— Bien sûr que non ! Ce n'est pas moi qui ai ramené une lettre interdite par maman, ni moi qui l'ai lue en cachette. Tu aurais dû m'en parler, je t'aurais dit quoi faire.

— Ah, ricana Viktor, je vois mieux ce que tu penses, tu es jaloux parce que la lettre ne t'était pas adressée ! »

Alekseï haussa les épaules. Il était triste du départ de leur nourrice, il n'avait pas envie en plus de supporter la mauvaise foi de son frère. Si Viktor ne comprenait pas qu'il avait mal agi, il était inutile de vouloir le convaincre. Son frère était la plupart du temps un formidable compagnon de jeu, mais plus ils grandissaient, plus ils se chamaillaient. Il leur arrivait même de se battre jusqu'à ce que Nicolaï les sépare. Ce dernier leur mimait alors qu'ils étaient aussi stupides que deux jeunes coqs dans la même basse-cour, à constamment se tester pour savoir qui était le plus fort.

Évidemment, question physique, Viktor avait l'avantage. Même si son frère le dépassait en taille, il était lourd, râblé, puissant, une véritable force de la nature qui impressionnait par sa carrure athlétique à un âge aussi jeune. Par contre, dans le domaine des émotions, il était le plus fragile.

Le décès de leur père les avait tous deux choqués. Ils avaient été très proches de lui et avaient géré leur chagrin comme ils le pouvaient. Alekseï s'était réfugié dans les livres, son jumeau s'était lancé dans le sport, les jeux violents et la recherche d'exploits physiques. En tant qu'aîné, il avait également voulu protéger leur mère, dont il avait senti le terrible chagrin. La voir se rapprocher de Nicolaï représentait pour lui une double trahison. Non seulement sa mère s'abaissait avec un moujik, mais ce dernier était à eux. Jamais il n'aurait dû s'occuper d'une autre personne qu'eux, même si cette personne était leur propre mère !

Viktor le prenait d'autant plus mal qu'on ne cessait de lui répéter qu'il était l'héritier d'un titre prestigieux et d'une fortune colossale, et qu'il était le cousin du tsar. Chaque jour, ceux qu'il côtoyait valorisaient son rang en lui précisant que son statut d'aîné lui permettrait d'hériter de la totalité du domaine, tandis que son cadet ne serait que chevalier avec une rente allouée.

Iéléna s'élevait contre cette forme de discrimination, car elle avait vu les ravages qu'une telle éducation avait provoqués chez Vassili et son frère, mais les serviteurs continuaient leurs courbettes de courtisans sans l'écouter. La Russie impériale était faite de privilèges que personne, pas même les moujiks, ne voulait changer.

La plupart du temps, Alekseï n'accordait pas d'importance au fait que Viktor soit son aîné. Lorsque ce dernier devenait trop imbu de lui-même, comme c'était le cas en cet instant, il avait une parade imparable :

« Ça suffit, j'en ai plus qu'assez de tes cachotteries ! Je m'en vais.

— Tu es juste jaloux de l'attention que l'on me porte ! » riposta Viktor d'un ton qui cherchait encore la bagarre, mais Alekseï était déjà retourné dans sa chambre pour se plonger dans le livre qu'il avait abandonné quelques instants auparavant, et qui était autrement plus intéressant que les humeurs de son frère.

Viktor en fut fâché. Il détestait lorsque son jumeau lui battait froid. À chaque fois, il avait l'impression de perdre une bataille. Il en était d'autant plus vexé qu'il adorait sincèrement son frère, avec lequel il avait de nombreux points communs.

Comme lui, Alekseï appréciait les sports extrêmes et aimait jouer à la guerre. Il était un cavalier pareillement émérite, avec un tempérament tout aussi courageux, et même intrépide. À l'épée, il était même meilleur que lui et parvenait à le battre grâce à sa vivacité et à son sens tactique. Leur différence majeure venait des livres. Alekseï adorait se réfugier dans la bibliothèque de leur mère où il se passionnait pour les histoires de chevalerie, les contes de princes qui sauvaient des princesses, les histoires de pourfendeurs de mauvais sorts, de justiciers et de guerriers solitaires qui n'hésitaient pas à affronter la terrible Baba Yaga[1]. Il se passionnait également pour les sciences et la géographie, la botanique et la zoologie, et de manière générale pour tout ce qui alimentait son insatiable curiosité.

Viktor se trouvait plus pragmatique. Il aimait d'un amour profond et sincère la terre, les armes, les chevaux et les chiens de chasse. Malgré son jeune âge, il courait derrière les femmes de chambre dont il soulevait les jupes en affreux polisson. Lorsque sa mère en était informée, elle lui faisait la morale, mais lui n'en tenait pas compte : il avait déjà compris que les domestiques lui pardonnaient tout car il serait un jour leur maître.

Déçu du départ de son frère, qui marquait un désaveu qui le vexait, il décida de prouver qu'il pouvait, lui aussi, être chevaleresque à l'occasion. Accompagnant la nourrice jusqu'au grand portail du domaine, au bout de l'allée plantée de cèdres bleus de l'Himalaya, il lui proposa de porter son baluchon tout du long. Youlia n'osa pas accepter, mais se réjouit secrètement de la proposition : allons donc, un prince voulait lui porter un bagage comme si elle était une grande dame !

Cela la conforta dans l'injustice de la sanction. Dès lors, elle n'eut plus qu'une envie, se venger d'Iéléna Vatchenko qui, dès le début, n'avait jamais respecté les règles qui existaient entre une mère et la nourrice qu'elle employait. Youlia n'était pas une mauvaise personne, mais elle était rancunière. Elle n'avait

1. Figure féminine surnaturelle des contes russes, assimilable à une sorcière qui serait à la fois une adversaire et une donatrice.

jamais oublié qu'elle avait failli perdre son travail lorsque son employeuse s'était toquée d'allaiter elle-même ses fils à leur naissance !

Tout le long du chemin, elle renifla et larmoya, forçant le trait sur son chagrin. Bien sûr, elle ne jouait pas vraiment la comédie. Lorsqu'elle avait été amenée au palais Vatchenko pour nourrir de son lait deux nourrissons, cela s'était fait au détriment de ses propres enfants. Pendant qu'elle allaitait ces bébés étrangers, son propre fils avait été nourri par sa sœur avec du lait de brebis. Il ne l'avait pas bien supporté, régurgitant sans cesse, et cela en avait fait un être maigre et fragile. Chaque hiver, il tombait malade, au point qu'on pensait qu'il ne survivrait pas.

Youlia s'était détachée de lui par la force des choses. Elle ne le voyait qu'une ou deux fois par an, plus par devoir que par besoin, car elle ne parvenait pas à l'aimer. Elle le trouvait laid et idiot. Tout le contraire des deux adorables bambins à qui elle donnait son lait et qu'elle s'était mise à aimer d'un amour empli d'admiration.

Avec ruse, elle exagéra sa détresse.

« Et voilà, il faut maintenant nous quitter, dit-elle à Viktor en pleurnichant. Adieu, mon petit. Adieu ! »

L'enfant recula, farouche. Il était prince de sang. Il n'avait jamais aimé obéir aux ordres, or celui-là le révulsait plus qu'un autre.

« Ne reviendras-tu pas nous voir ?

Youlia fut ravie de son gémissement. Elle répondit, perfide :

— Votre mère ne le permettra pas.

— J'aurai bientôt mon propre cheval. Je pourrai aller où je veux.

— Dans ce cas, conclut-elle en se mouchant bruyamment pour cacher son triomphe, je vous recevrai avec joie, mon prince. Vous serez toujours le bienvenu chez moi. Je vous aime plus que tout au monde. Je serai là pour vous aider et vous conseiller. Tenez..., ajouta-t-elle avec un sourire doucereux, je pourrai même vous présenter à l'homme qui connaît votre oncle et qui m'a remis cette lettre de sa part. Votre oncle n'est pas ce méchant homme que votre mère a voulu vous faire croire. En tant qu'unique homme adulte de la famille, il a à cœur de connaître et d'aider ses neveux ! »

Viktor baissa le nez sans répondre. Il n'avait pas vraiment envie de revoir son oncle. Il se souvenait très bien de leur dernière rencontre, qui avait été horrible.

Mais Youlia désirait tellement se venger qu'elle en devint une fine mouche. Elle appuya là où cela faisait mal.

« Bien sûr, il faudra vous méfier de Nicolaï Zokov. Il n'est pas l'ami qu'il prétend être et je ne serai plus là pour vous protéger. C'est un intrigant qui souhaite se débarrasser de vous et de votre frère, pour demeurer seul avec votre mère et ainsi la garder sous son emprise. J'ai fait ce que j'ai pu pour la défendre, mais il a finalement réussi à se débarrasser de moi. Quel malheur ! Qui la défendra maintenant que je ne suis plus là ?

À ces mots qui faisaient écho à son propre cœur, Viktor redressa la tête, le menton pointé en avant de façon belliqueuse.

— Moi ! s'exclama-t-il comme une évidence. Moi, je la protégerai de Nicolaï. Ne sois pas inquiète, je te le promets ! »

38

Iéléna digéra la mauvaise nouvelle en serrant les dents. Elle n'acceptait pas d'être trahie par son corps. Elle était jeune, elle n'avait même pas trente ans. Était-ce un âge pour mourir ? De toute façon, elle ne se sentait pas malade. La preuve, elle n'avait pas maigri, ou si peu, pas de quoi faire reprendre ses vêtements. Il était vrai que certains jours elle se sentait plus fatiguée que d'autres, mais n'était-ce pas la faute de ses nuits, trop courtes, trop remplies d'amour, dont elle ne voulait se passer pour rien au monde ? Avec Nicolaï, elle n'allait plus se cacher dans les écuries. Elle avait finalement décidé qu'elle était châtelaine en son château et que, comme la Grande Catherine en son temps, elle avait bien le droit de faire ce qu'elle voulait dans le secret de ses appartements.

Bien sûr, elle ne l'accueillait jamais dans son lit conjugal, qui avait été le domaine exclusif de Vassili. Mais elle allait le rejoindre dans le sien au milieu de la nuit, à tâtons dans le noir comme lorsqu'elle était écolière et qu'une fois la surveillance des sœurs endormie, elle se coulait près d'une amie pour chuchoter des confidences sous les couvertures.

Elle aimait l'entendre respirer avec cette profondeur de géant. Elle aimait lorsqu'il lui ouvrait les bras et qu'elle pouvait tout simplement se blottir contre lui, l'oreille posée sur son torse nu, à écouter le lent et puissant battement de son corps. Dans ces moments-là, elle mesurait à la fois la force d'une vie, et sa fragilité. Vassili avait été d'une force identique, avec ses bras autour d'elle non comme une cage, mais comme une montagne protectrice.

Emportée par le paradoxe de la vie, elle passa l'été à tousser sans y accorder aucune importance. Autour d'elle, la nature avait quelque chose d'immuable et de sublime auquel elle se raccrochait, comme si le simple fait de voir tant de vie alentour promettait que la sienne puisse encore continuer.

D'ailleurs, les matins de grands bonheurs, lorsque son corps avait chanté, gémi, crié, elle roulait dans les bras de Nicolaï avec l'impression d'être la reine du monde. Sous sa paume, la peau tiède de Nicolaï répondait à ses caresses par des frissons de plaisir. Au bord de l'étang, les roseaux avaient éclaté et, dans la lumière pâle du matin, on pouvait croire à de la neige. Dans le parc et au-delà, dans les forêts de chênes ou de mélèzes qui descendaient jusqu'à la Baltique, les arbres jaunissaient à cause de la sécheresse et certains avaient déjà perdu des feuilles. Le temps immuable s'écoulait, heureux. Les noisettes avaient été ramassées. Par chance, elles n'étaient pas véreuses. Après voir cueilli les baies de sureau, les enfants picoraient les framboises et les mûres, qui étaient petites et peu juteuses, mais avaient une saveur admirable. Ce fut le temps des confitures qui embaumaient les cuisines. Puis ils ramassèrent les faines des hêtres pour les grignoter comme des écureuils.

En fin de compte, ces jours de presque automne étaient beaux. Iéléna réussit à se convaincre qu'elle n'était pas malade. Fin août, elle se sentit même mieux. Elle se crut convalescente. Allons donc, ce n'avait été qu'une grippe un peu longue, ou une sorte de bronchite…

En écho encourageant, des orages déversèrent une eau bienfaitrice, l'air redevint humide, les prés reverdirent et elle eut moins mal à la poitrine. Elle retrouva son sourire et une certaine euphorie. Il est toujours difficile de se savoir gravement malade, d'imaginer que tout puisse s'arrêter. En opposition, il est grisant de se croire guéri.

Nicolaï fut le seul à remarquer quelque chose. Il avait toujours eu un don pour flairer les maladies chez les chiens ou les chevaux dont il avait la responsabilité. Un être humain n'était pas si différent. Il découvrit très vite qu'après avoir fait un effort, elle demeurait longtemps essoufflée. Qu'elle peinait à calmer sa respiration, qui avait quelque chose de sifflant. Il lui posa des questions par écrit, auxquelles elle répondit d'un sourire doux, en se moquant de son inquiétude : qu'allait-il imaginer ? Tout allait bien.

Il ne la crut pas. Il devinait, il sentait qu'un drame était en route, mais que pouvait-il y faire ? Il n'avait d'autre choix que profiter de l'instant présent, tant que celui-ci durait.

Ensemble, tôt le matin, ils allaient se promener à la fraîche, à pied ou à cheval. Parfois, il avait plu dans la nuit et de la terre montaient des senteurs agréables d'herbe foulée, d'humus et de champignons en train de pousser. C'était le temps des girolles, des rosés-des-prés et des cèpes. C'était aussi le temps des cornouilles[1], des premières pommes et des prunes. Dans le jardin à la française, sur le devant du palais, les roses avaient recommencé à fleurir et leur parfum mettait de la joie dans le cœur de ceux qui le respiraient. Iéléna savourait chaque minute. Tout allait bien. L'incident de la lettre et du renvoi de Youlia semblait loin. Il n'y eut pas d'autres alertes. Lorsqu'elle en parla à Katharina venue lui rendre visite, cette dernière se montra rassurante : depuis qu'elle connaissait la félonie de son cousin Vladislav, elle le faisait surveiller. Elle avait ainsi appris que ce dernier venait de partir en convalescence aux sources d'eau chaude d'Arshan, en Russie orientale, pour y faire une cure. Elle avait également eu confirmation que l'ordre d'envoyer Vassili à la guerre de Crimée n'avait pas été signé par le tsar de l'époque, mais par le chef de sa police secrète, le colonel Anton Pridvorny.

« En êtes-vous certaine ? murmura Iéléna.

— Ma chérie, j'ai soudoyé un valet.

— Peut-être vous aura-t-il menti ?

— Vous connaissez très peu le pouvoir de l'argent, ma chère, gloussa Katharina qui, depuis qu'elle était la maîtresse d'un tsar, avait encore fait des progrès en espionnage et en négociations de toutes sortes, diplomatiques ou non.

— Vous pensez donc comme moi, lui répondit Iéléna, qui demeurait sur son idée fixe. Vous savez que Vassili n'est pas mort à cause de la guerre, mais parce qu'on a orchestré son assassinat.

— Le souci dans cette théorie, ma chère amie, c'est le mobile. Je vois celui de Vladislav, qui a toujours été jaloux de son frère et pensait hériter à sa mort, mais celui de Pridvorny ? Je

1. Baies rouges à noyau, fruits du cornouiller.

me suis renseignée, il n'est pas intéressé par l'argent. Certes, il est issu d'une petite noblesse assez insignifiante, mais il est tout de même à la tête d'une belle fortune léguée par un oncle lointain. De plus, il a ce don assez bourgeois de parvenir à le faire fructifier.

— Je connais cet homme, je l'ai rencontré à plusieurs reprises. C'est un être bouffi d'orgueil dont l'unique ambition est de se hisser dans l'échelle sociale. Si vous dites que l'argent ne l'intéresse pas, vous avez certainement raison. Ce qu'il veut, c'est la puissance.

— Hum, hum, réfléchit Katharina à voix haute. Il est déjà chef de la police secrète du tsar, mais pourquoi pas... Cela fait longtemps que je soupçonne Vassili d'avoir involontairement trempé dans un complot ou quelque chose d'approchant, il y a une dizaine d'années. Quelque chose que ce Pridvorny ne voulait pas qu'il sache... »

À ces mots, Iéléna se crispa tout entière. La remarque de son amie lui rappelait l'enfant qu'elle avait trouvé dans la neige, ses parents assassinés et ce secret que Vassili s'était acharné à préserver par tous les moyens possibles...

« Qu'essayez-vous de dire, Katharina ? questionna-t-elle avec une respiration accélérée.

— Je ne sais pas... Je tente de comprendre, c'est tout... Il y a un secret, j'en suis sûre et certaine... Cela ne peut pas être autrement. »

Iéléna ne répondit rien. Son amie avait raison. Depuis le début, tout tournait autour de la mort de ces deux Anglais et de l'enfant qu'elle avait trouvé. Ce n'était ni le sort ni la malchance qui s'acharnaient sur sa famille, mais un dessein qui, depuis le début, les dépassait tous.

Soudain frigorifiée, elle s'enveloppa plus étroitement dans son châle. Elle aurait voulu tout avouer à son amie, mais les mots ne franchirent pas ses lèvres. Un nœud s'était formé dans sa gorge. Le drame de l'époque revenait lui serrer le cœur et elle eut peur. Quelqu'un savait-il ce qu'elle et Vassili avaient fait ? Voulait-on lui reprendre cet enfant qu'elle avait élevé comme son fils ?

Craignant que cela soit le cas, elle veilla sur Alekseï comme jamais. Elle avait toujours eu un penchant excessivement maternel, mais là, elle devint paranoïaque. Elle aimait ce petit comme son vrai fils, comme la chair de sa chair, comme si elle l'avait mis au monde elle-même dans la souffrance et les cris. Il avait remplacé l'enfant qu'elle avait perdu. Il lui avait permis de ne pas sombrer dans le chagrin, peut-être même d'éviter la folie. Personne ne devait jamais découvrir son secret.

À cet instant, elle se souvint des papiers que Vassili conservait dans son coffre. Elle faillit les jeter au feu, ils étaient l'unique preuve de la vraie filiation du petit Alekseï. Puis le doute revint.

Elle était atteinte d'une tuberculose incurable. Elle allait bientôt mourir. Avait-elle le droit de priver Alekseï de la vérité sur sa naissance ? Ne devait-elle pas plutôt tout lui avouer, pour son bien, mais aussi pour elle, pour soulager sa conscience ? Elle vivait dans le mensonge depuis si longtemps. À l'heure de rejoindre son cher Vassili, fallait-il risquer d'aller en enfer ?

Les jours passèrent sans qu'elle trouve de solution. Elle devenait de plus en plus nerveuse. Elle couvait Alekseï à l'excès, le choyait comme s'il n'avait que trois ans, l'embrassait pour un oui pour un non, et lui, bonne pâte, se laissait faire parce que son instinct lui disait qu'elle en avait besoin.

Le problème vint de Viktor. Lui aussi avait remarqué cette attitude et en souffrait, car il avait l'impression d'être rejeté. Il devint encore plus capricieux et désobéissant. Avec tout le monde, il entrait dans des colères injustifiées et Iéléna dut le punir à plusieurs reprises, car il se permettait de frapper les domestiques.

Même dans ses moments de calme, il jetait à sa mère des regards furieux qu'elle ne savait pas comment interpréter. Lorsqu'il se rendait compte qu'elle l'observait en retour, il baissait le nez d'une manière désolée et venait se jeter dans ses bras. Il enfouissait alors son nez dans son cou et elle le cajolait autant qu'elle le pouvait. Elle avait conscience qu'il avait besoin de son amour et s'efforçait de le lui donner autant qu'elle le pouvait. Il ne semblait jamais en avoir assez et se fâchait si elle en donnait à d'autres.

Début septembre, elle fit venir son notaire pour établir un testament devant témoins, dans lequel elle partageait ses biens de façon équitable entre les deux enfants. Bien sûr, Viktor était l'aîné et seul héritier du titre, du domaine et de la majorité de la fortune, mais elle tenait à doter Alekseï du train de vie auquel il était habitué. Elle en profita pour demander à son amie Katharina d'être leur éventuelle tutrice, ce que cette dernière accepta sans se douter de l'urgence de la situation. En même temps, elle décida d'allouer à Nicolaï et à la plupart de ses serviteurs une pension qui, sans les rendre riches, les mettrait tous à l'abri du besoin.

La démarche la soulagea. Au moins, maintenant, sa famille était à l'abri de tout.

Elle crut aller mieux, car elle toussait moins. Elle souffrait cependant de vertiges et de longs moments d'essoufflement qui la laissaient exsangue, le teint bleui, les mains glacées.

Pour éviter d'avoir un air trop maladif, elle se poudrait plus que d'habitude et mettait du fard sur ses joues. Nicolaï la dévisageait de son long regard compréhensif. Elle avait l'impression qu'il savait mais que, dans sa grande sagesse, ou son immense respect, il la laissait libre de se confier ou non. Il attendait avec sa patience habituelle qu'elle juge le moment opportun pour en parler, mais elle n'y parvenait pas. Avouer sa tuberculose aurait signifié accepter l'inacceptable, ce à quoi elle se refusait. Elle n'était pas prête. Elle voulait vivre. Avec une naïveté presque gamine, elle espérait qu'en faisant comme si la maladie n'existait pas, cette dernière n'aurait jamais de réalité.

Ne lui avait-on pas toujours dit que la volonté pouvait tout ?

Septembre arriva et un dimanche, les jumeaux se réveillèrent plus tôt que d'habitude, sans doute à cause de l'orage qui avait tonné à l'aube. Comme le soleil perçait, Iéléna leur proposa une sortie à cheval. Pourquoi ne pas emmener un pique-nique et s'installer quelque part dans une clairière ou au bord d'un ruisseau, où ils pourraient jouer au volant ?

Viktor avait rechigné en apprenant que Nicolaï serait de la partie, jusqu'à ce que ce dernier propose d'emmener des chiens. La perspective lui avait plu : avec un peu de chance, ils lèveraient des lièvres… Cette idée avait excité tout le monde et Viktor était redevenu l'espace d'un instant un enfant joyeux.

Il était tôt. Une brume dense stagnait encore au-dessus des prés gorgés d'eau, donnant au paysage une allure d'automne avant l'heure. L'orage avait laissé de la boue sur le chemin, dans laquelle ils pataugèrent jusqu'à ce qu'ils arrivent au sommet d'une colline. Là, un terrain gazonné descendait en pente douce vers un vallon paisible.

Les garçons entamèrent une course et Iéléna, riant, s'élança à leur suite. Elle galopa durant une bonne dizaine de minutes en essayant de ne pas tenir compte de la douleur qui irradiait de plus en plus dans sa poitrine. Les barzoïs bondissaient à ses côtés, souples, élégants, magnifiques. Elle poussa sa monture pour sauter une haie, mais au moment où le cheval s'envolait vers le ciel, elle tourna de l'œil.

Nicolaï la suivait de près. Il la vit tomber à la renverse et sentit son cœur se figer d'angoisse. Presque en voltige, il sauta de selle et courut vers elle. Elle respirait et il remercia Dieu, mais remarqua très vite son teint trop pâle, ses lèvres presque bleues. La prenant dans ses bras, il se rendit compte que sa respiration était sifflante et saccadée. L'air avait du mal à passer dans ses poumons.

Craignant le pire, il la ramena au palais au plus vite, où il la confia à sa femme de chambre le temps d'aller chercher le médecin de famille. Iéléna n'avait toujours pas repris connaissance.

En attendant l'arrivée du praticien, Nina autorisa les jumeaux à s'asseoir sur des tabourets dans la chambre de leur mère. Tétanisés par l'accident dont ils venaient d'être témoins, ils se tenaient l'un contre l'autre, la mine effrayée. La chute avait été spectaculaire et Viktor ne cessait de se tordre les mains. Il s'était mis en tête que tout était de sa faute.

« Je ne sais pas pourquoi je suis tout le temps en colère, avoua-t-il à son frère en hoquetant. Je n'étais pas content que Nicolaï vienne avec nous, je désirais avoir maman pour nous tout seuls, mais je le jure, je ne voulais pas qu'il arrive quelque chose d'aussi terrible ! Pas à elle !

Alekseï passa un bras protecteur autour de ses épaules.

— Ne dis pas de bêtises, ce n'est pas de ta faute. Cela fait longtemps que maman est malade. Ne t'en es-tu pas rendu compte ? »

Nina les fit taire d'un « chutttt » intempestif. Ils n'osèrent plus rien dire, par crainte de se faire chasser de la chambre. Immobiles et silencieux, ils regardèrent fixement leur mère étendue sur un lit trop vaste, le teint presque aussi livide que les draps. Elle avait les yeux clos et respirait avec difficulté.

Enfin, le médecin fut annoncé. La tête basse, ils sortirent pour qu'il puisse ausculter leur mère. Ils restèrent dans le couloir au milieu des serviteurs rassemblés, qui murmuraient des prières et ne cessaient de se signer.

Nicolaï s'était placé à l'écart de tous, les joues trop pâles dans sa barbe blonde. Ses trois lévriers étaient couchés à ses pieds, lui donnant l'apparence du maître de maison.

Viktor fulmina tout bas.

« Tout est de sa faute, siffla-t-il avec autant de rage que d'affliction. S'il n'avait pas voulu emmener les chiens, nous n'aurions pas fait cette course et maman ne serait pas tombée ! »

Alekseï s'offusqua de la remarque, qu'il jugea injuste, mais Viktor ne voulut pas en démordre. Il réagissait au chagrin et à la peur par la colère. Il ne parvenait pas à s'en empêcher. À sa manière habituelle, Alekseï évita d'envenimer la situation en gardant le silence. Il prit cependant la main de son frère dans la sienne, et la serra affectueusement.

Ils continuèrent d'attendre ainsi, dans le silence que ne troublait que le tic-tac d'une horloge à l'autre bout du couloir. Enfin, le docteur Ivane sortit de la chambre. C'était un homme entre deux âges, aux traits bons et doux. Une barre soucieuse marquait le milieu de son front. Voyant les enfants lever vers lui un visage au bord de la panique, il prit sur lui pour leur sourire d'un air rassurant.

« Tout va bien, leur dit-il gentiment. Vous pouvez retourner auprès de votre maman, mais faites attention de ne pas trop la fatiguer. Elle doit se reposer.

— Comment va-t-elle ? demanda Alekseï avec sa maturité habituelle, tandis que Viktor se précipitait pour ouvrir la porte.

— Elle sera heureuse de vous voir, prince Alekseï, lui répondit le médecin sans trop se compromettre.

Il attendit que les garçons soient entrés dans la chambre pour se tourner vers l'ensemble des domestiques. Tous le regardaient comme s'il apportait l'Évangile. Il se racla la gorge et prit un ton de circonstance :

— Il faudrait prévenir les membres de la famille.

Nina avança en faisant une révérence.

— Vous me connaissez, docteur, je suis Nina, la femme de chambre de notre *barynia*. Je vais prévenir la comtesse Katharina. En attendant, vous pouvez discuter des dispositions à prendre avec Nicolaï Zokov. C'est lui qui doit être mis au courant de tout.

— Merci, Nina. Je viendrai te voir un peu plus tard pour t'expliquer les remèdes qu'il faudra administrer à ta maîtresse. En attendant, je vais m'entretenir avec toi, Nicolaï Zokov. Il est important que vous compreniez tous bien la situation. »

Nikolaï serra les dents. Il aurait préféré se rendre dans la chambre pour tenir la main d'Iéléna, ou même partir dans la forêt, qui avait toujours su panser ses blessures, pour y marcher durant des heures jusqu'à ce que la fatigue du corps amène l'oubli, mais il n'avait pas le choix. Son père dut comprendre son état d'esprit, car il lui jeta un coup d'œil encourageant. Les épaules basses, il emmena le médecin dans la bibliothèque où ils pourraient discuter en paix.

Pour s'occuper les mains, il servit d'emblée au médecin un thé brûlant pris au samovar, puis après l'avoir invité à s'installer dans un fauteuil en cuir, l'écouta parler de la maladie de la femme qu'il aimait avec des phrases qu'il ne comprenait pas, qui employaient des mots qu'il n'avait jamais entendus comme « expectoration », « phtisie » et « consomption ».

Plus ces termes techniques entraient dans la conversation, plus une boule se formait dans son ventre.

Enfin, le médecin se tut, les mains jointes avec un air attristé qui donnait encore plus la mesure de ce moment terrible. Nicolaï s'empara d'un carnet et y écrivit sa première question :

Est-ce grave ?

Le médecin se contenta de le dévisager, les lèvres tordues. Nicolaï comprit. Il serra les poings. S'il n'avait pas été muet, peut-être aurait-il crié.

« Mon garçon, il faudra inciter la *barynia* à prendre ses dispositions au plus vite. »

Combien de temps ? écrivit Nicolaï d'une écriture tremblante, et il crut mourir sur place d'avoir simplement osé envisager cette terrible cette question.

Une fois de plus, le docteur Ivane ne répondit pas, mais son visage demeura éloquent. Nicolaï baissa le menton en se mordant la lèvre jusqu'au sang.

« Ça va aller, mon garçon, tout va bien se passer. »

Nicolaï hocha la tête, mais il savait que lorsque la mort était au bout du chemin, rien ne pouvait se passer bien.

Iéléna réussit à se rétablir suffisamment pour recommencer à marcher. Néanmoins, elle demeura faible, car elle avait perdu l'appétit et beaucoup maigri. Elle passait la plus grande partie de ses journées dans un fauteuil installé sur la terrasse au soleil, avec une couverture sur les genoux. Il faisait doux sans excès, cela lui convenait. Au grand air, elle avait l'impression de mieux respirer.

Le docteur Ivane, qui revenait chaque jour, se déclara satisfait de ses progrès. Lorsqu'elle eut recouvré suffisamment de force, il lui proposa d'aller faire une cure au bord de la mer, plus au sud, loin de l'hiver qui approchait. Elle refusa. Elle ne voulait pas quitter le domaine dont elle avait la responsabilité. Même assise dans son fauteuil, elle passait beaucoup de temps avec ses intendants pour mettre à jour ses cahiers de comptes. À chaque fois, elle exigeait que Nicolaï soit présent.

« Il est important que tu saches comment se gère le domaine, lui répétait-elle. Katharina ne pourra pas s'en occuper personnellement. Cette responsabilité t'incombera donc. »

Le visage fermé par le chagrin, il faisait non de la tête. Alors elle caressait sa joue du bout des doigts, en souriant doucement, ce qui finissait toujours par imposer sa volonté. Vaincu, il s'asseyait à côté d'elle, attentif et studieux.

Le petit Viktor les observait en refusant d'accepter la situation. Depuis qu'il les avait surpris ensemble, il avait pris le jeune homme en grippe. Il ne ratait aucune occasion de le lui montrer. Du haut de ses dix ans, il n'aurait pourtant pas su dire ce qu'il lui reprochait. Était-ce de ne pas être resté à sa place ? Ou plus simplement de ne plus être son ami exclusif, mais aussi celui de sa mère ?

Avec aigreur, il avait remarqué le sourire qui envahissait les yeux de cette dernière lorsque Nicolaï la dévisageait ou lui prenait la main. Bien sûr, il n'osait rien dire, mais il s'en étranglait de fureur. Il avait l'impression qu'en agissant de la sorte sa mère faisait tomber son père du piédestal sur lequel il l'avait placé.

La situation le faisait d'autant plus enrager que son frère ne semblait pas partager son point de vue. Pour la première fois de leurs vies, ils avaient des idées divergentes. Soudain, ils cessèrent de tout faire en commun et de se confier l'un à l'autre. Viktor, en particulier, évita de dire à Alekseï qu'il allait une fois par semaine rendre visite à Youlia, dans sa petite maison de bois au bout du village.

Il était fier que son ancienne nourrice le reçoive avec joie. Pour lui, elle sortait de l'armoire une nappe blanche brodée de fleurs rouges sur laquelle elle disposait du thé et des biscuits qu'elle avait elle-même confectionnés avec du beurre de sa vache, des œufs de ses poules et du miel de la forêt. Lorsqu'il était bien restauré, elle lui tendait enfin une lettre cachetée, qui sentait le cigare et le clou de girofle : son oncle Vladislav lui écrivait toutes les semaines.

Au début, Viktor n'avait su quoi faire de cette enveloppe de papier bleu, qu'il tournait et retournait entre ses doigts. Il l'avait jetée dans le feu, par crainte de recevoir des informations identiques à celle qui l'avait incité à surprendre sa mère dans les bras de Nicolaï.

La deuxième excita sa curiosité. Il décacheta le pli, lut les quelques lignes qu'on lui faisait ainsi parvenir et découvrit une véritable proposition d'amitié.

Avec des mots simples aisément compréhensibles, son oncle lui avouait regretter la situation actuelle qui l'empêchait de profiter de ses neveux. Il prétendait s'être excusé de son ancien comportement auprès de leur mère, mais cette dernière demeurait fâchée et refusait de pardonner ce qu'il désignait sous le terme d'erreur de jeunesse. Cette situation lui était d'autant plus insupportable que Viktor et Alekseï étaient la seule famille proche qui lui restait, et qu'il les adorait.

L'enfant déchiffra ce message avec plaisir. Comme il comprenait son oncle ! Lui aussi se sentait seul et incompris. Lui aussi était un paria depuis qu'il croyait avoir perdu l'amour de sa mère ainsi que la formidable complicité qui, jusqu'à présent, l'avait uni à son frère.

Ce sentiment d'abandon atteignit son paroxysme lorsque, fin septembre, Iéléna fut à nouveau trop faible pour assister aux repas de famille. Du fond du lit où Nina l'avait adossée à des coussins pour la soutenir au mieux, elle insista pour qu'Alekseï vienne la voir. Elle voulait lui parler.

Fou de jalousie en s'imaginant exclu, Viktor se précipita chez Youlia pour pleurnicher dans son tablier. La nourrice n'était pas très futée, mais elle avait du bon sens.

« Allons, allons, pourquoi ne pas écrire à cet oncle qui vous aime ? lui proposa-t-elle après avoir été mise au courant de la situation. Vous pourriez ainsi vous reposer sur lui et même lui demander son avis sur la maladie de votre mère et sur la bonne gestion du domaine. »

Le jeune Viktor essuya d'un revers de manche ses yeux larmoyants. Cela lui parut une excellente idée.

39

Depuis quelques jours, Iéléna réfléchissait beaucoup. Avec son corps qui devenait de plus en plus faible, elle ne parvenait plus à faire grand-chose d'autre. Elle avait des membres maigres à faire peur et paradoxalement lourds comme s'ils étaient en plomb. Le moindre mouvement l'essoufflait, la rendant incapable de s'asseoir seule dans son lit sans avoir une terrible crise de toux qui l'empêchait de respirer.

Ces quintes l'épuisaient. Elle en sortait au bord de l'évanouissement, les poumons déchirés par une brûlure atroce. Malgré la clémence de la saison et le feu que Nina faisait entretenir en permanence dans la cheminée, elle avait constamment froid, jusqu'à en avoir les ongles bleuis, les doigts glacés et les lèvres desséchées.

Elle savait qu'elle était en train de partir. Elle ne croyait plus en sa guérison. Son corps l'abandonnait, pire, il la trahissait. Elle dormait tellement qu'elle confondait les rêves et la réalité. En même temps, elle était injustement prisonnière d'un épuisement si terrible qu'elle ne parvenait plus à boire seule un verre d'eau ou à manger autre chose que des purées, car elle n'avait plus la force de mâcher.

Ses membres reposaient sous ses couvertures, inutiles, alors que son esprit demeurait vif.

« Je ne marcherai plus jamais », souffla-t-elle à Nicolaï lorsqu'il vint en fin d'après-midi lui proposer de rester avec elle pour la soirée et même la nuit.

Il lui prit la main pour l'embrasser avec ferveur, avec un sourire encourageant qui n'allait pas jusqu'au fond de ses yeux. Lui aussi savait. Lui aussi avait compris qu'elle ne survivrait pas à l'hiver.

Elle avait peur, bien sûr. Une drôle de peur anesthésiée par la fatigue. Elle aurait voulu ne plus jamais dormir, pour être vivante jusqu'au bout, mais elle n'y parvenait pas. À tout moment, elle sombrait pour se réveiller des heures plus tard, sans comprendre ce qui s'était passé. Sa mort serait identique à cela, un brusque trou noir. Rien d'autre.

Pour cette raison, elle refusait qu'on éteigne les chandelles. Elle voulait que, quelle que soit l'heure du jour ou de la nuit, elle ait toujours cette lumière qui lui dise qu'elle était encore en vie.

« Je vais bientôt rejoindre mon Vassili », souffla-t-elle un autre jour, et elle regretta aussitôt d'avoir dit cela, car Nicolaï avait baissé la tête comme un enfant meurtri.

« Pardon », dit-elle.

Elle pensait de plus en plus au passé. À son enfant mort. À Alekseï qui l'avait remplacé. Qui avait grandi sans savoir qui il était vraiment.

Avait-elle le droit de lui imposer cela pour le reste de sa vie ?

Elle se décida un matin d'octobre et réussit à se traîner dans un fauteuil près de la fenêtre, un exploit qu'elle n'avait pas réussi à accomplir depuis bien longtemps. Là, elle se sentit moins mal que d'habitude. Elle y vit le signe qu'il était temps de faire la paix avec Dieu et avec les hommes.

« Je ne veux plus avoir aucun mensonge dans ce qu'il me reste de vie, avoua-t-elle à sa fidèle femme de chambre après lui avoir demandé de faire venir Alekseï.

— Je vais les chercher tout de suite, répondit Nina.

Iéléna la corrigea doucement :

— Je souhaite juste voir Alekseï. Lui seul. »

La servante marqua sa surprise. À ses yeux comme à ceux de toute la domesticité, les jumeaux étaient indissociables.

Elle acquiesça cependant avec docilité.

« Je vais le chercher, *barynia*, mais d'abord je vous coiffe. »

Iéléna s'abandonna avec un sourire. Oui, Nina avait raison, il valait mieux qu'elle s'arrange un peu pour que son aspect n'effraie pas son fils.

Elle profita du répit octroyé par les coups de peigne pour réfléchir à ce qu'elle voulait dire. Elle y pensait encore lorsque Nina lui mit un peu de poudre sur le nez et du rouge sur les joues. Elle avait de la peine à trouver ses mots. Comment avouer à un enfant qu'on considérait comme son fils qu'il n'était pas né de son ventre, mais du ventre d'une inconnue ?

L'amour qu'elle lui portait suffisait-il à justifier ce mensonge de tant d'années ?

Il vint en courant, mais lorsqu'il franchit la porte, il marqua un recul involontaire. La chambre empestait malgré la fenêtre ouverte. Heureusement, sa mère n'était pas dans son lit. Il fut cependant choqué par son apparence. Elle avait tellement maigri. Ses joues étaient si creuses qu'elles laissaient deviner les formes de son crâne. Ses bras ressemblaient à des brindilles.

Elle sourit, pour l'encourager, pour lui montrer qu'elle était toujours là, aimante de tout son cœur.

« Alekseï, viens, mon petit. Viens tout près de moi. Assieds-toi ici, dans ce fauteuil en face de moi, que je puisse te regarder.

Elle trouva qu'il avait grandi, qu'il irradiait de force et de santé, qu'il était beau comme un jeune dieu grec et elle en fut si fière que ce fut encore plus difficile de lui parler.

— Maman, vous avez l'air mieux », lui dit-il gentiment.

Avec son frère, il venait tous les jours, mais l'entrevue ne durait parfois que quelques secondes, parce qu'elle dormait, parce qu'elle avait de la fièvre, parce qu'elle partait à petit feu et que cette dernière aventure ne pourrait se régler que dans la solitude.

Il s'assit en face d'elle en essayant de lui offrir un visage serein, mais il n'avait pas onze ans et elle voyait bien que son aspect le heurtait. Le pauvre petit luttait de toutes ses forces contre les larmes.

« Je vais mieux... commença-t-elle pour le rassurer, sauf que c'était encore mentir et que cet enfant qui avait illuminé sa vie depuis sa naissance méritait mieux qu'un mensonge de pacotille. Ou plutôt non, corrigea-t-elle avec honnêteté, je ne vais pas si bien que ça, mon chéri. Je suis très fatiguée.

— Je peux vous laisser vous reposer.

— Non, non, s'exclama-t-elle en tendant la main, qu'il prit gravement dans la sienne comme s'il était un homme et non un enfant. Reste, je t'en prie, cela me fait du bien de te regarder. Et puis, je voudrais te parler, te dire...

Elle se tut, incapable de continuer. Il lui sourit. Il était déjà tellement adulte :

— Je vous écoute, maman. »

S'accordant un dernier sursis avant l'ultime confession, elle étudia son jeune visage aux joues encore pleines. D'habitude, il avait des yeux rieurs et une belle bouche amusée de tout, sauf qu'en cet instant son visage était de marbre, un peu trop pâle, avec une expression qui trahissait son désarroi. Malgré tout, ses traits demeuraient fins et harmonieux, avec un front intelligent, un menton volontaire, des sourcils encore blonds qui soulignaient la vivacité de son regard, la ténacité de son caractère et sa profonde humanité.

C'était un enfant aimable et déterminé. Il fêterait ses onze ans dans quelques semaines. C'était encore si jeune. D'ailleurs, ses cheveux folâtres lui donnaient toujours un air d'angelot, avec leur longueur aux épaules et leurs grosses boucles blondes qui retombaient autour de son visage avec une liberté folle.

« Mon petit, commença-t-elle. Mon tout-petit…

— Je vais avoir onze ans, lui rappela-t-il avec un gentil sourire un peu moqueur. Vous savez, maman, je suis un grand maintenant, vous pouvez tout me dire. »

Elle sut qu'elle n'y arriverait pas.

Elle n'avait pas le droit de ternir son insouciance. Elle l'avait tellement protégé qu'il lui semblait soudain bien odieux de lui avouer qu'ils n'étaient pas de la même famille, qu'il était un enfant trouvé, le fils de gens assassinés peu de temps après sa naissance. Un inconnu.

Non, elle n'avait pas le droit de lui imposer ça, alors que durant toutes ces années elle l'avait porté dans son cœur comme s'il était né de sa chair. Elle l'avait allaité. Elle l'avait embrassé, choyé, cajolé, consolé. Elle l'avait regardé grandir, s'émerveillant de ses premiers mots, de ses premiers pas. Elle l'avait veillé lorsqu'il était malade et l'avait puni lorsqu'il le méritait. Elle lui avait appris à aimer les oiseaux qui venaient sur le bord de la fenêtre, à courir avec les chiens dans l'herbe verte du printemps, à jouer dans la neige, à retrouver son chemin dans le labyrinthe du jardin, à observer le cerf et le chevreuil sans forcément les tuer.

Elle lui avait sauvé la vie en défiant des loups.

« Alekseï, mon chéri.

— Oui, maman.

— Je veux que tu saches que je t'aime, que je t'ai aimé dès le premier regard que j'ai posé sur toi.

— Moi aussi, maman.

— Quoi que tu puisses un jour entendre dans ta vie, je veux que tu te rappelles toujours à quel point notre famille t'a aimé.

Il écoutait en fronçant les sourcils, un peu étonné, un peu gêné.

— Je te le promets, maman.

— Toi et Viktor, vous êtes les deux plus belles choses qui me sont arrivées dans la vie. Soyez toujours ensemble et n'oubliez jamais à quel point vous vous aimez.

— Bien sûr, maman.

— C'est bien, mon chéri. Maintenant, sois un gentil garçon et va me chercher Pavel Zokov, je souhaite lui parler avant d'être trop fatiguée. »

Il obéit après l'avoir embrassée. Lorsqu'il referma la porte derrière lui, elle croisa le regard de Nina et sut que sa femme de chambre avait tout compris.

« Ai-je eu tort de me taire ? lui demanda-t-elle comme à une amie.

Nina s'agenouilla devant elle en lui prenant la main pour la serrer contre sa joue.

— Non, *barynia*. Vous avez bien fait. Il faut toujours s'efforcer de protéger ceux qu'on aime.

— Merci, Nina. Tu viens de me conforter dans une décision difficile dont je n'étais pas certaine. »

Lorsque Pavel frappa à la porte, elle se réveilla en sursaut. Elle s'était une fois de plus endormie sans même s'en rendre compte.

L'ancien garde-chasse entra en baissant les yeux, ôta son éternel bonnet en peau de castor et le tritura avec gêne.

« *Barynia ?*

— Mon ami, approche-toi », lui dit-elle en essayant de se redresser dans son fauteuil.

Pavel Zokov ne s'était jamais remis du terrible voyage qu'il avait fait pour ramener la dépouille de son maître de Sébastopol. Il en était resté affaibli et boiteux, à tel point qu'Iéléna avait dû se résoudre à lui trouver un successeur. Elle l'avait néanmoins gardé auprès d'elle, d'abord pour le soigner, mais aussi parce qu'il avait toujours été de bon conseil. Curieusement, cet homme des prés et des bois avait une connaissance approfondie de la nature humaine et avait toujours su l'aider dans les situations les plus épineuses.

Il était aussi le père de Nicolaï.

« *Barynia ?* répéta-t-il lorsqu'il fut tout près d'elle.

— Mon cher ami, je vais à nouveau avoir besoin de toi pour une mission d'importance.

— Je suis à vos ordres, *barynia.* »

Elle lui prit la main, étudia son visage marqué mangé par une épaisse barbe grise. Lui aussi avait l'air fatigué, fragile. Elle hésita à lui confier ce qu'elle attendait de lui, puis elle comprit qu'elle ne pouvait en parler à personne d'autre. Il était le seul à savoir ouvrir le coffre-fort dans le bureau.

« Il faut tout détruire, Pavel, dit-elle en décrivant la cassette qui enfermait les papiers que lui et son maître avaient un jour trouvés après avoir fait les poches d'un lord anglais assassiné.

— *Barynia !*

— Je t'assure, il faut tout détruire avant qu'il ne soit trop tard. Il ne me reste pas beaucoup de temps, mes forces m'abandonnent. Or, j'ai bien réfléchi, cet enfant, tu le sais, tu l'as vu, je l'ai élevé comme le mien. C'est mon enfant. Je lui ai construit une vie, un avenir. Il est le frère jumeau de mon Viktor. Je refuse qu'il perde tout sous prétexte que je n'aurais pas su le protéger jusqu'au bout.

— Notre maître… commença Pavel en triturant de plus belle son bonnet.

— Je sais, Pavel. Vassili tenait à garder ces papiers au cas où. Mais au cas où quoi ? Une fois que je serai morte, ces papiers tomberont dans d'autres mains que les miennes et qu'adviendra-t-il alors ? On découvrira qu'Alekseï n'est pas un Vatchenko. On le chassera. On le mettra dans un orphelinat. Au mieux, on le gardera auprès de Viktor, mais il deviendra un paria, un moins-que-rien, à vivre de la charité de son frère. Ce n'est pas ce que je souhaite, ni pour l'un, ni pour l'autre… »

Elle s'interrompit, à bout de souffle, et sombra dans une quinte de toux qui la priva d'air pendant de longues minutes.

Pavel attendit patiemment tandis que Nina s'efforçait de la soulager en lui faisant respirer un remède à la forte odeur camphrée. Enfin, elle émergea de sa crise et retrouva une respiration presque normale.

« Tu m'as… entendue… mon ami… mon fidèle… Pavel… Va dans mon… bureau… ouvre le… coffre et… détruis… tous… ces papiers…

Il s'inclina, comme toujours respectueux de ce qu'elle lui disait.

— Je vais le faire, *barynia.*

— Tout de suite, Pavel… fais-le… tout de suite… Il ne faut pas perdre de temps. »

40

Pavel Zokov entra dans le bureau avec sa clé personnelle, puis avança lentement vers le milieu de la pièce. Les volets étaient mi-clos, plongeant la bibliothèque dans une pénombre douce, presque fraîche pour la saison. Le vieil homme avança en claudiquant vers le mur du fond où, sous un tableau représentant le double portrait de Viktor et d'Alekseï, adorables dans leurs marinières ornées de pompons, siégeait le coffre-fort.

Il s'agissait d'un modèle récent en forme d'armoire, fabriqué par l'entreprise française Fichet, elle-même réputée pour son système de combinaison invisible. Une seule clé ouvrait deux serrures : celle classique placée à gauche et celle à combinaison chiffrée située à droite. Il fallait entrer en premier la combinaison pour permettre l'ouverture de la seconde. L'astuce consistait à introduire d'abord la clé à l'envers, panneton vers le haut, pour mouvoir les trois compteurs successifs qui déterminaient le code des trois chiffres choisis.

Pour ce faire, on actionnait des clics jusqu'à entendre un son différent, plus fort que les autres, qui marquait le point « zéro ». À partir de ce point, on pouvait entrer le chiffre de la combinaison, sachant que si ce chiffre était « trois », il fallait faire trois clics.

Comme il y avait trois compteurs, on répétait cette manipulation trois fois de suite. Une fois la série effectuée, on sortait la clé et on l'introduisait dans l'autre serrure, qu'on ouvrait de manière normale.

Évidemment, si la combinaison était fausse, le coffre-fort demeurait fermé.

Le vieux Pavel n'était pas familier de cette mécanique française, dont il n'avait appris le fonctionnement que pour pallier une éventuelle absence de la princesse Iéléna. D'ailleurs, il n'était pas loin de juger l'objet comme une œuvre du diable.

En homme simple lié aux choses de la nature, il avait une façon bien différente pour dissimuler son bien : il prenait une bêche, allait dans un coin de forêt connu de lui seul, creusait un gros trou et y mettait ce qu'il voulait cacher. Il ne connaissait pas de meilleure méthode.

La mine renfrognée, il approcha avec réticence du gros meuble d'acier, si lourd qu'il avait fallu consolider le plancher à l'endroit où on l'avait posé. De loin, l'objet ressemblait à une armoire presque élégante, décorée de jolis entrelacs dorés. De près, on remarquait surtout son aspect massif, robuste, pesant. Une porte unique, extrêmement épaisse, béait sur un espace réparti en plusieurs étagères.

La princesse Iéléna y entreposait tout ce qu'elle tenait à préserver des voleurs ou des curieux. On y trouvait donc les papiers relatifs aux différentes propriétés des Vatchenko, son testament et celui de Vassili, ainsi qu'une somme rondelette rangée dans une bourse de velours, destinée à faire face aux urgences, si nécessaire.

En grommelant dans sa barbe, le vieux moujik contempla le meuble qui semblait le défier dans la pénombre, puis décida d'allumer au préalable un feu dans la cheminée, ce qui lui permettrait de brûler rapidement les papiers dont la princesse Iéléna voulait se défaire.

Il s'activa en soupirant. Des années auparavant, il avait conseillé au prince Vassili de conserver ces documents. Il était persuadé qu'ils recelaient un secret d'État, mais ni lui ni son maître n'avaient jamais su de quoi il s'agissait.

Iéléna, au contraire, avait toujours cherché à s'en défaire. Elle savait que tant que ces papiers existeraient, le petit Alekseï risquait de lui être pris. Elle avait d'ailleurs vécu toutes ces années avec cette peur au creux de son ventre : perdre son enfant une seconde fois.

Cette crainte était si profondément enracinée en elle que, même au seuil de la mort, elle tenait à le protéger jusqu'au bout en emmenant son secret dans sa tombe. Pour une mère, les voix du cœur prévalaient toujours. Pavel le comprenait d'autant plus que le petit avait su se faire adopter de tous. Qui au château se souvenait encore qu'il n'était pas un vrai Vatchenko ?

Le vieil homme s'agenouilla avec difficulté devant la foyère, puis frappa un briquet jusqu'à ce qu'il parvienne à allumer un brandon. Piter, le valet qui s'occupait des feux dans toutes les cheminées du palais, avait préparé avec soin des bûches bien sèches qui s'enflammèrent aisément. Lorsque le feu monta, haut et clair, Pavel se releva en retenant un gémissement de douleur, puis lourdement appuyé sur sa canne, il avança à petits pas. Il était temps de se confronter au coffre Fichet.

Il prit son temps. Il voulait être sûr de son affaire et craignait qu'une mauvaise manipulation bloque le système d'ouverture. Après avoir introduit la clé dans la serrure des compteurs, il écouta les clics qui se succédaient. En fait, il le fit avec une telle concentration que, l'oreille appuyée contre le coffre, il ne prêta aucune attention aux chevaux qui venaient d'arriver dans la cour, ni aux cris d'un homme interpellant sèchement les valets de ferme.

De la même façon, il n'entendit pas les bottes qui claquaient avec impatience dans le vestibule, ni les pas qui se rapprochaient dans le couloir. Quand le coffre s'ouvrit enfin, il n'eut pas le temps de s'en réjouir : la porte du bureau venait elle aussi de s'ouvrir à toute volée.

Vladislav Vatchenko se profila dans l'embrasure. Il portait un manteau de cavalier qu'il n'avait pas pris la peine d'ôter ni même de déboutonner, avec de grands brandebourgs dorés qui lui donnaient un air de militaire. Une partie de son visage était cachée sous un demi-masque de cuir, tandis que l'autre partie, offerte à tous les regards, affichait un air sardonique qui le faisait ressembler à un diable.

Pavel songea tout de suite à refermer le coffre-fort, mais la porte était lourde et lui n'avait plus la force de sa jeunesse. Son geste fut trop faible, trop lent. Vladislav l'aperçut et bondit vers lui. Il le frappa de toutes ses forces avec le knout qu'il tenait à la main.

Ce fouet était une arme spécialement fabriquée pour provoquer un maximum de douleur : son manche de forme courte était terminé par plusieurs lanières de cuir avec des nœuds. Le coup atteignit Pavel sur le bras. Le vieil homme vacilla de souffrance, mais déjà un deuxième coup l'atteignait, puis un troisième.

Malgré sa fierté, le serviteur ne put retenir un cri de détresse. Le visage déformé par la douleur, il tomba à genoux. Son cœur était en train de lâcher, tétanisant son bras gauche. Il crispa sa main valide sur sa poitrine, mais Vladislav lui assena un dernier coup qui le jeta sur un tapis. Dans la chute, sa tête heurta le pied du bureau.

Comme dans un brouillard, il entendit un enfant se précipiter vers lui.

« Mais pourquoi faites-vous cela ? hoqueta Viktor, la mine effarée par ce qu'il venait de voir. Pourquoi frappez-vous Pavel ? C'est un vieil homme, il n'est pas méchant.

Vladislav balaya l'enfant d'un geste du bras comme s'il n'était qu'un moucheron face à un taureau.

— Il faudra très vite cesser d'être aussi naïf si tu veux que nous nous entendions au mieux, mon cher neveu… » persifla-t-il, la bouche tordue par un ricanement.

L'enfant recula comme sous le coup d'une gifle, comprenant soudain que son oncle l'avait dupé. Malgré ses jolies lettres et ses belles paroles, Vladislav Vatchenko n'avait pas changé. Il demeurait l'être haïssable qu'il avait connu des années auparavant, celui qui avait voulu l'enfermer avec son frère dans une armoire tandis qu'il s'apprêtait à violenter sa mère.

« Je croyais que vous étiez mon ami ! » s'écria-t-il en ravalant un sanglot.

Son oncle ne lui prêta aucune attention. Il venait de s'arrêter devant le coffre-fort ouvert et, tendant la main, commença à fouiller à l'intérieur.

Viktor en fut blanc de rage.

« Ne touchez pas aux affaires de ma mère ! » hurla-t-il de plus belle, mais il était si jeune que son oncle éclata de rire face à cette menace ridicule.

Le raffut attira l'attention de quelques valets, qui passèrent le nez par l'entrebâillement de la porte.

« Aidez-moi ! » leur ordonna Viktor, mais aucun ne broncha.

Vladislav Vatchenko n'était pas venu seul. Il avait appris de ses erreurs et, cette fois-ci, avait dispersé des hommes à sa solde dans tout le rez-de-chaussée. Ces derniers étaient armés de pistolets. Ils mirent en joue les serviteurs les plus fanfarons, qui reculèrent aussitôt.

« Disparaissez tous, racailles ! » leur ordonna Vladislav en jubilant, car il pouvait enfin se venger de l'humiliation qu'il avait vécue un an auparavant.

De fait, nul n'osa s'interposer. Ce visiteur n'était peut-être pas le maître de cette maison, mais il était un Vatchenko. Une seule personne aurait eu le droit de s'opposer à sa présence. Malheureusement, elle était alitée dans sa chambre, à l'agonie.

Les domestiques présents durent sentir le vent tourner car ils préférèrent s'éloigner. Viktor les regarda s'en aller, éberlué par leur lâcheté. Il aurait voulu les frapper et les injurier, mais il se rendait compte que tout ce qui arrivait était de sa faute. En demandant de l'aide à son oncle, il avait fait entrer un serpent dans sa maison.

Pris de remords, il croisa le regard empreint de souffrance du vieux Pavel et ne put en supporter davantage. S'élançant d'un bond, il passa entre les jambes des sbires de son oncle et se rua dans le couloir. L'un d'eux voulut le retenir, mais Vladislav claqua des doigts en ricanant, ordonnant à tous de le laisser passer :

« Allons, allons, messieurs, n'oubliez pas que ce petit lapin nous a fait venir ici. Laissons-le courir un moment, nous lui devons bien ça ! »

Les hommes de main se mirent à glousser, tandis que l'enfant, rouge de honte, se faufilait entre eux. À maintes reprises, il craignit qu'on le retienne, mais Vladislav avait cessé de lui accorder la moindre importance. Il venait de découvrir au fond du coffre-fort une cassette fermée à clé qui monopolisait son attention.

« Donne-moi la clé », exigea-t-il de Pavel couché à terre, mais le vieil homme était si mal en point qu'il ne parvenait plus à parler. Tétanisé par un infarctus, il avait le haut du corps tordu par la douleur et le visage atrocement défiguré.

Furieux de son silence, Vladislav l'attrapa par le col de sa chemise pour le secouer méchamment. Il n'obtint que des gémissements qui s'affaiblirent de plus en plus. Écœuré, il rejeta le vieil infirme en arrière.

« Crois-tu donc que tes simagrées vont m'empêcher de regarder ce qu'il y a dans ce coffre ? » hurla-t-il en donnant à sa victime un coup de pied dans les côtes.

Pavel Zokov se recroquevilla sur le tapis, le souffle coupé. Son teint devint bleu. Il étouffait.

Indifférent à son sort, un des hommes de main tendit à Vladislav son couteau. Il s'agissait d'un de ces *kinjals* cosaques à la lame damassée que le jeune homme utilisa pour forcer la serrure.

Très vite, le fer céda sous son acharnement et le couvercle sauta dans des éclats de bois. Soulevant ce qu'il en restait, Vladislav découvrit à l'intérieur une liasse de vieux papiers noués par un ruban de soie. S'en emparant, il trancha le lien avec impatience puis dispersa les feuillets sur le plateau du bureau pour mieux les étudier.

De prime abord, il crut qu'il s'agissait de vieilles lettres, ce qui le fit s'exclamer avec son cynisme habituel :

« Ha ha, il faut croire que mon frère a toujours été toqué de ma belle-sœur ! La belle correspondance que voilà ! Et mise au coffre comme s'il s'agissait de diamants, voyez-vous ça ! »

Cependant, son regard accrocha quelques mots qui le stupéfièrent suffisamment pour qu'il se penche sur les papiers avec plus d'attention. En réalité, il ne s'agissait pas de lettres d'amour, mais de documents officiels rédigés parfois en russe, parfois en anglais.

Étonné, il les étudia de bout en bout jusqu'à ce qu'il comprenne qu'il avait entre les mains deux passeports appartenant à un couple d'origine britannique, lord et lady Ashton, ainsi qu'un acte de naissance arraché au registre paroissial d'une communauté orthodoxe de Saint-Pétersbourg, établi au nom de leur fils. Or, le fait que son frère et sa belle-sœur aient jugé utile de les conserver dans leur coffre-fort était des plus intriguant. Fouillant plus avant, il nota que la naissance du petit Anglais datait du mois de novembre 1848.

« Je n'arrive pas à y croire, marmonna-t-il d'un ton jubilatoire, car il venait de saisir ce qui s'était passé. Mes propres neveux sont eux aussi nés en novembre 1848… Ne dirait-on pas que mon frère n'a jamais eu des jumeaux, ou alors que l'un des jumeaux est mort prématurément et que, pour conserver à tout prix deux héritiers, il aura adopté cet enfant ? Ce salopard était prêt à tout plutôt que de me voir hériter un jour ! »

Pris de rage, il tapa du poing sur le bureau, mais déjà il ricanait de satisfaction. Les manigances de son frère allaient lui faciliter sa mainmise sur son héritage.

« Capitaine Osorov ! hurla-t-il pour faire venir l'officier cosaque que lui avait obligeamment prêté le colonel Pridvorny. Allez me chercher la nourrice de mes neveux, cette Youlia qui nous a permis d'établir une correspondance avec le jeune Viktor. J'ai quelques questions à lui poser. »

Cette femme avait été engagée pour nourrir des nouveau-nés, dix années auparavant. Elle savait qui était l'enfant légitime.

41

Dans son demi-sommeil, Iéléna entendit un bruit qui la troubla. Elle tenta d'appeler Nina, mais elle avait si peu d'énergie qu'elle ne parvenait plus à parler. Était-ce donc ça, mourir, que cette faiblesse atroce, ce manque de force qui l'empêchait de regarder autour d'elle ?

À bout de résistance, elle ferma à nouveau les yeux, mais le raffut persistait. Cela venait du rez-de-chaussée et n'avait rien à voir avec les sons qui lui parvenaient d'habitude, ceux d'une maison en pleine activité. Depuis son lit, elle entendait essentiellement des meubles qui grinçaient, des parquets qui craquaient, des pas légers dans le couloir, des chevaux qui passaient, attelés ou non, qui étaient ceux des paysans livrant leurs productions, mais aussi ceux des colporteurs itinérants et des négociants venus de Saint-Pétersbourg reçus en son absence par Nicolaï et par l'un ou l'autre de ses intendants. Tous étaient familiers et lui racontaient la vie paisible du palais tout en la rassurant sur sa pérennité.

Là, c'était différent. D'abord, il y avait eu l'arrivée tumultueuse d'une troupe à cheval, au moins une dizaine d'hommes, puis le vacarme des sabots sur les pavés de la cour, les cris, les ordres, la panique qui avait suivi… Qu'était-il en train de se produire ?

Mes fils, pensa-t-elle. *Je veux mes fils.*

Rassemblant ce qui lui restait de force, elle réussit à lever la main et à tirer sur le cordon qui lui permettait d'appeler sa femme de chambre. Nina n'était pas loin, peut-être dans le cabinet de toilette attenant, à ranger du linge dans l'armoire. Elle vint aussitôt. Iéléna remarqua ses traits figés et ses yeux apeurés. Ainsi, elle avait raison de s'inquiéter. Il se passait quelque chose d'inhabituel.

« De qui avons-nous la visite ? parvint-elle à articuler.

Sa voix était si basse que Nina dut se rapprocher pour mieux l'entendre.

— Je l'ignore, *barynia*, mentit-elle sciemment, car elle craignait de troubler sa maîtresse, déjà tellement fragilisée par la maladie.

— Ne dis pas n'importe quoi... Je sais que quelqu'un est venu...

— Je... je n'ai pas été voir, continua de mentir la femme de chambre en baissant les yeux, j'avais du travail à faire.

Iéléna soupira, trop fatiguée pour insister.

— Très bien... Je ne me sens pas très bien... je veux voir mes fils... va les chercher immédiatement... »

Nina hésita. Quelques instants auparavant, elle avait reconnu par la fenêtre celui qui venait de s'introduire si cavalièrement dans le palais et depuis, elle avait peur. Le cauchemar de l'année dernière était en train de se reproduire, sauf que Vladislav Vatchenko avait cette fois-ci sous ses ordres une troupe de cosaques en armes. Impossible de ne pas entendre le vacarme que ces hommes faisaient au rez-de-chaussée, avec leurs cris et le claquement de leurs bottes. Elle répugnait à laisser sa maîtresse seule. En même temps, elle savait que la fin était proche et qu'Iéléna méritait de voir ses enfants une dernière fois.

Tandis qu'elle se tordait les mains en hésitant, Iéléna insista.

« S'il te plaît, *moya vernaia*[1]... Je veux voir mes enfants avant de mourir... »

Spontanément, Nina lui prit la main, qui était si fine, si maigre, si osseuse, et dont la vie s'enfuyait déjà. Elle aurait voulu lui dire, non *barynia*, vous n'allez pas mourir, pas maintenant, mais elle voyait bien qu'Iéléna n'était plus qu'une ombre étendue dans un lit trop vaste, perdue au milieu des édredons qui ne suffisaient plus à la réchauffer. Sa pauvre maîtresse n'était plus que le reflet d'elle-même.

« Je vais les chercher », lui dit-elle brusquement et, ramassant ses jupes pour courir plus vite, elle s'élança hors de la chambre.

Iéléna attendit, les yeux clos. Une lumière rougeoyante jouait sous ses paupières, comme lorsqu'elle était petite et

1. « Ma fidèle », en russe.

qu'elle se couchait dans l'herbe haute, le visage tourné vers le soleil de l'été. Sauf qu'elle n'entendait pas le bruissement des graminées dans la brise, mais toujours celui des bottes sur les dalles du vestibule, celui des chevaux dans la cour, celui des petites bonnes effrayées qui couraient partout comme si elles s'enfuyaient.

« Nina, que se passe-t-il ?... » souffla-t-elle dans son délire, puis sans transition elle pensa à Nicolaï et elle ouvrit les yeux pour voir s'il était dans la chambre, en train de lui parler ou de lui lire un de ses romans préférés. Parfois, c'était terrible, elle ne se rendait même plus compte de sa présence ou de son absence. Sa faiblesse lui occultait la réalité.

Elle pleura en silence, sans bruit, sans drame, sans rien. Des larmes de trop-plein de chagrin, de refus devant l'injustice de la vie et la mort qui accourait. Ses forces l'abandonnaient. Allait-elle mourir ainsi, seule ?

La porte de la chambre grinça en s'ouvrant. Elle crut au retour de Nina.

« Mes enfants... appela-t-elle en tendant une main tremblante. Venez mes enfants, n'ayez pas peur, je vous aime... »

Une ombre noire entra dans la pièce en amenant une odeur de tabac et de cheval, elle chercha le visage au-dessus du manteau à brandebourgs, trouva un demi-masque de cuir et de petits yeux noirs, cruels.

Vladislav Vatchenko. Son ennemi de toujours. Son cauchemar.

Pourquoi était-il là ? Qui l'avait prévenu ?

« Vladislav... Décidément... vous êtes... un *kumaï*[1] capable... de sentir la mort à... à des verstes à la ronde... » hoqueta-t-elle, le souffle perdu.

Elle s'efforçait de se calmer pour mieux respirer, mais son cœur s'emballait, elle étouffait, n'était plus qu'un corps qui partait à la dérive.

Son beau-frère approcha de quelques pas en ricanant. Elle frissonna. Rien n'était plus laid que ce rire qui se moquait de sa faiblesse, de sa maladie, de sa mort prochaine. Cet homme était un rat.

1. Nom kirghiz des vautours de l'Himalaya, qui vivent jusqu'en Sibérie.

« Je connais votre secret, ma chère », lui jeta-t-il au visage comme une gifle.

Elle pensa d'abord à son amour pour Nicolaï, et cela la fit rougir. Il était tellement empli de fatuité qu'il faisait la conversation tout seul.

« J'ai trouvé les papiers dans le coffre. »

Cette fois-ci, elle sut qu'il parlait des jumeaux et déglutit avec peine. Sa gorge était si sèche qu'elle avait l'impression qu'elle était tapissée de ronces.

Il reprit en gloussant méchamment.

« Votre fidèle serviteur, cet infirme, ce Pavel devenu méconnaissable, sachez qu'il n'a pas réussi la mission que vous lui aviez confiée. J'ai vu le feu dans la cheminée, j'ai compris ce que vous lui aviez ordonné. Vous auriez dû choisir un autre homme de confiance. Quelqu'un de plus fort, de moins vieux… Le pauvre a trébuché et ne s'est pas relevé. Il venait d'ouvrir le coffre. Je n'ai eu qu'à me pencher… »

Il approcha d'un pas supplémentaire. Elle continua à se taire. Elle devait garder ses forces pour l'instant décisif. Car il y en aurait un, c'était évident. Son beau-frère n'était pas uniquement venu pour la narguer.

Il continua avec fatuité :

« J'ai trouvé les papiers dans le coffre et je les ai lus. Ma chère, j'avoue avoir mis un certain temps à faire un lien… Puis j'ai vu les dates de naissance et tout est devenu clair. Bien sûr, je pourrais vous demander lequel des deux enfants n'est pas le vôtre, mais je vous connais, même réduite à l'état de squelette puant comme vous l'êtes en cet instant, vous ne me diriez rien. J'ai préféré interroger la grosse nourrice. Elle vous déteste tellement. Elle m'a tout dit. »

Iéléna ne pouvait rien faire d'autre que d'écouter. Elle était blanche comme la craie. Un reste de lucidité lui soufflait ce qui allait se passer dans les prochaines minutes et, pour essayer de se défendre, elle tendit la main vers sa table de chevet en feignant de vouloir un verre d'eau. Avec une fausse maladresse à peine feinte, elle le renversa et profita de cette diversion pour s'emparer d'un coupe-papier. C'était la seule arme qu'elle avait à disposition. Elle était prête à vendre chèrement sa vie.

« Je regrette… d'avoir eu de… la pitié la dernière fois… siffla-t-elle.

— De la pitié ? ragea son visiteur en arrachant son masque pour lui montrer l'état de son visage, la joue qui manquait et la suture qui fermait plutôt mal que bien ce qui avait été un vide béant. Alors que vous m'avez laissé vivre avec cette infirmité ? Je pense à votre mansuétude chaque fois que je mange, à vos chiens, à votre misérable serviteur qui les a jetés sur moi ! Mais continuons plutôt à résoudre notre petite énigme, persifla-t-il d'un ton déjà vainqueur. Je sais lequel des enfants est votre usurpateur.

Elle fut prise d'un tremblement convulsif.

— Laissez… mes fils… tranquilles…

— Vous n'allez pas me croire, mais je me suis toujours demandé pourquoi ce petit Alekseï, certes si mignon avec ses belles boucles blondes, avait si peu de points communs avec son soi-disant père… Votre blondeur a longtemps donné le change, ma chère belle-sœur, mais maintenant, la farce est éventée. Seul Viktor est mon neveu. Je vais donc m'empresser de sauvegarder ses intérêts.

— Vous… n'allez rien… faire… du tout… Vous n'êtes pas… leur… tuteur…

— Oh, c'est vrai, j'ai oublié de vous dire. J'ai également trouvé votre testament et je l'ai brûlé dans ce très beau feu de cheminée que votre serviteur avait allumé… Vous le savez, sans ce papier, je serai d'office le tuteur légal de mon neveu. Vous n'avez plus la main. Les jeux sont faits. Vous avez perdu.

— Je… ne suis… pas… encore morte ! s'écria-t-elle.

Il la regarda avec un sourire goguenard.

— C'est vrai, ma chère. Mais croyez-moi, ce n'est qu'une question de secondes. »

Il se jeta en avant. Elle leva le bras pour le poignarder à la gorge, mais elle manquait de force et de précision. La lame ripa sur l'épaisseur du manteau. En retour, Vladislav la gifla si brutalement qu'elle retomba en arrière en suffoquant.

« Regarde-toi donc ! ricana-t-il en attrapant un oreiller et en le lui plaquant sur le visage pour achever de l'étouffer. N'as-tu pas compris qu'il est temps de mourir, pauvre harpie ? L'avenir m'appartient. »

Elle se débattit un instant, mais elle n'avait plus aucune énergie de réserve, son corps était déjà mort depuis longtemps. Au bout d'un instant, elle perdit conscience et ses bras retombèrent mollement sur les couvertures.

Vladislav ricana de plus belle, continuant à appuyer de toutes ses forces sur l'oreiller pour être certain de la tuer.

Partie IV

Au-delà de la Baltique

de Saint-Pétersbourg à l'Angleterre
du 25 septembre au 25 décembre 1859

42

Nicolaï était en train de travailler sur une carrière destinée à l'entraînement des chevaux, l'une de celles installées au fond du parc de l'autre côté d'un bois de noisetiers. Il l'avait choisie la plus éloignée possible du palais pour être certain de pouvoir dresser au calme les deux chevaux qu'Iéléna destinait à ses fils.

L'anniversaire des garçons approchait. Ils auraient bientôt onze ans. Dans peu de temps, ils quitteraient l'enfance pour devenir des hommes. Leur mère avait beaucoup insisté pour que ce très beau cadeau soit pour eux une surprise, mais les jumeaux avaient éventé le secret depuis longtemps. De toute façon, depuis que Viktor les avait surpris au fin fond des écuries, tout allait de travers. Le gamin était devenu si odieux que même son frère le fuyait. Sans parler de la terrible maladie qui était en train de tuer Iéléna à petit feu…

Le cœur étreint par le chagrin, Nicolaï se signa. Il pensait au pope qui ne cessait de répéter à ses ouailles, dressé devant eux comme une pythie : « Dieu finit toujours par punir ceux qui vivent dans le péché ! »

Iraient-ils en enfer parce qu'ils s'aimaient ? Dieu cherchait-il à les punir ? Était-ce pour cela que le destin s'acharnait sur eux ?

Toutes ces questions lui faisaient du mal, car il n'avait aucune réponse. Il savait juste qu'il était malheureux comme il n'avait jamais cru possible de l'être. Il aurait voulu avoir le courage de s'affranchir du regard des hommes, pour rester à côté d'elle toute la journée dans sa chambre, à lui tenir la main plutôt que de s'occuper de chevaux destinés à un anniversaire qu'on ne fêterait sans doute jamais. Il était chaque jour plus difficile de la quitter. Il craignait tant de ne pas la retrouver à son retour.

Avec un soupir assez semblable à un sanglot, il tenta de se raisonner :

Arrête de te torturer et continue ton travail comme si de rien n'était. Tu lui as promis que les chevaux seraient prêts. C'est le seul plaisir que tu peux encore lui donner.

Cette pensée emplit sa bouche d'un goût amer. Il venait à peine de lui déclarer son amour que déjà il allait la perdre. C'était si injuste…

Essayant de se changer les idées, il reprit un exercice que le cheval dont il était en train de s'occuper ne maîtrisait pas encore. Il s'agissait d'un hongre à la puissante encolure qui, malgré sa force apparente, était si peureux qu'il piquait des deux pour un rien, y compris lorsqu'un moineau s'envolait devant son nez. La leçon le rendait si nerveux qu'au lieu de marcher, il paraissait danser sur place.

L'automne s'installait, mais le temps demeurait doux sous un ciel bleu magnifique. Dans le silence du bois de noisetiers qui séparait la carrière de sable rouge du reste des jardins, Nicolaï parvenait enfin à se concentrer sur sa tâche. Avec beaucoup de patience, il stimulait le cheval en effleurant ses jambes avec la chambrière. Après quelques voltes et changements d'allure, le hongre répondait de mieux en mieux à ses sollicitations, et il put relâcher un peu la pression.

Durant les minutes suivantes, la complicité entre l'homme et l'animal fut un moment de grâce parfaite, dont ils profitèrent l'un et l'autre avec bonheur. Puis le cheval recommença à s'agiter. Tendant l'oreille à son tour, Nicolaï perçut des hennissements de chevaux, des cris d'hommes et des aboiements de chiens.

Un tel raffut était inhabituel. Saisi d'inquiétude, il attacha le cheval à un piquet, abandonna la chambrière contre un arbre et s'élança au pas de course sur le petit sentier qui menait au palais.

Les cris perduraient. Il accéléra l'allure. À mi-chemin, il faillit heurter de plein fouet un gamin qui courait dans sa direction. Reconnaissant Viktor, il l'attrapa par les épaules pour le retenir.

Le garçon se débattit un instant pour lui échapper, visiblement pris de panique, mais dès qu'il reconnut Nicolaï, il se jeta éperdument dans ses bras.

« Oh, Nicolaï, c'est toi que je cherche ! s'écria-t-il en levant vers le jeune homme une mine terrorisée. Pardon, pardon, pardon ! ajouta-t-il en s'accrochant à lui de toutes ses forces, les joues ruisselant de larmes. Je suis désolé, je ne savais pas ! C'est ma faute !

L'enfant ne démontrait plus rien du ressentiment ou de la colère qui l'avaient habité, ces derniers temps. Au contraire, il dévisageait Nicolaï comme s'il était la seule personne sur laquelle il pouvait encore compter, la seule qui lui pardonnerait quoi qu'il arrive sa mauvaise humeur, sa colère et sa jalousie mal placée.

— Pardon, pardon, pardon ! répéta-t-il en hoquetant.

Nicolaï s'agenouilla à sa hauteur pour l'interroger du regard. Viktor enfouit son visage au creux de son épaule.

— C'est Pavel, chuchota-t-il entre deux sanglots. Il est gravement blessé. Vite, il faut que tu viennes l'aider ! »

Sans plus attendre, Nicolaï saisit l'enfant par la main et l'entraîna avec lui. Après quelques minutes de course, ils déboulèrent dans la cour principale. Une troupe de cosaques y caracolait en rois du monde. Après un moment de surprise, Nicolaï reprit sa course. À son côté, c'était un miracle que le jeune Viktor parvienne à courir aussi vite.

Contre toute attente, les cosaques les laissèrent passer. Nicolaï l'ignorait, mais ils avaient reconnu Viktor et ne tenaient pas à s'attirer les foudres de leur maître en arrêtant son neveu.

Après avoir gravi le perron, traversé le vestibule et remonté le couloir, ils trouvèrent la porte de la bibliothèque grande ouverte. La pièce avait été saccagée. Les meubles étaient sens dessus dessous, les tiroirs ouverts, certains bibelots brisés. Dans la cheminée, un grand feu ronflait, alimenté par des feuilles de papier qui voltigeaient en tous sens, à demi consumées. Au fond de la pièce, le coffre-fort Fichet béait. Par terre, Pavel était étendu de tout son long sur le tapis d'Orient.

Nicolaï se jeta à genoux près de son père et le souleva avec mille précautions. Le vieil homme eut un sursaut d'agonie en le reconnaissant.

« Ni... co... laï... » laissa-t-il échapper.

On l'avait violemment frappé. Ses vêtements étaient déchirés et du sang maculait son front. Un de ses bras avait été brisé lorsqu'il avait tenté de se protéger le visage.

Nicolaï le serra contre lui avec désespoir. Son père eut encore la force de tendre sa main valide vers le plafond. Malgré sa souffrance, il cherchait à s'exprimer une dernière fois.

« La *barynia*... il... faut la... protéger... »

Puis sa main retomba mollement, sa tête partit en arrière et son souffle s'éteignit en articulant ce dernier mot, « protéger », qui avait été la signature de toute sa vie.

Nicolaï le secoua avec incrédulité, mais il était trop tard. Son père ne respirait plus.

Choqué, le jeune homme resta quelques secondes immobile, incapable de réagir. Puis la colère le réveilla. Avec un gémissement empli de rage, il allongea le vieil homme sur le sol, étendit les bras le long du corps et mit les jambes droites. Il lui ferma définitivement les yeux, dessina une croix sur son front et prit le temps de baiser ses lèvres pour la dernière fois avant de s'élancer vers l'étage.

Comme un fou, il grimpa quatre à quatre le grand escalier d'apparat et se rua dans le couloir qui menait à la chambre d'Iléna. Dans le silence de la demeure, ses pas résonnaient sur le parquet d'une manière si violente qu'il en avait des coups au cœur. Il comprit brusquement qu'ici aussi il arriverait trop tard.

Envahi de désespoir, il courut encore plus vite, les entrailles ravagées par la peur. Atteignant enfin la porte de la chambre, il la poussa sans prendre la peine d'y frapper. Au passage, il heurta un homme vêtu d'un manteau noir et le reconnut avec horreur.

Cet homme était Vladislav Vatchenko.

Ils se toisèrent un long moment, dressés l'un contre l'autre comme deux cerfs prêts à se battre de toute leur haine de dominant, puis Vladislav se décala d'un pas pour le laisser passer, ricanant :

« Tu arrives trop tard, moujik. Cette fois-ci, elle est morte. »

Nicolaï ne put le croire. Il pénétra dans la chambre comme dans une tombe. Les volets étaient mi-clos. Dans la pénombre, il remarqua en premier le bougeoir qu'Iléna avait fait mettre sur sa table de chevet, dont la petite flamme vacillait de droite à gauche, fragile et tremblotante.

Cette pauvre lumière éclairait chichement le haut du lit. Le jeune homme avança d'un pas ralenti. Il comprenait ce qu'il voyait, mais refusait de l'accepter.

Iéléna était étendue, le visage pâle, les joues creusées. Sa pauvre petite tête reposait sur un traversin. Son corps sans vie était presque entièrement recroquevillé sous un oreiller. Dans la blancheur des draps, elle ressemblait à une mariée.

Nicolaï s'approcha d'elle. Dans son dos, il sentait la présence de Vladislav Vatchenko qui l'épiait. Il faillit se retourner pour le gifler, tant sa présence lui était insupportable, puis il l'oublia pour ne plus penser qu'à Iéléna.

Sa belle princesse avait fini par s'éteindre.

Le cœur au bord des lèvres, il fit un pas supplémentaire, s'approchant presque à la toucher. Ses yeux allaient du visage émacié à l'oreiller qu'elle tenait sur elle. La présence de cet objet à cet endroit l'obnubilait. Pourquoi n'était-il pas dans son dos, pour lui soutenir les épaules ?

Il comprit dans un atroce éclair de lucidité : cet oreiller n'était pas à sa place, car son beau-frère l'avait utilisé pour l'étouffer !

Pris d'une rage impossible à contrôler, il se retourna pour se jeter sur l'assassin.

Vladislav guettait cet instant depuis le début. Avec délectation, il sortit de sa poche le knout avec lequel il avait déjà frappé à mort le vieux Pavel et attendit son fils Nicolaï le pied ferme.

Le premier coup atteignit le jeune moujik à l'épaule. Le deuxième s'abattit sur son dos. Le troisième lui lacéra le cuir chevelu. Il se ramassa sur lui-même, prêt à bondir, quitte à mourir. De toute façon, plus rien n'avait d'importance. Il venait de perdre tous ceux qu'il aimait. Il avait failli dans sa mission d'ange gardien. Il n'avait rien pu faire pour la sauver. À quoi bon lui survivre ?

Mais tandis qu'il rampait à terre, les coups cessèrent brusquement et Vladislav se pencha au-dessus de lui pour lui relever le menton à l'aide du manche de son fouet.

« Tu vois, moujik, je pourrais te tuer sur place, personne n'y trouverait rien à redire. Tu n'es qu'un moins-que-rien, un misérable esclave, et c'est bien à cela que je veux que tu penses tout le reste de ta chienne de vie ! Je vais t'épargner et plutôt te vendre. Après tout, il n'y a pas de petits profits. En attendant, disparais de ma vue. Et ne t'avise pas de t'enfuir, tes précieux chiens te retrouveraient où que tu ailles et moi, je serais ravi de te faire mourir à petit feu par pur esprit de vengeance. »

Il rit grassement, puis lui donna un coup de pied dans les côtes pour l'inciter à se lever. Les bras serrés autour de son buste douloureux, Nicolaï réussit à se redresser et à sortir de la chambre.

Hébété, il se retrouva dans le couloir, passa devant Nina qui sanglotait dans son tablier, descendit le grand escalier comme on descend vers l'enfer.

Des domestiques apeurés, réfugiés dans l'ombre du vestibule, le regardèrent passer en n'osant l'approcher. Le pouvoir venait de changer de main, tout le monde l'avait compris et personne ne voulait partager sa disgrâce.

Il les dévisagea à peine. À ses yeux, plus rien n'avait d'importance. La femme qu'il aimait était morte. Il ne la reverrait plus. Il ne l'embrasserait plus. Il ne la serrerait plus jamais dans ses bras.

Une fois dehors, il traversa la cour au milieu des cosaques à cheval qui lui crachèrent au visage en l'injuriant. Il aurait préféré être arrêté, tué sur place, car il ne désirait plus vivre, mais les cavaliers avaient reçu l'ordre de le laisser passer.

Il continua d'avancer en titubant. Il ne savait plus où aller. Iéléna avait été son toit, sa maison, sa famille, sa vie. Sans elle, il n'existait plus, il ne serait bien nulle part.

Au bout d'un moment, il se rendit compte que ses pas l'avaient tout naturellement dirigé vers le chenil. Il ouvrit une porte et pénétra dans la première cage pour s'effondrer en pleurs au milieu de ses chiens.

Les barzoïs le léchèrent. Il ne le sentit même pas.

Il se noyait dans son chagrin.

43

En nouveau maître du palais, Vladislav Vatchenko se fit servir le déjeuner dans la vaste salle à manger qui, habituellement, n'était utilisée que lors des réceptions. Ses deux neveux se tenaient près de la porte, n'osant pas s'approcher. Quelques instants auparavant, un serviteur était venu les prévenir que leur oncle les attendait. Alekseï et Viktor s'étaient demandé ce qui adviendrait s'ils n'obéissaient pas, mais n'avaient pas osé tenter l'aventure. Leur oncle était effrayant, avec ce knout qui ne le quittait pas et qui, maintenant encore, trônait à portée de sa main, entre la fourchette et la cuillère à potage.

Les derniers événements s'étaient déroulés comme dans un cauchemar. Ils ne comprenaient pas ce qu'il se passait. Confusément, ils avaient appris que leur maman était morte, ainsi que Pavel, et que Nicolaï avait disparu. Surtout, l'oncle avait pris possession de leur maison, disposant partout de terribles cosaques qui surveillaient tout le monde.

« C'est ma faute, avait fini par avouer Viktor, en larmes. Je croyais que maman ne m'aimait plus… C'est moi qui ai fait venir l'oncle Vladislav. Il me disait qu'il voulait nous aider, qu'il dirait à maman de m'aimer à nouveau…

— Comment as-tu pu croire que maman ne t'aimait plus ? lui avait simplement répondu son frère avec cette maturité qui lui était propre, tout en tentant de le réconforter en le prenant par les épaules comme s'il était l'aîné. Elle était juste gravement malade. Ne l'avais-tu pas remarqué ? »

Ils avaient pleuré dans les bras l'un de l'autre en prenant conscience que, dorénavant, ils étaient seuls. Ils ne pourraient plus compter que sur eux-mêmes.

L'oncle les avait convoqués. Visiblement, il n'avait pas l'intention de les inviter à déjeuner avec lui. Sur la table à laquelle il siégeait avec arrogance, on n'avait disposé qu'une seule assiette, la sienne.

« Approchez », ordonna-t-il tout en se faisant verser un verre de vin par le majordome, dont il savoura le parfum avec l'air victorieux de quelqu'un qui tenait enfin sa revanche.

Les garçons avancèrent en hésitant. Tout naturellement, ils se dirigèrent vers leurs places habituelles, mais l'oncle les rappela à l'ordre d'un claquement de doigts.

« Tss... tss..., venez ici pour m'écouter. Placez-vous là, près de moi, que je puisse vous surveiller. Nina ? Viens ici. »

La femme de chambre de leur mère approcha en se tamponnant les yeux. Elle fit un effort pour se redresser, pour cesser de pleurer. En passant près des enfants, elle les regarda en leur offrant un pauvre petit sourire plein d'encouragement.

« Mes tout-petits... commença-t-elle, mais Vladislav tapa du poing sur la table.

— Silence. Je suis seul à parler. »

Elle attendit en tremblant, la tête baissée. Elle non plus ne comprenait rien. Vladislav lui jeta quelques pièces qu'elle n'eut pas le réflexe d'attraper et qui se répandirent sur le parquet.

« Voici ta solde. Vu les circonstances, tu comprendras que je n'ai plus besoin de toi. Comme tu n'es pas une moujik que j'aurais pu renvoyer aux champs, je te congédie avec effet immédiat. Rassemble tes affaires et quitte mon palais maintenant. »

Nina tressaillit, mais n'osa pas protester. Elle se baissa pour ramasser les pièces et, les serrant dans son poing qui tremblait, s'éloigna à reculons, n'osant plus regarder les enfants.

« Nina ! s'exclamèrent les garçons en voulant la suivre, mais leur oncle intervint aussitôt.

— Un peu de tenue, que diable !

La valse des domestiques n'était pas finie. Après avoir sonné le majordome français, Vladislav sortit une liste de la poche intérieure de sa veste et la déplia.

— Ferdinand, je vous garde. En revanche, voici les noms de ceux que j'ai décidé de renvoyer. Faites le nécessaire.

— Monsieur, je ne pourrai m'occuper de cette tâche, je m'apprête moi-même à partir.

— Je viens de vous signifier que je vous garde à mon service, Ferdinand !

— Certes, monsieur, et je vous suis reconnaissant de votre bonté, continua le majordome avec son ton pince-sans-rire habituel, mais j'ai déjà écrit ma lettre de démission. Je dois retourner en France. Des soucis de famille, ajouta-t-il en mentant avec aplomb, puisqu'il avait toujours raconté à tous qu'il n'avait plus aucun proche nulle part.

Vladislav digéra le coup bas.

— C'est bon. Je m'occuperai des renvois moi-même. Allez maintenant me chercher ce... ce Nicolaï Zokov.

Les deux frères se regardèrent, effrayés.

— Vous n'allez pas renvoyer Nicolaï, n'est-ce pas ? osa demander Alekseï.

Vladislav lui offrit un sourire sirupeux à moitié occulté par son masque.

— Bien sûr que non, mon garçon », et il sourit encore plus, car Nicolaï venait d'entrer, dûment escorté par deux cosaques.

Le jeune homme se tenait bien droit, et sa stature était impressionnante même à côté des soldats qui le gardaient, mais quelque chose dans son attitude, peut-être une lueur au fond de ses yeux, semblait s'être éteint. Il était aussi grand qu'il paraissait faible. Les jumeaux en furent choqués : cet homme n'était plus le Nicolaï qu'ils avaient connu, celui qui avait toujours su les protéger de tout. Non, cet homme était en cet instant un esclave comme les autres, un être sans force à la volonté brisée.

Il avait perdu tous ses pouvoirs.

« Nicolaï ! cria Viktor, mais Vladislav le toisa de ses yeux terribles et il se tut en ravalant sa salive.

— J'ai longtemps hésité sur ton sort, moujik, commença-t-il avec une grimace sardonique. Devais-je te renvoyer dans les champs ? Ou trimer au fond d'une mine d'ambre ? Ou encore te placer comme valet de ferme chargé de nettoyer le purin des cochons ? J'ai même caressé l'idée savoureuse de te faire pendre, car je n'ai pas oublié que tu as un jour lâché tes chiens sur moi.

Il toucha le masque de cuir qu'il portait en permanence, les yeux brillants de haine, avant de continuer :

— Puis je me suis souvenu que mon bon ami, le duc Kousmitch, est toujours à la recherche d'hommes de bonne volonté, à la forte stature et à la musculature avantageuse, qu'il utilise dans des combats de style gladiateurs pour le plus grand plaisir de ses invités. Le tsar lui-même en est friand et ne rechigne pas à parier sur l'un ou l'autre combattant. Ton physique plaira au duc. Et moi, je trouve cette idée d'autant plus savoureuse que chaque combat doit se finir par une victoire sans ambiguïté. Le vainqueur tue le vaincu. Il n'y a pas d'autre choix. Tiens, approche. Voici l'acte de vente te concernant, que tu vas amener au duc dès aujourd'hui. »

Nicolaï s'attendait à tout, même à être torturé ou exécuté. Il prit la lettre que le boyard lui tendait sans chercher à se rebeller. Son propre sort l'indifférait. De toute façon, qu'aurait-il pu faire ? Il était un moujik, une simple « âme » esclave que son propriétaire avait le droit de vendre, tuer, affamer, frapper, sans que personne n'y trouve jamais à redire. En supposant qu'il parvienne à échapper aux cosaques qui le surveillaient, quelle serait sa vie ? Sans répit, il serait pourchassé comme un animal nuisible et, pour survivre, n'aurait d'autre choix que de devenir un brigand de grand chemin, quitte à rejoindre l'une ou l'autre horde de pouilleux que les soldats du tsar pourchassaient régulièrement pour les pendre sans procès.

Fuir le condamnait à devenir un criminel sanguinaire.

Une bête.

La tête basse et résignée, il s'apprêtait à quitter la pièce, dûment encadré par ses geôliers, lorsque le jeune prince Alekseï, incapable de supporter la situation plus longtemps, intervint d'une voix calme et ferme :

« Non, monsieur, vous ne pouvez pas vendre Nicolaï Zokov.

Vladislav Vatchenko dévisagea le blondinet avec un mélange d'amusement et de vilenie.

— Et pourquoi ne pourrais-je pas le vendre, jeune homme ?

— Parce que, monsieur mon oncle, Nicolaï Zokov est un moujik qui appartenait à ma mère, et que, par conséquent, il nous appartient à moi et à mon frère depuis… depuis qu'elle est partie… »

Sa voix se cassa sous le coup de l'émotion, mais il était fier et courageux, et il leva bien haut son menton, pour défier son oncle du bleu innocent de son regard.

Vladislav le toisa, la mine acerbe. En son for intérieur, il jubilait, car il attendait cet instant avec avidité. Se levant de table en se frottant les mains, il rit tout seul, puis s'immobilisa devant le jeune garçon.

« C'est vrai. Ce moujik appartenait à la princesse Iéléna. Mais pour en hériter, mon petit, encore faudrait-il que vous soyez son fils, ce qui n'est pas le cas. »

Alekseï ne saisit pas le sens de ce propos, mais en devina la désobligeance et rougit violemment. De son côté, Nicolaï avait lui aussi entendu. Atterré, il comprit que Vladislav avait éventé le secret qu'Iéléna préservait depuis des années. Sa rage à nouveau attisée, il repoussa les cosaques de toute sa force brute et marcha vers le boyard. Ce dernier leva son knout pour le frapper.

« Arrière, *cherv zemnoï*[1], hurla-t-il, ou je te fais fouetter à mort !

— Je n'ai pas peur de ton knout ! répondit Nicolaï en continuant d'avancer.

Vladislav eut un regard méprisant avant d'agiter en l'air la liste des serviteurs qu'il voulait renvoyer.

— Dans ce cas, ce ne sera pas toi qui seras fouetté, mais trois personnes présentes sur cette liste ! Bien, je vois que tu as compris qui est ton maître. Sors de cette pièce et rassemble tes frusques misérables. Je suis grand seigneur, je te permets de les emmener ! Ensuite, tu feras atteler une troïka et tu attendras mes ordres dans la cour. »

Les cosaques reprirent Nicolaï par les bras et il n'eut d'autre choix que de se calmer. Il refusait que d'autres paient pour lui. Fulminant, mais dompté, il se laissa emmener sans résister.

Une fois qu'il fut sorti, Vladislav revint vers Alekseï pour tourner autour de lui comme un loup autour d'une proie incapable de se défendre. Il avait remis sa liste infâme dans son veston, s'emparant à la place d'une liasse de vieux papiers jaunis qu'il lui agita sous le nez.

1. « Ver de terre », en russe.

« Jeune homme, voici des documents qui étaient soigneusement enfermés dans une cassette placée dans le coffre-fort de ma belle-sœur, la princesse Iéléna Vatchenko. Je les ai étudiés avec attention pour découvrir… Devinez quoi ? En premier, que vous n'êtes pas né au palais Vatchenko, mais comme un mendiant dans une obscure église à Saint-Pétersbourg. Vous n'êtes même pas russe et vous ne vous appelez pas Alekseï Vassilivitch. En fait, vous n'êtes pas né de la princesse Iéléna. Vous n'êtes ni de sa famille ni de la mienne. Vous n'avez aucun lien de parenté avec n'importe quel prince Vatchenko ! Vous êtes un fichu Anglais, un de ces Anglais avec lesquels mon pays a fait une longue guerre humiliante, un de ces Anglais qui ont assassiné mon frère en Crimée. Vous êtes une saleté d'ennemi. Vous êtes un espion ! »

Alekseï se raidit. Il avait tout entendu, mais n'avait rien compris. À côté de lui, Viktor se tenait de la même façon, la bouche ouverte comme s'il ne parvenait plus à respirer.

Ce fut lui qui, en premier, réussit cependant à dire quelque chose.

« Un espion ? Mais vous vous trompez, mon oncle ! Les enfants ne peuvent pas être des espions. De toute façon, Alekseï est mon frère jumeau. C'est mon cadet. Il est né juste après moi.

— Vraiment ? continua perfidement l'oncle, parce que vous avez des souvenirs de cette naissance, mon cher petit ?

Viktor fut heurté par la remarque et se mit à pleurer, mais ne s'avoua pas battu. Il s'écria avec force :

— Je me moque de savoir d'où il vient et qui il est ! Même si vos papiers sont justes, ils ne comptent pas ! Alekseï est mon frère ! Il l'a toujours été.

— Certes, continua Vladislav avec jubilation. Mais il y a des lois. Il y a une justice. Et surtout, il y a un héritage. Je dois penser à votre avenir, mon cher Viktor Vassilivitch Vatchenko. Désormais, je suis l'administrateur de vos biens.

— Alekseï est mon cadet, insista Viktor, buté. Il sait qu'il n'aura jamais droit à rien.

— Ce n'est pas aussi simple, mon petit. De toute manière, habituez-vous déjà à l'appeler par son vrai nom. Il s'appelle William. William James Morgan Ashton. Et ne vous inquiétez pas pour son avenir. Notre ami William est un véritable lord anglais.

— Non ! tempêta Viktor en prenant son frère dans les bras comme si ce geste suffisait à le maintenir dans son monde. Vous mentez !

Le jeune Alekseï ne bougea pas. Depuis le début de la conversation, il était figé de stupéfaction.

— Pourquoi pensez-vous qu'il s'agit là de mon vrai nom, monsieur ? osa-t-il tout de même demander.

Vladislav eut une mimique perfide.

— Ces papiers en sont tout simplement la preuve.

Alekseï tenta de réfléchir. Si tout ce que venait de dire l'oncle était vrai, pourquoi n'avait-il jamais rien soupçonné ? Comment était-ce possible ? Du plus loin qu'il s'en souvînt, tout le monde l'avait toujours traité de la même manière que Viktor, lui dispensant la même affection, le même respect, les mêmes avantages, les mêmes punitions.

— Et maintenant, que va-t-il se passer ? se força-t-il à questionner d'une voix dont il ne maîtrisait pas le tremblement.

— Maintenant, *molodoy Anglichanine*[1], vous allez faire votre malle avec quelques vêtements et deux ou trois petites choses que je veux bien vous accorder comme souvenirs, puis je vais charger votre cher Nicolaï de vous conduire à l'ambassade d'Angleterre de Saint-Pétersbourg. Je vous accorde une heure pour plier bagage. Pendant ce temps, je vous préparerai un courrier pour vous recommander auprès d'une de mes connaissances qui officie justement dans cette ambassade. Je vous donnerai en sus ces papiers qui prouvent ce que j'avance.

— Mais non ! hurla Viktor de plus belle. Je ne veux pas qu'il parte !

Son oncle le gifla à toute volée avant de le forcer à s'asseoir à table.

— Jeune homme, je vous prie de cesser immédiatement ce scandale. Je vais sonner pour qu'on vous serve à déjeuner en ma compagnie. Si vous ne vous tenez pas tranquille, je vous ferai enfermer dans votre chambre sans boire ni manger. Quant à

1. « Jeune Anglais », en russe.

vous, *Anglichanine*, sortez et faites votre malle. Je vous reverrai dans une heure pour vous donner votre lettre. »

Alekseï recula, atterré. Vladislav Vatchenko disait-il vrai ? Était-il vraiment un Anglais ? Un de ceux qui avaient tué son père à la guerre ? Mais dans ce cas, pourquoi était-il ici ? D'où venait-il ? Où étaient ses vrais parents ? Et pourquoi celle qu'il avait toujours prise pour sa mère lui avait-elle menti ?

La tête farcie de ces questions sans réponses, il monta dans sa chambre en pleurant tout du long, sans même s'en rendre compte. Parvenu à l'étage, il appela Zachary, son valet attitré, mais ce dernier ne répondit pas. Interpellant alors une des femmes de ménage, il apprit que son serviteur venait d'être congédié.

Il ne sut que faire. Il n'avait qu'une envie, se jeter sur son lit et pleurer. À la place, il ouvrit courageusement ses armoires et ses commodes, et contempla les vêtements qui s'y entassaient. Son orgueil se révoltait : il n'allait quand même pas accepter la misérable aumône qu'on lui faisait ! Puis il réfléchit et comprit que, même s'il ne portait pas les habits qu'on l'autorisait à emporter, il pourrait toujours en tirer un bon prix. Là où il allait, il aurait peut-être besoin d'argent.

À cet instant, sa stupeur se mua en colère et il renversa sa table de chevet, cassa une lampe, déchira un paravent et brisa le broc qui servait à sa toilette. Personne ne vint aux nouvelles et cela, plus que tout, lui fit comprendre sa brusque solitude. De violents sanglots le saisirent, il partit vomir dans le cabinet de toilette.

Au bout d'une heure, il réussit à entasser tout ce qu'il pouvait dans une malle de cuir ferré, y compris quelques livres parmi ses préférés, ainsi que son sabre d'entraînement. Après un dernier regard circulaire à nouveau embué de larmes, il tira son bagage dans le couloir. Il s'attendait à descendre l'escalier seul, mais il eut l'heureuse surprise de voir que la plupart des domestiques s'étaient rassemblés sur les marches pour lui faire leurs adieux.

Le cœur étreint par l'émotion, il s'arrêta devant le premier, Piter, qui posa une main sur son épaule et fit glisser la malle de quelques marches. Un second valet prit le relais, et ainsi de suite jusqu'au rez-de-chaussée, où Ferdinand, le majordome français, fermait la haie d'honneur.

Ce dernier dévisagea l'enfant qu'il avait vu grandir, puis lui ajusta sa cravate de satin d'un geste à la fois digne et tendre.

« Ce nœud est déplorable, sir, dit-il avec gentillesse. Pour les avoir longtemps fréquentés, je peux vous assurer que les Britanniques sont très soucieux de leur apparence. Il faudra donc vous appliquer pour vous mettre au niveau. Mais je sais que vous y arriverez. Vous êtes un jeune homme intelligent. Ne l'oubliez jamais. »

À l'extérieur, Vladislav attendait sur le perron en tenant Viktor par l'épaule. Nicolaï vint charger la malle dans la troïka attelée au milieu de la cour. Alekseï dansa d'un pied sur l'autre en ne sachant quoi faire. La mine triomphante, Vladislav lui tendit une épaisse enveloppe.

« Votre recommandation pour l'ambassade britannique… railla-t-il.

À cet instant, Viktor se tortilla pour lui échapper et se jeta dans les bras de son frère en pleurant à chaudes larmes.

— Ne pars pas, Alekseï ! Ne m'abandonne pas !

Alekseï ne sut quoi répondre. Ce n'était pas lui qui partait. On le chassait. Cependant, l'émotion le submergea et il serra son jumeau dans ses bras, lui chuchotant à l'oreille :

— Ne t'inquiète pas. Je reviendrai te chercher. Je te le promets. Personne ne réussira à nous séparer !

Pourtant, déjà, Vladislav Vatchenko ramenait son neveu contre lui.

— Ça suffit, Viktor. Il est temps de t'aguerrir. Je vais faire de toi un homme ! »

Sur un signe convenu d'avance, il s'adressa aux cosaques qui s'étaient alignés devant le chenil. Lui obéissant, ils entrèrent dans les premières cages en dégainant leurs sabres.

Alekseï venait de s'asseoir dans la troïka lorsqu'il comprit ce qu'il se passait. Il hurla, et Viktor reprit son cri d'horreur en un écho atroce.

Dans les cages, les cosaques massacraient les chiens à coups de sabre, les égorgeant, les décapitant. Le sang giclait sur les fourrures immaculées, coulait des plaies béantes. Les barzoïs tentaient de se défendre. Ils grognaient, aboyaient, mordaient, mais finissaient par hurler de douleur avant de s'écrouler.

Vladislav se vengeait sans pitié d'avoir été défiguré.

Pour Alekseï, pour Viktor, pour tous les serviteurs qui étaient rassemblés dans la cour, qui tous adoraient les chiens, ce fut un massacre effroyable, un moment d'une violence abominable qui les laissa choqués, tremblants de tous leurs membres.

Pour Nicolaï, figé par l'effroi, ce fut comme si Vladislav venait de tuer Iéléna une seconde fois. Brûlant d'une rage que rien ne pouvait éteindre, il se jura que Vladislav Vatchenko paierait pour tous ses crimes.

Où que tu te trouves, immonde assassin, je te retrouverai et le monde ne sera pas assez vaste pour m'empêcher de respecter cette promesse-là, dussé-je mettre vingt ans pour y parvenir !

Et pour les soustraire, lui et Alekseï, à ce spectacle infâme, il claqua la chambrière au-dessus des chevaux et lança la troïka au grand galop.

44

Tout à sa colère, Nicolaï fouetta à plusieurs reprises les chevaux de l'attelage, ce qu'il n'avait jamais fait de sa vie. Debout sur le siège du conducteur, il tenait en équilibre sans même s'en apercevoir, malgré la vitesse démente, malgré les cahots de l'allée que le dernier orage avait creusée.

Le jeune Alekseï était assis près de lui. Il n'avait pas voulu s'installer seul à l'arrière. Il tenait à rester avec lui, accroché à sa ceinture comme si Nicolaï était sa bouée.

Le jeune moujik l'avait laissé faire. Tant pis si le petit était dans une position inconfortable, il savait qu'il avait de la ressource. De toute façon, depuis qu'ils étaient sortis de la cour principale, le gamin sanglotait sans parvenir à s'arrêter et ses larmes ruisselaient tellement sur ses joues qu'elles finissaient par s'effilocher dans le vent fou de la course.

Autant le laisser pleurer, il n'y avait rien d'autre à faire.

De fait, Alekseï ne parvenait plus à penser. Il était tellement horrifié par tout ce qui venait de se passer qu'il ne faisait que trembler. Son cœur se serrait atrocement dans sa poitrine, le forçant à se battre contre son propre corps pour parvenir à inspirer de grandes goulées de noyé. De la même façon, il ne voyait rien. Il n'avait en tête que des images abominables qui se bousculaient, qu'il aurait voulu pouvoir effacer, mais dont il savait déjà qu'il allait devoir apprendre à vivre avec.

Il pensait évidemment à sa mère partie trop vite. Sa mère étendue, si maigre et si fragile dans des draps trop blancs, alors qu'elle avait été si vive, si forte, avec ses bras qui les avaient toujours protégés de tout, lui et son frère Viktor. Il pensait aussi et surtout à son oncle debout dans son manteau noir au milieu de la cour, son oncle lui aussi maigre et d'apparence faible, mais plutôt comme un spectre ou un serpent. Son oncle qui ordonnait sans sourciller le massacre de tous les lévriers barzoïs de l'élevage, les beaux mâles reproducteurs et ceux dressés pour la chasse, les jeunes femelles encore immatures et celles avec des petits, et jusqu'au dernier chiot.

Son oncle ! pensa soudain l'enfant avec un goût de bile dans la bouche, parce qu'en fin de compte, même cela avait changé : il n'appartenait plus à cette famille. Il était un intrus qui n'avait aucune place pérenne dans ce monde.

Il voulut mourir. C'était facile, il suffisait de cesser de se tenir. Sauf qu'il n'était qu'un enfant. Pour les enfants, l'instinct de survie est chevillé au corps. Il les pousse à survivre aux pires vilenies. Sans autre choix possible, il devait donc encaisser, demeurer vivant jusqu'au bout en s'accrochant de toutes ses forces à un misérable montant de bois pour ne pas être éjecté de cette course démente.

L'attelage suivait en ligne droite l'allée centrale bordée de cèdres qui menait aux portes du domaine. Nicolaï continuait à claquer la chambrière au-dessus des chevaux écumants. Il criait de rage, parce qu'il n'avait le choix de rien, pas même d'accompagner Iéléna dans sa dernière demeure. Il aurait voulu pouvoir se rebeller, mais il ne pouvait risquer la vie de l'enfant qu'il accompagnait. Il fallait l'emmener à Saint-Pétersbourg et le confier aux autorités anglaises dont il dépendait maintenant. Mais d'abord, il fallait tenter quelque chose…

Tout en continuant d'exciter les chevaux, il quitta l'allée principale pour suivre une sente qui s'enfonçait sur la droite dans les sous-bois. Jetant un coup d'œil à l'enfant, il vit qu'il n'avait rien remarqué. Le petiot était cramponné à son siège, le teint vidé de sang. Ce n'est qu'en recevant à plusieurs reprises des branches dans le visage qu'il comprit que Nicolaï avait fait demi-tour et revenait vers le palais par un chemin détourné.

Pris d'affolement à cette idée, il se pendit au bras du jeune homme, mais Nicolaï le repoussa et le força à se rasseoir.

Très vite, les murs du palais apparurent entre les cimes et Nicolaï tira sur les rênes pour faire ralentir les chevaux. Ils continuèrent à avancer au petit trot en mordant leurs mors de leur bouche écumante.

Le sentier traversa un petit bois pour se perdre dans une clairière envahie de fougères déjà roussies par l'automne. Nicolaï fit faire à l'attelage une volte avant d'immobiliser les chevaux sous le couvert des arbres. Il sauta à terre. Alekseï voulut le suivre, mais il l'arrêta d'un geste et lui fit signe d'attendre. L'enfant se rassit, effrayé mais obéissant. Alors le moujik partit en courant au travers des noisetiers en direction du jardin à la française qui entourait le palais.

Alekseï resta seul. Il regarda autour de lui avec inquiétude. Il reconnaissait cette partie du domaine où il venait parfois jouer avec Viktor. En continuant au-delà de la clairière, on débouchait sur l'arrière du chenil. Craignant le pire, il se mit à guetter le retour de Nicolaï en tendant l'oreille avec angoisse.

Au début, il n'entendit qu'une paix étonnante. Les chevaux ne bronchaient plus. Ils paissaient calmement. Les insectes bourdonnaient dans des flaques de soleil. Les oiseaux chantaient dans les hautes branches. Il fallait écouter avec encore plus d'attention pour tout de même percevoir une rumeur lointaine, dérangeante.

L'enfant frissonna. Le massacre continuait. Maintenant que son oreille s'était accoutumée au silence, il entendait les cris excités des cosaques et les plaintes des chiens. À chaque fois, il sursautait, jusqu'à ce que, n'y tenant plus, il se penche au-dessus de son siège pour vomir.

Les chevaux tressaillirent, humèrent le vent, puis recommencèrent à brouter. La clairière semblait hors du temps. Un coucou lança son cri. Alekseï s'essuya la bouche du revers de la manche. L'analogie le marqua. Durant toutes ces années, il n'avait été rien qu'un coucou dans une famille qui n'était pas la sienne.

Brusquement, une cavalcade sur des feuilles mortes faillit le faire mourir de peur. Il fut soulagé de reconnaître la haute silhouette de Nicolaï apparaître entre les troncs. Sa face était blanche comme un linge, ses yeux tellement injectés de sang qu'ils brillaient comme d'horribles escarboucles.

À bout de souffle, le moujik se précipita vers la troïka en tenant contre lui un gros panier qu'il posa précautionneusement à côté de l'enfant.

Alekseï se pencha. À l'intérieur, il y avait une portée de barzoïs. Il s'agissait de la portée la plus récente, quatre chiots à peine âgés de quelques semaines, rien de plus que des gros rats qui vagissaient sans rien comprendre à ce qu'il leur arrivait depuis qu'on les avait arrachés à leur mère.

Se remettant à pleurer, Alekseï enfouit son visage parmi les douces fourrures chaudes. Sans perdre plus de temps, Nicolaï bondit sur le siège et lança les chevaux en plein galop.

« Mais tous les autres ? cria Alekseï en retenant de toutes ses forces le panier qui menaçait de basculer par-dessus bord. Il faut aussi aller les sauver ! »

Nicolaï ne répondit rien. Il ne le regarda même pas. Ses mâchoires étaient tellement contractées que, même s'il n'avait pas été muet, il n'aurait pas réussi à parler. Ce qu'il venait de voir le submergeait d'effroi, de chagrin et d'horreur face à la cruauté humaine.

Grâce à une porte dérobée à demi masquée par du lierre, il avait réussi à entrer dans le chenil sans se faire remarquer. Les cosaques étaient massés près de l'entrée principale. Ils procédaient avec ordre et méthode, ce qui rendait la scène encore plus effroyable. Cela avait été sa chance.

Passant par des raccourcis connus de lui seul, il avait réussi à se faufiler jusqu'aux cages les plus proches, qu'il avait ouvertes. Les chiens lui avaient fait la fête, mais ils étaient nerveux, ils sentaient l'odeur du sang qui flottait dans l'air, ils entendaient les plaintes des leurs, ils n'avaient pas compris qu'il voulait les voir s'enfuir. Apeurés, ils étaient restés dans leurs cages ouvertes, à tourner en rond en gémissant et en levant vers lui leurs grands yeux troublés.

Il avait tenté de les faire sortir. Il avait agité les bras. Il les avait tirés, poussés, mais à chaque fois ils revenaient dans la cage, qui avait toujours été leur refuge. Il avait alors compris que les sauver ne lui appartenait plus, qu'il avait fait ce qu'il pouvait. Il ne restait plus qu'une seule chose à tenter contre ce massacre insensé. Il avait donc couru vers une dernière cage, celle de Nevesta[1], la plus belle de toutes ses chiennes, qui montait la garde face à ses chiots. Elle aussi avait senti l'odeur du sang et entendu les aboiements de ses semblables. Les crocs découverts, elle avait refusé d'obéir à son maître lorsqu'il l'avait appelée. Elle l'avait même attaqué pour protéger ses petits. Il

1. « La mariée, la fiancée », en russe.

avait dû la frapper pour la repousser et les lui prendre les uns après les autres. Il en avait pleuré, mais il n'avait pas eu d'autre choix. Il fallait au moins sauver la portée. À l'aide d'un balai, il l'avait maintenue à distance et avait jeté les chiots dans un gros panier puis s'était enfui en le portant à bout de bras. Il avait espéré que la chienne suivrait au moins ses petits.

Elle avait hésité en tournant sur elle-même. Elle gémissait, la queue basse, reniflant partout à la recherche de sa progéniture. Enfin, elle s'était élancée sur ses traces.

C'était trop tard, les cosaques approchaient. L'un d'eux l'avait vue s'enfuir. Il lui avait jeté un couteau qui l'avait atteinte dans la gorge. Elle avait culbuté sur elle-même et ne s'était pas relevée.

Nicolaï avait failli rebrousser chemin, saisi de rage, mais le panier qu'il portait l'avait retenu. Il fallait au moins parvenir à sauver les chiots. En se cachant du mieux qu'il avait pu, il s'était faufilé sous le lierre et avait réussi à galoper jusqu'à la troïka. Là, il avait posé le panier à côté d'Alekseï, puis il avait bondi sur le siège pour lancer les chevaux.

Il avait eu de la chance, personne ne l'avait suivi. Malgré tout, il fouetta la chambrière comme si le diable était derrière lui, et sans doute était-ce vrai, car en l'espace de quelques minutes il avait vu l'enfer.

Au bout d'un moment, les chevaux montrèrent des signes de fatigue et commencèrent à ralentir. Il ne les relança pas, les laissant passer au trot. Lui non plus n'en pouvait plus. Il s'assit sur le siège, à côté d'Alekseï qui se taisait, prit le petit contre lui et lui ébouriffa les cheveux. Le gamin l'enlaça de ses deux bras en serrant les dents.

La troïka continua ainsi sur près de deux verstes, jusqu'à traverser un autre petit bois au bord d'un ruisseau. Sans trop savoir pourquoi, Nicolaï le trouva familier. Il connaissait bien toutes les parties du domaine, mais cette partie assez sauvage semblait réveiller en lui d'autres souvenirs.

Il se redressa, regarda autour de lui et se souvint. Il avait neuf ans. Il venait d'être témoin d'une conversation qui lui avait glacé le sang. Tout en galopant par-dessus les fougères et les fossés, il serrait contre lui un carnet rempli de très beaux dessins qu'il avait eu la sottise de ramasser et de garder. Or, il venait d'apprendre que des hommes le convoitaient. Des hommes qui n'avaient pas hésité à ordonner les meurtres d'une femme et de deux hommes pour tenter de le récupérer.

Pour s'en défaire, il l'avait caché là, au fond d'un vieux cèdre au tronc creux.

Tirant brusquement sur les rênes, il immobilisa les chevaux. Il venait de comprendre que ce carnet appartenait au petit Alekseï. Les dessins qu'il contenait avaient été l'œuvre de sa mère, la vraie, celle qui l'avait mis au monde avant d'être assassinée.

Ce carnet était donc son unique héritage, son seul bien.

Nicolaï hésita. À l'époque, il n'avait pas osé parler de sa découverte à son père, encore moins au prince Vassili. Il avait ramassé le carnet sur une intuition, parce que les dessins l'avaient impressionné et qu'il avait voulu pouvoir les regarder à loisir. Plus tard, lorsqu'il avait envisagé de le rendre, il avait compris que c'était impossible. Non seulement on risquait de l'accuser de vol, mais en plus ce carnet était convoité par des assassins. Si ces derniers apprenaient qu'il l'avait en sa possession, ils pouvaient vouloir le tuer.

Toujours hésitant, il coula un regard oblique vers son petit compagnon. Ce dernier le dévisageait sans comprendre, mais avec une telle confiance qu'il en fut ébranlé.

Devait-il vraiment lui rendre ce carnet, au risque de passer pour un voleur ? Voulait-il risquer de perdre le seul amour qui lui restait, celui de cet enfant qui était son dernier ami, son seul compagnon, son presque frère ?

Il sut que non. Il n'avait pas le courage de détruire cette dernière estime.

Tant pis pour le carnet. Les beaux dessins pouvaient bien continuer à sommeiller dans leur cachette secrète au creux du vieux cèdre, après toutes ces années, ils ne manquaient à personne ! Mieux valait ne pas réveiller les démons qui dormaient.

Le passé était le passé.

Lançant un pauvre petit sourire à l'enfant, il joua à nouveau de la chambrière et les chevaux repartirent. Au bout de quelques minutes, la troïka sortit du bois. Quelques verstes plus loin, ils franchirent enfin les limites du domaine Vatchenko. La campagne alentour était souriante, avec des champs fraîchement labourés, les dernières fenaisons, des cueilleurs de pommes et de poires, et surtout ce beau ciel bleu tout rempli d'un soleil qui réchauffait leurs tremblements.

Alekseï s'était pelotonné contre Nicolaï. Il n'avait pas lâché le panier trop grand qui débordait de ses genoux.

Croisant le regard de son compagnon, Alekseï murmura :

« Les chiots dorment, mais il faudra bientôt leur trouver du lait. »

Les chiots dormaient effectivement, serrés les uns contre les autres, sans savoir à quelle fin abominable ils avaient échappé.

Nicolaï acquiesça. Ils s'arrêteraient dans le premier hameau venu. Des paysans les reconnaîtraient et leur offriraient l'hospitalité. Bien sûr, ils n'auraient pas faim, mais il faudra tout de même manger, pour garder quelques forces.

Le jeune homme savait que leur avenir s'annonçait des plus sombres.

Il savait aussi que, dorénavant, il n'aurait d'autre but que de parvenir un jour à tuer de ses propres mains cette bête malfaisante qu'avait toujours été Vladislav Vatchenko.

45

L'attelage atteignit Saint-Pétersbourg et Nicolaï se raidit. La dernière fois qu'il était venu dans la ville, il accompagnait Iéléna. Elle avait rendez-vous avec des fournisseurs, en particulier avec un marchand d'origine tatare auprès de qui elle avait commandé deux selles magnifiques pour l'anniversaire des garçons. Des selles que les jumeaux n'auraient jamais. Il renifla, se souvenant que, lorsqu'elle avait fini ses courses, il l'avait conduite sur l'île de Vassilievski pour leur pèlerinage d'amoureux.

Main dans la main, ils s'étaient assis sur ce muret au bord de la Baltique, exactement au même endroit où, pour la première fois, il avait osé l'embrasser. Il s'en souvenait avec tant de force ! Cette fois-ci, la mer était grise et houleuse. L'air iodé emmêlait leurs cheveux. Les mouettes criaillaient dans la brise qui soufflait du large. L'horizon était chahuté par tous ces bateaux à voile ou à vapeur qui semblaient danser dans les vagues un ballet improbable. Ils avaient mangé des *pirojki*[1] et des *koryushka*[2] avec appétit. Ils avaient ri. Ils s'étaient embrassés sans se soucier des autres couples qui, de toute façon, faisaient la même chose. Leurs lèvres avaient à la fois un goût de sel et de sucre.

C'était une période où ils pouvaient encore se croire heureux. Où ils imaginaient que la vie ne prendrait jamais de tournant tragique. Une vie entre parenthèses, qui avait fait croire à Nicolaï qu'ils étaient invincibles.

Revenir à Saint-Pétersbourg sans elle était si difficile…

Avec pudeur, il essuya ses yeux de la manche. Il conduisait les chevaux en s'efforçant de ne rien voir des beaux palais et

1. Petits chaussons frits fourrés de viande, de saumon, de légumes…
2. Éperlans panés et frits typiques de Saint-Pétersbourg.

des églises à bulbes dorés, des ponts sur la Neva et des statues qui se multipliaient au fur et à mesure qu'ils approchaient du centre de la ville. Chaque pierre, chaque arbre ne faisaient que lui rappeler tous les instants joyeux qu'il avait passés avec elle, cette tendresse merveilleuse qu'ils avaient fini par s'accorder l'un l'autre, si douce à vivre après les écorchures de la vie.

Bien sûr, il n'était pas naïf. Il avait toujours su qu'Iéléna ne pourrait jamais l'aimer comme elle avait aimé son époux. Tant de choses les séparaient. Pourtant, il s'estimait chanceux d'avoir été là au bon moment, pour lui démontrer toute sa ferveur et toute sa douceur. Depuis qu'il l'avait rencontrée, il avait déversé vers elle son amour de bon chien fidèle, aimant et courageux, et il voulait croire que c'était cela, bien avant tout le reste, qui avait contribué à la sortir de l'hibernation où elle s'enlisait. Il se souvenait de son bonheur de la serrer dans ses bras. De la cajoler comme une idole précieuse.

Il avait conscience qu'il l'avait aimée comme jamais il n'avait cru possible d'aimer. Il ne parvenait pas à croire qu'elle était morte. Il ressentait juste de l'incrédulité. Oui, une tristesse incrédule. Un coup d'assommoir au niveau du cœur qui l'empêchait de réfléchir sainement, qui lui donnait l'unique envie de ne plus résister, de se laisser couler.

Le visage tendu, il jeta un coup d'œil vers son jeune passager qui se murait dans un mauvais silence qui ne présageait rien de bon. Cela le remplit d'une peine supplémentaire, car il aimait les jumeaux depuis toujours, avec une affection d'ami et de grand frère. Il avait grandi avec eux. Il les avait côtoyés quotidiennement. Il leur avait appris ce qu'ils savaient. Il s'était cru capable de protéger tout le monde. Il avait péché par orgueil. Il avait oublié qu'on ne parvient jamais à protéger jusqu'au bout. Un jour, c'est l'aveu de l'impuissance, et le désespoir qui en découle.

Iéléna s'était trompée. Il n'avait rien d'un ange gardien. Il était comme n'importe quel être humain incapable d'influencer le destin. Un être impuissant à la protéger et à sauver son vieux père. Un misérable qui avait dû abandonner le petit Viktor à son sort et s'apprêtait à faire de même avec le jeune Alekseï. Il avait mal à force de contracter ses mâchoires.

Bientôt, les chevaux dépassèrent les faubourgs de la ville. Ils se dirigèrent vers le centre, traversèrent d'abord le quartier de la Nouvelle Hollande, puis l'île Spasski. Nicolaï ne connaissait pas l'ambassade britannique, mais, par avance, il détestait l'édifice qu'il découvrirait, la rue qui l'abritait et jusqu'au quartier où il se nichait.

Alekseï devait penser la même chose, car à cet instant, il s'écria d'une voix chevrotante :

« Non, non, je ne veux pas y aller ! »

Le cœur serré, Nicolaï fit face au petit qui levait vers lui une figure longue comme un jour sans pain. Il rencontra des yeux trop brillants qui laissaient déborder sur les joues des larmes lentes et désolées. D'une main malhabile, il prit l'enfant par les épaules et le serra contre lui. Après tout, rien ne les obligeait à se rendre tout de suite chez les Anglais. Ils pouvaient très bien n'y aller que ce soir, ou même demain. Personne ne les attendait.

Grattant le fond de ses poches, il réussit à trouver quelques pièces. Il ne possédait pas grand-chose, le labeur des moujiks n'était pas payé en salaire. La plupart dépendaient de leurs maîtres pour tout : le logement, les vivres, les vêtements, les médicaments... Mais Iéléna lui avait souvent donné de l'argent lorsqu'ils se rendaient à Saint-Pétersbourg. Elle tenait à ce qu'il puisse s'acheter un verre de *kvas* et quelques *souchkis*[1] le temps que duraient ses rendez-vous.

Avec son reste de monnaie, il offrit au gamin des *piroguis*[2] fourrées à la pomme qu'il acheta à une vieille babouchka et quelques bâtonnets de *smokva*[3] qu'ils grignotèrent au bord de la Neva. Ils s'arrêtèrent sur les quais du palais, entre une demeure anonyme et le somptueux palais d'Hiver où logeait le tsar. En face, de l'autre côté du fleuve, ils distinguaient les tours et les dômes de la forteresse Pierre-et-Paul, ainsi que les canons qui ornaient les remparts.

1. Craquelins traditionnels en forme d'anneau.
2. Tourte traditionnelle de pâte briochée fourrée de cerises, pommes ou fromage blanc en version sucrée, ou de viandes et de légumes en version salée.
3. Anciennement, on l'appelait « pomme séchée du paradis ». Ce produit à mi-chemin entre la confiture et la pastilla est préparé à partir de fruits très riches en pectine comme des pommes, des coings, des prunes et des sorbes.

Nicolaï songea que s'ils étaient venus un autre jour, un jour qui aurait été ordinaire et non pas de deuil et d'horreur, ils auraient pu aller au cirque sur l'île Krestovsky. Ils auraient admiré les écuyers faire leurs acrobaties, les ours tziganes danser sur un air de violon et les belles funambules danser sur leur fil en s'aidant d'une ombrelle. À la place, ils étaient là, assis devant les chevaux, à s'occuper des chiots qu'il fallait nourrir toutes les deux heures, à respirer de toutes leurs forces pour éviter de se noyer dans leur chagrin. Devant eux passaient les bateaux sur la Neva, de grosses barges remplies de marchandises, des navires de guerre cuirassés, des vapeurs à aube et les barques de toutes sortes à voiles ou à rame. Les goélands les escortaient.

Ils restèrent longtemps ainsi, murés dans leur silence respectif, assommés par ce chagrin qui pesait sur leurs épaules en poids impossible à décharger. Le soleil commença à décliner sur leur gauche. Dans la lumière devenue rouge, une fraîcheur humide monta du fleuve. Saint-Pétersbourg, Venise du Nord, rappelait chaque soir qu'elle avait été gagnée sur les bras d'un fleuve et sur des marécages.

Alekseï commença à frissonner. Il avait froid, mais il craignait encore plus l'inéluctable qui approchait. Chaque fois qu'il inspirait, il sentait dans sa poche poitrine la rigidité de la lettre écrite par Vladislav et les papiers qui l'accompagnaient. Il n'avait pas eu la curiosité de les lire. Au contraire, il avait juste eu la tentation de les déchirer et d'en jeter les confettis dans l'eau à ses pieds. Sauf que ce geste n'aurait rien résolu. Le temps ne serait pas revenu en arrière, les gens qu'il aimait ne seraient pas revenus à la vie. À onze ans, on est suffisamment grand pour savoir que le temps s'enfuit vers l'avant et qu'il ne sert à rien de le poursuivre : on ne le rattrape jamais.

Il fallut repartir. Avec des gestes mécaniques, le jeune homme et l'enfant remontèrent sur le siège du cocher. Nicolaï agita la chambrière au-dessus des chevaux, qui prirent le pas d'une encolure fringante. À cet instant, Alekseï eut un sanglot si fort, qu'il en eut mal à la poitrine. En aveugle, il tendit la main pour l'enfouir dans celle de son compagnon. Nicolaï la serra sans le regarder. Ils n'avaient plus besoin de se voir pour se comprendre. Ils partageaient la même affliction.

Ils arrivèrent trop vite devant l'ambassade de Grande-Bretagne. Le bâtiment formait un angle en bordure de la place du Palais. De forme carrée et massive, il était haut de trois étages et n'avait pas grand-chose d'élégant. Au-dessus d'une des portes, une grande niche accueillait la statue d'un saint Georges terrassant le dragon, qui était le symbole de l'Angleterre. L'entrée principale était placée sous un auvent soutenu par de fines colonnades. Des soldats en uniformes britanniques l'encadraient au garde-à-vous. Sur le toit d'ardoise, les couleurs de l'*Union Flag* flottaient fièrement dans le soleil couchant.

« Nous pouvons encore partir ! s'exclama brusquement Alekseï d'un ton empreint de panique. Qui le saurait ? Nous pourrions nous réfugier dans la taïga, nous chasserions pour nous nourrir, tu sais que je ne suis pas un mauvais tireur et que je sais fabriquer des pièges. Qui se soucierait de nous ? Je… je n'ai plus de famille. Et toi… je sais que tu n'as pas envie d'aller chez le duc Kousmitch ! Il t'obligera à te battre et tu n'aimes pas ça ! On irait même chercher Viktor en cachette. Il serait si heureux de venir avec nous. »

Nicolaï dévisagea le gamin, le cœur fendu. L'idée était séduisante, mais malheureusement irréaliste. Peut-être que personne ne s'occuperait de la disparition d'un enfant sans famille, un orphelin anglais dont personne n'avait entendu parler, mais pour lui, ce n'était pas la même chose. Il n'avait pas le choix. Il était un moujik vendu à un nouveau maître. Un esclave qu'un puissant boyard venait d'acheter. S'il s'enfuyait, on le poursuivrait. On finirait par le rattraper et on le punirait. Nicolaï avait toujours vécu dans le dévouement et la fidélité, il refusait de finir en paria.

Avec un pauvre petit sourire qu'il espéra réconfortant, il ébouriffa les cheveux de l'enfant. Ce dernier recula avec une grimace. Il comprit que son rêve de taïga ne se réaliserait pas. Frustré, effrayé, il regarda vers le sol qui ne lui parut pas si loin que ça. Les chevaux allaient au pas. S'il sautait, il n'aurait pas grand mal. Il pourrait alors se perdre dans la foule. Se sauver.

Les chiots le retinrent. Ils étaient si mignons dans leur panier. Si petits, si fragiles, si dépendants de ceux qui les soignaient. S'il sautait, il risquait de les blesser. Et puis, il n'avait pas envie de quitter Nicolaï. Le jeune moujik avait toujours été à ses côtés. Il était son serviteur, mais aussi et surtout un compagnon de tous les jours, un ami de tant de jeux, un frère de tant de confidences.

« Je... je ne veux pas qu'on se sépare ! s'écria-t-il en éclatant en gros sanglots convulsifs. Je veux qu'on reste ensemble !

Le moujik le prit contre lui et le berça entre ses bras forts.

— Moi non plus, je ne veux pas qu'on se sépare », murmura-t-il en retour.

L'enfant se figea. Avait-il bien entendu ? Nicolaï lui avait-il parlé ? Levant le nez, il dévisagea le visage mangé par une barbe blonde, puis s'attarda sur la cicatrice qui labourait la gorge de la mâchoire à la clavicule.

« Nicolaï ? demanda-t-il. Viens-tu de me parler ? »

Le jeune moujik parut frappé de stupeur. Était-ce vrai ? Avait-il réellement parlé ? N'était-ce pas une illusion provoquée par la tension nerveuse, l'émotion, le chagrin ?

Il déglutit, puis ouvrit à nouveau la bouche.

« Oui, je crois avoir parlé...

Les mots lui venaient si naturellement ! Alekseï eut une exclamation incrédule.

— Mais oui ! Tu viens de parler ! C'est incroyable ! Tu parles !

— Oui », répondit simplement Nicolaï, qui n'arrivait pas à y croire lui-même.

Le prodige le stupéfiait. Il ne parvenait même plus à réfléchir. S'il s'était écouté, il se serait mis debout sur le siège du cocher et aurait hurlé sa joie à la foule, au vent et aux soldats anglais, juste pour le plaisir d'entendre le son de sa voix et savoir que, enfin, il pouvait à nouveau parler !

« C'est merveilleux ! lui dit Alekseï en se jetant à nouveau dans ses bras.

Cette fois-ci, pourtant, Nicolaï temporisa son enthousiasme.

— Chut, *moy gospodin*[1], murmura-t-il. Peut-être vaut-il mieux continuer à faire croire que je suis encore muet... Personne ne se méfie jamais d'un muet. Ce pourrait être utile...

Alekseï battit des mains.

1. « Mon maître », en russe.

— Oh oui ! Ce sera notre secret ! Nous pouvons maintenant partir pour la taïga ! Nous serons plus forts qu'avant.

Il trépignait d'impatience, mais Nicolaï fut contraint de le détromper.

— Non, *master* Alekseï. Aller dans la taïga n'est pas possible. Les Anglais vous rechercheront et moi, je serai arrêté, fouetté, peut-être pendu. On doit oublier la taïga.

— Mais la taïga, c'est grand, jamais ils ne nous retrouveront si nous ne le voulons pas !

— Non, répéta Nicolaï en le regardant avec fermeté. J'ai une autre idée, mais il va falloir être courageux et patient. Vous sentez-vous capable de l'être ? »

Le gamin baissa le nez. Il n'avait pas envie d'être courageux ni patient. Il voulait juste refuser son sort. Alors Nicolaï, qui le connaissait bien, posa ses grandes mains sur ses épaules encore frêles, imprimant au travers du tissu sa force et sa chaleur.

« Nous allons nous séparer pendant quelque temps, *moy gospodin*, mais je vous promets de revenir. Je n'ai pas retrouvé ma voix pour vous dire des paroles en l'air. Au contraire, je vous fais une promesse solennelle : je ne vous abandonnerai pas. Attendez-moi. Croyez en moi. Nous avons toujours été des amis. Vous le savez, entre nous, c'est à la vie à la mort. Je reviendrai. »

Alekseï déglutit avec peine. Il n'avait pas envie d'être séparé de Nicolaï, mais sa confiance en lui était telle qu'il ne put que hocher la tête, prêt à accepter l'inacceptable.

« D'accord. Mais que vas-tu faire ?

— Je vais demander l'appui de gens puissants. »

L'enfant comprit. Ils se donnèrent une dernière accolade, puis Alekseï caressa les chiots à côté de lui avant de sauter du siège.

Nicolaï le retint.

« Ce sont vos chiens, *moy gospodin*, pas les miens. Vous pouvez les emmener.

Alekseï eut un élan de bonheur, avant de répondre tristement :

— Je ne pourrai pas m'occuper de tous. Je ne sais même pas où je vais.

— Dans ce cas, n'en prenez qu'un. Vous arriverez toujours à vous occuper d'un chiot. »

Alekseï acquiesça. Il choisit une des femelles, celle qui lui parut plus grosse que les autres et qui serait donc la plus forte. Elle était d'un blanc immaculé, avec une étoile blonde au milieu de son front.

« Je l'appellerai Zvezda[1]. Adieu, mon ami Nicolaï.

Le jeune moujik eut un sourire qu'il espéra plein d'espoir.

— Non. Pas adieu, *master* Alekseï. Simplement au revoir. Je reviendrai vous chercher. Je ne faillirai pas à ma promesse !

— Je vais donc y croire, Nicolaï. Je te le promets, j'y croirai tous les jours. »

Le chiot serré dans les bras, il se détourna pour cacher son désarroi et marcha bravement vers l'entrée de l'ambassade britannique. Dans son dos, Nicolaï claqua des lèvres et les chevaux s'éloignèrent sur les pavés de la place. Alekseï enfouit son visage dans la fourrure chaude du chiot et y cacha ses larmes.

Maintenant, il était vraiment seul.

Avec Zvezda.

1. « Étoile », en russe.

46

Pour Alekseï, tout allait très vite. Trop vite. En l'espace de trois jours, il avait tout perdu : sa mère, son frère, son meilleur ami, sa famille, ses serviteurs, sa maison, ses chiens et jusqu'à son nom. Aux yeux de tous, il était maintenant William, dont il peinait à articuler les syllabes.

William.

Un jeune Anglais !

Difficile de s'y faire même si lady Margareth s'occupait gentiment de lui. Tout était si différent ! Le matin, il devait déjeuner d'une étrange mixture qui s'appelait porridge, qui ressemblait au *kasha* russe mais n'avait pas le goût du sarrasin. À midi, on lui servait une sorte de gelée d'anguilles qui plaisait énormément à l'ambassadeur mais que lui avait vraiment du mal à apprécier. De toute façon, il n'avait pas faim. Le chagrin lui tordait l'estomac. Il s'efforçait de ne pas trop pleurer, mais c'était difficile. Il passait son temps à guetter aux fenêtres. Il attendait Nicolaï qui lui avait fait une promesse, mais les jours passaient sans que le moujik revienne. Lady Margareth semblait sincèrement désolée pour lui. Elle s'efforçait de lui changer les idées en lui proposant des moments de lecture ou des jeux dans le jardin de l'ambassade, mais ces jeux étaient anglais et il n'en connaissait pas les règles. De toute façon, il n'avait pas le cœur à jouer. Il avait juste envie de pleurer.

Lady Margareth était sans doute la seule à comprendre sa mélancolie. Au milieu de l'après-midi, elle faisait servir du thé et des gâteaux appelés scones, tout en lui parlant de sa nouvelle famille, les Ashton, qu'elle semblait bien connaître. Bien que la conversation se déroulât en anglais et qu'il n'était pas certain d'en comprendre toutes les subtilités, il retint que les Ashton avaient une généalogie au moins aussi ancienne que celle des Vatchenko et que, dorénavant, il serait un lord. Il s'agissait d'une sorte de prince d'Angleterre. À l'ambassade, tout le monde s'adressait à lui en l'appelant « lord William » ou « Votre Grâce ». Seule lady Margareth se permettait de lui donner du « *poppet*[1] » à tout-va en lui caressant gentiment la joue.

Très vite, on lui expliqua qu'il allait bientôt prendre un bateau pour se rendre en Angleterre auprès de sa famille. Il avait protesté en assurant qu'il ne voulait pas quitter la Russie, mais on lui avait affirmé qu'il n'avait pas le choix : il n'était pas russe, mais anglais ! Lady Margareth lui promit que ses proches allaient être heureux de le rencontrer ! Il ne lui restait qu'un grand-oncle âgé de soixante-huit ans qui allait être ravi d'apprendre qu'on avait retrouvé son héritier.

Alekseï, lui, ne partageait pas cette certitude. Depuis toujours, ses habitudes étaient russes, ses vêtements étaient russes, son accent était russe. Dès qu'il se présenterait devant ce grand-oncle, ce dernier saurait qu'il n'avait rien d'anglais. Et puis, durant la guerre de Crimée, de nombreux Anglais étaient morts à cause de soldats russes. Peut-être même son père en avait-il tué quelques-uns avant de mourir lui-même ? Dès qu'il poserait un pied en Angleterre, le pays tout entier allait le détester.

De toute façon, que ferait-il là-bas ? À quoi s'occuperait-il ? Pourrait-il faire du cheval ? Aller à la chasse à l'ours ? Dresser son jeune barzoï à la chasse au loup ? Y aurait-il de la neige en hiver, des inondations au printemps, un étang pour se baigner en été. Surtout, qui s'occuperait de Viktor si un continent entier les séparait à jamais ?

Il protesta donc, mais sa révolte ne put enrayer son inéluctable destin. Le matin du 5 octobre, un colonel nommé Edouard Fleming vint le chercher, accompagné de son ordonnance. Ce vieil officier britannique l'informa qu'il s'était porté volontaire pour l'escorter en Angleterre et qu'il s'en réjouissait.

Alekseï ne répondit rien. Il ne savait que penser de cet homme de haute taille qui, malgré son âge certain, portait

1. « Mon cœur, mon ange », en anglais, en parlant d'un enfant.

encore beau son uniforme. À maintes reprises, il avait surpris son regard bleu pâle posé sur lui, un regard assez étrange, plutôt dur et énigmatique, qui lui avait donné la chair de poule. Tout de même, il le salua avec toute la politesse qu'on lui avait enseignée au cours de ses jeunes années et il vit que l'officier en était content.

À l'heure du départ, tandis que les domestiques finissaient d'arrimer une malle que lady Margareth avait fait remplir à son intention d'un trousseau hâtivement confectionné, il se mit à pleuvoir dru. Levant le nez vers les nuages plombés de gris, Alekseï crut que le ciel lui-même avait décidé de le chasser de Russie. Il monta dans la troïka le cœur gros. Jusqu'au bout, il avait espéré le retour de Nicolaï, mais maintenant il devait se rendre à l'évidence : son ami n'avait pas réussi à tenir sa promesse, à moins qu'il ne l'ait tout simplement oublié… Après tout, Nicolaï n'était qu'un serf. Qu'aurait-il pu faire pour le sauver ?

L'ambassadeur en personne se déplaça pour lui souhaiter un bon voyage. Lady Margareth le serra contre elle avec beaucoup d'affection. Levant les yeux vers son visage maigre encadré par des boucles grises qui sortaient d'un curieux bonnet de dentelles, il voulut la supplier de le garder, de ne pas l'envoyer en Angleterre, de lui permettre de demeurer russe jusqu'au bout, mais Fleming vint à cet instant poser sa main sur son épaule en lui disant qu'il était temps.

Alekseï prit le panier qu'un domestique lui tendait. Sur un coussin de velours dormait la petite Zvezda. On lui avait accordé l'autorisation de l'emmener et cela au moins l'avait soulagé. La très jeune chienne était tout ce qui lui restait de sa vie d'avant. Il l'installa sur ses genoux après s'être assis sur le siège de la calèche.

Lorsqu'ils arrivèrent au quai des Anglais, il y régnait une activité frénétique. Au milieu de caisses, de sacs de céréales, de tonneaux d'eau douce qui attendaient d'être embarqués, des matelots en vareuses grises chargeaient les malles des passagers sur leurs épaules. Un petit bateau à vapeur était arrimé en face de la douane. Alekseï le trouva bien petit pour affronter la Baltique. Fleming lui coula un regard amusé avant de répondre que ce bateau ne servirait qu'à les amener près du plus gros steamer qui allait les emmener.

Enfin, un steward les incita à embarquer. Alekseï se retourna pour regarder une dernière fois derrière lui. Il espérait encore voir Nicolaï au milieu des badauds qui se pressaient sur les quais. Il ne le vit pas et, le cœur gros, étudia une fois encore les belles façades des maisons saint-pétersbourgeoises, les couleurs des pierres, les statues qui les ornaient précieusement, les dômes qui surmontaient le tout dans la brume matinale. Son cœur débordait de larmes tandis qu'une pluie tenace ruisselait sur les pavés.

« Allons-y, lui dit le colonel Fleming.

— Oui », répondit-il avant de sursauter soudain.

Une troïka armoriée était en train de se frayer un chemin au milieu de la foule à grands coups de chambrière. Il la reconnut aussitôt. Échappant à Fleming, il courut vers la comtesse Katharina dont il avait vu le visage à la portière.

À son tour, elle l'aperçut et lui sourit. Il en eut le cœur transporté. Ainsi, elle venait pour lui. Elle venait le sauver. Elle allait lui dire de rester en Russie. Peut-être même s'occuperait-elle de lui ?

« Mon petit Alekseï ! » s'écria-t-elle en agitant la main, tandis que des gardes à cheval s'efforçaient de libérer la place autour d'elle en faisant reculer les badauds avec leurs fouets.

Les chevaux s'arrêtèrent en piaffant et elle descendit sans attendre qu'un valet lui déplie un marchepied. Un homme de haute stature qui se tenait jusqu'à présent assis à côté du cocher déplia sa grande carcasse pour sauter au sol.

« Nicolaï ! cria Alekseï en se jetant en pleurant dans les bras du jeune géant à la barbe blonde. Tu es venu !

— Et moi ? protesta la comtesse en tapotant l'épaule de l'enfant, un beau sourire sur son visage grave. N'aurai-je donc pas droit à un baiser ? Ne suis-je plus ta marraine, mon petit ?

Alekseï se jeta dans ses jupes qui sentaient bon la poudre d'iris et l'embrassa avec effusion sur la joue.

— Vous venez m'aider, ma bonne marraine, n'est-ce pas ? demanda-t-il avec un fol espoir. Vous avez appris ce qui est arrivé à maman ? Vous allez me permettre de rester en Russie, n'est-ce pas ? »

Elle s'appuya à son bras comme s'il était un homme adulte et l'invita à faire quelques pas. Un valet les suivit en tenant au-dessus de leurs têtes un grand parapluie noir. Il remarqua qu'elle était vêtue en satin grand deuil et cela lui noua le cœur. Ainsi, elle était au courant, pour sa mère…

À quelques pas, Fleming hésita à leur emboîter le pas. Katharina l'ignora pour s'appuyer plus fortement à son filleul.

« Alekseï, mon très cher petit, lui dit-elle le plus doucement possible. Je suis vraiment peinée pour Iéléna. Je suis bien entendu au courant de ce qui lui est arrivé.

— Vous allez m'emmener, n'est-ce pas ?

— En fait, la situation n'est pas simple, j'en suis vraiment navrée, répondit-elle d'un air contrit. Dès que j'ai appris la mauvaise nouvelle, je me suis précipitée au domaine, mais il semblerait que je n'aie aucun pouvoir pour interférer en quoi que ce soit. Le testament d'Iéléna a disparu. Il aurait dû être dans le coffre, mais il n'y était pas… Or, il se trouve qu'en l'absence de ce document je ne peux rien faire.

— Mais vous êtes ma marraine ! se révolta Alekseï.

— Excuse-moi de te parler comme si tu étais adulte, mon garçon, mais en l'absence de ce testament, Vladislav Vatchenko a juridiquement tous les droits. Sans ce document qui précisait les dernières volontés d'Iéléna, mon cousin devient le tuteur de Viktor et doit assurer la gérance de ses biens. Quant à toi, mon petit, mon pauvre petit, tout cela ne te concerne malheureusement plus…

Alekseï déglutit, au bord des larmes. Elle le prit contre elle, le serra avec force.

— J'ai fait tout ce qui était en mon pouvoir durant ces quelques jours. Je reviens à l'instant de l'ambassade britannique. On m'a montré avec obligeance une copie des papiers te concernant. Je suis vraiment désolée…

— Vous le saviez depuis le début que j'étais un enfant trouvé ?

— Non, bien sûr que non ! protesta-t-elle. Je savais qu'Iéléna et mon cousin Vassili avaient un secret, je pensais même que Vassili était mort à cause de cela, mais à aucun moment je n'ai imaginé, je n'ai su ce qu'ils avaient fait... De toute manière, je te certifie que cela ne change rien pour moi. Tu demeures mon petit Alekseï chéri...

Il la repoussa en reculant :

— Mais vous m'abandonnez tout de même ! Que vais-je devenir maintenant ?

— J'en ai discuté avec l'ambassadeur britannique, qui a été formel : tu es en Angleterre le très riche héritier d'une famille honorable.

— Je ne veux pas y aller. Je suis russe !

Elle lui caressa la joue.

— Je le sais, mon mignon, mais rappelle-toi qu'Iéléna t'a appris à être courageux. Tu dois lui faire honneur aujourd'hui.

Il serra les dents.

— Vous me chassez, évidemment.

— Quelle idée ! Bien sûr que non ! Mais réfléchis un peu. Que ferais-tu ici, en Russie, maintenant que tu n'es plus un prince Vatchenko ? As-tu envie d'aller dans une institution pour orphelins ? Et même si je te prenais avec moi, ce que je ferais assurément puisque je suis ta marraine, que deviendrais-tu une fois adulte ? Un intendant dans l'un ou l'autre domaine de boyards ? Un précepteur pour des fils de duc ou de prince ? Un pauvre un peu moins pauvre que les plus pauvres ? Tu n'aurais aucun titre, aucune fortune. En Angleterre, on m'a assuré que tu étais riche, l'unique héritier d'une lignée qui, sans toi, risquait de s'éteindre. Tu seras accueilli en sauveur. Surtout, tu posséderas de vastes terres, des forêts, des domaines agricoles et des élevages de pur-sang, des vaches et des moutons. Tu maintiendras un rang que personne ne pourra jamais te prendre.

Il écoutait sans écouter. Des larmes coulaient sur ses joues, qu'elle essuya de sa main gantée.

— Je t'écrirai, promit-elle. Et j'attendrai tes lettres avec impatience. Et si tu as besoin de moi, je viendrai dans l'instant. Le voyage jusqu'en Angleterre ne dure que six jours. D'ailleurs, toi aussi, tu pourras revenir. Pourquoi pas à Noël ou à Pâques ? Tu reverras Viktor. Nous ferons tout pour que tu gardes un lien avec la Russie, qui demeurera à jamais ta patrie. Qu'en penses-tu ?

Il opinait de la tête en tentant de se raccrocher à ce qu'elle disait, mais il n'y croyait guère.

— Nous… nous sommes des ennemis maintenant… chuchota-t-il, ce qui la fit le prendre dans ses bras, pour lui caresser les belles boucles blondes qui tombaient sur son front.

— Allons donc, cesse de dire des bêtises ! Nous ne serons jamais des ennemis. Tu resteras russe jusqu'au plus profond de ton cœur, je le sais. D'ailleurs, je ne te laisse pas partir seul. Je t'ai amené Nicolaï. Je l'ai racheté au duc Kousmitch. Ce vieux putois n'était pas ravi de me le céder, mais je ne lui ai pas laissé le choix. L'acte de propriété a été établi à ton nom. Désormais, Nicolaï t'appartient. Il est à toi.

— Cela signifie-t-il qu'il peut venir avec moi en Angleterre ?

Katharina sourit.

— Oui, cela signifie qu'il va venir avec toi.

Pour la première fois depuis le drame, Alekseï entrevit une lueur d'espoir.

— Merci. »

Ils s'embrassèrent une dernière fois, puis Katharina agita son mouchoir tandis qu'Alekseï prenait Nicolaï avec lui pour retourner auprès de Fleming. La pluie avait cessé. Quelques rayons de soleil parvenaient à se faufiler entre les nuages. Un arc-en-ciel dessinait une courbe au-dessus de la mer.

Tout en marchant, Alekseï se tourna vers celui qui était désormais son moujik.

« Je suis tellement heureux de te revoir ! Tellement heureux de savoir que tu vas m'accompagner en Angleterre ! »

Nicolaï ne répondit rien, il préférait continuer à faire croire qu'il était encore muet, mais il fit à son jeune maître un clin d'œil appuyé. Lui aussi était heureux de la situation. Au moins, il pourrait continuer à veiller sur le jeune garçon.

Pourtant, la situation lui parut soudain moins idyllique lorsque Alekseï le présenta au colonel Fleming. Bien qu'il ne l'ait vu qu'une seule fois, il y avait vraiment longtemps, il le reconnut aussitôt. Bien sûr, le Britannique avait vieilli. Son visage s'était creusé, ridé. Sa barbe était devenue grise, mais l'éclat de son regard demeurait le même : froid et calculateur.

L'espace de quelques secondes, Nicolaï fut saisi de panique. Il était à nouveau cet enfant de neuf ans caché sous une desserte, qui craignait d'être découvert tandis que deux hommes au-dessus de lui évoquaient des meurtres de sang-froid.

Il songea au carnet qu'il avait fort heureusement laissé caché dans son trou au fond du vieux cèdre. La présence de cet homme auprès d'Alekseï n'était pas une coïncidence, il en aurait mis son bras à couper. L'officier britannique cherchait-il encore ce carnet ?

Il se promit de toujours garder un œil ouvert. Alekseï était à nouveau sous sa responsabilité. Il se devait de le protéger.

Tandis qu'il approchait, Fleming dut sentir sa méfiance, car il le toisa :

« Nous connaissons-nous ? questionna-t-il sèchement.

— Nicolaï est mon serviteur, répondit Alekseï avec vivacité. Il est muet. Un ours l'a blessé lors d'une chasse. Depuis, il ne parle plus. »

Fleming remarqua effectivement la longue cicatrice qui labourait le cou du jeune Russe. Cela confirmait l'histoire et il cessa de s'inquiéter. Après tout, cet homme n'était qu'un serviteur, un de ces serfs qui appartenaient aux boyards russes avec moins de valeur qu'un esclave. Un homme sans importance.

Tandis que la sirène du petit bateau à vapeur appelait ses derniers passagers, ils embarquèrent tous à son bord et se laissèrent conduire sur le *Britannia*, un grand steamer qui mouillait au large de la rade de Saint-Pétersbourg. Il les emmènerait à Dunkerque, en France, après une brève escale à Copenhague.

Ce navire relativement moderne avait une bonne réputation. Sa solidité était éprouvée et l'intérieur, construit en bois de teck, affirmait un luxe raffiné qui plaisait à l'aristocratie européenne. Jour et nuit, on assurait un service français et anglais destiné à une clientèle cosmopolite.

Le voyage vers la France dura sept jours et cinq heures. À l'arrivée à Dunkerque, Fleming les fit séjourner une nuit dans une pension de famille avant de les embarquer le lendemain sur un navire assurant la liaison vers l'Angleterre. Après leur mise à quai à Southampton, le colonel loua une voiture, un cocher et quatre chevaux pour les conduire à Gray Castle, l'immense propriété des comtes d'Ashton, située à environ trois lieues de la ville portuaire.

Bientôt, Alekseï aperçut au-dessus d'un moutonnement de chênes quelques toits en lauzes et plusieurs tourelles rondes, élégamment terminées par des flèches en fer forgé.

« Voici Gray Castle, lui dit Fleming en regardant à son tour par la portière. Voici votre château, lord William. »

47

Certains moments dans une vie semblent suspendus dans le temps. On sait que ces instants ne dureront pas, mais on ignore de quel côté basculera notre vie. Il faut attendre. Ne pas réfléchir, laisser l'écoulement des heures faire son œuvre, oublier, pour pouvoir renaître.

Alekseï vivait une de ces périodes immobiles. Il était officiellement devenu le jeune lord William Ashton, héritier du nom, du titre et de Gray Castle, une immense propriété dont il n'avait pas encore exploré tous les recoins, mais dans sa tête, il demeurait russe. Chaque jour, il avait l'impression de marcher sur un fil comme un funambule dans un cirque, en équilibre entre un passé révolu et un futur qui n'existait pas encore.

Ce matin, il se réveilla très tôt. Il faisait encore nuit, mais il n'avait plus sommeil. Le château l'enveloppait comme une coque immense, son faux silence peuplé de tous ces bruits qui caractérisaient les vieilles demeures sans âge : craquements, grincements et souffles presque vivants qui agitaient les moindres pierres ou boiseries.

C'était le jour de Noël.

Son premier Noël en Angleterre.

Y avait-il une différence avec les Noëls russes, en dehors de la neige ? Alekseï l'avait attendue, mais elle ne venait pas. À la place tombait une pluie fine et gelée qui teintait le paysage de gris, embourbait les chemins et faisait monter des odeurs de champignons. Dans les prés et dans l'immense parc autour du château, l'herbe demeurait verte. Un vert fou quoique tendre, dont la douce luminosité était en harmonie avec toute la campagne environnante faite de brouillard et de ciel pâle.

Peut-être était-ce une autre différence avec la Russie, cette douceur un peu froide qu'on retrouvait dans les vallons, dans les forêts tapissées de feuilles mortes, au fil des cours d'eau, en particulier de ce petit fleuve Beaulieu qui passait près des remparts du château et que le gel ne saisissait jamais ?

Au bord de la Baltique, le palais Vatchenko était entouré d'immenses forêts d'épicéas, de sapins et de cèdres. Au contraire, Gray Castle était enfoui dans un moutonnement de hêtraies et de chênaies d'où seuls émergeaient ses toits de lauzes et ses plus hautes tourelles. Alekseï avait donc du mal à comprendre d'où venait le très haut épicéa qui, en ce jour de Noël, ornait la majestueuse entrée du château.

L'arbre avait été placé entre les deux escaliers monumentaux qui desservaient les étages. Sa flèche montait jusqu'au troisième, auréolée d'une étoile polaire. Des boules de verre, des guirlandes de plumes, des étoiles d'or et d'argent le décoraient avec apparat.

Ne supportant plus de rester dans son lit, Alekseï repoussa les couvertures et se leva. Zvezda se réveilla et vint lui faire la fête. Il avait eu le droit de garder la jeune chienne avec lui. Prenant l'excuse de l'emmener faire ses besoins, il se vêtit silencieusement, puis sortit de sa chambre, la levrette sur les talons.

Il était encore très tôt et la plupart des domestiques n'étaient pas encore sortis de la tour ouest, où ils avaient leurs logements. Seul Briggs, le valet chargé d'allumer les feux dans les cheminées, faisait déjà sa tournée matinale pour relancer les foyers que la nuit avait généralement réduits à quelques braises.

Lorsqu'ils se croisèrent, Briggs le gratifia d'un « Bonjour, Votre Grâce, joyeux Noël, Votre Grâce », auquel il répondit poliment.

Il faisait encore nuit. Il descendit au rez-de-chaussée avec une chandelle allumée à la main, sortit brièvement la chienne puis, après avoir admiré le sapin dans son entier, remonta marche après marche pour détailler la grande galerie de portraits qui ornaient les murs.

Depuis qu'il logeait à Gray Castle, observer ces visages sévèrement alignés était un de ses passe-temps favoris. Dès son arrivée, on lui avait précisé que tous ces hommes et ces quelques femmes en grand apparat étaient ses ancêtres. Le premier de la dynastie, Georg Ashton, avait été au XIIIe siècle un des fidèles barons du roi d'Angleterre, ce qui lui avait valu de recevoir les terres de Gray Castle en récompense.

Depuis, les générations s'étaient succédé et chaque portrait était fascinant. Alekseï passait des heures à les étudier, cherchant à déceler chez l'un ou l'autre une éventuelle ressemblance avec son propre visage, ce qu'il ne parvenait jamais à faire. Ils étaient tous si différents !

Pourtant, aujourd'hui, il fut attiré par l'une des peintures les plus récentes. Levant bien haut la chandelle, il s'efforça d'éclairer au maximum le visage dont l'expression était à la fois ferme et douce, et néanmoins autoritaire dans la forme de la mâchoire, l'arête du nez et l'éclat des yeux, brillants d'intelligence.

« Je vois que tu es en train de regarder le portrait de ton père, John Ashton », lui dit soudain une voix au timbre âgé.

Tournant la tête, il regarda son grand-oncle Arcadius qu'il n'avait pas entendu approcher, sans doute à cause des épais chaussons d'intérieur que le vieil homme avait aux pieds.

Sir Arcadius Ashton était un vieillard de soixante-huit ans, long et mince, dont la stature semblait capable de demeurer digne en toutes circonstances. Les traits de son visage étaient longilignes, marqués par des rides profondes, mais qui demeuraient tout de même élégants malgré un nez fort assez identique à celui de son neveu sur le portrait.

La plupart du temps, sir Ashton affichait une impassibilité à toute épreuve, comme si démontrer une quelconque émotion aurait signifié déroger à son rang. Avec l'enfant, cependant, il se permit une ombre de sourire. Il était heureux que le destin lui ait finalement envoyé cette jolie surprise du fin fond de la Russie.

« Ton père, donc, un brillant savant et un explorateur téméraire… Et voici son épouse, Maura. Ta mère. Comme tu peux le voir, c'était une très belle femme, dotée de beaucoup de caractère. Tu sembles avoir hérité de ses yeux. Un bleu si intense, si limpide… »

Alekseï fit face à la femme au teint de lait et à l'opulente chevelure rousse qui le dévisageait du fond de son tableau d'un air mutin. Elle était effectivement très belle, avec une adorable fossette au milieu de la joue et des yeux en amande assez semblables aux siens, d'un bleu intense proche de celui des pervenches.

Gêné et troublé parce qu'il avait du mal à penser à cette étrangère comme à sa vraie mère, il continua de monter l'escalier, rattrapé par son grand-oncle.

« Et cet homme, qui est-ce ? » demanda-t-il en désignant un tout petit tableau qui avait été accroché dans un angle sur le palier du premier étage, un peu en dehors de la belle lignée d'ancêtres.

Il s'agissait d'un homme d'une trentaine d'années qui posait d'un air impérial, coiffé d'une toque de fourrure, un aigle posé sur son poing ganté de cuir.

« Lui ? C'est le baron Aleksandr Bachkal... Un homme qui devrait te plaire, car non seulement c'est un boyard russe, mais en plus il s'agit de ton parrain, commenta Arcadius d'une voix amusée. Il ne fait pas partie de notre lignée, mais ton père tenait à lui donner une place d'honneur, car il le considérait comme son frère de cœur. Aleksandr Bachkal lui a sauvé la vie lors de son premier voyage en Russie. Tiens, regarde, voici son épouse, Chali Gaur, une princesse d'origine mongole qui descendrait de Gengis Khan. »

Une femme aux pommettes asiatiques, vêtue de manière traditionnelle comme ces nomades qu'on trouvait en Russie orientale, les dévisageait d'un regard noir et grave. Elle était belle et digne, debout à côté d'un petit cheval brun dont elle caressait tendrement l'encolure.

Le tableau suivant était une toute petite miniature qui reproduisait à la mode orientale un magnifique palais à bulbes, indéniablement russe.

« Et ceci ? Qu'est-ce ? interrogea Alekseï avec curiosité, dans son anglais saupoudré d'accent russe.

Le vieil homme lui coula un regard amusé.

— Hum hum, tu es en train de regarder le légendaire Palais des mille vents qui appartient à ton parrain. Il est situé en Russie orientale, plus exactement à Orenbourg, aux portes de la route de la soie.

— Oh, s'exclama Alekseï avec espoir, ne pourrions-nous pas y aller un jour ?

Il espérait tant retourner en Russie.

Devinant sa nostalgie, son grand-oncle posa une main légère sur son épaule.

— Bien sûr, nous organiserons cela, lui promit-il. Et puis, il faudra aussi que je te raconte l'histoire de ton père et de son ami, Bachkal, qui est devenu ton parrain. Cela te plaira assurément.

— Pourquoi ne pas me la raconter maintenant ?

— Eh bien, je le ferais avec plaisir, mon fiston, mais nous sommes le jour de Noël et nous devons nous occuper en priorité de nos invités. Or, j'ai l'impression que Rose Chartham aimerait beaucoup pouvoir te parler. Elle est visiblement une de tes ferventes admiratrices… »

Alekseï se retourna et vit une adorable petite poupée blonde qui tenait un grand lapin en peluche entre ses bras se cacher timidement derrière une des armures anciennes qu'on exposait sur chaque palier.

La fillette avait peut-être quatre ou cinq ans et était mignonne comme un cœur, avec sa longue chevelure couleur de blé mûr encore emmêlée de la nuit et ses grands yeux d'un bleu très clair. Elle avait dû échapper à la surveillance de sa nourrice, car elle était en chemise de nuit, pieds nus sur le dallage de pierre qui devait lui paraître bien froid.

Avec l'assentiment de son grand-oncle, Alekseï vint la saluer, puis, lui tendant la main, lui demanda avec un grand sourire :

« Mademoiselle Rose, ne voulez-vous pas m'accompagner au pied du sapin ? Je crois que des cadeaux y ont été déposés au cours de la nuit. Il y en aura certainement un pour vous, ne croyez-vous pas ? Mais tout d'abord, allons voir votre maman, pour qu'elle puisse vous habiller afin que vous n'attrapiez pas froid. »

La petite fille leva un visage intimidé, mais accepta tout de même de placer sa menotte dans la sienne avec beaucoup de naturel.

Les yeux pétillants de joie, sir Arcadius Ashton les regarda s'éloigner dans le long corridor. Il était heureux. Par un extraordinaire coup du destin, Gray Castle avait retrouvé son héritier.

Table

Table

Partie I

Partie II

Partie III

Partie IV

Remerciements

Avant que ce roman ne prenne forme, il m'a fallu partir à Saint-Pétersbourg au milieu du XIXe siècle pour me documenter. Je ne vous cache pas que ce fut une grande aventure ! Je remercie donc en premier Taïssia Lelekov-Boissard qui, outre corriger les quelques phrases russes qui colorent mon texte tout en papotant avec moi sur les grands auteurs de la littérature slave, a su me recommander l'extraordinaire fonds russe de la bibliothèque Diderot de l'ENS de Lyon.

Grâce à cette heureuse suggestion, j'ai pu contacter madame Anne Maître, responsable du service, qui m'a aimablement autorisée à consulter une sélection de textes d'époque, ainsi que des plans et des cartes de la capitale impériale datés de 1850, indispensables pour me familiariser avec la « Venise du Nord ». Qu'elle en soit chaleureusement remerciée !

Dans l'élan, je remercie la bibliothèque municipale de Lyon et, de manière générale, toutes les bibliothèques et médiathèques que je croise sur ma route, qui sont des sources documentaires précieuses, y compris sur des sujets aussi inattendus que les courses de troïkas !

Je tiens également à remercier Laurent Whale, écrivain, pour son expertise sur les armes d'époque, en particulier les armes à feu. Mon cher, merci pour ta grande patience face à mes questions naïves de néophyte, dont voici un exemple : « Dis-moi, Lolo, est-ce qu'un très jeune enfant peut parvenir à actionner le chien d'un vieux pistolet et tirer avec ? Que se passerait-il à ce moment-là ? Parle-moi un peu des pistolets de duel… Combien de temps pour les charger ? Et un fusil pour chasser l'ours, c'est quoi son recul ?… »

Bref, merci de tout cœur pour ta patience et ta gentillesse, l'ami.

Bien sûr, je remercie ma très chère amie Sabine Cristini, toujours partante pour relire avec attention mon manuscrit, et dont l'avis éclairé m'est indispensable. J'adore nos longues conversations téléphoniques, nos confidences et nos rires, et aussi cette chasse annuelle à la faute d'orthographe qui, au fil de mes romans, est presque devenue une tradition entre nous ! Bisous, bisous, my dear friend.

J'ai également une pensée affectueuse pour tous les libraires, les enseignes culturelles et les organisateurs de salons littéraires ou d'évènementiels, Jacques, Raphaël, Virginie, Corinne, Aurélia, Jocelyn, Oualid qui, d'année en année, sont de plus en plus nombreux à m'inviter pour présenter mes romans. Pouvoir rencontrer mes lectrices et mes lecteurs n'a pas de prix, surtout après ces années Covid. Je vous remercie de m'en donner l'occasion.

Évidemment, un roman n'est rien sans la personne qui le lit. Je remercie de tout mon cœur toutes mes lectrices et tous mes lecteurs qui, de roman en roman, voyagent avec moi. Merci pour votre intérêt, pour votre curiosité, pour votre enthousiasme. Savoir que vous m'accompagnez de page en page est un formidable carburant pour continuer à explorer d'autres contrées lointaines.

Enfin, je remercie ma correctrice Cécile Michel, mon éditrice Pauline Lépinay, Mylène Pagnat, Romain Chevalis et toute l'équipe des éditions de l'Archipel, pour leur travail, leur façon de répondre présents et leur merveilleuse écoute.

Je pense aussi à mes proches. Ils savent à quel point je les aime, mais on ne le dit jamais assez. Du moins, c'est ce que je crois.

Kate McAlistair

DE LA MÊME AUTRICE
AUX ÉDITIONS DE L'ARCHIPEL

Le palais des Mille Vents

*

L'héritage des steppes

Lahore, 1838. Adolescent, Morgan vit sous le joug de son père, un mercenaire aussi cruel qu'ivrogne. Il tombe amoureux de Chali, une jeune princesse mongole, mais celle-ci doit épouser le petit-fils de l'empereur du Pendjab. Morgan s'efforce de l'oublier en prenant sous son aile Maura, une fillette venue rejoindre son père, le colonel Fleming, redoutable chef de la police de l'empereur.

Un jour, c'est le drame : alors que Morgan tente de s'opposer à son père ivre, ce dernier tombe du balcon et se tue. Fleming l'accuse de meurtre. Le jeune garçon parvient à lui échapper et s'enfuit dans l'Himalaya.

Dix ans ont passé. Maura est mariée à un botaniste britannique qui œuvre dans le renseignement. Au cours d'une réception au Palais des mille vents, en Russie, elle reconnaît Morgan. À nouveau sous son charme, elle manoeuvre pour qu'il devienne le guide de l'expédition de son mari. Attiré par Maura, Morgan refuse tout d'abord. Mais lorsqu'il comprend que cette expédition est en réalité une mission de sauvetage de la princesse Chali, à présent veuve et pourchassée par des tueurs, il n'a plus qu'un désir : venir en aide à celle qu'il n'a jamais pu oublier…

Après sa trilogie du *Lotus rose,* Kate McAlistair signe le premier volet d'une nouvelle saga : un voyage passionné de l'Inde à la Russie orientale, jusqu'aux confins du Kazakhstan.

ISBN 978-2-8098-4219-7 / 22 €

Cet ouvrage a été composé
par Facompo
à Montrouge (Hauts-de-Seine)

Impression réalisée par

NORMANDIE ROTO IMPRESSION S.A.S.
à Lonrai (Orne)

en septembre 2022
pour le compte des éditions de l'Archipel,
département éditorial
de la S.A.S. Écriture-Communication

Imprimé en France
N° d'impression : 2204016
Dépôt légal : octobre 2022

Ovide

Les Métamorphoses

(Livres X, XI, XII)

Dossier et notes réalisés par
Pouneh Mochiri

Lecture d'image par
Alain Jaubert

folioplus
classiques

Ancienne élève de l'École normale supérieure et agrégée de lettres, **Pouneh Mochiri** a consacré une thèse et plusieurs articles aux rapports entre récit et image et à la description des œuvres d'art dans la littérature du XVIe siècle. Elle est également l'auteur d'une étude sur *Les Liaisons dangereuses* de Laclos. Elle est actuellement maître de conférences à l'Université de Bretagne Occidentale.

Alain Jaubert est écrivain et réalisateur. Après avoir été enseignant dans des écoles d'art et journaliste, il est devenu aussi documentariste. Il est l'auteur de nombreux portraits d'écrivains ou de peintres contemporains pour la télévision. Il est également l'auteur-réalisateur de *Palettes*, une série de films diffusée depuis 1990 sur la chaîne Arte et consacrée à la lecture de grands tableaux de l'histoire de la peinture. En 2004, il a publié son premier roman aux éditions Gallimard, *Val paradis*.

Couverture : Guido Reni, *Atalante et Hippomène*. Musée du Prado, Madrid. Photo © Bridgeman Giraudon.

Sommaire

Les Métamorphoses

Livres X, XI, XII

Livre X

Orphée et Eurydice.

De là, Hyménée [1], couvert de son manteau couleur de safran, s'éloigne à travers l'immensité des airs ; il se dirige vers la contrée des Ciconiens [2], où l'appelle vainement la voix d'Orphée. Il vient, il est vrai, mais il n'apporte ni paroles solennelles, ni visage riant, ni heureux présage. La torche même qu'il tient ne cesse de siffler en répandant une fumée qui provoque les larmes ; il a beau l'agiter, il n'en peut faire jaillir la flamme. La suite fut encore plus triste que le présage ; car, tandis que la nouvelle épouse, accompagnée d'une troupe de Naïades [3], se promenait au milieu des herbages, elle périt, blessée au talon par la dent d'un serpent. Lorsque le chantre du Rhodope [4] l'eut assez pleurée

---

1. Dieu qui conduit le cortège nuptial et qui est vêtu du voile orangé des mariées romaines.
2. Un des peuples de la Thrace, patrie d'Orphée.
3. Les Naïades sont les nymphes de l'élément liquide, sortes de divinités mortelles ; elles accompagnent ici la nouvelle épouse, Eurydice, parfois considérée comme une nymphe.
4. Le Rhodope est une montagne de Thrace ; la périphrase désigne Orphée, fils du roi de Thrace Œagre et de la muse Calliope.

à la surface de la terre, il voulut explorer même le séjour des ombres; il osa descendre par la porte du Ténare jusqu'au Styx[1]; passant au milieu des peuples légers et des fantômes qui ont reçu les honneurs de la sépulture, il aborda Perséphone et le maître du lugubre royaume[2], le souverain des ombres; après avoir préludé en frappant les cordes de sa lyre il chanta ainsi : « Ô divinités de ce monde souterrain où retombent toutes les créatures mortelles de notre espèce, s'il est possible, si vous permettez que, laissant là les détours d'un langage artificieux, je dise la vérité, je ne suis pas descendu en ces lieux pour voir le ténébreux Tartare[3], ni pour enchaîner par ses trois gorges, hérissées de serpents, le monstre qu'enfanta Méduse[4]; je suis venu chercher ici mon épouse; une vipère, qu'elle avait foulée du pied, lui a injecté son venin et l'a fait périr à la fleur de l'âge. J'ai voulu pouvoir supporter mon malheur et je l'ai tenté, je ne le nierai pas; l'Amour a triomphé. C'est un dieu bien connu dans les régions supérieures; l'est-il de même ici ? Je ne sais; pourtant je suppose qu'ici aussi il a sa place et, si l'antique enlèvement dont on parle[5] n'est pas une fable, vous aussi vous avez été unis par

1. Fleuve des Enfers.
2. Perséphone est la déesse des Enfers, compagne de Pluton (ou Hadès), le maître des Enfers.
3. Région du monde la plus profonde, au-dessous des Enfers.
4. Cerbère, monstre avec trois têtes de chien, gardien des Enfers; Méduse à la chevelure de serpents est l'une des trois Gorgones. Elle habite non loin du royaume des morts et pétrifie quiconque croise son regard.
5. L'enlèvement de Perséphone par Pluton, qui est en fait son oncle, est rapporté par Ovide au livre V.

l'Amour. Par ces lieux pleins d'épouvante, par cet immense Chaos, par ce vaste et silencieux royaume, je vous en conjure, défaites la trame, trop tôt terminée, du destin d'Eurydice. Il n'est rien qui ne vous soit dû ; après une courte halte, un peu plus tard, un peu plus tôt, nous nous hâtons vers le même séjour. C'est ici que nous tendons tous ; ici est notre dernière demeure ; c'est vous qui régnez le plus longtemps sur le genre humain. Elle aussi, quand, mûre pour la tombe, elle aura accompli une existence d'une juste mesure, elle sera soumise à vos lois ; je ne demande pas un don, mais un usufruit. Si les destins me refusent cette faveur pour mon épouse, je suis résolu à ne point revenir sur mes pas ; réjouissez-vous de nous voir succomber tous les deux. »

Tandis qu'il exhalait ces plaintes, qu'il accompagnait en faisant vibrer les cordes, les ombres exsangues pleuraient ; Tantale[1] cessa de poursuivre l'eau fugitive ; la roue d'Ixion s'arrêta[2] ; les oiseaux oublièrent de déchirer le foie de leur victime, les petites-filles de Bélus laissèrent là leurs urnes et toi, Sisyphe, tu t'assis sur ton rocher[3]. Alors pour la première fois des larmes mouillèrent, dit-on, les joues des

---

1. Commence la liste des supplices. Celui de Tantale consistait en une faim et une soif éternelles : plongé dans l'eau jusqu'au cou, il ne pouvait s'abreuver, car l'eau se dérobait à ses lèvres.

2. Le supplice d'Ixion, coupable de parjure et de meurtre, est d'être enchaîné à une roue enflammée en rotation continue.

3. Autres supplices : celui du géant Tityos dont le foie était déchiré par deux vautours ; les petites-filles de Bélus, roi d'Égypte, sont les Danaïdes dont le châtiment était de remplir éternellement d'eau un vase percé, ici l'urne. Le supplice de Sisyphe était de rouler jusqu'au sommet d'une pente un énorme rocher qui, entraîné par son poids, retombait.

Euménides [1], vaincues par ces accents ; ni l'épouse du souverain, ni le dieu qui gouverne les enfers [2] ne peuvent résister à une telle prière ; ils appellent Eurydice ; elle était là, parmi les ombres récemment arrivées ; elle s'avance, d'un pas que ralentissait sa blessure. Orphée du Rhodope [3] obtient qu'elle lui soit rendue, à la condition qu'il ne jettera pas les yeux derrière lui, avant d'être sorti des vallées de l'Averne [4] ; sinon, la faveur sera sans effet. Ils prennent, au milieu d'un profond silence, un sentier en pente, escarpé, obscur, enveloppé d'un épais brouillard. Ils n'étaient pas loin d'atteindre la surface de la terre, ils touchaient au bord, lorsque, craignant qu'Eurydice ne lui échappe et impatient de la voir, son amoureux époux tourne les yeux et aussitôt elle est entraînée en arrière ; elle tend les bras, elle cherche son étreinte et veut l'étreindre elle-même ; l'infortunée ne saisit que l'air impalpable. En mourant pour la seconde fois elle ne se plaint pas de son époux (de quoi en effet se plaindrait-elle sinon d'être aimée ?) ; elle lui adresse un adieu suprême, qui déjà ne peut qu'à peine parvenir jusqu'à ses oreilles et elle retombe à l'abîme d'où elle sortait.

En voyant la mort lui ravir pour la seconde fois son épouse, Orphée resta saisi comme celui qui vit avec effroi les trois têtes du chien des enfers [5], dont celle

---

1. Déesses violentes identifiées aux Furies et habitant dans l'Obscurité des Enfers.

2. De nouveau Perséphone et Pluton désignés par des périphrases.

3. La périphrase désigne Orphée, natif du Rhodope.

4. Les Enfers.

5. Légende inconnue d'un homme qui aurait vu Cerbère quand celui-ci fut ramené des Enfers par Hercule.

du milieu portait des chaînes ; sa terreur ne le quitta qu'avec sa forme première, quand son corps fut changé en pierre ; tel encore cet Olénos qui prit sur lui la faute de son épouse et voulut paraître coupable [1] ; telle tu étais aussi, ô malheureuse Léthéa [2], trop fière de ta beauté ; cœurs jadis étroitement unis, ce ne sont plus aujourd'hui que des rochers sur l'humide sommet de l'Ida [3]. Orphée a recours aux prières ; vainement il essaie de passer une seconde fois ; le péager [4] le repousse ; il n'en resta pas moins pendant sept jours assis sur la rive, négligeant sa personne et privé des dons de Cérès [5] ; il n'eut d'autres aliments que son amour, sa douleur et ses larmes. Accusant de cruauté les dieux de l'Érèbe [6], il se retire enfin sur les hauteurs du Rhodope et sur l'Hémus battu des Aquilons [7]. Pour la troisième fois le Titan avait mis fin à l'année, fermée par les Poissons [8], habitants des eaux, et Orphée avait fui tout commerce d'amour avec les femmes, soit parce qu'il en avait souffert, soit parce qu'il avait engagé sa foi ; nombreuses cependant furent celles qui brûlèrent de s'unir au poète, nombreuses celles qui eurent le chagrin de se voir repoussées. Ce fut même lui qui apprit

---

1. Légende troyenne inconnue d'Olénos auquel Orphée s'identifie.
2. Léthéa est l'épouse d'Olénos.
3. Montagne de Troade.
4. Celui qui est préposé au péage donnant le droit d'entrer dans les Enfers.
5. Cérès, déesse de la terre cultivée, dont les dons seraient le blé.
6. Nom des Ténèbres infernales.
7. L'Hémus est un mont de Thrace.
8. Sans doute Cronos, le plus jeune des Titans, qu'on a associé au Temps.

aux peuples de la Thrace à reporter leur amour sur des enfants mâles et à cueillir les premières fleurs de ce court printemps de la vie qui précède la jeunesse.

Les arbres qui marchent.

Il y avait une colline sur laquelle s'étendait un plateau très découvert, tapissé d'un gazon verdoyant. Le site manquait d'ombre ; lorsque le poète issu des dieux se fut assis en cet endroit, lorsqu'il y eut touché ses cordes sonores, il y vint des ombrages ; l'arbre de Chaonie[1] n'en fut plus absent, ni le bois des Héliades[2], ni le chêne au feuillage altier, ni le tilleul mou, ni le hêtre, ni le laurier virginal, ni le coudrier[3] fragile ; on vit là le frêne propre à faire des javelots, le sapin sans nœuds, l'yeuse courbée sous le poids des glands, le platane[4], abri des jours de liesse, l'érable aux nuances variées, et, avec eux, les saules qui croissent près des rivières, le lotus ami des eaux, le buis toujours vert, les tamaris grêles[5], le myrte[6] à la double couleur et le laurier-tin aux baies noirâtres. Vous vîntes aussi, lierres aux pieds flexibles, et vous encore, vignes cou-

---

1. Catalogue de vingt-six variétés d'arbres. Ici, le chêne, dont les plus beaux venaient de Dodone, en Chaonie.

2. Les Héliades, sœurs de Phaéthon, transformées en arbres.

3. Le laurier est virginal car il cache Daphné, restée vierge ; le coudrier est un noisetier.

4. L'yeuse est l'autre nom du chêne vert ; le platane est l'ombrage recherché par ceux qui festoient.

5. Le lotus résulte de la métamorphose de Lotis (IX, 340-348) ; le buis est symbole d'éternité ; le tamaris est un arbrisseau originaire d'Orient.

6. Le myrte est un arbre associé à Dionysos, dieu du vin et de l'inspiration, dont les feuilles persistantes servaient souvent à des couronnes.

vertes de pampres, ormeaux vêtus de vignes, ornes, picéas, arbousiers[1] chargés de fruits rouges, souples palmes, récompenses des vainqueurs, et toi, pin, à la chevelure relevée, à la cime hérissée, arbre que chérit la mère des dieux[2]; car Attis, favori de Cybèle, a quitté pour lui la figure humaine et il est devenu la dure substance qui en forme le tronc[3].

Cyparissus.

À cette foule vint se joindre le cyprès, qui rappelle les bornes du cirque, un arbre aujourd'hui, jadis un enfant aimé du dieu à qui obéissent les cordes de la lyre aussi bien que la corde de l'arc[4]. Il y avait dans les champs de Carthée un grand cerf, consacré aux nymphes du pays; de hautes cornes étendaient largement leur ombre au-dessus de sa tête. Ces cornes resplendissaient d'or et le long de ses épaules flottaient, suspendus à son cou arrondi, des colliers ornés de pierres précieuses. Sur son front s'agitait, retenue par de petites courroies, une bulle d'argent, du même âge que lui[5]; des perles brillaient à ses deux oreilles et autour des cavités de ses tempes; exempt de toute crainte, affranchi de sa timidité naturelle, il fréquentait les habitations et offrait son cou aux caresses, même à celles des mains inconnues. Personne cepen-

1. L'orne est une variété de frêne; l'arbousier est un arbuste toujours vert qui porte des fruits aigrelets.
2. Cybèle, déesse de la nature, est appelée Mère des dieux et le pin lui est consacré.
3. Ovide imagine que le pin cache l'amant de Cybèle, Attis.
4. Apollon.
5. Il s'agit d'un médaillon qui lui était destiné le jour de sa naissance.

dant ne l'aimait autant que toi, ô le plus beau des habitants de Céos, Cyparissus. C'était toi qui menais ce cerf paître l'herbe nouvelle ou boire l'eau des sources limpides ; tantôt tu nouais à ses cornes des fleurs de toutes les couleurs, tantôt, monté sur son dos, joyeux cavalier, tu allais çà et là, gouvernant avec des rênes de pourpre sa bouche docile au frein. On était en été, au milieu du jour ; la chaleur brûlait les bras recourbés du Cancer, hôte des rivages [1] ; fatigué, le cerf avait étendu son corps sur la terre couverte de gazon et aspirait l'air frais à l'ombre des arbres. Le jeune Cyparissus, par mégarde, le transperça d'un javelot acéré ; puis, quand il le vit mourir de sa cruelle blessure, il souhaita de mourir lui-même. Que de paroles consolantes Phébus [2] ne lui fit-il pas entendre ! que de fois il l'engagea à modérer sa douleur, à la proportionner au malheur qui en était cause. L'enfant n'en gémit pas moins et il demande aux dieux, comme une faveur suprême, de verser des larmes éternelles. Déjà tout son sang s'est épuisé en torrents de pleurs ; une couleur verte se répand sur ses membres ; ses cheveux, qui tout à l'heure retombaient sur son front de neige, se dressent, se raidissent et forment une pointe grêle qui regarde le ciel étoilé. Le dieu gémit et dit avec tristesse : « Moi, je te pleurerai toujours ; toi, tu pleureras les autres et tu t'associeras à leurs douleurs [3]. »

---

1. Le crabe est le signe du Cancer, correspondant au mois chaud de juillet. Il aurait pincé Hercule au talon quand il luttait contre l'Hydre, et fut transporté au ciel par Junon pour former une constellation.
2. Apollon.
3. Le cyprès, planté près des tombeaux, était un symbole funèbre.

Ganymède.

Telle était la forêt qu'avait attirée le chantre divin, assis au milieu d'un cercle de bêtes sauvages et d'une multitude d'oiseaux. Après avoir essayé les cordes de sa lyre en les faisant vibrer sous son pouce et s'être assuré que leurs sons, quoique différents, produisaient des accords harmonieux, il chanta ainsi : « C'est par Jupiter, ô Muse, ma mère, que doivent commencer les chants que tu m'inspires (car Jupiter tient le monde entier sous ses lois) ; Jupiter, bien souvent déjà, m'a entendu célébrer sa puissance dans le passé. M'accompagnant d'un plectre[1] plus lourd pour ma main, j'ai chanté les Géants et la foudre victorieuse lancée sur les champs de Phlégra[2]. Aujourd'hui il me faut une lyre plus légère : chantons les jeunes garçons aimés des dieux et les jeunes filles à qui des amours monstrueuses ont fait perdre la raison et qui ont par leurs désordres attiré sur elles un châtiment mérité.

Le souverain des dieux[3] jadis se consuma d'amour pour le Phrygien Ganymède[4] ; il se trouva dans le monde un être dont Jupiter aima mieux prendre la forme que de garder la sienne ; cependant le seul oiseau auquel il daigna l'emprunter fut celui qui pou-

---

1. Le plectre est un morceau de bois terminé par un crochet qui permettait de faire résonner les cordes de la lyre.

2. Le lieu de naissance des Géants se trouve en Thrace, à Phlégra, et la Gigantomachie est souvent située dans les Champs Phlégréens.

3. Jupiter.

4. Jeune héros appartenant à la race royale de Troie et passant pour le plus beau des mortels ; Jupiter s'était enflammé pour lui et l'avait ravi sur l'Olympe pour en faire son échanson, préposé à lui servir le nectar.

vait porter sa foudre. Aussitôt, battant l'air de ses ailes empruntées, il enlève le petit-fils d'Ilus[1] ; aujourd'hui encore c'est cet enfant qui mélange le breuvage dans la coupe de Jupiter et qui, en dépit de Junon, lui présente le nectar.

Hyacinthe.

Toi aussi, fils d'Amyclas[2], Phébus t'aurait placé dans les cieux, si les destins contraires le lui eussent permis. Pourtant ils t'accordent d'une autre manière l'immortalité ; autant de fois le printemps chasse l'hiver et le Bélier succède au Poisson pluvieux[3], autant de fois tu renais et tu refleuris dans le gazon verdoyant. Mon père t'a chéri entre tous et Delphes, centre du monde, fut privé de son dieu tutélaire, quand il fréquentait pour toi les bords de l'Eurotas et Sparte sans remparts[4] ; il ne se soucie plus de sa lyre ni de ses flèches ; oublieux de lui-même, il ne se refuse ni à porter tes filets, ni à tenir tes chiens, ni à t'accompagner sur les sommets d'une montagne escarpée ; une longue habitude de ta présence entretient sa flamme. Déjà le Titan était presque au milieu de sa course, à égale distance entre la nuit qui vient et la nuit écoulée ; ils se dépouillent de leurs vêtements ; puis, tout brillants du suc de l'huile onctueuse, ils s'apprêtent à

1. Ganymède passe parfois pour être le fils de Laomédon et le petit-fils d'Ilus.

2. Hyacinthe est le fils d'Amyclas, fondateur de la ville d'Amyclées.

3. Dans le Zodiaque, le bélier correspond au mois de mars ; cycle d'une année qui recommence au printemps.

4. Apollon, après avoir délivré Delphes du Python, y fit célébrer les jeux Pythiques. Eurotas est un fleuve de Laconie.

se mesurer en lançant un large disque. Le premier, Phébus, après l'avoir balancé dans sa main, l'envoie à travers les espaces de l'air, où il fend de tout son poids les nuées qu'il rencontre sur son passage. Longtemps après, cette lourde masse retombe sur la terre, prouvant à la fois la force et l'adresse du dieu. Aussitôt l'imprudent enfant du Ténare[1], emporté par l'ardeur du jeu, accourt pour ramasser le disque; mais la dure surface de la terre, renvoyant le coup qui l'a frappée du haut des airs, le fait rebondir, ô Hyacinthe, sur ton visage. L'enfant a pâli; le dieu, non moins pâle que lui, reçoit son corps défaillant; tantôt il essaie de le ranimer; tantôt il étanche son affreuse blessure, ou bien il y applique des herbes pour retenir son âme qui s'enfuit. L'art est impuissant, la blessure inguérissable. Si dans un jardin bien arrosé on vient à briser des giroflées, des pavots, des lis dressant leurs jaunes étamines[2], ils se flétrissent aussitôt, penchent leurs têtes languissantes, et, incapables de se soutenir, tournent leurs fronts vers la terre; ainsi le visage d'Hyacinthe mourant s'incline; son cou, que la force abandonne, est à lui-même un fardeau et tombe sur son épaule.

“Tu péris, enfant de l'Œbalie[3], enlevé à la fleur de l'âge, dit alors Phébus; je vois ta blessure qui m'accuse. Tu es ma douleur et mon forfait; il faut inscrire sur ta tombe que ma main t'a tué; c'est moi qui suis

1. Hyacinthe ; Ténare est un cap de Laconie.

2. Les étamines sont les organes mâles reproducteurs de pollen chez les plantes.

3. Hyacinthe est parfois considéré comme le fils d'Œbalos, roi de Sparte.

l'auteur de ta mort. Et pourtant quel est mon crime ? À moins qu'on ne puisse dire que c'est un crime de jouer, un autre crime d'aimer. Que ne puis-je, comme je le mérite, mourir avec toi ! Puisque la loi du destin me l'interdit, tu seras toujours présent à ma pensée et ma bouche fidèle ne cessera point de répéter ton nom. En ton honneur retentiront mes chants et ma lyre vibrant sous ma main ; fleur nouvelle, tu rappelleras mes gémissements par un mot que tu porteras écrit sur toi. Un temps viendra où un vaillant héros prendra, lui aussi, la forme de cette fleur et où son nom se lira sur les mêmes pétales." Tandis que ces mots s'exhalent de la bouche véridique d'Apollon, voilà que le sang, qui, en se répandant sur la terre, avait coloré l'herbe, cesse d'être du sang ; plus brillante que la pourpre de Tyr [1], une fleur apparaît, qui ressemblerait au lis, si elle n'était pas vermeille et le lis, argenté. Ce n'est point assez pour Phébus (car c'est de lui que venait cet hommage) ; il rappelle lui-même ses gémissements par un mot qui se lit sur les pétales ; la fleur porte l'inscription AI AI, lettres funèbres tracées par le dieu [2]. Sparte ne rougit pas d'avoir donné le jour à Hyacinthe ; maintenant encore il y est en honneur ; chaque année y reviennent les Hyacinthies, qu'on doit célébrer suivant le rite antique par des pompes solennelles [3].

---

1. Ville de Phénicie.

2. Le jeune homme est devenu une variété de lys. On croyait lire sur les pétales de cette fleur les deux lettres AI, signifiant « hélas » en grec. Ce sont aussi les initiales du nom d'Ajax, qui se métamorphosera en cette même fleur après sa mort.

3. Ovide explique l'origine des Hyacinthies, fête célébrée en mai à Amyclées en l'honneur des deux amants.

Les Propétides et les Cérastes.

Mais allez demander à Amathonte, féconde en métaux, si elle voudrait avoir donné le jour aux Propétides[1] ; elle les reniera aussi bien que ces monstres du temps jadis dont le front était surmonté de deux cornes ; d'où leur était venu le nom de Cérastes[2]. Devant leur porte s'élevait l'autel de Jupiter Hospitalier[3], au milieu d'un bois très fréquenté ; si un étranger le voyait teint de sang, il pouvait croire qu'on y avait immolé des veaux encore à la mamelle et des brebis d'Amathonte ; c'était un hôte qu'ils avaient égorgé. Révoltée de ces abominables sacrifices, la bonne Vénus elle-même s'apprêtait à abandonner ses villes et les campagnes d'Ophiuse[4] : "Mais ce doux pays, ces villes que j'aime, dit-elle, de quoi sont-ils coupables ? Quel est leur crime ? Que cette engeance sacrilège expie plutôt son forfait par l'exil ou par la mort ou par un châtiment qui tienne le milieu entre la mort et l'exil. Et ce châtiment quel peut-il être, sinon une métamorphose ?" Tandis qu'elle se demande quelle nouvelle forme elle pourrait leur donner, elle tourne les yeux vers leurs

---

1. Les Propétides, originaires d'Amathonte, une ville de Chypre, avaient osé nier Vénus qui les punit en leur envoyant des désirs inassouvis. Elles passaient pour être les premières prostituées.

2. On aurait surnommé Amathonte « Cérastis » du fait de ses nombreux promontoires : ses premiers habitants auraient donc porté des cornes.

3. Jupiter est le grand dieu auquel on voue de nombreux cultes, dont celui de Jupiter Très-Bon Très-Grand.

4. L'« île aux serpents » est le surnom qu'Ovide attribue arbitrairement à Chypre.

cornes et elle se dit qu'elle peut les leur laisser ; elle transforme leurs corps de colosses en taureaux farouches.

Cependant les impures Propétides osèrent nier la divinité de Vénus ; par là elles méritèrent le châtiment que leur infligea la déesse en courroux ; elles furent les premières, dit-on, qui prostituèrent leurs charmes ; comme elles avaient dépouillé toute pudeur et que leur sang durci ne rougissait plus leur visage, elles furent, par une altération à peine sensible, changées en pierres.

Pygmalion.

Témoin de l'existence criminelle qu'elles avaient menée, et révolté des vices dont la nature a rempli le cœur des femmes, Pygmalion vivait sans compagne, célibataire ; jamais une épouse n'avait partagé sa couche. Cependant, grâce à une habileté merveilleuse, il réussit à sculpter dans l'ivoire blanc comme la neige un corps de femme d'une telle beauté que la nature n'en peut créer de semblable et il devint amoureux de son œuvre. C'est une vierge qui a toutes les apparences de la réalité ; on dirait qu'elle est vivante et que, sans la pudeur qui la retient, elle voudrait se mouvoir ; tant l'art se dissimule à force d'art. Émerveillé, Pygmalion s'enflamme pour cette image ; souvent il approche ses mains du chef-d'œuvre pour s'assurer si c'est là de la chair ou de l'ivoire et il ne peut encore convenir que ce soit de l'ivoire. Il donne des baisers à sa statue et il s'imagine qu'elle les rend ; il lui parle, il la serre dans ses bras ; il se figure que la chair cède au contact de ses doigts et il craint qu'ils ne laissent une empreinte livide sur les membres qu'ils ont pressés ; tantôt il caresse la bien-aimée, tantôt il lui apporte ces cadeaux qui plaisent aux jeunes filles, des coquillages, des cailloux polis, de petits oiseaux, des fleurs de mille couleurs, des lis, des balles peintes, des larmes tombées de l'arbre des Héliades [1] ; il la pare aussi de beaux vêtements ; il met à ses doigts des pierres précieuses, à son cou de longs colliers ; à ses oreilles pendent des perles légères, sur sa poitrine des chaînettes. Tout lui sied et, nue, elle ne semble pas moins belle. Il la couche sur des tapis teints de la pourpre de Sidon [2] ; il l'appelle sa compagne de lit et il pose son cou incliné sur des coussins de plumes moelleuses, comme si elle pouvait y être sensible.

Le jour était venu où Chypre tout entière célébrait avec éclat la fête de Vénus : des génisses, dont on avait revêtu d'or les cornes recourbées, étaient tombées sous le couteau qui avait frappé leur cou de neige ; l'encens fumait de toutes parts ; alors, après avoir déposé son offrande, Pygmalion, debout devant l'autel, dit d'une voix timide : "Ô dieux, si vous pouvez tout accorder, donnez-moi pour épouse, je vous en supplie, (il n'ose pas dire : la vierge d'ivoire) une femme semblable à la vierge d'ivoire." Vénus, parée d'or [3], qui assistait elle-même à sa fête, comprit ce que signifiait cette prière. Présageant les dispositions favorables de la déesse, trois fois la flamme se ralluma et

1. L'ambre passait pour une sécrétion du peuplier, arbre en lequel les Héliades, filles du Soleil, furent métamorphosées.
2. Sidon est une ville de Phénicie.
3. C'est l'épithète homérique.

dressa sa crête dans les airs. De retour chez lui, l'artiste va vers la statue de la jeune fille ; penché sur le lit il lui donne un baiser ; il croit sentir que ce corps est tiède. De nouveau il en approche sa bouche, tandis que ses mains tâtent la poitrine ; à ce contact, l'ivoire s'attendrit ; il perd sa dureté, il fléchit sous les doigts ; il cède ; ainsi la cire de l'Hymette s'amollit au soleil ; ainsi, façonnée par le pouce, elle prend les formes les plus variées et se prête à de nouveaux services, à force de servir. L'amant reste saisi ; il hésite à se réjouir, il craint de se tromper ; sa main palpe et palpe encore l'objet de ses désirs ; c'était bien un corps vivant ; il sent des veines palpiter au contact de son pouce. Alors le héros de Paphos [1] adresse à Vénus de longues actions de grâces ; sa bouche presse enfin une bouche véritable ; la jeune fille a senti les baisers qu'il lui donne et elle a rougi ; levant vers la lumière un timide regard, elle a vu en même temps le ciel et son amant. La déesse assiste à leur mariage, qui est son œuvre ; puis, quand la lune eut neuf fois rapproché ses cornes autour de son disque rempli, la jeune épouse mit au monde une fille, Paphos, dont l'île a retenu le nom.

Myrrha.

De cette fille naquit Cinyras [2], qui, s'il n'avait pas eu d'enfant, aurait pu être compté parmi les mortels heureux. Je vais chanter une affreuse histoire ; retirez-vous, jeunes filles ; pères de famille, retirez-vous ;

1. Pygmalion est originaire de Paphos, ville de Chypre.
2. Cinyras est le premier roi de Chypre qui ait régné.

ou bien, si mes chants ont des séductions pour vos cœurs, n'ajoutez point foi à ce récit ; ne croyez pas au forfait, ou, si vous y croyez, croyez aussi au châtiment. Cependant si la nature permet que l'on voie ces horreurs, je félicite les peuples de l'Ismarie et la partie du monde que nous habitons, je félicite notre patrie d'être si éloignée des contrées qui ont donné le jour à un pareil monstre ; que l'amome [1], le cinname [2], le costus et l'encens, distillé par un bois, et que des fleurs encore enrichissent la Panchaïe qui les produit, pourvu qu'elle soit seule aussi à produire la myrrhe [3] ; l'arbre nouveau ne valait pas le prix dont il fut payé. Cupidon lui-même assure que ce ne sont point ses traits qui t'ont blessée, Myrrha ; il proteste que ses torches ne sont pour rien dans ton attentat. C'est une des trois sœurs [4] qui, portant un brandon du Styx [5] et des serpents gonflés de venin, te l'a inspiré ; haïr son père est un crime ; l'aimer ainsi est un crime encore plus grand que la haine. De toutes parts l'élite de la noblesse te recherche ; toute la jeunesse de l'Orient vient se disputer l'honneur de partager ta couche ; entre tous les hommes prends-en un pour époux, Myrrha, pourvu qu'entre tous il y en ait un que tu exceptes.

---

1. L'amome est la cardamome.
2. Le cinname est un arbrisseau aromatique, répandant une odeur de camphre.
3. La myrrhe est une résine aromatique fournie par le balsamier.
4. Une des trois Gorgones.
5. Le brandon est une torche de paille servant à mettre le feu, ici à enflammer Myrrha d'un amour monstrueux, digne des Enfers.

Myrrha le sent bien ; elle combat son amour infâme et elle se dit : “Où m’entraîne ma passion ? Quel est le but de mes efforts ? Ô dieux, piété filiale, droits sacrés des parents, je vous en supplie, prévenez un inceste, opposez-vous au crime que je médite, si toutefois c’est bien là un crime. Mais la piété filiale, dit-on, ne condamne pas ces amours et tous les autres animaux s’accouplent sans choix ; il n’y a point de honte pour une génisse à sentir son père peser sur ses reins ; le cheval fait de sa fille son épouse ; le bouc féconde les chèvres qu’il a engendrées et du germe dont il a été conçu lui-même l’oiseau conçoit à son tour. Heureux les êtres qui jouissent de ce privilège ! Les scrupules de l’homme ont créé des lois méchantes et ce que la nature permet, des arrêts jaloux le défendent. Il y a pourtant, on l’assure, des peuples chez qui la mère s’unit à son fils, la fille à son père, et chez qui la tendresse filiale se double d’amoureux désir. Suis-je assez malheureuse de n’être point née parmi eux ! je suis victime du hasard qui m’a donné ces lieux pour patrie. Mais pourquoi retomber dans de telles pensées ? Loin de moi, espoirs interdits ! Ce prince est bien digne que je l’aime, mais comme mon père. Ainsi donc, si je n’étais la fille du grand Cinyras, je pourrais entrer dans la couche de Cinyras ; mais parce qu’il est déjà mien il n’est pas à moi et tout mon malheur vient de notre parenté même ; si je lui étais étrangère, mes vœux seraient plus aisément satisfaits. Je voudrais m’enfuir au loin, abandonner les champs de ma patrie pour échapper au crime ; mais l’ardeur de ma passion funeste me retient ; il faut que je reste là pour voir

Cinyras, pour le toucher, lui parler et pour l'embrasser, s'il ne m'est pas permis de faire davantage. Peux-tu songer à faire davantage, fille impie ? Sens-tu combien de lois et de titres tu confonds ? Toi, devenir la rivale de ta mère, la maîtresse de ton père ! Faudra-t-il qu'on t'appelle la sœur de ton fils, la mère de ton frère ? Ne craindras-tu pas les trois sœurs qui ont de noirs serpents pour chevelure et dont les criminels voient les torches redoutables menacer leurs yeux et leurs visages ? Ah ! puisque ton corps n'a subi encore aucune souillure, ne souille point ton âme ; ne viole point par un accouplement monstrueux les lois de la nature toute-puissante. À supposer que tu le veuilles, tu as contre toi la force des choses : Cinyras est trop bon père, trop attaché à ses devoirs. Oh ! combien je souhaiterais qu'il partageât mon égarement [1] !"

Elle dit ; cependant Cinyras, qui devant la foule des prétendants, tous dignes de son alliance, ne sait à quoi se résoudre, lui demande à elle-même, en lui disant leurs noms, quel est celui qu'elle désire pour époux. Elle se tait d'abord ; tandis qu'elle tient ses regards attachés sur le visage de son père, son cœur bouillonne et ses yeux sont baignés d'une rosée brûlante. Cinyras, croyant voir là l'effet d'une timidité virginale, veut arrêter ses larmes, il essuie ses joues et l'embrasse. Myrrha ne prend que trop de plaisir aux baisers qu'elle reçoit ; quand il la prie d'indiquer l'homme qu'elle voudrait épouser : "Un homme qui te res-

---

1. Monologue typiquement tragique avec des effets d'amplification.

semble", dit-elle ; il loue cette réponse, sans en pénétrer le sens : "Garde-moi toujours, reprend-il, le même amour filial." À ce mot d'amour filial, la jeune fille baissa le front, toute pleine du remords de son crime.

La nuit avait accompli la moitié de sa course ; le sommeil avait détendu les soucis et les corps des mortels ; mais la fille de Cinyras veille toujours, en proie à une flamme indomptable, et elle revient sans cesse à ses désirs insensés ; tantôt elle désespère, tantôt elle est prête à tout oser ; elle est partagée entre la honte et la passion et elle se demande quel parti elle doit prendre. Quand un grand arbre, blessé par la cognée, est près de recevoir le coup suprême, on ne sait encore où il tombera et de tous les côtés à la fois on se tient sur ses gardes ; ainsi cette âme légère, ébranlée par des atteintes répétées, vacille de-ci de-là et penche tantôt dans un sens, tantôt dans l'autre ; elle ne voit pour son amour d'autre terme, d'autre repos que dans la mort. C'est la mort qu'elle choisit. Elle se lève et décide de nouer un lacet autour de sa gorge ; après avoir attaché sa ceinture au sommet de la porte : "Adieu, cher Cinyras, dit-elle, et comprends quelle fut la cause de ma mort." Ayant dit, elle entourait du lien qu'elle tenait son cou décoloré.

Le murmure de ces paroles parvint, dit-on, aux oreilles de la fidèle nourrice qui gardait le seuil de l'enfant élevée par ses soins. Cette vieille femme se lève, elle ouvre la porte et aperçoit l'instrument du trépas qui s'apprête ; au même instant elle pousse un cri, se frappe la poitrine, en déchire les voiles, arrache du cou de Myrrha le nœud qui l'étreint et le met en pièces ; alors enfin, donnant un libre cours à ses larmes, elle la serre dans ses bras et lui demande pourquoi ce lacet. La jeune fille se tait ; muette, immobile, elle regarde la terre ; elle déplore d'avoir laissé surprendre les longs préparatifs qu'elle a faits pour mourir. La vieille femme insiste ; découvrant ses cheveux blancs et ses mamelles taries, invoquant le berceau de Myrrha, les soins dont elle entoura son enfance, elle la conjure de lui confier tous ses chagrins. Elle a beau interroger ; la jeune fille se détourne et gémit.

La nourrice est déterminée à aller jusqu'au bout de ses questions ; elle ne se borne plus à promettre la discrétion : "Parle, dit-elle, et permets-moi de venir à ton aide ; ma vieillesse ne me condamne pas à l'inaction. Est-ce chez toi un coup de folie ? Je sais une femme qui a des incantations et des plantes pour te guérir. Es-tu victime d'un maléfice ? Je te ferai purifier par un rite magique. Est-ce un effet de la colère des dieux ? il y a moyen d'apaiser leur colère par des sacrifices. Que pourrais-je supposer encore ? À coup sûr ta fortune et ta famille sont intactes et poursuivent tout droit leur course ; tu as encore ta mère et ton père." Myrrha, en entendant parler de son père, a poussé un soupir du plus profond de son cœur ; la nourrice, même alors, n'a pas le moindre soupçon d'un crime ; pourtant elle devine quelque chagrin d'amour. Tenace dans sa résolution, elle supplie la jeune fille de lui révéler toute la vérité, quelle qu'elle soit ; elle la prend, baignée de larmes, sur son sein flétri par l'âge et, l'enveloppant tout entière de ses bras débiles : "J'ai compris, dit-elle ; tu aimes ; dans ce cas encore (rassure-toi) mon zèle sera tout à ton service et rien ne sera jamais connu de ton père." D'un bond Myrrha s'est arrachée des bras qui l'entouraient; éperdue et pressant sa couche de son visage : "Va-t'en, s'écrie-t-elle, je t'en conjure; épargne une malheureuse, accablée de honte." Sa compagne insistait : "Va-t'en, reprends Myrrha, ou bien cesse de me demander la cause de ma douleur : c'est un crime que tu travailles à connaître." La vieille femme frissonne; elle tend ses mains, que l'âge et la crainte font trembler; suppliante, elle tombe aux pieds de celle qu'elle a nourrie; tantôt elle la prend par les caresses, tantôt elle cherche à l'effrayer : elle veut tout savoir; sinon elle menace de révéler et le lacet et la funèbre tentative; mais elle promet ses bons offices, si elle reçoit la confidence de cet amour. Myrrha relève la tête; elle inonde d'un flot de larmes le sein de sa nourrice; plusieurs fois elle fait un effort pour parler; chaque fois elle étouffe sa voix; enfin, couvrant de ses vêtements son visage, dans l'excès de sa honte, elle s'écrie : "Oh! que ma mère est heureuse d'avoir un tel époux!" Sans un mot de plus elle se remet à sangloter. La nourrice a compris; un frémissement pénètre jusqu'à la moelle des os dans ses membres glacés; ses cheveux blancs se dressent de toutes parts sur sa tête, hérissés d'horreur. À force de discours elle cherche à bannir, si c'est possible, cet amour abominable; la jeune fille reconnaît la sagesse de ses remontrances; mais elle est toujours résolue à mourir plutôt que de ne pas avoir celui qu'elle aime : "Vis donc, dit la nourrice, tu auras ton..."; elle n'ose dire “ton père” ; elle se tait, non sans prendre les dieux à témoin de sa promesse[1].

Les mères de famille célébraient pieusement les fêtes annuelles de Cérès, où, vêtues d’étoffes blanches comme la neige, elles lui offrent des guirlandes d’épis, prémices de leurs récoltes, et où elles s’interdisent jusqu’à la fin de la neuvième nuit les plaisirs de Vénus et le contact de leurs époux[2]. La reine Cenchréis[3] assiste à leurs assemblées ; elle fréquente avec elles les saints mystères. Alors, tandis que l’épouse légitime est absente de sa couche, la nourrice, ayant trouvé Cinyras appesanti par le vin, lui dépeint, dans son zèle coupable, une femme éprise pour lui d’un amour qui n’est que trop réel, mais en déguisant son nom, et elle lui vante sa beauté ; il demande quel est son âge : “Celui de Myrrha”, répond-elle. Il lui ordonne d’aller la chercher ; de retour chez elle : “Sois satisfaite, dit-elle, mon enfant ; la victoire est à nous.” La malheureuse fille n’abandonne pas à la joie son âme tout entière ; un triste pressentiment l’accable ; et cependant elle est satisfaite, tant ses pensées se combattent dans son esprit. C’était l’heure où tout se tait ; parmi les Trions le Bouvier avait incliné son chariot sur la pente où obliquait le timon[4]. Myrrha marche à son crime. La lune d’or s’enfuit, les astres se cachent derrière de noirs

---

1. L’épisode est construit à la manière d’une tragédie, jusqu’à cet aveu qui rappelle celui de Phèdre à sa nourrice Œnone.
2. Durant ces fêtes, la chasteté et le jeûne étaient prescrits.
3. L’une des neuf Piérides, autre nom des Muses.
4. Noms savants de constellations pour dire de manière imagée qu’il est plus de minuit.

nuages ; la nuit a perdu ses flambeaux. Le premier, Icare, tu te voiles la face, imité par Érigone, à qui sa piété filiale a valu des honneurs célestes [1]. Trois fois Myrrha, ayant buté du pied, est invitée par ce présage à revenir en arrière ; trois fois le funèbre hibou a fait entendre, pour l'avertir, son cri lugubre ; elle va toujours.

Les épaisses ténèbres de la nuit diminuent sa honte. De la main gauche elle tient la main de sa nourrice ; de la droite elle explore à tâtons sa route au milieu de l'obscurité. Déjà elle touche au seuil de la chambre, déjà elle ouvre la porte ; déjà elle est conduite à l'intérieur ; alors ses jarrets fléchissent, ses genoux tremblent ; ses couleurs et son sang se retirent, son courage l'abandonne en chemin. Plus elle approche du crime, plus elle est saisie d'horreur ; elle se repent de son audace et voudrait pouvoir, sans être reconnue, revenir en arrière. Mais, tandis qu'elle hésite, la vieille l'entraîne par la main, l'amène près du lit élevé et, la livrant à son père : "Tiens, dit-elle, la voici ; elle est à toi, Cinyras" ; et elle unit leurs corps maudits. Le père reçoit l'enfant de ses entrailles dans sa couche impure ; il apaise les craintes de la jeune fille et s'efforce de la rassurer. Peut-être même, usant des droits de l'âge, lui dit-il "ma fille" ; peut-être lui dit-elle "mon père" ; ainsi rien ne manque à l'inceste, pas même les noms. Myrrha sort fécondée du lit

1. Icare d'Athènes n'est pas le fils célèbre de Dédale. Il répandit l'usage de la vigne en Grèce et fut tué par des bergers ivres qui se crurent empoisonnés. Sa fille, Érigone, se pendit de désespoir.

paternel ; elle a reçu dans ses flancs détestables une semence impie ; elle porte en elle le fruit du forfait.

La nuit suivante renouvelle ses honteux plaisirs, et ce n'est pas la dernière ; à la fin Cinyras, impatient de connaître celle qui l'aime, après l'avoir tant de fois tenue dans ses bras, voit à la clarté d'un flambeau et sa fille et le crime. Muet de douleur, il tire une épée étincelante du fourreau suspendu près de lui. Myrrha prend la fuite ; grâce aux épaisses ténèbres de la nuit, elle échappe à la mort et, après avoir erré à travers les vastes campagnes, elle quitte l'Arabie fertile en palmiers et les terres de la Panchaïe. Neuf fois, pendant ses courses vagabondes, elle avait vu se renouveler le croissant de la lune, lorsque enfin, épuisée, elle s'arrêta sur la terre de Saba, incapable de porter plus longtemps le fardeau de son sein. Alors, ne sachant que souhaiter, partagée entre la crainte de la mort et le dégoût de la vie, elle fit cette prière : "Ô dieux, si vos oreilles sont ouvertes aux aveux des coupables, j'ai mérité mon sort et je ne refuse pas de subir un terrible châtiment ; mais je ne veux pas souiller les vivants en restant dans ce monde, ni, morte, ceux qui ne sont plus ; bannissez-moi de l'un et de l'autre empire ; faites de moi un autre être, à qui soient interdites et la vie et la mort."

Il y a une divinité dont les oreilles sont ouvertes aux aveux des coupables ; les désirs de Myrrha, du moins ses désirs suprêmes, trouvèrent les dieux propices ; car, tandis qu'elle parle encore, la terre recouvre ses pieds ; leurs ongles se fendent et il en sort, s'allongeant obliquement, des racines qui servent de base à un tronc élancé ; ses os se changent en un bois solide, où subsiste, au milieu, la moelle ; son sang devient de la sève ; ses bras forment de grosses branches ; ses doigts, de petites ; une dure écorce remplace sa peau. Déjà l'arbre, en croissant, avait pressé son sein et son lourd fardeau ; après avoir écrasé sa poitrine, il se préparait à recouvrir son cou ; elle ne voulut pas attendre davantage ; allant au-devant du bois qui montait, elle s'affaissa sur elle-même et plongea son visage dans l'écorce. Quoiqu'elle ait perdu avec son corps tout sentiment, elle continue à pleurer et des gouttes tièdes s'échappent de l'arbre. Ses larmes ont un grand prix ; la myrrhe, distillée par le bois, conserve le nom de celle qui la donne ; on parlera d'elle dans la suite des âges.

Cependant l'enfant conçu dans le crime avait crû sous le bois et il cherchait une issue par où il pût se dégager du sein qui le portait ; les flancs alourdis de la mère enflent au milieu de l'arbre ; ils se tendent sous le poids de leur fardeau ; elle ne peut plus parler pour exprimer ses souffrances, la voix lui manque, au moment d'enfanter, pour appeler Lucine[1] à son secours. Pourtant l'arbre semble faire des efforts ; il se courbe, il pousse des gémissements répétés, il est baigné d'un flot de larmes. Lucine, avec bonté, s'approche des branches endolories, elle y porte la main et prononce les paroles qui délivrent les femmes en couches. Alors l'arbre s'entrouvre ; par une fente de l'écorce il rend son fardeau vivant et l'enfant vagit ; les Naïades le couchent sur un lit d'herbes tendres et le parfument avec les larmes de sa mère. L'Envie elle-

1. Nom sous lequel Junon préside aux naissances.

même admirerait sa beauté ; il rappelle les Amours que les peintres représentent nus dans leurs tableaux ; mais, si vous voulez que le costume ne change rien à la ressemblance, donnez à cet enfant un léger carquois, ou retirez le sien à l'Amour.

Vénus et Adonis.

Le temps coule insensiblement, il s'envole sans qu'on s'en doute ; rien de plus rapide que les années ; celui qui était fils de sa sœur et de son grand-père, qui naguère avait été enfermé dans un arbre, qui naguère avait vu le jour, qui hier encore était un bel enfant nouveau-né, le voilà maintenant un jeune homme, le voilà un homme et voilà que par sa beauté il se surpasse lui-même ; voilà qu'il charme jusqu'à Vénus et qu'il se venge sur elle de la passion inspirée à sa mère. Car, en donnant un baiser à Vénus, le petit dieu armé du carquois [1] a effleuré, sans le savoir, avec le roseau d'une flèche qui dépassait le bord, la poitrine maternelle. La déesse, se sentant blessée, a repoussé son fils ; mais le coup avait porté plus loin qu'il ne semblait et elle-même s'y était trompée tout d'abord. Séduite par la beauté du jeune homme, elle oublie les rivages de Cythère ; elle cesse de fréquenter Paphos [2], qu'environne une mer profonde, Gnide la poissonneuse, ou Amathonte féconde en métaux. Elle ne se montre même plus dans le ciel : au ciel elle préfère Adonis. Elle s'attache à ses pas ; elle l'accom-

1. Représentation traditionnelle de Cupidon, fils de Vénus, qui décoche sa flèche pour provoquer l'amour.
2. Ville de Chypre, île chère à Vénus.

pagne partout ; elle qui avait toujours été habituée à goûter un doux repos sous les ombrages et à rehausser sa beauté par la parure, elle erre çà et là à travers les montagnes, les forêts et les roches buissonneuses, sa robe retroussée jusqu'au genou à la façon de Diane. Elle excite les chiens et poursuit les animaux que l'on peut capturer sans danger, les lièvres prompts à fuir, tête basse, les cerfs à la haute ramure, ou bien les daims. Elle se tient à distance des sangliers redoutables par leur force et elle évite les loups ravisseurs, les ours armés de griffes et les lions qui se gorgent du sang des bœufs. Toi aussi, Adonis, elle t'engage à les craindre ; elle voudrait que tu profites de ses conseils : "Sois brave, lui dit-elle, contre ceux qui fuient devant toi ; contre les audacieux l'audace n'est pas sûre. Garde-toi, ô mon jeune amant, de te montrer téméraire au péril de mon bonheur ; n'attaque point les animaux à qui la nature a donné des armes ; ta gloire me coûterait trop cher. Ton âge et ta beauté, qui ont charmé Vénus, ne sauraient charmer les lions, les sangliers hérissés de soies, frapper les yeux et les cœurs des bêtes sauvages. Dans leurs défenses recourbées les sangliers intrépides portent la foudre. Les lions fauves ont pour eux leur impétuosité et leurs colères que rien n'arrête ; c'est une race qui m'est odieuse." Comme Adonis lui en demandait la cause. "Je vais te l'apprendre, répond-elle ; écoute le récit d'un crime déjà ancien, suivi d'un prodige qui te remplira d'étonnement. Mais je me sens déjà fatiguée par une occupation contraire à mes habitudes ; voici fort à propos un peuplier, dont l'ombrage nous invite ; le gazon nous offre une couche ; je veux m'étendre ici, à terre, avec toi." Elle s'étend aussitôt, pressant à la fois de son corps l'herbe et son amant; la tête posée sur le sein du jeune homme, se renversant en arrière, elle commence ce récit souvent entrecoupé par ses baisers.

Atalante.

"Il y avait une femme, peut-être en as-tu entendu parler, qui surpassait à la course même des hommes agiles. Ce qu'on en rapporte n'est pas une fable; il est exact qu'elle les surpassait tous; on n'aurait pu dire ce qu'on admirait le plus en elle, la vitesse de ses pieds ou le prestige de sa beauté. Un jour qu'elle demandait à un oracle si elle devait prendre un époux : 'Un époux! lui répond le dieu; non, Atalante, il ne t'en faut point; fuis le commerce d'un époux; et pourtant tu n'y échapperas pas et, sans cesser de vivre, tu cesseras d'être toi-même.' Épouvantée par la réponse du dieu, la jeune fille s'en va vivre dans de sombres forêts; aux instances des prétendants, venus en foule, elle oppose farouchement une condition qui les met en fuite : 'Pas un de vous, dit-elle, ne me possédera, à moins de m'avoir d'abord vaincue à la course; luttez de vitesse avec moi. Le plus agile recevra pour prix de sa victoire ma main et mon lit; ceux que j'aurai devancés paieront de la vie leur défaite; telle sera la loi du concours.' Cette loi était barbare; mais elle n'empêcha point (si grande est la puissance de la beauté!) qu'une foule de prétendants téméraires n'accourût s'y soumettre. Hippomène[1] était venu s'as-

1. Fils de Mégarée et de Méropé.

seoir parmi les spectateurs de cette lutte inégale : 'Est-il possible, disait-il, que l'on affronte un si grand péril pour conquérir une épouse ?' et il avait blâmé l'amour insensé de ces jeunes hommes. Mais il voit le visage d'Atalante et son corps dépouillé de ses voiles, un corps tel que le mien, tel que serait le tien si tu devenais femme ; aussitôt il reste saisi et, levant les mains : 'Pardonnez, s'écrie-t-il, vous que j'accusais tout à l'heure ; je ne connaissais pas encore la récompense que vous vous disputiez.' À force de la vanter, il s'enflamme lui-même ; il souhaite qu'aucun des jeunes hommes ne devance Atalante à la course ; la jalousie le lui fait craindre. 'Mais pourquoi dans cette lutte, dit-il, ne tenterais-je pas aussi la fortune ? La divinité elle-même favorise les audacieux.' Tandis qu'Hippomène se consulte, la vierge vole d'un pas ailé. Quoiqu'elle franchisse l'espace devant les yeux du jeune Aonien [1] avec autant de rapidité que la flèche du Scythe [2], il admire plus que jamais sa beauté ; et en effet la course l'embellit encore. La brise emporte les liens de ses chevilles derrière ses pieds légers ; on voit voltiger ses cheveux sur ses épaules d'ivoire et, sous ses jarrets, les bandelettes, bordées d'une broderie, qui ornent ses genoux. La blancheur virginale de son corps s'était colorée d'incarnat, comme les blancheurs d'un atrium reflètent le vélum de pourpre qui les couvre [3]. Pendant que l'étranger observe ce

1. Hippomène.

2. Héros éponyme de la Scythie qui reçut le pouvoir grâce à son habileté au tir à l'arc.

3. Le vélum rouge, sorte de voile, est tendu au-dessus de la cour intérieure de marbre blanc pour l'abriter du soleil.

spectacle, la borne a été franchie à l'extrémité de la carrière; Atalante victorieuse reçoit sur son front la couronne des fêtes. Les vaincus poussent un gémissement et subissent la peine convenue.

Cependant, sans être effrayé par leur triste sort, Hippomène s'est dressé au milieu de l'arène et, fixant ses regards sur la jeune fille : 'Pourquoi, lui dit-il, cherches-tu un titre de gloire dans un facile triomphe sur de faibles adversaires? C'est avec moi qu'il faut lutter. Si la fortune me donne l'avantage, tu n'auras pas à rougir d'être vaincue par un homme tel que moi. J'ai pour père Mégarée, fils d'Onchestus; il a Neptune pour aïeul[1]; je suis l'arrière-petit-fils du roi des eaux et ma valeur ne le cède pas à ma naissance. Si je suis vaincu, ta victoire sur Hippomène te vaudra une immense et immortelle renommée.' Tandis qu'il parle, la fille de Schénée[2] jette sur lui un doux regard et elle se demande si elle doit souhaiter la défaite ou la victoire : 'Quel est donc le dieu ennemi de la beauté, dit-elle, qui veut perdre ce jeune homme et l'oblige, au péril de sa précieuse existence, à rechercher cette union? À mes propres yeux, je ne vaux pas un tel prix. Ce n'est point sa beauté qui me touche (quoiqu'elle ait bien aussi de quoi me toucher); mais c'est encore un enfant; ce n'est pas lui qui m'attendrit, mais son âge. Et puis il est brave, il ne craint pas la mort. Et puis il vient au quatrième rang dans la lignée du souverain des mers. Et puis il m'aime, et il attache tant

1. Mégarée, le père d'Hippomène, était originaire de la ville d'Onchestus et fils de Neptune.

2. Atalante.

de prix au bonheur de m'épouser qu'il est prêt à périr, si une destinée implacable me refuse à ses vœux. Pendant qu'il en est temps encore, étranger, fuis-moi, renonce à ma couche ensanglantée. Mon hymen est cruel ; il n'y a point de femme qui ne consente à s'unir à toi ; tu peux plaire à une jeune fille qui saura t'apprécier. Mais pourquoi faut-il que tu m'intéresses, quand j'en ai déjà fait tuer tant d'autres ? À lui de décider ; qu'il périsse donc, puisque la mort de tant de prétendants ne lui a pas servi de leçon, puisqu'il va jusqu'à faire fi de la vie. Alors succombera-t-il pour avoir voulu vivre avec moi ? une mort imméritée sera-t-elle le prix dont il paiera son amour ? Ma victoire attirera sur moi une haine intolérable ; mais la faute n'en est pas à moi. Que n'abandonnes-tu ta résolution, ou, puisque tu as perdu la raison, que n'es-tu plus agile ! Mais quel air virginal sur ce visage d'enfant ! Ah ! malheureux Hippomène, pourquoi tes yeux m'ont-ils rencontrée ? Tu méritais bien de vivre ; si j'étais plus heureuse, si les destins hostiles ne m'interdisaient le mariage, tu serais le seul avec qui je voudrais partager ma couche.' Elle dit et, naïve encore, blessée par le dieu du désir pour la première fois, ignorant ce qui lui arrive, elle aime sans se douter qu'elle aime.

Déjà le peuple et les grands demandent les courses accoutumées, lorsque le descendant de Neptune, Hippomène, m'invoque d'une voix inquiète : 'Puisse la déesse de Cythère[1], je l'en conjure, m'assister dans mon entreprise et protéger la flamme qu'elle m'a mise au cœur !' La brise favorable porta jusqu'à moi cette

1. Vénus.

touchante prière et j'en fus émue, je l'avoue ; mon secours ne se fit pas longtemps attendre. Il est un champ que les gens du pays appellent champ de Tamasus ; c'est le plus riche territoire de l'île de Chypre ; leurs aïeux me l'ont consacré jadis et ont ajouté ce don aux propriétés de mes temples. Au milieu de ce domaine resplendit un arbre dont on entend crépiter la fauve chevelure, les fauves rameaux d'or. J'arrivais justement de ce lieu, tenant à la main trois pommes d'or que j'y avais cueillies[1] ; invisible pour tous, sauf pour Hippomène, je l'abordai et lui indiquai ce qu'il devait en faire. Les trompettes avaient donné le signal ; penchés en avant, les deux adversaires s'élancent hors de la barrière et ils effleurent de leurs pas rapides la surface du sable. Il semble qu'ils pourraient raser à pied sec les flots de la mer et courir, sans les courber, sur les épis d'une blonde moisson. Le jeune homme est encouragé par des acclamations sympathiques ; on lui crie : 'Voilà, voilà le moment de te presser ! Vite, Hippomène ! c'est le moment de donner tout ton effort. Ne perds pas un instant et tu seras vainqueur !' Peut-être n'est-ce pas le héros, fils de Mégarée, mais la fille de Schénée, qui prend le plus de plaisir à ces paroles. Oh ! que de fois, pouvant passer la première, elle s'est attardée à regarder le cher visage et ne l'a quitté des yeux qu'à regret ! Mais la fatigue commence à dessécher la bouche d'Hippomène haletant et la borne est encore loin ; alors enfin le descendant de Neptune lance un des trois fruits de mon arbre. La

1. Les pommes sont consacrées à Vénus. Celle qu'elle donne à Hippomène vient de Chypre ou du Jardin des Hespérides.

jeune fille surprise, attirée par la pomme brillante, se détourne au milieu de sa course et ramasse l'or qui roulait à terre. Hippomène la dépasse ; les applaudissements font retentir l'enceinte du spectacle. Atalante, d'un bond rapide, regagne le temps qu'elle a perdu par cet arrêt et, de nouveau, laisse le jeune homme derrière elle ; retardée encore une fois par une seconde pomme lancée devant ses pas, elle le rejoint et le dépasse encore. Restait à franchir la dernière partie de la carrière : 'Voilà le moment de m'assister, s'écrie-t-il, ô déesse à qui je dois ce présent' ; et sur un côté de l'arène, pour retarder d'autant le retour de son adversaire, il lance obliquement, avec toute la force de sa jeunesse, l'or étincelant. La jeune fille sembla se demander si elle irait la prendre : je la forçai à la ramasser ; j'ajoutai à son poids celui de la pomme dont elle s'était emparée et je fis qu'elle eut à la fois contre elle sa charge et le temps perdu ; enfin, pour que mon récit ne soit pas encore plus lent que sa course elle-même, la jeune fille fut distancée, le vainqueur épousa celle qui était le prix de la lutte.

Ne méritais-je pas, Adonis, qu'il m'offrît ses actions de grâces et l'hommage de son encens ? Oubliant mes bienfaits, il ne m'offrit ni ses actions de grâces ni son encens. Aussitôt ma bonté se change en colère ; indignée de son mépris et ne voulant pas m'exposer aux affronts des générations futures, je décide de faire un exemple, je m'excite moi-même contre les deux époux. Il est un temple que l'illustre Échion[1], pour

---

1. Géant né des dents du dragon semées par Cadmus, lors de sa fondation de Thèbes. Il eut pour fille Penthée.

acquitter un vœu, avait jadis élevé à la Mère des dieux au fond d'une épaisse forêt ; un jour qu'ils passaient près de cet édifice, la fatigue d'une longue route les invita à se reposer. Là, Hippomène est pris d'un désir intempestif d'amoureux ébats, que ma volonté avait allumé en lui. Près du temple, il y avait un réduit faiblement éclairé, semblable à une grotte et abrité sous une voûte naturelle de tuf[1] ; on le vénérait depuis des temps lointains comme un lieu sacré. Le prêtre y avait rassemblé de vieilles statues en bois représentant les dieux. Hippomène pénètre dans ce sanctuaire et le souille par une indigne profanation. Les saintes images détournèrent leurs regards ; la Mère des dieux, au front couronné de tours[2], se demanda si elle n'allait pas plonger les coupables dans l'eau du Styx. Il lui sembla que le châtiment serait encore trop léger ; alors leur cou, si pur tout à l'heure, se couvre d'une fauve crinière, leurs doigts se courbent en forme de griffes, à leurs épaules naissent des pattes ; tout le poids de leur corps se porte sur leur poitrine ; il leur vient une queue, qui balaie la surface du sable. Leurs regards expriment la colère ; au lieu de paroles, ils profèrent des rugissements ; au lieu des salles d'un palais, ils habitent les forêts ; ils sont devenus des lions, qui, redoutables pour tous, sauf pour Cybèle, pressent son frein entre leurs dents soumises. Évite-les, mon bien-aimé, comme toutes les espèces de bêtes sauvages qui, au lieu de tourner le dos pour s'enfuir, présentent leur poitrine pour combattre ;

1. Variété de roche.
2. Cybèle que l'on représente ainsi, accompagnée de lions.

crains que ton courage ne nous soit fatal à tous deux."

Tels furent les avis de Vénus; avec son attelage de cygnes elle prend la voie des airs[1]. Mais le courage résiste à tous les avis. Il arriva que les chiens, ayant suivi exactement la trace d'un sanglier, le firent lever de sa bauge[2] et il allait sortir de la forêt, lorsque le jeune héros, fils de Cinyras[3], le perça d'un coup oblique. Aussitôt l'animal, avec son boutoir recourbé, fait tomber l'épieu teint de son sang; Adonis tremble et cherche un abri; mais le sanglier farouche le poursuit, lui plonge dans l'aine ses défenses tout entières et l'étend moribond sur le sable fauve. Portée à travers les airs sur son char léger, la déesse de Cythère n'était pas encore parvenue à Chypre, où la conduisaient les ailes de ses cygnes, lorsqu'elle reconnut de loin les plaintes du mourant et ramena vers lui les blancs oiseaux. Du haut des airs elle l'aperçoit, privé de connaissance, se roulant dans son propre sang. Aussitôt elle saute à terre, elle arrache les voiles de son sein, elle arrache ses cheveux et se meurtrit la poitrine de ses mains si peu faites pour ce rôle. Accusant les destins : "Non, dit-elle, tout ne sera pourtant pas soumis à votre loi, il subsistera à jamais un souvenir de ma douleur, ô mon Adonis; la scène de ta mort, périodiquement représentée, rappellera chaque année mes lamentations[4];

1. Représentation traditionnelle de Vénus.
2. Gîte fangeux de certains animaux.
3. Adonis est le fils de Cyniras, le premier roi de Chypre à avoir régné.
4. Étiologie de la fête grecque des Adonies durant lesquelles les femmes compatissaient avec la douleur de Vénus en s'identifiant à elle.

et puis ton sang sera changé en une fleur. Quoi ! Perséphone, tu as pu jadis faire d'un corps de femme la menthe odorante [1] et moi je serais blâmée, si je donne à ce héros, au fils de Cinyras, une forme nouvelle ?" À ces mots, elle répand sur le sang du jeune homme un nectar embaumé ; à ce contact, il bouillonne comme les bulles transparentes qui, du fond d'un bourbier, montent à la surface de ses eaux jaunâtres. Il ne s'est pas écoulé plus d'une heure que de ce sang naît une fleur de même couleur, semblable à celle du grenadier, qui cache ses graines sous une souple écorce ; mais on ne peut en jouir longtemps ; car, mal fixée et trop légère, elle tombe, détachée par celui qui lui donne son nom, le vent [2]. »

1. Menthé, aimée de Pluton, avait été transformée en menthe par l'épouse jalouse de celui-ci, Proserpine.

2. Le nom de l'anémone vient d'*anémos*, le vent.

Livre XI

Mort d'Orphée.

Tandis que par ces accents le chantre de Thrace attire à lui les forêts et les bêtes sauvages, tandis qu'il se fait suivre par les rochers eux-mêmes, voici que les jeunes femmes des Ciconiens délirantes, la poitrine couverte de peaux de bêtes, aperçoivent du haut d'un tertre Orphée qui marie ses chants aux sons des cordes frappées par sa main. Une de ces femmes, secouant sa chevelure dans l'air léger : « Le voilà, s'écrie-t-elle, le voilà celui qui nous méprise ! » Et elle frappe de son thyrse la bouche harmonieuse du chantre qui eut pour père Apollon ; mais la pointe, enveloppée de feuillage, y laisse seulement une empreinte sans la blesser. Une autre s'arme d'une pierre ; mais celle-ci, lancée à travers les airs, est vaincue en chemin par les accords de la voix et de la lyre ; comme si elle implorait le pardon de ces criminelles fureurs, elle vient tomber aux pieds d'Orphée. Cependant ses ennemies l'attaquent avec un redoublement d'audace, rien ne les arrête plus ; elles n'obéissent plus qu'à Érinys déchaînée[1]. La mélodie émousserait

1. Les Érinyes, déesses violentes, sont protectrices de l'ordre social ; elles châtient tous les crimes susceptibles de troubler celui-ci.

tous leurs traits, mais leurs clameurs retentissantes, la flûte de Bérécynthe au pavillon recourbé [1], les tambourins, les claquements des mains, les hurlements des bacchantes [2] ont couvert le son de la cithare ; à la fin, n'entendant plus le poète, les pierres se sont teintes de son sang.

Les premières victimes sont les animaux que ses accents retenaient encore immobiles d'admiration, des oiseaux innombrables, des serpents, toute une troupe de bêtes sauvages ; les Ménades ravissent à Orphée ce témoignage de son triomphe [3]. Puis elles tournent contre Orphée lui-même leurs mains ensanglantées ; elles se rassemblent comme les oiseaux qui aperçoivent l'oiseau des nuits errant par hasard en plein jour. Semblable au cerf qui, condamné à périr le matin dans l'arène de l'amphithéâtre, est la proie des chiens, le poète voit ces femmes marcher sur lui et le frapper avec leurs thyrses, ornés d'un vert feuillage, qui n'étaient point faits pour cet office. Elles brandissent contre lui les unes des mottes de terre, les autres des branches arrachées aux arbres, d'autres des pierres ; tout va leur être bon pour armer leur fureur. Il se trouvait que des bœufs retournaient la terre sous le poids de la charrue ; non loin de là, préparant la récolte à force de sueurs, des paysans creusaient le sol rebelle de leurs bras vigoureux ; à la vue

1. Les Bacchantes, femmes qui se livraient au culte de Bacchus, escortaient le dieu de l'ivresse. Elles jouent de la double flûte, frappent sur un tambourin et se livrent à des danses violentes.

2. Les Bacchantes, possédées par le dieu, sont dans un état de transe mystique.

3. Les Ménades, c'est-à-dire « femmes possédées », sont des Bacchantes divines.

de cette troupe, ils prennent la fuite, abandonnant leurs instruments de travail ; dans la campagne déserte gisent épars les sarcloirs, les râteaux pesants et les longs hoyaux [1] ; les Ménades, hors d'elles-mêmes, s'en sont emparées ; elles ont mis en pièces les bœufs aux cornes menaçantes ; alors elles reviennent en courant pour achever le chantre inspiré des dieux ; il leur tendait les mains, il prononçait des paroles qui, pour la première fois, restaient impuissantes ; rien n'était plus sensible à sa voix ; ces femmes sacrilèges lui donnent le dernier coup ; par cette bouche, ô Jupiter, qui s'était fait écouter des rochers et comprendre des bêtes sauvages son âme s'exhale et s'envole dans les airs.

Sur toi, Orphée, pleurèrent les oiseaux désolés et la multitude des bêtes sauvages et les durs rochers, et les forêts que tes chants avaient si souvent attirées ; pour toi, les arbres, se dépouillant de leur feuillage, faisant tomber leur chevelure, prirent le deuil ; les fleuves mêmes, dit-on, s'accrurent de leurs propres larmes ; les Naïades et les Dryades [2] refoulèrent leurs voiles sous un manteau noir et laissèrent flotter leurs cheveux. Les membres de la victime sont dispersés çà et là ; tu reçois, ô fleuve de l'Hèbre [3], sa tête et sa lyre ; et alors, nouveau miracle, emportée au milieu du courant, sa lyre fait entendre je ne sais quels accords plaintifs ; sa langue privée de sentiment murmure une plaintive mélodie et les rives y répon-

1. Petite houe.

2. Les Dryades sont les nymphes du Styx, dont la plus célèbre est Eurydice.

3. Fleuve de Thrace.

dent par des plaintifs échos. Maintenant ces débris quittent le fleuve de la patrie pour la mer où il les a conduits ; elle les dépose à Méthymne, sur le rivage de Lesbos [1]. Là un horrible serpent s'élance vers cette tête laissée à l'abandon sur une plage étrangère, vers ces cheveux encore humides de la rosée des flots. Enfin Phébus arrive ; il repousse le serpent prêt à mordre ; il pétrifie sa gueule ouverte et l'immobilise béant, tel qu'il était, sous la forme d'un dur rocher [2]. L'ombre d'Orphée descend sous la terre ; il reconnaît tous les lieux qu'il avait déjà vus auparavant ; dans les champs qu'habitent les âmes pieuses [3] il cherche Eurydice ; il la trouve et la serre entre ses bras avides. Tantôt à côté l'un de l'autre ils parcourent ce séjour d'un même pas ; tantôt il suit sa compagne qui le guide, tantôt il marche devant elle : Orphée peut enfin se retourner sans crainte pour regarder son Eurydice.

Châtiment des Ménades.

Mais Lyéus [4] ne souffre pas qu'un tel crime reste impuni ; désolé d'avoir perdu le chantre qui célébrait ses mystères, il condamne aussitôt toutes les femmes Édoniennes qui ont vu s'accomplir l'attentat à demeurer dans les forêts, où il les enchaîne au sol par une racine tortueuse ; il allonge les doigts de leurs pieds à la place où chacune a arrêté sa poursuite et il en fait péné-

1. Ville de Lesbos.
2. C'est le serpent que vit Médée lors de sa fuite aérienne (VII, vers 358).
3. Les Champs Élysées.
4. Épithète de Bacchus signifiant « celui qui délivre des soucis ».

trer l'extrémité dans la terre compacte. Lorsqu'un oiseau a engagé sa patte dans les lacets que l'oiseleur a dissimulés avec adresse, lorsqu'il se sent pris, il bat des ailes, il s'agite et resserre le lien par ses mouvements mêmes ; ainsi chacune de ces femmes, solidement fixée au sol, essayait, éperdue, de s'enfuir, mais en vain ; une souple racine la retient prisonnière et arrête son élan ; tandis qu'elles cherchent où sont leurs doigts, leurs pieds, leurs ongles, elles voient des fibres ligneuses monter le long de leurs jambes rondes ; elles veulent, dans leur douleur, frapper leurs cuisses avec leurs mains ; c'est sur du bois que tombent leurs coups ; leur poitrine est maintenant de bois ; de bois sont leurs épaules ; on prendrait pour de véritables branches leurs bras étendus et on ne se tromperait pas.

Midas.

Ce n'est pas assez pour Bacchus [1] ; il abandonne jusqu'au pays lui-même et, suivi d'une troupe moins barbare, il va visiter les vignobles de son cher Tmolus et le Pactole [2], qui pourtant, à cette époque, ne roulait point d'or et n'excitait pas encore l'envie par la richesse de ses sables. Le cortège ordinaire du dieu, les satyres et les bacchantes, l'accompagnent ; mais Silène est absent [3] ; il titubait sous le poids de l'âge et du vin, lorsque des paysans phrygiens, l'ayant surpris,

1. Bacchus en tant que dieu de l'inspiration dionysiaque.
2. Mont de Lydie, source du Pactole.
3. Nom des Satyres devenus vieux et nom de celui qui aurait élevé Bacchus, célèbre pour sa sagesse. Il passait pour être très laid et si ivre qu'il tenait à peine sur le dos de son âne.

l'ont conduit, enchaîné avec des guirlandes de fleurs, au roi Midas [1], que le Thrace Orphée et Eumolpe, né dans la ville de Cécrops [2], ont initié aux orgies. À peine Midas a-t-il reconnu l'ami du dieu, le compagnon associé à ses mystères, qu'il célèbre l'arrivée d'un tel hôte par des fêtes joyeuses pendant deux fois cinq jours et autant de nuits consécutives. Déjà pour la onzième fois Lucifer [3], dans les cieux, avait emmené avec lui l'armée des étoiles, lorsque le roi, tout joyeux, arrive dans les champs de la Lydie et rend Silène au jeune dieu qui fut son nourrisson [4]. Celui-ci lui permet, faveur agréable mais pernicieuse, de choisir une récompense à son goût, tant il est heureux d'avoir retrouvé celui qui l'éleva. Midas devait abuser du cadeau : « Fais, dit-il, que tout ce que mon corps aura touché se convertisse en or aux fauves reflets. » Liber [5] exauce ce souhait et s'acquitte en lui accordant un privilège qui lui sera funeste, avec le regret qu'il n'ait pas fait un vœu plus sage.

Le héros du Bérécynthe [6] s'en va content ; il se félicite de ce qui doit faire son malheur et, pour s'assurer que la promesse n'est pas vaine, pour éprouver

1. Roi de Phrygie qui, trouvant un jour Silène endormi sous l'effet du vin, lui demanda de lui enseigner la sagesse sous forme de parabole. Ici, Ovide donne une variante du mythe.

2. Eumolpe est le fils de Poséidon ayant institué les mystères de la ville d'Éleusis. Cécrops est l'un des rois mythiques de l'Attique.

3. Lucifer, fils de Jupiter et de l'Aurore, est celui qui porte la lumière. Il est l'astre qui annonce l'Aurore.

4. Bacchus qui fut élevé par Silène.

5. Autre nom de Dionysos.

6. Midas parce qu'il est roi de Phrygie où s'élève le mont Bérécynthe.

son pouvoir, il touche tout ce qu'il rencontre. Se fiant avec peine à lui-même, il cueille sur une yeuse de faible hauteur un rameau que couvre un vert feuillage : le rameau est devenu un rameau d'or. Il ramasse une pierre : la pierre aussi a pris la pâle couleur de l'or. Il touche une motte de terre : à ce contact puissant la motte devient un lingot. Il coupe des épis secs, dons de Cérès : sa moisson était d'or. Il tient dans sa main un fruit qu'il vient de cueillir sur un arbre : on croirait que c'est un présent des Hespérides [1]. Applique-t-il ses doigts sur les hautes portes de son palais, on voit ces portes lancer des rayons ; quand il a baigné ses mains dans une eau limpide, cette eau qui ruisselle de ses mains aurait de quoi tromper Danaé [2]. À peine peut-il lui-même contenir les espérances qui s'offrent à son esprit ; dans son imagination il voit tout en or. Ravi d'aise, il prend place devant la table que ses serviteurs ont chargée de mets et où abonde le froment grillé. Mais alors, si sa main touchait les dons de Cérès, les dons de Cérès durcissaient à l'instant ; s'il s'apprêtait à déchirer les mets d'une dent avide, ces mets disparaissaient dès qu'il y portait la dent sous une lame du fauve métal ; s'il mêlait à une eau pure la liqueur du dieu qui l'avait exaucé, on voyait de l'or fondu couler entre ses lèvres ouvertes. Épouvanté d'un mal si nouveau, à la fois riche et misérable, il ne demande plus qu'à fuir tant d'opulence et ce qu'il avait souhaité naguère lui fait horreur. Au milieu de l'abon-

---

1. Les Hespérides sont les Nymphes de la Nuit veillant sur les jardins des dieux où poussaient les pommes d'or.

2. Danaé a été fécondée par Jupiter qui a pris la forme d'une pluie d'or.

dance, il n'a pas de quoi apaiser sa faim ; la soif dessèche et brûle son gosier ; il maudit cet or qui lui vaut des tourments trop mérités. Levant vers le ciel ses mains et ses bras resplendissants : « Pardonne, s'écrie-t-il, Lénéus, ô notre père ; c'est ma faute ; mais prends pitié de moi, je t'en supplie ; arrache-moi à ce brillant fléau. » La puissance des dieux est indulgente ; le coupable avouait ; Bacchus lui rend sa nature première et retire la faveur que fidèle à ses engagements, il lui avait accordée : « Tu ne peux pas, lui dit-il, rester enduit de cet or que tu as si imprudemment souhaité ; va-t'en vers le fleuve voisin de la grande ville de Sardes [1] et, en remontant son cours entre les hauteurs de ses bords, poursuis ta route jusqu'à ce que tu arrives à l'endroit où il prend naissance ; alors, quand tu seras devant sa source écumante, là où il jaillit en flots abondants, immerge ta tête sous les eaux ; lave en même temps ton corps et ta faute. » Le roi, docile à cet ordre, se plonge dans la source ; la vertu qu'il possède de tout changer en or donne aux eaux une couleur nouvelle et passe du corps de l'homme dans le fleuve. Aujourd'hui encore, pour avoir reçu le germe de l'antique filon [2], le sol de ces campagnes est durci par l'or qui jette ses pâles reflets sur la glèbe humide [3].

1. Ville d'Asie Mineure.
2. Le filon d'or.
3. L'épisode a une valeur étiologique : il explique que le Pactole draine des paillettes d'or.

Les oreilles de Midas.

Midas, dégoûté de la richesse, préférait à tout les forêts et les champs et le dieu Pan qui a pour séjour ordinaire les antres des montagnes ; mais son intelligence était demeurée épaisse et sa sottise allait lui être fatale encore une fois. Dominant une vaste étendue de mer, le Tmolus dresse à une grande hauteur sa cime escarpée et il allonge ses deux flancs, d'un côté jusqu'à Sardes, de l'autre jusqu'à l'humble Hypaepa[1]. Là Pan vantait aux jeunes nymphes son talent musical et modulait des airs légers sur ses roseaux enduits de cire. Il eut alors l'audace de dire avec mépris que les accords d'Apollon ne valaient pas les siens ; soumettant le débat au Tmolus, il engagea une lutte inégale. Le vieillard pris pour juge s'assied sur sa montagne et il écarte de ses oreilles les arbres de la forêt ; seulement des feuilles de chêne couronnent sa chevelure foncée ; des glands pendent autour des méplats de ses tempes[2]. Regardant le dieu des troupeaux[3] : « Le juge est prêt », dit-il. Pan fait résonner sa flûte rustique, dont la sauvage harmonie charme Midas, alors présent à côté du musicien. Lorsque Pan a terminé, le dieu du Tmolus se tourne vers Phébus ; la forêt qui l'entoure suit le mouvement de son visage. Phébus, dont la tête blonde est couronnée d'un laurier cueilli sur le Par-

---

1. Bourgade de Lydie.
2. La personnification du mont Tmolus explique l'image du vieillard écartant les arbres qui empêchent ses oreilles d'entendre la joute musicale.
3. Périphrase désignant Pan.

nasse[1], balaie la terre de sa robe, teinte dans la pourpre de Tyr ; sa lyre, sertie de pierreries et d'ivoire de l'Inde, est posée sur sa main gauche ; l'autre tient le plectre[2] ; son attitude même révèle un maître de l'art. Alors son pouce habile fait vibrer les cordes et, ravi de la douceur de ses accords, Tmolus invite Pan à reconnaître que la cithare a vaincu ses roseaux. La sentence rendue par le dieu de la montagne est approuvée de tous ; il n'est pour l'attaquer et la déclarer injuste que le seul Midas. Le dieu de Délos[3] ne veut pas que des oreilles si grossières conservent la forme humaine ; il les allonge, les remplit de poils gris ; il en rend la racine flexible et leur donne la faculté de se mouvoir en tous sens ; Midas a tout le reste d'un homme ; il n'est puni que dans cette partie de son corps ; il est coiffé des oreilles de l'âne aux pas lents[4].

Il voudrait cacher une laideur dont il a honte ; il essaie de voiler sa tête sous des bandeaux de pourpre ; mais le serviteur qui avait l'habitude de raccourcir avec le fer ses longs cheveux s'en est aperçu ; celui-ci n'ose pas révéler la difformité qu'il a surprise, quoiqu'il brûle de la raconter tout haut et qu'il soit incapable de se taire ; alors il se retire à l'écart et fait un trou dans le sol ; il y rapporte, à voix basse, quelles oreilles il a vues à son maître, il murmure la nouvelle

---

1. Montagne consacrée à Apollon. L'expression « maître de l'art » renvoie à la fois à la musique et à la statue d'Apollon citharède.
2. Voir note 1, p. 15.
3. Apollon.
4. Variante comique de la rivalité musicale entre Apollon et Marsyas.

dans la terre creusée par ses mains ; puis, y rejetant ce qu'il avait enlevé, il enfouit son secret et, la fosse comblée, il s'éloigne en silence. Une épaisse forêt de roseaux frissonnants se mit à croître en ces lieux ; quand l'année, ayant achevé son cours, les eût mûris, ils trahirent celui à qui ils devaient leur existence ; car, balancés au souffle léger de l'Auster[1], ils répètent les paroles enfouies par le serviteur, ils publient ce que sont devenues les oreilles de son maître.

Laomédon et Hésione.

Ainsi vengé, le fils de Latone[2] quitte le Tmolus ; il vole à travers les airs limpides et s'arrête en deçà du détroit d'Hellé, fille de Néphélé[3], dans les campagnes de Laomédon. À droite de Sigée, à gauche de Rhoetée, au bord des flots, il est un autel antique, consacré à Jupiter Panomphée, Dieu Tonnant[4]. De là Apollon voit Laomédon qui s'apprête à bâtir les murs de Troie, sa ville nouvelle[5] ; une si grande entreprise n'avance qu'au prix de travaux difficiles ; elle exige d'immenses richesses. Alors, se joignant au dieu qui porte le trident[6], vénéré maître de l'abîme tumultueux, Apollon revêt la forme humaine et il élève les murs nécessaires au roi de

1. La répartition des vents en fonction des zones géographiques fait de l'Auster un vent du sud.
2. Apollon, fils de Latone.
3. Femme d'Athamas, roi de Thèbes.
4. Jupiter était la divinité de la foudre et du tonnerre, invoquée partout (Panomphée).
5. Laomédon, l'un des premiers rois de Troie, fit construire les murs de la citadelle, aidé par Apollon et Neptune.
6. Le dieu armé d'un trident est Neptune.

Phrygie[1], après avoir reçu la promesse d'une somme d'or pour la construction. Quand l'ouvrage est debout, le roi refuse d'en acquitter le prix et, pour comble de perfidie, il ajoute le parjure au mensonge : « Ton crime ne restera pas impuni », dit le souverain des mers. Aussitôt il déverse toutes ses eaux sur le rivage de cette cité avare, il transforme la campagne de Troie en une plaine liquide, il détruit les richesses des laboureurs et ensevelit les cultures sous les flots. Ce châtiment ne suffit pas : le roi doit encore livrer sa fille pour qu'elle soit exposée à un monstre marin. Elle était enchaînée à un dur rocher, lorsque Alcide la délivre[2]. Il réclame ensuite les chevaux qu'il a exigés et qu'on lui a promis en récompense ; comme on lui refusait le prix d'un si grand service, il force les murs de Troie et s'empare de cette ville deux fois parjure. Télamon[3], qui avait pris part à l'expédition, ne se retire point sans qu'on lui ait rendu hommage ; on lui remet Hésione[4], qui devient son épouse, car pour Pélée, son union avec une déesse l'avait déjà illustré ; il n'est pas moins fier du nom de son beau-père que de celui de son aïeul[5] ; c'est qu'il n'est pas le seul qui ait eu le bonheur d'être le petit-fils de Jupiter, mais il est le seul qui ait eu le bonheur d'avoir pour épouse une déesse.

1. Les dieux furent secondés dans cette entreprise par un mortel, Éaque. Ils ne furent pas rétribués par le roi parjure, ce qui valut à son pays toutes sortes de calamités.

2. Alcide est un autre nom d'Hercule.

3. Télamon est le père d'Ajax, le compagnon d'Hercule avec qui il participe à la prise de Troie.

4. Entré le premier dans la ville, Télamon eut pour récompense Hésione, la fille du roi parjure, Laomédon.

5. Jeu savant sur les généalogies légendaires.

Pélée et Thétis.

En effet le vieux Protée avait dit à Thétis[1] : « Déesse de l'onde, il faut que tu deviennes mère ; de toi naîtra un fils dont les exploits surpasseront ceux de son père et qu'on proclamera plus grand encore. » Alors, pour qu'il n'y eût rien dans le monde de plus grand que Jupiter, Jupiter lui-même, malgré la passion très vive qui s'était allumée au fond de son cœur, s'interdit de prendre pour épouse Thétis, nymphe des eaux. Ayant renoncé à l'objet de ses désirs en faveur de son petit-fils, le fils d'Éaque[2], il voulut que le jeune homme jouît à sa place des embrassements de la vierge marine. Il est en Hémonie[3] un golfe qui étend au loin ses bras courbés comme une faucille ; si l'eau y était plus profonde, on en eût fait un port ; mais c'est à peine si la mer y baigne la surface des sables ; le rivage en est assez ferme pour ne point garder la trace des pas ni retarder la marche ; il n'est jamais couvert d'algues flottantes. Près de là est un bois de myrtes chargés de baies de deux couleurs. Au milieu s'ouvre une grotte ; est-elle l'ouvrage de la nature ou bien de l'art ? On ne sait ; pourtant elle est plutôt celui de l'art. Souvent, Thétis, tu y venais nue, portée sur un dauphin qui obéissait à ton frein. Un jour que, cédant au sommeil, tu t'y étais couchée, Pélée te surprend et, comme tu résistes à ses instantes prières,

1. Thétis, la plus célèbre des Néréides, est une divinité marine en constante métamorphose.

2. Éaque, le plus pieux de tous les Grecs, est le fils de Jupiter et le père de Pélée.

3. La Thessalie.

il s'apprête à te faire violence, ses deux bras noués autour de ton cou ; si tu n'avais eu recours à tes artifices ordinaires en changeant plusieurs fois de figure, il serait venu à bout de son audacieux dessein. Étais-tu un oiseau ? Pélée n'en retenait pas moins l'oiseau prisonnier ; un arbre pesant ? il enfermait l'arbre dans son étreinte. La troisième forme que tu pris fut celle d'une tigresse à la peau rayée ; épouvanté cette fois, le fils d'Éaque détacha ses bras de ton corps.

Aussitôt, pour honorer les dieux de la mer, il répand du vin sur les flots, il brûle la chair d'une brebis et fait fumer l'encens. Enfin du milieu de l'abîme le devin de Carpathos[1] lui parle ainsi : « Fils d'Éaque, tu jouiras de l'union à laquelle tu aspires ; tu n'as qu'à surprendre Thétis, quand tu la verras reposer endormie entre les rudes parois de son antre ; alors, sans qu'elle s'en doute, emprisonne-la dans un réseau de liens fortement attachés. Ne te laisse pas tromper par les cent figures diverses qui la déguiseront à tes yeux ; mais tiens-la serrée, quelle que soit sa forme, jusqu'à ce qu'elle ait repris sa forme primitive. » Protée avait dit ; il replongea son visage dans la mer et laissa les flots de son domaine recouvrir ses dernières paroles. Le Titan penché en avant venait de faire toucher la mer d'Hespérie à son timon incliné[2], quand la belle Néréide[3], ayant regagné son rocher, pénétra dans

1. Protée est le devin de l'île de Carpathos, située entre la Crète et Rhodes. Les fonds marins de la mer Égée abritaient le palais de Neptune.

2. L'Hespérie est un pays situé à l'ouest. Cette périphrase métaphorique désigne donc le déclin du jour.

3. Thétis.

l'asile où l'attendait sa couche accoutumée. Pélée n'a pas encore étreint complètement son corps virginal que déjà elle passe d'une métamorphose à une autre ; à la fin elle s'aperçoit que ses membres sont entourés de liens, ses bras tendus en sens contraires ; alors elle gémit : « Ce ne peut être, dit-elle, que par la volonté des dieux que tu triomphes. » Et elle redevient Thétis ; entendant cet aveu, le héros l'entoure de ses bras, il prend possession de celle qu'il aime et la rend mère du grand Achille[1].

Pélée chez Céyx.

Heureux par son fils, heureux par son épouse, Pélée, si on n'avait eu à lui reprocher le meurtre de Phocus[2], aurait joui de toutes les faveurs du sort. Souillé du sang de son frère, chassé de la demeure paternelle, il trouve un asile sur la terre de Trachine[3]. Là, sans violences et sans cruauté, régnait le fils de Lucifer, Céyx[4], dont le visage brillait de l'éclat paternel. Mais à cette époque, l'âme en deuil, tout différent de lui-même, il pleurait son frère, qui venait de lui être ravi. Accablé de soucis, fatigué de son voyage, le fils d'Éaque arrive à Trachine ; avec quelques compagnons il entre dans la ville, après avoir laissé près

1. Ovide retourne habilement un passage des *Géorgiques* (IV) de Virgile où le berger Aristée, surprenant Protée dans son sommeil, tente de le capturer en l'enchaînant.

2. Pélée, le père d'Achille, tue son demi-frère Phocus, fils d'Éaque et de la Néréide Psamathé ; il devra être purifié de ce meurtre.

3. Ville de la Thessalie au pied de l'Œta où Hercule avait élevé son bûcher funèbre.

4. Fils d'Héosphoros ou Lucifer, le Flambeau de l'Aurore, étoile du matin.

des murs, dans une vallée ombreuse, les troupeaux de moutons et de bœufs qu'il avait emmenés à sa suite. Il se présente, aussitôt qu'il y a été autorisé, devant le souverain, tendant des mains suppliantes, voilées de bandelettes ; il dit qui il est, quel est son père ; il dissimule seulement son crime et donne de son exil une explication mensongère. Il demande un asile dans la ville ou dans la campagne. Le roi de Trachine, d'un air bienveillant, lui répond en ces termes : « La plèbe même la plus modeste, ô Pélée, est admise à jouir de mes bienfaits et je ne règne pas sur un pays inhospitalier. À mes bonnes dispositions tu ajoutes des titres puissants, un nom illustre et l'honneur d'avoir Jupiter pour aïeul. Ne perds pas ton temps en prières ; tout ce que tu demandes, tu l'obtiendras ; sois assuré que tu auras part à tout ce que tu vois ici ; plût au ciel que ce que tu y vois fût moins triste ! » Et il pleurait ; Pélée et ses compagnons lui demandent quelle est la cause d'une si grande douleur ; alors il s'exprime ainsi :

Daedalion et Chioné.

« Peut-être croyez-vous que cet oiseau qui vit de rapines[1] et qui répand la terreur parmi la gent ailée a toujours eu des plumes. Ce fut jadis un homme et déjà à cette époque (tant il est resté semblable à lui-même !) un homme passionné, un guerrier farouche, toujours prêt à la violence, nommé Daedalion ; il eut aussi pour père l'astre qui appelle l'Aurore et qui sort du ciel le

1. Vols.

dernier[1]. Moi, j'aimais la paix ; je ne songeais qu'à faire durer la paix et le bonheur que je devais à mon mariage ; mon frère n'avait de goût que pour les combats sanglants ; il employa à soumettre les rois et les nations ce courage qui aujourd'hui, ayant changé d'objet, fait trembler les colombes de Thisbé[2]. Il lui était né une fille, Chioné ; douée de la plus grande beauté, elle eut mille prétendants, dès sa quatorzième année, aussitôt qu'elle fut nubile[3]. Un jour que Phébus et le fils de Maia[4] revenaient, l'un de son temple de Delphes, l'autre du mont Cyllène[5], ils la virent tous les deux et tous les deux s'enflammèrent d'amour pour elle. Apollon diffère jusqu'à la nuit l'instant de Vénus qu'il se promet ; Mercure, plus impatient, touche le visage de la jeune fille avec sa baguette qui provoque le sommeil. Au contact de ce charme souverain, elle tombe endormie et subit les violentes approches du dieu. La nuit avait semé le ciel d'étoiles ; Phébus prend la figure d'une vieille femme et goûte à son tour le plaisir qu'un autre s'était déjà donné avant lui. Quand la grossesse de Chioné est arrivée au terme fixé par la nature, il naît du dieu aux pieds ailés[6] un enfant malin, Autolycus[7] habile à toute espèce de fraudes, accoutumé à changer le noir en blanc et le blanc en noir, un fils digne de son père par son astuce. De Phébus il naît (car la mère a mis au monde des

1. Daedalion est le frère de Céyx et le fils du même Lucifer.
2. Thisbé est une ville de Béotie.
3. Qui est en âge d'être mariée, pubère.
4. Mercure est fils de Maia.
5. Montagne d'Arcadie sur laquelle naquit Mercure.
6. Périphrase convenue pour désigner Mercure.
7. Aïeul d'Ulysse, l'homme aux mille ruses.

jumeaux) un enfant qui se rendra célèbre par ses chants harmonieux et par son talent sur la cithare, Philammon[1].

Mais que sert à Chioné d'avoir donné le jour à deux fils et charmé deux immortels, d'avoir pour père un vaillant guerrier, de compter parmi ses aïeux Jupiter Tonnant ? La gloire elle-même n'est-elle point fatale ? Elle le fut pour beaucoup de mortels, mais au moins pour cette infortunée ; elle eut l'audace de se mettre au-dessus de Diane et de dénigrer sa beauté[2] ; agitée d'une terrible colère, la déesse s'écrie : "C'est donc par mes actions que je me ferai admirer." Aussitôt elle courbe son arc de corne et avec le nerf tendu elle lance un roseau, qui va percer la langue coupable. Cette langue devient muette ; ni la voix ni les mots n'obéissent plus aux efforts de la victime ; elle essaie de parler ; mais sa vie s'échappe avec son sang. Et moi, malheureux ! de quel cœur alors, serrant le père entre mes bras, j'ai pris part à sa douleur ! que de consolations j'ai prodiguées à mon frère, si tendre pour son enfant ! Mais le pauvre père ne les entendait pas plus qu'un rocher n'entend le grondement des flots et continuait à pleurer la perte de sa fille. Quand il vit brûler son corps, il s'élança quatre fois pour se jeter au milieu du bûcher ; quatre fois repoussé, il s'enfuit en toute hâte et, semblable au taureau qui va baissant sa tête, où des frelons ont laissé leurs dards, il se précipite en dehors de tout

1. Philammon est un poète et un devin, fils d'Apollon et de Chioné.

2. Chioné est la fille du roi Daedalion aimée à la fois par Apollon et par Mercure.

chemin tracé. Déjà il me semble courir plus vite qu'un homme ; on dirait qu'il lui est venu des ailes aux pieds. Il échappe donc à toutes les poursuites et, pressé par le désir de la mort, il s'arrête sur le sommet du Parnasse ; mais Apollon a eu pitié ; au moment où Daedalion venait de se jeter du haut d'une roche, le dieu a fait de lui un oiseau ; il l'a tout d'un coup pourvu d'ailes qui le tiennent suspendu dans les airs ; il lui a donné un bec recourbé, des serres crochues, un courage digne de celui qu'il avait auparavant et une force plus grande que son corps ; et maintenant c'est un épervier, un animal méchant qui sévit contre tous les oiseaux et qui, malheureux lui-même, rend les autres malheureux. »

Le loup de Pélée.

Tandis que le fils de Lucifer raconte la merveilleuse aventure de son frère, on voit accourir à pas précipités, tout haletant, le gardien des troupeaux de Pélée, Onétor de Phocide[1] : « Pélée ! Pélée ! s'écrie-t-il, je viens t'annoncer un grand désastre. » Pélée lui ordonne de s'expliquer, quelle que soit la nouvelle qu'il apporte. Le roi de Trachine lui-même est inquiet et la crainte qui l'agite se peint sur son visage. Le gardien reprend : « J'avais conduit sur le bord du rivage sinueux tes taureaux fatigués, à l'heure où le Soleil, arrivé au plus haut point de sa carrière, au milieu de la voûte céleste, voyait derrière lui un espace égal à celui qu'il devait encore franchir. Une partie de mes bœufs avaient plié leurs genoux sur le sable fauve et,

1. Phocide est un pays.

couchés à terre, regardaient l'immense plaine des eaux ; d'autres, à pas lents, erraient çà et là ; d'autres encore nageaient et, levant le cou, dominaient la surface des flots. Il est près de la mer un temple où on ne voit resplendir ni le marbre ni l'or ; mais un bois antique l'ombrage de ses arbres touffus ; il appartient aux Néréides et à Nérée ; un batelier, qui faisait sécher ses filets sur la côte, m'a appris que tels étaient les dieux de ces parages. À côté du temple s'étend un marais entouré d'un épais rideau de saules ; c'est l'eau de la mer qui en débordant a formé ce marais. Il y avait là, poussant des hurlements terribles, dont retentissait tout le voisinage, une bête énorme, un loup ; il sort des ombrages du marais ; sa gueule foudroyante est souillée d'écume et de sang coagulé ; une flamme rouge brille dans ses yeux. La rage et la faim l'excitent à la fois ; cependant son impétuosité est plutôt l'effet de la rage ; car il ne cherche pas à se rassasier, à se délivrer de sa faim infernale en égorgeant quelques bœufs, mais il s'attaque au troupeau tout entier et avec fureur l'abat tout entier sur le sol. Plusieurs d'entre nous, cruellement mordus en voulant le repousser, ont succombé aussi à leurs blessures ; tout est rouge de sang, le rivage, les premières vagues et le marais qui retentit de mugissements. Mais il n'y a pas de temps à perdre ; ce n'est pas le cas d'hésiter ; tandis qu'il reste encore quelque chose du troupeau, courons tous ensemble aux armes ; aux armes ! réunissons nos traits. »

Le pâtre avait dit, mais Pélée était peu sensible à cette perte ; se souvenant de son crime, il comprend que la Néréide dont il a tué le fils envoie le bien qu'il a perdu comme une offrande funèbre aux mânes de Phocus[1]. Le roi de l'Œta[2] ordonne à ses guerriers de revêtir leur armure et de prendre leurs traits redoutables ; lui-même s'apprêtait à marcher avec eux ; mais son épouse Alcyone[3] accourt, attirée par le bruit. Elle n'avait pas encore fini d'arranger sa chevelure : elle rejette même les cheveux qu'elle avait déjà mis en ordre et, suspendue au cou de son mari, elle le conjure en pleurant d'envoyer du secours sans exposer sa personne et de sauver deux vies en sauvant la sienne. Le fils d'Éaque lui dit alors : « Tes craintes, ô reine, te font honneur ; elles sont d'une bonne épouse ; mais tu peux les bannir de ton âme ; vos offres suffisent à me remplir de reconnaissance. Je ne veux pas que pour moi on prenne les armes contre ce monstre sans pareil ; il faut seulement que j'aille rendre hommage à la divinité de cette mer. »

Il y avait près de là une haute tour, un foyer de lumière élevé au sommet de la citadelle ; c'était un lieu cher aux navires fatigués ; ils y montent et alors ils gémissent en apercevant les taureaux étendus morts sur le rivage et la bête féroce qui a dévasté le troupeau, la gueule rougie par le carnage, ses longs poils souillés de sang. Là, tendant ses mains vers le rivage de la plaine liquide, Pélée supplie Psamathé au corps d'azur d'apaiser sa colère et de lui porter secours ; la nymphe ne se laisse point fléchir par les

---

1. Les Mânes sont les âmes des morts dans la croyance romaine, ici l'âme de Phocus (voir note 2, p. 58).
2. Céyx est roi de la ville de Trachine, voisine du mont Œta.
3. Fille d'Éole.

prières que lui adresse le fils d'Éaque ; mais Thétis, ayant intercédé pour son époux, obtient qu'elle lui pardonne. Quoiqu'elle ait rappelé le loup, il n'en continue pas moins ardemment son œuvre de mort, encore excité par le goût du sang. Il avait saisi au cou une génisse qu'il déchirait, lorsque enfin elle le changea en un bloc de marbre ; sauf la couleur, il a tout conservé de son ancien corps ; on voit bien à la couleur de la pierre que ce n'est plus un loup et qu'il n'est plus à craindre. Cependant les destins ne permettent pas à Pélée fugitif de s'établir dans ce pays ; toujours errant, toujours exilé, il arrive en Magnésie, où l'Hémonien Acaste[1] le purifie du meurtre dont il était coupable.

Céyx et Alcyone.

Cependant, le cœur troublé, rempli d'angoisse par ces prodiges, dont l'un lui a enlevé son frère, dont l'autre a suivi la métamorphose de son frère, Céyx veut consulter un de ces oracles sacrés qui consolent les hommes de leurs maux et il se prépare à se rendre vers le dieu de Claros[2] ; car l'impie Phorbas avec ses Phlégyens[3] fermait l'accès du temple de Delphes. Mais auparavant, fidèle Alcyone, il t'instruit de son projet ; aussitôt son épouse se sent glacée jusqu'au fond des os ; une pâleur semblable à celle du buis s'étend sur

1. Pendant la chasse du sanglier de Calydon, Pélée tue accidentellement un des chasseurs et c'est Acaste qui le purifie de ce meurtre.
2. Apollon dont le sanctuaire était à Claros en Ionie.
3. Phorbas, Béotien de Phlégya, attaquait les voyageurs qui se rendaient à Delphes ; Apollon eut raison de lui en prenant l'apparence d'un enfant.

son visage ; ses joues sont inondées de pleurs. Trois fois elle essaie de parler, trois fois un flot de larmes lui ferme la bouche ; enfin elle exhale ces tendres plaintes, entrecoupées par des sanglots : « Quelle faute ai-je commise, mon bien-aimé, pour que ton cœur ait ainsi changé ? Qu'est devenu l'amour que tu me témoignais jusqu'ici ? Maintenant tu peux donc quitter Alcyone sans t'inquiéter de son sort ? Maintenant tu veux entreprendre un long voyage ? Maintenant je te suis plus chère, quand je suis loin de toi ? Je suppose que tu prennes la route de terre ; je m'affligerai de ton départ, sans éprouver de crainte et mes regrets seront exempts d'alarmes. Ce qui m'effraie c'est la mer, c'est l'affreuse image des flots ; j'ai vu naguère sur le rivage des planches en morceaux et bien souvent j'ai lu des noms sur des tombes qui ne recouvraient aucun corps. Ne te laisse pas séduire par une confiance trompeuse à la pensée que tu as pour beau-père le fils d'Hippotès [1], qui tient les vents impétueux enfermés dans sa prison et qui apaise les flots à son gré. Quand une fois les vents déchaînés se sont rendus maîtres de la plaine liquide, rien ne les arrête plus ; il n'y a pas de terre, il n'y a pas de mer qui soit protégée contre leur fureur. Ils tourmentent même les nuages du ciel et ils en font jaillir par de terribles chocs des feux étincelants ; plus je les connais (car je les connais bien et souvent, quand j'étais petite, je les ai vus dans la maison de mon père), plus je les crois redoutables. Si toutes les prières sont impuissantes à ébranler ta résolution, cher époux, si tu es trop

1. Éole, fils d'Hippotès, maître des vents.

décidé à partir, emmène-moi avec toi ; au moins nous serons en même temps le jouet des flots ; je n'aurai à craindre que des maux dont je souffrirai aussi ; nous porterons ensemble le même fardeau, quel qu'il soit ; nous serons portés ensemble sur la vaste mer. »

Ces paroles, ces larmes de la fille d'Éole émeuvent son époux, fils d'un astre ; car il n'est pas moins qu'elle enflammé d'amour. Mais il ne veut ni renoncer au voyage qu'il se propose d'accomplir par mer, ni associer Alcyone à ses dangers ; il lui répond par une foule de raisons propres à rassurer son cœur alarmé. Pourtant il ne réussit pas à lui faire approuver son dessein ; il ajoute cette consolation, qui seule peut calmer son amante : « Oui, j'en conviens, toute séparation est pour nous trop longue ; mais, je te le jure par les feux de mon père, si les destins me le permettent, je reviendrai vers toi avant que la lune ait deux fois rempli son disque. »

Aussitôt que par cette promesse il a fait entrer dans le cœur de son épouse l'espoir de son retour, il ordonne de tirer un navire de l'arsenal, de le mettre à la mer et de le garnir de ses agrès[1]. À cette vue, comme si elle lisait dans l'avenir, Alcyone frémit de nouveau, elle donne un libre cours aux larmes qui montaient à ses yeux et elle serre son mari entre ses bras ; enfin de sa bouche douloureuse l'infortunée laisse échapper un « Adieu ! » et elle s'affaisse sur elle-même[2]. Céyx voudrait s'attarder ; mais ses jeunes matelots, sur deux rangs, ramènent les rames contre

1. Gréements.
2. Alcyone est en proie à un sentiment prémonitoire.

leurs poitrines robustes et, à coups égaux, fendent les vagues. Alcyone a levé ses yeux humides ; debout sur la poupe recourbée, son mari agitait la main en signe d'adieu ; c'est lui qu'elle aperçoit avant tout et elle lui répond par le même geste ; quand la terre a reculé dans le lointain, quand les yeux ne peuvent plus reconnaître les visages, elle suit encore du regard, aussi longtemps qu'elle le peut, le navire qui fuit. Bientôt une trop grande distance l'en sépare pour qu'elle puisse le distinguer ; alors, elle contemple les voiles qui flottent à la cime du mât ; lorsque les voiles mêmes ont disparu, elle regagne, anxieuse, sa couche vide et s'étend sur les coussins ; la vue de sa couche, de sa demeure, excite de nouveau ses larmes en lui rappelant quelle part d'elle-même en est absente.

On était sorti du port et la bise avait agité les cordages ; les matelots tournent contre le flanc du navire les rames pendantes ; ils fixent les antennes au sommet du mât, sur lequel ils déroulent les voiles tout entières, pour recevoir le vent qui s'élève. Le navire, sillonnant les flots, avait accompli tout au plus la moitié de sa course, il était aussi éloigné des deux continents, quand, aux approches de la nuit, la mer commença à se soulever et à blanchir, l'Eurus[1] à se déchaîner avec plus d'impétuosité : « Vite, crie le pilote, amenez les vergues de là-haut ; carguez toute la toile sur les antennes[2]. » Tel était l'ordre ; mais la

1. L'Eurus est un vent d'est qu'on a de face quand on va de Grèce en Asie par voie de mer.

2. Ovide décrit avec une précision technique toutes les manœuvres de la navigation. Il s'agit ici de serrer les voiles contre les vergues longues et minces que sont les antennes.

tempête, qui arrive de face, le contrarie ; le fracas des vagues ne permet pas d'entendre la voix ; d'eux-mêmes cependant les uns se hâtent de retirer les rames ; les autres calfatent les flancs [1] ; d'autres dérobent les voiles à la fureur des vents ; celui-ci épuise l'eau de la cale et rejette les flots dans les flots ; celui-là enlève les antennes. Tandis que ces manœuvres s'exécutent en désordre, la tempête redouble de violence ; de toutes parts les vents se livrent de terribles batailles et bouleversent la mer révoltée. Lui-même le pilote est saisi d'effroi ; il avoue qu'il ne sait plus quelle est la position du navire, ce qu'il doit ordonner ou ce qu'il veut, tant le danger est écrasant, au-dessus de toutes les ressources de l'art. On entend retentir les cris des hommes, le grincement des cordages, le fracas des lourdes vagues, heurtées par les vagues, celui de la foudre dans les airs. La mer soulevée semble se confondre avec le ciel et toucher jusqu'à les arroser les nuages qui le couvrent ; tantôt, balayant les sables fauves du fond de l'abîme, elle en prend la couleur ; tantôt elle est plus noire que l'onde du Styx ; par moments elle s'étale et blanchit sous l'écume des flots sonores. Le vaisseau de Trachine [2], lui aussi, obéit à ces caprices ; tantôt, surgissant dans les airs, il semble regarder, comme du sommet d'une montagne, des vallées ouvertes au-dessous de lui et jusqu'aux entrailles de l'Achéron [3] ; tantôt, quand il est descendu au milieu des vagues, qui dressent alentour

1. Action de rendre étanche la coque du navire.
2. Voir note 3, p. 58.
3. Fleuve des Enfers.

leur crête recourbée, il semble regarder la voûte céleste du fond du gouffre infernal. Souvent ses flancs battus par les lames retentissent avec fracas ; il mugit sous leur assaut comme les murs d'une citadelle, lorsqu'un bélier de fer ou une baliste [1] leur porte des coups qui les mettent en pièces. De même que, puisant de nouvelles forces dans leur élan même, des lions farouches se jettent, la poitrine en avant, sur les armes et les traits qu'on leur oppose, ainsi, quand l'onde s'était emportée au souffle des vents, elle se jetait sur les agrès du navire et en dépassait de beaucoup la hauteur. Déjà les chevilles [2] sont ébranlées ; dépouillées de leur enduit de cire, les fentes s'ouvrent et donnent passage à l'eau fatale. Et voilà que les nuages crèvent et laissent échapper des torrents de pluie ; on croirait que le ciel tout entier descend dans la mer, que la mer enflée monte dans les régions célestes. Les voiles sont trempées par les nues ; les eaux du ciel se mêlent aux eaux salées ; aucun astre ne brille dans l'éther ; à l'obscurité de la nuit s'ajoutent encore les ténèbres de la tempête. La foudre seule les déchire et y jette la lueur des éclairs ; les feux de la foudre embrasent les ondes. Maintenant le flot s'élance à travers la trame de la carène [3] aux flancs creux : il arrive parfois qu'un soldat, plus brave que tout le reste de la troupe, après avoir tenté à plusieurs reprises d'escalader les remparts d'une ville en état de défense, réussit enfin à prendre pied au but

1. Machines de guerre.
2. Tiges de bois qui maintiennent l'assemblage des planches.
3. La carène est la partie immergée de la coque d'un navire.

espéré ; enflammé de l'amour de la gloire, entre mille guerriers, il s'empare du mur à lui tout seul ; ainsi, après que les lames ont neuf fois battu les flancs élevés du navire, une dixième, plus énorme et plus haute encore, se rue en avant et ne cesse d'assiéger la coque fatiguée que lorsqu'elle s'abat à l'intérieur de ses remparts, comme si elle la prenait d'assaut. Dès lors la mer lançait encore de nouvelles vagues contre le navire qu'elle cherchait à envahir ; mais elle en avait déjà au-dedans ; tous les matelots tremblent comme font les habitants d'une ville, quand leurs murs sont sapés du dehors par une troupe, occupés en dedans par une autre.

L'art est désormais impuissant, les courages fléchissent ; dans tous les flots qui s'approchent les infortunés croient voir autant de morts prêtes à s'élancer et à fondre sur eux. L'un ne peut retenir ses larmes, l'autre est frappé de stupeur ; un autre appelle heureux ceux qui attendent des honneurs funèbres ; celui-ci, en prières, fait des vœux à la divinité et, levant vainement ses bras vers le ciel invisible, il en implore du secours ; celui-là revoit dans sa pensée ses frères et ses parents ; un autre, ses enfants, sa maison et tout ce qu'il a quitté. Céyx ne songe qu'à Alcyone, il n'a à la bouche que le nom d'Alcyone ; il ne regrette qu'elle seule, quoiqu'il s'applaudisse de ne pas l'avoir avec lui. Il voudrait se tourner vers les rivages de sa patrie, adresser à son foyer ses derniers regards ; mais il ne sait de quel côté le chercher, tant est grande l'agitation qui fait tournoyer les flots ; et puis l'obscurité qui tombe des nuages, noirs comme la poix, dérobe à ses yeux le ciel tout entier et rend deux fois plus épaisses les ténèbres de la nuit. Un tourbillon chargé de pluie brise le mât sous son choc ; il brise aussi le gouvernail ; la vague se dresse avec orgueil au-dessus de ces dépouilles en signe de victoire et, courbant sa crête, elle regarde de haut les autres vagues ; aussi lourdement que l'Athos ou le Pinde[1], qu'on aurait arrachés de leur base pour les jeter tout entiers au large, elle tombe en avant et aussi bien par son poids que par la violence du coup elle engloutit le navire au fond des eaux ; avec lui beaucoup de matelots, submergés sous les masses qui les précipitent dans l'abîme et ne pouvant remonter à l'air, terminent aussi leur destinée ; d'autres s'attachent aux débris du bâtiment fracassé ; Céyx lui-même, de la main dont il tenait le sceptre, tient une épave ; il invoque son beau-père et son père, mais hélas ! vainement ; tandis qu'il flotte au hasard, il a surtout à la bouche le nom de son épouse Alcyone ; c'est à elle qu'il pense, c'est elle qu'il appelle ; il souhaite qu'elle puisse voir son corps rejeté par la mer et que les mains de sa bien-aimée ensevelissent sa dépouille. Il flotte toujours et, chaque fois que la vague lui permet d'ouvrir la bouche, il prononce le nom d'Alcyone absente ; il le murmure encore sous les ondes. Mais voici qu'autour des flots qui le portent s'est élevée une sombre voûte liquide ; elle crève et sous ses débris elle recouvre et engloutit la tête de Céyx.

Lucifer resta dans l'ombre cette nuit-là ; on n'aurait pu le distinguer ; comme il lui était interdit de quitter

1. L'Athos est un mont de Macédoine, le Pinde une montagne de Thrace.

le ciel, il se cacha la face derrière des nuages épais[1]. Cependant la fille d'Éole[2], ignorant le désastre, compte les nuits; elle se hâte d'achever les vêtements que doit mettre son époux, ceux qu'elle portera elle-même quand il sera là, et elle se flatte du vain espoir de son retour. Elle offrait un pieux encens à tous les dieux; mais c'étaient surtout les temples de Junon qui recevaient ses hommages[3]; elle allait au pied des autels prier pour celui qui n'existait déjà plus; elle demandait que son époux revînt sain et sauf et qu'il ne lui préférât aucune autre femme; ce dernier vœu était le seul qui pût être exaucé.

Le Sommeil.

La déesse ne souffre pas plus longtemps qu'on l'implore en faveur d'un mort; elle veut éloigner de ses autels des mains qu'un deuil a souillées[4] : « Iris, dit-elle, fidèle messagère de mes commandements, rends-toi promptement à l'enceinte soporifique où réside le Sommeil et ordonne-lui d'envoyer à Alcyone un songe qui, sous les traits de Céyx qu'elle a perdu, lui apprenne en toute sincérité le malheur dont il fut victime. » Elle dit, Iris revêt son voile aux mille couleurs[5] et, faisant resplendir dans le ciel la courbe de

1. Image pathétique de Lucifer, le père de Céyx, qui abrite sa douleur derrière un nuage.
2. Alcyone.
3. Junon est la déesse protectrice des femmes mariées.
4. Parce qu'elle est l'épouse d'un mort, Alcyone est considérée comme souillée et ne peut approcher des temples.
5. Iris symbolise l'arc-en-ciel, le lien entre le Ciel et la Terre; elle porte un voile léger qui se colore au soleil des couleurs de l'arc-en-ciel.

son arc, elle se dirige, pour exécuter l'ordre, vers la demeure royale, que dissimule un nuage.

Il est près du pays des Cimmériens[1] une caverne profondément enfoncée dans les flancs d'une montagne ; c'est le mystérieux domicile du Sommeil paresseux ; jamais Phébus, ni à son lever, ni au milieu de sa course, ni à son coucher, n'y peut faire pénétrer ses rayons ; de sombres brouillards s'y dégagent de la terre ; il y règne une lumière douteuse comme celle du crépuscule. Là l'oiseau vigilant, couronné d'une crête, n'appelle point l'aurore par ses chants[2] : le silence n'est jamais rompu par la voix des chiens attentifs ni par celle de l'oie, dont l'oreille est plus subtile encore ; on n'entend ni bêtes sauvages, ni troupeaux, ni rameaux agités par les vents, ni voix humaines : aucun son bruyant ; c'est le séjour du repos muet ; seulement du pied de la roche sort un ruisseau de l'eau du Léthé[3], qui, coulant sur un lit de cailloux crépitants, invite au sommeil par son murmure. Devant l'entrée de la grotte fleurissent des pavots[4] féconds et des plantes innombrables, dont les sucs servent à la Nuit pour composer le charme soporifique qu'elle répand avec son humidité sur la terre obscure. Point de porte qui grince en tournant sur ses gonds ; il n'y en a pas une seule dans toute la demeure ; sur le seuil, point de gardien. Au milieu de l'antre s'élève un lit d'ébène, garni de coussins de

1. Le pays des Cimmériens est proche du pays des morts et est situé dans une contrée humide.
2. Périphrase désignant le coq.
3. Le Léthé est le fleuve de l'oubli.
4. Plante somnifère.

plumes, tous de la même couleur et recouverts d'un voile sombre ; c'est là que le dieu lui-même repose ses membres alanguis. Autour de lui sont couchés çà et là, revêtus de formes diverses, les Songes chimériques, aussi nombreux que les épis de la moisson, les feuilles de la forêt ou les sables rejetés par la mer sur le rivage. La vierge divine entre dans ce lieu, écartant de la main les songes qui lui font obstacle, et aussitôt l'éclat de sa robe illumine la demeure sacrée ; le dieu soulève à grand-peine ses paupières appesanties ; il retombe et retombe encore, tandis que son menton chancelant va frapper le haut de sa poitrine ; enfin il s'arrache à lui-même et, appuyé sur son coude, il demande à Iris (car il l'a reconnue) le motif de sa visite ; elle répond : « Sommeil, repos de la nature, Sommeil, de tous les dieux le plus doux, ô paix de l'âme, toi qui mets en fuite les soucis, toi qui soulages les corps épuisés par de durs travaux et répares leurs forces pour de nouvelles tâches, appelle les Songes qui savent le mieux imiter les formes véritables ; ordonne-leur d'aller à Trachine, la ville d'Hercule ; là, ils prendront la figure du roi, ils s'approcheront d'Alcyone et ils lui apparaîtront sous les traits du naufragé. Telle est la volonté de Junon. » Sa mission accomplie, Iris s'éloigne ; car elle ne pouvait pas résister plus longtemps à l'engourdissement ; quand elle sent le sommeil s'insinuer dans ses membres, elle s'enfuit et retourne aux cieux sur l'arc qui l'avait amenée [1].

Au milieu du peuple de ses mille enfants le dieu

1. Iris s'enfuit pour ne pas être gagnée par le sommeil.

réveille le plus habile imitateur de la figure humaine, Morphée [1]. Aucun autre ne reproduit avec plus d'art la démarche, le visage, la voix et jusqu'aux vêtements et aux propos les plus familiers de chaque personne ; mais il ne contrefait que les hommes. Un autre prend la forme d'une bête sauvage, d'un oiseau, d'un serpent au corps allongé ; celui-là, les dieux l'appellent Icélos, les mortels Phobétor [2]. Il en est un troisième qui se distingue encore par d'autres artifices, Phantasos [3], il se déguise en terre, en pierre, en eau, en bois, en toute espèce d'objets inanimés. Ces Songes ont coutume de se montrer, la nuit, aux rois et aux chefs ; d'autres parcourent les peuples et la plèbe. Leur père les laisse tous de côté ; entre tant de frères le Sommeil n'en choisit qu'un seul, Morphée, pour exécuter le message apporté par la fille de Thaumas [4] ; puis, cédant de nouveau à une douce langueur, il laisse retomber sa tête et l'enfouit dans les profondeurs de sa couche.

Morphée s'envole à travers les ténèbres sans que ses ailes fassent aucun bruit. En un instant il arrive dans la ville Hémonienne, et, déposant ses ailes, il prend les traits de Céyx ; sous cette nouvelle forme, livide, semblable à un cadavre, dépouillé de tout vêtement, il se dresse devant la couche de l'infortunée ; sa barbe paraît tout humide, on dirait que l'eau coule à

1. Le Sommeil, fils de la Nuit et père de Morphée, la « forme ».
2. Le Sommeil ne se déplace pas ; ses fils s'en chargent pour lui. Icélos (« le Semblable ») serait le nom divin de Phobétor (« le Cauchemar »).
3. Phantasos désigne le rêve.
4. Iris est la fille de Thaumas, fils de la Mer et de la Terre.

grosses gouttes de ses cheveux trempés. Alors, penché sur le lit, le visage inondé de larmes, il s'exprime ainsi : « Reconnais-tu Céyx, ô ma malheureuse épouse ? ou bien la mort a-t-elle trop changé mes traits ? Tourne vers moi tes regards ; tu me reconnaîtras ; mais au lieu de ton époux tu verras son ombre. Tes prières, Alcyone, ne m'ont apporté aucun secours ; je suis mort ; cesse de nourrir l'espoir chimérique de mon retour. L'Auster, assembleur de nuages, a surpris mon navire dans la mer Égée, et, après l'avoir ballotté au gré de son souffle terrible, il l'a mis en pièces ; ma bouche, qui répétait vainement ton nom à grands cris, a été envahie par les flots. Ce n'est pas un messager douteux qui t'apporte la nouvelle ; ce n'est pas par de vagues rumeurs que tu l'apprends ; c'est moi qui suis venu ici après mon naufrage, pour te faire connaître moi-même mon destin. Allons, lève-toi, donne-moi des larmes, revêts des habits de deuil et ne me laisse point partir, sans m'avoir pleuré, pour les ombres du Tartare. » Morphée avait dit ces mots d'une voix qu'Alcyone aurait prise pour celle de son époux ; il avait semblé verser des pleurs véritables et sa main même avait les gestes de Céyx. Alcyone gémit, elle répand des larmes et agite ses bras tout en dormant ; elle cherche à saisir un corps, elle n'embrasse que les airs ; elle s'écrie alors : « Reste ! où fuis-tu ? Nous partirons ensemble. »

Troublée par sa propre voix et par l'apparition de son époux, elle s'éveille et elle cherche tout d'abord si celui qu'elle vient de voir est encore là ; car ses serviteurs, alarmés par ses cris, avaient apporté de la lumière. Ne le trouvant nulle part, elle se frappe le visage, déchire ses vêtements sur sa poitrine et meurtrit sa poitrine même ; elle arrache ses cheveux sans prendre seulement la peine de les dénouer ; sa nourrice lui demande la cause d'une telle douleur : « C'en est fait, dit-elle c'en est fait d'Alcyone ; elle est morte avec son Céyx ; épargnez-moi vos consolations. Il a péri dans un naufrage ; je l'ai vu ; je l'ai reconnu ; quand il s'est éloigné, je lui ai tendu les mains pour le retenir. Ce n'était qu'une ombre, mais une ombre très reconnaissable, l'ombre véritable de mon époux. Son visage, pourtant, si tu veux tout savoir, n'avait pas son expression accoutumée, ni l'éclat dont il brillait auparavant. Céyx était pâle, nu, les cheveux encore ruisselants, lorsque pour mon malheur, je l'ai vu devant moi ; il était là, dans cet état pitoyable, à cette place même (et elle cherchait s'il n'y avait pas laissé de traces). Voilà, oui voilà bien ce que me faisaient redouter mes pressentiments ; je te suppliais de ne pas fuir loin de moi, de ne pas te confier aux vents. Au moins, puisque tu allais à la mort, que ne m'as-tu emmenée avec toi ? J'aurais eu tout avantage à te suivre : il n'y aurait pas eu dans ma vie un seul moment que je n'eusse passé avec toi et nous n'aurions pas été séparés dans la mort. Maintenant j'ai péri, quoique absente ; je suis aussi, quoique absente, le jouet des flots, et la mer, où je ne suis pas, me tient en son pouvoir. J'aurais un cœur plus cruel encore que la mer elle-même, si je m'efforçais de prolonger ma vie, si je luttais pour survivre à une si grande douleur. Mais non, je ne lutterai pas, je ne t'abandonnerai pas à ton malheur ; maintenant du moins je vais aller te retrouver ; un seul tombeau nous réunira, sinon dans la même urne, du moins dans la même inscription ; si mes ossements ne touchent pas les tiens, du moins mon nom touchera ton nom. » La douleur l'empêche d'en dire davantage ; entre toutes ses paroles elle se frappe la poitrine et des gémissements s'échappent de son cœur consterné.

Le matin venu, elle quitte sa demeure et se rend sur le rivage ; elle retourne désolée vers les lieux d'où elle avait vu partir son époux. Elle y reste immobile : « C'est ici, dit-elle, qu'il a levé l'ancre ; voici le rivage où il m'a donné, en me quittant, ses derniers baisers. » Tandis qu'elle se rappelle tout ce qu'elle a fait à cette place et qu'elle promène ses regards sur la mer, elle aperçoit à une grande distance sur la plaine liquide je ne sais quoi qui ressemble à un cadavre. D'abord on ne pouvait distinguer ce que c'était ; quand l'onde l'eut un peu rapproché, il devint évident, malgré l'éloignement, que c'était un cadavre. Elle ne savait encore qui elle voyait ; mais, comme c'était un naufragé, elle fut émue de ce présage ; elle donna une larme au mort, comme s'il était pour elle un inconnu. « Hélas ! je plains ton malheur, dit-elle, qui que tu sois, et celui de ton épouse, si tu en as une. » Poussé par les flots, le cadavre se rapproche encore ; plus elle le regarde et plus sa raison se trouble ; maintenant il est tout près de terre ; elle le voit assez bien pour pouvoir le reconnaître ; c'était son époux ! « C'est lui ! » s'écrie-t-elle ; en même temps elle déchire son visage, elle arrache ses cheveux, ses vêtements, et, tendant vers Céyx ses mains tremblantes, « Voilà donc, ô mon époux chéri, dit-elle, voilà dans quel état tu me reviens, infortuné ! »

Au bord des eaux s'élève une digue, construite par la main de l'homme, qui brise au loin le courroux de la mer et fatigue les assauts de ses vagues en les recevant la première. Alcyone y monte d'un bond ; et même (c'était un prodige qu'elle en fût capable), elle volait. Battant l'air léger avec des ailes qui venaient de lui naître, elle effleurait, oiseau lamentable, la surface des flots. En volant, elle poussait un cri qui ressemblait à un cri de détresse ; un son plaintif et perçant s'échappait de son bec effilé. Quand elle eut touché le corps muet et exsangue, elle entoura de ses ailes récentes les membres de celui qu'elle aimait et lui donna vainement avec son bec dur de froids baisers. Céyx l'avait-il senti, ou bien eut-il seulement l'air de soulever sa tête, qui cédait aux mouvements des vagues ? On se le demandait ; mais il l'avait bien senti. Enfin les dieux, émus de compassion, les changent en oiseaux tous les deux[1]. Soumis aux mêmes destins, leur amour est resté le même, leur fidélité conjugale n'a subi aucune atteinte depuis qu'ils sont oiseaux. Ils s'accouplent et se reproduisent ; pendant sept jours sereins de la saison d'hiver, Alcyone couve son nid suspendu sur les flots. Alors c'est en mer le calme plat. Éole tient les vents sous sa garde, il les empêche de sortir et il assure à ses petits-enfants des eaux tranquilles[2].

---

1. Les époux sont changés en alcyons, des plongeons (oiseaux palmipèdes).

2. Variante de la légende : les époux, se comparant au couple divin de Jupiter et Junon, ont été transformés en alcyons. Jupiter ordonna que leurs œufs soient protégés des vents pendant une

Ésaque.

Un vieillard, les ayant vus voler ensemble sur la vaste étendue des mers, admire cette tendresse qui les a unis jusqu'au bout. Un autre, ou peut-être le même, dit alors : « Vous voyez cet oiseau qui effleure les vagues et dont les jambes sont si grêles » (cet homme montrait un plongeon au long cou) ; « il est issu d'une famille royale. Si vous voulez suivre jusqu'à lui toute la série de ses ancêtres, les héros dont il descend furent Ilus, Assaracus, Ganymède, qu'enleva Jupiter, le vieux Laomédon et Priam, qui était destiné à voir les derniers jours de Troie ; il eut Hector pour frère [1]. S'il n'avait pas été, dans sa première jeunesse, victime d'une destinée extraordinaire, peut-être aurait-il acquis un renom qui ne le céderait pas à celui d'Hector ; mais Hector devait le jour à la fille de Dymas [2], tandis qu'Ésaque fut mis au monde secrètement, dit-on, dans les forêts de l'Ida par Alexirhoé, qu'avait engendrée le Granique aux deux cornes [3]. Ésaque détestait les villes ; il fuyait la cour brillante de son père ; il n'aimait que le séjour des montagnes solitaires et des campagnes où le faste est inconnu et il ne se mêlait que rarement aux

période déterminée dite « jours alcyoniens », jours sereins. La note finale ne manque pas de fantaisie : Ovide suggère que les œufs éclos seront les petits-fils d'Éole.

1. Généalogie légendaire prestigieuse : Ésaque est le fils illégitime de Priam et d'Alexirhoé ; Hector un des fils que Priam aurait eus de sa femme Hécube.

2. La mère d'Hector, Hécube, est la fille de Dymas, roi de Phrygie.

3. Cours d'eau de Phrygie, représenté, comme tous les fleuves, avec deux cornes.

sociétés d'Ilion[1]. Cependant il n'avait pas un cœur sauvage, dont l'amour ne pût triompher. Souvent il avait guetté dans les forêts Hespérie, fille de Cébrène[2]. Un jour il l'aperçoit sur la rive paternelle, qui avait laissé tomber ses cheveux sur ses épaules et les faisait sécher au soleil. À peine a-t-il vu la nymphe qu'elle prend la fuite, comme la biche effrayée fuit le loup au poil fauve, ou comme la cane des rivières fuit l'épervier qui l'a surprise loin de son étang. Le Troyen la poursuit; la crainte accélère les pas de la nymphe; l'amour, ceux du héros, et il la serre de près. Voilà que, caché dans l'herbe, un serpent a mordu de ses crocs le pied de la fugitive et y a laissé un venin qui l'envahit tout entière; elle cesse en même temps et de fuir et de vivre. Égaré, Ésaque prend dans ses bras ce corps inanimé; il s'écrie : "Je me repens, je me repens de t'avoir poursuivie; mais je n'avais point prévu un tel malheur et je ne voulais pas te conquérir à ce prix. Infortunée, nous avons été deux à causer ta perte; le serpent t'a blessée et moi je lui en ai donné l'occasion. Mais je suis plus coupable que lui; aussi je vais par ma mort t'offrir de quoi te consoler de ta mort[3]."

Il dit et du haut d'un rocher dont les vagues mugissantes avaient rongé la base il se jette dans la mer; Thétis, prise de pitié, lui adoucit sa chute en le recevant dans son sein; tandis qu'il nage sur les flots, elle

1. Troie.
2. Rivière de la Troade.
3. Brève légende qui reprend des motifs archétypaux de la mort d'Eurydice : fuite de la nymphe, piqûre de serpent, douleur de l'amant.

le couvre de plumes ; la mort qu'il souhaitait lui est refusée. L'amant s'indigne d'être forcé de vivre malgré lui et de trouver un obstacle qui retient son âme prête à s'échapper d'une si triste demeure ; avec les ailes qui viennent à peine de revêtir ses épaules il vole à une faible hauteur, puis de nouveau il se précipite sur les flots ; ses plumes l'y soutiennent. Alors Ésaque furieux s'enfonce, la tête la première dans l'abîme ; il cherche sans répit le chemin du trépas. L'amour l'a amaigri ; ses jambes se sont allongées entre leurs jointures ; il lui reste un long cou et une longue distance sépare sa tête de son corps ; il aime la mer ; le nom qu'il porte encore indique qu'il ne cesse de s'y plonger[1]. »

1. Transformation en plongeon.

Livre XII

Les Grecs à Aulis.

Ignorant qu'Ésaque vivait toujours sous les ailes qui le déguisaient, Priam, son père, pleurait sa mort. Un tombeau, où il n'y avait de lui que son nom, avait reçu d'Hector et de ses frères de vains honneurs funèbres. Pâris n'était point là pour remplir ce triste devoir [1] ; bientôt après il introduisait dans sa patrie, avec l'épouse qu'il avait enlevée, le fléau d'une longue guerre [2] ; il y est poursuivi par mille vaisseaux conjurés et par toutes les forces réunies du peuple Pélasge [3]. La vengeance n'eût subi aucun retard, si la fureur des vents n'avait rendu la mer impraticable et si la Béotie n'avait retenu à Aulis la poissonneuse les vaisseaux prêts à partir [4]. Là, suivant l'usage de leurs pères, les Danaens [5] préparaient un sacrifice à

1. Pâris est le fils cadet de Priam et Hécube.

2. Son épouse est Hélène avec laquelle il revient à Troie. Son rôle dans la guerre troyenne ne fut pas glorieux.

3. Les Pélasges sont les premiers occupants de la Grèce.

4. La Béotie est une région de la Grèce et Aulis un port de Béotie.

5. Autre désignation des premiers occupants de la Grèce, du nom de Danaos, ancien roi d'Argos.

Jupiter ; à peine la flamme allumée par leurs soins venait-elle de briller sur l'antique autel qu'ils voient un serpent d'une couleur sombre monter en rampant sur un platane qui se dressait près du lieu où la cérémonie venait de commencer. Il y avait dans un nid, au sommet de cet arbre, deux fois quatre oiselets ; le serpent les saisit et avec eux leur mère, qui volait autour de sa couvée perdue, et il les engloutit dans sa gueule avide. Tous sont frappés de stupeur. Alors le fils de Thestor [1], augure habile à lire dans l'avenir : « Nous vaincrons, dit-il, réjouissez-vous, Pélasges ; Troie tombera, mais nos fatigues seront de longue durée. » Et il explique que ces neuf oiseaux présagent autant d'années de guerre. Le reptile, dans l'attitude où il se trouvait, enlaçant de ses replis les verts rameaux de l'arbre, est changé en pierre ; il se perpétue dans un bloc en forme de serpent [2].

Iphigénie.

Nérée [3] continue à déployer ses violences dans les eaux d'Aonie et il refuse de transporter les guerriers ; il en est qui croient que Neptune épargne Troie, parce qu'il a construit les murs de cette ville. Mais tel n'est pas l'avis du fils de Thestor ; il sait et déclare qu'il faut le sang d'une vierge pour apaiser le courroux de la déesse vierge. Lorsque l'intérêt public

---

1. Le devin Calchas.
2. La pétrification du serpent fixe la durée de la guerre dans la pierre.
3. Vieillard de la Mer, divinité marine plus ancienne que Neptune.

a vaincu la tendresse d'Agamemnon[1] pour sa fille, lorsque le roi a vaincu le père et qu'Iphigénie, prête à donner son sang pur, a pris place devant l'autel parmi les prêtres en larmes, la déesse est vaincue à son tour ; elle étend un nuage devant tous les yeux et pendant la cérémonie, au milieu du tumulte du sacrifice, au milieu du bruit des prières, elle remplace, dit-on, par une biche la jeune fille de Mycènes[2]. Alors Diane ayant été désarmée par cette victime mieux faite pour elle et la colère des flots étant tombée avec celle de Phébé[3], les mille vaisseaux reçoivent les vents en poupe et, après bien des épreuves, ils abordent sur la plage de la Phrygie[4].

La Renommée.

Il est au milieu de l'univers, entre la terre, la mer et les régions célestes, sur les limites de ces trois mondes, un lieu d'où l'on voit tout ce qui se passe dans tous les pays, même les plus éloignés, et où toutes les voix pénètrent dans les oreilles prêtes à les recevoir. C'est là qu'habite la Renommée. Elle a choisi, pour y établir sa résidence, un sommet élevé ; elle a fait percer autour de sa demeure des avenues innombrables, mille ouvertures diverses ; mais il n'y a pas une seule porte pour en fermer l'accès ; nuit et jour cette demeure est ouverte. Elle est tout entière d'un bronze sonore ; tout entière elle vibre, elle renvoie

1. Le roi par excellence, celui d'Argos, parfois de Mycènes, et père d'Iphigénie.
2. Iphigénie.
3. Probablement une des Titanides, filles d'Ouranos.
4. En quelques vers, Ovide renvoie à la tragédie d'Euripide.

les paroles et répète ce qu'elle entend. À l'intérieur pas un coin où règnent le calme et le silence. Pourtant ce ne sont point des cris, mais de sourds murmures, semblables à ceux de la mer, entendus de loin, ou aux derniers grondements que produit le tonnerre, lorsque Jupiter a entrechoqué les sombres nuages. Toute une foule se presse dans l'atrium ; un peuple léger y va et vient ; mille fausses nouvelles y circulent en tous sens, mêlées aux vraies, et on entend rouler des paroles confuses. Parmi ces rumeurs les unes remplissent de leurs récits les oreilles des oisifs, les autres colportent ailleurs ce qui se dit ; les mensonges vont en croissant et tout conteur nouveau qui garantit la vérité de ce qu'il a appris y ajoute quelque chose. Là résident la Crédulité, l'Erreur téméraire, la Fausse Joie, la Terreur à l'air consterné, la Sédition prompte à se déchaîner, les Chuchotements d'origine douteuse. La Renommée voit par elle-même tout ce qui s'accomplit dans le ciel, dans la mer et sur la terre ; elle surveille l'univers entier.

Achille et Cygnus.

Elle avait répandu la nouvelle que des vaisseaux grecs arrivaient, chargés de vaillants soldats. Aussi, quand l'ennemi se présente en armes, il ne cause point de surprise ; les Troyens s'opposent au débarquement et défendent leurs côtes. Comme le voulait le destin, tu tombes le premier, Protésilas[1], sous la

1. Un oracle avait prédit la mort du premier Grec qui mettrait pied à terre à Troie : ce fut Protésilas qui se sacrifia.

lance d'Hector. Le combat qui s'engage coûte cher aux Danaens et la mort d'un si brave guerrier leur fait connaître Hector. Mais les Phrygiens à leur tour apprennent par de lourdes pertes ce que peut le bras des Achéens. Déjà le sang rougissait le rivage de Sigée; déjà le fils de Neptune, Cygnus, avait immolé mille combattants; déjà Achille, monté sur son char, pressait les Troyens et renversait des bataillons entiers sous les coups de sa lance du Pélion[1]; à travers les rangs opposés il cherchait Cygnus ou Hector. Il rencontre Cygnus. Hector était ajourné à dix ans. Alors il excite les coursiers dont la blanche encolure supporte le joug de son char, il les dirige contre l'ennemi et, brandissant un javelot de toute la force de son bras : « Qui que tu sois, jeune homme, dit-il, console-toi de mourir, puisque tu tombes victime de l'Hémonien Achille[2]. »

Le petit-fils d'Éaque n'en dit pas davantage; un lourd javelot suit ses derniers mots. Mais, quoique le javelot lancé d'une main sûre n'ait pas manqué son but, la pointe de fer reste inefficace et ne fait que heurter d'un coup qui s'émousse la poitrine du héros. « Fils d'une déesse, dit Cygnus, car la Renommée m'a déjà appris qui tu es, pourquoi t'étonnes-tu de ne pas m'avoir blessé ? » (Achille s'en étonnait en effet). « Ni ce casque que tu vois, couvert d'une fauve crinière de cheval, ni ce bouclier creux qui charge mon bras gauche ne me sont d'aucun secours; je ne m'en sers

1. La lance d'Achille a été coupée par le Centaure Chiron sur le Pélion.

2. L'Hémonie est l'ancien nom de Thessalie.

que comme d'un ornement. Mars même n'a point d'autre but lorsqu'il revêt ses armes ; je serais dépouillé de cette protection que je n'en sortirais pas moins du combat sans blessure. C'est quelque chose d'être né, non pas d'une Néréide, mais du dieu qui commande à Nérée, à ses filles et à toutes les mers[1]. »

Il dit et il lance contre le petit-fils d'Éaque un trait qui aurait dû rester planté sur la courbe de son bouclier. Il en perce le bronze et les neuf premières peaux de bœufs[2] ; mais il s'arrête sur la dixième. Le héros l'arrache et de sa main vigoureuse il brandit de nouveau un trait frémissant ; de nouveau le corps de son adversaire reste sans blessure, intact. Cygnus était toujours découvert, il s'offrait aux coups ; un troisième dard ne peut pas davantage l'entamer. Achille est enflammé de colère, comme le taureau qui, dans l'immense arène du cirque, frappe de sa corne terrible l'étoffe de pourpre qu'on lui présente pour l'irriter et sent que ses coups ne portent pas. Cependant le héros regarde si le fer de son javelot ne serait pas tombé ; le fer était bien assujetti au bois : « Est-ce donc, s'écrie-t-il, mon bras qui est trop faible ? A-t-il perdu contre un seul adversaire sa vigueur d'autrefois ? Car enfin j'étais plein de force, quand j'ai, le premier, renversé les murs de Lyrnèse, quand j'ai inondé du sang de leurs habitants Ténédos

1. Cygnus fait valoir sa filiation : Achille n'est que le fils de la Néréide Thétis, alors que lui est le fils de Neptune, le dieu tout-puissant de la mer, qui commande à Nérée et aux Néréides.

2. Le bouclier est fait d'un assemblage de peaux de bœuf cousues l'une sur l'autre puis recouvertes par une plaque de bronze.

et Thèbes, la ville d'Eétion, quand les flots du Caïque s'empourprèrent du carnage de ses peuples, quand Télèphe sentit deux fois la vertu de ma lance[1]. Ici même tant de cadavres que j'ai amoncelés, que je vois sur le rivage, attestent ce que j'ai pu faire, ce que je puis toujours faire. » Il dit et, comme s'il n'avait pas assez de confiance dans ses exploits passés, il lance un javelot contre Ménétès, un obscur Lycien qui se trouvait devant lui ; il transperce du même coup sa cuirasse et le sein qu'elle couvre, le guerrier moribond frappe lourdement le sol de sa tête. Achille arrache le trait de la blessure encore chaude et s'écrie : « Oui, voilà bien le bras, voilà le javelot qui naguère m'ont donné la victoire ; je vais les tourner contre mon nouvel ennemi ; puissent-ils, ô dieux, avoir le même succès ! » À ces mots il lance son arme contre Cygnus ; le frêne[2] ne s'égare pas ; il va frapper avec bruit l'épaule gauche du héros, qui ne l'a point évité ; il en est repoussé comme d'un mur ou d'une roche massive. Pourtant, à l'endroit qu'Achille a atteint, il a vu sur le corps de Cygnus une tache de sang et il s'en est réjoui, mais vainement ; il n'y avait pas là de blessure ; ce sang était celui de Ménétès.

Alors, frémissant, il se précipite du haut de son char et, tenant à la main son épée étincelante, il attaque de près son ennemi impassible. Il voit qu'il a

---

1. Ovide résume en quelques lignes la geste passée d'Achille : expéditions des Grecs pendant le siège de Troie contre deux cités de Mysie, Lyrnèse et Thèbes, où régnait Eétion, le père d'Andromaque ; ravage de la région où régnait Télèphe, le fils d'Hercule. Il fut blessé d'un coup de lance par Achille et guéri par cette même lance.

2. Métonymie qui désigne le javelot.

bien percé le bouclier et le casque, mais aussi que son fer s'émousse sur ce corps si dur. Il n'en peut supporter davantage ; avec son bouclier, qu'il ramène à lui, et avec le pommeau de son épée il frappe trois ou quatre fois son adversaire au visage et sur la cavité des tempes. Le voyant reculer, il le poursuit, le presse, le trouble, le charge et ne le laisse pas revenir de son étonnement. La terreur s'empare de Cygnus ; devant ses yeux flotte un voile de ténèbres ; tandis qu'il fuit à reculons, il rencontre sous ses pas une pierre au milieu de la plaine. Achille le pousse contre l'obstacle, le renverse violemment en arrière sur le dos et le cloue à terre. Puis, lui écrasant la poitrine avec son bouclier et ses durs genoux, il tire sur les courroies qui maintenaient le casque du guerrier ; passées sous son menton elles l'étranglent, lui coupent la respiration et ferment tout passage au souffle vital. Achille se préparait à dépouiller le vaincu ; il ne voit plus que les armes qu'il a laissées ; le dieu des mers a fait de son corps cet oiseau au blanc plumage dont naguère il portait le nom[1].

Cénée.

Ces fatigues, ce combat sont suivis d'un repos de plusieurs jours. Chacun des deux partis, déposant les armes, a suspendu ses attaques. Une garde vigilante fait le guet sur les murs des Phrygiens ; une garde vigilante fait le guet sur les tranchées des Argiens. Cependant on était arrivé au jour de fête où Achille, vainqueur de Cygnus, immolait une génisse à

1. Cygnus devient le cygne.

Pallas[1] pour se concilier sa faveur. Il avait posé sur la flamme des autels les viandes en morceaux et leur fumet agréable aux dieux s'élevait dans les airs ; une part est offerte en sacrifice, le reste servi sur les tables. Alors les chefs s'étendent sur les lits ; ils se repaissent des chairs rôties et apaisent avec du vin leurs soucis et leur soif. Ils ne font appel pour se divertir, ni à la cithare, ni aux chants, ni à la longue flûte de buis percée de trous ; mais ils consacrent toute la nuit à un long entretien qui a pour sujet la vertu guerrière. Ils redisent leurs exploits et ceux de l'ennemi ; ils se plaisent à rappeler, à tour de rôle, les nombreux dangers qu'ils ont courus et dont ils ont triomphé. De quoi en effet Achille et les convives du grand Achille parleraient-ils plus volontiers ? Sa dernière victoire, celle qu'il vient de remporter sur Cygnus, est le sujet principal de la conversation. Tous s'étonnent qu'aucune arme n'ait pu entamer le corps de ce guerrier, qu'il ait été invulnérable et assez dur pour émousser le fer.

Le petit-fils d'Éaque tout le premier et, avec lui, les Achéens manifestaient leur surprise, quand Nestor s'exprime ainsi : « Parmi les hommes de votre âge le seul qui ait pu dédaigner les atteintes du fer et rester impénétrable à tous les coups, ce fut Cygnus. Mais moi-même autrefois j'en ai vu un dont le corps pouvait recevoir mille traits sans en être blessé ; c'était Cénée de Perrhébie, ce Cénée de Perrhébie, célèbre par ses hauts faits, qui habitait l'Othrys[2]. Et ce qui

---

1. Déesse de la guerre.
2. La Perrhébie était un canton et l'Othrys une montagne de Thessalie.

chez lui rendait ce don plus merveilleux encore, c'est qu'il était né femme. » À l'idée de ce prodige extraordinaire l'attention des assistants est surexcitée ; tous demandent à Nestor de le raconter, et avec eux Achille : « Va, parle ; nous voulons tous t'entendre, éloquent vieillard, sagesse de notre siècle ; dis-nous qui était ce Cénée, pourquoi il changea de sexe, dans quelle guerre, sur quels champs de bataille tu le connus, par qui il fut vaincu, s'il fut jamais vaincu par personne. »

Alors le vieillard : « Le poids de l'âge est pour moi un grand obstacle ; j'ai oublié bien des choses que j'ai vues dans ma jeunesse ; cependant il en est un plus grand nombre dont je me souviens encore ; et, entre tant d'épisodes de la guerre et de la paix aucun n'est resté plus profondément gravé dans ma mémoire. Si jamais un homme a pu, grâce à une longue vieillesse, être témoin de beaucoup d'événements, c'est bien moi, qui ai vécu deux cents ans ; j'en suis maintenant au troisième âge de ma vie[1].

Cénis, fille d'Élatus, était célèbre par sa beauté[2] ; elle éclipsait toutes les vierges de la Thessalie et dans les villes voisines, dans les tiennes, Achille (car elle était de ton pays), une foule de prétendants la souhaitaient vainement pour compagne. Peut-être Pélée eût-il aussi cherché à la faire entrer dans sa couche ;

1. Nestor était fils de Nélée et de Chloris, une fille de Niobé. Pour compenser la mort des enfants de Niobé, Apollon dote Nestor du nombre d'années correspondant : il touche à son troisième siècle.

2. Cénée est la fille d'Élatus, roi d'Arcadie.

mais déjà ta mère lui avait été donnée ou promise pour épouse. Cénis ne s'unit à aucun homme par les liens du mariage. Un jour qu'elle errait sur des bords écartés, le dieu des mers lui fit violence, disait la Renommée. Lorsque Neptune eut goûté les plaisirs de cet amour nouveau : "Tu peux, dit-il, faire un souhait, quel qu'il soit, sans avoir à craindre de le voir repousser ; choisis celui que tu voudras." Et voici ce que racontait encore la Renommée : "L'affront que j'ai subi, répond Cénis, m'inspire un souhait extraordinaire : je voudrais qu'il me fût désormais impossible de subir rien de semblable ; permets-moi de ne plus être femme et tu auras comblé tous mes désirs." Elle avait prononcé ces derniers mots d'une voix plus grave ; on pouvait croire que c'était une voix d'homme et on ne se serait pas trompé ; car déjà le dieu de la mer profonde avait consenti et de plus il avait accordé au jeune homme le don d'être à jamais invulnérable et de ne pouvoir succomber aux atteintes du fer. Le héros d'Atrax [1] s'en va tout joyeux de ce privilège ; désormais il consacre sa vie à des travaux virils, en parcourant les campagnes du Pénée.

1. Cénée est désigné par le nom d'une ville de Thessalie. Il se livre désormais à la chasse.

Combats des Lapithes et des Centaures.

Le fils de l'audacieux Ixion avait épousé Hippodamé, et il avait invité les sauvages fils de la Nuée[1] à s'étendre devant la longue rangée des tables dans un antre qu'un bois cachait sous ses ombrages. Les chefs de l'Hémonie[2] étaient là ; j'y étais moi-même ; le bruit d'une foule tumultueuse retentissait dans le palais en fête. Voilà que l'on chante l'Hyménée[3] ; la fumée des feux sacrés s'élève dans l'atrium ; entourée d'un cortège de mères de famille et de jeunes femmes, la vierge arrive, éclatante de beauté. Nous proclamons Pirithoüs heureux de s'unir à une telle épouse[4] ; mais il s'en fallut de peu que ce présage ne reçût un démenti. Car ton cœur, ô Eurytus, le plus sauvage des sauvages Centaures[5], échauffé par le vin, s'enflamme encore à la vue de la jeune fille et le désir s'ajoute en toi aux fureurs de l'ivresse. En un instant tout est en désordre dans le festin ; les tables sont renversées et la nouvelle épouse est traînée brutalement par les cheveux. Comme Eurytus ravit Hippodamé, chaque Centaure ravit celle qui lui plaît et comme il peut ;

1. Pirithoüs, fils d'Ixion qui avait tenté de violenter Junon. Les Centaures sont fils d'Ixion et de Néphélé, la Nuée à laquelle Jupiter avait donné la forme de Junon. Les Lapithes sont un peuple thessalien issu du fleuve Pénée. La fille de Pénée s'unit à Apollon et leur fils, Lapithès, devient le héros des Lapithes.

2. Voir note 2, p. 88.

3. Le mariage.

4. Les noces de Pirithoüs et d'Hippodamé.

5. L'un des Centaures, sous l'effet du vin, tenta de violer Hippodamé et déclencha la Centauromachie qui se conclut par la victoire des Lapithes.

on aurait cru voir une ville prise d'assaut. La demeure retentit des cris des femmes. Aussitôt nous nous levons tous, et, le premier, Thésée[1] s'écrie : "Quelle est donc cette folie qui t'agite, Eurytus, que tu oses, moi vivant, provoquer Pirithoüs ? Ignores-tu que l'outrager c'est nous outrager tous les deux ?" Pour que ses paroles ne restent pas sans effet, le héros magnanime écarte les Centaures menaçants et arrache à leurs fureurs les victimes qu'ils entraînent. Eurytus ne répond rien ; car les mots lui manquent pour justifier une telle conduite ; mais de ses mains impudentes il frappe le visage et meurtrit la poitrine du noble défenseur.

Il se trouvait là un antique cratère[2] que rehaussaient des figures en relief ; plus puissant encore que cette masse, le fils d'Égée[3], dressé sur ses pieds, la soulève et la lance à la tête de son adversaire. Celui-ci vomissant à la fois par sa blessure et par sa bouche sa cervelle mêlée à des flots de sang et de vin, tombe sur le dos et bat de ses talons le sable humide. Le meurtre de leur frère enflamme de colère les monstres à la double nature ; tous d'une seule voix crient : "Aux armes, aux armes !" Le vin excitait leurs courages ; aussitôt, pour commencer le combat, ils lancent à la volée les coupes, les cruches fragiles, les bassins arrondis ; tout ce qui avait servi jusque-là au festin sert maintenant à la guerre et au carnage.

1. Les Lapithes sont conduits par Pirithoüs et Thésée.
2. Vase à deux anses.
3. Thésée est le fils d'Égée.

Le premier, le fils d'Ophion, Amycus [1], ne craint pas de dépouiller le sanctuaire domestique des offrandes qui l'ornaient. Le premier, il saisit dans le palais un candélabre garni d'une multitude de flambeaux resplendissants. Il le soulève au-dessus de sa tête comme fait le sacrificateur [2] qui se prépare à fendre avec sa hache le cou d'un blanc taureau et il le laisse retomber sur le front du Lapithe Céladon, brisant ses os confondus dans sa figure méconnaissable. Les yeux ont jailli hors des orbites ; les os de la face sont fracassés, au point que le nez, repoussé en arrière, est venu se fixer au milieu du palais. Pélatès de Pella arrache le pied d'une table en bois d'érable ; il abat le Centaure qui, le menton pendant sur sa poitrine, crache ses dents, mêlées à un sang noir, puis, d'un second coup, il l'envoie vers les ombres du Tartare.

Debout près de là, Grynée jette un regard terrible sur l'autel qui fume encore : "Pourquoi, dit-il, ne pas m'en servir ?" Aussitôt il soulève l'énorme autel avec le feu qui le couvre ; il le lance au milieu de la troupe des Lapithes et il en écrase deux, Brotéas et Orios ; Orios avait pour mère Mycalé [3], dont les incantations, assurait-on, avaient bien des fois vaincu la résistance du croissant de la lune et l'avaient forcé à descendre sur la terre [4]. "Tu ne resteras pas impuni, si seulement je trouve une arme", s'écrie Exadius ; et il se fait une

1. Commence un catalogue de cinquante-trois noms de Centaures et vingt-trois noms de Lapithes.
2. Prêtre préposé aux sacrifices.
3. Orios signifie Montagnard.
4. On prêtait aux magiciennes, comme Mycalé, le pouvoir de provoquer des éclipses.

arme d'un bois de cerf, offrande votive exposée au sommet d'un pin [1]. Il enfonce les deux cornes dans les orbites de Grynée et lui arrache les yeux ; l'un demeure fixé à une des cornes ; l'autre roule sur la barbe, où le sang coagulé qui l'entoure le retient suspendu.

Mais voilà que Rhoetus saisit au milieu d'un autel un tison embrasé et qu'il en frappe la tempe droite de Charaxus, couverte de blonds cheveux. La flamme rapide gagne la chevelure, qu'elle dévore comme une moisson sèche ; le sang qui coule de la blessure produit en se consumant un sifflement terrible, comme le fer rougi au feu, lorsque l'ouvrier, l'ayant retiré avec ses pinces recourbées, le plonge dans un seau ; ainsi le métal, aussitôt trempé, frémit et siffle dans l'eau qui s'attiédit. Le blessé secoue de ses cheveux hérissés la flamme dévorante. Il arrache de terre et charge sur ses épaules le seuil qui eût été un fardeau suffisant pour un chariot ; mais tel en est le poids qu'il ne parvient pas à le lancer contre son ennemi ; l'énorme masse de pierre va même écraser son compagnon Cométès, qui était plus rapproché de lui. Rhoetus ne se tient pas de joie : "Puissent, s'écrie-t-il, tous tes camarades, employer aussi bien leur force !" Avec son tison à moitié brûlé il revient à la charge contre Charaxus ; en trois ou quatre coups violemment assenés il lui brise la jointure de la nuque et enfonce les os de son crâne dans sa cervelle qui s'écoule au-dehors. Après cette victoire, il marche

1. Ex-voto consacré à Diane après l'issue heureuse d'une chasse.

sur Évagrus, Corythus et Dryas. En voyant tomber Corythus, dont les joues étaient à peine couvertes de leur premier duvet, Évagrus crie au Centaure : “Quelle gloire as-tu conquise pour avoir abattu cet enfant ?” Rhoetus ne lui laisse pas le temps d’en dire davantage ; férocement il plonge le tison rouge de flamme dans sa bouche ouverte pour parler et, par la bouche, dans sa poitrine. Toi aussi, terrible Dryas, il te poursuit en faisant tournoyer ses feux autour de ta tête ; mais contre toi il n’obtient pas le même succès ; il triomphait d’avoir partout répandu le carnage lorsque, à l’endroit où le cou se joint à l’épaule, tu la perces de ton épieu, que la flamme a durci. Rhoetus gémit ; il arrache l’épieu à grand-peine de l’os résistant et il s’enfuit, trempé de son propre sang. Avec lui prennent la fuite Ornéus, Lycabas, Médon, blessé à l’épaule droite, Pisénor, Thaumas, Merméros, qui naguère, dans la course à pied, avait vaincu tous ses rivaux, mais qui alors marchait lentement, retardé par une blessure ; puis Pholus, Mélanée, Abas, chasseur de sangliers, et celui qui avait vainement détourné ses compagnons de ce combat, l’augure Astylos. C’est lui encore qui, voyant Nessus se dérober aux coups, lui dit : “Tu n’as pas besoin de fuir ; tu es réservé à l’arc d’Hercule[1].” Mais Eurynomus, Lycidas, Aréos et Imbreus n’échappent pas à la mort ; la main de Dryas les atteint tous de face. Toi aussi, Crénéus, tu es frappé de face, quoique tu aies en fuyant tourné le dos à ton ennemi ; car tandis que tu jetais un regard

1. Nessus fut tué par Hercule au moment où le Centaure tentait de lui ravir Déjanire (*Les Métamorphoses*, IX, 101-133).

derrière toi, tu reçois la lourde pointe de son fer entre les deux yeux, à l'endroit où le nez se joint au bas du front.

Au milieu de ce tumulte, Aphidas était toujours couché, engourdi jusqu'au fond des veines et plongé dans le sommeil ; d'une main languissante il tenait une coupe de vin trempé et il reposait mollement sur la dépouille velue d'une ourse de l'Ossa [1]. Rien ne lui sert de ne point se battre ; car Phorbas, qui l'a aperçu de loin, passe ses doigts dans la courroie de son javelot : “Va-t'en mêler, dit-il, l'eau du Styx au vin que tu voulais boire” ; et, sans perdre un instant, il lance son javelot contre le jeune Centaure étendu sur le dos ; le frêne armé de fer lui transperce le cou dans la posture où il se trouvait. Aphidas ne se sent pas mourir ; sa gorge s'emplit d'un sang noir, qui coule à flots sur son lit et jusque dans sa coupe.

J'ai vu de mes yeux Pétréus, s'efforçant de soulever de terre un chêne chargé de glands. Il entourait le tronc de ses bras, il le secouait tantôt d'un côté, tantôt de l'autre, il l'agitait et l'ébranlait, quand la lance de Pirithoüs, lui traversant les côtes, cloue sa poitrine contre la dure surface de l'arbre avec lequel il luttait. Pirithoüs abattit, dit-on, Lycus sous sa main vaillante. Pirithoüs abattit encore Chromis ; mais ces deux victimes valurent à leur vainqueur moins de gloire que Dictys et Hélops. Hélops succomba à un coup de javelot qui lui traversa les tempes et pénétra de l'oreille droite à l'oreille gauche. Dictys descendait d'une montagne, escarpée sur ses

1. L'Ossa est une Nymphe.

deux flancs ; tandis qu'il fuyait tout tremblant le fils d'Ixion lancé à sa poursuite, il tomba sur la tête, brisa sous le poids de son corps un orne[1] immense et en couvrit les débris de ses entrailles.

Apharée se présente pour le venger ; il arrache un rocher sur la montagne et s'efforce de le lancer. Mais en ce moment le fils d'Égée le prévient. Avec le tronc d'un chêne il brise les os énormes de son coude ; puis, sans perdre le temps ou la peine d'achever ce corps désormais impuissant, il saute sur le gigantesque Biénor, dont la croupe jusque-là n'avait jamais porté que lui-même[2] ; il presse ses côtes du genou ; il tire en arrière sa chevelure, qu'il a saisie de la main gauche, et, avec le tronc noueux du chêne, il fracasse son visage, son front menaçant et les dures parois de ses tempes. Avec ce même tronc il renverse encore Nédymnus, Lycopès, habile à lancer le javelot, Hippase, dont une longue barbe cache la poitrine, Rhiphée, qui dépasse la cime des forêts, Thérée, qui capturait les ours sur les monts de l'Hémonie et les emmenait dans sa demeure vivants et révoltés. Démoléon ne peut souffrir plus longtemps de voir Thésée jouir de ses succès ; il fait de grands efforts pour arracher, avec tout un buisson, un vieux pin ; ne pouvant y parvenir, il le brise et le lance contre son ennemi. Mais Thésée se détourne et il évite ainsi le coup qui le menaçait. Il le dut à un avis de Pallas, comme il l'affirmait lui-même ; cependant la

1. Variété de frêne.

2. Les Centaures, dont le bas du corps est une croupe de cheval, ne se distinguent les uns des autres que par leur buste d'homme.

chute de l'arbre n'a pas été sans effet; car en tombant sur Crantor, un guerrier de haute taille, il lui tranche la gorge, qu'il sépare de sa poitrine et de son épaule gauche. Ce Crantor avait été l'écuyer de ton père, Achille; le roi des Dolopes[1], Amyntor, vaincu dans une guerre par le fils d'Éaque, le lui avait donné comme un gage de paix, comme un otage.

De loin Pélée aperçoit son corps coupé en deux par cette hideuse blessure : "Eh ! bien, dit-il, voici du moins pour toi une victime expiatoire, ô Crantor, toi que je chérissais entre tous les jeunes hommes; reçois-la de ma main"; et d'un bras vigoureux, dont sa colère augmente encore sa force, il lance contre Démoléon son javelot de frêne; le trait traverse la cage, les côtes et se fixe en tremblant dans les os. Le Centaure retire de la plaie le bois sans la pointe; le bois même a de la peine à venir; quant à la pointe elle est restée dans le poumon. Mais la souffrance a surexcité sa fureur; malgré sa blessure, il se dresse sur l'homme qui l'attaque et le foule sous ses pieds de cheval. Pélée reçoit les coups retentissants sur son casque et sur son bouclier; il protège ses épaules de ses armes tendues en avant, puis d'un seul coup allongé à travers le flanc du Centaure, il transperce ses deux poitrines. Déjà auparavant Pélée avait abattu de loin Phlégréos et Hylès; de près, Iphinoüs et Clanis. Il y ajoute Dorylas, qui portait sur sa tête pour coiffure une peau de loup et, à la main, en guise de trait meurtrier, des cornes de bœuf recourbées, que

1. Les Dolopes sont un peuple de Thessalie. Amyntor est vaincu par Pélée, le père d'Achille.

des flots de sang avaient déjà rougies. Je lui dis alors[1] (car la colère me donnait des forces) : “Tu vas voir que tes cornes ne valent pas mon fer” ; et je brandis mon javelot ; ne pouvant l'éviter, il met sa main droite devant son front, qui allait recevoir le coup. Sa main est percée en même temps que son front ; un cri s'élève ; tandis que le Centaure est ainsi cloué et réduit à l'impuissance par sa cruelle blessure, Pélée, qui se trouvait plus près de lui, le frappe de son épée au milieu du ventre. Dorylas fait un bond ; ce monstre sauvage traîne ses entrailles sur le sol ; en les traînant il les foule aux pieds ; en les foulant aux pieds il les déchire, il s'y prend les jambes et enfin il tombe à terre, le ventre vidé[2].

Au milieu de cette bataille, ta beauté, Cyllare, ne peut te sauver, si toutefois la beauté nous paraît compatible avec une nature comme la tienne. Ce Centaure avait une barbe naissante, une barbe de couleur dorée, et une chevelure dorée flottait depuis ses épaules jusqu'au milieu de ses flancs. Son visage avait un air de grâce et de force ; son cou, ses épaules, ses bras, sa poitrine et tout ce qui en lui était de l'homme, rappelaient les chefs-d'œuvre de l'art ; au-dessous de son buste les formes du cheval n'étaient pas moins impeccables, moins parfaites que celles qu'il tenait de l'homme ; donnez-lui une encolure et une tête et il sera digne de Castor, tant ses reins offrent une bonne assiette, tant les muscles font saillie sur son poitrail ;

1. C'est bien Nestor qui est le narrateur du combat auquel lui-même a participé.

2. La barbarie des détails ne doit pas faire oublier que l'ensemble du récit est inspiré de sculptures antiques.

tout son corps est plus noir que la poix la plus sombre, mais sa queue est blanche et blanches sont aussi ses jambes. Beaucoup de jeunes filles de sa race ont cherché à lui plaire ; une seule a gagné son cœur : Hylonomé, la plus belle de toutes celles qui ont jamais habité dans les hautes forêts au milieu de ces monstres à demi-bêtes ; seule elle a su s'attacher Cyllare par ses caresses, par son amour et par ses déclarations d'amour. Elle prend de son corps tous les soins que comporte sa nature ; elle lisse sa chevelure avec un peigne ; elle se fait des guirlandes tantôt de romarin, tantôt de violettes ou de roses ; parfois elle se couronne de lis éclatants de blancheur ; deux fois par jour elle baigne son visage dans les sources qui jaillissent des sommets boisés de Pagase, deux fois elle plonge son corps dans leurs eaux ; elle sait choisir les peaux de bêtes les plus seyantes pour en couvrir son épaule ou son flanc gauche. Tous deux sont unis l'un à l'autre par un amour égal ; ils errent ensemble sur les montagnes, ensemble ils pénètrent dans les grottes[1]. Ils venaient alors de se rendre côte à côte à la demeure du Lapithe et côte à côte ils prenaient part à cette lutte sauvage. Un javelot lancé par un inconnu arrive du côté gauche et il te frappe, Cyllare, au-dessous du point où la poitrine se joint au cou. Le cœur n'est atteint que d'une blessure légère, et pourtant, le trait retiré, il se glace avec tout le reste du corps. Aussitôt Hylonomé reçoit dans ses bras les membres du

1. Cette représentation idyllique rappelle certaines peintures de Pompéi ou d'Herculanum.

mourant ; elle met sa main sur la blessure, qu'elle cherche à fermer ; elle approche sa bouche de la bouche de Cyllare et elle essaie de barrer le passage à son âme qui s'enfuit. Enfin, quand elle le voit mort, elle laisse échapper des paroles que les cris des combattants empêchent de parvenir jusqu'à mes oreilles ; puis elle se jette sur la pointe de l'arme qui a percé son époux et, mourante elle-même, elle l'enlace de ses bras.

Il me semble voir encore ce Phaeocomès qui avait réuni six peaux de lions, attachées l'une à l'autre par des nœuds, et qui en couvrait à la fois son double corps d'homme et de cheval ; il lance une souche que deux paires de bœufs attelés auraient à peine remuée et il en écrase, de la tête aux pieds, Tectaphos, fils d'Olénos. [Son crâne aux contours énormes est fracassé ; par sa bouche, par les cavités de ses narines, par ses yeux et ses oreilles s'écoule la molle substance de sa cervelle comme le lait coagulé fuit d'un clayon[1] en baguettes de chêne, ou comme le liquide, sous la pression d'un poids, traverse la surface perforée du crible et s'échappe en gouttes épaisses par les trous serrés[2].] Alors moi, voyant que le Centaure s'apprête à dépouiller son ennemi couché à ses pieds (ton père le sait bien), je plonge mon épée jusqu'au fond de ses entrailles. Mon épée renverse encore Chthonius et Télébous ; le premier s'était armé d'une branche fourchue, le second d'un javelot ; avec ce

1. Détails d'un réalisme prosaïque : le clayon est un petit treillis d'osier à claire-voie.

2. Le crible est une sorte de passoire.

javelot il me fit une blessure ; tu en vois la trace ; l'ancienne cicatrice est encore apparente. C'est alors qu'on aurait dû m'envoyer au siège de Pergame[1] ; alors j'aurais pu, sinon surpasser, du moins retarder les prouesses du grand Hector par les miennes. Mais à cette époque Hector n'existait pas, ou il était tout enfant et aujourd'hui la vieillesse m'a enlevé mes forces. Te dirai-je Périphas vainqueur de Pyraethus à la double forme ? Te dirai-je Ampyx, qui, rencontrant en face de lui Échéclus dressé sur ses quatre pieds, lui enfonça en pleine figure un bâton de cornouiller[2] sans pointe ? Macarée du Péléthronium abattit Érigdupus d'un coup de levier qui lui perça la poitrine ; je me souviens encore que les mains de Nessus plongèrent un épieu dans l'aine de Cymélus. Ne crois pas que Mopsus, fils d'Ampyx, ne sût que prédire l'avenir[3] ; ce fut un trait de Mopsus qui coucha Hoditès sur la terre ; vainement celui-ci essaya de parler ; sa langue était clouée à son menton et son menton à son gosier.

Cénée.

Cénée[4] avait tué cinq ennemis, Styphélus, Bromus, Antimaque, Élymus et Pyractès armé d'une hache. Je ne me rappelle plus les coups, j'ai retenu seulement le nombre et les noms des victimes. Armé

1. Pergame est la citadelle de Troie.
2. Variété d'arbres.
3. Mopsus, fils d'Ampyx, a participé à la chasse de Calydon (voir note 1, p. 65).
4. Retour à Cénée, le point de départ du récit de Nestor, pour la scène attendue de l'aristie du héros après le traditionnel défi lancé à l'adversaire.

des dépouilles de l'Émathien Halésus, qu'il venait d'immoler, accourt alors Latrée, un colosse par la grosseur de ses membres et par sa taille ; il n'était plus jeune, mais il n'était pas vieux encore ; il avait la force de la jeunesse, mais ses tempes grisonnaient. Son bouclier, son épée et sa sarisse[1] macédonienne attiraient sur lui tous les regards ; le visage tourné vers les deux troupes, il entrechoqua ses armes, décrivit plusieurs fois en caracolant le même cercle et lança dans les espaces de l'air ces fières paroles : "Quoi ! Cénis, faudrait-il que je supporte aussi l'insolence d'un être tel que toi ? Car pour moi tu seras toujours une femme ; tu seras toujours Cénis. Ainsi tu as perdu le souvenir de ce que tu étais en venant au monde ? tu oublies à quoi tu dois de ne plus l'être et à quel prix tu as acheté cette fausse apparence d'un homme ? Rappelle-toi quel était ton sexe quand tu es née ou quel traitement tu as subi ; va prendre une quenouille et une corbeille, va tordre le fil sous ton pouce[2] ; laisse aux hommes les combats." À peine achevait-il ces bravades que Cénée lui lance un javelot qui pénètre dans son flanc tendu par la course, à l'endroit où le corps de l'homme rejoint celui du cheval. Le Centaure, fou de douleur, frappe de sa sarisse le visage découvert du jeune guerrier de Phyllus. L'arme rebondit comme la grêle que renvoie le faîte d'un toit ou comme un petit caillou lancé sur un tambourin creux. Latrée attaque de près son ennemi ; il s'efforce de lui plon-

1. Longue lance des soldats dans l'armée macédonienne.
2. Latrée provoque Cénis en lui rappelant qu'il était autrefois une femme et le renvoie à des occupations de filage.

ger son épée dans les flancs en dépit de leur dureté ; mais il n'y trouve pas un endroit où son épée puisse se frayer un passage. "Tu ne m'échapperas pourtant pas, s'écrie-t-il ; je vais te tuer avec le milieu de mon épée, puisque sur toi la pointe s'émousse." À ces mots, il le frappe obliquement avec le tranchant du fer et, le bras allongé, il lui porte un coup qui fait le tour de sa taille. Sous le choc son corps résonne comme un marbre que l'on a heurté ; la lame de métal, en rencontrant cette surface calleuse, saute en éclats. Quand il a assez offert ses membres invulnérables aux assauts du Centaure stupéfait : "Allons, maintenant, dit Cénée, je veux voir ce que mon fer peut produire sur ton corps" ; aussitôt il enfonce son épée meurtrière jusqu'à la garde dans le flanc du cheval, il la tourne et la retourne de la main dans les profondeurs des entrailles et fait une nouvelle plaie dans la plaie. Voilà alors que les monstres à la double nature se précipitent furieux avec de grands cris ; tous lancent ou apportent contre lui seul les armes qu'ils ont trouvées. Mais leurs armes retombent émoussées, il n'en est pas une qui puisse entamer la chair de Cénée, fils d'Élatus, ni faire couler son sang.

Ce prodige les remplit de stupéfaction : "Ah ! quelle honte ! s'écrie Monychus. Notre peuple est vaincu par un seul ennemi, qui n'est pas tout à fait un homme ; ou plutôt c'est bien un homme ; mais nous, par notre lâcheté, nous sommes ce qu'il fut jadis. À quoi nous servent nos membres gigantesques et notre double force ? Pourquoi la nature a-t-elle réuni en nous deux êtres puissants entre tous ? Non, il n'est pas vrai que nous soyons nés d'une déesse et de cet Ixion qui fut assez grand pour espérer conquérir l'auguste Junon [1]; nous voilà battus par un ennemi qui n'est mâle qu'à moitié. Faites rouler sur lui des rochers, des troncs d'arbres, des montagnes entières, lancez-lui des forêts pour étouffer son âme vivace. Qu'une forêt lui écrase la gorge; faute d'une blessure, il succombera sous la charge." Il dit et, ayant trouvé par hasard un tronc que la violence furieuse de l'Auster avait renversé, il le lance contre le terrible ennemi. Cet exemple est aussitôt suivi; en un instant l'Othrys est dépouillé de ses arbres et le Pélion n'a plus d'ombrages [2]. Enseveli sous le poids formidable de ces arbres amoncelés, Cénée s'agite haletant; il cherche à soulever avec ses solides épaules la masse de bois qui le couvre. Mais, lorsque son fardeau s'est élevé au-dessus de son visage et de sa tête, lorsqu'il ne trouve plus d'air à respirer, il a des moments de défaillance; parfois aussi il s'efforce, mais vainement, de se redresser jusqu'à l'air, de faire rouler bien loin ces forêts entassées; et parfois il leur imprime une secousse semblable à celle qu'un tremblement de terre pourrait faire sentir aux sommets de l'Ida [3] que nous voyons d'ici. Que se passa-t-il ensuite? on ne sait trop; il y en eut qui prétendirent que le corps de Cénée, sous cet amas de forêts, s'était enfoncé dans les ombres du Tartare. Mais le fils d'Ampyx [4] le conteste; il a vu sortir du milieu des matériaux empi-

1. Voir note 1, p. 95.
2. Voir note 2, p. 92. Le Pélion est une montagne de Thessalie.
3. Un autre mont.
4. Voir note 3, p. 106.

lés un oiseau au plumage fauve, qui a pris son vol dans l'air limpide; moi-même alors je l'ai vu aussi pour la première et la dernière fois. Mopsus l'aperçoit qui planait doucement au-dessus de ses compagnons d'armes et poussait autour d'eux des cris retentissants; il le suit tout à la fois de la pensée et des yeux : “Salut, dit-il, gloire de la nation des Lapithes, toi qui fus jadis un grand homme et qui es aujourd'hui un oiseau unique; salut, Cénée[1].” L'autorité de Mopsus fit admettre le prodige; la douleur déchaîne en nous la colère; nous nous indignons qu'un si grand nombre d'ennemis se soient réunis pour accabler un seul homme; nous ne cessons de donner cours à notre douleur le fer à la main que quand une partie des Centaures a succombé sous nos coups et que la fuite et la nuit nous ont dérobé le reste. »

Périclymène.

C'est ainsi que le vieillard de Pylos raconte le combat que se livrèrent les Lapithes et les Centaures à moitié hommes. Tlépolème s'afflige de voir qu'Alcide a été oublié[2] et il ne peut s'en taire : « Je m'étonne, dit-il, ô vieillard, que les exploits d'Hercule soient sortis de ta mémoire; bien souvent mon père m'a dit comment il avait terrassé les fils de la Nuée. » Le héros de Pylos[3] lui répond tristement : « Pourquoi me forces-tu à me rappeler mes mal-

1. Cénée est devenu un flamant.
2. Tlépolème, chef des Rhodiens au siège de Troie, est le fils d'Alcide ou Hercule. Il avait auparavant été contraint de quitter Argos à cause d'un crime.
3. Pylos est une ville de Messénie.

heurs et à rouvrir une plaie douloureusement fermée par les ans ? Pourquoi veux-tu que j'avoue ma haine pour ton père et les outrages que j'en ai reçus ? Oui, ses exploits, grands dieux, surpassent toute croyance ; il a rempli l'univers du bruit de ses bienfaits (et j'aimerais mieux pouvoir le nier). Mais nous ne louons ni Déïphobe, ni Polydamas, ni Hector lui-même [1] ; qui, en effet, pourrait louer un ennemi ? Ton illustre père renversa jadis les murs de Messène, il détruisit les villes d'Élis et de Pylos [2] qui n'avaient point mérité un pareil sort. Il porta le fer et la flamme dans mes pénates. Sans parler de ses autres victimes, nous étions douze enfants de Nélée [3], une belle jeunesse très admirée ; tous les douze, excepté moi, succombèrent sous les coups d'Hercule.

On conçoit sans peine qu'il ait pu triompher de mes autres frères ; mais la mort de Périclymène est un prodige. Il pouvait revêtir toutes les formes qu'il voulait, puis les quitter à son gré ; c'était un don que lui avait accordé Neptune, auteur de la race de Nélée. Après avoir vainement tenté toute espèce de métamorphoses, il prend la forme de l'oiseau qui porte la foudre dans ses serres et qui est cher au souverain des dieux. Déployant toute la puissance de l'aigle, avec ses ailes, avec son bec recourbé,

1. Déïphobe est un frère d'Hector ; Polydamas est un héros troyen réputé pour ses conseils avisés.
2. Ville d'une région du Péloponnèse.
3. Autre épisode des aventures d'Hercule : le père de Nestor, roi de Nélée, avait refusé de purifier Hercule. Celui-ci, par vengeance, décima une famille de douze enfants, excepté Nestor.

avec ses ongles crochus il avait déchiré le visage de son ennemi ; alors le héros de Tirynthe[1] tend contre lui son arc, qui n'est que trop sûr et, tandis que l'oiseau planait dans les airs, suspendu au milieu des nuages, il l'atteint à l'endroit où l'aile rejoint son flanc. La blessure n'était pas grave ; mais, brisés par ce coup, les muscles cessent d'agir, se refusent au mouvement et enlèvent à son corps la force de voler. Il tombe sur la terre, ses plumes étant trop faibles pour avoir prise sur l'air ; la flèche légère qui était restée fixée à son aile s'enfonce sous le poids du corps qu'elle a percé et, traversant le flanc, ressort par la gorge du côté gauche. Et maintenant crois-tu que ce soit à moi à vanter les exploits de ton cher Hercule, ô illustre chef de la flotte rhodienne ? Cependant ce n'est qu'en taisant ses hauts faits que je veux venger mes frères ; mon amitié pour toi reste intacte. »

Ainsi s'exprima la bouche éloquente du fils de Nélée ; quand le vieillard eut terminé son récit, on revint aux présents de Bacchus, puis on quitta les lits des tables[2] ; le reste de la nuit fut consacré au sommeil.

Mort d'Achille.

Cependant le dieu qui, le trident à la main, gouverne les flots de la mer[3] déplore dans son cœur paternel que le corps de son fils ait revêtu la forme

1. Ville où Hercule a été élevé.
2. Les Romains s'allongeaient sur des couches pour prendre leurs repas.
3. Périphrase désignant Neptune.

de l'oiseau cher à Phaéthon[1] ; ayant pris en haine le cruel Achille, il s'abandonne plus qu'il n'est juste à sa colère implacable. Déjà la guerre durait depuis près de dix ans, lorsqu'il s'adresse en ces termes au dieu chevelu de Sminthe[2] : « Ô toi que je chéris entre tous les fils de mon frère, toi qui as inutilement élevé avec moi les remparts de Troie, ne gémis-tu pas de voir que cette citadelle est près de s'écrouler ? Ne souffres-tu pas à la pensée de tant de milliers d'hommes tués en défendant ces murs ? Pour ne pas les nommer tous, n'as-tu jamais devant les yeux l'ombre d'Hector traîné autour de sa chère Pergame[3] ? Cependant il vit encore ce féroce héros, plus sanguinaire que la guerre elle-même, cet Achille qui détruit notre ouvrage. Qu'il s'offre seulement à moi ; je lui ferai sentir de quoi mon trident est capable ; mais puisque je ne puis affronter de près notre ennemi, frappe-le, sans qu'il s'y attende, d'une flèche invisible. »

Le dieu de Délos[4] y consent et, cédant à la haine de son oncle aussi bien qu'à la sienne, il arrive, enveloppé d'un nuage, dans les rangs de l'armée d'Ilion[5]. Au milieu du carnage il aperçoit Pâris qui lançait çà et là quelques traits sur des Achéens inconnus[6]. Il découvre sa personne divine et aussitôt : « Pourquoi, dit-il, perdre tes flèches à verser le sang de cette

1. Rappel de la métamorphose de Cygnus, le fils de Neptune.
2. Apollon avait un temple célèbre à Sminthe.
3. Voir note 1, p. 106.
4. Apollon était adoré dans l'île de Délos, lieu présumé de sa naissance.
5. L'armée de Troie.
6. Les Grecs.

plèbe ? Si tu as quelque souci des tiens, tourne-toi contre le petit-fils d'Éaque et venge tes frères égorgés. » À ces mots, montrant le fils de Pélée qui, le fer à la main, abat les soldats troyens, il détourne contre lui l'arc de Pâris et dirige d'une main meurtrière le dard qui va droit au but. Si le vieux Priam, depuis la mort d'Hector, eut un sujet de joie, ce fut celui-là. Ainsi toi qui avais vaincu de si grands guerriers, Achille, tu as été vaincu par le lâche ravisseur d'une Grecque infidèle à son époux[1] ; s'il te fallait tomber victime d'une main de femme armée contre toi, tu aurais mieux aimé tomber sous une hache du Thermodon[2]. Maintenant celui qui fut la terreur des Phrygiens, l'honneur et l'appui du peuple Pélasge, le petit-fils d'Éaque, ce héros invincible dans les combats, avait été livré aux flammes ; le dieu qui l'avait armé venait de le consumer[3]. Il n'est plus que cendres et du grand Achille il reste un je ne sais quoi qui pourrait à peine remplir une petite urne ; mais sa gloire toujours vivante remplit l'univers entier. C'est là l'espace qui répond à la mesure d'un tel homme ; c'est par là que le fils de Pélée est égal à lui-même et qu'il échappe au Tartare, séjour des ombres vaines. Son bouclier même, pour donner une idée de celui qui en fut le maître, suffit à déchaîner une guerre ; pour se disputer ses armes on prend les armes. Ni le fils de

1. Pâris qui avait enlevé Hélène.

2. Le Thermodon est une rivière qui baignait le royaume des Amazones. Leur reine, qui conduisait la troupe au secours de Troie, avait été aimée d'Achille. Achille eût sans doute préféré périr de sa main, jugeant Pâris efféminé.

3. Le dieu Vulcain qui avait forgé les armes d'Achille est aussi le dieu du feu par lequel périt le héros.

Tydée, ni Ajax, fils d'Oilée, ni le plus jeune des Atrides, ni son frère, guerrier plus redoutable et plus âgé, ni bien d'autres encore n'osent y prétendre[1]; seuls le fils de Télamon et celui de Laërte[2] eurent assez de confiance en eux-mêmes pour aspirer à un si grand honneur. Le descendant de Tantale[3] repousse une charge qui l'exposerait à des rancunes; il invite les chefs des Argiens à siéger au milieu du camp et il les fait tous juges du débat[4].

1. Ovide évoque Diomède, fils de Tydée; l'autre Ajax; Ménélas, le plus jeune des Atrides, et Agamemnon, son frère.
2. Le fils de Télamon est Ajax et celui de Laërte est Ulysse.
3. La périphrase désigne Agamemnon.
4. Le jugement des armes est évoqué par Homère (*L'Odyssée*, XI).

Du tableau

au texte

Alain Jaubert

Du tableau au texte

Atalante et Hippomène
de Guido Reni

... *Reni était un personnage sombre, mélancolique, superstitieux, soupçonneux...*

Deux personnages nus emportés par un élan irrésistible et pourtant... d'une intense immobilité. Étrange... C'est une peinture à l'huile sur toile conservée au musée du Prado à Madrid. Un rectangle horizontal qui emplit bien le champ de vision du visiteur : 2,06 mètres sur 2,97. Les personnages, occupant presque toute la hauteur du cadre, sont donc représentés à peu près grandeur nature. Il existe une autre version de ce tableau au musée de Capodimonte à Naples, de dimensions plus modestes et d'un format plus compact (1,91m x 2,64 m). Intitulées *Atalante et Hippomène,* les deux toiles sont attribuées à un peintre bolonais de l'âge classique, Guido Reni, dit « le Guide » (1575-1642).

Reni est né à Bologne en 1575. Fils du maître de chœur de sa paroisse, il est poussé vers la musique. Le jeune homme préfère le dessin et la peinture. Il entre à dix ans dans l'atelier de Denys Calvaert, un Flamand établi en Italie depuis vingt-cinq ans. Il a pour compagnons l'Albane et le Dominiquin. Il faut l'imaginer gamin, sous l'autorité d'un maître rigoureux et influent, passant par toutes les étapes de l'initiation en usage dans la sévère hiérarchie des ateliers : domestique, préparateur de châssis, de toiles et de panneaux, broyeur de couleurs, apprenti en dessin, avant de passer à des travaux plus gratifiants et de finir par mettre la main aux tableaux commandés à l'artiste. À dix-neuf ans, Reni entre à l'Accademia degli Incamminati (l'« académie des Acheminés ») créée par Annibal et Augustin Carrache. En 1601, le cardinal Sfondrato, neveu du pape, l'attire à Rome. Il y restera quatorze ans. En 1604, il est recteur de l'Accademia San Luca, la guilde des peintres. Pour le pape Paul V Borghèse, il décore des salons du Vatican et la chapelle privée du Quirinal. Après diverses péripéties dont on connaît mal les détails, il se brouille avec le milieu romain, il rentre à Bologne où il vivra jusqu'à la fin de sa vie.

Reni était un personnage sombre, mélancolique, superstitieux, et même assez soupçonneux. Célibataire endurci, il passait ses nuits à jouer et il perdit au jeu ses fortunes successives. Il devait d'ailleurs mourir dans un relatif dénuement. Dès les premières années après son retour à Bologne, son atelier devint important : jusqu'à deux cents personnes, dit-on, peintres et assistants, y travaillèrent à certaines époques. D'innombrables répliques en série, copies d'œuvres fameuses du maître parfois à peine touchées par la main du peintre, et même des faux dus aux meilleurs élèves, sortent de l'atelier. Aujourd'hui encore, il est difficile d'attribuer avec certitude tel ou tel tableau à l'artiste. Entre les deux versions connues d'*Atalante et Hippomène*, les spécialistes ont longtemps hésité. À la suite d'une campagne de restauration, à la fin du XIXe siècle, la version de Madrid a été désignée comme la version originale. Mais l'autre tableau, celui de Naples, serait également de la main de Reni.

… *une grande simplicité en réaction contre les excès maniéristes…*

À son arrivée à Rome, il voit les grandes réalisations des Carrache. Et surtout les tableaux spectaculaires de Caravage qui le marquent profondément. Il résiste pourtant à la violence du caravagisme, en rejette le tragique et tente de transposer le clair-obscur dans des figures plus idéalisées inspirées de l'antique (« Son âme était faite pour réinventer l'Antique. Mais il l'a peu imité », écrira Stendhal). Il fait aussi retour à une plus grande simplicité en réaction contre les excès maniéristes des générations précédentes. Son dieu est Raphaël à qui il voue un véritable culte et dont il tente de retrouver à la fois la douceur humaniste, la beauté poétique et l'harmonie des formes. Un poète italien dira un jour de Reni avec quelque emphase qu'il était « le Platon des poètes muets, le Virgile des dessinateurs, l'Aristote des peintres ». On parlera à son sujet de grâce, de sublimation du beau, de « classicisme rythmique ».

Plus tard, les amoureux de l'Italie, au cours de leur « Grand Tour », rendront visite aux églises et aux galeries pour voir les œuvres de celui qu'on nomme, non sans jeu de mots, le Guide. Goethe, faisant étape à Bologne en octobre 1786, va voir les tableaux du « divin génie », mais découvre surtout la production conventionnelle de l'atelier. Le poète s'indigne qu'on ait forcé l'artiste à ne peindre que ces sujets de commande : « Le peintre, à qui on tenait le couteau sur la gorge, s'en tirait comme il pouvait. Il s'évertuait, pour montrer seulement que ce n'était pas lui le barbare. » C'est une vision qu'on peut qualifier de romantique : l'artiste maudit, enchaîné… En fait il n'est pas évident qu'un peintre, même à Bologne, n'ait pas été libre de peindre ce qu'il voulait en dehors des commandes conventionnelles. Et puis, dans le cas de notre peintre, la production banale en série était surtout due à l'appât du gain et aux nuits consacrées aux jeux de hasard.

Stendhal passe par Bologne exactement trente ans plus tard et refait à peu près le même circuit touristique que Goethe. Il perçoit aussitôt ce qui distingue le peintre bolonais de son écrasant mauvais génie : « Le Guide, âme française, eut la beauté céleste dans les figures de femme. Ses ombres peu fortes, sa manière suave, ses draperies légères, ses contours délicats forment un contraste parfait avec le style de Michel-Ange ou de Caravage. » La gloire du Guide est retombée après l'époque romantique. Mais au milieu du XXe siècle, la vigueur nouvelle des études sur l'art et des sciences iconographiques a replacé certains de ses tableaux au premier plan des préoccupations des historiens. C'est le cas de cet *Atalante et Hippomène*, traité deux fois et dont on peut donc penser que le thème avait quelque importance aux yeux de son concepteur ou de ses commanditaires.

… Reni s'inspire d'épisodes des Métamorphoses *d'Ovide…*

Comme des dizaines d'autres artistes avant lui — Piero di Cosimo, Signorelli, Léonard, Cranach,

Raphaël, Corrège, Vasari, Titien, Véronèse… — ou à son époque — le Guerchin, Caravage, Rubens, Rembrandt, Poussin… —, Reni s'inspire d'épisodes des *Métamorphoses* d'Ovide. C'est le plus populaire des livres de l'Antiquité : des centaines de personnages, des épisodes fantastiques et souvent scabreux. Une façon de sortir de l'univers de la Bible et d'affronter les grands mythes de l'Antiquité. La course entre Atalante et Hippomène n'est pas un sujet facile pour un peintre. Rubens s'attaquera au thème vingt ans plus tard et dans un tout autre style (son tableau est lui aussi au musée du Prado).

Donc, Atalante, fille de lignée royale, a été mise en garde contre le mariage par cet oracle : « Tu n'y échapperas pas et, sans cesser de vivre, tu cesseras d'être toi-même. » Elle ne peut comprendre ce que signifie cette phrase énigmatique mais cette menace suffit à l'effrayer. Or elle surpasse à la course tous les hommes. Épouvantée par l'oracle, elle met une condition à ses prétendants : la vaincre à la course ou perdre la vie. Elle est sûre ainsi d'échapper au mariage comme à la mystérieuse menace. Hippomène, d'abord simple spectateur, voit Atalante (« et son corps dépouillé de ses voiles », dit Ovide), il en tombe aussitôt amoureux et devient même jaloux des autres prétendants. Ce coup de foudre est annonciateur des terribles dangers à venir.

Hippomène fait valoir ses titres de noblesse auprès de la jeune fille : il est digne d'épouser Atalante. Mais elle, pendant qu'il parle, est touchée par la beauté du jeune homme, elle regrette le jeu cruel et, comme le dit si bien le poète, « elle aime sans se douter qu'elle aime ». Comme les courses se préparent, Hippomène se rend compte de sa situation désespérée et invoque Vénus. La déesse revient justement de ses jardins avec trois pommes d'or. Elle les lui donne afin qu'il les lance et provoque ainsi le retard d'Atalante. La compétition commence. Première pomme. Atalante, étonnée, s'arrête et ramasse le fruit d'or. Elle reprend la course et regagne vite la première place. Deuxième pomme. Même scène. Troisième pomme, lancée encore plus fort et plus loin. Hésitation d'Atalante. Mais Vénus l'influence. Atalante perd et Hippomène l'épouse. Seulement, voilà, Hippomène, l'ingrat, oublie de remercier sa protectrice. Et un jour, quelque temps plus tard, Vénus se venge. Alors que les deux époux passent près d'un temple élevé dans la forêt à la déesse Cybèle, Vénus suscite le désir amoureux chez Hippomène. Le garçon entraîne aussitôt la fille dans un réduit où sont rassemblées les statues des dieux. Pour les punir de cette profanation, Cybèle les transforme en lions.

… *Nous sommes ainsi à peu près à mi-parcours de la compétition…*

Reni n'a pas cherché à raconter les différentes étapes de cette histoire en marge de l'action principale comme auraient pu le faire certains peintres : par exemple, en arrière-plan, la rencontre entre Atalante et Hippomène, puis celle entre Vénus et le jeune homme, puis la scène d'amour dans le temple, puis le couple de lions. Il a choisi de ne montrer qu'un moment de la course. Et il ne nous offre que deux corps nus éclairés par une étrange lumière pâle, sur un fond nocturne. Stade, spectateurs témoins, arbitres éventuels ont disparu. Seuls quelques minuscules personnages sont à peine visibles dans l'ombre, à gauche et à droite, et ils ne semblent guère s'intéresser à la course. Un ciel orageux. Une plaine sombre, une vague lueur d'aurore à l'horizon : le cadre est si dépouillé que toute l'attention est focalisée sur les deux protagonistes.

Ce choix de l'heure (qui n'est nullement indiquée chez Ovide) implique un traitement particulier des couleurs. Atalante est un peu plus pâle qu'Hippomène, mais les deux corps sont entièrement sculptés par cette lumière qui tombe d'en haut à gauche et qui ne peut avoir d'autre origine que lunaire. Sur ce fond traité avec une forte densité d'un pigment sombre (peut-être de la terre de Sienne), réchauffé d'un soupçon de rouge pour le sol et refroidi de bleu pour le ciel, les deux corps se détachent avec relief. Hippomène a les cheveux bruns, Atalante blond-roux. Deux voiles : mauve pour le garçon, bleu indigo pour la fille. Seules autres touches plus vives, les deux pommes d'or traitées dans une nuance proche de celle des cheveux d'Atalante.

Les deux personnages sont saisis à un moment précis de la course. Hippomène vient de jeter à terre une pomme d'or. C'est la deuxième pomme car Atalante en tient déjà une dans sa main gauche. La troisième doit donc être encore dans la main gauche d'Hippomène. Nous sommes ainsi à peu près à mi-parcours de la compétition. Atalante s'est arrêtée, puis détournée, et elle fait un retour en arrière pour s'emparer de l'objet. Elle se retrouve dans une position assez acrobatique, les jambes très écartées, tout son poids reposant sur le pied droit, le gauche quittant le sol. Pour une championne de course à pied, elle est plutôt dodue et sa musculature est peu saillante… Elle représente le type de femme qu'on aimait en peinture à l'époque de Reni : large de hanches et de taille, les épaules et les bras ronds. Seule exception, le peintre lui a donné des seins menus sinon, dans cette position, ils auraient sans doute paru bien trop tombants.

Hippomène est en pleine course et, à l'inverse d'Atalante, c'est son pied gauche qui attaque le sol pendant que le droit vient de le quitter. Il tourne la tête vers sa rivale. Dans le prolongement de son regard, son bras droit est tendu vers l'arrière : est-ce le signe qu'il vient de lancer la pomme ou bien un geste de dédain ? Ainsi disposés sur la surface de la toile, les deux personnages sont de parfaites « académies » telles que les peintres apprenaient à en dessiner en s'inspirant de statues antiques, des traités d'anatomie, de dissections de cadavres, et parfois de modèles vivants. Et la seule façon de transposer librement les corps nus dans la grande peinture était de choisir des sujets mythologiques. Les héros antiques, les personnages des récits de Virgile ou d'Ovide, les dieux ou les héros, étaient censés avoir évolué nus, ou presque nus, en toute saison. Il en était de même pour les athlètes qui s'adonnaient aux jeux du stade. D'innombrables statues grecques ou romaines semblaient en témoigner. Mais Michel-Ange avait suscité quelque scandale au Vatican en peignant des dizaines de nus intégraux jusque sur les murs de la chapelle Sixtine. Et les peintres s'imposaient cependant certaines règles de prudence. D'où les voiles qui flottent autour des deux héros de Reni. Mais ces voiles ont aussi une autre fonction.

… *une gestuelle impressionnante destinée à donner la sensation de la course rapide…*

Presque tous les peintres se sont un jour trouvés devant la tâche ardue de saisir le cours d'une action rapide ou un mouvement brusque ou encore un acte très bref et que l'œil ne perçoit pas toujours dans sa plénitude. Parfois, c'est un personnage en mouvement, parfois c'est un animal, un objet ou un véhicule. La représentation en deux dimensions sur un support fige inexorablement l'action, le geste ou le mouvement, et du même coup en fait disparaître l'animation. Le tableau de Reni en est un bel exemple. Certes, il nous montre deux personnages pris dans l'instantané d'une gestuelle impressionnante destinée à donner la sensation de la course rapide. Le peintre a pour cela déployé amplement les jambes et les bras de ses personnages, il les a croisés selon des rythmes inversés qui résument les gestes antérieurs et annoncent ceux qui vont suivre : nous sommes là dans une pure image chorégraphique qui rappelle les soldats courant à contretemps à l'arrière plan de *La Bataille de San Romano* de Paolo Uccello et qui annonce même les folles danses de Matisse. Mais on peut aussi regarder le tableau en imaginant qu'il s'agit de deux acteurs, ou deux modèles, figés à l'arrêt dans des gestes grandiloquents. Même si leur position est, pour l'un comme pour l'autre, assez déséquilibrée, on n'y verra alors qu'une sorte de « performance » théâtrale. Les six aveugles de *La Parabole des aveugles* de Pieter Bruegel (musée de Capodimonte, Naples), s'entraînant les uns les autres, sont en train de tomber en cascade. Pour nous faire saisir toute la dynamique de la scène, le peintre est obligé d'affecter chaque personnage à l'un des brefs instants successifs de cette chute. Intuition prophétique qui précède de quelques siècles les premiers enregistrements photographiques du mouvement effectués par Étienne-Jules Marey ou Edward Muybridge à la fin du XIXe siècle. Lorsque Judith tranche la gorge d'Holopherne dans le tableau du Caravage (galerie Barberini, Rome), le sang gicle très haut et, pour montrer ce moment dramatique, affolant, le peintre peint une gerbe de traits épais et d'un rouge vif impressionnant, mais, si l'horreur est bien là, la réalité du phénomène n'est guère convaincante. Artemisia Gentileschi, traitant du même sujet, s'en tire mieux (galerie des Offices, Florence). Ses geysers de sang, giclant haut puis retombant, paraissent plus réalistes. Peut-être a-t-elle observé un jour un boucher égorgeant un animal. Mais, de toute façon, les deux peintres ont pris le même risque en décidant de représenter un minuscule laps de temps dans le déroulement d'une action elle-même brève. Vélasquez peint vers 1653 un tableau somptueux, *La Fable d'Arachné*, dit encore *Les Fileuses* (musée du Prado). C'est une composition fascinante, qui est demeurée très énigmatique, et qui décrit une scène mythologique (inspirée, elle aussi, des *Métamorphoses* d'Ovide) dans le décor d'un atelier moderne de fileuses et de tisserandes. Au premier plan, un rouet tourne et le peintre évoque à l'aide de halos flous la rotation des rayons devenus invisibles du fait de la vitesse.

… *Le drapé est une figure imposée, chargée par ses plis et gonflements de rendre l'intensité du mouvement…*

Les primitifs italiens et par la suite les peintres de scènes religieuses en général avaient eu souvent à représenter des anges volant au-dessus des têtes et surgissant soudain pour intervenir dans la vie des humains. Giotto, à la chapelle des Scrovegni à Padoue, peint des anges qui se déplacent dans le ciel et convergent vers la scène principale. Ils ont les ailes déployées, leur buste se prolonge par des sortes de petits nuages effilochés qui traduisent à la fois leur apparition soudaine et une sorte de sillage produit par leur progression miraculeuse. À l'époque moderne, dans le dessin, l'illustration de presse et la bande dessinée, ce système de traits filants, associé à des zones floues, est devenu un poncif pour évoquer le déplacement d'objets ou de personnages. C'est un principe simple, et même simpliste, mais que certains peintres modernes n'hésiteront pas à utiliser parfois eux aussi. Par exemple Marcel Duchamp dans son *Nu descendant un escalier.*

Chez les peintres classiques, le mouvement est le plus souvent montré en recourant à un artifice ingénieux : si le corps en mouvement ne peut être représenté qu'immobile, cheveux et vêtements, dérangés par le vent de la vitesse, deviennent les accessoires idéaux. Les anges de l'Annonciation sont montrés en train d'« atterrir » brusquement sur le seuil de la Vierge Marie et cette irruption se traduit par un grand désordre de leurs chevelures et de leurs draperies. Le drapé est donc une sorte de figure imposée, chargée par ses plis et gonflements de rendre l'intensité du mouvement. C'est la formule que choisit Reni pour ajouter un supplément de « vitesse » à la position acrobatique de ses héros.

Les voiles rendus nécessaires par les exigences de pudeur, se déploient, sont presque arrachés par le vent de la vitesse. Mais si celui d'Hippomène gonfle, s'enfle comme une voile de navire ou comme une aile d'oiseau déployée, s'il s'érige même, menaçant, et, en toute logique, dans le sens opposé à la progression du jeune homme, celui d'Atalante est disposé selon un schéma plus tortueux. La jeune fille s'est arrêtée brusquement et elle revient en arrière pour saisir la pomme d'or. Une partie du voile, la partie la plus sombre, d'une teinte gris-bleu, suit le mouvement de son corps. L'autre, la zone la plus claire qui vire au blanc, continue à flotter de façon assez lâche autour des hanches et entre les cuisses d'Atalante et semble circuler à petite distance de sa peau alors qu'elle devrait être plaquée contre son corps par la force du mouvement.

Cette contradiction attire l'attention sur ces voiles (qui, de plus, sont les zones les plus vivement colorées du tableau) et invite à s'interroger sur leur réelle fonction comme sur leur sens. Les deux personnages sont figurés dans des phases de leur mouvement où ils se trouvent l'un et l'autre tout à fait écartelés. S'il n'y avait pas ces voiles, l'image serait obscène : ils exhiberaient ouvertement leurs sexes, situés d'ailleurs tous les deux à la même hauteur, celle des yeux du spectateur quand le tableau est accroché à peu près normalement (et, coïncidence, c'est précisément la médiane du tableau). La partie du voile mauve qui, passant sous la cuisse droite, vient cacher le sexe d'Hippomène, est lobée et présente des petits plis ou des nervures qui rappellent soit une coquille marine, soit plutôt la traditionnelle feuille de vigne ou de figuier. Il y a exactement le même accessoire dans une autre composition de Reni, *Hercule terrassant l'hydre de Lerne*, au musée du Louvre (encore *Les Métamorphoses* d'Ovide !). L'autre extrémité du voile d'Hippomène est à peine retenue par le pli qui s'enroule autour de son bras gauche. En toute logique, si le jeune homme continue ainsi sur sa lancée, il doit se retrouver tout nu dès la prochaine foulée.

Atalante est mieux protégée. Le voile passe entre ses jambes, s'enroule autour de ses hanches et fait un tour avant de remonter derrière elle et s'accrocher à son bras droit. Il forme donc un X bien lisible juste devant son ventre. Façon de dire que cette vierge est comme barrée, encore absolument interdite. X, c'est justement la lettre de toutes les inconnues et, est-ce hasard, la figure que forment déjà au centre de l'image la jambe gauche d'Atalante et la droite d'Hippomène. Le spectateur devrait comprendre, sans même connaître l'histoire racontée par Ovide, que tout se joue autour des sexes des deux personnages et d'un probable interdit. Or ce qui va se passer ensuite est en quelque sorte déjà annoncé par le jeu discret, au second plan, des voiles déployés. Les voiles sont des objets colorés, pleins de plis et de replis et qui peuvent se tordre, s'affronter, se gonfler comme des crêtes de coq ou des parures de plumes, et se dresser au gré du vent, de la vitesse ou du désir... La courbe du voile d'Hippomène derrière lui répète en miroir la courbe du voile d'Atalante. Et il cache en partie l'extrémité de ce voile, si bien qu'on a l'impression, l'absence de profondeur aidant, que si les deux corps semblent s'éloigner l'un de l'autre (se repousser même si l'on interprète ainsi le geste étrange d'Hippomène), les deux voiles en revanche sont en train de s'unir dans leur dos en une sorte de danse nuptiale. Ainsi la censure et l'autocensure peuvent, dans certaines circonstances, avoir du bon puisqu'elles engendrent métaphores et poésie.

… L'histoire que raconte Ovide est donc revue selon la morale chrétienne…

Aujourd'hui, nous lisons de tels tableaux avec la secrète délectation de voyeurs cultivés et de chasseurs d'énigmes. Avec tout ce que nous croyons savoir de l'histoire de l'art et de l'histoire des mentalités. Mais il n'en a pas toujours été ainsi. Et ce tableau, par exemple, pourrait avoir eu, en son temps, un tout autre sens que celui que nous pouvons imaginer avec toute notre malice et après lecture érudite des *Métamorphoses.* C'est ce que suggère Marc Fumaroli dans une passionnante étude sur Reni (« Une peinture de méditation », dans *L'École du silence,* 1994). Atalante, remarque l'auteur, penchée vers le sol, presque à quatre pattes, est tout entière en dessous de l'horizon, donc du côté de la terre, de la nuit, de l'animalité. Hippomène au contraire se dresse au-dessus de l'horizon, son buste se détachant sur le ciel plus clair, son voile évoquant même une sorte d'aile angélique. Il jette vers Atalante un curieux regard et il a un geste du bras qui semble repousser, rejeter au loin sa rivale (ce n'est pas le geste par lequel il vient de lancer la pomme d'or puisqu'il l'a forcément jetée *au-devant* d'Atalante qui, alors, le précédait). Et puis cette Atalante, on l'a vu, est plus proche d'une figure de la volupté que de l'image d'une athlète grecque. La clé de ces infidélités picturales, il faut peut-être la chercher du côté de ces *Métamorphoses* d'Ovide, arrangées dans un sens chrétien, qui paraissent à partir de la fin du XIIIe siècle et qui connaîtront un grand succès pendant plus de trois siècles : notamment l'*Ovide moralisé* (1291-1328) ou encore *La Bible des poètes* (1494) dont les thèmes seront aussi répercutés par les livres d'emblèmes. L'histoire que raconte Ovide est donc revue selon la morale chrétienne. Hippomène se sépare des trois pommes d'or qui sont les trois concupiscences : de chair, des yeux et d'orgueil. Atalante au contraire s'empare des fruits avec avidité : elle est une image de l'attachement aux biens terrestres. Elle est voluptueuse. Elle rappelle aussi Ève qui a cédé à Satan (une histoire de pomme, justement). Et ici, Satan, c'est Vénus. Suivre Atalante serait se précipiter dans la damnation. Ce qui pourrait donc expliquer le geste théâtral d'Hippomène et son regard quelque peu inquiet. La course entre les deux jeunes gens, en fin de compte, symboliserait celle du chrétien entraîné vers la mort et qui doit choisir entre perdition (les pommes d'or, la volupté) et salut (la fuite loin des tentations).

À l'époque où Reni peint son tableau, paraît un livre illustré, *Atalanta fugiens* (« Atalante fuyant ») de Michael Maier. L'ouvrage fait scandale. C'est une interprétation du récit d'Ovide très opposée à l'interprétation chrétienne et basée sur le symbolisme alchimique. Atalante est la personnification de Mercure. La course est la quête du Grand Œuvre par l'alchimiste. L'accouplement dans le temple et la métamorphose en lions, des étapes positives dans la poursuite de l'union des contraires. Peut-être, suggère Fumaroli, le tableau du Guide est-il une réaction de l'humanisme chrétien contre ces thèses trop scandaleusement impies.

On comprend désormais pourquoi les autres moments de l'histoire ont été éliminés par le peintre. C'est dans ce moment de la course que la fable chrétienne peut se substituer au mythe et prendre tout son sens. On oublie le coup de foudre entre les deux jeunes gens, on oublie l'intervention et la tricherie de Vénus, on oublie la scène de profanation érotique, on oublie la cruelle punition des deux amants par l'autre déesse et leur métamorphose en bêtes sauvages. Et l'on oublie surtout que cette histoire est en fait une histoire dans l'histoire : elle est racontée avec une certaine désinvolture, et en tout cas sans guère de remords, par Vénus elle-même à son jeune amant Adonis. Ils sont mollement couchés sur l'herbe. Elle a la tête posée sur la poitrine du jeune homme. Elle n'expose ce récit, « entrecoupé par ses baisers », écrit Ovide, que pour mettre Adonis en garde contre les bêtes sauvages. Mise en garde inutile : Adonis sera tué par un sanglier au grand désespoir de la déesse.

Ce récit mis en abyme n'a pas de morale, comme beaucoup d'autres fables des *Métamorphoses*. Il est tout juste teinté d'un peu de mélancolie. Et aussi d'horreur, bien sûr : personne n'aimerait être tué par un sanglier ni transformé en lion. Ce qui est en jeu pour nous aujourd'hui quand même, parmi tant d'autres récits d'amours contrariées ou malheureuses qui parsèment le livre d'Ovide (auteur également, rappelons-le, de *L'Art d'aimer* et des *Amours*), c'est ce rapport étroit entre l'amour et la mort. Même si nous ignorons tout du mythe illustré par cette mise en scène, nous ressentons qu'il se joue quelque chose entre homme et femme, jour et nuit, terre et ciel, rouge et bleu, immobilité et vitesse… Et même si nous en avons assez de déchiffrer des énigmes, nous sommes quand même intrigués à mesure que nous nous éloignons du tableau pour passer à d'autres œuvres et à d'autres salles, par cet étrange réseau de figures claires qu'il trace. Des M, des N, des X, des lambda, des boucles, des pleins et des déliés, tout un hiéroglyphe. Donc, plus encore qu'une chorégraphie, une véritable calligraphie. À moins que cette harmonie évidente ne s'apparente tout simplement à la musique…

Le texte en perspective

Pouneh Mochiri

Mouvement littéraire

Le siècle d'Auguste : le temps des poètes

1.

Le « Siècle d'or » augustéen

1. *Romanisation et moralisation*

Entre la fin de la République et le Haut-Empire, la littérature latine connaît une parenthèse de quelque cinquante années, que l'on a communément identifiée à l'âge d'or de la culture. Après une période de guerres civiles et au sein d'une Italie en très large voie d'unification, Octave-Auguste instaure un régime impérial autoritaire déguisé en principat. Soucieux de préserver à cette monarchie l'apparence d'une république, il se fait désigner du nom de *Princeps,* ce qui ne fait de lui que le « premier des sénateurs ». Le Sénat lui décerne cependant le titre d'*Augustus,* traditionnellement réservé aux dieux et aux temples consacrés et, très vite, le nouveau prince s'attribue les pleins pouvoirs qui font de lui le maître incontesté de l'Empire romain.

L'heureuse accalmie qu'il fait régner s'obtient au prix d'une exaltation du sentiment national : restauration des rites anciens, culte des ancêtres, raffermissement moral de la société, tout doit œuvrer en faveur de la résurrection d'un passé illustre. À travers une politique architecturale et urbanistique d'envergure, Auguste s'attache d'abord à faire de l'*Urbs* — c'est ainsi qu'était désignée Rome : « la Ville » — une rivale des grandes cités hellénistiques. À côté des nombreux aqueducs, thermes et autres ouvrages d'utilité publique, de nouveaux monuments sont érigés à la gloire de l'empereur. Certains, comme le théâtre de Marcellus ou les portiques, sont destinés au divertissement des Romains ; d'autres, comme le Forum d'Auguste ou l'autel de la Paix (*ara Pacis*) trônant sur le Champ de Mars, symbolisent explicitement la puissance militaire de la Ville et sa prospérité retrouvée. Auguste entend ainsi sceller la continuité dynastique entre les fondateurs de Rome et la famille impériale.

L'architecture religieuse n'est pas en reste : l'indépassable Panthéon, dédié à tous les dieux, n'est pas sans rappeler aux esprits l'origine divine de la monarchie. Afin de ramener le peuple aux sources de la religion traditionnelle, débarrassée des rites orientaux, le *Princeps* élève nombre de temples consacrés aux divinités spécifiquement tutélaires de Rome et protectrices de sa propre *gens* (la « famille » julienne). Le temple de l'austère Vénus *Genitrix*, par exemple, bâti sur le Forum romain, participe de l'active entreprise nataliste de l'empereur. Car le dernier front sur lequel s'engage Auguste est celui de la législation familiale. Pour lutter contre la décadence des mœurs, pour réprimer l'adultère et encourager le mariage, il fait adopter des dispositions sévères, les « lois Juliennes », qui entrent dans son vaste plan de redressement moral.

2. *L'émancipation des arts*

Les efforts immenses déployés par le *Princeps* pour s'attirer le soutien enthousiaste du peuple romain n'obtiennent pas le succès escompté : le culte de sa personne, le regain de ferveur religieuse, les dispositions morales ne galvanisent que mollement le sentiment de dévouement dynastique censé apporter à la monarchie son assise politique. Les couches aisées de la société, assurées d'un ordre pacifique, se détournent pour ainsi dire des affaires publiques et choisissent de s'adonner à une existence de loisir raffiné, où les lettres occupent une place de choix. Si certains écrivains jouissent de la clémence d'Auguste, ils bénéficient surtout de la protection d'aristocrates eux-mêmes lettrés. L'un des plus réputés, Mécène, grand chevalier étrusque, admet dans son cercle Virgile, Horace et Properce.

Le classicisme latin s'épanouit en effet au contact d'un public cultivé et friand de poésie. Des lectures publiques (*recitationes*) sont organisées pour que les auteurs livrent à un parterre choisi des extraits de leurs ouvrages fraîchement composés. Les programmes des écoles de rhétorique reprennent ces textes et, à travers les commentaires des maîtres, répandent la connaissance des écrivains tels que Virgile, Cicéron, Horace et Sénèque. Ovide lui-même profite largement de cette divulgation instantanée et devient, à son insu, un poète en vue. La politique culturelle de l'empereur favorise plus généralement l'ensemble des arts : le temple d'Apollon Palatin leur est dévolu ; des bibliothèques ouvertes à tous (l'Octavienne, la Palatine) font leur apparition et permettent à la fois la diffusion des œuvres et leur contrôle. Plus encore, les lettres deviennent l'instrument de la volonté augustéenne de « romanisation ». L'enjeu est de taille : même si la culture romaine est inséparable de l'hellénisation — la langue grecque est encore celle de la frange cultivée de la société —, elle doit s'émanciper de l'influence de la Grèce tout en y puisant ses modèles.

3. *De la guerre à l'*otium *: deux générations de poètes*

Le siècle d'Auguste présente des contrastes : sous une apparente continuité, deux générations d'écrivains se succèdent, dont les aspirations reflètent bien la translation des armes à l'amour. Les aînés ont été ébranlés par les derniers soubresauts sanglants de la République. Parler de littérature augustéenne implique d'abord que le *Princeps* ait su se montrer bien intentionné à l'égard de ses représentants les plus illustres, leur confiant la mission de chanter la gloire de son règne. Si Virgile, Horace, puis l'historien Tite-Live, se prêtent aux œuvres de commande, ils prêtent leur plume au service d'un patriotisme monarchiste qui reste foncièrement discret. Horace, par exemple, compose le *Carmen Saeculare,* ample cantique en l'honneur d'Apollon et de Diane, chanté à l'occasion des jeux Séculaires qu'organise l'empereur en 17 avant Jésus-Christ, pour rendre hommage à l'opulence des temps présents. Cependant, tout en faisant l'éloge d'Auguste, les poètes panégyristes n'oublient jamais de célébrer leurs lointains ancêtres. Même s'ils se laissent duper par les promesses impériales, ils ne se départent pas totalement de leur vigilance critique et soupirent bien souvent après la grandeur républicaine révolue.

Les enjeux diffèrent totalement pour leurs successeurs qui bénéficient largement de la paix Auguste (*Pax augusta*). Ovide est de ceux-là et, aux côtés de ses maîtres, Tibulle et Properce, il promulgue une vision novatrice de la citoyenneté romaine. Joignant leurs voix dans l'élégie, ces jeunes poètes reçoivent en partage un même idéal d'*otium*. Le culte du loisir et de l'oisiveté, associé à celui de l'amour, implique chez eux un antimilitarisme diversement virulent. Il faut dire que les circonstances politiques sont favorables à cette désaffection généralisée à l'égard de la gloire militaire. L'armée est postée aux confins lointains de l'Empire et, la flamme des grandes conquêtes s'éteignant progressivement, elle a pour seule mission d'assurer la défense de l'Italie monarchique. Au risque de déplaire fortement à Auguste, la nouvelle génération substitue au modèle dominant du soldat-citoyen, dévoué à sa patrie, celui de l'amant-soldat soumis à la jeune femme, à la *puella*.

2.

Le classicisme latin

1. *La littérature réformatrice*

Encore sous le coup des troubles civils, les poètes de la vieille garde proposent dans leurs chants des remèdes aux maux récents. Dans des genres variés, ils dessinent les contours d'un univers idéalisé, régi par des lois pacifistes et rompant avec les turbulences de l'Histoire. C'est dans cet esprit que Virgile, s'inspirant des *Idylles* du poète sicilien Théocrite (IIIe siècle avant Jésus-Christ), compose en 39 avant Jésus-Christ les dix dialogues en hexamètres dactyliques des *Bucoliques* (nommées aussi *Églogues*, c'est-à-dire « pièces choisies »). Dans le décor stylisé de la campagne italienne, réplique du paradis terrestre, des bergers s'adonnent à une vie libre d'*otium*, dédiée aux arts et à l'amour. Point de préoccupations belliqueuses pour ces gardiens de troupeaux, dont les seules joutes sont poétiques et musicales. Cependant, l'ordre paisible de l'univers pastoral est altéré par des préoccupations plus actuelles, touchant notamment les paysans expropriés au profit des dignitaires militaires d'Octave. La vie rustique et agreste, loin du désordre périlleux de la cité, constitue également le motif des quatre chants des *Géorgiques* (de 39 à 29 avant Jésus-Christ). Dans ce long poème didactique aux allures d'épopée, Virgile expose, malgré l'invocation liminaire à Auguste, des vues personnelles qui lui sont chères. S'aidant de solides connaissances agronomiques, il exalte le retour à la terre et cultive une forme de nostalgie pour la vie agricole des premiers Romains.

Dans un tout autre genre, celui de la satire, Horace épingle dans ses *Sermones* (« Entretiens ») les vices de ses contemporains avec la distance tempérée du sourire. Comme Virgile, lui aussi se souvient de l'épisode traumatisant des guerres civiles et délivre des bribes d'un art de vivre épicurien. Il préconise de cultiver l'instant présent, mais non dans l'optique d'une recherche effrénée de plaisirs. Au contraire, son fameux *Carpe diem* (« Cueille le jour ») est indissociable d'un détachement presque stoïcien par rapport aux passions. La leçon est réitérée dans les *Odes* (23 avant Jésus-Christ). Le poète y recommande une sagesse faite de tempérance, obtenue par la recherche de l'*aurea mediocritas* (« le juste milieu est d'or »). Une telle méditation n'est rendue possible que grâce à l'apaisement des guerres civiles.

2. *La célébration épique de la grandeur romaine*

À la faveur de la paix impériale, les écrivains de la première génération s'attachent à louer les fastes de l'Italie et à rendre grâce à l'artisan de cette prospérité recouvrée. Ils n'abdiquent pas pour autant leurs propres exigences créatrices. L'entreprise de Virgile, pénétrée de ferveur julienne, en fournit le meilleur exemple. Le quatrième chant des *Bucoliques* annonce la paix prochaine de Rome. Dans le chant III des *Géorgiques*, le poète projette d'élever un temple à la gloire d'Auguste et s'y attelle, aussitôt son traité agronomique terminé. Le monument, laissé inachevé, n'est pas des moindres : il s'agira d'un des sommets de l'épopée latine, *L'Énéide*, dont les douze chants ne seront interrompus que par la mort du poète, en 19 avant Jésus-Christ. Pour célébrer la grandeur de l'Italie romaine, depuis le premier fondateur de Rome, Romulus, à son épigone actuel, Auguste, Virgile remonte à la légende du Troyen, protégé par Vénus, le « pieux Énée », de qui descendrait la famille augustéenne. En une synthèse de l'héritage grec et latin, il construit sa généalogie légendaire sur le modèle homérique :

une « Odyssée » de six chants retrace les sept années du périple d'Énée, depuis la chute de Troie jusqu'à son installation dans le Latium ; une « Iliade » d'équivalente longueur raconte les guerres menées par le héros pour donner « aux Romains un empire sans fin » (I). En entrecroisant le temps du mythe et le temps de l'histoire, en faisant miroiter dans l'orbe du bouclier d'Énée le destin glorieux de Rome, Virgile consolide les préoccupations dynastiques d'Auguste, désireux d'incarner à son tour les vertus proprement romaines de piété (la *pietas* au sens de fidélité et de devoir) et de courage (*virtus*).

Ovide lui-même sacrifiera régulièrement sa plume aux arguments publicitaires. Comme dans l'épopée virgilienne, *Les Métamorphoses* nous mènent de la Genèse du monde au règne impérial du *Princeps*. Habilement intégrée, la fracture entre le mythe et la temporalité historique se produit au livre XI, dans le passage de la légende d'Orphée aux légendes troyennes. Le discours de Pythagore, qui couronne les quatorze livres précédents, retrace de manière accélérée cette mutation en une orchestration de quatre cent quatre vers. Le dernier livre s'achève, enfin, sur un véritable panégyrique du prince : Jupiter prédit à Vénus la gloire future d'Auguste ; le poète lui fait écho et invoque les dieux pour qu'ils préservent la vie de l'empereur. Cependant, à la différence de ses aînés, Ovide ne se laisse pas tout à fait appâter par les promesses d'Auguste. Il ajoute ainsi, en guise d'épilogue, un appendice composé peut-être en exil, comme le suggère Jean-Pierre Néraudau dans sa préface à l'édition Folio classique, qui donne le dernier mot à l'immortalité du livre et à la renommée du poète.

Il faut évoquer, pour finir, la prose ornée de Tite-Live et sa monumentale histoire de Rome (*Ab Urbe condita libri*, commencé en 27 avant Jésus-Christ et poursuivi jusqu'à sa mort) dont seuls subsistent trente-cinq livres sur les cent quarante-deux initialement écrits. À l'instar de Virgile, l'historiographe remonte lui aussi le fleuve au long cours de l'histoire romaine, depuis l'avènement d'Auguste jusqu'aux origines mythiques de l'*Urbs*. Apportant ainsi sa pierre à l'édifice de redressement moral augustéen, il espère en les leçons du passé, sans jamais perdre de vue les vertus de la République.

3. *Les normes esthétiques du classicisme*

Si l'on excepte les écrits historiographiques de Tite-Live, le Principat d'Auguste connaît un affaiblissement de la prose et de la belle éloquence cicéronienne du dernier siècle républicain. C'est la poésie qui recueille tous les honneurs : Horace et Virgile la font évoluer vers des audaces d'autant plus acceptables qu'elle ne rompt pas radicalement avec les maîtres du passé. Dans cet esprit de fidélité, ils empruntent à Catulle et à Gallus les traits raffinés de leur hellénisme et, l'épurant de tout exotisme oriental, l'adaptent à une forme d'alexandrinisme latin. Le renouvellement de la poésie passe par un art volontiers ludique, par une poétique de l'objet mineur qui trouve dans des genres sans prétention et dans des formes brèves un écrin à sa mesure. S'inspirant fortement des anthologies répandues à Rome, Virgile compose ainsi, avant ses grandes œuvres, de courtes pièces versifiées dans le goût alexandrin : des épigrammes sur des sujets légers, un épyllion (c'est-à-dire une minuscule épopée) plaisamment intitulé « Le moucheron » (*Culex*) ou encore un petit récit épique, « L'aigrette » (*Ciris*), qui relate une métamorphose légendaire d'oiseaux.

Les poètes augustéens se démarquent cependant de leurs modèles grecs en cherchant à promouvoir un classicisme nouveau, nettement romanisé. Horace, en particulier, s'efforce vers un lyrisme spécifiquement italien, qui adapterait la musicalité de la poésie grecque aux exigences de la langue latine, moins souple et moins riche. Ces *Odes* en témoignent, qui exploitent sur le mode élevé ou bas toutes sortes de thèmes lyriques, le léger badinage amoureux ou l'éloge vibrant du *Princeps*. Plus tard, dans un recueil de lettres versifiées, les *Épîtres* (21-20 avant Jésus-Christ), Horace dresse, sur le ton libre de la conversation, une sorte d'état des lieux de la création poétique durant le règne d'Auguste. Il insiste sur la place du poète et entérine la supériorité des « Modernes », dont il est, sur les « Anciens ». Avec son *Art poétique*, dit l'*Epître aux Pisons*, il fixe en près de cinq cents vers des règles qui feront date et qui prévaudront, pour ce qui est de l'art dramatique, jusqu'au romantisme. Conformément au principe du « juste milieu », l'art, écrit-il, doit respecter le critère de la convenance qui implique une adéquation du ton, du genre et du sujet ; il doit fuir les excès du style et rechercher la concision et la maîtrise des effets ; enfin, il doit dispenser plaisir et fruit, autrement dit instruire sous une forme plaisante. Tel est l'idéal poétique qu'expose le théoricien dans ce qui constitue à la fois l'épanouissement et le chant du cygne du classicisme.

3.

La consécration de l'élégie romaine

1. *Le parti pris de légèreté*

Même si la jeune génération se réclame de la précédente, la volonté de continuité ne doit pas masquer les ruptures réelles qui fissurent le bel édifice du classicisme. Les mutations politiques s'accompagnent inévitablement de transformations littéraires : autres temps, autres genres. Si le classicisme voit l'apogée de l'épopée, et d'une épopée qui exalte le sentiment patriotique, la littérature dite augustéenne sera l'âge de l'élégie, bien moins animée par l'ardeur propagandiste.

Le genre élégiaque se définit essentiellement par son mètre dissymétrique, un distique formé d'un hexamètre et d'un pentamètre. Ce rythme boiteux (six pieds et cinq pieds) convient particulièrement bien, d'après Horace, à la plainte puis à la « satisfaction de vœux exaucés » dont se nourrit la psychologie amoureuse (*Art poétique*, II, 39-40). Le gauchissement étymologique du sens — « élégie » du grec *legein* et de *e* - signifierait littéralement « dire hélas » — achève d'orienter l'élégie vers l'expression de la souffrance. Dans ses *Remèdes de l'amour*, Ovide, envisageant les mètres convenant à chaque genre, réserve aussitôt à « la caressante élégie [...] les Amours armés de carquois » (v. 379-380). Ainsi, alors que chez les Grecs, le distique élégiaque était plutôt destiné à une poésie didactique et sentencieuse, il se spécialise dorénavant dans le domaine du badinage amoureux. Précisons que cette spécialisation répond partiellement à l'apparition récente d'un public féminin, auquel Ovide s'adresse d'ailleurs dans ses *Amours* (II, 1).

Pourtant, on trouve dans l'élégie bien d'autres thèmes : le quatrième livre des *Élégies* de Properce accueille par exemple des poésies d'inspiration nationale ; les *Tristes* et les *Pontiques* d'Ovide sont une longue variation sur le motif de l'exil. Ce serait donc plutôt par son ton résolument léger que se distingue l'élégie romaine. Dans ses *Amours*, notre poète, empruntant à Properce le *topos* de la *recusatio*, le refus du grand genre, prétend en effet pratiquer l'élégie comme un genre mineur de première jeunesse, à défaut des grands genres héroïques et de la tragédie, comme si la poésie amoureuse ne pouvait convenir qu'à une œuvre de débutant. Réécriture parodique de l'épopée et du poème didactique, l'élégie ne se départ jamais, de ce fait, d'un esprit de badinage, même quand elle emploie toutes les armes de la satire et qu'elle verse dans la diatribe. Cette forme de distanciation plaisante, dans laquelle l'auteur des *Métamorphoses* est passé maître, en dit long sur les mutations de la société augustéenne, qui vit l'âge de l'*otium*.

2. *Les premiers maîtres : Tibulle et Properce*

Si Catulle ouvre la marche, en tant que précurseur de l'élégie romaine, il ne figure pas dans la liste des poètes élégiaques que Quintilien établit dans son

Institution oratoire (X) : Ovide y est mentionné, aux côtés de Tibulle, de Properce et de Gallus. Tous ont en commun de se détourner de la politique et de la carrière des armes, pour faire profession d'amants. Ovide le formule plaisamment dans les *Amours* : écrivant sous la dictée de Cupidon, petit dieu espiègle et cruel, il vantera ses exploits domestiques au lieu de « chanter Thèbes ou Troie, ou les exploits de César » (III, 12). Se placer délibérément sous la tutelle de Vénus, c'est accepter la loi fondamentalement contradictoire de l'élégie et endurer d'interminables souffrances : « je hais et j'aime » (*Odi et amo*), avait écrit Catulle, air bien connu sur lequel les poètes de l'amour broderont à leur tour. Adoptant cette posture, Tibulle et Properce déroulent chacun leur itinéraire sentimental, le premier dans un décor champêtre qui doit beaucoup au bucolisme virgilien, le second dans un cadre urbain et plus mondain. Ils n'inscrivent cependant pas leurs aventures dans une forme romanesque : au mépris de la chronologie et de la cohérence psychologique, ils chantent leurs amours contrariées en puisant en réalité dans un répertoire de situations codées, empruntées parfois aux comédies de Plaute et de Térence.

Car si l'élégie latine se prête volontiers à l'expression d'une poésie personnelle, elle ne conduit jamais à l'épanchement. La douleur du cœur est coulée dans le moule d'une tradition littéraire, elle est évoquée à travers des métaphores convenues — la blessure, la brûlure —, et fait souvent l'objet d'une mise en scène dramatisée. Même dans les *Tristes,* où il est censé se livrer sans fard, Ovide mêle à ses pleurs force pointes épigrammatiques, amplifications rhétoriques et développements mythologiques. C'est ainsi qu'on a pu montrer que, sous couvert d'une aventure amoureuse, les poètes de Vénus évoquaient surtout les péripéties d'une aventure poétique : la Lesbie de Catulle renvoie à l'île de la poétesse Sappho ; la Délie de Tibulle et la Cynthie de Properce rappellent Délos, l'île de Diane et du dieu inspirateur Apollon. Ovide se conformera à cette tradition élégiaque : la jeune femme célébrée dans les *Amours* porte un nom d'emprunt, celui de la poétesse grecque du VIe siècle, Corinne, rivale de Pindare. Personnage composite, elle serait la poésie incarnée en une femme et elle cristalliserait la conception ovidienne de l'amour à un moment où ce sentiment se métamorphose dans la Rome d'Auguste.

3. *L'élégie ovidienne : radicalisation érotique et subversions idéologiques*

L'élégie ovidienne marque assurément un tournant dans l'évolution du genre, tant le jeu avec les codes y est exacerbé. Le motif du service militaire d'amour (*militia amoris*), dont la théorisation sera faite plus tard dans *L'Art d'aimer*, prend des allures radicales de soumission servile. Dans le cadre d'une société encore esclavagiste, la domination de la femme et l'obéissance de l'amant, disposé à prendre la place des servantes auprès de la maîtresse, ne pouvaient manquer de choquer. Dans le même esprit de provocation, Ovide imprime un net infléchissement érotique à l'élégie romaine qui en était déjà bien pourvue : les descriptions éminemment voluptueuses de la *puella*, l'évocation de la nudité féminine, jugée inconvenante au regard du culte de la chasteté restauré par le *Princeps*, la présence de détails obscènes frisent parfois la pornographie.

Mais surtout, sous l'apparence d'un aimable badinage, notre poète multiplie dans les *Amours* et dans le traité de *L'Art d'aimer* les impertinences qui tournent presque littéralement en dérision la politique matrimoniale d'Auguste. Revendication d'une égalité sexuelle pour les femmes, rejet de la surveillance institutionnalisée qui consistait à faire garder la belle par un gardien (le *custos*), défense de l'adultère impliquant la complaisance du mari (position éminemment scandaleuse au regard de la législation augustéenne, car le mari qui tolère l'adultère est accusé de proxénétisme), positions hétérodoxes sur l'avortement (autorisé que s'il y avait accord du père et dans les autres cas condamné parce qu'il privait la *gens* d'un héritier) : toutes ces provocations témoignent d'une irrévérence à peine masquée à l'égard du carcan législatif mis en place par le pouvoir impérial.

On l'aura compris, la littérature augustéenne, toutes générations confondues, se caractérise par un classicisme à la fois contraint par l'impératif de la restauration morale et innervé par un style nouveau, composé de brillants jeux d'esprit et de recherches verbales sophistiquées. Au sein même de l'imitation des modèles antérieurs, émerge une forme de modernité poétique indissociable d'une pratique proprement romaine de l'écart fantaisiste, dont l'humour ovidien marque l'aboutissement.

Quelques textes majeurs de la littérature augustéenne

39 av. J.-C.	Virgile, *Les Bucoliques.*
39-29 av. J.-C.	Virgile, *Les Géorgiques.*
35-20 av. J.-C.	Horace, *Satires.*
27 av. J.-C.	Tite-Live, *Histoire de Rome* (jusqu'à 17 ap. J.-C.).
26-25 av. J.-C.	Tibulle, *Élégies* (livre I).
27-22 av. J.-C.	Properce, *Élégies* (livres I-III, livre IV posthume).
23 av. J.-C.	Horace, *Odes* (livres I-III).
20-8 av. J.-C.	Horace, *Épîtres* (livres I et II).
19 av. J.-C.	Virgile, *L'Énéide* (posthume).
15 av. J.-C.	Ovide, *Amours* et premières *Héroïdes.*
1 av. J.-C.	Ovide, *L'Art d'aimer*; *Les Métamorphoses* et *Fastes* (début de la rédaction).
1 ap. J.-C.	Ovide, *Remèdes de l'amour* et *Fards.*
8 ap. J.-C.	Ovide, suite des *Héroïdes.*
14 ap. J.-C.	Ovide, *Tristes* et *Pontiques.*

Propositions de lecture sur la littérature augustéenne

Actes du colloque de Mulhouse, *L'Élégie romaine. Enracinement, thèmes, diffusion,* Paris, Ophrys, 1980.

Jean-Marie ANDRÉ, *Le Siècle d'Auguste,* Paris, Payot, 1974.

Jean-Paul BRISSON, *Rome et l'Âge d'or. De Catulle à Ovide, vie et mort d'un mythe,* Paris, La Découverte, 1992.

Jean-Marc FRÉCAUT, *L'Esprit et l'humour chez ovide,* Grenoble, Presses universitaires de Grenoble, 1972.

Pierre GRIMAL, *Le Lyrisme à Rome,* Paris, PUF, 1978.

Sylvie LAIGNEAU, *La Femme et l'amour chez Catulle et les Élégiaques augustéens,* Bruxelles, Latomus, 1999.

— *Ovide. Les Amours, L'Art d'aimer,* Paris, Ellipses, coll. « Textes fondateurs », 2001.

Jean-Pierre Néraudau, *Ovide, ou les dissidences du poète*, Paris, éd. José Feijoo, 1992 [1989].

— *La Littérature latine*, t. 1 : *L'Époque républicaine*, Paris, Hachette, 1994.

— *Auguste*, Paris, Les Belles Lettres, 1996.

Claude Rambaux, *Trois analyses de l'amour : Catulle, Ovide, Apulée*, Paris, Les Belles Lettres, 1985.

Joël Thomas, *Les Structures de l'imaginaire dans* L'Énéide, Paris, Les Belles Lettres, 1981.

Paul Veyne, *L'Élégie érotique romaine. L'amour, la poésie, l'Occident*, Paris, Le Cerf, 1983.

Genre et registre

De l'épopée à la métamorphose

1.

Codification de l'épopée

1. *Définition préalable*

Le genre épique a une longue histoire derrière lui et, si l'on en croit Quintilien (*Institution oratoire,* X), deux noms s'en détachent : Homère chez les Grecs et Virgile chez les Latins. Alors que la classification des genres chez les Anciens souffre parfois d'entorses, l'épopée jouit d'une définition relativement stable. Depuis la *Poétique* d'Aristote, on s'accorde à dire qu'elle adopte une forme narrative, remarquable par sa longueur et par son unité d'action. Toujours en vertu du critère aristotélicien, ce récit doit être composé en vers réguliers, il doit « imiter en hexamètres », ce que les Grecs et les Romains appliquent sans peine. Genre noble, l'épopée célèbre des personnages hors du commun ou des faits héroïques dignes, par leur dimension collective, d'être racontés (*épos* en grec signifie « parole », « discours ») et d'être transmis à la postérité. C'est le cas chez Homère : Achille dans *L'Iliade* et Ulysse dans *L'Odyssée* charrient avec eux le destin de leur peuple ; leur geste glorieuse n'est pas destinée à une lecture individuelle, mais à une forme de célébration chantée en public. De même, le héros troyen de *L'Énéide* virgilienne symbolise la fondation de la nation romaine. Enfin, dernière constante, l'épopée ne s'interdit pas des développements merveilleux, en prenant garde toutefois de conserver à ce terme sa spécificité : la pensée antique accepte sans doute plus facilement que nous la présence de l'insolite, elle admet que dieux et hommes cohabitent et que le ciel des uns ne soit pas si inaccessible aux autres.

2. *Les développements historiques de l'épopée latine*

Si l'épopée constitue en Grèce le genre majeur par excellence, dont le poème homérique peut se prévaloir d'être le modèle indépassable, elle est reçue à Rome comme un genre parmi d'autres, aux côtés de la tragédie et de la comédie. Dans son développement romain, elle oscille entre inspiration historique et inspiration légendaire. L'épopée latine primitive retrace essentiellement les hauts faits de l'*Urbs*, comme en témoignent les *Annales de la République romaine*. Leur auteur, Ennius, raconte en dix-huit livres, dont seuls six cents vers ont été conservés, les origines de la Cité jusqu'aux dernières guerres puniques, en bannissant toute forme d'intervention divine et toute incursion du merveilleux. Sur le même principe, Lucain évoquera plus tard dans *La Pharsale* les batailles opposant César et Pompée. À l'inverse, le siècle suivant marque, avec Virgile, l'épanouissement de l'épopée mythologique : outre l'œuvre maîtresse de *L'Énéide*, que nous avons précédemment évoquée, il faudrait citer les *Argonautiques* de Valerius Flaccus. Ces huit chants, composés dans les dernières années du Ier siècle, célèbrent l'expédition des Argonautes en quête de la Toison d'or. Une place significative y est faite aux amours tragiques de Jason et de Médée, sur le modèle virgilien des amours d'Énée et de Didon. Le motif de l'amour fait d'ores et déjà partie intégrante de la geste épique, comme le montrera magistralement Ovide dans *Les Métamorphoses*. Approximativement contemporaine et inspirée des douze chants de *L'Énéide*, la *Thébaïde* de Stace rapporte la lutte fratricide à Thèbes des deux fils d'Œdipe, prétendants au trône. Tel est le paysage dans lequel Ovide s'inscrit quand, emboîtant le pas à Virgile, il compose sa propre épopée.

2.

Les métamorphoses de l'épopée selon Ovide

1. *Le respect du genre*

Les quinze livres des *Métamorphoses* ont toutes les apparences d'une épopée. Par leur dimension tout d'abord : les chants, cousus ensemble, constituent un long poème de plus de douze mille vers. En renouvelant sa veine d'inspiration, Ovide respecte aussi les critères de la convenance et adopte un rythme approprié à sa nouvelle matière. Le plus parfait des versificateurs latins choisit les hexamètres dactyliques suivis, cas unique dans son œuvre. Il respecte rigoureusement les règles de la prosodie et de la métrique, au point que cette fixité confine parfois à la monotonie. En quoi consistent ces règles ? Le vers latin ne comporte pas de rimes ; il ne repose pas sur un nombre déterminé de syllabes, mais sur leur quantité. Il se décompose en pieds, c'est-à-dire en groupements de syllabes brèves ou longues, qui le sont par nature ou par position. L'hexamètre dactylique, qui est le vers le plus employé dans la poésie latine, comprend six pieds : les quatre premiers mélangent indifféremment les dactyles (un pied formé d'une longue et de deux brèves) et les spondées (un pied formé de deux longues), le cinquième est un dactyle et le sixième est généralement un spondée.

Dans son épopée mythologique, Ovide, puisant dans les légendes grecques compilées par les mythographes, fait défiler deux cent trente et une histoires de métamorphoses, depuis le chaos primitif jusqu'au règne d'Auguste. L'envergure de la fresque en appelle à la mémorisation collective. Il y manque cependant une action unitaire : le motif de la métamorphose, jusqu'à la dernière apothéose de Jules César (la déification est une variante de la métamorphose, au livre XV, 745-851), ne suffit pas à discipliner la matière de cet ouvrage foisonnant, pas plus que celui de l'amour qui constitue le ressort principal de la plupart des histoires. Ainsi, alors même qu'Ovide a voulu renouer avec le genre noble, on lui a copieusement reproché cette disparité, et beaucoup ont voulu voir dans ces récits éclatés au mieux un aimable divertissement, une parodie d'épopée ou une épopée unique en son genre. Métamorphoses de l'épopée ou épopée des métamorphoses, la réversibilité de la formule, certes facile, traduit bien néanmoins la démarche réflexive d'Ovide.

2. *La mobilité du récit : enchâssements et digressions*

Dans la littérature post-homérique, l'épopée se caractérise surtout par des techniques d'enchâssement narratif. Le procédé, largement exploité chez Homère, est amplifié chez Ovide et s'accompagne d'artifices propres à l'alexandrinisme. À l'inverse de l'épopée virgilienne, le récit ne file pas le trajet d'un héros et d'un seul, mais se fragmente en une profusion d'aventures aux protagonistes variés et en un décloisonnement spatio-temporel. Même dans l'épisode consacré au mythe d'Orphée, censé occuper la totalité du livre X, la linéarité du récit est sans cesse interrompue par un bourgeonnement de périples secondaires qui relèguent au second plan la figure centrale d'Orphée, avant d'y revenir en dessinant une boucle, avec le retour aux Enfers. Les cercles emboîtés de la narration confèrent à l'épopée une profondeur vertigineuse et les livres grossissent par excroissances successives. Après la perte d'Eurydice, le chant d'Orphée se creuse de récits enchâssés, depuis les amours de Jupiter et d'Apollon jusqu'à la passion de Vénus pour Adonis. À cela s'ajoutent des effets de mise en abyme au second degré et d'innombrables digressions sur lesquelles nous reviendrons. Les amours de Vénus, par exemple, contiennent à leur tour une nouvelle histoire, celle d'Atalante et d'Hippomène racontée par la déesse elle-même (X, p. 35-42). La libre facture du récit s'autorise également des distorsions chronologiques : entre le séjour d'Orphée aux Enfers et le début de son chant s'intercale, sous forme d'analepse, l'histoire de Cyparissus (X, p. 13-14). Le procédé est réitéré au livre suivant avec les noces de Thétis et Pélée (XI, p. 56-58). Ainsi étagée, l'épopée repose sur un récit à foyers multiples. Le poète délègue sa parole aux personnages qui prennent l'étoffe de véritables héros. Le relais des narrateurs, qui trouvent leurs auditeurs appropriés, concrétise la transmission des légendes, comme ce passage où Céyx raconte à Pélée et à ses compagnons la métamorphose de son frère, Daedalion, en épervier (XI, p. 58-59). En tant que représentants du lecteur, les personnages endossent ses réactions et permettent de donner chair aux passions.

La fragmentation et les libres détours du récit ne signifient pas cependant que la composition soit laissée au hasard : au contraire, les jointures entre les épisodes hétéroclites sont soigneusement fignolées. L'enchaînement décousu reflète au plan structurel la loi ovidienne de la contiguïté : si tout se touche dans l'univers sous l'effet du processus métamorphique, on glisse également d'une figure à une autre, soit par le prétexte d'un lien familial, soit par une relation plus distendue. Ainsi, le livre XI s'achève sur le récit latéral d'un vieillard, qui fut témoin de la transformation de Céyx et de son épouse en alcyons et qui rapporte à son tour la métamorphose d'Ésaque en plongeon (XI, p. 81-83). La suture est à la fois d'ordre thématique (métamorphose en oiseaux) et elle est motivée par la vraisemblance narrative. En outre, cette disparate est menée de main de maître par un narrateur omniscient : les prolepses, qui désamorcent tout suspens dans l'histoire de Midas, montrent bien qu'il tient magistralement les rênes de la conduite narrative (XI, à partir de la page 48). Sa voix escamotée surgit d'ailleurs à l'improviste, quand il interpelle ses personnages avec une familiarité qui produit des effets troublants de métalepse (la métalepse résulte d'une confusion entre l'univers où l'on parle et celui dont on parle) : Thétis est ainsi hélée par le narrateur qui déroule ensuite l'histoire de ses amours avec Pélée en usant du tutoiement (XI, p. 56).

Si notre poète œuvre indéniablement à l'intérieur du genre élevé de l'épopée, il s'autorise toutefois quelques libertés avec le récit, qu'il prend le soin d'intégrer à un ensemble dont le caractère hybride ne contredit pas la cohérence.

3.

L'épopée de la métamorphose

1. *Le transformisme pythagoricien*

On a souvent comparé *Les Métamorphoses* à une « épopée cosmogonique », sous-tendue par la vision transformiste du monde. Le dernier chant comprend, en effet, une profession de foi pythagoricienne et envisage un cas particulier de métamorphose : la métempsycose. Cela ne signifie pas pour autant qu'Ovide souscrive pleinement à cette théorie de l'universelle instabilité des choses. Placé au terme d'un long parcours, l'exposé de Pythagore vient plutôt couronner le déchaînement des métamorphoses et leur offre, à travers trente-six exemples, un prolongement expérimental encore plus audacieux. Ce néo-pythagorisme n'est pas foncièrement incompatible, du reste, avec l'admiration qu'Ovide voue à Lucrèce et à l'épicurisme du *De natura rerum* (59-54 avant Jésus-Christ). Cette physique matérialiste lui convient bien : reposant sur la conception d'un univers non finalisé et régi par la rencontre hasardeuse des atomes, elle permet de délivrer l'homme de la crainte des dieux et de la mort. Une telle philosophie — et l'on rejoint le propos sous-jacent des *Métamorphoses* — a pour ambition d'expliquer l'étrangeté du monde, d'écarter les voiles du mystère qui maintiennent l'homme dans l'ignorance pour exalter sa puissance de connaissance, alliée à un prudent scepticisme, celui même que professait Pythagore.

2. *Des métamorphoses en chaîne*

Un univers où tout est muable en vertu du principe de contiguïté : telle est la toile de fond des transformations ovidiennes. On peut en tenter, à l'échelle des livres X-XII, une classification.

- Les transformations qui affectent les choses et les animaux :
  — tous les objets transformés en or (XI, p. 50)
  — le pré transformé en bois (X, p. 12) et les eaux du Pactole transformées en or (XI, p. 49 et 51)
  — animaux pétrifiés : serpent (XI, p. 47 et XII, p. 85) et loup (XI, p. 65)
- Les transformations qui affectent les humains :
  — par pétrification pour Olénus et Léthéa (X), les Propétides (X) ; transformation inverse de la statue de Pygmalion en femme (X, p. 22)

— par animalisation : en oiseaux pour Daedalion (XI), Alcyone (XI), Céyx (XI), Ésaque (XI), Cygnus (XII), Cénée (XII), Périclymène (XII) ; en taureaux pour les Cérastes (X), en lions pour Atalante et Hippomène (X) et en biche pour Iphigénie (XII) ; cas particulier des oreilles d'âne de Midas (XI)
— transformations végétales : en arbre pour Attis (X), Cyparissus (X), Myrrha (X), les Ménades (XI) ; en fleur ou en plante pour Ajax (X), Hyacinthe (X), Menthé (X) et Adonis (X)
— modification de sexe pour Cénée (XII, p. 94)
— transformation en étoiles pour Icare et sa fille (X, p. 30)

• Les transformations qui affectent les dieux :
— par humanisation : Apollon en homme puis en vieille femme (XI, p. 54 et 60) et Morphée (XI, p. 76)
— autres : Jupiter en aigle (X, p. 15) ; Thétis en oiseau, en arbre et en tigresse (XI, p. 57)

On le voit, dans ces histoires de métamorphoses, rien ni personne n'est épargné par le changement d'état ou de forme. La métamorphose peut être ascendante (comme celle d'Icare changé en astre, X) ou descendante (les femmes thraces punies par Bacchus qui les change en arbres, XI). Certaines résultent simplement de tactiques de combat (Périclymène transformé en aigle lors de sa lutte avec Hercule, XII) ou de stratégies de séduction (les métamorphoses d'Apollon). Cependant, la versatilité des états ne vient pas seulement sanctionner le récit, pour lui apporter une résolution, sous forme soit de récompense, gage de survie, soit de châtiment pire que la mort.

3. *La merveilleuse variété du monde*

La présence des êtres hybrides met au jour le foisonnement admirable de l'univers. Les métamorphoses relèvent en ce sens des *mirabilia*, des merveilles suscitant l'étonnement, mêlé à l'admiration, à la crainte ou à l'effroi. Elles exaucent parfois des désirs humains réputés impossibles : la descente d'Orphée aux Enfers (X) correspond au désir insensé du voyage dans l'au-delà, le mythe de Pygmalion à celui de la fabrication de statues animées (X). Le merveilleux provoque un sentiment ambivalent, foncièrement lié à la subjectivité de la perception. Tel fait insolite pourra être jugé monstrueux par les uns, prodigieux par les autres : les métamorphoses de Cénée sont des prodiges pour Nestor qui les rapporte (XII, p. 93), tout comme celles d'Hippomène et Atalante dans le récit de Vénus (X). À l'inverse, certaines évocations confinent à l'horreur. Le combat des Lapithes et des Centaures fournit nombre de détails visuellement frappants : l'œil — et ce n'est pas hasard s'il s'agit du canal de la vue — du Centaure Grynée coagulé par le sang à sa barbe (XII, p. 98) constitue à cet égard une image sidérante. Bien souvent, l'incomplétude de la métamorphose, qui fait que l'entité métamorphosée conserve une part de sa forme antérieure, installe une suspension proprement fantastique entre vraisemblance et surnaturel : la transformation d'Ésaque en plongeon, par exemple, se déroule par paliers ; le jeune homme est dépeint à mi-chemin entre l'oiseau dont il a les ailes et l'humain dont il a les « jambes » amaigries par l'amour (XI).

Ovide multiplie les procédés destinés à rendre acceptable l'inconcevable transfiguration. Ces descriptions, à grand renfort de détails précis, entretiennent cette ambiguïté. Ainsi, l'altération du jeune Hyacinthe est soigneusement préfigurée par sa mort, comparable au processus d'une fleur qui se fane : par un échange de qualités, giroflées, pavots et lis flétris « penchent leurs *têtes* languissantes », tandis que « le visage d'Hyacinthe mourant *s'incline* » et que son cou tombe sur son épaule, à la manière d'une tige qui ploie. Ailleurs, il arrive que la métamorphose paraisse naturelle parce qu'elle ne contredit pas la constance psychologique de celui qui la subit. Grâce à cette continuité, la distance entre les époux Alcyone et Céyx et le couple d'hirondelles de mer qu'ils sont devenus est comme abolie : le narrateur lui-même nous assure que cette transformation n'a en rien altéré leur fidélité conjugale (XI, p. 80). Le moteur de la transformation merveilleuse est d'ailleurs souvent celui de l'amour, qui « humanise » ce que le changement pourrait avoir de monstrueux : c'est par amour pour le jeune Ganymède que Jupiter se change en aigle (X) et l'on pourrait multiplier les exemples. Parfois même, la métamorphose semble un processus nécessaire, et par là vraisemblable. C'est tout naturellement que Myrrha, coupable de passion incestueuse pour son père, est changée en arbre à myrrhe (X, p. 32) ou que Cygnus, à l'issue de son combat avec Achille, se transforme en cygne (XII, p. 91). L'altération merveilleuse ne fait qu'accomplir ici le programme du nom.

Plus fondamentalement, les métamorphoses sont acceptables parce qu'elles procèdent d'une sympathie et d'une harmonie vitales. Certaines, comme celle qui explique qu'un cygne ne vole pas, ont une valeur étiologique, en accord avec la dimension didactique de l'épopée : elles visent à élucider la causalité à l'œuvre dans la nature organique et inorganique. L'interpénétration des règnes, par glissement continu, fait de l'analogie le principe qui gouverne l'univers. En un échelonnement ininterrompu de la matière inerte jusqu'aux dieux, en passant par les organismes vivants et les êtres humains, de secrètes correspondances se tissent, que les métamorphoses ne font que révéler.

Bibliographie

Michel Boillat, *Les* Métamorphoses *d'Ovide. Thèmes majeurs et problèmes de composition*, Berne-Francfort, 1976.

R. Chevallier (dir.), *L'Épopée gréco-latine et ses prolongements modernes*, Paris, Les Belles Lettres, 1981.

Jacqueline Fabre-Serris, *Mythe et poésie dans les* Métamorphoses *d'Ovide*, Paris, 1995.

Jacqueline Fabre-Serris et Alain Deremetz (dir.), *Élégie et épopée dans la poésie ovidienne (*Héroïdes *et* Amours*)*, Lille, coll. « UL3 », 1999.

Brooks Otis, *Ovid As an Epic Poet*, Cambridge, 1971 [1965].

G. Tronchet, *La Métamorphose à l'œuvre*, Louvain-Paris, Peeters, 1998 (la classification p. 163-164 lui doit beaucoup).

L'écrivain à sa table de travail

Les Métamorphoses
entre textes et images

LE POÈME OVIDIEN, on l'a souvent dit, évoque moins des histoires de métamorphoses, qu'il ne réfléchit la métamorphose comme principe d'écriture et de composition. S'inspirant des modèles patrimoniaux, le recueil des *Métamorphoses* devient à son tour une matrice, dans le domaine des arts comme dans la littérature.

1.
Les Métamorphoses et l'exploration des genres

1. *Métamorphose et intertextualité*

Pour saisir le fonctionnement de l'intertextualité, il faut bien comprendre que la création littéraire dans l'Antiquité romaine est régie par le critère aristotélicien de la *mimésis*. L'originalité de chacun réside dans l'imitation consciente des modèles (*imitatio*), c'est-à-dire dans la pratique d'une saine émulation (*aemulatio*), d'un jeu avec l'autorité (*auctoritas*) qui permet de dégager son ingéniosité propre et d'où découle le plaisir de la reconnaissance. Chez Ovide, les textes antérieurs (Hésiode, les Tragiques, Lucrèce et surtout Homère et Virgile) sont passés à travers le prisme déformant de la métamorphose. Bien des épisodes, à commencer par le mythe d'Orphée, peuvent se lire comme un réemploi des épopées consacrées. La description épique du voyage en mer de Céyx en procède. La tempête ovidienne fait entendre à l'évidence la tempête virgilienne de *L'Énéide* (I) et elle clôt superbement le livre XI sur un tour de force : une scène doublement pathétique de deuil, parce que la charge pathétique est aussi intense quand elle est exprimée par Alcyone, jeune épouse éplorée, que par l'hirondelle qu'elle est devenue. C'est l'épisode troyen qui offre l'exemple le plus abouti du travail sur les sources. Ovide connaît parfaitement la geste iliadique et anticipe même sur l'issue des légendes troyennes : celles-ci sont tout entières contenues dans un présage (XII, p. 84) et, à peine évoquées, elles sont aussitôt reléguées au second plan par la pétrification du serpent (XII, p. 85). Tout au long du récit d'ailleurs, le poète désamorce un quelconque effet de suspens : allusions, prétéritions et prolepses rappellent à la mémoire du lecteur que la guerre de Troie a déjà été récitée. La déconstruction chronologique du récit, les distorsions temporelles qui font du poète le maître incontesté du récit et les jeux constants de variantes montrent que la logique n'est plus événementielle, mais intertextuelle : Ovide exhibe, en un morceau de bravoure, la mise en scène picturale de la tradition épique au gré des translations qu'il lui fait traverser. Tout d'abord, les métamorphoses proprement dites se raréfient dans cette section : celles qui en relèvent vraiment — la pétrification du serpent, la transformation de Cygnus et d'Iphigénie — sont rejetées à la périphérie du livre XII, au profit de deux épisodes hypertrophiés, la Centauromachie et l'aristie de Cénée, moment attendu qui clôt une bataille. Outre des emprunts à la tradition épique des *Antehomerica* et des *Posthomerica*, le récit nestorien du combat des Lapithes et des Centaures intègre des péripéties venues de l'épopée homérique et de l'épopée virgilienne, soumises à un traitement moins parodique qu'humoristique. La lutte entre Achille et Cygnus, par exemple, est le reflet sciemment décalé du combat homérique contre Hector et des réutilisations qu'en fera Virgile dans *L'Énéide*. Même si la surenchère dans l'horreur fait partie des lois du genre épique, le raffinement des détails barbares atteint chez Ovide des proportions démesurées : la multitude des combattants, la variété des armes, la palette de massacres tous plus terrifiants les uns que les autres indiquent que le poète « fait » du texte, en n'ayant de cesse, de surcroît, d'authentifier son récit invraisemblable par divers procédés d'accréditation — telle est la fonction testimoniale de Nestor qui a vu la scène de ses yeux et qui y a participé.

2. *Une rhapsodie de genres*

La libre transposition des modèles illustres s'adjoint une forme de « labilité » des registres. Le mélange des tonalités (élégiaque, tragique, pathétique, épique) introduit souvent un décrochage par rapport au contexte immédiat. L'illustration la plus éloquente nous est fournie encore par le combat des Lapithes et des Centaures : *excursus* par rapport au prétexte initial de la métamorphose, le démarquage vis-à-vis des textes antérieurs s'opère notamment à travers la juxtaposition de deux types de scènes qui correspondent à la nature double des monstres. La débâcle de violence digne d'animaux en rut est en effet interrompue de manière incongrue par un intermède idyllique : la mort de deux Centaures amoureux dont la beauté se mesure à l'étalon de l'art et dont les sentiments sublimes et proprement humains d'abnégation et de suicide tranchent avec la violence épique des combats sanglants. Tous ces morceaux intercalés comme autant de digressions illustrent le brio du poète qui exécute magistralement ses gammes et qui construit son texte comme un palimpseste. L'indécision générique en participe également et indique que le lien ténu de la métamorphose n'est qu'un prétexte à coudre ensemble des épyllions (épopées miniatures) traversés par toutes sortes de genres. Au sein d'un recueil hybride, encadré par deux exposés philosophiques, tragédie, élégie, poésie didactique, épopée se mêlent dans un métissage qu'Ovide pratiquait déjà à la fin des *Amours* et dans les *Héroïdes*.

3. *Les exercices de la parole*

La logique narrative dans *Les Métamorphoses* échange volontiers avec l'esthétique théâtrale. Certains épisodes, comme celui de Myrrha (X, p. 22-33), adoptent non seulement la structure d'une tragédie, mais le mouvement dramatique s'amplifie dans l'outrance des combats épiques et dans la succession affolée des diverses déclamations. Les héros et les dieux, en proie au sentiment amoureux, se livrent fréquemment à l'exercice de la délibération. Dans ces longs monologues qui traduisent des déchirements intérieurs, l'expression des passions s'aide des ressources de la rhétorique. Pour reprendre l'histoire de Myrrha, les longs débats qui montrent l'héroïne aux prises avec l'amour monstrueux qu'elle a conçu pour son père, les aveux laborieux à la nourrice, les prières, toute cette folle logorrhée dit l'étendue de la faute incestueuse. On entendrait presque l'éthopée de l'infortunée Phèdre épanchant sa détresse amoureuse dans les *Héroïdes* (l'éthopée est un exercice de rhétorique qui consiste à prêter à un héros de l'histoire ou de la littérature un discours fictif).

Les héros des *Métamorphoses* maîtrisent incontestablement les artifices de l'art oratoire. En témoignent le dilemme d'Atalante tenant à Hippomène un discours de passion et de raison (X, à partir de la page 37) ou encore l'éloge funèbre de Hyacinthe placé dans la bouche d'Apollon qui esquisse dans le même temps un plaidoyer *pro domo* en vue de se disculper (X, p. 17). Il n'est pas tout à fait anodin à cet égard que le livre XII s'achève sur l'oraison funèbre d'Achille qui laisse le lecteur sur un *memento mori* (un avertissement funèbre) saisissant : du grand héros, il ne reste plus que des cendres qui suffiraient à peine à remplir le contenu d'une petite urne. Vanité de l'histoire, semble suggérer Ovide, mais aussi vanité de ses récitants, aussi illustres fussent-ils.

2.

La métamorphose comme principe d'écriture

1. *La réflexion métapoétique*

Les Métamorphoses débutent par l'image emblématique du chaos originel ordonné en cosmos. Le geste de l'architecte du monde annonce le geste créateur du poète et son « faire » poétique. Le mythe d'Orphée, qui occupe une place prépondérante dans notre corpus, fournit un exemple canonique de réflexion métapoétique. Le chantre divin est affilié chez Ovide à Apollon et à Bacchus, soit à deux formes de création poétique. Son trajet initiatique aux Enfers et la perte réitérée d'Eurydice révèlent l'articulation étroite entre le chant et la douleur. Les accents mélodieux du chantre divin sont tels qu'ils suspendent les supplices infernaux, font mouvoir les arbres et apprivoisent les bêtes féroces. Le mythe nous dit que toute poésie naît d'une perte, qu'elle voudrait transmuer en un chant consolateur. L'ensemble du livre X, qui développe la matière des chants d'Orphée, illustre ainsi le pouvoir de cette plainte qui perturbe l'ordre du monde, fléchit les dieux et infléchit le cours des destins, permettant au poète inconsolable de rejoindre Eurydice aux Champs Élysées. L'éloge funèbre d'Orphée achève l'épisode et, prononcé par le poète ovidien lui-même, il sonne d'ailleurs comme un hommage rendu à un pair (XI, à partir de la page 46).

De manière plus générale, les signaux métapoétiques abondent dans *Les Métamorphoses.* Le mythe de Pygmalion (X), par exemple, esquisse une réflexion sur le pouvoir de l'art, dont le comble est l'art qui se dissimule ; la métamorphose de la statue en femme est la version littérale d'un idéal à atteindre, exprimé, au sens figuré, par le motif de l'animation du modèle. Ainsi, Ovide prend au pied de la lettre un *topos* du discours illusionniste sur l'art (telle femme peinte ou sculptée est si saisissante de vérité qu'elle semble vivante) et le transforme en récit. Ailleurs, l'étiologie de la naissance d'une fleur, éclose du sang de Hyacinthe, métaphoriserait la fleur de poésie ; la rivalité musicale entre la flûte de roseaux de Pan et la lyre d'Apollon (XI) peut rappeler les tournois poétiques (ou chants amœbées) que se disputaient les pâtres arcadiens dans *Les Bucoliques* virgiliennes : ces motifs et bien d'autres traduisent le souci constant chez Ovide d'exhiber les processus poétiques de son propre chant.

2. Les virtualités poétiques de la métamorphose

C'est d'ailleurs en ce sens que la métamorphose, en tant que processus de passage plus ou moins fulgurant et de confusion des limites, peut s'envisager comme la voie privilégiée d'exploration des tropes. Elle met à nu le fonctionnement même de la métaphore qu'elle décompose et qu'elle transpose le plus souvent littéralement. Dans le mythe de Midas, la conversion des objets en or permet de démonter le mécanisme métaphorique : le pain, désigné de manière convenue par les « dons de Cérès », devient au contact de Midas « une lame du fauve métal» (XI). La tendance de la métamorphose est à l'amplification. Ainsi, la lyre d'Orphée fait surgir une forêt d'arbres, répertoriés en vingt-six essences : certaines sont évoquées à travers des images topiques (l'étreinte végétale de la vigne couverte de pampre ou les ormeaux vêtus de vignes), d'autres par de véritables métaphores, noyaux de légendes que le lecteur peut développer à son gré (le pin résultant de la transformation d'Attis, X). Pour pouvoir cerner l'étrangeté de la métamorphose, la ramener à des repères familiers, le poète fait appel à d'autres images qui procèdent d'une amplification. Aussi, à l'occasion de la pétrification d'Orphée, d'autres légendes similaires, celles d'Olénos ou de Léthéa (X) sont-elles convoquées.

3. *L'ornementation mythologique*

Il en résulte une écriture prolixe, inquiète, vouée aux mouvements métamorphiques. On en veut pour preuve les jeux constants de variations à l'identique sur l'évocation des héros, conformes à leur identité protéiforme. Ainsi, un même héros est désigné par son nom, ses liens de parenté avec d'autres figures de la légende ou de l'histoire, sa provenance géographique et ses qualités emblématiques déclinés à l'envoi. Ce goût marqué pour les périphrases à valeur ornementale, si caractéristiques du poème homérique, permet d'abord d'éviter la répétition. Le poète joue en outre de la compétence culturelle d'un public rompu aux devinettes savantes et ne se prive pas de multiplier les allusions mythologiques. Il faut savoir que les Romains ont été initiés aux cycles mythologiques grâce à la fréquentation des auteurs grecs, passés par le filtre de l'alexandrinisme. Sans que l'on puisse parler véritablement d'une déperdition du « sacré », le mythe est à la fois véhiculé par une œuvre d'art, historicisé et converti en matériau littéraire pour érudits. Le procédé est particulièrement efficace lorsque les divinités sont brièvement décrites par la simple mention de leurs attributs caractéristiques. Cupidon est évoqué de manière convenue comme « le petit dieu armé d'un carquois », Vénus est représentée avec son char, Bacchus avec son cortège (XI, « Midas ») : ornementale, la périphrase se voit dotée d'un véritable pouvoir de visualisation qui convoque chez le lecteur une image topique et qui réactive éventuellement le motif figuré d'une œuvre d'art.

3.

Métamorphoses et imagisme

1. *L'efficace de la vision*

On ne compte plus dans *Les Métamorphoses* les effets de mise en scène qui croquent les personnages au vif, dans une gestuelle aisément figurable, intensifiée par l'éloquence de leur expression : les héroïnes éplorées s'arrachant les cheveux, ou bien les mains jointes tendues vers le ciel, comptent parmi les vignettes les plus exploitées. Or, la traduction des passions est une préoccupation constante depuis Aristote, aussi bien pour l'orateur que pour le peintre. Ovide excelle dans ce domaine : il parvient, en conjuguant récit énergique et théâtralité, à restituer l'impact visuel d'une scène frappante. Le carnage du loup, par exemple, rapporté par le pâtre de Pélée, prend la forme d'une hypotypose qui en rend l'horreur tangible et abolit du coup la distance qu'impliquait le récit de seconde main (XI, à partir de la page 62). La visualisation efficace installe le lecteur au cœur du fantastique ou du merveilleux, dans une forme d'« inquiétante étrangeté », selon la terminologie freudienne, où ce qui est lointain devient étrangement familier : l'effet n'est pas anodin quand il conforte une identification ambivalente avec le monstre, mêlant répulsion et fascination.

C'est avec la même efficacité que le poète décrit la rhétorique muette des passions, en isolant notamment le *climax* affectif d'une scène. On le constate dans l'épisode des amours funestes d'Apollon et Hyacinthe : la portée pathétique culmine dans l'expression de la douleur du dieu et surtout dans la peinture du jeune homme agonisant. Le motif de la métamorphose constitue une gageure supplémentaire : la charge émotive reste inchangée, qu'elle caractérise l'état antérieur ou l'état altéré, c'est-à-dire Hyacinthe suspendu entre la vie et la mort ou la fleur qu'il est sur le point de devenir. De manière similaire, le récit de la tempête exploite toutes les vertus de l'hypotypose et de l'arrêt sur image. La plainte d'Alcyone en proie à de terribles pressentiments, quand son époux lui apprend son départ, s'apparente à un véritable morceau d'éloquence pathétique, précédé qui plus est d'une description précise des manifestations physiologiques de sa terreur (XI, à partir de la page 65). La construction en diptyque accentue la dimension « piteuse » de la scène de séparation : le récit, se focalisant d'abord sur l'épouse laissée sur le rivage et encore ignorante, est aussitôt suivi de la description de Céyx pris dans la tempête en mer. Le naufrage lui-même a l'envergure d'une fresque à plusieurs panneaux : conformément à l'exigence de variété qui prévaut dans la rhétorique et dans le domaine pictural, la diversité des poses des matelots et la palette étendue de leurs expressions face au déchaînement des éléments animent le tableau épique de ce moment codifié (XI, à partir de la page 71). En outre, la force pathétique de l'épisode redouble d'intensité quand le naufrage est rapporté une seconde fois, sous la forme d'un récit homodiégétique (celui de Morphée, prenant l'apparence de Céyx, pour apparaître en songe à Alcyone), puis une dernière fois quand l'épouse désespérée relate le songe à sa nourrice.

2. *La poésie ou la « peinture parlante »*

Il arrive fréquemment qu'Ovide mesure sa plume au pinceau du peintre et qu'il s'en amuse même : le poète se dispense délibérément de décrire la beauté d'Adonis et convoque le raccourci de la référence picturale. Pour se représenter le jeune éphèbe, il recommande de se référer à la manière dont les peintres représentent les Amours nus (X, à partir de la page 33). Cela ne signifie pas qu'il soit avare de vignettes faites pour l'œil : dans ce même épisode, la dolente Vénus, apprenant la mort d'Adonis, est figée dans une gestuelle hiératique digne d'un tableau (X) ; plus loin, dans le récit de la déesse, la course d'Atalante est décrite de manière picturale et fait écho au *topos* de la nymphe échevelée, dont les vêtements ondoient au vent. De ce point de vue, la métamorphose confronte peintres et poètes à des questions d'ordre esthétique et le terme d'*imago* qui la désigne traduit bien sa dimension visuelle : comment figurer le glissement des états, la régression vers l'animalité et la mobilité parfois fulgurante des formes dans un art qui, comme celui de la peinture, est celui de l'espace ? La poésie a pour elle l'avantage de la diachronie et de la succession temporelle. Ovide nous le montre, quand il parvient à saisir l'infime instant où une forme bascule dans une autre ou au contraire celui où le mouvement se fige, telle cette suspension soudaine de Daedalion dans les airs au moment où Apollon décide de lui donner des ailes (XI). Attentives aux contours, aux couleurs muables, ainsi qu'aux effets de relief, les notices descriptives des *Métamorphoses* flirtent aussi bien avec la peinture qu'avec la statuaire. La sculpture de Pygmalion est ainsi décrite à grand renfort de détails « tactiles », de notations de matière changeantes au gré du progressif amollissement de l'ivoire qui se fait chair. Inversement, les pétrifications d'animaux ou d'humains exploitent, comme ce loup de Pélée devenu marbre (XI), des effets de statuaire.

La représentation de la musique est une autre gageure pour les poètes et les peintres, et le mythe d'Orphée, qui combine le thème de la métamorphose et celui de la mélodie, en est particulièrement emblématique. Ovide accomplit à cet égard un véritable tour de force dans le tableau sonore et visuel qu'il donne de la mort d'Orphée (XI, p. 44). Mais les véritables morceaux de bravoure descriptifs sont fournis par l'*ekphrasis* de l'antre du Sommeil (XI, à partir de la page 73) et par celle du palais de la Renommée (XII). Relevant du genre épidéictique (ou démonstratif), l'*ekphrasis* est pratiquée dans les écoles grecques dès le IIe siècle avant Jésus-Christ, à côté de la rhétorique judiciaire ou délibérative. En tant que genre non fonctionnel, elle ne vise qu'à susciter l'admiration du public. Cet exercice descriptif, qui a un pouvoir d'évocation énergique et qui cherche à produire un effet d'hypotypose, se spécialise, avec la vogue de l'alexandrinisme, dans la description des œuvres d'art. Sans entrer dans leur détail, les *ekphraseis* des *Métamorphoses* sont soigneusement encadrées par des procédés de composition annulaire : l'arc-en-ciel qui délimite l'*ekphrasis* de l'antre du Sommeil signale ainsi son statut de digression. L'esthétique de l'enchâssement fait de ces éclats de textes de véritables ornements, sertis dans le récit qui leur sert d'ostensoir.

3. *Les métamorphoses mises en images*

La dimension merveilleuse de la métamorphose ne doit pas occulter la médiation d'une œuvre d'art. Mosaïques, cratères, fresques de Pompéi, auxquelles le récit ovidien emprunte parfois le rythme et le découpage en panneaux successifs, développent des épisodes proches de ceux des *Métamorphoses* (sacrifice d'Iphigénie, chant d'Orphée, etc.). Pour la seule Centauromachie, Ovide a pu puiser aux sources iconographiques abondantes et anciennes, transposant en récit des sculptures qui ornaient le fronton du temple de Zeus à Olympie ou le Mausolée d'Halicarnasse. Certaines de ces scènes peuvent être lues comme le commentaire ekphrastique d'œuvres d'art que le poète tente de matérialiser sous les yeux du lecteur : *Les Métamorphoses* nous invitent ainsi à un parcours muséal et nous font passer en somme de l'image à l'image.

La réception du poème ovidien conforte cette idée : on retient des épopées miniatures qui en forment la trame la qualité visuelle susceptible de fixer une leçon. La métamorphose comme image frappante sert les visées édifiantes des *Ovide moralisé* qui font fortune au Moyen Âge. Le recueil des *Métamorphoses* est alors considéré comme un inventaire de *mirabilia*, digne d'intérêt scientifique. À la faveur du discours de Pythagore (XV), on déchiffre les histoires mythologiques de manière allégorique, en multipliant les niveaux de sens. La frivolité d'Ovide est ainsi gommée au profit d'une lecture quasi exégétique qui l'autorise dans l'Occident chrétien et influence même la statuaire religieuse gothique. Plus tard, les dialogues amoureux de la Renaissance se satisferont particulièrement bien du motif de l'amour en triomphe. Pour ce qui est de notre corpus, le thème est à l'honneur dans l'ensemble du livre X, encadré par les couples d'Orphée et Eurydice et de Vénus et Adonis, ainsi que dans les métamorphoses respectives de Céyx et Alcyone suivies de celle d'Ésaque qui achèvent le livre XI.

La reviviscence d'Ovide ne faiblit pas et prend des formes variées au fil des siècles : histoire du livre illustré, mythographie et arts plastiques concourent à la survie des *Métamorphoses* en images. On assiste par exemple, au XVIe siècle, à une profusion d'éditions illustrées et de livres d'emblèmes qui, d'abord sensibles à la portée morale du texte, s'attachent de plus en plus à la force visuelle des images. Les descriptions d'Ovide servent à leur tour de canevas pour les artistes ultérieurs. On ne compte plus les peintres qui puisent dans *Les Métamorphoses* leurs motifs iconographiques : le Titien, Véronèse, Rubens, Simon Vouet, Poussin et jusqu'à Picasso et Salvador Dalí. Malgré l'éclipse momentanée imposée par la Contre-Réforme qui n'apprécie guère le paganisme des *Métamorphoses*, les programmes décoratifs conçus pour les palais italiens et leurs jardins se réclament encore des motifs ovidiens. Abondamment réutilisée par La Fontaine, la mythologie ovidienne vient consolider le pouvoir de Louis XIV qui en fait la démonstration avec Versailles.

Bibliographie

Actes du colloque Présence d'Ovide, éd. R. Chevallier, Paris, Les Belles Lettres, 1982.

Actes du colloque de Parménie sur Ovide, éd. J.-M. Frécaut et D. Porte, Bruxelles, Latomus, 1985.

Alain DEREMETZ, *Le Miroir des Muses. Poétiques de la réflexivité à Rome*, Villeneuve-d'Ascq, Presses universitaires du Septentrion, 1995.

Perrine GALAND-HALLYN, *Le Reflet des fleurs. Description et métalangage poétique d'Homère à la Renaissance*, Genève, Droz, 1994.

Georges LAFAYE, *Les* Métamorphoses *d'Ovide et leurs modèles grecs*, Paris, 1904.

Lectures d'Ovide, éd. E. Bury et M. Néraudau, Paris, Les Belles Lettres (publiées à la mémoire de Jean-Pierre Néraudau), 2003.

C. MARTINDALE (dir.), *Ovid Renewed. Ovidian Influences on Literature and Art from the Middle Ages to the Twentieth Century*, Cambridge UP, 1990 [1988].

Simone VIARRE, *L'Image et la pensée dans les* Métamorphoses *d'Ovide*, Paris, PUF, 1964.

— *Ovide, essai de lecture poétique*, Paris, Les Belles Lettres, 1976.

Groupement de textes

La descente aux Enfers

LE HÉROS DE L'ÉPOPÉE, investi d'un pouvoir supérieur, agit aussi bien sur terre que du Ciel à l'Enfer. Aussi le voyage d'outre-tombe, hors du temps, constitue-t-il une étape quasi obligée de son parcours, un moment dont il doit revenir, un rite de passage avec ses codes. L'Enfer, qu'il s'agisse des confins de la terre (l'Hadès homérique), des *Inferi* (« les lieux en dessous ») ou du Tartare, est un espace symbolique, avec sa géographie, sa topographie, son architecture et son peuplement propres, du moins jusqu'à la catabase du Christ dans les Limbes, son passage chez les morts. En se fondant sur l'image de la descente, qui évoque la trajectoire du soleil couchant, on situe souvent ce monde chtonien à l'extrême ouest. C'est le cas chez Homère, Dante et Paul Claudel ; dans *L'Énéide* en revanche, c'est au soleil levant que Sibylle et Énée entrent dans l'Averne. Le lieu infernal est un pays désertique ou une contrée humide traversée par le Styx ; il peut être subdivisé en différentes zones, en fonction du sort réservé aux morts : le Tartare reçoit les suppliciés, une zone intermédiaire est réservée aux défunts qui connaissent le même sort, les Champs Élysées sont le séjour des âmes privilégiées avant leur réincarnation — c'est là qu'Orphée retrouve Eurydice chez Ovide — et l'on relève même des fragments de paradis dans l'Enfer dantesque. La configuration architecturale des régions inférieures importe également : enceinte infranchissable, aménagement d'une porte ouverte ou fermée, disposition concentrique dont Dante a fourni un modèle magistral. Les Enfers, enfin, sont des lieux habités : un royaume gouverné par Proserpine et Pluton, gardé par Cerbère, avec un passeur, Charon, qui dans sa barque mène les âmes sur l'Achéron ; un royaume peuplé surtout de damnés, d'ombres impalpables ou de véritables suppliciés. La traversée des Enfers peut s'associer d'ailleurs à une classification des fautes, comme le septénaire des péchés capitaux que l'on trouve chez Dante. L'inventaire produit autant d'« images agissantes » (*imagines agentes*) qui frappent l'imagination du lecteur et s'impriment avec force dans sa mémoire, en guise d'avertissement. Les descriptions sont dans l'ensemble d'une grande précision et, pourtant, ce voyage dans l'au-delà s'apparente volontiers à une vision onirique.

Le héros ne descend aux Enfers que pour en revenir et c'est bien ce retour qui importe. Pour cela, il doit être autorisé, légitimé dans cette fonction salutaire par sa filiation « divine » : Orphée est fils de la Muse Calliope, Énée est le descendant de Vénus, Dante entreprend son voyage sur ordre de la Vierge Marie et l'Empereur de Chine chez Claudel est nommé fils du Ciel. Ce trajet initiatique laisse augurer une ascension aux dimensions eschatologiques, qui concerne les fins dernières de l'homme. Le dialogue avec les morts, accompagné de ses rituels, entre dans ce cadre, pour abolir la distance entre les vivants et les défunts. De même, il n'est pas de catabase sans prophétie et le héros est investi d'une mission salvatrice, qui engage le destin d'un peuple. Il s'entretient à cette fin avec plusieurs interlocuteurs, dont certains lui servent de guides et lui permettent de repartir doté d'un plus grand savoir.

HOMÈRE (v. 900 av. J.-C.)

Odyssée

(trad. Victor Bérard, Folio classique n° 254)

Après la guerre de Troie célébrée dans L'Iliade, *Homère chante dans* L'Odyssée *le long périple d'Ulysse, l'un des chefs grecs qui, pour avoir offensé Poséidon, doit affronter les épreuves que la colère du dieu lui réserve. Sur le chemin de retour, l'homme aux mille ruses errera pendant vingt ans avant de rejoindre Ithaque. Durant son séjour chez Circé, Ulysse aborde avec ses compagnons, au soleil couchant, le pays des Cimmériens et entreprend le voyage au pays des morts. L'Hadès que traverse Ulysse est peuplé comme il se doit : divinités tutélaires, monstres gardiens du temple et hordes de morts, non plus inhumés, mais passés par le feu purificateur de l'incinération. Ulysse y rencontre sa mère, les ombres de ses compagnons, les héros de la guerre de Troie, Agamemnon, Achille, Patrocle, Antiloque, Ajax. Dans cet extrait, le tableau saisissant des suppliciés rappelle que la punition est le reflet empiré de la faute terrestre et que la damnation est l'épreuve de la répétition éternelle. Pris de frayeur devant la foule des morts, le voyageur s'empresse de regagner le manoir de Circé où l'attendent de nouvelles épreuves : l'île des Sirènes et les deux écueils, Charybde et Scylla. C'est dire si le voyage est un intermède à valeur prophétique : Ulysse convoque les morts pour connaître les destins (XI, 139).*

Et je vis Tityos, fils de la noble Terre : il gisait sur le sol et couvrait neuf arpents. Un couple de vautours, posés à ses deux flancs, lui déchirait le foie et lui fouillait ses entrailles, et ses mains ne pouvaient les écarter de lui : il avait assailli la compagne de Zeus, cette auguste Léto, qui s'en allait à Delphes, à travers Panopée et sa riante plaine.
Je vis aussi Tantale en proie à ses tourments. Il était dans un lac, debout, et l'eau montait lui toucher le menton; mais toujours assoiffé, il ne pouvait rien boire ; chaque fois que, penché, le vieillard espérait déjà prendre de l'eau, il voyait disparaître en un gouffre le lac et paraître à ses pieds le sol de noir limon, desséché par un dieu. Des arbres à panache, au-dessus de sa tête, poiriers et grenadiers et pommiers aux fruits d'or, laissaient pendre leurs fruits, et puissants oliviers et figuiers domestiques ; à peine le vieillard faisait-il un effort pour y porter la main : le vent les emportait jusqu'aux sombres nuées.
Je vis aussi Sisyphe, en proie à ses tourments : ses deux bras soutenaient la pierre gigantesque, et, des pieds et des mains, vers le sommet du tertre, il la voulait pousser; mais à peine allait-il en atteindre la crête, qu'une force soudain le faisant retomber, elle roulait au bas, la pierre sans vergogne; mais lui, muscles tendus, la poussait derechef; tout son corps ruisselait de sueur, et son front se nimbait de poussière.
Puis ce fut Héraclès que je vis en sa force : ce n'était que son ombre; parmi les Immortels, il séjourne en personne dans la joie des festins; du grand Zeus et d'Héra aux sandales dorées, il a la fille, Hébé aux chevilles bien prises. Autour de lui, parmi le tumulte et les cris, les morts prenaient la fuite ; on eût dit des oiseaux. Pareil à la nuit sombre, il avait dégainé son arc et mis déjà la flèche sur la corde ; d'un regard effrayant, cet archer toujours prêt semblait chercher le but ; sa poitrine portait le baudrier

terrible et le ceinturon d'or, où l'on voyait gravés, merveille des chefs-d'œuvre, des ours, des sangliers, des lions aux yeux clairs, des mêlées, des combats, des meurtres, des tueries : l'artiste, qui mit là tout son art, essaierait vainement de refaire un pareil baudrier.
Héraclès, du premier regard, me reconnut et, parmi les sanglots, me dit ces mots ailés :
HÉRACLÈS : Fils de Laërte, écoute, ô rejeton des dieux, Ulysse aux mille ruses ! pauvre ami, traînes-tu cette vie misérable, que j'ai traînée là-haut, sous les feux du soleil ? Fils de Zeus, petit-fils de Cronos, j'endurais des misères sans bornes, asservi sous le joug du pire des humains ; quels pénibles travaux il m'avait imposés ! Ici, pour enlever le chien, il m'envoya ; c'était, dans sa pensée, le risque sans pareil... Je pris et j'emmenai le chien hors de l'Hadès ; pour guides, j'avais eu Hermès et la déesse aux yeux pers, Athéna !
À ces mots, il rentra aux maisons de l'Hadès.

Et ma mère rentra aux maisons de l'Hadès et moi, je restais là, attendant la venue de quelqu'un des héros, qui sont morts avant nous. J'aurais bien voulu voir les héros des vieux âges, Thésée, Pirithoos, nobles enfants des dieux. Mais avant eux, voici qu'avec des cris d'enfer, s'assemblaient les tribus innombrables des morts. Je me sentis verdir de crainte à la pensée que, du fond de l'Hadès, la noble Perséphone pourrait nous envoyer la tête de Gorgo, de ce monstre terrible... Sans tarder, je retourne au vaisseau ; je m'embarque et commande à mes gens d'embarquer à leur tour, puis de larguer l'amarre. Mes gens sautent à bord et vont s'asseoir aux bancs et, descendant le cours du fleuve Okéanos, notre vaisseau s'éloigne, à la rame d'abord, puis au gré de la brise.

VIRGILE (71 ou 70-19 av. J.-C.)

Géorgiques (livre IV)
(trad. Jacques Delille, Folio classique n° 2980)

Le livre IV des Géorgiques *contient des considérations techniques sur l'apiculture, une description de la cité des abeilles et un récit étiologique sur la reproduction artificielle des abeilles. Virgile lie la légende d'Eurydice et celle d'Aristée, puisque c'est en fuyant les avances de celui-ci que la femme d'Orphée est mortellement piquée par un serpent. Les dieux châtient alors Aristée en frappant ses abeilles d'une épidémie. Désespéré, le coupable demande conseil à sa mère, Cyrène, qui le guide vers Protée. Le dieu marin et devin lui révèle la cause de sa malédiction et lui raconte la mort d'Eurydice. L'épyllion d'Orphée occupe la fin du livre IV. La figure du chanteur divin, implicitement associée au poète Gallus, a déjà été évoquée dans* Les Bucoliques *(III, VI et X). L'accent est mis sur la douleur des personnages et la dimension pathétique culmine dans l'impossible étreinte d'Eurydice devenue une ombre et dont le dernier geste sera de tendre les bras vers son époux. Le chant d'Orphée ponctue à intervalles réguliers le déroulement du récit et la puissance du* carmen *éclate dans les régions infernales dont il convertit l'agitation monstrueuse en stupeur. Pourtant, Orphée échoue dans sa catabase, parce qu'il est victime de sa* furor. *Sa descente aux Enfers prendra sa pleine dimension initiatique si l'on considère le prolongement que lui apporte la catabase d'Énée.*

Tremble, un dieu te poursuit ! pour venger ses douleurs,
Orphée a sur ta tête attiré ces malheurs ;
Mais il n'a pas au crime égalé le supplice.
Un jour tu poursuivais sa fidèle Eurydice ;
Eurydice fuyait, hélas ! et ne vit pas
Un serpent que les fleurs recelaient sous ses pas.

La mort ferma ses yeux : les Nymphes ses compagnes
De leurs cris douloureux remplirent les montagnes ;
Le Thrace belliqueux lui-même en soupira;
Le Rhodope en gémit, et l'Èbre en murmura.
Son époux s'enfonça dans un désert sauvage :
Là, seul, touchant sa lyre, et charmant son veuvage,
Tendre épouse ! c'est toi qu'appelait son amour,
Toi qu'il pleurait la nuit, toi qu'il pleurait le jour.
C'est peu : malgré l'horreur de ses profondes voûtes,
Il franchit de l'enfer les formidables routes ;
Et, perçant ces forêts où règne un morne effroi,
Il aborda des morts l'impitoyable roi,
Et la Parque inflexible, et les pâles Furies,
Que les pleurs des humains n'ont jamais attendries.
Il chantait ; et ravis jusqu'au fond des enfers,
Au bruit harmonieux de ses tendres concerts,
Les légers habitants de ces obscurs royaumes
De spectres pâlissants, de livides fantômes,
Accouraient, plus pressés que ces oiseaux nombreux
Qu'un orage soudain ou qu'un soir ténébreux
Rassemble par milliers dans les bocages sombres ;
Des mères, des héros, aujourd'hui vaines ombres,
Des vierges que l'hymen attendait aux autels,
Des fils mis au bûcher sous les yeux paternels,
Victimes que le Styx, dans ses prisons profondes,
Environne neuf fois des replis de ses ondes ;
Et qu'un marais fangeux, bordé de noirs roseaux,
Entoure tristement de ses dormantes eaux.
L'enfer même s'émut ; les fières Euménides
Cessèrent d'irriter leurs couleuvres livides ;
Ixion immobile écoutait ses accords ;
L'hydre affreuse oublia d'épouvanter les morts ;
Et Cerbère, abaissant ses têtes menaçantes,
Retint sa triple voix dans ses gueules béantes.
Enfin il revenait triomphant du trépas :
Sans voir sa tendre amante, il précédait ses pas ;

Proserpine à ce prix couronnait sa tendresse :
Soudain ce faible amant, dans un instant d'ivresse,
Suivit imprudemment l'ardeur qui l'entraînait,
Bien digne de pardon, si l'enfer pardonnait !
Presque aux portes du jour, troublé, hors de lui-même
Il s'arrête, il se tourne... il revoit ce qu'il aime !
C'en est fait ; un coup d'œil a détruit son bonheur ;
Le barbare Pluton révoque sa faveur,
Et des enfers, charmés de ressaisir leur proie,
Trois fois le gouffre avare en retentit de joie.
Eurydice s'écrie : « Ô destin rigoureux !
Hélas ! quel dieu cruel nous a perdus tous deux ?
Quelle fureur ! voilà qu'au ténébreux abîme
Le barbare destin rappelle sa victime.
Adieu ; déjà je sens dans un nuage épais
Nager mes yeux éteints, et fermés pour jamais.
Adieu, mon cher Orphée ! Eurydice expirante
En vain te cherche encor de sa main défaillante ;
L'horrible mort, jetant un voile autour de moi,
M'entraîne loin du jour, hélas ! et loin de toi. »
Elle dit, et soudain dans les airs s'évapore.
Orphée en vain l'appelle, en vain la suit encore,
Il n'embrasse qu'une ombre ; et l'horrible nocher
De ses bords désormais lui défend d'approcher.
Alors, deux fois privé d'une épouse si chère,
Où porter sa douleur ? où traîner sa misère ?
Par quels sons, par quels pleurs fléchir le dieu des morts ?
Déjà cette ombre froide arrive aux sombres bords.
Près du Strymon glacé, dans les antres de Thrace,
Durant sept mois entiers il pleura sa disgrâce :
Sa voix adoucissait les tigres des déserts,
Et les chênes émus s'inclinaient dans les airs.

VIRGILE

Énéide (livre VI)

(trad. Jacques Perret, Folio classique n° 2225)

Après la prophétie de la Sibylle qui lui prédit une postérité glorieuse, Énée, désireux de voir son père aux Enfers, doit accomplir une épreuve : cueillir le rameau d'or pour l'offrir à Proserpine. Il s'en acquitte et, une fois qu'il a rendu les honneurs funèbres à Misène, il commence sa descente aux Enfers. Le parcours du Troyen s'inscrit dans la même atmosphère oppressante que celle de l'Orphée virgilien : un vestibule peuplé de formes monstrueuses, les marais, la rencontre terrifiante avec le nocher Charon qui refoule les âmes, le passage de l'Achéron, un cheminement dans des galeries étroites et la rencontre avec les héros défunts et les suppliciés. Mais le chemin bifurque, il mène à droite vers de libres plaines baignées de lumière et l'Élysée succède au Tartare. C'est là, dans le bois sacré d'Apollon, qu'Énée rencontre Orphée parmi les élus, avant de retrouver Anchise. L'initiation est double : consécration du poète divin, portant un long vêtement sacerdotal et tenant à la main sa lyre ; consécration du héros troyen qui reçoit de son père la révélation de l'avenir de Rome, teintée de propagande augustéenne. Le voyage aux Enfers n'est qu'un moment dans la geste du héros, mais un moment crucial qui a permis de passer de l'ancienne à la nouvelle Troie (VI, 898).

Au milieu, un orme impénétrable, démesuré, déploie ses branches, ses bras chargés d'ans ; on dit que les Songes vains y ont confusément leur demeure, immobiles sous toutes les feuilles. Là encore, en foule, les formes monstrueuses d'êtres terribles, des Centaures ont pris quartier devant la porte, des Scylla à la double nature, le centuple Briarée, la bête de Lerne sifflant affreusement, la Chimère armée de flammes, des Gorgones, des Harpyes et l'apparence d'une ombre à trois corps. Ici, pressé d'une terreur soudaine, Énée sortit son épée, à ces êtres qui viennent il en présente la poitrine dégainée et si sa docte compagne ne l'avertissait que ce sont là vies ténues, sans corps, voletant sous la creuse apparence d'une forme, il allait fondre sur eux et des coups de son fer fendre vainement des ombres.

De là une voie mène dans le Tartare vers les eaux de l'Achéron. Gouffre mêlé de fange, en un immense tournoiement il bout et rejette en hoquetant tout son sable dans le Cocyte. Un passeur effrayant monte la garde près de ces flots mouvants, Charon, sale, hérissé, terrible ; des poils blancs foisonnent incultes sur son menton, ses yeux fixes sont de flamme ; un manteau sordide est noué sur ses épaules et pend. Il pousse lui-même la barque avec une perche, serre les voiles et dans sa gabare noircie transporte les corps ; vieux, sans doute, mais c'est un dieu, une vieillesse verte et pleine de sang. Là, vers les rives toute une foule, en désordre, se ruait, des mères et des hommes, les corps désormais sans vie des héros magnanimes, des garçons, de jeunes vierges, des fils mis au bûcher sous les yeux de leurs parents. Aussi nombreux que dans les bois au premier froid de l'automne les feuilles se détachent et tombent, ou que, volant du large vers la terre, se serrent nombreux les oiseaux lorsque la saison froide les chasse au-delà de la mer et les pousse aux pays du soleil. Ils étaient debout, suppliant qu'on les fît passer les premiers, ils tendaient leurs mains, avides, dans leur désir de la rive ultérieure. Mais l'inflexible nocher tantôt prend ceux-ci, tantôt prend ceux-là ; les autres, il les déloge et les repousse loin de la grève.

Énée — car il était surpris et troublé par ce tumulte : « Dis-moi, vierge, que veut ce concours aux bords du fleuve, et que demandent ces âmes, et pourquoi cette différence que celles-ci s'écartent de la rive, tandis que celles-là balaient de leurs rames les flots livides ? » La prêtresse chargée d'ans lui répondit en peu de mots : « Fils d'Anchise, véritable rejeton des dieux, tu vois les étangs profonds du Cocyte, tu vois ce marais du Styx dont les dieux dans leurs serments redoutent d'invoquer la majesté en vain. Tout ce que tu vois ici est foule misérable et sans sépulture ; ce passeur est Charon; ceux que le flot transporte ont été inhumés. Il n'est pas possible de les faire passer entre ces bords effrayants, par ces rauques courants, avant que leurs os n'aient reposé dans une demeure. Pendant cent ans ils errent, voletant autour de ces rivages; au terme, ayant été admis, ils voient enfin à leur tour ces étangs si fort désirés. » Le fils d'Anchise s'arrêta, retint sa marche, remuant maintes pensées et, dans son cœur, plein de pitié pour l'injustice du sort. Il reconnaît là, tristes et frustrés des honneurs funéraires, Leucaspis et Oronte, chef de la flotte lycienne, partis avec lui de Troie sur les ondes houleuses et que l'Auster a engloutis, roulant dans l'eau le navire et les hommes.

DANTE (1265-1321)

La Divine Comédie (1304-1307)

L'Enfer, chant VI, 1-63

(trad. Jacqueline Risset, GF-Flammarion)

La Divine Comédie *a été conçue en fonction de son troisième volet,* Le Paradis, *qui succède à* L'Enfer *et au* Purgatoire *: au terme d'un purgatoire aux allures paradisiaques, figuré par une montagne dans la mer, le voyageur céleste est guidé par Béatrice et, après sa traversée de ciels successifs, il atteint la lumière et l'amour comme force de motricité du soleil et des étoiles. Dans* L'Enfer, *Dante pose ses pas dans ceux de Virgile et, guidé par lui, il choisit d'être un second Énée. Le poète de Mantoue annonce* *au poète florentin sa descente, alors que tous deux se trouvent au bord de l'abîme (IV, 13). À la différence des autres voyages infernaux, Dante plonge dans l'outre-tombe des hommes encore vivants, en particulier les souverains pontifes : Boniface VIII et Clément V, par exemple, sont précipités dans le trou des papes simoniaques (chant XIX). C'est que la catabase a une visée très explicitement satirique et politique : Dante aspire à l'unité italienne et il veut fustiger les mœurs pontificales. La dimension initiatique est également essentielle : les cercles que parcourt le poète sont autant de détours pour retrouver la voie droite et retourner dans le sein de Dieu. La quête salvatrice est régulièrement entrecoupée d'ailleurs de prophéties. C'est le cas dans notre extrait. Dante est au troisième cercle, celui des gourmands, symbole de voracité, et il décrit la vision d'une région désagréablement humide, gardée par le chien tricéphale, Cerbère. Il rencontre un Florentin médisant et glouton, surnommé Ciacco (c'est-à-dire cochon), qui lui prédit les discordes de Florence.*

3e cercle : Gourmands, couchés dans la boue sous une pluie noire et glaciale.

Cerbère — Ciacco — Prédiction sur les discordes à Florence — La résurrection des damnés.

Quant me revint la mémoire, qui s'était perdue,
pour la pitié des deux cousins
en me confondant de tristesse,
je vois autour de moi, partout où je me tourne,
où que j'aille et où que je regarde,
nouveaux tourments et nouveaux tourmentés.
Je suis au troisième cercle, à celui de la pluie
éternelle, maudite, froide et lourde ;
règle et nature n'en sont jamais nouvelles.
Grosse grêle, eau sombre et neige
s'y déversent par l'air ténébreux;
la terre qui les recueille a une odeur infecte.
Cerbère, bête étrange et cruelle,
hurle avec trois gueules comme un chien
sur les morts qui sont là submergés.

Ses yeux sont rouges, sa barbe grasse et noire,
son ventre large, ses mains onglées;
il griffe les esprits, les écorche et dépèce.
La pluie les fait hurler avec les chiens;
ils font d'un flanc leur bouclier à l'autre flanc;
ils se tournent souvent les malheureux profanes.
Lorsque Cerbère nous vit, l'énorme ver,
il ouvrit ses bouches, et nous montra les dents;
il n'avait pas un membre qui ne frémisse.
Alors mon guide étendit ses paumes,
prit de la terre, et à pleines poignées
la jeta dans les gueules goulues.
Tel un chien aboyant et vorace
qui se calme dès qu'il a sa pâtée sous la dent,
car il s'acharne et s'évertue à dévorer,
telles se firent les trois faces bestiales
du démon Cerbère qui étourdit les âmes
si fort qu'elles voudraient être sourdes.
Nous passions parmi les ombres que la pluie lourde
abat, et nous mettions les pieds
sur cette vanité qui semble corps.
Toutes elles gisaient par terre,
hors une qui se dressa vite et s'assit,
quand elle nous vit passer devant elle.
« Ô toi qui es mené à travers cet enfer,
dit-il, reconnais-moi si tu le peux;
car tu fus fait avant que moi je fusse défait. »
Et moi, à lui : « Le tourment que tu as
t'efface peut-être de la mémoire,
si bien qu'il me paraît ne t'avoir jamais vu.
Mais dis-moi qui tu es, toi qui en ce lieu si triste
es mis à telle peine que nulle autre
même plus grave ne pourrait être aussi pénible. »
Et lui à moi : « Ta ville, qui est pleine d'envie,
au point que le sac en déborde,
me tint en elle durant la vie sereine.
Vous citoyens vous m'appeliez Ciacco :
pour le nocif péché de bouche
comme tu vois, à cette pluie je m'affaiblis.

Et moi, âme coupable, je ne suis pas seule,
car toutes celles-ci sont à semblable peine
pour semblable faute. » Et il se tut.
Je répondis : « Ciacco ton désespoir
me pèse tant, qu'il me force à pleurer ;
mais dis-moi donc, si tu le sais, jusqu'où iront
les citoyens de notre ville divisée ;
si l'un d'entre eux est juste ; dis-moi aussi la cause
de la discorde qui l'assaille. »

Paul CLAUDEL (1868-1955)

Le Repos du septième jour (1896)

(Mercure de France)

Écrivain catholique, dont la production tout entière est animée par la foi, Paul Claudel a mené une brillante carrière de diplomate. En ambassade à Chine, il constate l'omniprésence des défunts, à l'occasion notamment de la fête des Morts. Dans Le Repos du septième jour, *pièce en trois actes, dont le premier et le dernier se situent chez les vivants, et le second au royaume des morts, la figure centrale est celle de l'Empereur, dans une Chine de convention, ni ancienne ni contemporaine. Avec la bénédiction du Ciel, l'Empereur de l'« Empire du Milieu » est déterminé à mourir pour sauver son peuple. Armé de son bâton impérial, comme Énée avec son rameau d'or, il entreprend une descente au « fond de la terre », gage de renaissance. Dans l'extrait choisi, il vient de rencontrer sa mère, ce qui n'est pas sans rappeler Ulysse, et il décrit les sensations inconnues qui l'assaillent. Suivent d'autres interlocuteurs : le Démon qui lui explique la nature du Mal et enfin l'Ange de l'Empire auquel il demande le remède pour que les morts cessent de tourmenter les vivants. La réponse est dans le repos du septième jour. Au terme de cette quête initiatique, l'Empereur revient transfiguré à son palais : le visage entièrement rongé par la lèpre, à l'exception de la bouche, le spectre impérial transformé en une croix, « Sublime inter-*

section », il dispense, en nouveau pasteur, des paroles pacificatrices. La voie du salut passera par le sacerdoce de l'humanité qui fait offrande du repos du septième jour.

LA MÈRE : [...]Sache que nous sommes livrés aux fous.
Ah, ah !
Il, il est là !
L'EMPEREUR : Qui ?
LA MÈRE : Ah !

Silence

L'EMPEREUR : J'ai froid !
J'éprouve une certaine horreur, une certaine exhalaison me suffoque !
Je vois
Quelque chose
Plus noire que la noirceur, plus obscure que la cécité.
Une certaine glace
Rampe dans mes membres, une certaine torpeur me saisit. Le dégoût me saisit, tel que la navigation de la mort !

Le Démon rit.

Démon, c'est toi ! Je comprends pourquoi tu ris !
Car je ne sais quoi qui vit en moi de criminel s'émeut. J es sens je ne sais quoi de nouveau.
Es-tu là, serviteur de l'Empereur d'En-bas ? est-ce toi, tyran ?
LE DÉMON : Me voici.
L'EMPEREUR : Ah, ah ! À ces mots, la terreur ! De nouveau comme un froid brûlant, comme un doigt dans la chair qui bondit !
Je ne sais quelle approbation
S'éveille dans la jointure de mes os, je ne sais quelle dissolution consent !
L'esprit d'en bas, le peuple d'en bas pousse et crie !
L'esprit de meurtre et de brutalité, l'esprit de fraude et de vol, l'esprit de luxure et l'esprit avide,

l'esprit de cruauté, l'esprit de démence et de frénésie !

Cela me tire ! cela me tord et me soulève ! Quelque chose de scélérat est au fond de moi-même arraché.

LE DÉMON : Comment nommes-tu cet esprit ?

L'EMPEREUR : Je le nomme l'Esprit de blasphème !

LE DÉMON : Cela est bien. Déjà voici qu'un mot nouveau t'est enseigné.

L'EMPEREUR : Je maintiendrai
Ceci, je contiendrai le cri bas.
Tu ne me séduiras pas ! La chair
Vient de la femme, et comme elle, elle est curieuse et lâche, et traîtreusement elle livre l'esprit qui dort.
Mais le Roi et le législateur dort assis.
L'homme qu'on tient ne tombera pas. Tu n'ébranleras pas aisément la clef de voûte.
Démon ! je suis vivant et tu n'as nullement droit sur moi !
Je suis l'Empereur des Vivants et je suis descendu ici
Par la permission du Ciel et dans l'autorité de ma magistrature.

LE DÉMON : Tu cherchais quelqu'un
Pour te montrer la demeure intérieure. Me voici.

L'EMPEREUR : Qui es-tu ?

LE DÉMON : Je suis l'Esprit-fossoyeur. Je suis l'introduction du mort.
Je prépare le lieu,
Et l'y conduisant je lui enseigne la place qu'il possédera.
Et comme un maître qui finit l'ouvrage commencé,
Je parfais en lui la Dure-Science.
— Tu dis oui ? tu veux savoir la leçon que je donne ?

L'EMPEREUR : Dis.

LE DÉMON : L'esprit de mal
Est né dans tout homme qui est né.
Et d'abord, cédant à la douceur nouvelle
De faire mal, il succombe : tel est le premier degré.

L'habitude se forme, et par le second degré, établi dans sa connaissance et dans sa volonté,
Il pèche, sachant ce qu'il fait, et ce degré est appelé l'Inclination.
Et voici le troisième degré : et celui qui l'a atteint
Est mûr entre les hommes, et n'ayant plus rien à apprendre de moi déjà,
Il est digne d'une demeure plus basse :
Le Mal
Ni ne lui cause plus de plaisir, ni ne lui rapporte profit.
Mais cet homme fait le mal par amour, et, le connaissant, il l'a choisi, joignant son cœur au nôtre.
L'EMPEREUR : Qu'est-ce que le Mal ?
LE DÉMON : Tu le veux ? apprends donc des mystères plus noirs !
Suppose qu'un homme t'ait confié de l'or. Je ne dis pas assez.
Suppose que tu donnes à un pauvre
Ta fille unique en mariage et qu'il la mette au lupanar. Ce n'est pas assez.
Suppose
Qu'un homme mystérieusement t'ait remis sa propre vie. C'est moins encore qu'il ne faut comprendre.
Sache que le Seigneur du Ciel t'a créé, te communiquant son image.
L'EMPEREUR : Qui est le Seigneur du Ciel ?
LE DÉMON : Il est.
Comme tout nombre est mesuré par Un, comme le principe réside dans sa vertu,
Il est, et l'être en lui n'est pas différent de l'existence.
Comprends donc la cause du Mal, et le principe de notre jouissance.
L'EMPEREUR : Le Mal est ce qui n'est pas.
La Créature,
Voyant l'être qui lui était remis, s'en saisit,

Faisait d'elle-même sa fin, et tel fut le premier rapt et le premier inceste.
J'ai osé ! dans la vision de Dieu, j'ai commis l'acte infâme !
Et c'est pourquoi nous sommes joints à nous-mêmes, ici.
Par nous le premier des hommes fut initié au crime.
Il mourut, et de sa mort naquirent les milliers et les myriades.
Le germe du mal est en vous avec le goût de manger, la joie et la sagesse vous sont communes avec nous ;
Et votre demeure est superposée à la nôtre.

Et pour prolonger votre réflexion

Pierre Brunel, *L'Évocation des morts et la descente aux Enfers*, Paris, Sedes, 1974.

Pierre Emmanuel, *Tombeau d'Orphée*, Paris, Seghers, 1967 [1941].

Paul Ghisoni, *Eschatologie infernale*, La Colombe, 1962.

Chronologie

Ovide et son temps

1.

De l'éloquence oratoire aux « récitations » poétiques

Pour comprendre qui fut Ovide, laissons-nous guider par les propres vers du poète qui livrent, par fragments, des témoignages éclairants sur sa vie. Ils nous conduisent tout d'abord à une centaine de kilomètres de Rome, à Sulmone, où Publius Ovidius Naso naquit en 43 avant Jésus-Christ « dans l'humide contrée des Péligniens », comme il l'évoque lui-même dans le recueil de ses *Amours* (II, 1). Cette même année, César Octavien emporte à Modène une victoire sur Antoine : la République romaine, déjà affaiblie, s'achemine vers son déclin.

Second fils d'une riche famille de province, Ovide nous apprend qu'il appartient à un ordre équestre ancien, que son « ancêtre le plus reculé n'était qu'un chevalier » (*Amours*, I, 3, v. 8). En 27 avant Jésus-Christ, année où Octave reçoit le surnom d'Auguste, Ovide, tout comme son frère, est mis à l'école de la rhétorique romaine, qui doit lui ouvrir le *cursus honorum*, c'est-à-dire la carrière du gouvernement et de la haute administration. Il assiste aux cours des rhéteurs les plus réputés, en particulier ceux de l'Espagnol Porcius Latro et ceux d'Arellius Fuscus. À leur contact, il développe un goût particulier pour les controverses psychologiques et pour les suasoires, dont sa poésie tout entière se ressentira. Rappelons que la controverse, propre au genre judiciaire, oblige l'élève à développer une argumentation contradictoire à propos d'une cause fictive ; et que les suasoires, relevant du genre délibératif, ont une fonction incitative visant à obtenir d'une assemblée institutionnelle une décision favorable. En 23 avant Jésus-Christ, conformément aux vœux de sa famille, le jeune homme entre dans la magistrature et se destine à la questure (le questeur est un magistrat chargé d'assister les consuls en matière financière et criminelle), sans grande conviction cependant.

C'est que parallèlement Ovide fréquente assidûment les « récitations » des poètes à la mode, assouvissant une passion contractée dès l'enfance pour les vers. S'il a à peine le temps de connaître Virgile, il côtoie en revanche Horace et trouve, dans le cercle de Messala, ses véritables maîtres, les poètes élégiaques Properce et Tibulle. Âgé d'à peine vingt ans, il donne lui-même des lectures publiques de ses compositions de jeunesse à un public cultivé qui les apprécie grandement. Fort de ces premiers succès, notre jeune poète abandonne, à la mort de son père, la carrière sénatoriale à laquelle il était promis, pour se vouer définitivement à la poésie. Il s'en explique lui-même à la fin du premier livre des *Amours* : « Pourquoi me blâmer de n'avoir pas suivi la coutume de mes ancêtres, et, dans l'âge de la vigueur, cueilli à la guerre des lauriers poudreux ? de ne pas apprendre par cœur le verbiage des lois ou de ne pas prostituer mon éloquence dans les luttes incertaines du forum ? » (I, 15, v. 3-6).

Quelques repères fondateurs (ère pré-chrétienne)

753 av. J.-C.	Fondation légendaire de Rome par Romulus.
509 av. J.-C.	Naissance de la République.
58-50 av. J.-C.	Conquête de la Gaule par Jules César.
52 av. J.-C.	Pompée nommé consul unique.
48-45 av. J.-C.	Deuxième guerre civile (César contre Pompée).
44 av. J.-C.	Assassinat de César.
43 av. J.-C.	Victoire d'Octave sur Antoine à Modène.
35-30 av. J.-C.	Troisième guerre civile (Octave contre Antoine).
31 av. J.-C.	Victoire d'Octave à Actium sur Antoine et Cléopâtre.
30 av. J.-C.	Fin de la République et début du Principat (régime impérial).
27 av. J.-C.	César Octavien prend le titre d'Augustus. Édification par Agrippa du temple du Panthéon.

2.

Bagatelles de jeunesse et leçons d'amour

Malgré le succès d'une première tragédie, *Médée*, qui ne nous est pas parvenue, c'est d'abord à l'élégie qu'Ovide se consacre presque exclusivement. Entre 25 et 15 avant Jésus-Christ, il travaille conjointement à deux recueils : les *Amours* parus une première fois en cinq livres, puis en trois livres vers 4, et les *Héroïdes* simples publiées vers 12 avant Jésus-Christ. Le premier recueil est présenté comme une œuvre de jeunesse. Or, Ovide a quarante ans quand il procède à son remaniement. Avec les *Héroïdes*, réunissant les épîtres amoureuses d'héroïnes mythologiques délaissées par leurs amants, il s'élève quelque peu dans la hiérarchie des genres. Ces illustres correspondances, écrites dans le rythme élégiaque, font défiler des figures épiques ou tragiques : Pénélope et Ulysse, Phèdre et Hippolyte, Didon et Énée, Ariane et Thésée, Médée et Jason, etc. Le poète, gardant en mémoire ses leçons de rhétorique, y cultive le goût de l'éthopée, assorti de délibérations douloureuses. Que ce soit sur le mode du badinage corrosif ou sous la forme du monologue tragique aux accents lyriques, Ovide entend explorer toutes les configurations amoureuses.

Les limites sont fragiles d'ailleurs entre le poète-amant et le *Magister amoris*, titre que lui décernent les jeunes gens puis les jeunes femmes dans *L'Art d'aimer*, auquel Ovide travaille pendant qu'il révise ses *Amours*. Ce traité didactique (publié vers 1 avant et après Jésus-Christ), composé dans le distique élégiaque, et non dans l'hexamètre noble propre à la poésie didactique, affiche une évidente visée parodique. Ovide y poursuit sa morale de la sensualité. Alors que précédemment, il mettait le tour sentencieux de l'élégie au service de conseils copieusement licencieux, il dispense à présent l'enseignement d'un art amoureux pratique. S'adressant à l'adolescent, puis à la *puella*, le « Maître » détaille méthodiquement en trois livres les étapes du parcours fléché de la séduction : comment tromper la surveillance du gardien, comment tirer parti d'une esclave complaisante, comment user de l'art épistolaire et feindre les pleurs pour fléchir l'aimée. Toutes ces leçons subversives, et bien d'autres, font de l'amour un art raffiné. Les traités suivants, auxquels Ovide s'attelle d'un même mouvement, poursuivent le même but : les *Produits de beauté pour le visage féminin*, puis, vers 2 après Jésus-Christ, les *Remèdes de l'amour* prônent le droit au *cultus*, c'est-à-dire à la culture, au luxe, à l'élégance. Le *Magister* tient ici un discours hétérodoxe : il ne partage pas la nostalgie des poètes élégiaques pour un âge d'or synonyme de vertu. Il proscrit au contraire la rusticité (*rusticitas*) des premiers Romains et recommande aux hommes et aux femmes de prendre soin de leur corps et de s'apprêter en vue de l'amour. C'est qu'il entend substituer au culte de la chasteté celui de la volupté, en s'aidant au besoin des artifices de la beauté.

Ère pré-chrétienne

18 av. J.-C.	Premières législations morales d'Auguste.
17 av. J.-C.	Célébration des jeux Séculaires.
9 av. J.-C.	Consécration de l'autel de la Paix.
1 av. J.-C.	Exil de Julie, fille d'Auguste.

3.

Les mutations de la plume ovidienne : vers une inspiration plus haute

Sans renoncer définitivement à ses « Molles élégies », Ovide souhaite congédier sa « Muse badine » et se tourner vers les grands genres. Nous l'avons déjà dit, cette posture d'humilité est une convention, mais pas seulement. Après sa *Médée* et sa *Gigantomachie*, la guerre des Géants qu'il avait chantée quand il avait assez de souffle, le poète convoite à présent « une œuvre plus noble ». Les *Amours* mettent en scène cette translation. On y voit la tragédie et l'élégie se disputer les faveurs de sa plume. Dans la dernière pièce du recueil, Ovide s'affranchit de la tutelle de Vénus et se tourne vers Bacchus, en quête d'une inspiration plus haute. C'est avec *Les Métamorphoses* qu'il réalise son ambition. Il en commence la rédaction en même temps qu'il compose certains poèmes des *Amours* et y travaille pendant près de neuf ans, avant d'en publier, en 8 après Jésus-Christ, les quinze livres. Si l'on considère la classification des genres en fonction des contraintes métriques, Ovide a bien tourné le dos aux formes mineures : l'hexamètre détrône le distique élégiaque, provisoirement cependant. En effet, le poète y revient dans les *Fastes*, sorte de commentaire du calendrier national, répertoriant les fêtes et les cultes de Rome mois après mois. Seuls les six premiers chants seront achevés. Mais même quand Ovide prétend « céder à l'impulsion du thyrse plus relevé » (*Amours*, III, 2), dans l'espoir d'entrer dans la poésie « nationale », il n'abandonne pas tout à fait sa veine érotique : dans son épopée comme dans son calendrier religieux, il se fait fort d'évoquer les amours des dieux et autres créatures légendaires, en usant de détails croustillants, de scènes audacieuses — le plus souvent des accouplements violents — et de portraits féminins sensuels. C'est bien de cela que le pouvoir impérial lui tiendra rigueur.

Ère chrétienne

0/1	Début de l'ère chrétienne.
2	Inauguration du Forum d'Auguste.
4	Auguste adopte Tibère.
6-17	Conquête de la Judée, d'une partie de l'Europe centrale et d'une partie de la Germanie.
8	Exil de Julie, petite-fille d'Auguste.
14	Mort d'Auguste.

4.

Le « coup de tonnerre » : l'exil du *Magister amoris*

À près de cinquante ans, Ovide est parvenu au faîte de la gloire : il a fait ses preuves dans l'élégie, la tragédie, l'épopée, le traité didactique ; il est rompu aux règles des grands genres et des genres mineurs au point de les parodier savamment. Après deux mariages désastreux, une troisième union avec une proche de la famille d'Auguste, issue de l'illustre *gens Fabia,* lui vaut de pénétrer dans les cercles fermés de la haute aristocratie romaine. Il lui reste une dizaine d'années à vivre, quand il est frappé d'un « coup de tonnerre » : en 8 après Jésus-Christ, une sentence de relégation — un exil qui n'entraîne pas la perte des droits civils et politiques —, prononcée par Auguste, assortie d'une sorte de « mise à l'index » de ses livres, le condamne à quitter Rome pour Tomes (l'actuelle Constanza, en Roumanie). Les raisons de cet exil ont donné lieu à toutes sortes de supputations. On a même pensé récemment qu'il s'agissait d'une invention permettant au poète de renouveler sa veine d'inspiration ! Ovide, quant à lui, mentionne deux crimes dans les *Tristes* : une faute (*error*) sur laquelle tout a été dit, qu'Ovide aurait vu quelque chose qu'il n'aurait pas dû voir, qu'il a eu le tort d'évoquer, à travers Corinne, l'avortement d'une maîtresse d'Auguste, que l'empereur réprimandait le pythagorisme du livre XV des *Métamorphoses.* Le poète incrimine également son « chant » (*carmen*). En effet, le motif allégué est que le *Princeps* aurait banni le chantre des amours frivoles et condamné l'immoralité de *L'Art d'aimer.* Aussi l'exilé fait-il amende honorable et dénigre-t-il ses « badinages » qui furent la cause de sa malédiction, en prétextant une œuvre de jeunesse destinée aux courtisanes. Mais plus vraisemblablement, le chant sur lequel porte la condamnation impériale désignerait l'œuvre entière d'Ovide qui s'accorde mal avec la législation morale d'Auguste et jugée, quel que soit le genre pratiqué, trop légère.

Esseulé sur les rivages de la mer Noire, notre poète compose les premières lettres des *Tristes* et, tandis qu'il y met la dernière main, il commence les *Pontiques,* variations autobiographiques sur les *Héroïdes.* C'est donc loin de Rome qu'il renoue avec la veine élégiaque, celle que la postérité retiendra en le figeant dans la posture du poète nostalgique, déplorant sa patrie perdue et soupirant après le latin qu'il a été contraint de « désapprendre ». Pendant toute la durée de son exil, Ovide envoie ses suppliques à Rome, confiant à son livre la mission d'intercéder en sa faveur auprès du prince et de son entourage ou de solliciter sa femme et ses propres amis. Ses doléances demeurent vaines. Nous sommes en 14 après Jésus-Christ, Auguste vient de mourir et Ovide n'est pas pour autant rappelé à Rome. Retenu dans la contrée des Gètes, dont il apprivoise la langue barbare, il compose, entre autres choses, une imprécation adressée à l'un de ses ennemis, *Contre Ibis*, et un poème sur la pêche, les *Halieutiques*. Il tente encore d'obtenir la clémence impériale, mais il meurt en 17 ou 18 après Jésus-Christ sans qu'elle lui ait été accordée. Son corps ne sera pas rapatrié en Italie.

À balayer la vie du « poète de l'amour, des dieux et de l'exil », pour reprendre le titre d'un ouvrage ancien d'E. Ripert, il serait tentant de la soumettre, comme le suggère Simone Viarre, à un découpage tripartite, au gré des lieux où Ovide s'est fixé (Sulmone, Rome, Tomes) et au gré des translations de sa poésie (la veine érotique, les grands genres avec *Les Métamorphoses* et les *Fastes*, les lettres de l'exil). Pourtant, les ruptures que suppose une telle tripartition ne sont qu'apparentes. D'abord parce que le sentiment amoureux constitue une source d'inspiration continue, qu'Ovide chante ses supposées amours, celles des jeunes gens auxquels il professe ses leçons, celles des dieux ou celles des héroïnes de légende. Il n'est pas jusqu'au rôle de l'exilé coupé de Rome qui ne s'apparente, selon Jean-Pierre Néraudau, à la figure de l'amant dédaigné de sa belle. Qu'il faille convaincre Corinne ou toute autre *puella,* qu'il faille fléchir les amants cruels qui ont délaissé leurs maîtresses, les dieux ou encore Auguste, notre poète réserve à la séduction amoureuse toutes les armes de la rhétorique. Enfin, il n'abandonne jamais une forme de distanciation : distanciation quand il s'interroge, au sein de sa poésie, sur les conditions de sa création et sur les potentialités du langage; distanciation encore quand il trempe ses vers de teintes humoristique ou ironique, dont la puissance démystificatrice témoigne d'un dépassement maîtrisé de l'héritage classique.

Éléments pour une fiche de lecture

Regarder le tableau

- Légendez le tableau à votre manière. Vous serez soit érudit et chercherez alors l'extrait des *Métamorphoses* illustré par Guido Reni, soit candide et décrirez ce que vous comprenez.
- Comment l'impression de mouvement est-elle rendue par le peintre ?
- Parmi ces préoccupations habituelles, quelles sont celles qui vous semblent bien traitées : la lumière, la palette, la construction du tableau, le réalisme, le mouvement, l'attention au détail.
- Les personnages semblent enfermés dans le cadre du tableau : pourquoi ?

La construction narrative des *Métamorphoses*

- Commentez les modes d'implication du narrateur principal dans le récit.
- Classez les récits selon qu'ils sont homodiégétiques ou hétérodiégétiques. Quels sont tous les narrateurs secondaires et quel est leur statut par rapport au récit principal ?

- Repérez la construction des récits enchâssés dans les livres X-XII, en particulier celle de l'épisode consacré aux amours de Vénus et Adonis (X, à partir de la page 33).
- Analysez les liens entre le récit principal et l'analepse que constituent les noces de Thétis et Pélée (XI, p. 56).
- Répertoriez la diversité des lieux géographiques qui servent de cadre aux légendes des livres X-XII.
- Étudiez comment, au livre XI, le récit glisse du temps mythique à la temporalité historique.

Étude des tonalités et des genres

- Analysez la structure théâtrale de l'histoire de Myrrha (X, 298-502).
- Commentez les effets de pathétique qui se dégagent de la scène de lamentation d'Alcyone (XI, p. 77).
- Analysez le récit épique de la tempête qu'affronte Céyx (XI, p. 68) ou celui du combat des Lapithes et des Centaures (XII, p. 96). À l'intérieur de ce dernier épisode, étudiez le statut et la tonalité du récit consacré aux deux centaures amoureux, Cyllare et Hylonomé (XII).
- Inventoriez les éloges funèbres dans les livres X-XII et étudiez en détail l'un d'entre eux.
- Plusieurs discours sont de véritables morceaux d'éloquence oratoire. Étudiez de manière ordonnée les procédés persuasifs qui y sont employés.
- Recensez les périphrases mythologiques qui désignent un même héros et expliquez leur fonc-

tionnement (au choix : Orphée, Pélée, Cénée, Achille).

Intertextualité et réécritures parodiques

- Comparez le traitement de la métamorphose en oiseau chez Ovide et un motif similaire chez Apulée (*L'Âne d'or ou Les Métamorphoses*, IV, 24-26).
- Confrontez le récit ovidien du mythe d'Orphée à celui que l'on trouve chez Virgile (*Les Géorgiques*, IV, voir « Groupement de textes », p. 188). Pensez également à la rencontre de Didon et Énée aux Enfers dans *L'Énéide* (VI).
- Mettez en regard la tempête évoquée par Ovide (XI, 474 *sq.*) et celle que décrit Virgile (*L'Énéide*, I).
- Comparez la Centauromachie ovidienne (XII, p. 95) et les combats violents évoqués par Virgile (*L'Énéide*, IX, à partir du vers 324 et à partir du vers 569 ; XII, à partir du vers 500).
- Étudiez l'adaptation ovidienne du sacrifice d'Iphigénie (XII, p. 85) par rapport à la tragédie de l'*Iphigénie en Aulide* d'Euripide.
- Commentez la réécriture ovidienne de la guerre de Troie et de l'épisode du jugement des armes (XII, p. 114) par rapport à Homère (*L'Iliade*, XVI, à partir du vers 140 ; XXII, à partir du vers 396 et *L'Odyssée*, XI, à partir du vers 544).

Les Métamorphoses et l'art

- Analysez les descriptions de paysages dans les livres X-XII.

- Inventoriez les histoires et les motifs susceptibles de recevoir une valeur métapoétique.
- Comparez la métamorphose de Hyacinthe chez Ovide (X, 162-219) et dans les *Imagines* de Philostrate (I, 24).
- Détaillez les procédés mis en œuvre dans l'*ekphrasis* de l'antre du Sommeil (XI, p. 73) et dans l'*ekphrasis* du palais de la Renommée (XII, p. 86). Comparez cette dernière description avec celle de Virgile (*L'Énéide*, IV, à partir du vers 173).
- Étudiez la représentation iconographique d'une légende ou d'un mythe de votre choix pris dans les livres X-XII.

  Par exemple, la transposition fidèle que fait René-Antoine Houasse, élève de Le Brun, du mythe de Morphée dans son *Morphée s'éveille à l'approche d'Isis*.
- Vous pourrez aussi étudier la fortune du mythe d'Orphée dans la peinture (Nicolas Poussin, Gustave Moreau, etc.), au cinéma (*Orfeu Negro* de Marcel Camus en 1959, *Le Testament d'Orphée* de Jean Cocteau en 1960) et à l'opéra (*Orfeo* de Monteverdi en 1607 ; *Orphée et Eurydice* de Gluck en 1774 ; *Orphée aux Enfers* d'Offenbach en 1858).

DANS LA MÊME COLLECTION

Collège

Fabliaux (textes choisis) (37)

CHRÉTIEN DE TROYES, *Le Chevalier au Lion* (2)

COLETTE, *Dialogues de bêtes* (36)

CORNEILLE, *Le Cid* (13)

Gustave FLAUBERT, *Trois Contes* (6)

HOMÈRE, *Odyssée* (18)

Victor HUGO, *Claude Gueux* suivi de *La Chute* (15)

Joseph KESSEL, *Le Lion* (30)

Jean de LA FONTAINE, *Fables* (34)

Gaston LEROUX, *Le Mystère de la chambre jaune* (4)

Guy de MAUPASSANT, *12 contes réalistes* (42)

MOLIÈRE, *L'Avare* (41)

MOLIÈRE, *Le Médecin malgré lui* (20)

MOLIÈRE, *Les Fourberies de Scapin* (3)

MOLIÈRE, *Trois courtes pièces* (26)

Charles PERRAULT, *Contes* (9)

Jacques PRÉVERT, *Paroles* (29)

John STEINBECK, *Des souris et des hommes* (47)

Michel TOURNIER, *Vendredi ou La Vie sauvage* (44)

Jules VALLÈS, *L'Enfant* (12)

Paul VERLAINE, *Fêtes galantes* (38)

Jules VERNE, *Le Tour du monde en 80 jours* (32)

Oscar WILDE, *Le Fantôme de Canterville* (22)

DANS LA MÊME COLLECTION

Lycée

La poésie baroque (anthologie) (14)
Le sonnet (anthologie) (46)
Honoré de BALZAC, *La Peau de chagrin* (11)
Charles BAUDELAIRE, *Les Fleurs du Mal* (17)
Albert CAMUS, *L'Étranger* (40)
Albert COHEN, *Le Livre de ma mère* (45)
Gustave FLAUBERT, *Madame Bovary* (33)
Sébastien JAPRISOT, *Un long dimanche de fiançailles* (27)
Charles JULIET, *Lambeaux* (48)
Pierre Choderlos de LACLOS, *Les Liaisons dangereuses* (5)
Jean de LA BRUYÈRE, *Les Caractères* (24)
Madame de LAFAYETTE, *La Princesse de Clèves* (39)
MARIVAUX, *L'Île des esclaves* (19)
Guy de MAUPASSANT, *Le Horla* (1)
Guy de MAUPASSANT, *Pierre et Jean* (43)
MOLIÈRE, *L'École des femmes* (25)
MOLIÈRE, *Le Tartuffe* (35)
Alfred de MUSSET, *Lorenzaccio* (8)
François RABELAIS, *Gargantua* (21)
Jean RACINE, *Andromaque* (10)
Jean RACINE, *Britannicus* (23)
Nathalie SARRAUTE, *Enfance* (28)
VOLTAIRE, *Candide* (7)
VOLTAIRE, *L'Ingénu* (31)
Émile ZOLA, *Thérèse Raquin* (16)

NOTES

Composition Bussière
Impression Novoprint
à Barcelone, le 9 juin 2005.
Dépôt légal : juin 2005.
ISBN 2-07-030871-5./Imprimé en Espagne.